Abschiede, Aufbrüche

Erinnerungen an eine Kindheit und Jugend in Hamburg 1926 – 1949

JUNIUS

Junius Verlag GmbH
Stresemannstraße 375
22761 Hamburg

Printed in Germany 2021
1. Auflage 2021
ISBN 978-3-96060-548-5

Coverdesign: Simone Andjelković, Grafisches Gewerk
Druck und Bindung: CPI books GmbH

Die Deutsche Nationalbibliothek verzeichnet diese Publikation
in der Deutschen Nationalbibliografie, detaillierte bibliografische
Daten sind im Internet über http://dnb.dnb.de abrufbar.

Inhalt

Ich möchte wissen, worin ich mich damals befand, als ich beobachtete. Keine Glaskugel: Sonnenwärme hätte mich getötet. Keine Seifenblase: Regentropfen hätten sie zerstört.

Mein Körper, meine fünf Sinne sind unvollkommen. Meine Augen zeigen mir alle Bilder verschwommen, meine Ohren schließen mich ab von leisen Tönen. Aromen erreichen mich ungenau. Durch meine Haut erfahre ich wenig. Diesen Körper habe ich kaum jemals als ganz zu mir gehörend empfunden. Er ist mir oft im Wege.

Dennoch: Ich kann mich in ihm bergen, gerade weil er so wenig von draußen an mich weitergibt. Seine geringe Funktionsfähigkeit bietet mir Schutz. Er ist viel unempfindlicher als Glaskugel und Seifenblase.

Ich möchte wissen, worin ich mich damals befand.

War es immer diese Hülle?

War sie auf besondere Weise transparent?

Anfänge

1926 – 1933

Aus der Kommode

Auf unserem Flur stand eine große Kommode mit drei Schiebladen. Sie war kein kostbares Stück, aus einfachem Holz, solide schwarz gestrichen. Obenauf lag eine bestickte Decke, um das Schwarz zu mildern. Diese Kommode spielt in meinem Leben keine besondere Rolle. Ich ging ein paar Jahre täglich an ihr vorüber, weil sie auf dem Flur stand. Das war alles. Und sie ging kaputt zur selben Zeit, als ich erwachsen wurde.

Jetzt aber messe ich ihr einen symbolischen Wert bei. Denn ich habe einen Kopf voller Erinnerungen, so gut oder so schlecht aufgeräumt wie die schwarze Kommode.

Agnes, meine Großmutter, bewahrte darin Überbleibsel ihrer Näh- und Strickarbeiten auf. Sie hat für uns und viele Bekannte Kleider, Röcke, Hosen und Blusen genäht, hat Pullover, Schals und Handschuhe gestrickt. Da blieben Flicken und Wollfäden übrig.

Brauchbare Stoffreste lagen in der obersten Schieblade. Alle anderen wurden in gleichmäßig breite Streifen zerschnitten, aneinandergenäht, zu Knäueln aufgewickelt und später mit einer großen hölzernen Häkelnadel zu Teppichen verarbeitet. Agnes hielt nicht viel von gewebten Flickenteppichen, die fand sie zu dünn. Außerdem hatte sie keinen Webrahmen. Besonderen Glanz bekamen die Teppiche durch unseren Hausarzt, der ihnen den Namen Kleiderfriedhof verlieh.

Die große unterste Schieblade benutzte Agnes für Wollreste. Es gab kleine und noch kleinere Knäuel aus neuer Wolle, die beim Stricken übrig geblieben waren. Und es gab größere Knäuel aus gebrauchter Wolle;

denn nicht mehr tragbare Sachen wurden aufgezogen und das Material später wieder verstrickt. Das Aufribbeln wurde meine Arbeit, wobei leichte Wollflusen wie Staub aufwirbelten.

Aus kleinen Resten strickte Agnes Vierecke, wie Topflappen groß. Wenn ausreichend viele Stücke gesammelt waren, wurden sie zu einer Bettdecke zusammengenäht. Das Material war unterschiedlich in Dicke und Festigkeit. Agnes half sich, indem sie grundsätzlich zwei Fäden miteinander verstrickte, die sich ergänzten. Dadurch bekamen alle Wollstücke gleiche Stabilität, und das Ganze sah bunt und fröhlich aus.

Beim Heraussuchen der Wolle gerieten die Knäuel in erhebliche Unordnung. Deshalb musste ich zuweilen alles aufräumen. Einzelne Fäden wieder völlig aufwickeln und entknoten. Ich versuchte, alles mit einer gewissen Systematik zurück in die Schieblade zu packen, und ich kam bei einigen Wollresten ins Träumen.

Und jetzt ist meine eigene Schieblade aufzuräumen, die mit den ältesten Sachen. Einige Stücke, bei denen erst das Aufziehen erweisen wird, ob der Faden noch benutzbar ist oder nur staubt. Fäden, die sich verwirrend um andere geschlungen, Knoten, die zu lösen sind. Dazwischen Fadenenden, die mir immer wieder in die Finger kommen, von gleichen Knäueln stammend. Auch fertige Stücke, schon vor langer Zeit gestrickt und aufbewahrt.

Ja, ich kenne mich aus in meiner Schieblade, kann jederzeit das Notwendige herausholen, finde es ohne Mühe. Für mich reicht es. Aber ich möchte davon erzählen. Nicht etwa, weil ich mich für so wichtig hielte. Nur weil ich mich an vieles erinnere. Auch an Nebensächlichkeiten, Kleinigkeiten, die beitragen, ein Bild vollständig zu machen. Alltägliches.

Wir wissen: Scheinwerfer von Wochenschauen und Geschichte leuchten dahin, wo Besonderes geschieht. Wohin sie nicht leuchten: Geschieht da nichts? Was tut sich da, wo sich die Große Zeit nicht abspielt?

Erinnerungen sind Auswahl, Auslese, wie jede Nachricht. Geschehnisse wirken unterschiedlich auf Beteiligte. Mein Erleben entsprach nicht immer dem der Gleichaltrigen. Es finden sich aber Gemeinsamkeiten. In der Alltäglichkeit unserer Welt zeigt sich wohl das Allgemeine.

Meine Aufräumarbeit hat eine Richtung bekommen und wird dadurch sinnvoll. Ich schicke mich an, zu sichten und zu ordnen und von dem zu erzählen, was ich fand.

Wir werden eine Familie

Die Frauenklinik Finkenau, in der viele Hamburger Kinder ankamen, lag im Stadtteil Barmbek in der Nähe eines stillen Kanals, in der Nähe einer U-Bahn-Station, einer Oberschule, einer Kirche, der Kunsthochschule. Finkenau heißt die Straße, und die Frauenklinik hat die Hausnummer 35. Wer aber »Finkenau« sagte in Hamburg, meinte dieses Haus: kurz vor dem Ersten Weltkrieg gebaut aus roten Backsteinen mit schwarzen Dachziegeln, großen, vielfach unterteilten Fenstern, davon einige mit Milchglasscheiben. Um das Haus ein paar artig eingezäunte Bäume und Büsche.

Dort wurde ich an einem sonnigen Sonntag im Mai 1926 geboren. Und dafür gibt es Belege. Für das Datum: meine Geburtsurkunde. Für den Sonntag: manch alten Kalender. Für die Sonne: die Erinnerung meiner Mutter.

Denn hinter einer dieser Milchglasscheiben lag meine werdende Mutter und wartete auf mich. Dabei beobachtete sie den Schatten eines Zweiges, der draußen im leichten Wind hin und her wippte. Sie wartete bereits seit dem Sonnabend: eine schöne, lebhafte, eigenwillige, neunzehnjährige Frau, ein zartes kleines Persönchen. Es war das erste, aber nicht das einzige Mal, dass sie Geduld für mich brauchte. Für die wichtigen Dinge meines Lebens ließ ich mir immer Zeit.

Der erwähnte Sonnabend war der Erste Mai. Meine werdenden Eltern waren mit Freunden im Stadtpark auf die große Festwiese gegangen. Käte hatte Lieder auf ihrer Gitarre begleitet, obwohl sie das Instrument kaum halten konnte, weil, wie sie sagte, »der Bauch so dick war«. Danach musste Karl seine junge Frau direkt in die Finkenau bringen.

Wie empfindet ein Ungeborenes Musik? Welche Schwingungen nimmt es wahr? Wie ist die Akustik? Ich vermute, dass ich mich wohlfühlte bei diesen Melodien, dass sie mich aber nicht sonderlich neugierig machten: *Dem Morgenrot entgegen.*

Ich kam am Nachmittag, zwischen Kaffeezeit und Teatime. Mein Vater meldete die Ankunft einer Tochter gleich den Schwiegereltern, die eben aus dem Theater kamen: eine Aufführung der Volksbühne, *Lady Windermeres Fächer.* Dann wird Karl auch seine Mutter besucht und sich stolz als

Vater präsentiert haben. Das war alles in zweimal zehn Minuten Fußweg zu erledigen: Finkenau – Winterhuder Weg – Beethovenstraße.

Der Name für das Baby stand bereits fest. Käte hatte ein Buch gelesen, in dem ein frisches, gesundes, blondes Mädchen namens Hilde vorkam. Wieweit ich später diesen, ihren Vorstellungen entsprach, hat sie nie gesagt. Damals soll ich zart gewesen sein, keine drei Kilo schwer, aber von Anfang an ein »ansehnliches Baby«, wie Käte später mitteilte. Sie wurde bestaunt, weil sie als Erstgebärende und jüngste der anwesenden Mütter keine Schwierigkeiten und Ängste hatte, mich anzufassen und zu windeln. Ihre Hände sind so: nicht übertrieben schlank, mit langen, geraden Fingern und runden Fingerkuppen. Ich meine, aus ihnen ließen sich praktische und künstlerische Anlagen meiner Mutter gleichermaßen erkennen. Beim Gitarre- und Lautespielen hatte sie einen wunderschönen Anschlag. Sie zog und riss nicht an den Saiten, sondern drückte ein bisschen gegen sie und ließ sie dann von den Fingern tropfen. Das gibt einen vollen, warmen Klang. In diese Hände wurde ich gelegt.

Meine zarte Mutter stillte mich zehn Monate lang. Dann hatte sie das Ihre getan, ihre Brüste wurden schlaff. Muttermilch, lernen wir, ist das Beste für Kinder. Käte war stolz auf ihre Leistung. Aber es bleibt fraglich, ob ihre Milch für ihr Baby bekömmlich war. Das Kind bekam Milchschorf. Das sah scheußlich aus, und deswegen – und natürlich vor allem, um mir Schmerzen zu ersparen – behandelte meine sorgsame Mutter die trockne Haut mit Öl und löste vorsichtig den Schorf ab. »Kein Tropfen Wasser ist an dich herangekommen.« Sie hatte sehr viel Arbeit damit. Erst als sie mich nicht mehr stillte, bekam ich eine glatte, schiere Haut.

Wer eine Familie gründet, bringt zunächst die eigene Familie ein. Die jungen Leute betrachten sich die Familie des andern, akzeptieren, lassen links liegen, belasten sich mit allem, was sie an Familienerfahrungen und -beständen besitzen, oder sie treffen eine Auswahl. Die Familie ihrerseits betrachtet sich das neue Exemplar, und wenn es ihr gemäß ist, verleibt sie es sich ein.

Familie ist eine homogene Größe. Ohne an den Ursprung der Familie zurückzugehen, sei doch gesagt, dass die Familie über Jahrhunderte hin wichtige Funktionen im Rahmen der Gesellschaft ausübte: So bot sie Schutz für den Einzelnen, war so etwas wie seine Sozialversicherung, und als Gegenleistung für gebotene Sicherheit bewegten sich die einzelnen Mitglieder der Familie nach vorgegebenen Mustern. Sie ist aber nicht ewig, sondern ihre Formen sind wandelbar, wenn auch oft den Notwendigkeiten hinterherhinkend und von unterschiedlichen Moralvorstellungen gehalten.

Wenn Technik, Wirtschaft und Gesellschaft immer mehr die praktischen Aufgaben des Familienverbandes übernehmen, wird die Institution Familie immer überflüssiger. Wenn Änderungen und Entwicklungen schnell aufeinanderfolgen, werden Erfahrungen wertlos, die früher im Rahmen einer Familie über Generationen weitergegeben wurden. Und wenn nur wenige Kinder geboren werden, kann innerhalb der Familie nicht gelernt werden, wie ein Kind versorgt und erzogen wird. Auch werden seit langem außerhalb der Familien neue Methoden entwickelt und praktiziert.

Die Familie alten Stils ist in der überkommenen Form nicht mehr lebensnotwendig und daher vielleicht zum Aussterben verurteilt. Aber ihre Entwicklung von der Produktionsgemeinschaft zur Patchwork-Familie zeigt ihre Kontinuität. Die Vereinsamung Einzelner kann zu Interessen-Familien führen. Was sind Wohngemeinschaften anderes? In Großfamilien vergangener Jahrhunderte lebten auch nicht nur Verwandte miteinander, sondern das Hausgesinde war einbezogen. Die neuen Möglichkeiten sind eine unvergleichliche Chance für die Lebenden unserer Tage.

Und die Liebe? Sie war nicht unbedingt mit dem Begriff Ehe und Familie verbunden. Das hat sich im Laufe der Zeit so ergeben. Wirtschaftliche Zwecke waren Notwendigkeit, die Liebe eine erfreuliche und dankenswerte Zutat.

Meine verliebten jungen Eltern durften endlich heiraten, als ein Kind unterwegs war. Als ich ankam, waren meine Eltern noch dabei, sich gegenseitig kennenzulernen, auch das andere Zuhause. Denn wenn auch gleiche Wohngegend etwa gleiche soziale Verhältnisse gewährleistete, so gab es doch graduelle Unterschiede, mit denen fertig zu werden war. Mich kleines Sonntagskind betrachteten die beiden Familien, begutachteten, prüften Ähnlichkeiten, nahmen mich an.

Meine Eltern wohnten zu Anfang ihrer Ehe »auf Zimmer«, bei einer Familie mit vielen Kindern und vielen Läusen. Auch auf meinen nackten Kopf soll sich eine verirrt haben. Meine Mutter bekam natürlich mehr davon ab, weil die Viecher sich in ihren langen braunen Haaren wohlfühlten. Sie besuchte oft Mutter und Schwestern, die mit Staubkamm und spähenden Blicken das Gekrabbel entfernten. Die Läuse waren der Grund dafür, dass sich meine Mutter einen modernen Bubikopf schneiden ließ. Der stand ihr gut, passte zu ihrem gekrausten Haar und zu ihrem Wesen.

Danach bewohnten wir im Stadtteil Barmbek in der Heitmannstraße ein Zimmer bei einer freundlichen alten Frau, die selten zuhause war, wodurch sich unser Familienleben nahezu ungestört entwickeln konnte.

Das Wohnen in nur einem Zimmer hatte bei meinen Eltern weniger finanzielle Gründe, sondern es herrschte Wohnungsnot in den zwanziger Jahren. Krieg und Inflationszeit, die eben vorüber waren, hatten dem Baumarkt Grenzen gesetzt. Die Wohnungsbauer kamen den neugegründeten Familien nicht hinterher, obwohl gerade in diesen Jahren intensiv gebaut wurde: Neue Wohnblocks, viele davon als Genossenschaftsbauten, entstanden in neuen Stadtteilen. Die Häuser enthielten Raum für viele Familien und bekamen akzeptable sanitäre Anlagen. Keine Hinterhäuser, keine Hinterhöfe wurden mehr gebaut; vielmehr entstanden zwischen den hohen, lang gezogenen Häuserblocks weite Vierecke, in denen Platz war für Büsche und Bäume, für Kinder und Katzen und helle Sonne. Wie viele von uns sind da aufgewachsen, haben sich wohlgefühlt über Jahre hin.

Bis meine Eltern eine Wohnung in einem dieser Backstein-Neubauten fanden, waren etwa drei Jahre vergangen. Dann ergab sich Gelegenheit in Harburg, der Industriestadt auf der Hamburg gegenüberliegenden Elbseite, damals noch zu Preußen gehörend. Dort arbeitete mein Vater als Angestellter in einer Krankenkasse.

Fundstücke

In Harburg stecken meine frühesten Erinnerungen. Nicht viele. Ein paar alte Fotos und Erzählungen meiner Mutter helfen mir, die wenigen Einzelheiten zu ergänzen.

Im kalten Winter 1929/30 wurde ein Schlitten gekauft, der für mich kleines Mädchen viel zu groß war. Aber für ein junges Elternpaar mit Kind waren Größe und stabile Ausführung geeignet. So lernte ich mit gut drei Jahren den Schnee in den Harburger Bergen kennen.

Wer in dieser Gegend zuhause ist, lacht nicht über den Ausdruck Berge. Immerhin sind sie so hoch, dass sie weit drüben auf der nördlichen Elbseite den Geestrücken grüßen können. Hinter ihnen, nach Süden zu, beginnt die Lüneburger Heide, wellt sich das wunderschöne Land. Lass die andern lachen, wenn wir »Berge« sagen. Unsere Flachländer-Augen stolpern schon über kleine Unebenheiten. Wir Eingeweihten wissen, wie schwungvoll hier der Schlitten die Abhänge hinabgleitet, wie gefährlich nahe oft die Bäume stehen, wie gewandt der Steuermann sein muss, um das Gefährt heil nach unten zu bringen. Wie wohlig die Gewissheit: Vati passt ja auf! Wie spannend dennoch die Fahrt an allen möglichen Hindernissen vorbei. Wie erleichtert das kleine Herz nach der sicheren Ankunft. Und ach, wie spaßig, wenn der Schlitten, ausgerechnet in einer weichen Mulde, doch einmal umkippt und wir alle drei durch den Schnee trudeln. Winter ist eine herrliche Jahreszeit!

Diese Meinung wurde von den meisten meiner Zeitgenossen nicht geteilt. In dem erwähnten Winter, als Arbeitslosigkeit und Mittellosigkeit herrschten, gab es wenige, die an Kälte und Kummer vorbei so vergnügt sein mochten wie wir. Aber wir hatten endlich eine eigene Wohnung, Vati hatte ordentliche Arbeit, und wir waren alle drei so jung.

Unsere Wohnung lag günstig für Wanderungen und Ausflüge. Das nutzten wir auch an sommerlichen Wochenenden. Dann fuhren junge Freunde meiner jungen Eltern mit, oft wurde gezeltet. Die Namen der kleinen Orte ringsum wurden mir geläufig. Wir brauchten nur kurze Eisenbahnstrecken zu fahren und waren dann in herrlichen Heidegebieten.

Für die Wanderungen bekam ich einen winzig kleinen Rucksack, in dem höchstens ein Höschen Platz hatte. Rucksack, braune Sandalen und ein ärmelloses Kleid mit einfachem Bindegürtel trugen auch die jungen Frauen, die mitwanderten, und so gehörten wir alle zusammen. Ich war von lauter Erwachsenen umgeben: von fröhlichen Wochenenderwachsenen, die *einer Woche Hammerschlag, einer Woche Häuserquadern* entkommen waren und eine freie, sonnenwarme Welt genossen. Dieses Lied von Hermann Claudius, einem späten Verwandten des alten Matthias, beginnt: *Wann wir schreiten Seit an Seit und die alten Lieder singen.*

Wir haben schön gespielt. Die Großen nutzten es aus, dass sie ihrer Zwänge ledig waren. Sie tobten, liefen und lachten, machten Turnkunststücke, und irgendwo war ich immer dabei. Das Heidekraut kratzte bis hoch an meine Beine. Auf den hellen Sandwegen ließ es sich besser laufen. Manchmal fiel ich hin; etliche Kinderjahre hindurch hatte ich zerschrammte Knie. Aber ich war das gewöhnt und weinte nicht gleich. Außerdem hatte meine Mutter den damals üblichen Spruch »Ein Junge weint nicht« umgestaltet zu dem fast emanzipierten Satz »Ein tapferes Mädchen weint nicht!« Ich wanderte also munter mit. Nur gegen Ende eines langen Tages musste Vati mich auf die Schultern nehmen.

Wir haben auch schön gesungen. In dieser Zeit erwarb ich Anfänge eines Liederschatzes, den zunächst meine Mutter pflegte und den ich später selbst vergrößerte. Die meisten Lieder lernte ich mit Gitarrenbegleitung kennen.

Mutti bekam eine richtige Laute. Wie sanft das braune Holz ihres Bauches glänzte, wie ornamentenreich das Schallloch auf der Oberseite geschnitzt war, wie die Bünde hell auf dem schwarzen Griffbrett lagen – Ebenholz und Elfenbein, so klingende Namen – und wie über den Wirbeln als Abschluss ein geschnitzter Menschenkopf saß, aus dunklem Holz und wie aus alter Zeit kommend, mit einem schön-ernsten Gesicht, einer fremdartigen Kappe und schulterlangem Haar, das überleitete zu den Buchstaben auf der Rückseite des Lautenhalses. *In arte voluptas* stand da, was Lateinisch sein und heißen sollte *In der Kunst das Vergnügen.* Die Saiten, wenn Käte darauf spielte, bestätigten das.

Rosemann hatte eine Geige. Er wollte Lehrer werden, machte ein Praktikum in unserer Gegend. Weil sein Zuhause weit weg war, wohnte er bei uns. Er hatte aber noch etwas Aufregenderes als die Geige, nämlich ein Krokodil – ein ausgestopftes. Das guckte aus einer Ecke neben dem Schrank. Ich durfte es anfassen und feststellen, dass es in diesem Zustand nicht gefährlich war. Die Erwachsenen sagten etwas von Krokodilstränen; es waren aber keine zu sehen. So werden falsche Tränen genannt, wurde ich belehrt. Aber das Krokodil war auch nicht echt. Ich verstand gar nichts. Und wieso konnten Erwachsene so vergnügt sein, wenn über Tränen gesprochen wurde?

Dass sich die Erwachsenen freuten, wenn man ihnen ein Mondgesicht oder eine krause Nase vormachte, wusste ich längst. Ich hatte auch gelernt, den Bauch weit vorzustrecken, was sie dann Bürgerbauch nannten.

Mit etwa vier Jahren bekam ich ein hübsches Kinderbesteck und lernte, mit Messer und Gabel umzugehen. Dann konnten die Eltern sich mit mir in einem Restaurant sehen lassen. Ich guckte dort kaum über den Tisch, wenn ich auf einem normalen Stuhl saß, aber dem war abzuhelfen. Dank der herrschenden Mode trugen die Damen zu der Zeit keine Handtaschen, sondern kleine lederne Stadtkoffer. Mutti hatte einen dunkelblauen, den sie auf den Stuhl legte und mich daraufsetzte. Das ergab acht bis zehn Zentimeter mehr Sitzhöhe für mich, und ich konnte das mitgebrachte Besteck manierlich benutzen.

Wieso Restaurant-Essen? Weil Käte erklärt hatte, sie sähe nicht ein, dass am Sonntag, wenn alle Leute frei haben, ausgerechnet die Hausfrau den ganzen Vormittag in der Küche stehen und braten und brutzeln und backen und kochen muss und danach verschwitzt und müde ist, statt sich auch am freien Sonntag erfreuen zu können. Karl ging darauf ein; ihm gefiel es, seine hübsche Frau und das niedliche Kind auszuführen. Außerdem erlaubte sein Filialleitergehalt so etwas von Zeit zu Zeit.

Wir aßen damals manchmal im Vegetarischen Restaurant. Mutti hatte sich auch im Hause auf vegetarische Kost eingestellt, und wir machten das mit. Als ich allerdings einmal von unserer Nachbarin kam und ein schönes Stück Leberwurstbrot in der Hand hielt, von dem ich vergnügt abbiss, gab sie auf und kochte wieder wie alle Leute.

Wenn ich also hier und da eigenen Geschmack entwickeln konnte, so war ich doch in wesentlichen Fragen von der Meinung meiner Eltern abhängig. Das ist man mit vier Jahren. So kam ich auch ohne eigenes Zutun zu Tante Frieda.

Auf der Veddel

Die Eiszeiten haben uns das Urstromtal hinterlassen, in dem die Elbe ihr breites Bett fand. Bei Hamburg hat sie besonders viel Platz, bildet zwei Arme; dazwischen Inseln, verbunden durch Brücken und künstliche Aufschüttungen, wieder geteilt durch Kanäle und zersägt von Hafenbecken. Auf den Inseln befinden sich Stadtteile Hamburgs und ehemalige Dörfer, vor allem aber Hafen- und Industrieanlagen.

Eine dieser Inseln ist die Veddel, intensiv bebaut, vollgestellt mit soliden Wohnblocks der zwanziger Jahre. Hier wohnte eine Schwester meines Vaters, Tante Frieda, mit ihrem Mann, der Tede genannt wurde, obwohl er Hermann hieß. Sie hatten keine Kinder, was sie beide bedauerten. Als meine Eltern sich nicht gut vertrugen und sich 1930 für einige Zeit trennten, erklärten Frieda und Hermann sich bereit, mich inzwischen aufzunehmen. Der Anlass für diese Unterbringung wurde mir erst lange danach klar. Ich war vier Jahre alt und spielte auf der Veddel fünf helle Sommermonate lang. Das war eine schöne Zeit. Ich brachte denen, die mich gerade versorgten, freundliches Vertrauen entgegen und wurde nicht enttäuscht.

Tante Frieda bewohnte eine kleine Parterrewohnung in einem großen Häuserblock. Zunächst war da die Küche mit den Möbeln meiner Eltern, die ihre eigene Wohnung aufgegeben hatten. Außer einem Kohleherd gab es einen großen Gasherd mit Backofen, weil Tante Frieda gern Kuchen backte. Dafür war sie in der Verwandtschaft berühmt. Von Geburtstagsfeiern behielt ich die Worte im Ohr: »Frieda kommt ja noch mit Pflaumenkuchen.«

Von der Küche führte eine schmale Tür in die Speisekammer, die nicht ganz die Höhe der übrigen Räume hatte. Der Platz oberhalb dieser Kammer wurde vom Toilettenraum aus genutzt: Das ergab eine Abstellfläche von etwa vierzig Zentimetern Höhe, am Ende ein schmales Fenster, das mit einem langen Hebel zu öffnen war. Neben gut eingepackten Winterschuhen lag dort auch eine schwarz-rot-goldene Fahne aufbewahrt, die am Ersten Mai am Küchenfenster ausgehängt wurde. Übrigens gab es kein Waschbecken im Klo; die einzige Wasserquelle befand sich in der Küche, so konnte Tante Frieda kontrollieren, ob ich mir ordentlich die Hände wusch.

Das Wohnzimmer war klein und enthielt außer dem üblichen Büfett und einem runden Tisch noch ein Sofa und zwei Sessel, graugestreift plüschig. Es kann unbeachtet bleiben, weil dort höchstens mal meine Kusine Helga und ich Friseur spielten, wenn sie mit ihrer Mutter Mariechen auf Besuch kam und die Tanten in der Küche für Kinderohren Unwichtiges beredeten.

Das Schlafzimmer war noch kleiner und durchs Wohnzimmer zu erreichen. Die Ehebetten standen hintereinander an der Längswand. In einem schlief Onkel Tede, in dem andern ich. Jedenfalls hatte ich den Eindruck, dass ihm und mir die Betten gehörten, denn Tante Frieda wechselte: Sie benutzte sein Bett regelmäßig, wenn er Nachtschicht hatte. Sonst schlief sie manchmal bei mir, während ich sie zu anderen Zeiten morgens in seinem Bett fand. Meistens war sie allerdings schon auf, wenn ich wach wurde. Das erkannte ich an der Radiomusik aus der Küche.

Gewaschen wurde in der Gemeinschaftswaschküche im Keller. Getrocknet wurde die Wäsche auf dem Boden, wohin sie mühsam viele Treppen hochgeschleppt werden musste. Dabei halfen sich die Nachbarinnen. Ich durfte beim Aufhängen die Wäscheklammern zureichen. Im Keller gab es auch eine Dusche, die von allen Bewohnern im Wechsel benutzt wurde. Von dem selbstverständlich gemeinsamen Duschen mit Tante Frieda ist mir besonders ihre Badekappe erinnerlich: vielfach gefältelt, in Gummibandrot.

In der Nachbarschaft wohnten mehrere Kinder, mit denen ich spielte. Dem Haus gegenüber befand sich ein unbebauter Platz, der inzwischen zu einer gepflegten Gartenanlage avanciert ist, zu meiner Zeit aber den unvergleichlichen Vorteil hatte, aus Hügeln von Sand, Erde und Gras zu bestehen. Manchmal träume ich noch von diesen großartigen Sandkuhlen, in denen wir »Mutter und Kind« oder »Tante und Tante« spielten, was meist mit unerwartetem Besuch begann, wie er in den Familien, die ich kannte, ziemlich üblich war. Telefon hatte niemand, um Anmeldung oder Einladung auszusprechen. Die nicht berufstätigen Hausfrauen nutzten eine Spätschicht ihres Mannes, um Schwestern, Schwägerinnen, Mütter zu besuchen. Wenn wir Kinder das spielten, klingelte eine Tante an der Tür, die andere rannte eiligst durch die ganze Wohnung, sagte »nudelnudel-auf«, womit die Tür geöffnet war, und rief mit überraschter Bewegung, wie von der Mutter abgeguckt: »Ach nee! Wo kommst du denn her?

Komm rein!« Und dann konnte die Besucherin sagen: »Ja, denk ich, muss doch mal wieder reinkucken, wie das euch so geht.« Damit waren die Präliminarien beendet, und es gab Kaffee.

Direkt vorm Haus, auf den gleichmäßig großen glatten Steinen des Gehweges spielten wir Hinkebock. O ja, ich konnte durchaus auf einem Bein stehen und hüpfen; aber nur bis zum nächsten Stein, und dann wieder zum nächsten. Um einen ganzen Stein zu überspringen, waren meine Beine noch zu kurz. Ich trat über und musste ausscheiden. Aber das war nicht schlimm. Beim nächsten Spiel konnte ich wieder mitmachen, und vorher saß ich auf dem niedrigen, die kleine Rasenfläche vorm Haus eingrenzenden Steinsockel und passte auf, dass die größeren Kinder nicht beschummelten.

Einmal konnte ich mir großen Ruhm erwerben, indem ich ein Pferd unterm Bauch kitzelte. Es stand angeschirrt vor einem Wagen und wartete auf seinen Kutscher. Das Pferd war Fuhre und Futter gewohnt, wirkte friedlich-gemütlich. Mir steht ein Pferd vor Augen, wie wir es damals oft auf den Straßen sahen, weil Transporte noch vielfach mit Pferdefuhrwerken erfolgten. Keines der Brauereipferde, die waren besonders stark, weil sie viele schwere Bierfässer zogen. Aber mein Pferd war auch nicht klein. Hatte einen wohlgerundeten braunen Bauch, den ich mit den Fingerspitzen nur eben antippte. Das Pferd reagierte gar nicht, und ebenso leise, langsam und vorsichtig, wie ich mich seitlich angeschlichen hatte, konnte ich wieder entschwinden. Vielleicht hatte es mich gar nicht gesehen, weil ich sehr seitlich gekommen war. Die kurze Berührung mochte ihm wie von einer Fliege erschienen sein. Da sie sofort wieder aufhörte, war nicht mal ein kurzes Schwanzschlagen notwendig. Dass es ausschlagen und mich mit seinem Huf hätte verletzen können, war mir nur ungenau als Gefahr im Kopf. Die anderen wussten das wohl besser und riskierten deshalb nicht, was sie vorher großartig gefragt hatten: »Wer traut sich?«

Manchmal kam ein Schutzmann durch die Straße. Er sah friedlich aus, wie einer, den verlaufene Kinder nach dem Weg fragen könnten. Dennoch galt es als mutig, auf ihn zuzugehen, ihm die Hand zu geben und mit Verbeugung oder Knicks Guten Tag zu sagen. Welche Hemmungen mochten da vorhanden sein? Aus welchen Quellen floss die ungenaue Angst vor dem in der Polizeiuniform?

Wir Kinder lebten in soliden Familien, Mitgliedern der Baugenossenschaft, deren Häuser sie bewohnten. Das bedeutete leidlich gesicherte Verhältnisse. Die Väter waren Gewerkschafter. Die meisten auf der Veddel wohnenden Männer waren Hafenarbeiter, viele hatten Arbeit.

Nicht alle. Der Vater von Irmi, mit der ich oft spielte, war arbeitslos. Aber er war immer beschäftigt. Denn Irmis Eltern hatten einen Kleingarten in der Nähe. Da musste er nicht nur pflanzen und ernten, sondern auch düngen. Deshalb stellte er auf seinen Bollerwagen einen Eimer, nahm einen alten Handfeger und eine Schaufel und fand auf den Straßen – wo es ja die vielen Pferdefuhrwerke gab – ausreichend Pferdeäpfel für Rhabarber, Stachelbeerbüsche und anderes dankbares Grünzeug.

Ach ja, erst mussten viele Spatzen verscheucht werden, die aus den Pferdeäpfeln Haferreste herauspickten. Spatzen heutzutage wissen nicht, wovon ihre Vorfahren lebten. Sie haben sich umstellen müssen vom Picken und Hüpfen auf der Fahrbahnmitte zum Hängen an Meisenringen, und es hat generationenlang etliche Spatzenleben gekostet, bis die neue Ernährungsbasis gefunden war. Aber sie sind noch da, sie haben Krisen anpassungsfähig, aufmerksam überlebt. Ich wünsche ihnen ein langes Leben, diesen kleinen frechen, munter schilpenden Mitbewohnern unserer Städte!

Wenn Irmis Vater zuhause war, besohlte er die Schuhe der ganzen Familie, vielleicht auch andere. Das lernte man in bedrängenden Freizeiten. Irmis Mutter fand ich beim Einkochen. Berge von grünen Bohnen, Duft von Kirschen und Johannisbeeren, die zu Saft und Marmelade verarbeitet wurden.

Willi, der jüngste Bruder von Tante Frieda und meinem Vater, hatte auch einen Kleingarten. Dort begrüßte uns seine Frau Hanni und bot Tante Frieda und mir selbstgebackenen Obstkuchen an. Die kleine Laube im Garten war hübsch und gepflegt, genau wie Tante Hanni. Leider war der Raum etwas dunkel, so dass Licht brennen musste. Elektrische Beleuchtung gab es hier nicht, stattdessen eine Karbidlampe. Die roch sonderbar. Ihr Geruch stieg mir immer dichter durch die Nase in den Kopf. Ich meinte, er müsse platzen, wenn ich ihn nicht irgendwo auf einen sanften, weichen Grund betten konnte. Aber es gab nur den Tisch, auf den ich schließlich meinen Kopf legte. Da merkten die Tanten, wie ich blass geworden war, verordneten mir frische Luft und trugen mich auf eine kleine Bank vor der Laube. Ich bekam auch ein Kissen. Nach einiger Zeit musste ich erbrechen. Danach zogen langsam die wilden Schmerzen aus meinem Kopf. Das war die erste, mir unvergessene Migräne meines Lebens.

Onkel Tede zitierte manchmal aus Schillers *Glocke*:

Gefährlich ist's, den Leu zu wecken,
verderblich ist des Tigers Zahn,
jedoch der schrecklichste der Schrecken,
das ist der Mensch in seinem Wahn.

Nein, nicht so, sondern:

Das ist der Mensch in seinem Tran.

Oder:

Das ist ein Bierfass ohne Hahn.

Auf diese Weise lernte ich Schiller kennen. Ähnlich unseriös geriet ich an erste Geschichtskenntnisse. Denn Onkel Tede sang viele Verse von *Als die Römer frech geworden, zogen sie nach Deutschlands Norden.* Ich verstand das alles nicht und behielt nur den komplizierten Namen »Herr Quintilius Varus«.

Tante Frieda erklärte verständlicher. Wenn ich gewaschen wurde, pikte sie manchmal mit dem Zeigefinger auf meinen Bauchnabel und berichtete, dass der liebe Gott das auch so gemacht habe, den Menschen auf den Bauch gepikt und gesagt habe: »Du bist fertig!«

Bei Gewitter standen wir am Fenster und betrachteten den unruhigen Himmel. Sie sagte: »Petrus spielt Kegeln.« Petrus war eine Person im Himmel, gut. Einem Kegelspiel hatte ich noch nie zugesehen, deswegen wusste ich natürlich nicht, was ein »Pudel« ist. Tante Frieda sagte das, wenn es nur so leise grummelte: »Ach, das war bloß ein Pudel.« Bei richtig dollen Donnerschlägen rief sie: »Alle Neune!«

Manchmal war das Gewitter fast vorüber, ging aber plötzlich mit neuer Kraft wieder los. Dann hieß es: Das Gewitter kommt noch mal zurück, es kann nicht über die Elbe. Das bedeutete, wie ich lange danach begriff: Die Elbe ist Wetterscheide, daher ist mit einem Wetterwechsel erst zu rechnen, wenn Flut und Ebbe wechseln. Ich habe das später noch öfter gehört: »Wart man auf ablaufend Wasser.«

An trüben, regnerischen Tagen gebrauchte Tante Frieda, wie viele Leute hier, den Ausdruck Schmuddelwetter und behauptete, dass in Hamburg die Kinder schon mit Regenschirm geboren werden. Das nützte mir gar nichts, es war langweilig.

Bei angenehmerem Wetter trafen Tante Frieda und ich uns mit Tante Mariechen und Kusine Helga in der Stadt. Vorher roch es in der Küche nach verbranntem Papier: Tante Frieda erhitzte ihre Brennschere auf der Gasflamme, und durch das Einklemmen des Papiers zwischen die Schenkel der Schere erkannte sie, ob die gewonnene Wärme zum Ondulieren ihrer Haare geeignet war. Das Haar sah danach wunderschön lockig aus. Die beiden Frauen kauften ein, und wir Kinder gingen nebenher. Das war nicht sonderlich interessant, endete aber mit einem Cafébesuch, was bei den Erwachsenen *Konditern-Gehn* hieß. Wir aßen schönen Sahnekuchen, die Tanten tranken dazu Kaffee, und für Helga und mich gab es Kakao mit dicker Sahnehaube.

An einem besonders schönen Sommertag waren wir an der Elbe bei Blankenese. Da waren wir mit mehreren Frauen und Kindern, vielleicht Nachbarinnen. Wir Kinder holten Wasser in kleinen Eimern und schütteten es über Hügel und Täler, die wir im Sand gebaut hatten, waren enttäuscht, wenn plötzliche Wellen unsere Kunstwerke wegschwemmten. Wir durften auch richtig baden, aber mussten sehr aufpassen: »Nur bis zum Bauch rein und auf die Wellen achten«, die von jedem vorbeifahrenden Schiff ausgingen. Für das Strandleben war besondere Kleidung nicht üblich. Wir Kinder liefen nackt oder mit Unterhöschen herum. Die Frauen hatten ihre Kleider ausgezogen und saßen geradezu leichtfertig da: im Unterrock. Wahrscheinlich hatten sie extra hübsche Unterröcke aus ihren Wäscheschränken gesucht, blendendes Weiß mit soliden Spitzen oben und unten. Neben ihnen standen ihre Schuhe, darin aufgerollt die langen Strümpfe.

Elbe – so heißt das Wasser nicht nur bei Blankenese, sondern auch da, wo Onkel Tede arbeitete. Er war Kranführer. Manchmal holten wir ihn ab. Das war vermutlich, wenn Onkel Tede freitags Frühschicht hatte. Er trank nicht, hätte seine Lohntüte bestimmt heil nach Hause gebracht, eher wurde noch Geld für den Einkauf zum Wochenende benötigt. Wir gingen nämlich direkt in die Pro, den genossenschaftlichen Einkaufsladen, wo Tante Frieda hauptsächlich Esswaren einkaufte. Manchmal auch Wolle, denn sie strickte gern und viel. Ihre Jacken und Westen wurden in der Verwandtschaft geschätzt.

Der Einkauf war für mich Anhängsel an ein Erlebnis, das an manchen Lohntütentagen wiederkehrte. Ich konnte an Tante Friedas Hand gehend viel Aufregendes sehen: Schuppen, Speicher, Kräne und viele Schiffe. Laut war es im Hafen. Und es stank; ich kannte erst wenige Gerüche. Onkel Tede, den wir in all dem Lärm und Durcheinander immer fanden, schob sein Fahrrad neben uns her und zeigte mir, was seine Kranführer-Kollegen gerade machten: Sie beluden ein Schiff, in dessen Luken wir nicht hineinsehen konnten. Nur aus dem tiefen Innern hörten wir Rufe, sahen auch oben an Land gestikulierende Männer, die den Kranführer anwiesen, wohin er Ballen oder Fässer oder Kisten transportieren sollte. Wir sahen in große, hohe Hallen hinein, wo ganz oben an langen Schienen kleine Kräne sich schnell hin- und herbewegten. Laufkatzen nannte Onkel Tede sie. Immer wenn wir ihn abholten, wollte ich sie wieder sehen. Ich liebte diesen Namen.

Was ich gar nicht liebte, nein, im Gegenteil, wovor ich mich fürchtete, waren die kleinen Brücken. Hafenbrücken bestehen aus einer stabilen Eisenkonstruktion, sind haltbar, sogar wenn kleine Mädchen sie überschreiten. Aber dieser Fußweg hat Löcher! Die dicken Holzbohlen liegen fest in ihrer Verankerung, und jeder kann unbesorgt drübergehen. Nur sind die Bohlen nicht auf Stoß gelegt, sondern haben schmale Zwischenräume. Da sah ich tief unten: Wasser. Und obwohl alle mir sagten, ich sei keineswegs dünn genug, um durch die Ritzen zu rutschen, blieb lange meine Unsicherheit. Onkel Tede trug mich bereitwillig über alle Brücken, bis ich so weit war, meinen eigenen Füßen auf diesen Wegen zu trauen.

Die Schiffe waren dampfbetrieben, ihre Schornsteine qualmten, und dicker Rauch wurde vom Wind in den Himmel getragen – oder tief ins Wasser gedrückt. Wenn Schlepper und Barkassen unter niedrigen Brücken durchfahren wollten, konnten sie ihren Schornstein umkippen. Dann kam der Qualm kurz überm Deck aus einem Ofenloch, manchmal sprühten Funken dazwischen.

Zuhause war ich müde und sah nur noch, wie Tante Frieda das Geld aus der hellbraunen Lohntüte auf den Küchentisch schüttete und hin- und herschob. Zuletzt legte sie einiges davon in henkellose oder abgestoßene Kaffeetassen, die sie in das oberste Bord des Küchenschrankes stellte. Später begriff ich: Von jedem Wochenlohn musste ein Teil einbehalten werden, um monatlich anfallende Kosten wie Miete, Strom, Gas bezahlen zu können. Auch Feuerung für den Winter war im Sommer billiger einzukaufen.

Tante Frieda konnte mit dem Geld haushalten, das ihr Mann nach Hause brachte. Als Kranführer verdiente er verhältnismäßig gut. Für mich bezahlten meine Eltern. Frieda konnte ihrem Mann Aufschnitt aufs Brot legen und füllte guten schwarzen Kaffee in den *Kaffeetänk*, einen nicht isolierten blechernen Vorläufer der Thermoskanne. Brot und Kaffee kamen in eine alte, abgewetzte Aktenmappe, die Onkel Tede einmal umklappte und auf den Gepäckträger seines Fahrrades klemmte.

Ich denke nicht, dass die Eheleute eigenes Taschengeld für sich beanspruchten. Frieda erfüllte ihre geringen Bedürfnisse, wie *Konditern-Gehn*, vermutlich aus dem zur Verfügung stehenden Haushaltsgeld. Und aus derselben Tasse wurde das Zigarettengeld für Tede genommen. Mit diesem Geld wurde ich in den Zigarrenladen geschickt: Fünf Zigaretten in einer schmalen Schachtel.

Fünf helle Sommermonate. Wenig in einem Menschenleben. Doch viel im Leben eines Kindes, das gerade begann, die Welt zu sehen und zu erleben.

Karl, mein Vater

Karl Wilhelm August, geboren am 3. Juli 1901 in Wellingdorf bei Kiel als sechstes Kind seiner Eltern. Richtiger: als sechstes Kind seiner Mutter. Denn als Wilhelm Ernst David und Christiane Johanna Henriette Steegen 1892 heirateten, hatte Henny bereits einen Sohn: Johannes, den sie mit in die Ehe brachte. Ich erinnere mich an diesen Onkel Hannes, der mit Frau und zwei Kindern treulich an allen Festen teilnahm, die Henny, seine Mutter, betrafen, jedoch im Familienverband keine besondere Rolle spielte.

Mag sein, dass er früh eigene Wege fand. Er blieb sogar noch im Bewusstsein der nächsten Generation, »das mitgebrachte Kind«.

Wie lange blieb die Familie in Wellingdorf? Dass sie noch im Sommer 1906 dort wohnte, lässt sich einer Erinnerung meines Vaters entnehmen: Als er fünf Jahre alt wurde, genau an seinem Geburtstag, kam ein Onkel und berichtete: »In Hamburg brennt der Michel!« Das Datum ist in der Michaelis-Kirche zu lesen: 3.7.06. Karl erzählte noch nach vielen Jahren diese Geschichte so aufgeregt, wie sie damals auf ihn gewirkt hatte. Vermutlich bald danach ging die Familie zurück nach Hamburg, in die Geburtsstadt von Henny und Ernst, wo Ernst wieder im Straßenbau Arbeit fand, wo der Familie noch zwei Kinder geboren wurden und wo Karl in die Schule kam.

Hamburg: Die Stadt platzte aus allen Nähten. Aus den Dörfern von Dithmarschen und Ostholstein, von Mecklenburg und Pommern kamen Arbeitsuchende; denn Hafen und Werften und weitere Industrien brauchten neue Arbeitskräfte. Der ältere Teil von Barmbek bekam um die Jahrhundertwende sein Gesicht: ein Arbeiterviertel, dicht bebaut mit mehrstöckigen Häusern; Toreingänge führten in enge Höfe. Hinterhöfe heißen in Hamburg »Terrasse«. Sie werden dadurch nicht schöner.

Die in Barmbek aufwachsenden Jungens fielen unter den Sammelbegriff Barmbeker Buttje. Sie lebten in engen, mit vielen Menschen vollgestopften Wohnungen. Doch die Straße gehörte ihnen. Nur manchmal störte ein vorbeikommendes Pferdefuhrwerk. Vor allem waren Schott'sche Karren üblich, Schubkarren auf hohen Rädern, mit breiter Ladefläche, auf denen Lasten jeder Art transportiert wurden. Hier und da waren Hunde mit breiten Gurten an die Karren gespannt und mussten ziehen helfen. Sogar Umzüge mit allem Hausrat ließen sich mit diesen Handkarren bewältigen.

Die Straße also: herrliches Spielfeld zum Toben, Wettrennen und mit Hauseingängen zum Verstecken. Vor allem aber – soweit es die Jungens betraf – geeignet für Straßenschlachten. Es muss Holzschwerter gegeben haben, mindestens aber Holzlatten, mit denen die Buttjes aus einer Terrasse in die andere einfielen. Großes Hallo. Geschrei: »Sie kommen!« Wer da nicht mitprügeln wollte oder konnte, nahm schleunigst Reißaus. Blut, Geheul und Sieg. Natürlich Sieg. Wer immer von solchen Schlachten später erzählte, gehörte zu den Siegern. Aber es waren Kinderspiele.

Die Eltern dieser Buttjes standen in anderen Kämpfen. Sie alle waren von gleicher Not betroffen, waren »Genoten«, Genossen, die über ihr Schicksal und ihrer Kinder Zukunft mitentscheiden wollten. Doch unter dem Dreiklassenwahlrecht der Kaiserzeit war nur wahlberechtigt, wer Steuern zahlte. Wer keine Steuern zahlte, weil der Lohn zu niedrig war, konnte nicht wählen. Dennoch haben viele von ihnen trotz ihrer niedrigen Löhne und ihrer vielen Kinder Steuern einbezahlt. Auch mein Großvater Ernst David erwarb 1910 einen Bürgerbrief, wurde wahlberechtigter Bürger durch Steuerzahlung. Hamburger Arbeiter schickten sozialdemokratische Abgeordnete in die Bürgerschaft, und so hieß es seit der industriellen Aufwärtsentwicklung unserer Stadt »Hamburg ist rot!«.

Ein teures Rot. Ein kostbares Rot. Das haben auch die Frauen mitbezahlt.

Henny nähte Staubtücher, die ein paar Pfennige brachten. Davon musste sie erst ihre Nähmaschine abzahlen, die sie dringend brauchte für Bettzeug und Kinderkleidung. Henny ging auch waschen oder sie holte Wäsche ab, wusch sie in ihrer eigenen Küche, konnte dadurch bei ihren jüngsten Kindern bleiben.

Was erfuhren die Kinder über ihre nächste Umgebung? Was sagten ihnen zum Beispiel die großartigen Namen der Straßen, in denen sie lebten? Am dichtesten bevölkert die Humboldtstraße, eng daneben Straßen, benannt nach Bach und Mozart und Schumann und – ja: Familie David wohnte in der Beethovenstraße. Wer wusste was von Beethoven? Wer sagte einem Barmbeker Buttje, wie dieser seltsame Name ausgesprochen wird? Wir hier halten uns an die deutsche Ausspracheregelung, und danach heißt das: Betówen. Nein, in diesen Straßen gab es noch kein Radio und keine andere Vermittlung klassischer Musik und ihrer Schöpfer. Wäre es den Müttern bekannt geworden, hätten sie den Kindern weitergesagt, »wie es richtig heißt«. Denn sie hatten auch Hunger nach Bildung zu der Zeit.

Die meisten Kinder gingen damals sieben Jahre lang zur Schule. Einige wurden ausgesucht für ein achtes Schuljahr. Dieses Jahr in der Selekta war für Karl deutlicher Aufbruch zu Erkenntnissen, die seinen Spielfreunden und seinen Geschwistern nie ermöglicht wurden. Dieses Jahr überstrahlte in der Erinnerung seine gesamte Kindheit und Jugend. Der Lehrer Julius Blasche führte die Buttjes aus den Terrassen ein weites Stück in die

Welt hinein. Sie machten Wanderungen an der Elbe entlang und durch die Lüneburger Heide. Sie erfuhren von dem gewaltigen Kosmos, in den die Erde eingefügt ist als kleiner Teil – mit so großer Schönheit! Sie lernten Lieder der Wandervögel, denen Blasche wahrscheinlich angehörte. Sie sprachen in diesem Jahr auch über Philosophie und Religion.

Bei Karl entwickelte sich aus all dem ein Hang zur Natur, der ihm Gott und Kirche ersetzte. Er bezeichnete sich gern als Freidenker. Las Bücher über die Entstehung der Welt, und ich durfte Jahre später darin blättern und Bilder ansehen von Sternen und Nebeln, von Mondfinsternissen und der Sonnenkorona.

Ostern 1916 kam Karl aus der Schule. Mit dem Selekta-Zeugnis in der Hand erhielt er die Chance, in einem Zigarrenladen eine kaufmännische Lehre zu machen, und er blieb dort, bis er in der Verwaltung einer Krankenkasse langjährig Arbeit fand. Mutter Henny war stolz auf ihn: Er hatte es zu etwas gebracht, war sogar Angestellter geworden. Das wollten doch die fleißigen, arm gebliebenen Mütter aus den Arbeiterquartieren der Kaiserzeit: »dass die Kinder es mal besser haben«. Dafür nahmen sie auf sich, das Kind ein achtes Schuljahr hindurch und weiter während der kaum bezahlten Lehrzeit am Familientisch durchzufüttern. »Pass man schön auf in der Schule«, sagte Henny noch den Enkelkindern: »Was du gelernt hast, kann dir keiner nehmen.«

Als der Weltkrieg zu Ende ging – niemand ahnte 1918, dass er einmal den Namen »der Erste« erhalten würde –, war Karl siebzehn Jahre alt und froh, dass er nicht mehr Soldat werden musste wie seine beiden älteren Brüder.

Karl war gesund, er benötigte nur früh eine Brille, mit der er sich problemlos abfand. Auch sein kupferroter Haarschopf schien keinen negativen Eindruck zu machen. Jedenfalls interessierten sich immer wieder Mädchen und später Frauen für ihn. Er ging auf Menschen zu, konnte kleine Geschichten und Erlebnisse erzählen.

Einmal begegnete ihm in seiner Straße ein etwa sechzehnjähriges Mädchen: dunkel gelockt, mit lebhaften braunen Augen, zierlich gewachsen. Die war ihm schon aufgefallen während seiner Zeit bei der Arbeiterjugend. Er sprach sie plattdeutsch an: »Wat mokt de lütte Deern denn hier?« Sie wollte zu einer Freundin um die Ecke, ließ sich dann aber auf seine Munterkeit ein. Und dabei blieb es – jedenfalls für einige Jahre.

Käte, meine Mutter

Käte Elisabeth, geboren am 8. April 1907 in Hamburg, war das erste Kind ihrer unverheirateten Mutter Agnes Tensfeldt.

Als Agnes zweiundzwanzig war und eben ihr Kind hatte, unterstützte ihre Familie sie so gut es ging. Vater und Stiefmutter von Agnes nahmen die lebhafte Käte in ihre Obhut. Ihr älterer Bruder Traugott übernahm die Vormundschaft.

Gern hätte Agnes die kleine Tochter bei sich gehabt. Aber sie war Dienstmädchen, wohnte im Hause ihrer Herrschaft, konnte ihre Kleine nicht selbst versorgen. Sie fand eines Tages Hermann Grube, der per Zeitungsanzeige eine Haushälterin suchte. Ihm war die Ehefrau mit zwei Söhnen weggelaufen und hatte ein dreijähriges Mädchen zurückgelassen, um das er sich nicht ausreichend kümmern konnte. Als Agnes sich meldete, war er bereit, auch ihre Tochter mit aufzunehmen. Die Mädchen, Käte und Else, waren fast gleichaltrig. Es muss sich sehr bald so etwas wie ein Familienleben entwickelt haben. Jedenfalls wurde Anfang 1911 die gemeinsame Tochter Irene geboren. Im Dezember des Kriegsjahres 1917 heirateten Agnes und Hermann.

Hermann war »Muerklatscher«, Maurer also, sogar Polier. Was machte er im Winter? Half auf einem Eislaufplatz in Harvestehude, wo er *besseren* Leuten die Schlittschuhe an- und auszog, auf Kinder aufpasste und abends fegen und spritzen musste. Er hatte feste Kunden, die für jede Arbeitsleistung fünf bis zehn Pfennige zahlten. Über die zugefrorene Alster laufend, brachten Käte und Else ihm sein Essen.

Vier Jahre Krieg. Und Kriegsspiele. Die Jungens gerieten als verwundete Soldaten in die Obhut von »Schwester Käte«. Das – so wünschte sie – sollte ihr Beruf werden.

Als der Krieg vorüber und Käte etwa dreizehn Jahre alt war, verdiente sie sich auf unterschiedliche Weise ein Taschengeld. Für zweimalige Treppenreinigung im Vorderhaus erhielt sie pro Woche fünfzig Pfennige. Sie vertrat außerdem eine erkrankte Nachbarin, die in einem Möbelhaus Staub wischte.

Käte hatte etwa im siebten Schuljahr die Chance bekommen, in einen sogenannten F-Zug zu wechseln, eine Förderklasse, die zum höheren

Schulabschluss führen sollte. Das war nach dem Krieg, in den zwanziger Jahren, als moderne Gedanken in die Schulen einzogen. Die Strenge der Kaiserzeit wich größerem Verständnis für Kinder, entwickelte hier und da fast ein Miteinander. Ihr Lehrer Heinrich Heidenreich hatte wohl zur Gruppe jener Lehrer gehört, denen das Lernziel *vom Kinde aus* gefiel. Er fragte, regte an, ließ die Kinder sich äußern und selbstständig denken, er machte Mut.

Käte liebte Biologie, damals Lebenskunde genannt. Sie bekam aber einen Schock, als sie erfuhr, wie das Herz aussieht. Nämlich gar nicht so, wie auf allen schönen Bildern oder wie an ihrer Kette, zusammen mit Kreuz und Anker: Glaube, Liebe, Hoffnung. Sie fühlte sich zutiefst belogen. Ihre Konsequenz: Sie verließ die Kirche. Und gehörte früh zu denen, die zum Schulabschluss eine Jugendweihe bevorzugten.

Nach acht Schuljahren kam Else aus der Schule und sollte eine anderthalbjährige Lehre als Buchbinderei-Arbeiterin beginnen. Wie ist das aber, wenn zwei etwa gleichaltrige Mädchen in der Familie sind? Sie sollen gerecht und gleich behandelt werden. Doch wie groß wird oft die Ungerechtigkeit durch den Wunsch nach Gleichbehandlung. Käte wurde aus der Schule genommen. Im selben Betrieb wie Else fand auch Käte einen Ausbildungsplatz.

Beide Schwestern vereint, aber mit unterschiedlichen Familiennamen? In der Schule hatte man Käte geführt als »Tensfeldt, genannt Grube«. Das schien damals oft vorgekommen zu sein. Aber jetzt? Musste der Lehrherr überhaupt informiert werden? Hermann Grube beschloss, Käte und Irene, den beiden unehelich geborenen Töchtern seiner Frau Agnes, seinen Namen zu geben. Das ist keine Adoption; das ist keine Anerkennung eines Kindes. Nur das Kind bekommt mit standesamtlichem Stempel einen neuen Familiennamen. Künftig hießen also Käte und Irene »Fräulein Grube« und durften später mal schreiben: »geb. Grube«.

Der alte Meister mag sich zu dem geringen Altersunterschied der Schwestern von nur einem halben Jahr sein Teil gedacht haben. Ihm oblag es, den Mädchen beizubringen, dass sie – trotz Leim an sämtlichen Fingern – immer noch zwei Finger sauber halten mussten, um ihre Arbeit unbeschmutzt behandeln und abliefern zu können.

Else besuchte nach der Lehre mehrere Kurse in der Kunstgewerbeschule und fertigte ausgesprochen schöne und künstlerische Bucheinbände an. Ein von ihr gebundenes Buch für die Bugenhagenkirche in Barmbek wurde in den Grundstein eingemauert. Noch lange nach ihrer Heirat blieb ihre kleine, hölzerne Buchpresse in Gebrauch. Als später ihr Mann in seiner Freizeit silberne und goldene Schmuckstücke schmiedete, zeichnete Else die Entwürfe dafür.

1921, gegen Ende ihrer Schulzeit hatten sich beide Mädchen der Sozialistischen Arbeiterjugend angeschlossen und Freundschaften gefunden. Für Käte interessierte sich besonders ein Carl, der in der Terrasse gegenüber wohnte, etwas älter war und schon im Beruf stand. Seiner Initiative war zu verdanken, dass Käte von ihrer SAJ-Gruppe zu Weihnachten ein besonderes Geschenk bekam: eine Gitarre!

Die Eltern meinten, die große Begeisterung darüber würde bei Käte nicht lange anhalten. Oft flog sie von einer Wichtigkeit zur andern. Gitarrenspiel aber gehörte fortan zu ihren bleibenden Lieblingsbeschäftigungen. Ihre Tante Käte, Mutter Agnes' jüngste Schwester, brachte als erstes Notenbuch eine kleine Gitarrenschule. Damit saß Käte im winterkalten Schlafzimmer und übte immer wieder gleiche Griffe und Kniffe, immer wieder gleiche Melodien, bis ein ganzes Lied gelang, und noch eins, und noch eins. Da begriffen die Eltern, wie ernst dem Mädchen dieses Spiel war, und sie holten Käte in die warme Stube, wo sie üben durfte, bis die Fingerkuppen schmerzten. Und wenn die Begleitung eines Liedes ausreichend nach Noten geprobt war, sangen auch die Eltern mit.

Beide, meine Eltern

Arbeiterjugend. Singen, spielen, lachen, wandern. Lernen. Erkenntnisse schöpfen, neue Gedanken finden nach Kaiserzeit und schrecklichem Krieg.

Käte gehörte bereits vierzehnjährig der Arbeiterjugend an und ging sogar mit ihrem Mitgliedsabzeichen zur Schule. Das wurde ihr vom Schulleiter verboten: Politische Überzeugungen dürfen in der Schule nicht dargestellt werden. Sie machte aber darauf aufmerksam, dass einer der Lehrer ein Hakenkreuz am Schlips trug, und sie erreichte, dass dieser Lehrer seine Kennzeichnung abnehmen musste. – Anfang der Zwanziger!

Arbeiterjugend. In den benachbarten Straßen besuchten sie Schulentlassene und deren Eltern, um werbend aufmerksam zu machen auf die neue Möglichkeit, sich mit ihren eigenen Interessen zu beschäftigen.

Arbeiterjugend. Offenes Miteinander von Mädchen und Jungen, neues Leben, gemeinsame Erfahrung, gemeinsames Welterfassen nach dem Krieg.

So liefen sie einander über den Weg. Karl schon fertig im Beruf, Käte in der Ausbildung. Zwei junge Menschen aus der gleichen Wohngegend, Alt-Barmbek, aus ähnlichen wirtschaftlichen Verhältnissen kommend, allerdings mit unterschiedlichen familiären Erfahrungen. Beide neugierig auf das Leben in der Welt. Viel früher als Agnes für ihre Tochter gedacht hatte, geschah diese Begegnung. Erst sechzehnjährig gab das Kind dem jungen Mann nach. Und das war wohl Liebe. Führte zu heimlichen Treffen. Dem konnten Mädchen-Eltern damals nicht zustimmen.

Da Käte noch berufsschulpflichtig war, besuchte sie eine Fortbildungsschule, in der hauswirtschaftliche Themen unterrichtet wurden. Jeden Morgen fuhr Hermann Grube mit seinem Fahrrad das Mädchen Käte auf dem Gepäckträger in die Schule, damit sie sich nicht verbotenerweise irgendwo mit Karl traf. Aber konnte Hermann mit dem Rücken sehen? Ein Stück hinter ihnen fuhr Karl und winkte seiner Käte zu. Manchmal hatte er frühmorgens schon eine hübsche Karte in den Briefkasten geworfen, die sie schnell herausholte und sich daran freute. Diese künstlerischen Postkarten blieben in einem Schuhkarton aufbewahrt. Ich sah und las sie als etwa Zwölfjährige, erinnere mich an Jugendstilbilder und fand sie schrecklich schwülstig; passten aber wohl in die Zeit.

Es wurde dramatisch. Käte ging zum Jugendamt und beantragte, vorzeitig für mündig erklärt zu werden. Ging nicht. Schließlich begriff Fräulein Alberti, eine Lehrerin aus der Fortbildungsschule, welche Schwierigkeiten zu meistern waren. Sie erreichte, dass Käte für ein Jahr in ihrem Haushalt wohnen und arbeiten durfte. Fräulein Alberti lebte mit zwei anderen Lehrerinnen in einer großen Wohnung, in der nun alle anfallenden Hausarbeiten von Käte erledigt wurden. Vom Teppichklopfen bis zum Klößekochen lernte sie »fürs Leben«.

Heimliche Treffen gingen weiter. Wie kommt man aber zu elterlicher Eheerlaubnis? Am sichersten durch eine Schwangerschaft. Die wurde den Eltern als Tatsache vor die Füße geworfen. Käte bezeichnete mich später als »gewünschtes Kind«.

Im November 1925 war Hochzeit. Die Schwiegermütter lernten einander kennen, fanden Gefallen eine an der anderen, ohne sich allerdings je um große Nähe zu bemühen. Sehr nützlich das Hochzeitsgeschenk von Agnes: eine große Zinkwanne mit sämtlichen damals im Haushalt notwendigen Utensilien vom Küchenmesser über Holzlöffel, Haarsieb und Emailleschüssel bis zu Staubtuch und Feudel. Darüber wurde im Laufe der Jahre mit großer Anerkennung gesprochen: Das sind die unbeachteten Kleinigkeiten, die ins Geld gehen.

Ein Zimmer wurde gefunden. Das Kind kam. Der junge Vater hatte Arbeit, die sehr junge Mutter befasste sich intensiv mit dem winzigen Haushalt und mit Kinderpflege.

Die jungen Eltern: Was hatten sie sich vorgestellt? Immerwährendes Liebesspiel? Plötzlich erwiesen sich tausend Kleinigkeiten als nicht zusammenpassend. Käte war entsetzt, als Karl erwartete, sie würde ihm beim Waschen den Rücken schrubben. Das macht man doch selbst, hatte sie gelernt: Wir sind beweglich genug. Ihm war diese Hilfe selbstverständlich gewesen, ein Liebesdienst seiner Mutter, auf den er jetzt verzichten sollte. Und – wahrscheinlich von beiden Seiten – die als unzumutbar angesehene Forderung, sich anzupassen. Denn beide hatten recht.

Konnten möglicherweise die Theorien aus der Jugendbewegung sich bewähren? Ließ sich die gepriesene Kameradschaftsehe praktizieren? Wie? Was war überhaupt zu verstehen unter Kameradschaftsehe? An eine wirtschaftliche Unabhängigkeit konnte damals, in den zwanziger Jahren, kaum gedacht werden, als Frauen zur Aufgabe ihres Berufes gezwungen wurden, wenn sie heirateten. Und hat eine Kameradschaftsehe die gleiche Bedeutung wie Vernunftehe? War nicht eine Vernunftehe vielmehr die bürgerliche Form einer Zweckverbindung, die zwar auch aus wirtschaftlichen Gründen, aber zwischen Besitzenden geschlossen wurde? War mit Kameradschaftsehe gemeint, dass beide Ehepartner gleiche Chancen bekommen zu anderen Freundschaften oder Liebschaften?

Käte machte 1927 eine Kur in Thüringen, wo ihr Erich wichtig wurde, von dem sie später sagte, er habe ihr erst klargemacht, was das ist: Liebeslust. Sie durchwanderten gemeinsam das schöne Land um die Saalburg, besuchten einen Freund von Erich, der in der KPD bekannt war: Max Hoelz. Und sie besuchten eine Glasfabrik, in der Thermometer produziert wurden, unter anderem für die Sowjetunion. Für Käte blieb aus diesen Wochen: ein Thermometer mit Sowjetstern. Zur gleichen Zeit machte das Kind Hilde bei Oma Agnes in Hamburg die ersten selbstständigen Schritte.

Hermann Claudius hatte in den Zwanzigern gereimt, was seitdem von frohen Jugendchören gesungen wurde:

Mann und Weib und Weib und Mann
sind nicht Wasser mehr und Feuer.
Um die Leiber legt ein neuer
Friede sich. Wir blicken freier
Mann und Weib uns fürder an.

Wann wir schreiten Seit an Seit beginnt dieses Lied und endet mit hoffnungsvollem *Mit uns zieht ein neuer Geist.*

Sie wollten diesen neuen Geist, lösten sich aus den Zwängen der Kinderjahre, in denen kaiserlicher Drill geherrscht hatte. Sie nutzten ihre Freiheit, empfanden und genossen sie: die Hausfrau Käte in den drei Wochen Thüringen, der Angestellte Karl innerhalb seiner Büromöglichkeiten.

Das ist alles, was ich über den Beginn der Trennung meiner Eltern weiß. Für mich Kind war das Ergebnis ein schöner Sommer auf der Veddel, in dem ich ein Spielkind wurde, Bewusstsein erlangte. Ich hatte Glück und blieb umgeben von wohlwollend-freundlichen Menschen.

In diesen fünf Monaten wohnte Karl gar nicht weit weg von uns, also Tante Frieda, Onkel Tede und mir, besuchte uns manchmal abends, ließ mich oft sonntags in sein gemietetes Zimmer kommen.

Käte kam seltener, nahm mich dann auf ein Wochenende mit zum Winterhuder Weg, zu ihren Eltern, wo sie wieder wohnte. Tagsüber arbeitete sie in einem Druckereibetrieb. Abends faltete sie aus mitgebrachten Papierresten kunstvoll Schwalben und ließ sie vom Fenster aus zu den in der Terrasse wartenden Kindern schweben.

In dieser Zeit gelangte Käte zum Café Niedlich in der Desenißstraße, wo sich Künstler, Studenten und politisch Interessierte trafen. Der lebhaften, aufnahmebereiten, jungen Käte war diese Umgebung ein Geschenk. Hierher gehört auch die Beziehung mit Georg Fenner, für sie eine weitere wichtige Erfahrung außerhalb der Ehe und verbunden mit ihrem politischen Empfinden. Auch wenn sie längst nicht alles von dem verstand, was da an politischen Überlegungen geäußert wurde, nahm sie doch mit dem Gefühl vieles auf, ergriff den Sinn. Es soll sich um eine Gruppe der KPD-O gehandelt haben. Das O sollte die Opposition gegenüber der üblichen Parteilinie, sich bedingungslos zur Sowjetunion auszurichten, deutlich machen.

Wer meinen Eltern geraten hat, die Ehe wieder aufzunehmen, erfuhr ich nicht. Ich sei der Grund gewesen, heißt es. Weil ein Kind in elterlich-ehelicher Gemeinschaft aufwachsen soll.

Unsere neue Dreierbeziehung begann im Herbst 1930 im Stadtteil Hamm.

Am Kanal

Wir zogen in einen Neubau am Grevenweg. Auch hier, wie ich es von der Veddel kannte, ein großer Wohnblock in Klinkerbauweise mit weitem Innenhof. Unser Hauseingang lag in einem Einschnitt quer zur Straße und war über einen breiten Gehweg parallel zum Mittelkanal zu erreichen. Die Wohnung lag im Erdgeschoss, und eine Loggia öffnete sich zum Wasser hin. Ich erinnere mich nicht an einzelne Räume. Und dass ich weiß, wie die Möbel im Wohnzimmer aussahen, liegt daran, dass wir sie lange hatten: Dunkel gebeizte Eiche, sechs Stühle zu einem ausziehbaren Tisch, ein Schreibtisch und ein zweitüriger Bücherschrank, in dem sich die Bücher meines Vaters befanden. Er las viel und gehörte zu den frühen Mitgliedern der *Büchergilde Gutenberg*, einer nach dem Krieg in gewerkschaftlichem Umfeld entstandenen Buchgemeinschaft, die bekannte und noch unbekannte Autoren wie Stefan und Arnold Zweig, B. Traven, Jack London verlegte und eine künstlerisch gute Buchgestaltung entwickelte.

Der obere gläserne Teil des Schrankes war mit einer fein gemusterten Leiste verziert. Die fand Käte, meine Mutter, überflüssig und entfernte sie. Dadurch bekam der Schrank ein anderes, unpersönliches, fast kaltes

Aussehen. Ein angenehm warmes Licht hingegen verbreitete die Schreibtischlampe mit ihrem breiten Rand aus brüchig gewordener grüner Seide. Neben dieser Lampe sitzend las Karl vor. Dabei Käte, oft mit einer Näharbeit beschäftigt.

Einmal wöchentlich kamen andere Kinder zu uns, zu meiner Mutter, die bei der Roten Hilfe angeboten hatte, eine Kindergruppe zu übernehmen. Die Rote Hilfe, ähnlich der Internationalen Arbeiterhilfe eine kommunistische Organisation, kümmerte sich um verarmte, arbeitslose Genossen. Käte hatte damit begonnen, Beiträge für die RH einzusammeln. Sie schrieb nie die Namen der Mitglieder auf, sondern nur Nummern, hinter die sie den jeweiligen Geldbetrag notierte. Das erwies sich ein paar Jahre später als klug.

Jetzt also diese Kinder, die wohl alle ein bisschen älter waren als ich. Für Käte war es selbstverständlich, dass die Kinder erst zu essen und zu trinken bekamen. Sicher gab es Kakao oder Saft und appetitlich belegtes Brot. Meine Mutter las ihnen vor. Ich saß dabei, kannte manchmal die Geschichten, hörte sie gern wieder.

Oft waren wir alle draußen auf dem breiten Gehweg, der ein ungestörtes Spielen ermöglichte. Da wurde im Kreis gespielt, und Käte erinnerte sich an eigene Kinderspiele; ihre Terrassenjahre lagen noch nicht weit in der Vergangenheit, sie war selbst erst 24 Jahre alt. Sie erlaubte, dass die Kinder meine Spielsachen benutzten. Das durften auch meine Spielfreundschaften aus unserem Häuserblock, und ich durfte mit deren Bällen und Bauklötzen spielen. Aber alle diese Kinder, die meine Mutter besuchten, waren etwas völlig anderes, die kannte ich nicht. Die kannten sich untereinander, bezogen mich nicht ein. Schlimm fand ich, dass auch die Größeren auf meinem Dreirad fuhren. Ich hatte Angst, sie könnten es kaputt machen.

Meine Mutter spürte, dass ich nicht einverstanden war, obwohl ich ohne deutlichen Protest neben all dem stand. Sie versuchte, mir zu erklären, wie diese Kinder lebten. Dass sie oft nicht genug zu essen hatten, weil der Vater lange ohne Arbeit und daher ohne Geld war, dass die Eltern ihnen niemals Spielzeug kaufen konnten. Uns ging es gut, lernte ich. Wir konnten abgeben. Ich brauchte mehrere Stöße gegen mein Herz, bis es versuchte, ein gutes Herz zu sein.

Zu Kätes Bedauern behielt sie die Gruppe nicht lange. Man hatte erwartet, dass sie mit den Kindern politisch arbeiten, sie zu richtigen Sozialisten erziehen würde. Sie hatte das nicht nur anders verstanden, sondern auch anders gewollt: Sie wünschte, mit den Kindern froh zu sein, ihnen ein paar Stunden unbeschwerten Daseins zu bereiten. War denn das zu wenig? Hätte sie überhaupt mehr gekonnt, da sie doch selbst eher mit Gefühlen als mit kühlem Verstand in dies hineingeraten war? Käte fühlte sich enttäuscht von denen, die sie überfordert hatten. Sie blieb ihnen verbunden, wurde aber nie Parteimitglied.

Mutti und ich zuhause. Sie sang viel, begleitete sich auf der Gitarre und ließ mich mitsingen. Wir sangen Lieder aus der Jugendbewegung, der Arbeiterjugend. Die Texte verstand ich nicht immer. Aber es war schön. Bald gelang es ihr, mir für ein Lied ein Stückchen Oberstimme beizubringen. Wenn ich die konnte, sang sie die übliche Melodie, und ich schwebte darüber hin. Mein sehr frühes Lieblingslied wurde *Die Zither lockt, die Geige klingt, juchhe, im Dorf ist Tanz!* Auch dazu ein bisschen Oberstimme und die frohe Behauptung: »Du und ich, wir beide, sind besser als unser Ruf.« Nicht ganz kapiert. Was ist ein Ruf? Sowas wie Beruf?

Meine Eltern mochten beide gern singen. In einem Lied beginnt ein Vers: *Kommt ein Stern mit einem Schwanz, will die Welt zertrümmern.* Das fand ich spaßig, mir einen Stern mit Schwanz vorzustellen, wurde bei der Gelegenheit über Kometen informiert. Vati erinnerte sich, dass er als Neunjähriger den Halleyschen Kometen gesehen hatte. Jeder Vers schließt mit dem Text: *Ja, immer lustig Blut und leichter Sinn, futsch ist futsch, und hin ist hin.* Das gefiel Mutti nicht; sie fand, *futsch* sei kein richtiges Wort, das gibt's gar nicht. Also sang sie »Fort ist fort« und musste sich unser Gelächter gefallen lassen.

Vati war für mich vor allem sonntags wichtig. Dann war er bereit für sin Döchting. Da ich inzwischen fünf Jahre alt war, gingen wir manchmal am Vormittag zur Kindervorstellung in die Schauburg, das große Kino an der Ecke Hammerlandstraße. Wir sahen Filme mit dem Westernhelden Tom Mix, der einen großartig breitkrempigen Hut trug und dessen Reitkünste atemberaubend waren; und dann Filme mit Schalli Schäplin, der uns wunderbar lachen ließ. Wir besuchten auch Museen. Zum Beispiel das Naturhistorische. Da gab es das Skelett eines großen Wals, von einem Ende des Raums bis weit nach hinten reichend. Daneben in einem Glaskasten das kleinste Säugetier, eine Spitzmaus, als wirkungsvollen Kontrast.

Aus diesen gemeinsamen Erlebnissen mit Vati ergibt sich, dass ich das erste Gedicht meines Lebens mit Hinblick auf seine freie Zeit erfand. Ich konnte noch nicht schreiben, doch meine Mutter behielt es für mich in Erinnerung:

Sünnobend is ‘n roden Dag,
nee, nee, nee.
Sünndag is ‘n roden Dag,
denn hett min Vadder free!

»Roden Dag« ist klar: das rote Kalenderblatt am Sonntag. Wieso Plattdeutsch? Vati sagte manchmal plattdeutsche Sätze. Meine Großmutter Henny David sprach zwar viel Platt, aber nicht mit ihren Enkelkindern; bei denen bemühte sie sich um ein ordentliches Hochdeutsch. Agnes, meine andere Oma, hatte mir plattdeutsche Märchen vorgelesen.

Auch unser Gemüsehändler, der Grünhöker, sprach Platt. Das hörte ich, wenn ich mit Mutti einholen ging und erfuhr, dass Gemüseverkaufen ein Pfenniggeschäft war: kleine Geldbeträge für eine ganze Einkaufstasche voll mit frischem Gemüse. Was übrig blieb, konnte am folgenden Tag nicht mehr verkauft werden, weil es welk geworden war. Abends musste also die Grünhökerfrau ihre Warenreste putzen, säubern und einkochen und konnte sie danach verkaufen. Frische Ware wurde in Kisten angeliefert, deren Holz sich zerkleinern, bündeln und zum Feueranmachen in die Haushalte verkaufen ließ. Diese Informationen waren dem jungen Leben meiner Mutter selbst noch neu, und sie ließ mich daran teilnehmen.

Käte nähte mir Kleider aus gut waschbaren Stoffen. Sehr früh schon durfte ich die Stoffe selbst aussuchen. Ein Kleid in Rosa war mit einer Kordel zu schließen, an der zwei Pompons hingen. Wegen dieser runden Puschel nannte ich das ganze »Mein Ballkleid«. Es soll bei mir eine Rosa Periode gegeben haben, die Käte bis zu dem Punkt mitmachte, an dem ich einen rosafarbenen Wintermantel wünschte.

Ich bekam eine Zelluloidpuppe, der ich den Namen Laude gab. Für sie nähte Käte Kleider aus Stoffresten. Laude sah also immer hübsch aus. Sie sollte mit auf ein Bild, wofür extra ein Bekannter meiner Eltern mit seinem Fotoapparat gekommen war. Meine Kusine Helga besuchte uns gerade und durfte auch mit aufs Bild, ebenfalls mit einer Puppe. Fotografieren war umständlich, weil beschichtete Glasplatten in den Apparat geschoben wurden; der Fotograf zog ein schwarzes Tuch über sich und einen Teil des Apparates, und wir mussten stillsitzen. Aber da, eben vorm Stillsitzen und Knipsen, ging das Gummiband kaputt, mit dem Laudes Beine innerhalb ihres Puppenkörpers miteinander verbunden waren. Ich sagte das, versuchte mit ein paar Worten und unruhigen Bewegungen darauf aufmerksam zu machen. Aber der Fotografierfreund und meine interessierte Mutter waren nur mit den Vorbereitungen für die ungewohnte künstlerische Arbeit befasst, hörten nichts, sondern ermahnten uns nochmals stillzusitzen, dann machte es Knips. Und darum sahen wir später auf dem Bild: die arme Laude auf meinem Kinderschoß liegend mit völlig verqueren Beinen, darüber mein unglückliches Gesicht. Die Beine ließen sich reparieren, das Foto nicht.

Am Grevenweg bekamen wir oft Besuch. Nicht nur von Verwandten meiner Eltern, sondern auch von Freunden und Freundinnen, die sie auf ihren Lebenswegen gefunden hatten.

Da war Martha, Kätes lustige Freundin. Ich weiß nicht, woher sie sich kannten. Martha sang mit uns. Das war schön. Sie war Krankenschwester und erzählte aus ihrem Krankenhaus, was ich nicht verstand. Und von dem, was sie über Politik redeten, verstand ich auch nichts. Aber wenige Jahre später kamen die Nazis, die verstanden Martha und entließen sie aus dem Krankenhaus. Martha bekam Arbeit als Näherin, was schlecht bezahlt wurde. Dennoch wechselte sie nie mehr während all ihrer Arbeitsjahre. Sie wechselte auch nie die primitive Wohnung, die sie jahrelang mir ihrer Mutter teilte. Sie blieb genügsam. Marthas Haar, kostbar kupferrot und lockig, wurde blasser im Laufe der Jahre. Ihr engagiertes Miterleben, ihr Interesse an der Welt verlor nichts an Farbigkeit. Die Zeit mit ihr blieb spannend. Deswegen fragten wir oft beim Abschied: »Wann kommst du wieder?« Ihre immer gleiche Antwort, die uns Hoffnung ließ: »Nächstes Mal bestimmt!«

Es war wesentlich Kätes Verdienst, dass sich andere Menschen bei uns wohlfühlten. Sie wollte an allen Gesprächen teilnehmen, also ging sie nicht allein an ihren Küchenherd, sondern sagte: »Ihr könnt mitkommen und helfen, dann haben wir nachher alle gemeinsam Zeit.« Dadurch begannen muntere Gespräche schon in der Küche, wurden in der Stube fortgesetzt, klangen oft aus in Liedern, die Käte auf der Gitarre begleitete. Sie war jung, lebhaft, hübsch anzusehen. Wem sollte das nicht gefallen?

Wir machen Besuche

Die große Verwandtschaft meines Vaters führte dazu, dass ich viele Onkels und Tanten, Vettern und Kusinen kennenlernte. Sie wohnten fast alle in dem großen Stadtteil Barmbek. An manchen Sonntagen besuchten Vati und ich seine Geschwister und deren Familien. Zu besonderen Anlässen kam Mutti mit.

In Bramfeld besuchten wir Tante Liese und Onkel Richard. Die Fahrt dorthin gefiel mir besonders gut, weil vom Bahnhof Barmbek ein doppelstöckiger Autobus fuhr. Ich flitzte immer gleich nach oben. Bramfeld war noch ein richtiges Dorf mit der Dorfschule am Dorfplatz, mit Feldern und matschigen Wegen dazwischen.

Tante Liese war Kriegerwitwe und hatte eine Tochter, unsere Kusine Emma, die war schon zu groß für uns. Sie lernte Frisörin.

Onkel Richard, Eisenbahner und zweiter Mann von Tante Liese, war für Kusine Helga und mich interessanter. Uns imponierte sein Holzbein, denn das nahm er nach Feierabend ab. Dazu setzte er sich aufs Bett, schob zwei stabile Tragriemen von den Schultern und konnte dann die Prothese sorgfältig vom Oberschenkel lösen. Sein Bein stellte er zur Seite. Wir beklopften vorsichtig das Holz, betrachteten staunend das Knie, das sich durch Scharniere bewegen ließ. Inzwischen zog Onkel Richard eine bequeme Hose und seine unvermeidliche Wolljacke an, schlüpfte mit seinem einzigen Fuß in einen einzigen Hausschuh und ging am Stock in die Küche.

Die Familie wohnte in einem Zweifamilienhaus mit Garten. Ein winziges, aber ungestört eigenes Dachzimmer bewohnte Emma. Ein Hühnerstall und ein Plumpsklo lagen auf der anderen Gartenseite. Mit der Zeit konnten Liese und Richard alles verbessern: fließend Wasser und Toilette kamen ins Haus, eine Etage und eine Dachgeschosswohnung darüber wurden aufgebaut. Später zogen auch Tante Alwine, Onkel Fiete und Oma Henny in dieses Haus.

Zeitweise betrieb Tante Liese einen kleinen Laden, in dem sie Bonbons verkaufte. Auch Zigaretten. Wir Besucher gingen um das Haus herum zum Kücheneingang, sagten guten Tag und blieben in der Küche, wo es Kaffee für die Erwachsenen gab und Brause für die Kinder, auch Bonbons aus dem Laden, ohne Bezahlung. Wenn die Ladentür klingelte, ging Tante Liese durch die Stube direkt in den Laden, unterhielt sich ein bisschen mit den Kunden und ging in ihre Küche zurück. Kam jemand von der Familie durch den Laden ins Haus, rief er laut »iiich!«, und Tante Liese wusste Bescheid: kein Kunde.

Nach Bramfeld kam auch der jüngste David-Bruder mit seinem Motorrad, das er hier säuberte. Ich sah zu. Und so ein Glück! Er setzte mich auf den blanken Kühler. Und nach einer kurzen Anfrage bei jemandem, der sich gerade als erziehungsberechtigt für mich ausgab, fuhren wir los: Vorsichtig, fast langsam. Meine kleinen Hände hielten sich an dem gemeinsamen Lenker fest. Ich sah dörfliche Felder vorübergleiten, Sommerwind wehte mir entgegen.

Verbunden mit den Besuchen bei Tante Liese war ein Gang auf den Ohlsdorfer Friedhof. Vati wusste den Weg zu einem Grab, das sich nahe beim Bramfelder Eingang befand. Ich ging an seiner Hand, blieb stehen, wo er sagte: Hier. Es war das Grab seines Vaters, Ernst David, meines Opas, den ich nicht kennengelernt hatte. Ich blieb artig stehen, weil ich begriff, dass dies für Vati ernst und wichtig war. Aber einmal sagte er: »Hierher kommt auch deine Oma mal.« Und damit kam – blieb! – mein Entsetzen: Oma, meine Oma, diese rosig-kuschelige Oma! Doch nicht hier! Nicht hier, wo Rosen begossen werden! Hier konnte, hier wollte ich sie nicht denken.

Bei Oma Henny in der Beethovenstraße

Eine Türglocke, an der Etagentür angebracht, sah aus wie eine Fahrradglocke mit einer Flügelschraube in der Mitte. Wenn man zaghaft drehte, gab es nur ein leise schnarrendes Geräusch, das drinnen in der Wohnung kaum zu merken war. Bei kräftigem, energischem Dreh war das Schnarren mit einem Klingelton verbunden, und Oma hörte uns.

Omas Wohnung hatte zwei sogenannte halbe Zimmer, dazu die Küche, die *Gute Stube* und eine Toilette, die mir gefährlich erschien, weil in ihr kein Licht brannte. Gasbeleuchtung gab es nur in den anderen Räumen.

Erwachsene nahmen eine Petroleumlampe mit und stellten sie auf eine Konsole an der Wand. Ich durfte die Tür zum Flur offen lassen.

Zu meiner Zeit teilte Oma die Wohnung mit Heinrich, dem verwitweten Bruder ihres verstorbenen Mannes. Jeder hatte eins von den halben Zimmern zum Schlafen. Onkel Hein war ein stiller Mensch, sehr zurückgezogen. Oma versorgte ihn, wie sie alle versorgt hatte: mit Essen und Ordnung und sauberer Wäsche. Ich vermute, dass durch das Zusammenlegen von zwei kleinen Renten ein Verbleiben in dieser Wohnung möglich war.

Omas Arbeit, immer körperlich schwer, reichte nie für eine eigene Versicherung. Sie hatte daher nur eine winzige Witwenrente. Der zu Oma gehörende Opa starb 1923 mit erst 53 Jahren. Ein Magenkrebs hatte ihn klein und hilfsbedürftig gemacht. Seine tapfere Frau Henny fuhr ihn aus, als er nicht mehr allein gehen konnte. Sie trug ihn zwei Treppen hinunter auf die Straße, wo sie einen primitiven Wagen als eine Art Rollstuhl für ihn gemacht hatte. Meine Eltern ehrten ihn, indem sie ihren Hochzeitstag auf seinen Geburtstag legten.

Dass Oma und der gestorbene Opa sich trotz aller Not eine *Gute Stube* leisteten, wer sollte das verstehen? Erst spät begriff ich: Die *Gute Stube* gehört zu dem Wunsch nach Aufstieg. So hatte früher die Bourgeoisie dem Adel seine Besonderheiten abgeguckt und nachgemacht. So macht jetzt der Arbeiter mit dem Büfett in der Stube deutlich, dass er auch etwas ist. Vielleicht nur eine ungenaue Suche nach Identität, nach Selbstbestätigung. – Was haben sie bloß für Geld in diese Zimmer gesteckt!

Weil der Küchenherd geheizt werden muss, um das Essen zu kochen, ist es warm in der Küche, und man hält sich da auf. Wenn die Kinder vom Spielen kommen, sind sie dreckig, wenn Vater von der Arbeit kommt, ist er dreckig. Alle müssen in die Küche, um sich zu waschen. Da ist der Wasserhahn, und da kann ein Wasserkessel auf dem Herd stehen. Die Schüssel aus Emaille oder Zink gehört sowieso in die Küche. Wenn der Tag bei allen früh beginnt, sind die Abende kurz, und man geht bald ins ungeheizte Schlafzimmer. Die *Gute Stube* ist für den Alltag völlig überflüssig.

Aber wenn sie wirklich einmal benutzt wird: von sauberen kleinen Mädchen mit großer Haarschleife und gestärkter Schürze, von ebenso sauberen Jungen mit ungemütlich festem Kragen, von Papa mit gezwirbeltem Schnurrbart und schließlich auch von Mama, die auf die Schnelle noch ihre beste Bluse gebügelt hat – ja, dann ist das so festlich, dass es mehr als ein gewöhnlicher Sonntag sein muss. Weihnachten vielleicht, oder Verlobung. Dafür wird auch mal geheizt, und der selten benutzte Ofen qualmt und riecht, bis jemand ein Stück Zeitung oben ins Ofenrohr steckt und anzündet. Das reinigt, und der Rauch findet den richtigen Abzug. Dieser strengen, frisch gestärkten Feierlichkeit entsprachen die mir bekannt gewordenen *Guten Stuben*.

Die von Oma lernte ich kennen, weil ich ein artiges Mädchen war, das man allein lassen konnte. Besprachen sie also am Küchentisch Wichtigkeiten, die mich langweilten oder die ich nicht hören sollte, wurde ich in die Stube expediert und durfte Bilder besehen.

Ich mochte nicht mit bloßen Beinen auf den Stühlen sitzen, weil der Plüsch kratzte. Er war rot und fast so schön wie *Krefelder Samt*, mit dem sich englische Könige umgeben. Das Sofa hatte unten einen Rand von roten Bommeln, und die feine Tischdecke hatte Fransen; aber daran durfte ich nicht spielen, kein bisschen flechten, um die Borte nicht abzureißen. Die Verzierungen an Stuhl- und Sofalehnen waren großartige Staubfänger. Zwischen den beiden Fenstern befand sich ein Spiegel, sehr lang, ein bisschen schräg nach vorn gerichtet, und ich konnte mich darin vollständig sehen. Vor diesen Spiegel passte ein niedriges Schränkchen, darauf eine Uhr, die ich mehr alt als schön fand, noch ein paar Kleinigkeiten, und dann unter einem Glassturz auf lila-samtenem Kissen ein Silberkränzchen und Silbersträußchen »von Omas Silberhochzeit«. Ich bewunderte es sehr und überlegte, wie Oma wohl mit dem Kränzchen ausgesehen hatte.

Ich durfte also Bilder besehen. Aber das waren nicht etwa Bilderbücher, die hatte Oma nicht, und es waren auch keine Fotografien. Ansehen und vorsichtig umblättern durfte ich ein paar Jahrgänge eingebundener Zeitschriften mit Karikaturen. Als ich lesen konnte, las ich *Der wahre Jacob*. Die Bildunterschriften verstand ich nicht. Mein Vater versuchte, mir aus dieser alten, sozialdemokratischen Monatsschrift etwas zu erklären, gab aber bald auf. Wie hätte ich behütetes Kind begreifen können, was vor so vielen Jahren geschah? Was da karikiert und kritisiert wurde? Lange danach erst begann mein vage tastendes Verstehen.

Als Oma Henny jung war, starb ihre Mutter, und Henny musste für den Vater und zwei jüngere Schwestern den Haushalt versorgen. Sie kannten Armut, sparsame Haushaltsführung. Das Einkommen des Vaters als Korbmacher war gering und unregelmäßig. Aber wenn sich gar nichts mehr im Haus befand, weder Geld noch Lebensmittel, dann kam die Wende: Vater verkaufte wieder einen Korb! Ihre seltenen Berichte aus schwerster Zeit gab Oma meiner jungen Mutter weiter und schloss mit der Erfahrung: *Wenn die Not am größten, ist Gottes Hilfe am nächsten.*

Sie war trotzdem keine fromme Frau. Sie stand mitten in den Kämpfen ihrer Klasse. Unvergleichlich bleibt das große Verdienst der damaligen Arbeitergeneration, ihren Kindern einen besseren Weg in die Welt zu ermöglichen, das heißt: ihre Kinder etwas lernen zu lassen. Damit sie die Kraft fänden, sich *aus dem Elend zu erlösen.*

Als Oma viele Kinder hatte, reichte das Einkommen ihres Mannes nicht aus. Ernst war Arbeiter im Straßenbau. Henny half mit, wie die meisten Arbeiterfrauen. Solange sie an der Kieler Förde wohnten, arbeitete sie saisonbedingt in einer der dortigen Fischfabriken. Landeten die Fischkutter, voll mit Heringen aus der Ostsee, wurde schon früh vor fünf Uhr an die Schlafstubenfenster der niedrigen Häuser geklopft und gerufen: »Fisch upsteeken!« Und dann mussten Henny und die anderen Frauen los und Fische auf Eisenstangen aufstecken: Mit dem spitzen Ende durch die Kiemen piksen und die Fische weiterschieben, bis die Stange voll war: Fisch um Fisch, Stange um Stange. Ein Arbeiter trug die aufgereiht baumelnde stinkende Fischgesellschaft zum Räucherofen. Und die nächste Stange, und die übernächste. Stundenlang.

Ja, die Bilder von damals aus der Zeitschrift *Der wahre Jacob*: Sie blieben mir unheimlich, sahen blutig und gefährlich aus. Deshalb mache ich endlich die Stubentür von draußen zu und gehe in die Küche, wo es gemütlich ist.

Denn da ist Oma: klein, rundlich und geschäftig. Sie hätte wohl größer sein können, wenn ihre Beine gerade geblieben wären, aber die wurden früh rachitisch gekrümmt. Damals war die Mangelkrankheit Rachitis verbreitet bei armen Familien, denen es an Luft und gesunder Nahrung mangelte. Den Knochen fehlte Kalk zur Stabilisierung, sie verformten sich leicht. Man nannte die Rachitis auch Englische Krankheit. Sie war dort, wo die Industrialisierung eher Fuß gefasst und arme Familien in enge Wohnlöcher geworfen hatte, früher aufgetreten als bei uns.

Oma trug schwarze, selbstgestrickte Strümpfe. Die kleinen Füße steckten in warmen Hausschuhen, in Hamburg »Puschen« genannt. Sie trug immer dunkle Kleider, meistens grau oder schwarz. Darüber eine ebenfalls dunkle Schürze. Darunter trug sie solide weiße Wäsche. Das weiß ich, weil ich manchmal bei ihr schlief und morgens schon in der Küche hockte und ihr beim Anziehen zusah. Ihr Haar, das für die Nacht in einem leichten Zopf gehalten war, wurde nun gelöst, schön gekämmt und in einen festeren Zopf geflochten, der am Hinterkopf zu einem soliden Dutt aufgesteckt wurde. Danach war Oma fertig für den Tag und sah hübsch und rosig aus.

Manchmal kamen Nachbarn zu ihr oder fernere Verwandte, die mich nicht kannten, denen wurde ich vorgestellt mit den Worten: »Das is Kardel seine«, was so viel bedeutet wie: Hier seht ihr die Tochter meines Sohnes Karl. Stolz klang dabei in ihrer Stimme, und ich kuschelte mich an sie.

Wenn ich Oma besuchte, gab sie mir jedes Mal zehn Pfennige für eine Vanilleschnitte, die es im Laden um die Ecke gab und die ich sehr schätzte. Sie duldete keinen Widerspruch. Ich wusste doch: Sie hat nur eine ganz kleine Rente, aber ich musste den Groschen annehmen. Jahre später schenkte sie mir manchmal sogar eine Mark. Während ich ernsthaft protestierte, drückte sie meine Finger um das Geldstück und sagte: »Steck man schnell weg, muss ja keiner sehn!«

Im Alten Land bei Tante Margot

Wenn Mutti und ich Besuche machten, waren das keine Sonntagnachmittag-Besuche, wie ich sie mit Vati gewohnt war. Mutti und ich blieben länger. Dann kam Vati am Wochenende, um uns abzuholen. Und immer fand er, wir seien ja ordentlich braun geworden. Ich natürlich auch größer. Mutti und ich fuhren von den Landungsbrücken in Hamburg mit einem Dampfer elbabwärts bis Twielenfleth. Dann gingen wir ein Stück auf dem Deich entlang zum Strohdachhaus, in dem Tante Margot mit ihrer Familie wohnte.

Tante Margot war eine Schwester meiner Oma Agnes, die nächstjüngere. Onkel Dietrich, ihr Mann, kam selten vor. Er beförderte Portland-

Zement mit einem Transportschiff über die Elbe und war tagelang unterwegs. Wenn er an seinem Haus vorbeifuhr, tutete er ganz laut, dann lief Tante Margot auf den Deich und winkte. Ich winkte mit. Woher Tante Margot wusste, dass ausgerechnet dieses Tuten zu Onkel Dietrich gehörte, blieb mir unklar. Und woher Onkel Dietrich so genau wusste, wann sein Schiff tuten musste, konnte ich auch nie begreifen. Denn das Haus hinter dem hohen Deich war vom Wasser aus nicht zu sehen.

Das schöne, alte Strohdachhaus: Zur Straße hin eine unbenutzte grünweiß bemalte Tür. Der übliche Eingang hinten: die Küchentür. Die Küche selbst – mit Wasserhahn und gutem Kohleherd – relativ neu. Als Tante Margot dort als junge Frau einzog, sah das »alles ganz anders aus«, wurde erzählt. Erkennbar blieb die durchgehend breite Mittelachse, die inzwischen von der Küche abgeschlossen wurde. Es mag früher ein Fischerhaus gewesen sein, in dem durchs ganze Haus Netze zum Trocknen aufgehängt wurden. In dem lang gestreckten fensterlosen Raum standen jetzt alte Schränke und Kommoden. Auch gab es Haken mit Bekleidung für besondere Dreckarbeiten und für schlechtes Wetter. Und immer fand sich dort ein Korb, in den Kaninchenfutter zu sammeln war. Gras und Klee.

Die Stuben lagen eine Stufe erhöht links und rechts der Mittelachse. Sie wirkten besonders niedrig, weil draußen das Dach sich fast auf die kleinen Fenster neigte. Wenn es abends kalt wurde, gab es nichts Kuscheligeres als Tante Margots Wohnstube. Und nachts schliefen wir unter sanftesten Daunendecken.

Der Bodenraum, nur getrennt durch eine einfache Bohlendecke, ließ sich über eine Leiter erreichen. Oben lag duftendes Heu, machte angenehm benommen. Durch ein kleines Fenster über der Haustür zum Deich hin sah ich in vielen Formen und Bewegungen Wolken ziehen. Vergessen sind meine Kindergedanken, Kinderträume. Geblieben ist mein Erinnern an eine kleine Katze, die mich besuchte (richtiger: die ich besuchen durfte) und unser vertraut schnurrendes Miteinander.

Das Alte Land: Im Frühling schimmerte es weiß und zartrosa auf Kirsch- und Apfelblüten. Am Deich blökten mit noch ungeübter Kinderstimme weiße und ein paar schwarze Lämmer und sahen, ach, soo süüß aus! Sie erlaubten, dass ich sie streichelte. Jedenfalls manchmal ein bisschen. Und ich sah ihnen fröhlich zu, wie sie herumsprangen mit unbeholfenen, ungenauen, unfertigen Bewegungen. Sogar die großen Schafe ließen sich anfassen und in die Wolle greifen. Daraus stricken die Frauen Pullover? Ich erfuhr: Wolle kommt von Schafen.

Und Fleisch von Max und Moritz. So hießen Tante Margots Schweine. Einmal im Jahr wurde das jeweils ältere der beiden Schweine geschlachtet. Das verbliebene Schwein hieß so lange Moses, bis ein neues gekauft wurde und die alte Namengebung in alte Rechte trat: wieder Max und Moritz. Über Jahrzehnte hin schickte Tante Margot ihrer Schwester, meiner Oma Agnes, einen Korb mit Köstlichkeiten von der letzten Schlachtung. Mich freute besonders Grützwurst mit Rosinen.

Tante Margot hatte auch Enten. Die schwammen durch die vielen Gräben, die das Alte Land durchziehen und hier »Wettern« heißen. Die Enten waren tagsüber nicht zu sehen. Gegen Abend aber ging Tante Margot an den nächstliegenden Graben und rief mit hoher Stimme: »Komm, piele, piele!« Wiederholte ihren Ruf, und dann kam die Entengesellschaft angeschwommen und schluckte eifrig, was ihr an Brotresten ins Wasser geworfen wurde. Hühner liefen mir direkt vor der Küchentür über den Weg und gackerten. Mich störten sie, wenn ich zu dem alten, knorrigen Apfelbaum ging. Der stand einladend da, klein und früh verzweigt, so dass ich keine Mühe hatte, in eine erste Astgabel zu steigen und mich dort bequem zurechtzusetzen. Vielleicht wuchs er noch im Laufe der Jahre, ich aber auch, und so blieben wir uns nahe. Mochte sein, dass ich bei einem Besuch schon lesen konnte und deshalb einen ruhigen Platz brauchte, den mir genau dieser Baum gewährte.

Die besonderen Bäume dieser Landschaft aber sind die Kopfweiden auf den Wiesen vorm Deich. Kurze, dicke Stämme, aus deren knubbeligen Enden schräg nach oben und in etwa gleicher Höhe Gerten sprießen, fast weich und mit schmalen grau-grünen Blättern bestückt. Auf den Wiesen des Deichvorlandes, an schmalen Gräben entlang aufgereiht, nah beieinander, wachsen diese nützlichen Bäume. Ihre biegsamen Zweige werden regelmäßig geschnitten, geschält und zu Körben verarbeitet.

Wir machten Besuch in einem Nachbarhaus, und ich durfte mitgehen in die Korbflechterei. Ein paar Stufen hinab ein schmaler, langer Raum, darin mehrere alte Männer nebeneinander auf niedrigen Schemeln hockend, mit diesen Gerten hantierend. Die Zweige künstlich nass gehalten, weil sie durch die Nässe ihre Biegsamkeit behielten, webten die Männer auf einem vorbereiteten Boden um festere Zweige herum einen breiten Rand. Ich konnte mir die Ergebnisse gut vorstellen: einen Wäschekorb etwa oder einen Korb, worin wir Kartoffeln und Gemüse kauften. Ich hatte nur nicht gedacht, dass sie in dieser feucht-kühlen, unangenehm scharf riechenden Umgebung geflochten wurden. Und dass die alten Männerhände so unförmig, knochig-krumm aussahen.

Tante Margots Tochter Helga, Kätes Kusine, war verliebt mit einem der Nachbarssöhne. Aber der musste nicht im kalt-nassen Kellerraum sitzen, er hatte bessere Arbeit, draußen in der frischen Luft. Sein Bruder Hans Budde war für mich interessant: ein Maler. Er konnte mit dicken, aber ganz leichten schwarzen Stiften umgehen, mit Holzkohle. Damit zeichnete er die Kopfweiden vorm Deich. Und in seinem Bild erkannte ich Wind, wie er von der Elbe herüberweht.

Müde machender Wind, ereignisreiche Tage. Und als wiederkehrender, verlässlicher Abschluss die übergroße Pfanne mit Tante Margots köstlichen Bratkartoffeln. Unvergessen der abendlich durchs Haus ziehende Geruch von Zwiebeln und ausgelassenem Speck.

Auf'm Land – Sommer im Kleingarten

Meine Großeltern Agnes und Hermann Grube hatten ein Stück Land in der Gartenstadt Wandsbek. Das war lange bevor sie Großeltern wurden. Damals gingen ihre Kinder Else, Käte und Irene noch zur Schule. Hermann baute eine stabile Laube auf das Gelände, Agnes richtete sie ein. Er grub die große Fläche um, sie pflanzte Gemüse und Blumen. Die ganze Familie machte an jedem Sommerwochenende den langen Fußweg aus Barmbek zu ihrem Stück Schrebergarten. Die Kinder zogen den Blockwagen, den Bollerwagen, der auf dem Rückweg mit den Erträgen des Gartens beladen war.

Jahre danach schob Käte einen Kinderwagen nach Wandsbek-Gartenstadt. Später fuhren sie und ich mit der Hochbahn. Oder Käte gab mich bei Oma am Winterhuder Weg ab, und Oma Agnes und ich fuhren gemeinsam los. Opa Hermann blieb den ganzen Sommer über draußen. Ich sah Opa schon von weitem. Sein gelber Strohhut leuchtete fern hinter den Stangenbohnen. Opa hatte bereits alles gepflückt, was reif war, und Oma konnte anfangen, die ganze Herrlichkeit einzumachen: putzen, waschen, klein schneiden, entkernen, entsaften, kochen; Gefäße reinigen.

Opa und ich mussten mit leeren, früher schon gebrauchten Konservendosen zum Krämer des Gartengeländes gehen. Der hatte eine Maschine, mit der er allen Dosen den oberen Rand neu und glatt abschnitt. Dann gingen wir zurück zu Oma, die bereits vorbereitetes Gemüse einfüllte, mit Gemüsewasser auffüllte, uns wieder losschickte. Die Dosen standen nun in großen Spankörben, die Opa vorsichtig tragen musste. An der nächsten Maschine des Krämers wurde auf jede Dose ein neuer, wunderschön blanker Deckel gelegt und festgepresst. So fest, dass Opa die Dose umdrehen konnte, ohne dass etwas herauskleckerte. Meine Aufgabe? Ich passte auf, dass Opa sich auf dem Rückweg nicht verlief. Er bog nämlich nicht immer richtig vom Hauptweg in unseren Resedaweg ab, sondern schon vorher, oder er ging einfach weiter geradeaus. Spannende Späße, die Oma sich lächelnd von mir berichten ließ.

Die Laube hatte zwei Zimmer, wovon das hintere mit ein paar doppelstöckigen Betten ausgestattet war. Im vorderen Raum gab es eine Holzbank mit hübschen Kissen, einen Tisch und ein paar Stühle. Dazu einen ordentlichen Küchenherd. Auf einem kleinen Schrank stand eine Kaffeekanne, die mir besonders gut gefiel: Bunzlauer Geschirr, bunt und rund, ohne Tülle, nur mit einer Schnute unter dem Deckel. Nach getaner Arbeit breitete Oma eine bestickte Decke über den Tisch und stellte Blumen darauf, direkt aus dem Garten, duftend. Wie etwa die kurzen Nelken, die den Weg von der Pforte bis zur Laube säumten. Weiter im Jahr prangten farbkräftig Dahlien und Gladiolen.

Opa dachte sich einmal etwas aus, das gar nicht duftete, mich aber interessierte. Er legte ein Stück Speck in ein leeres Marmeladenglas, das er mit durchlöchertem Brotpapier abdeckte und wartete ein paar Tage. Ich wartete geduldig mit. Endlich begann sich im Speck etwas zu regen: weiße Maden krabbelten und fraßen. Opa sagte, aus den Maden würden Fliegen. Und wir beide wollten die Entwicklung bis zur fertigen Fliege beobachten. Ich mit zugehaltener Nase, denn es stank widerlich. Das Glas stand an der Außenwand der Laube auf Opas überdachtem Arbeitstisch; es störte also fast gar nicht. Aber Oma schimpfte über den Gestank. Und eines Morgens war nix mehr da. Opa erklärte, die Fliegen seien entwickelt und gleich ausgeflogen. Ich war betrübt.

Ich ging mit Opa zur Pumpe von unserem Eckgrundstück hinten beim Bach bis fast zum Anfang des Resedawegs. Er trug zwei Zehnlitereimer; für mich gab es einen kleinen Eimer, in den ein Liter passte. Da hinein durfte ich auch selbst Wasser pumpen. Opa zauberte: Nahm einen vollen Eimer und kreiste ihn mit ausgestrecktem Arm in hohem Bogen rundherum. Und kein Wasser tropfte heraus. Ich versuchte, das mit meinem Eimer nachzumachen, wurde aber immer pitschnass. Man weiß ja: Nicht jeder physikalische Versuch gelingt.

In den kleinen Eimer konnte ich Stachelbeeren pflücken. Das wurde ein gemütlicher Spaß. Es gab zwei Reihen Stachelbeerbüsche, dazwischen lag der Weg so breit, dass der alte Blockwagen hineinpasste. Ich setzte mich in den Wagen, den Eimer vor mir, und rollte mich, die Vorderräder mit den Händen bewegend, von einem Busch zum andern. Und nicht nur der Eimer wurde gefüllt.

Ich spielte in einem wenige Quadratmeter großen Stück Land, das wir »Grasplatz« nannten. An drei Seiten war es mit Goldbällen und Goldruten umgrenzt, über die ich nicht hinwegsehen konnte. Dort saß Oma an einem kleinen stabilen Holztisch, schälte Kartoffeln, palte Erbsen, schrabte Wurzeln, schnibbelte Schneidebohnen. Als ich schon ein bisschen vernünftig war, durfte ich helfen und die borstigen Blütenreste der Stachelbeeren abschneiden, mit einer Gabel vorsichtig Johannisbeeren abstribbeln. Meine kleinen Finger eigneten sich auch gut, um die Krönchen von den Dicken Bohnen abzuknipsen. Bei diesen wunderte ich mich immer wieder darüber, dass für so wenig Essbares so große Schoten und ein so weiches Bett benötigt wurden.

An Sonntagen füllte sich der Grasplatz mit Familienangehörigen. Dann war außer uns drei üblichen Landbewohnern noch Mutti da, manchmal Vati, dazu kamen Muttis Schwestern Else und Irene, bald auch Elses Willi. Oder uns besuchten Freunde und Nachbarn. Wir aßen Obstkuchen, sangen schöne Lieder mit Muttis Gitarrenbegleitung. Die Erwachsenen machten sogar Kreisspiele, wahrscheinlich zunächst meinetwegen, fanden dann aber selbst Spaß daran und erinnerten sich wieder an alle Texte.

Als ich vier oder fünf Jahre alt war, bekam ich meinen Teddy, dunkelbraun mit Steiffknopf im Ohr. Er wurde mir vertraut und wuchs mir ans Herz. Deshalb war er auch meistens mit auf'm Land. Und bekam hier von der Sommersonne seine ersten grauen Haare.

Vom Hinterhaus ins Vorderhaus

Bei Oma Agnes und Opa Hermann am Winterhuder Weg ging es durch einen Torweg in ein breites Geviert; an zwei Seiten dreistöckige weißgetünchte Häuser. Ich fand den mit hellbraunen quadratischen Klinkern gepflasterten Innenhof hübsch. Hier hatten schon Mutti und ihre Schwestern gespielt. An schönen Sommerabenden waren sie mit anderen Mädchen eingehakt und singend durch diese Terrasse gegangen.

Spielkinder gab es zu meiner Zeit nicht. Deshalb blieb ich oben. Da interessierte mich die Gaslampe in der Stube: eine Kuppel aus weißlich gläsernem Material mit Fransen aus grünen Glasperlen. In der Lampe befand sich der Glühstrumpf: Ein Strumpf ohne Hacke und Spitze, eher wie ein Fäustling ohne Daumen anzusehen. Er wurde mit einem Streichholz angezündet und erhellte schnell den ganzen Raum.

Oma las mir plattdeutsche Märchen vor von einem Wilhelm Wisser, der sie gesammelt und in drei schmalen Büchern zusammengefasst hatte unter dem Titel *Wat Grotmudder vertellt.* Wenn Oma keine Zeit hatte, konnte ich mit vielen Knöpfen spielen, die sie in einer Zigarrenschachtel aufbewahrte.

Gern ging ich mit Oma ins Kaufhaus Karstadt in der Hamburger Straße. Dort gab es eine Rolltreppe mit hölzernen geriffelten Stufen. Manche Jungens aus der Nähe besuchten das Kaufhaus nur, um auf dieser Treppe rauf- und runterzufahren, bis sie von irgendeiner Aufsichtsperson rausgeschmissen wurden. Oma kaufte Seidenstrümpfe für ihre Töchter. Die Verkäuferin entnahm das Paar einer papiernen Hülle und streifte die Strümpfe nacheinander über ein zweidimensionales Glasbein, dessen Fußspitze elegant nach oben zeigte, drehte das Bein auf seinem edlen hölzernen Teller. Wenn die Verkäuferin und Oma gesehen hatten, dass die Strümpfe keine Laufmaschen hatten, wurde der Kauf vollzogen.

Auf der Rolltreppe fuhren Oma und ich ins Dachgartencafé. Dort trank Oma Kaffee und las die Kundenzeitschrift des Hauses. Ich besah auf der letzten Seite die Abenteuer der Bildergeschichten von *Piet und Fred* und bekam dazu Borkenschokolade auf Schlagsahne.

Als ich fünf Jahre alt war, beschlossen meine Eltern und meine Großeltern, eine gemeinsame Wohnung zu nehmen. Ich vermute, dass Agnes die treibende Kraft war, dass sie nicht unbedingt im Hinterhaus alt werden wollte. Hermanns Rente muss ganz gut gewesen sein. Else, die ältere Schwester meiner Mutter, zog eben aus, sie heiratete ihren Willi. Irene, die jüngere Schwester, verdiente selbst, konnte also auch zum Unterhalt beitragen. Sie hatte nach der Mittleren Reife eine kaufmännische Lehre beendet und behielt ihren guten Arbeitsplatz in der Lehrfirma.

Meine Oma Agnes, meine Mutter Käte und ich kleine Tochter gingen durch die Bürgerweide. »Hier habe ich das doch gesehen«, sagte Agnes und guckte an allen Häusern hoch. Ich fand es: Im zweiten Stock auf einer leeren Fensterscheibe klebte das Plakat mit der Aufschrift »zu vermieten«. Diese länglichen Plakate muss es 1931 oft auf den Fenstern leer stehender Wohnungen gegeben haben. Ich hatte gefragt: »Was steht da?« Und behielt den Text durch Wiederholung.

Wir zogen ein: Hamburg-Borgfelde, Bürgerweide 20, zweite Etage. Die Decken hatten großartige Stuckornamente, die mich beeindruckten. So hohe Räume waren in den Backstein-Neubauten, die ich kennengelernt hatte, nicht üblich, und auch in Hinterhäusern sind die Stuben niedriger. Wir mussten mehr Stufen steigen als zu Omas und Opas alter Wohnung.

Eines der beiden Vorderzimmer bezogen meine Eltern. Das andere bekam den Namen Wohnstube. Die Großeltern schliefen in einem kleineren Zimmer, dessen Fenster auf einen Lichtschacht führte, aber Oma befand: Zum Schlafen muss es nicht hell sein. Aus dem Küchenfenster sahen wir auf einen Hinterhof. Da standen an einer Seite drei Häuser, die andere Seite war durch eine Holzplanke von einem Arbeitsgelände abgetrennt. Der Hof ließ sich durch den Torweg unseres Hauses erreichen. Irene und ich bekamen einen gemeinsamen Raum mit einem schönen großen Fenster zum Hof. Da Irene den ganzen Tag arbeitete und abends oft unterwegs war – sie war zwanzig Jahre alt, vergnügt und hübsch –, hatte ich praktisch alles für mich allein und also herrlich viel Platz.

Ein großes Stück des hohen, langen Flures gehörte mir auch. Opa, der gelernte Maurer, hatte in die Decke zwei solide Haken eingegipst und daran meine neue Schaukel gehängt. Was waren schon die mickrigen Schaukeln, die andere Opas oder Väter in niedrige Türrahmen schraubten? Mein Flugobjekt bot mir doppelte Höhe. Ich sang ausgedachte Melodien und flog fast in den Himmel.

Die Bürgerweide war eine viel befahrene Straße. Drei Straßenbahnlinien durchklingelten sie. An unserem Ende der Straße, die mit den niedrigen Nummern, standen nur an einer Seite Wohnhäuser, die sich ziemlich ähnlich sahen, alle um die Jahrhundertwende gebaut. Schräg gegenüber gab es die Taubstummenanstalt, in der gehörlose Kinder zur Schule gingen und auch wohnen konnten. Vom Schulhof klangen ungewohnte Töne, und mir wurde erklärt, dass die Kinder sich selbst nicht hören konnten.

Neben dieser Schule standen, mit ein bisschen Rasen als Vorgarten, gepflegte Häuser, die den Namen Stift führten. Darin wohnten alte Frauen. An der Ecke Alfredstraße stand die für die Kinder unserer Gegend zuständige Volksschule, ein altes Gebäude, dick und dunkel.

Mit dem entfernteren Ende der Straße, Richtung Landwehr, hatte ich nichts zu tun. Unsere Einkäufe machten wir in unserem Stück Straße, wo es genug Geschäfte gab: Bäcker, Schlachter, Gemüseladen und Feinkosthändler, auch einen Krämer, über dessen Tür das Wort Kolonialwaren prangte. An der nächsten Ecke befand sich ein Milchladen, bequem zu erreichen. Aber: Meine Oma nahm mich an die Hand und ging mit mir bis in die Wallstraße zum Milchmann Herrn Thomsen. Das war ein sehr alter, freundlicher Mensch, der sich nach kurzem Besinnen an das junge Mädchen Agnes erinnerte. Sie hatte in der Wallstraße als Dienstmädchen bei einer feinen Familie gearbeitet. Herr Thomsen und meine Oma erinnerten sich an mancherlei aus damaliger Zeit. Sie stellte mich als ihre Enkelin vor, ich machte einen artigen Knicks und bekam den Auftrag, bei Herrn Thomsen unsere Milch einzukaufen. Mehr Vorbereitungen waren nicht notwendig. Damit konnte unser gemeinsames Wohnen beginnen.

Spielkinder

Meine Familie – jetzt aus fünf Erwachsenen bestehend – fand es nicht gut, dass ich Einzelkind ganz allein aufwachsen sollte. Darum brachten sie mich vormittags zum Malzweg in einen Kindergarten in die Gruppe von

Tante Gertrud. Die Erzieherinnen, ob alt oder jung, wurden mit »Tante« und ihrem Vornamen angesprochen. Sie waren Schülerinnen eines Seminars gewesen, in dem die Grundsätze von Fröbel und Pestalozzi gelehrt wurden. Es muss mir im Kindergarten gut gefallen haben, jedenfalls sang ich nicht nur mit, was an Liedern dort angeboten wurde, sondern ich sang auch vor: Schlager, mit denen die junge Irene unser gemeinsames Zimmer vollzwitscherte. Das waren damals Perlen wie *Wer hat denn den Käse zum Bahnhof gerollt* und *Schade, wie schade, dass man sich per Telefon nicht küssen kann* und so ein Spaß wie:

> Was macht der Meier am Himalaja?
> Der kleine Meier an dem großen Himalaja.
> Wie kommt er runter? Von oben runter?
> Was macht der Meier? Er macht 'nen Rutsch
> und ist futsch!

Tante Gertrud war noch in der Ausbildung. Meine Mutter bemühte sich lange vergebens, sie zu uns einzuladen. Vielleicht mal nach ihrem Feierabend? Endlich gab Tante Gertrud nach. Sie war völlig überrascht, als Mutti ihre Gitarre holte und gemeinsam Lieder aus dem *Zupfgeigenhansl* gesungen wurden, einem damals gebräuchlichen Liederbuch, das eine gute Gitarrenbegleitung anbot. Da erzählte Tante Gertrud den Erwachsenen, wie sehr sich alle Fröbel-Tanten bereits Sorgen um meine Kinderseele gemacht hatten: Schlager!

Sie kam dann oft, und zu Weihnachten bauten sie und Vati eine Kasperbude: ein Lattengestell, dreiteilig mit Scharnierleisten, bezogen mit dunkelrotem Rupfen. Das Fenster geriet zu niedrig; jedenfalls für den eigentlichen Zweck. Später als Haus, in dem wir Wohnen spielten, hatte das Fenster die passende Höhe zum Ausgucken.

Für ihr Examen musste Tante Gertrud ein Kinderkleid und Puppenzeug nähen. Mutti kaufte hübschen Stoff, und ich bekam ein himmelblau gesmoktes Festkleid. Für meine Puppe gab es etwas in Rot, sogar mit Hut. Welchen Namen die Puppe zu dieser Zeit trug, weiß ich nicht, weil ich im Laufe ihres Lebens mehrere Namen ausprobierte. Ich erinnere mich an Brigitte, Astrid, Friederike. Es war trotzdem nicht irgendeine Puppe. Meine Kusine Emma hatte für ihr Gesellenstück als Frisörin an dieser Puppe gearbeitet: Sie bekam eine Perücke aus echtem Haar, lang und sanftbraun, dem abgeschnittenen Zopf meiner Mutter.

Sie blieb immer eine besondere Puppe. Leider aus einem traurigen Anlass: Oben im Haus wohnte Rainer, ein kaum vierjähriger Junge. Manchmal spielte er bei mir. Und einmal bekam er gleichzeitig die Puppe und eine Schere in die Finger. Sein Friseurspiel fiel mir nach dem ersten Schnitt auf. Ich konnte ihn bremsen. Aber über dem hübschen Puppengesicht zipfelte schrecklich eine verkürzte Strähne von echten braunen Haaren. Oma und Mutti erklärten, Rainer sei noch zu klein, um zu begreifen, dass Puppenhaare nicht wieder wachsen wie seine eignen. Wir versuchten, der Brigitte-Astrid-Friederike eine andere Frisur zu kämmen, mit einer Haarklammer die Schande zu verstecken, ihren hübschen Hut nach vorn aufzusetzen. Nichts nützte. Das Gezipfel blieb sichtbar.

Bei nächster oder übernächster Gelegenheit schenkten sie mir eine zweite Puppe, vielleicht als Ersatz gedacht, von mir aber als Begleitung für die erste empfunden. Die neue war kurzhaarig-blond, blauäugig und trug ein von Mutti genähtes helles Kleid. Beide, sogenannte Steinpuppen, hatten hübsche Gesichter, beide waren mir lieb, wir spielten auch miteinander. Aber ich entwickelte nie eine mütterliche Herzlichkeit zu ihnen.

Die blieb an meinem Teddy hängen. Doch war auch er nicht eigentlich mein Kind, vielmehr mein Freund und Gefährte. Sein Name war Teddy und wurde nicht verändert, obwohl Käte mehrfach darauf hinwies, dass der richtige Bärenname Meister Petz sei. Sie sagte auch immer Petz, wenn sie ihn erwähnte. Ich wusste, dass sie ihn meinte, ging aber nicht darauf ein. Mit diesem Namen erreichte sie ihn nicht.

Mein Kindergartenzwischenspiel war bald beendet, und ich bekam Gelegenheit, mich mit den Kindern der näheren Umgebung vertraut zu machen. In unserem Haus, im ersten Stock, wohnte Ingeburg, ein Jahr älter als ich. Sie kam schon in die Schule. Ingeburg besuchte mich bei schlechtem Wetter oder wenn wir aus anderem Grund oben spielten. Vielleicht hatte ich mehr Spielsachen als sie, auch wohl mehr Platz, denn bei Ingeburg gab es Untermieter. Sicher ist, dass Mutti und Oma mir erlaubten, Spielfreunde mitzubringen. Sie fragten das Kind, wann es zuhause sein musste, und sagten rechtzeitig Bescheid, damit wir noch gemeinsam aufräumen konnten.

Im Parterre gab es Gustav und Gerhard, artige Jungen. Wo sie spielten, weiß ich nicht. Gerhard war noch nicht zu alt zum Laternegehen und sagte an einem warmen Spätherbsttag mehreren Kindern Bescheid: Heute Abend. Es war dämmrig, unsere Laternen leuchteten, wir sangen:

> Laterne, Laterne, die Sonne, Mond und Sterne.
> Brenne auf, mein Licht, brenne auf, mein Licht,
> aber nur meine liebe Laterne nicht.
> Meine Laterne ist so schön,
> da kann man mit spazieren gehn
> in dem grünen Walde,
> wo die Büchsen knallen.
> Un de Olsch mit de Lücht,
> de de Lüüd bedrücht,
> de de Eier holt
> un se nich betoolt.
> Laterne, Laterne,
> die Sonne, Mond und Sterne.

Und dann gab es einen Windstoß, oder eine Unaufmerksamkeit, und meine liebe Laterne brannte. Ich schmiss sie an den Straßenrand und lief heulend davon. Am nächsten Tag kam Gerhard und brachte den Laternenstock, den er persönlich gerettet hatte. Mutti und Oma waren gerührt, ich nur traurig. Erst im nächsten Herbst mochte ich wieder mitgehen, mit einer neuen Laterne und fähig zu neuen Liedern:

> Im Keller ist es duuster,
> da wohnt ein armer Schuster,
> er hat kein Licht, er hat kein Licht,
> da scheint die liebe Sonne nicht.
> Lapuuster, lapuuster,
> im Keller ist es duuster.

und:

Ich geh mit meiner Laterne
und meine Laterne mit mir.
Da oben leuchten die Sterne
und unten leuchten wir.
Mein Licht ist aus,
wir gehn nach Haus,
labimmel, labammel, labumm.

Von Irmgard, die im Hof in Haus 1 wohnte, lernte ich Tauspringen. Ich sprang immer schon hoch, wenn ich gerade anfing, das Seil zu schwingen. Sie sagte, ich solle abwarten, bis ich es vor mir sehe. Schwierig, aber schließlich klappte es.

Ich bekam einen Trudelreifen, fein aus Holz, vierfarbig angemalt. Manche Kinder benutzten alte Fahrradfelgen, die sie genauso kunstvoll lenkten wie ich meinen; die waren nur lauter, schepperten metallisch über die Steine. Mein Reifen ließ sich mit einem Holzstab dirigieren, begleitete mein Laufen, machte dieses Laufen erst wichtig und wunderschön, schenkte mir ein erstes deutlich erinnertes Gefühl von Freiheit als köstliches Erlebnis: Ich musste diesen bunten Reifen bewegen, damit er mich bewegte. Er forderte meine Aufmerksamkeit, um an Laternen und Mauervorsprüngen nicht hängen zu bleiben, nicht umzufallen. Ich musste lenken, ihn geradehalten, damit er weiterlief. Damit ich laufen und gegen den Wind frei atmen konnte.

Dann wieder mit den andern. Der Hof endete vor einer geteerten Hauswand, die zu einem Grundstück der nächsten Straße gehörte. Davor war ein kleines Stück mit niedrigem Zaun eingegrenzt. Das gehörte einem Maler, der seine Schott'sche Karre dort aufbewahrte. Wir nutzten die Abwesenheit des Malers, um auf dieses zweirädrige Gefährt zu steigen und es mit ein oder zwei Schritten zu bewegen, so wie eine Wippe. Zwar war der Unterschied zwischen der Eisenstütze hinten und den beiden Stützen vorn bei den Lenkstangen nicht sehr groß, aber trotzdem rumpste es gewaltig und schmiss uns fast um.

Im Haus drei wohnten zwei Brüder, Erich und Henri. Erich war der Ältere und mit einer Besonderheit begabt. Laternen wurden von einem Laternenanzünder angemacht. Der trug über die Schulter gehängt eine kleine Leiter, stellte sie mit sicherem Haken gegen den Laternenpfahl, stieg darauf und entzündete einen Gasglühstrumpf im gläsernen Gehäuse, jeden Abend wieder. Eine Lampe hatte eine kleine Schwäche. Erich trat mit voller Kraft gegen den Laternenpfahl, und dann ging sie aus. Bewundernswert! Wir anderen versuchten mit kleineren Füßen und geringeren Kräften vergebens dieses Kunststück. Erich blieb der Held.

Am späten Nachmittag, vermutlich gegen fünf, und jeden Abend wieder rief Erich durch den Hof: »Der Lübecker kommt!« Dann liefen wir mit unseren kürzeren Beinen hinter ihm her zur Alfredstraße und warteten, bis der aus Lübeck kommende Zug gewaltig qualmend unter der Brücke durchfuhr, und wir versuchten, in den Schornstein zu spucken. Wegen des Rauchs konnten wir nie erkennen, ob unsere Spucke das Ziel erreichte. Schad' nix. Zufrieden trudelten wir uns zurück.

Einmal empfahl Erich einen längeren Ausflug: Auf der Alster liegt die DO X. Wer kommt mit? Er ließ uns Zeit, zuhause Bescheid zu sagen. Dann liefen wir los. Mit Erich wurde, soweit ich mich erinnere, immer gelaufen. Jedenfalls sehe ich seine langen Beine vor mir und spüre die Mühe, mit kurzen Puddelbeinen hinterherzukommen. Auf dem Wasser lag, groß und schwer, ein Flugzeug. Ein Doppeldecker mit vielen Propellern. Inzwischen las ich in alten Zeitungsberichten: Wasserflugzeug der Firma Dornier mit sechs Propellern auf jeder Seite, also zwölf Motoren. Ein Wunderwerk damals. Davon hatte ich keine Ahnung, es war aber trotzdem aufregend und blieb mir als Weg und Ereignis im Gedächtnis. Und als Erinnerung an Erich, der uns informierte und mitnahm.

Es wird ernst

Meine Zähne wurden schlecht: unansehnlich schrumplig. Dann wackelten sie und fielen aus. Opa hatte auch keine guten Zähne. Das bot die Möglichkeit, mit Opa gemeinsam Eingebrocktes zu essen: kleingeschnittenes Brot mit Butter, Zucker, Milch und Kaffee in einer großen Kumme. Ich bekam das Gleiche in einer kleineren Kumme. Wir aßen um die Wette. Opa sagte: »Eins, zwei, fünf. Jetzt fängt's los!« Wenn ich mich beeilte, und das war wohl der Sinn des Spiels, gewann ich sogar.

Ich bekam die üblichen Kinderkrankheiten und Erkältungen. Dann musste ich im Bett bleiben, Fieber messen, schwitzen und heißen Fliederbeersaft trinken. Wir hatten schon seit unserer Barmbeker Zeit einen Hausarzt, Dr. Schleimer aus der Heitmannstraße, der bereit war, sogar zu uns in die Bürgerweide zu kommen. Der Arzt kam, sah mir in den Hals, prüfte dies und das. War er mit der Untersuchung fertig, bekam er eine Schüssel mit Wasser auf einen Stuhl gestellt, Seife und ein sauberes Handtuch dazu, so dass er sich ordentlich die Hände waschen konnte, bevor er den nächsten Hausbesuch machte. Wir hatten zwar inzwischen eine Badestube, aber darin kein Waschbecken extra; und einen Arzt schickt man doch nicht ins Klo oder in die Küche. Deshalb blieb die Emailleschüssel beim Krankenbett die beste Lösung.

Eine Badestube bedeutete Fortschritt für das Hygienebestreben unserer Familie. Ob genau an Sonnabenden der Badeofen geheizt wurde, weiß ich nicht. Ich weiß aber, dass das Feuer nicht für sechsmal Baden in Gang gehalten wurde. Irene, die jüngere Schwester meiner Mutter, und ich badeten jedenfalls oft miteinander. Gemeinsames Baden hatte sicher weniger mit Liebe als mit Sparsamkeit zu tun. Das morgendliche Waschen wurde über die Wanne gebeugt erledigt, sofern nicht, in der Wanne stehend, eine kalte Dusche bevorzugt wurde. Frottiertücher hingen an verschiedenen Haken, für jeden eins, was damals durchaus nicht in allen Familien üblich war. Mutti und Oma hatten um diese Zeit in Hamburg eine Ausstellung des Dresdener Hygienemuseums angesehen und von da sicher Anregungen mitgenommen.

In meinem zusätzlichen Spieljahr lernte ich lesen. Unterwegs, nebenbei. »Zu vermieten« stand an Fensterscheiben. In der Straßenbahn fand ich: »Beim Niesen, Husten, Spucken bediene dich des Taschentuches« und »Geradeaus fährt keine Bahn, darum nenne dein Fahrziel« und »In den Kurven festhalten«. Das sind prägende Wichtigkeiten in einem jungen, lernbereiten Leben. Ich las Reklameschilder und andere Aufschriften. Oft wusste ich, was sie aussagten, oder es wurde erklärt. Aber bei den kleinen grün-lila gestreiften Lieferwagen mit der Aufschrift »Fromms Gummiwaren«, in denen Präservative transportiert wurden, da taten sie alle, als hätte ich nichts gefragt.

Mit Opa bastelte ich Radios. Wir saßen oder lagen auf dem Fußboden, Opa mit einer Platte vor sich, auf die er verschiedene Einzelteile steckte. Ich durfte ihm zureichen: bunte Bananenstecker und blaue Gebilde, die wie Spinnennetze aussahen. Wenn das Radio fertig war, brachte Opa den Akku mit der stinkenden Batteriesäure. Danach begann er, an blanken schwarzen Knöpfen zu drehen, und erzeugte schaurige Heultöne. Über Kopfhörer wurde plötzlich Musik oder eine Menschenstimme hörbar. Weitere Quietschtöne führten zu neuen verschrammt klingenden Stimmen. Opa soll irgendwann bis Amerika gelangt sein, das sei allerdings kaum zu verstehen gewesen.

Ein oder zwei von Opas Radios blieben bei uns. Und da sehe ich meine Familie mit Kopfhörern über den Ohren mit ernsten Gesichtern.

Das war eine Zeit! Wir Kinder fragten in den Läden nach leeren Pappkartons, die wir derart an Bindfäden befestigten, dass wir sie uns vor den Bauch hängen konnten. Dann brauchten wir nur noch zwei Stückchen Holz, und schon hatten wir die herrlichsten Trommeln. Überall wurde getrommelt. Und marschiert. Auch wir Kinder marschierten im Gänsemarsch durch den Hof. Der Vordermann gab die Befehle. Erst hin, dann »das Ganze Halt!« und zurück. Einmal marschierten wir im üblichen Gänsemarsch hinter dem kleinen Paul her, als Ingeburg ihren Finger auf den Mund legte und uns bedeutete, leise umzukehren. Paul ging weiter trommelnd geradeaus, wir auf leisen Sohlen zurück. Erst als er »Kehrt!« befahl, merkte Paul, dass er allein war. Großes Gelächter folgte. – Ausgerechnet Ingeburg bekam bald Schwierigkeiten mit uns. Ihr Vater trug *SA*-Uniform, und wir fingen an, hinter ihr herzurufen: »Inge ist'n Nazi-Gör!« Dann weinte sie und lief weg. Danach spielten wir wieder zusammen.

Als die Nazis an die Macht kamen, soll Agnes geweint und gesagt haben: »Hitler bedeutet Krieg.« Das wussten viele Menschen in unserem Land. Aber nicht genug. Veränderungen des Alltags sind nicht für alle gleichermaßen wahrnehmbar.

Im Zigarrenladen drei Häuser weiter, vier Stufen tief, muss ein Treffpunkt von politisch Linken gewesen sein. Dort hielten sich ständig einige

Männer auf, vielleicht Arbeitslose. Käte kannte einen oder zwei und unterhielt sich mit ihnen. Jetzt erfuhr sie »Der sitzt.« Eine Formulierung, die immer häufiger vorkam, mir auch erklärt wurde mit: im Gefängnis auf einer Holzbank sitzen.

Ich erinnere mich an eine Begebenheit mit Tante Mariechen, der Mutter von Kusine Helga. Sie erzählte von einem Bekannten, der geklaut hatte, geschnappt und eingesperrt wurde. Da ich irgendwie mitgekriegt hatte, dass auch ihr Mann gerade im Gefängnis saß, überraschte mich ihre laute Empörung über das Verbrechen des anderen. Ich sah sie erstaunt an. Das muss sie gemerkt haben. Jedenfalls wandte sie sich an mich kleines Mädchen und erklärte stolz: »Ja, aber mein Mann sitzt politisch!« Demnach gab es Unterschiede.

Zunächst wurde für mich wichtig, nicht alles nach draußen zu tragen, was in unserer politisch interessierten Familie gesprochen wurde. Mein Gehör war wegen der Mittelohrentzündungen zwar nicht gut; aber als aufmerksames Einzelkind zwischen fünf Erwachsenen erfuhr ich mehr als viele Gleichaltrige und spürte, dass sie die braunen Nazis nicht mochten.

Ingeburg war bereits Schulkind, ich sollte zu Ostern eingeschult werden. Wir waren endlich groß genug, um von Lenchen, der Zehnjährigen aus Haus 2, beachtet zu werden. Manchmal spielten wir oben bei ihr. Ihre Familie hatte von drei Zimmern eins vermietet an eine junge Tänzerin, die im Hansa Theater auftrat. Das Zimmer war düster, weil die Häuser der Nachbarterrasse eng davorstanden; fast reichte ein Fensterflügel an den von gegenüber. Aber der Glanz der Tänzerinkostüme wog alles auf. Die hingen überall herum, und wenn Lenchens Mutter nicht aufpasste, zogen wir schnell mal so ein locker-leichtes Gebilde über.

Lenchens Vater war auch ein Künstler aus dem Hansa Theater. Ein Kraftmensch. Es gab Bilder von ihm, wie er einen Autobus mit den Zähnen zog. Er konnte ein Vierkanteisen mit den bloßen Händen zum Hufeisen biegen. Ich sah ihn rot-aufgeplustert schwitzen bei dieser Anstrengung. Agnes und Käte schenkte er je ein solches Hufeisen als Untersatz fürs heiße Bügeleisen. Er hatte sich den Künstlernamen Paraselli gegeben. Das klang wie Petersilie, fand ich. Ich durfte das sogar zu ihm sagen. Manchmal öffnete er die Ofenklappe und sprach etwas hinein. Eine andere Stimme aus dem Ofen gab ihm Antwort. Da er aber die Lippen bewegte, ertappte ich ihn: »Das bist du, Onkel Petersilie!« Ich lernte dazu das Wort Bauchredner.

Einmal wollte ich Lenchen abholen und geriet in eine Familienfeier. Viele Gäste saßen um den Tisch, tranken Kaffee und redeten laut durcheinander über die politische Lage. Von Lenchens Mutter bekam ich ein schönes Stück Kuchen. Ich stand mit meinem Kuchen neben ihr, als sie sich plötzlich an mich wandte und fragte: »Wie sagt man denn jetzt, Hilde?« Das machte mich befangen. Ob sie »*Heil Hitler*« hören wollte? Das sagte ich leise, aber sie meinte: »Nein, so sagen wir doch nicht.« Mir war ihre Frage unangenehm. Ich flüsterte ihr ein Wort ins Ohr, das bei uns zuhause gar nicht gebraucht wurde, von dem ich aber wusste, dass Kommunisten sich so grüßen: *Rot Front.* Da lachte sie und erzählte laut über den Tisch: »Rot Front hat sie gesagt.« Und alle lachten!

Ich kannte das Wort Vertrauensbruch nicht. Aber das war einer. Der erste, den ich erlebte. Bestehend aus Schreck – Entsetzen – Enttäuschung. Mir blieb kaum Luft. In diesem Gelächter ging Kindervertrauen unter.

Bis zum Beginn des Jahres 1933 ließ sich die politische Meinung der Bewohner an den aus ihren Fenstern hängenden Fahnen ablesen. Von den Feiertagen, die Anlass zum Flaggen gaben, war mir der Erste Mai geläufig, weil am nächsten Tag ein paar Fahnen noch nicht abgenommen waren. Die brachten mir einen bunten Geburtstagsgruß: schwarz-rot-gold, schwarz-weiß-rot; rot manchmal mit Hammer und Sichel, manchmal mit Hakenkreuz. Danach war nur noch eine Fahnenart zu sehen. Und an dem Tag als ich sieben Jahre alt wurde, besetzten sie die Gewerkschaftshäuser.

Die Mutter von Erich und seinem Bruder nutzte, wie auch andere mutige Frauen, die Fahnen-Feiertage zum Betten-Auslüften. Sie legte Decken und Kissen ohne Bezüge in die Fenster. Die leuchteten rot in den Tag.

In unseren Fenstern hing oder lag nichts, vielleicht weil die Familie sich zwischen Omas und Vatis Nähe zur SPD und Muttis Nähe zur KPD nicht einigte. Käte traf sich weiterhin mit Freunden, die sie vom Café Niedlich kannte. Der eine brachte Schriften, die Käte aufbewahrte, der andere holte sie ab und verteilte sie weiter. Hatte sie selbst darin gelesen? Ihr waren Gespräche immer wichtiger. Sie sprach mit vielen Menschen.

Von einem aufregenden Ereignis erzählte Agnes mir viele Jahre später: Vor der Tür standen zwei Männer, die einen Hausdurchsuchungsbefehl vorwiesen. Sie sollten zu Familie Grube. Agnes Grube zeigte bereitwillig ihre Räume. Sie fanden nichts. Dann wollten sie in die Vorderzimmer. Aber Agnes sagte ruhig: »Da wohnen Davids.« Für Familie David war deren Zettel nicht ausgefüllt, also mussten sie wieder gehen. Wie das kam? An unserer Tür standen zwei Namen. Als eine Nachbarin meine Oma mit »Frau David« grüßte, begriffen wir ihre Verwechslung. Für uns ergab sich als schlimme Gewissheit: Die Anzeige kam aus der Nachbarschaft. Es gab Nazis im Haus.

Agnes beendete ihren Bericht damit, dass diese Verwechslung meine Eltern vor Haftstrafe oder Schlimmerem bewahrt hatte. »Denn da lag ja was. Die Sachen von deiner Mutter und viele Bücher von deinem Vater.« Sie sagte mir auch, wie wichtig es ist, möglichst keine Unruhe zu zeigen; erst beobachten und still überlegen. »Für Angst hast du nachher Zeit.«

Schulbeginn

1933 – 1934

Bald geht es los

Meine Eltern hatten beschlossen, mich in einer der *Reformschulen* anzumelden, die nach dem Krieg und der Strenge der Kaiserzeit mit neuen Gedanken und Formen des Unterrichts in Hamburg entstanden waren. Es gab vier *Versuchsschulen*, die das Lernen *vom Kinde aus* praktizierten, die keinen festen Stundenplan hatten, sondern sich an den Bedürfnissen und Fragen der Kinder ausrichteten. Das Projekt war nach zehn Jahren beendet, die Lehrkräfte wurden auf andere Schulen verteilt. Neue Erkenntnisse in Unterrichtsgestaltung und Schulbetrieb blieben aber erhalten und wurden im Rahmen des festgesetzten Lernplans in einigen Schulen intensiv weiter genutzt, wie beispielsweise in der Schule Burgstraße.

Die Schule Ecke Bürgerweide/Alfredstraße war eine der üblichen Schulen, die diese Reformgedanken nicht aufgenommen hatten. Ich wohnte aber in ihrem Einzugsgebiet. Mutti und ich gingen zunächst dorthin wegen der Erlaubnis, mich woanders anzumelden. Da saß eine Schulleiterin in einem dunklen Zimmer, äußerte sich ärgerlich über den Wunsch meiner Eltern, gab aber nach.

Dann gingen wir in die Schule Burgstraße, die zwar weiter entfernt lag, aber dem Inhalt nach besser für mich sein sollte. Die Schule sah hell aus, auch das Zimmer, in dem Herr Früchtenicht, der freundliche Schulleiter, saß. Er sagte uns, dass die Klassen für das neue Erste Schuljahr schon fast belegt seien. Und weil ich bei der Einschulung noch keine sechs Jahre alt sei, könnte ich gut bis nächstes Jahr warten. Meine Mutter war einverstanden, auch wegen der mich oft plagenden Mittelohrentzündungen, gegen die sich im Laufe eines Jahres größere Stabilität und Widerstandskraft entwickeln ließen.

So kam ich im Sommer wieder mit aufs Land, half Oma Agnes beim Einmachen und Opa Hermann beim Wasserholen, pflückte Kirschen vom Baum, rupfte süße, duftende Wurzeln aus dunkler Erde, ließ knackige Erbsenschoten platzen, naschte von allen reifen Beeren, ließ mich von der Sonne bescheinen, platschte barfüßig-vergnügt im nahen Bach und hatte eine gute Zeit.

Einmal in jedem Jahr machten meine Eltern mit mir einen Besuch im Tierpark Hagenbeck, wenn die Zeitungen mitgeteilt hatten: Völkerschau. Es gab kein Fernsehen, im Kino nur Schwarz-Weiß-Filme. In Bilderbüchern betrachteten wir bunt-gemalte Indianer, Eskimos und Menschen, die damals *Neger* genannt wurden. Die Neugier all diesen Fremdheiten gegenüber war groß. Die Tierfänger, die von der Familie Hagenbeck in alle Welt gesandt wurden, um für den Park exotische Tiere einzufangen, brachten manchmal Menschen mit. Exoten. In Familienverbänden. Mit einigen ihrer Habseligkeiten. So wurden sie bei uns in Hamburg *ausgestellt*. Nicht hinter Gittern, wie gefährliche Raubtiere, sondern in Freigehegen. Auf diese Freigehe, in denen der Tierpark einen Teil seiner Tiere zeigte, konnte Hagenbeck eigentlich stolz sein, denn sie waren die ersten, die diese Form in ihrem Zoo anwendeten.

Mit welchen Versprechungen die fremden Menschen hierher gelockt wurden, wer will das wissen? Ob überhaupt mit Versprechungen oder höflich gebeten oder einfach eingefangen? Auf welche Weise gelangten sie zurück in ihre Heimat? Viele Fragen: Wer hat sie damals gestellt? Meine Familie, die sich bemühte, mit sozialem und politischem Engagement die Ungerechtigkeiten in der Welt zu bekämpfen – hier sah sie nichts.

Was sah ich? Nur von einem Besuch habe ich eine vage Erinnerung. Ein bisschen Gras, ein bisschen Sand, eingezäunt mit einem Holzgatter wie eine Kuhweide. Und etwas zurückgezogen eine Gruppe dünner, dunkler Menschen. Ihre Haut sah mehr grau als braun aus. Vielleicht froren sie. Sie standen da hinten und sahen uns an.

Anderes bei Hagenbeck war mir wichtiger. Für die bunten Papageien, die an einem Weg einzeln auf hohen Stangen saßen und schrecklich

Krach machten, hatte Mutti Pellkartoffeln gekocht. Wir guckten zu, wie sie eine Kartoffel in ihre Krallen nahmen und mit dem Schnabel geschickt pellten. Für die Paviane, die den Affenfelsen bevölkern, brachten wir Zwiebeln mit. Darum gab es ein tolles Gerenne und Geraufe. Wer eine Zwiebel erkämpft hatte, setzte sich auf seinen komischen roten Hintern, blätterte die Zwiebel mit den Händen auf und ließ es sich schmecken. Als alle Köstlichkeit längst verzehrt war, roch der Felsen noch nach Zwiebeln. Wir waren für unseren Hagenbeck-Besuch immer schwer beladen, weil wir auch Wurzeln für die Ponys und alte Brötchen für die Elefanten mitschleppten. Der Rückweg brachte zwar Erleichterung; aber dafür wog die Müdigkeit schwer. Ich fiel nach dem leider notwendigen Waschen nur noch – plumps – ins Bett.

Ich bekam die üblich gewordene Mittelohrentzündung, bei der alle darauf hofften, dass sie bald aufgeht, also dass Eiter abfließt. Dann ließen die Schmerzen nach, und meine ganze Familie konnte wieder besser schlafen. Vorher lag oder saß ich mit warm eingepackten schmerzenden Ohren im Bett und wurde beschäftigt. Auf die Knie bekam ich für kindliche Malversuche ein Tablett mit Papier und Buntstiften. Aus alten Modezeitschriften durfte ich schön gezeichnete Damen ausschneiden. Da Mittelohrentzündungen nicht ansteckend sind, besuchte mich Ingeburg, die Nachbarstochter. Die Modedamen gab es nur schwarz-weiß, darum malten wir ihre Kleider an. Dann ließen wir sie auf der Bettdecke in die Stadt gehen oder im Garten spazieren. Weil einige von ihnen feine lange Kleider trugen, wurden sie von uns zum Tanzen ausgeführt. Sie bekamen sogar Namen, die Ingeburg vorsichtig auf die Rückseite schrieb. Meinen eigenen Namen konnte ich schon schreiben. Aber die Damen sollten nicht alle Hilde heißen.

Dann war ich wieder gesund und bereit für Straßenspiele. Mit der Einschränkung: Watte ins Ohr und Mütze aufsetzen! Und lange Strümpfe anziehen, auch wenn die andern längst mit Kniestrümpfen laufen. Das dauert, bis Mütter und Omas erkennen, dass auch für die ohrgeschädigten Kinder eine wärmere Jahreszeit gekommen ist. Erwachsene werden wegen langer Strümpfe nicht ausgelacht.

Im ersten Schuljahr

Wir kamen da an, Mutti und ich. Gingen durch eine hohe Tür in das große rote Gebäude, über eine breite Treppe, einen breiten Flur in einen vielfenstrigen weiten Raum, der Klasse hieß. Bewegung und Lärm waren wahrnehmbar, Kinder und Mütter suchten nach Plätzen, sprachen miteinander. Eine dicke Mutter saß am Tisch nahe der Wandtafel, und alle, die in die Klasse kamen, begrüßten sie. Anders als die übrigen Mütter hatte sie ihren Mantel ausgezogen.

Von der Lehrerin sah ich nichts. Dabei hatte Mutti mir Wunderdinge über sie erzählt. Schon vor Beginn des Schuljahres waren auf einem Elternabend die Lehrkräfte der ersten Klassen vorgestellt worden, und Mutti fand, Fräulein Leu, zu der ich kommen sollte, sähe besonders freundlich aus. Leu bedeutet Löwe, erfuhr ich, aber sie sei kein Löwe, sondern eher wie ein Lamm, so sanft.

Die Mutter, die vorn am Tisch saß, war am nächsten Tag wieder da, was mich wunderte, weil die anderen Mütter nicht in der Klasse blieben. Und dann muss mir auf irgendeine Weise klar geworden sein, dass eben dies meine Lehrerin Fräulein Leu sei. Meine Ohren hatten das wohl überhört, und dass ich nicht selbst darauf gekommen war, lag an Lenchen und Ingeburg, die mich bisher zum Schulespielen gebraucht hatten. Wenn die beiden eine Lehrerin darstellten, machten sie Trippelschritte, einen spitzen Mund und sprachen mit übertriebener Piepsstimme: »Du ungezogenes Kind!« Ihr Spiel führte bei mir zu der Erkenntnis: Lehrerinnen sind ziemlich ziegige, unangenehme Damen.

Mir aber wurde die Ausnahme beschert: eine mütterliche Frau, an die ich Herz und Hoffnung hängen konnte.

Meine Schultüte? Ich bekam keine. Dafür aber eine einsehbare Erklärung. Auf dem Elternabend war darüber gesprochen worden, und Mutti wiederholte mir die Überlegungen: Es gab arbeitslose Väter, die eine Schultüte und dazu den süßen Inhalt nicht bezahlen konnten. Vielleicht brauchte das Kind auch noch neue Schuhe für den Schulweg. Ausgaben genug. Da wäre es doch traurig für die armen Kinder dieser armen Eltern, wenn sie zusehen müssten, wie andere Kinder bunte Tüten herumschleppten und daraus naschten.

Fünfzig Jahre später bei einer fröhlichen Feier unseres Schulanfangs – wofür Lisa kleine süße Tütchen gebastelt hatte – erfuhr ich, dass einige Kinder damals sehr wohl eine Schultüte bekommen hatten. Irgendwo auf dem Nachhauseweg wartete Oma oder eine Tante mit dieser Kostbarkeit auf das neue Schulkind.

Ich vermisste keine Schultüte. Sie hatten mir ja alles erklärt. Süßigkeiten bekam ich auch mal ohne Anlass. Ich ging in neuen Schuhen, trug einen ordentlichen Ränzel und darin einen feinen Federkasten, den ich mir selbst hatte aussuchen dürfen. Mutti war überrascht, weil ich keinen bunt bemalten wünschte, sondern diesen, aus Buchenholz mit einem aparten Intarsienmuster. Er war nicht zu verwechseln, und ich benutzte ihn lange. Bald wurde der Ränzel voller, es kamen Schreibheft und Rechenheft hinein, sogar ein Lineal und natürlich die Fibel, aus der wir im Laufe des Jahres über Heini und Lene und ihre Freunde vieles erfuhren.

Früh wurde uns beigebracht, am Ende des Schultages unsere kleinen Stühle auf die Tische zu stellen. Damit die Putzfrauen sofort anfangen konnten zu fegen und zu feudeln. Morgens standen die Stühle wieder vor den blankgewischten Tischen, und wir übten Buchstaben, malten oder rechneten oder was Fräulein Leu gerade von uns erwartete. Die allgemeinen Pausen berücksichtigte Fräulein Leu im ersten Schuljahr nicht. Wir gingen zu anderen Zeiten auf den Schulhof, wenn die großen Kinder uns nicht umrennen konnten. Dann lernten wir Kreisspiele, die mir gefielen; unsere Lehrerin kannte viele.

Damit wir lebhafte kleine Gesellschaft interessiert blieben, holte Fräulein Leu sich zu ihrer Unterstützung manchmal Hilfskräfte aus den höheren Klassen: Schülerinnen oder Schüler, die in ihrem Jahrgang durchaus eine Unterrichtsstunde versäumen konnten. Zum Beispiel »Opa«, den elfjährigen Nils, dessen jüngerer Bruder Jens bei uns in Klasse Leu war. Er ließ sich Opa nennen, weil er sich uns Kleinen gegenüber alt und weise fühlte. Schön war es, wenn er mit auf den riesigen Schulhof kam. Da war Platz zum Wettrennen und Ballwerfen und Springen. Nils machte vor, was gefordert wurde, und rief »Achtung, fertig, los!«, während Fräulein Leu sich bemühte, die nicht beteiligten Kinder zu bändigen, die mit Riesenkrakeel die jeweils Aktiven anfeuerten. Erstaunlich fand ich unseren kleinen Max, der einhändig Rad schlagen konnte.

Manchmal rechnete Opa mit uns, lächerlich einfache Aufgaben, wie ihm schien. Er konnte aber auch so tun, als sei er ganz dumm. Einmal wurde er von einem Jungen zum Geburtstag eingeladen und musste sich die Adresse merken. Dabei kam die Hausnummer 63 vor. Nils sagte »dreiundsechzig«, malte aber auf die Tafel eine 36. Wir riefen durcheinander, weil wir doch schon zweistellige Zahlen kannten. Nils blieb bei seiner Zahl und ließ uns ungerührt an seinem Verstand zweifeln. Erstaunlich, dass er dennoch am rechten Ort zum Geburtstag eintraf.

Besonders freute ich mich, wenn Anneliese mit uns in den Gymnastiksaal ging. Ein großer, mit Parkett ausgelegter Raum, in dem ein Klavier stand. Anneliese schlug auf einem Tamburin den Takt, und wir machten dazu unsere Armbewegungen, Schritte und Sprünge. Das lernte sie bei Lola Rogge. Die hatte ihrerseits Tanzpädagogik bei Rudolf Laban studiert und leitete später viele Jahre hindurch in Hamburg die Laban-Schule, die heutige Lola-Rogge-Schule. Anneliese, Tochter unseres Schulleiters, wusste mit ihren zwölf Jahren schon genau, dass sie einmal Gymnastiklehrerin sein würde. Mir gefielen die sanften, tänzerischen Bewegungen, und ich gab mir viel Mühe.

Wir hatten noch anderen Spaß: nämlich Kino. Dazu gingen wir in den großen, hohen Musiksaal, der mit dicken Vorhängen verdunkelt werden konnte. Dort legte Fräulein Leu eine Rolle in einen Apparat, knipste das Licht aus, und vor uns auf heller Leinwand erschienen bekannte und unbekannte Märchenfiguren in schwarz-weiß-bewegten Bildern. Den Text dazu las Fräulein Leu vor, weil er wieder verschwand, bevor alle ihn hatten lesen können. Die Landesbildstelle, damals eine junge Hamburger Einrichtung, bot auch Filme über Handwerke. Mir ist, als hätten wir etwas von einer Windmühle gesehen, mit viel weißem Staub, sich drehenden hölzernen Rädern und großen Flügeln vor der Sonne. Einmal auch eine Schmiede mit Amboss und flackerndem Feuer.

Fräulein Leu ließ uns Lieder vorsingen oder Gedichte aufsagen, die uns gut gefielen. Ich sang ein plattdeutsches Lied vor, und das freute sie.

Gegen Ende des Schuljahres fand ein Elternabend statt. Vielleicht auch ein sonntäglicher Elternnachmittag. Wir Kinder waren jedenfalls dabei, um den versammelten Erwachsenen einige unserer erworbenen Kenntnisse zu vermitteln. Wir standen im Musiksaal auf der Bühne, ausnahmsweise getrennt: auf einer Hälfte die Jungen, auf der anderen die Mädchen, nett und ordentlich aufgereiht. Ein bisschen im Hintergrund stand Fräulein Leu und gab die Einsätze.

Peter kannte ein langes, lustiges Gedicht, das er zu unserer Freude öfter aufsagen durfte. Peter war ziemlich zappelig und hampelte herum. Aber zu diesem Gedicht passte es, und wir amüsierten uns.

Direkt nach Peter kam ich dran, um das Gedicht vom Riesen Timpetu zu sagen, lange geübt mit schöner Betonung. Ging also aus der Mädchengruppe in die Mitte und machte meinen Knicks. Ich hatte aber die erste Zeile noch nicht beendet, als der kleine, rundliche Alfons neben mir zu lachen anfing. Er bog sich vor Lachen. Warum? Ich hatte mit Peters Gedicht begonnen. In dem lauten, allgemeinen Gelächter, Alfons wirkte ansteckend, ging ich zu Fräulein Leu, die mich in den Arm nahm, ein bisschen tröstete und dann meinte, ich könne doch mein Gedicht jetzt noch sagen. Das tat ich, bekam Beifall, und alles war gut.

Im Zuschauerraum saß meine Mutter und staunte. In späteren Jahren hörte ich mehrfach von ihr, sie habe nicht für möglich gehalten, dass ich nach diesem Schreck meinen Text noch sagen würde. Und sie bewunderte Fräulein Leu, die das mit wenigen leisen Worten erreicht hatte. Mir blieb das Lachen von Alfons in Erinnerung und die zärtliche Wärme meiner Lehrerin.

In diesem ersten Schuljahr müssen wir tatsächlich rechnen und schreiben gelernt haben. Irgendwann konnten wir es. Mehr oder weniger gut, aber immerhin so, dass es für alle Erstklässler, wir waren über vierzig Kinder, zur Versetzung reichte.

Fräulein Leu merkte bald, dass ich leidlich lesen konnte und gab mir kleine Bücher zum Üben. Dann durfte ich mich vorn auf ihren Tisch setzen und vorlesen. Da sie selbst oft Geschichten vorlas, die sie hübsch betonte, lernte ich solche Betonungen von ihr. Mein Leben lang blieb ich Vorleserin. Und manchmal, bei Kinderbüchern, höre ich mich ein paar Worte lang wie mit der Stimme meiner Lehrerin lesen.

Frohe Feste

In meinen ersten Sommerferien besuchten meine Mutter und ich Rosemann, der vor ein paar Jahren bei uns in Harburg gewohnt hatte. Jetzt war er Dorfschullehrer in Schleswig-Holstein. Das Dorf hieß Grönland. Mir war der Name geläufig, und ich erzählte Ingeburg, dass wir nach Grönland verreisen wollten. Davon hörte ihre Mutter und war entsetzt: Wie kann man ein Kind dahin mitnehmen? Hat das Kind überhaupt genug warme Kleidung?

In dem kleinen Grönland-Haus, das der Lehrer bewohnte, war rechts neben dem Eingang ein großer Raum. Das war die Schule. Für alle Schulkinder gemeinsam. Da saßen sie vom ersten bis zum achten Schuljahr auf unterschiedlich hohen Bänken, lasen, schrieben, rechneten, beantworteten Fragen des Lehrers. Es waren wenig Kinder, etwa zwanzig, die aber alle beschäftigt werden und etwas lernen sollten.

Im ersten Schuljahr, mit mir gleichaltrig, gab es nur Anita. Weil die Ferien in Hamburg ein paar Tage früher begonnen hatten, war in Grönland noch Unterricht. Ich durfte mich neben Anita setzen und mitmachen. Ich kam mir großartig vor, weil ich in meiner Schule schon ein bisschen mehr gelernt hatte. Aber: Als ich später mal wiederkam, war Anita viel weiter im Einmaleins als ich.

Alle Schulkinder freuten sich auf die Ferien, die mit einem großen Fest begannen, dem »Kindergrün«. Sie sagten »Kinnergrön«. Dafür übten sie fleißig. Die Kleinen sangen oder probten Gedichte, die Größeren turnten, tanzten oder trugen etwas vor. Dem Lehrer war viel Lustiges eingefallen. Zwei Jungen standen hinter einem Tisch, bekamen Stiefel an die Hände, die sie auf den Tisch stellten, hinter ihnen steckten zwei andere ihre Arme in die weiten Jacken der Vorderen; alles sah aus, als ständen zwei zu klein geratene Personen auf dem Tisch, die sich miteinander unterhielten. Das ganze Dorf lachte.

Später tanzten alle nach den Klängen einer Musikkapelle. Erst tanzten die Kinder, während die Erwachsenen sich bei Kaffee und Torten aufhielten, oder beim Bier. Anita und ich hopsten nur so herum, hatten trotzdem viel Spaß dabei. Das große Mädchen Tine versuchte, uns ein paar richtige Schritte beizubringen. Zum Abendessen gingen alle auf ihren Hof, in ihre

Kate. Danach kamen die Erwachsenen wieder, tanzten, lachten, waren weit zu hören. Als mein Vater uns nach ein oder zwei Wochen abholte, hatte ich fröhliche Ferien verbracht und freute mich in den folgenden freien Wochen auf meine Schule.

In unserem zweiten Schuljahr gab es ein wunderbares Fest in der Burgstraße, ein richtiges Schulfest, das in der großen Turnhalle gefeiert wurde, zu dem die Klassen auf unterschiedliche Weise beitrugen. Es hieß »Von Hamburg in die weite Welt«. Auf einem Balkon stand unser Schulleiter Herr Früchtenicht als Kapitän und eröffnete das Fest. Die Turnhalle war voller Menschen; Erwachsene und Kinder wuselten durcheinander, hielten sich an den Ständen auf, wo wir gegen Gutscheine Würstchen bekamen. Frau Früchtenicht, die Mutter von Anneliese, schenkte süßen Saft aus.

Dann wurde es still, denn es begann großes Theater. Die Bühne war das Werk fleißiger Väter, die ihre Kräfte immer wieder für die schöne Schule ihrer Kinder einsetzten. Sie hatten ein Podest gebaut, das eine Schmalseite der Turnhalle fast ausfüllte und auf dem mehrere Personen gut Platz hatten und vorturnen konnten. Das Ganze war ausziehbar, bekam üppige Tiefe. Aufstellbare Seitenwände boten notwendige Begrenzung, und von irgendwoher flatterten Vorhänge. Auf dieser Bühne spielte eine Klasse ihr Theaterstück »Von Hamburg in die weite Welt«. Erst spielten Kinder zwischen aufgehängter Wäsche und verkleideten sich dann fantasievoll mit den Wäschestücken, als wären sie Menschen aus fernen Ländern, die besucht wurden.

Es gab auch einzelne Vorführungen. Wir aus Klasse Leu stellten Möwen dar. Dafür brauchten wir nur Mützen aus weißem Krepppapier, woran kunstvoll ein gelber Pappschnabel geklebt war: das Werk von Fräulein Leu und Tante Thusnelda. Anneliese hatte mit uns einen Tanz eingeübt. Den tanzten wir zweimal während des Festes und ließen uns ausgiebig beklatschen. Meine Mutter betrachtete einige Klassenräume, die mit Hafen zu tun hatten oder mit der weiten Welt. Sie erzählte nachher von einem asiatisch anmutenden Raum, in dem sie Tee getrunken und sich mit der Lehrerin Käthe Kühner unterhalten hatte. Inzwischen tanzte ihre Tochter mit anderen den Möwentanz, und nur Vati hatte zugeguckt.

Blicke in unsere Stadt

Hamburg, das erfuhr ich früh, heißt die große Stadt, in der ich zuhause bin. Es ist meine Heimatstadt. Ich kenne schon viele Straßen, die Elbe, den Hafen und staune über Werften und Kaianlagen. Mitten in der Stadt das Rathaus mit dem Rathausmarkt davor. Daneben an der Kleinen Alster steht der hohe schmale Stein, der auf einer Seite ein Relief zeigt: eine Frau, an die sich ein Kind schmiegt. Auf der anderen Seite eingemeißelt die Worte: »Vierzigtausend Söhne der Stadt ließen ihr Leben für euch 1914–1918«.

Das war damals, als Krieg war, lange vor meiner Zeit, woran sich die Erwachsenen immer wieder erinnern. Die vierzigtausend Söhne waren Soldaten, die aus dem Krieg nicht mehr zurückkamen: gefallen, umgekommen durch Kanonen, in Einzelgefechten, durch Gas. Ein Schwager meines Vaters war gefallen. Ein anderer hatte ein Bein verloren. Ich kenne sein Holzbein. Mein Vater war froh, dass er noch keine achtzehn Jahre alt war, als der Krieg beendet wurde. Krieg: Da bekommst du als Kind vom Zuhören schon eine Gänsehaut, auch wenn die Sonne warm aufs Wasser und auf das große Rathaus scheint.

Vor dem Rathaus zwei ganz hohe Masten, an denen zu besonderen Anlässen riesengroße Flaggen wehen. Die Anlässe haben sich in letzter Zeit gehäuft. Und die Fahnen haben gewechselt: Bevor ich in die Schule kam, sah ich dort manchmal eine schwarz-rot-goldene und eine Hamburger Fahne wehen. Jetzt tragen die roten Fahnentücher alle nur noch ein Zeichen: das Hakenkreuz.

Das ist in allen Straßen so. Die Vielfalt der Fahnen wechselt zum Zeichen der *NSDAP*. Die Vielfalt der auf den Straßen Marschierenden weicht dem Einheitsbraun der *SA*. Und die Musik? Der Trommler-und-Pfeifer-Zug des SPD-Verbandes Reichsbanner kommt nicht mehr vor, und die Schalmeienkapelle der Kommunisten ist verschwunden. Stattdessen: *Die Straße frei den braunen Bataillonen!* Ihr Gleichschritt, laut und hart, knallt unbarmherzig auf das Pflaster. Oft laufen Kinder nebenher, heben den rechten Arm und rufen »*Heil!*« Da laufe ich nicht mit.

Ich mache lieber mit Vati kleine Sonntagsbesuche und höre staunend, wie er alle Hochbahnstationen aufsagen kann. Die Hochbahn wurde gebaut, als er Schuljunge war. Erst gab es nur ein paar Stationen; bald entstand ein ganzer Ring durch die Stadt. Man konnte in Barmbek einsteigen und kam in Barmbek wieder an, ganz egal, ob man links oder rechts herum fuhr. Vati weiß die Stationen in beiden Richtungen auswendig. Mutti war damals kaum fünf Jahre alt und erinnert sich nicht an die Anfänge der Hochbahn. Aber Oma Agnes erzählt, wie sie mit den kleinen Töchtern das neue Verkehrsmittel ausprobierte, wie sie über Brücken und durch Tunnel fuhren und schnell von einem Stadtteil in einen anderen gelangten.

In der Hochbahn schätzte ich den Platz neben dem geschlossenen Fahrerstand. Da gibt es einen Klappsitz, auf dem ich knien und dann durch ein kleines Fenster nach vorn gucken kann. Der Platz ist bei Kindern beliebt und nicht immer zu bekommen. Aber wenn, dann ist es spannend und fast ein bisschen gruselig, im Schwarz des Tunnels auf die Lichter der nächsten Haltestelle zu warten. Oder auftauchen zwischen hohen Häusern. Oder nach dem Tunnel plötzlich ein Stück vom Hafen sehen, große und kleine Schiffe. Auch Schiffe, die erst gebaut werden, drüben auf den Werften mit den hohen Gerüsten, den Helgen, die dem unfertigen Schiff Halt geben, bis es eines Tages zu Wasser gelassen wird, vom Stapel läuft. Bei besonderen Schiffen wird der Stapellauf mit großer Taufe gefeiert, dann wird es in seinem neuen Element von allen anderen Schiffen mit lautem Tuten begrüßt.

Im Hafen gibt es im Gegensatz zur Stadt verschiedene Flaggen. Am Heck, wo der Name des Schiffes und sein Heimathafen geschrieben stehen, weht die Fahne seines Landes. Vati weiß viele Länder. Es gibt auch Flaggen, die mit keinem Land zu tun haben, sondern in der Seeschifffahrt anderen Auskunft geben, so wie die gelbe Flagge, die »Quarantäne« bedeutet: Auf dem Schiff hat jemand eine ansteckende Krankheit, und niemand darf an und von Bord. Weiß mit blauem Rand ist der Blaue Peter, der auf allen Schiffen gehisst wird, die in den nächsten 24 Stunden auslaufen, die Elbe runterfahren, an Cuxhaven vorbei in die Nordsee.

»Hast du den Zeitball gesehen?« Er befindet sich auf dem Haus an der Kehrwiederspitze. Diese Straße geht nicht weiter. Nur bis zum Wasser. Da muss man umkehren. »Kehr wieder!« Das ist ein schöner Name. Auch ein ernster Name, weil er daran erinnert, dass Heimkehr, Wiederkehr nicht selbstverständlich sind nach Gefahren und Stürmen auf den Sieben Meeren.

Der Zeitball hängt an einem hohen Gerüst auf dem Hausdach. Um Punkt 13 Uhr knallt er herunter, so dass im Haus die Wände wackeln. Alle Matrosen, Steuermänner und Kapitäne können das weithin sehen und ihre Uhren danach stellen. Sie wissen dann, dass es in England, in Greenwich am Längengrad Null, genau 12 Uhr mittags ist. Es gibt ja noch längst nicht auf jedem Kahn ein Radio für die Zeitansage. Und welcher Matrose oder Schauermann trägt eine Armbanduhr? Aber die genaue Zeit für Ein- und Ausfahrt muss man wissen. Und die für den Feierabend.

Bei Fräulein Leu in der Schule sollen wir erzählen, wie eine Straßenbahn aussieht, welche Aufgaben der Fahrer hat. Äußerst wichtig finden wir die Klingel, die der Fahrer mit dem Fuß bedient, wenn jemand unaufmerksam noch kurz vor der Bahn über die Straße geht oder wenn ein Radfahrer zwischen den Schienen fährt. Der Fahrer steht während der gesamten Fahrt vor seinem Führerstand und bewegt die Kurbel knarrend an mehreren Zahlen vorbei, wodurch die Bahn ihr Tempo verändert. Bei Null ist Halt. An jeder Weiche muss er halten, vorn ein Fenster öffnen, einen langen Eisenstock, der außen an der Vorderseite der Straßenbahn hängt, von seinem Haken nehmen, ihn in die Weiche führen, bis die Schienen die neue Richtung öffnen, dann den Haken zurückhängen. Und schon fährt die Bahn um die Ecke. Der Schaffner fragt laut durch den Wagen: »Sonst noch jemand ohne gültigen Fahrtausweis?« Ob ein Kind schon bezahlen muss, sieht er an einem kleinen Schild neben der Tür: weiße Emaille mit einem schwarzen Querstrich. Das Kind stellt sich davor und wenn es den Strich schon mit dem Scheitel bedeckt, ist es einen Meter groß und erfüllt die Voraussetzung für einen Kinderfahrschein. Der Schaffner ruft alle Haltestellen aus, steigt meistens selbst mit aus, achtet darauf, dass auch der Schaffner vom Anhänger seine Aus- und Einsteigenden versorgt hat, sieht noch einmal an den Wagen entlang, ruft dem Fahrer »fertig!« zu und schwingt sich dann selbst auf die anfahrende Bahn.

Wir spielen Straßenverkehr. Der breite Gang zwischen unseren Tischreihen ist die Straße. Einige Kinder sind Autos, andere Radfahrer; eine Straßenbahn mit drei, vier Passagieren im Schlepptau behauptet ihren Platz. Die anderen Kinder, die Fußgänger, werden besonders von Fräulein Leu beobachtet: Ob sie wirklich ordentlich nach links und rechts gucken, ob sie vor allem in der Straßenmitte noch mal einen Blick nach rechts tun, weil dort durchaus ein schnelles Auto angesaust kommen kann. Zwischendurch tauschen Fußgänger und Fahrzeuge ihre Funktion. Eine schöne Unterrichtsstunde mit lautem Geklingel und Gehupe vieler Fahrzeugkinder.

Mein schönstes Fahrzeug ist der Alsterdampfer. Vom Jungfernstieg aus fährt er durch die Bögen der Lombardsbrücke über die Außenalster in verschiedene Kanäle hinein. Mit einer Linie kommen wir bis in den Stadtpark. Die flachen, weißen Schiffe unterqueren viele Brücken: die alten grauen mit schmiedeeisernen Gittern und schönen Laternen, die hohen Stahlkonstruktionen der Hochbahnviadukte und die modernen roten Backsteinbrücken. Die kleinen Dampfer sind noch dampfbetrieben. Mitten im Schiff ein Fenster, durch das die Maschine zu sehen ist. Blankgeputzte Kolben gehen rauf und runter. Sonst nichts. Ich gucke eine Weile hinein, wende mich wieder den anderen Alsterdampfern und den vielen Segelbooten auf dem Wasser zu. Mir ist wichtig, beim Alsterdampfer im Heck zu sitzen, weil es dort offen ist wie auf einem Balkon: überdacht, aber ohne Fensterscheiben. Der Wind weht mir um die Nase, zerzaust das Haar. Köstliche Frische und Wassernähe. Und jedes Mal, so weit wir auch kommen, ist die Fahrt viel zu schnell vorbei.

Am Hammer Park

Im Spätsommer nach meinem Schulbeginn zogen wir um: Mutti, Vati und ich. Vati war seit einiger Zeit als Geschäftsstellenleiter seiner Krankenkasse in Harburg eingesetzt. Wir konnten uns eine Wohnung mit Zentralheizung und fließendem Warmwasser leisten. Ob das der eigentliche oder der einzige Grund war, weiß ich nicht. Oma Agnes, Opa Hermann und meine junge Tante Irene blieben in der großen Wohnung Bürgerweide, mussten aber Untermieter aufnehmen. In unsere beiden leer gewordenen Vorderzimmer zog ein Ehepaar mit Tochter ein. Sie wurde die neue Spielgefährtin von Ingeburg, die mich also nicht lange vermisste.

Unsere neue Parterrewohnung lag im Stadtteil Hamm, im Mettlerkampsweg, nahe dem Hammer Park. Ich bekam ein kleines Zimmer für mich allein. Von meinem Fenster und vom Küchenfenster aus ging der Blick über ein noch unbebautes Stück Land, in dessen Mitte sich ein einzelner Baum groß und hoch ausbreitete. Dahinter fuhren Straßenbahnen durch die Sievekingsallee. Da stieg mein Vater ein für seinen weiten Weg zur Arbeit.

Zunächst aber hatte er für den Umzug ein paar Tage Urlaub genommen. Es machte ihm Spaß, mich morgens mit dem Rad zur Schule zu fahren und mittags wieder abzuholen. Ich saß hinter ihm auf dem Gepäckträger, hielt mich an ihm fest und fühlte mich wohl. Sehen konnte ich nichts. Daraus ergab sich: Als sein Urlaub beendet war, kannte ich meinen neuen Schulweg nicht. Das fiel mir abends kurz vorm Schlafengehen ein. Ein Glück, dass in der Caspar-Vogth-Straße Jens aus meiner Klasse und sein großer Bruder Nils wohnten. Ich lief hin, um mich für den nächsten Morgen zu verabreden.

So blieb es: Ich klingelte unten und wartete, dass Jens und Nils aus der zweiten Etage kamen und gemeinsam mit mir den langen Schulweg antraten. Nils machte oft Späße. Er begann zu laufen, und wir flitzten hinterher. Wenn wir ihn etwa eingeholt hatten, blieb er ganz plötzlich stehen, und wir sausten an ihm vorbei.

Manchmal wurden die beiden spät fertig, und wir mussten uns beeilen. Das war für den großen Nils kein Problem. Damit aber wir Kleinen rechtzeitig in die Schule kamen, gab Frau Hoffmann uns Fahrgeld für die Straßenbahn. Geschwister, oder einfach zwei Kinder, lösten gemeinsam einen Erwachsenenfahrschein. Da Jens das Geld hatte, bezahlte er und sagte: »Einmal Gebrüder«. Das Wort Geschwister schien ihm mit Schwestern zu tun zu haben, das benutzte er nicht. Ich fuhr trotzdem mit.

Für den Rückweg brauchten wir viel Zeit. Wir gingen mit anderen Kindern aus der Klasse durch die Mittelstraße, die uns drei (in Worten: wirklich drei!) Spielwarenläden mit großen Schaufenstern bot. Ob und wann diese Fenster umdekoriert wurden, war unwichtig. Wir liefen jeden Tag wieder darauf zu. Wer zuerst ankam, breitete die Arme aus und rief: »Alles meins, alles meins!« Dann guckten wir uns einträchtig die ausgestellten Eisenbahnen, Puppen und Spiele an. Und machten uns auf zum nächsten Laden.

Bei Jens interessierten mich der Märklin-Baukasten und die fertigen Kräne, die auf einem Bord standen. Unter Aufsicht von Nils durften wir sogar an das väterliche Mikroskop. Jens forderte mich auf, mir ein Haar auszureißen, damit wir die Wurzel genau betrachten konnten. Ich tat das bereitwillig. Als Nils schimpfte, Jens hätte doch ein eigenes Haar nehmen können, kam von Jens die kluge Überlegung, dass Mädchen viel mehr Haare hätten. Dann guckten wir nacheinander das Wunderwerk an. Ich blieb erfreut darüber, dass Nils mir den Haar-Ausreiß-Schmerz hatte ersparen wollen.

Nils sollte zu Ostern in eine andere Schule kommen. Es gab in Hamburg die Möglichkeit, nach sechs Volksschuljahren die Lichtwarkschule zu besuchen, eine Aufbauschule, in der nach weiteren sechs Jahren das Abitur gemacht wurde. Das ist günstig für Kinder, die oft krank gewesen und deshalb nach vier Grundschuljahren für das Gymnasium nicht stabil genug sind. Nils hatte jahrelang unter Mittelohrentzündungen gelitten. Meine Mutter war froh, von Frau Hoffmann zu erfahren, dass die schmerzvolle Erkrankung mit dem Älterwerden des Kindes abnimmt. Dabei mochte sie überlegt haben, dass diese besondere Schule auch für mich geeignet sein könnte.

Im Hammer Park spielten viele Kinder. Jens und ich machten fröhlich mit, versteckten uns in Büschen und Hecken, erkundeten entferntere Ecken, sogar eine nachgemachte Burgruine. Auf dem großen Rasen konnten wir turnen und laufen. Im Sandplatz bauten wir Burgen und Berge. Es gab ein aus dicken Baumstämmen gezimmertes Etwas, das ich heute als Schanze bezeichne. Wir konnten bequem raufgehen. Dann ging es steil bergab. Es war höher als ich. Deswegen sprang ich nicht wie andere Kinder, sondern ging still und sicher die Schräge wieder hinunter. Bis ich einmal – mit dem Blick abwärts auf möglichen Mut wartend – einen Schubs bekam. Und war unten. Heil und gesund, und es hatte nicht wehgetan. Da ging ich wieder rauf und sprang von nun an in eigener Regie. Jahre später entdeckte ich, wie klein das alles war.

Wir befassten uns mit wissenschaftlichen Beobachtungen. Jens besaß ein Taschenmesser, mit dem wir einen Regenwurm durchschnitten. Wir stellten fest: Beide Regenwurmteile bewegen sich weiter. Davon hatten wir schon gehört und fanden hier die Bestätigung. Ob sich das fortsetzen ließ? Vielleicht durch eine nochmalige Teilung? Als sich vor unseren Augen vier kleine Regenwürmchen krümmten, wurde uns unbehaglich. Wir gingen davon.

Ob die Hoffmänner eine Forscherfamilie waren? Haarwurzeln, Regenwürmer? Nils wurde im Februar zwölf Jahre alt und bekam eine Taschenlampe, die er Scheinwerfer nannte. Ich war eingeladen. Vor allem kamen natürlich Freundschaften aus seiner Klasse: Anke und der Lehrersohn Bruno Peters und noch ein oder zwei Große. Jens und ich blieben am Rande. Im Februar ist es früh dunkel. Gut, wenn dann einer einen Scheinwerfer hat. Ein wichtiges Geschenk, dessen Nützlichkeit sofort im Hammer Park erkundet wurde. Wir schlichen über dunkle, eisige Wege. Ich bekam kalte Füße, sah nichts Besonderes, fand trotzdem alles spannend. Es ging um Liebespärchen beleuchten. Hin und wieder ein leises Kichern der Großen. Sonst nichts. Wir gingen wieder nach oben. Wer setzt sich schon in Februarkälte auf verschneite Parkbänke?

Dieser kalte Februar 1934. Ein Jahr nach der Machtübernahme der Nazis in Deutschland, nach Aussetzung demokratischer Rechte, nach Parteiverboten. Welche Informationen fanden deutsche Leser in deutschen Zeitungen über die Klassenkämpfe in Österreich? Über jahrelange Wirtschaftskrisen im Nachbarland, über den Aufstand gegen eine Regierung, die auch dort den Arbeitern das Streikrecht genommen hatte. Über das österreichische Bundesheer, das Wohnblocks der Wiener Arbeiter beschoss. Über Gerichte, die Todesurteile gegen verzweifelt kämpfende Arbeiter aussprachen.

Meine Eltern konnten informiert sein. Sie erhielten Schriften, die mit Analysen und viel Hintergrundwissen aus Sicht der KPO (KPD-Opposition) berichteten. Käte bewahrte die Hefte, bis Freunde sie abholten und weitergaben. Ziemlich regelmäßig kamen die Freunde, von Käte gebeten, sich wie Besuch zu verhalten: Irgendwer brachte Blumen oder ein hübsch verpacktes Päckchen mit, damit keine Nachbarn misstrauisch wurden.

Uns Kinder ließen sie spielen, unbefangen Freude haben.

Die Eltern von Nils und Jens waren mit Fräulein Leu befreundet. Sie kannten sich aus einer Zeit, als sie alle drei in der *Versuchsschule* am Berliner Tor unterrichtet hatten. Frau Hoffmann musste ihren Lehrerinnenberuf aufgeben, als sie heiratete. Herr Hoffmann landete in den Nazi-Jahren irgendwo als Lehrer. Erst danach besann man sich auf seine Kenntnisse und Aktivitäten aus der Zeit der *Reformschulen* und machte ihn zum Schulrat.

Die Hoffmänner und Fräulein Leu nutzten zusammen ein paar Zimmer in einem Haus in der Lüneburger Heide. Als über Pfingsten Fräulein Leu etwas anderes vorhatte, fragte Frau Hoffmann bei meinen Eltern an, ob ich mitfahren dürfe. Das passte gut. Meine Eltern hatten sich gerade vorgenommen, mit anderen Eltern und Lehrern unser Schulheim an der Ostsee zu besuchen und sich an handwerklich notwendigen Arbeiten zu beteiligen. Selbstverständlich hätte ich bei Oma Agnes bleiben können. Doch das Angebot für eine Fahrt nach Nindorf am Walde bot neue Erlebnisse.

In dem kleinen Wald hinterm Haus konnten wir uns gut verstecken. Und finden. Die Sonne schien, wir machten Spazierwege, Wanderwege. Frau Hoffmann genoss es, mir die Zöpfe zu flechten. Dabei wehte auch mal ein blondes Haar durch den Raum. Das nannte sie Engelshaar.

Elfriede Hoffmann hatte zwei gute Kinder und brauchte meine Mutter nicht zu beneiden. Das waren auch nicht die blonden Zöpfe. Das war schon im frühen Sommer 1934 ein kluges Ahnen, ein banges Erkennen, mit dem sie zu der Jüngeren sagte: »Krieg? Ich habe drei Männer zu verlieren.«

Ich mochte die Eltern von Jens und Nils gern, die zurückhaltender waren als meine, vielleicht ernster. Die Kinder sagten Mutter und Vater zu ihnen. Während meine Eltern nichts dagegen hatten, wenn ich sie manchmal mit ihren Vornamen ansprach. Ich wechselte zuhause die Anrede. Hier waren die Eltern ganz klar Mutter und Vater. Mag sein, dass ich das als Sicherheit empfand. Es gefiel mir.

Aus diesen allgemein schönen Tagen in Nindorf blieb mir eine Erinnerung: Nils saß vor einem Schachbrett und spielte. Er brauchte kein Gegenüber, keinen Gegner. Ich begriff nicht, was er machte. Hat er die weißen oder die schwarzen Figuren? Gewinnt oder verliert er? Wenn er Weiß hat, kann er doch machen, dass Weiß gewinnt. Warum soll dann Schwarz der bessere Spieler sein? Die gedanklich-mathematische Seite des Spiels war mir noch nicht aufgegangen. Später bewunderte ich Nils dafür.

Meine Eltern Karl und Käte kamen vergnügt vom Schönberger Strand zurück, erzählten vom Schulheim. Sie hatten gesägt und gehämmert, gekocht und gemalt und genäht und gelacht und gesungen. Herrn Früchtenicht hatten sie an seinem Geburtstag mit einem von der Lehrerin Käthe Kühner einstudierten Kanon geweckt.

Es war klar, dass ich in den Sommerferien drei Wochen dort verbringen sollte. In einer Sammelgruppe mit großen und kleinen Kindern aus der Schule. Ilse aus unserer Klasse und ihre ältere Schwester Hildegard waren schon angemeldet. Meine Eltern kannten die Eltern aus Schulverein und Elternrat, hatten sie gerade in Schönberg getroffen. Fräulein Leu würde mitkommen und auch der Lehrer Peters mit seiner Frau und Sohn Bruno – und Jens und Nils.

Mein Trudelreifen rollt, ich begleite und lenke ihn, laufe mit ihm durch den Wind. Nach schönen Pfingsttagen in Nindorf am Walde schon Vorfreude auf Sommertage am noch unbekannten Schönberger Strand. Und bis dahin meine geliebte Schule. Glückliches Kind.

Unser Schulheim

Es gibt einen »Führer durch die Ausstellung der Schule Burgstraße anlässlich der Deutschen Lehrerversammlung Hamburg Pfingsten 1925«. In dieser alten Schrift lesen wir:

> [...] nach der Not und Entbehrung, nach der Unterernährung, die besonders unsere heranwachsende Generation schwer geschädigt hatte, gab es für die Schule viel umfassendere und dringlichere Aufgaben, als zu lehren. [...] Speisungen in der Schule, Versorgung der Kinder mit Kleidung und Fußzeug, Geldbeihilfen, Verschickung der Kinder [...] alle diese Dinge nahmen die Kraft der Schule in starkem Maße in Anspruch. [...] Eine stattliche Anzahl Hamburger Schulheime ist trotz der schweren Not ins Leben gerufen worden. Die Sorge um das körperliche Gedeihen der Kinder ist bei den meisten Veranlassung zur Gründung gewesen.
>
> Das Leben im Schulheim brachte aber manchem bald die Erkenntnis, wie belanglos im Grunde die Wirkung der körperlichen Erholung gegenüber der ungleich größeren pädagogischen Bedeutung des Schulheims ist. Die gänzlich neue Einstellung zum Kinde, das man bis dahin nur als Schulkind sah, führte zu einer neuen Einstellung der Schule gegenüber. [...]

Unser Heim befindet sich direkt an der Ostsee und gehört zum Dorf Schönberger Strand. Es heißt »Hermann-Helms-Haus« und trägt die Jahreszahl 1923. Der damalige Schulleiter rief einen Verein ins Leben und veranlasste Eltern und Lehrer, Geld zusammenzukratzen, um das renovierungsbedürftige Haus zu kaufen. In den Jahren nach dem Ersten Weltkrieg und der Inflation waren viele Väter arbeitslos und konnten finanziell nichts dazu beisteuern. Sie konnten aber ihre unbezahlte Arbeitskraft einsetzten: Alle Arten von Handwerkern fanden sich zusammen, um für uns Kinder dieses wunderschöne Heim zu schaffen.

Sehr plötzlich, noch vor der Fertigstellung des Heimes, starb Hermann Helms, der Schulleiter und Initiator. Und sah niemals, wie die frohen Schulkinder das Haus und den Ostseestrand erlebten, erspielten, erlachten.

Vorbereitungen

Bevor wir Kleinen aus dem zweiten Schuljahr erstmalig eine Klassenreise machten, durften wir in den Sommerferien in einer Sammelgruppe mit unterschiedlich großen Kindern aus unserer Schule nach Schönberg fahren. Als aufsichtführende Lehrerin fuhr Fräulein Leu in den ersten drei Wochen mit. Daher bekamen einige Kinder aus ihrer Klasse für diese Zeit von den Eltern Erlaubnis und Reisegeld und verreisten wohl alle erstmalig ohne Mama und Papa. Für mich war es überhaupt die erste richtige Reise.

Als wir Ostern 1933 in die Schule kamen, waren vierzehntägige Klassenreisen schon üblich. In vielen Familien war aber das Reisegeld nicht aufzubringen. Doch dafür gab es Hilfe aus dem Schulverein; auch gaben manche Eltern mehr in die Reisekasse, so dass alle Kinder einer Klasse mitfahren konnten. Ob auch in den Sammelgruppen Kinder von mittellosen Eltern mitfuhren, weiß ich nicht. Meine Eltern zahlten mein Reisegeld. Ich brauchte darüber nicht nachzudenken.

Die Vorbereitungen nahmen viel Zeit in Anspruch. Jedes Kleidungsstück und was wir sonst noch benötigten, musste mit unserem Namen versehen und in eine Liste eingetragen werden. Diese Liste wurde in den Kofferdeckel geklebt, damit wir zur Rückreise selbst kontrollieren konnten, ob alles wieder beieinander war.

Meine Eltern erzählten mir später, wie sie an einem langen Abend bei diesen Arbeiten gesessen hatten: Vati schrieb mit Wäschetinte auf weißes Leinenband meinen Namen, und Mutti nähte das Band ein. Für die Strümpfe hatte sie ausgedacht, in einen den Vornamen, in den andern den Nachnamen zu nähen, so waren sie paarweise erkennbar. Rosemann, der gerade einen Besuch bei uns machte, half auch. Mit einer heißen Stricknadel brannte er große Buchstaben in einen Schaufelstiel. Das war mühsam, und als endlich »Hilde« eingebrannt war, machte es ihm keinen Spaß mehr. Er brachte es gerade noch zu einem »D« mit Punkt.

Für die Fahrt von Hamburg zum Schönberger Strand stand ein Lastwagen zur Verfügung. Herr Bohnsack, der Besitzer, hatte Holzbänke auf die Ladefläche gestellt, darauf nahmen wir Platz und winkten den Müttern zu, die auf dem großen Schulhof zurückblieben. In den dreißiger Jahren erlaubten niedriges Verkehrsaufkommen und geringe Geschwindigkeiten diese Form des Reisens. Wir konnten ausgucken, weil Herr Bohnsack die Planen hochgezurrt hatte. Bei schlechtem Wetter klappte er sie herunter. Dann hörten wir den Regen pladdern und spürten kalten Wind durch die Ritzen pfeifen. Wir blieben aber vergnügt und sangen. Während der langen Fahrt wurde zweimal gehalten, wenn wir durch waldiges Gebiet fuhren. Das hieß vornehm PP, genauer: Pinkelpause. Die Mädchen verkrümelten sich im Buschwerk auf der einen Straßenseite, die Jungens gegenüber.

Ich erinnere mich nicht, jemals im Regen angekommen zu sein. Immer sahen wir schon von der Landstraße aus das Dorf, dahinter den Deich. Und die Größeren, die Kundigen, sahen noch mehr und riefen laut und aufgeregt durcheinander: Da! Das Heim! Zwei scharfe Kurven und dann der schmale Weg, die vorsichtige Einfahrt bis genau vors Haus. Aussteigen!

Auspacken – einräumen – eingewöhnen

Im ersten Stock sind die Schlafräume. Wir wissen schon, in welches Zimmer wir sollen. Die Großen helfen den Kleinen, ihre Koffer nach oben zu schaffen und zum Auspacken auf die Betten zu legen. Jedes Bett hat eine Nummer, die überall wiederzufinden ist. Es gibt schmale Spinde für

Oberbekleidung und Fächer für Wäsche, Schreibsachen und alles Mögliche. Schuhe und Schuhputzzeug gehören in die Fächerwand im Erdgeschoss neben der Treppe, und zwar in die untere, dunkelbraun gemalte. Die hellbraunen Fächer darüber sind für Badesachen bestimmt. Wir finden nummerierte Haken im Waschraum und im Windfang, wo wir Regenzeug, Jacken, Mützen aufhängen. Dort ist ebenfalls Platz für die Schaufeln; meine mit Hilde D. ist gut erkennbar. Wir laufen viel hin und her, rauf und runter, bis die Koffer leer sind. Dann werden sie alle von den großen Jungens in den zweiten Stock getragen und für drei Wochen in eine Abseite gestellt.

Bettenmachen ist schwierig, jedenfalls für uns, die wir klein und ungeübt sind. Beim Einziehen der Wolldecke bekommen wir Hilfe. Aber die vier Sicherheitsnadeln, die in der Kofferliste ordentlich aufgeführt sind, die die Ecken der Decke im Bezug festhalten sollen, können wir ohne Blutvergießen selbst anbringen.

Mein großes Problem im ersten Jahr wurde der Stubendienst, den wir abwechselnd machten. Es stellte sich heraus, dass ich mit einem Besen nicht umzugehen wusste. Mir war der Staubsauger meiner modernen Mutter geläufig. Aber niemand schimpfte, und alles ließ sich üben.

Manches wurde bequemer im Laufe der Jahre. 1934 benutzten wir noch Waschschüsseln. Als wir im nächsten Jahr wiederkamen, waren beide Waschräume gefliest, hatten gekachelte Becken und sogar eine Dusche. In den ersten Jahren war mir die Notwendigkeit abendlichen Waschens unklar. Jedenfalls hier, wo wir im Laufe des Tages mit genügend viel Wasser in Berührung kamen. Wurden wir hier überhaupt dreckig? Wo sogar der Sand, sobald er getrocknet war, wie nichts von den Füßen fiel? In späteren Jahren wurde ich in diesem Punkt vernünftig und einsichtig. Das ging so weit, dass ich sogar den späteren Kleinen erklärte, warum die Abendwäsche wichtig und richtig ist: Salzwasser.

Alle Kinder kamen im Laufe der drei Wochen an alle Gemeinschaftsaufgaben heran; das geschah nach einem festgelegten Plan. Unbeliebt waren Waschraum- und Flurdienste, weil damit nur langweiliges Saubermachen verbunden war. Tischdienst fand zwar zu jeder Mahlzeit statt, ging aber schnell. Küchendienst bedeutete nach jeder Mahlzeit abtrocknen, konnte jedoch von den freundlichen Kochmüttern mit Puddingtopf-Auskratzen oder einer anderen Extraleckerei versüßt werden. Wir kamen alle mal dran, niemand wurde überfordert. Und uns blieb noch herrlich viel Zeit für Wind und Wasser, Sand und Sonne.

Guten Tag, Ferien!

Da hinten, wo das hohe Kreuz, ein Schiffsmast als Seezeichen, aufgerichtet steht, liegt unser Strand. Dahin kommen die Gäste der beiden großen Hotels nicht, da stört uns keiner, da stören auch wir nicht. Hinterm Deich gehört zu unserem Heim ein eingezäuntes kleines Grundstück mit ein paar jungen Bäumen, dem korrekt benutzten Plumpsklo und vor allem der Strandhütte: zwei Räume und eine Veranda, ganz aus Holz, außen durch rote Dachpappe verstärkt und geschützt. Über dem Verandageländer trocknen Badeanzüge. Die Hütte bietet Schutz bei plötzlichem Regen. Aber wir dürfen sie auch an Sonnentagen benutzen. Doch eigentlich ist es schöner auf der andern Seite. Da wo die Ostsee uns über die Füße platscht.

Auf ihrem Badelaken saß Fräulein Leu, neben sich eine riesengroße Dose Niveacreme. Wir standen in einer langen Schlange und warteten, bis wir uns vor sie setzen durften, um uns von ihr Rücken und Schultern einreiben zu lassen. Für den Rest des Körpers bekamen wir zur eigenen Anwendung ein paar Kleckse auf Arme und Beine und natürlich auch auf die Nase. Das wiederholte sie jeden Tag mit dem Erfolg, dass wir bei viel Bewegung in der Sonne schön braun wurden und kaum jemand einen Sonnenbrand bekam. Es war spannend, die Arme nebeneinander zu halten und zu kontrollieren, wer stärker gebräunt war. Dabei beobachteten wir erstaunt, wie unterschiedlich sich die Bräunung vollzog. Heinzel, der dunkle Haare hatte, wurde ganz anders braun als ich blondes Mädchen. Wir stellten fest, dass seine Haut wie bittere Schokolade aussah und meine wie Milchschokolade. Fräulein Leu lachte, als wir das erzählten.

Tagelang spielten wir Krankenhaus. Da musste jeden Morgen nachgeschaufelt werden, weil nachts Wind und hohe Wellen die flachen Betten verweht und alle niedrigen Mauern überspült hatten. Lisas Schwester Käthe war Krankenschwester. Wir aus Klasse Leu und ein paar andere Kinder spielten Patienten. Die meisten lagen gemeinsam in einem großen Saal, ob sie ein Bein gebrochen oder Diphtherie hatten. Schwere Fälle lagen in Einzelzimmern. Ich auch. Ich hatte mir Angina ausgedacht, was sich wohl gefährlich anhörte. Sie hatten mir Ilses blauen wollenen Badeanzug um den Hals gebunden, und ein Arzt kam und impfte mich mit einem roten Ziegelstein.

Zum Mittagessen gingen wir zurück ins Heim. Danach folgte etwas, das Siesta hieß. In dieser Mittagsruhe haben wir kaum geschlafen, mehr leise geflüstert. Und unsere Mückenstiche gezählt.

Wir badeten nachmittags, wenn die Sonne das Ostseewasser schön aufgewärmt hatte. Wir Kleinen durften auf die erste Sandbank. Vorsichtig gingen wir durchs tiefer werdende Wasser ein mühsames Stück über Steine und Seetang bis auf den lang gezogenen Streifen Sand, wo der Bauch wieder mehr übers Wasser guckte und wo wir herrlich spritzten und Unsinn machten. Während der ganzen Zeit schwamm Fräulein Leu über dem dunklen Stück zwischen beiden Sandbänken hin und her und passte auf, dass keines von uns in tieferes Wasser geriet. Das flößte Vertrauen ein.

Weil ich mir das Badevergnügen nicht mindern lassen mochte durch den mühsamen Rückweg über Steine und Seetang, blieb ich so lange wie möglich mit dem ganzen Körper im Wasser und hangelte mich vorsichtig mit den Händen bis nahe ans Ufer. Erst dann stand ich auf und lief schnell über die restlichen paar Steine, hatte also bis zuletzt das Ostseewasser um mich und war froh, so froh!

Wenn wir an den sonnig-warmen Nachmittagen gebadet hatten, war es Zeit zum Kaffeetrinken. Dafür brauchten wir aber nicht ins Heim zu gehen. Ein paar von den großen Jungs eilten mit langen Schritten hin und kamen mit dem Bollerwagen auf dem Deich zurück. Für jedes Kind gab es dann entweder ein Kieler Brötchen – rund, fest, knusprig – oder eine Heißwecke, dazu einen Becher Kaffee. Keinen echten, sondern Kornkaffee, den man auch Muckefuck nennt. Oder es gab süßen Saft als besonderen Genuss. Die Becher stellten wir vorsichtig wieder in den Wagen, und klebrige Hände ließen sich in der Ostsee abspülen.

Zum Abendessen gingen wir mit unseren Siebensachen ins Heim zurück und konnten schon durch die Fenster des Tagesraums sehen, was die Kochmütter uns auf die Teller gelegt hatten: gut bestrichene Brote mit

Wurst oder Käse oder Tomaten und manchmal mit Banane. Die Seeluft machte hungrig – die Mütter machten uns wieder satt.

Unserem Heim gegenüber das kleinere Gebäude trägt den Namen Jugendherberge. Es hat Schlafräume für einzelne ehemalige Schülerinnen oder Schüler, die für ein paar Tage kommen. Auf der Rückseite liegen die Toiletten. Zwischen den beiden Häusern gibt es ausreichend freien Raum. In der Mitte ein fester Weg, daneben Gras und Sand. Vor der buschbewachsenen Seite des Platzes ein paar hufeisenförmig angelegte Holzbänke mit Holztischen, rot und blau und grün angemalt, mit Steinsockeln solide im Boden befestigt.

Es blieb immer Zeit für einen schönen Abend vorm Haus. Wir konnten uns Würfelspiele aus einem Schrank hinterm Tagesraum hierherholen, mussten nur achtgeben, dass nachher nichts draußen liegen blieb. Nils spielte Schach mit seinem Lehrer. Dazu benutzten sie merkwürdig geformte Holzfiguren, von denen ich inzwischen weiß, dass es sich dabei um Bauhaus-Entwürfe handelte.

Die Großen machten Volkstänze, und Herr Peters spielte Geige dazu. Wir Kleinen lernten beim Zugucken und konnten in späteren Jahren vergnügt mittanzen: Windmöller, Achterrüm, Beckedorfer, Kegelkönig und andere. Am besten gefiel mir Sünnros, bei der wir, im Kreis tanzend, gemeinsam die Arme bewegten, als ob eine Blume sich aufblättert.

Viele neue Köstlichkeiten, die unsere Tage ausfüllten, die ich erlebte und genoss. Es wird berichtet, dass ich im ersten Jahr nur eine einzige Karte nach Hause schickte mit den Sätzen: »Mir geht es gut. Gestern sind wir mit dem Segelboot gefahren.«

Dann kam schon das Abschiedsfest. Und war vorzubereiten. Wir Kinder aus Klasse Leu, wir kleinen Leuse, waren erfahren im Nachspielen von Geschichten. Hier bot sich ein Bilderbuch, das Heinzel mitgebracht und das wir in den drei Wochen alle gelesen hatten: Möpschen hat Zahnweh. Der kleine Mops besuchte mit anderen Hunden die Schule, spielte draußen; ich weiß nicht, was noch. Seine Zahnschmerzen zogen sich durch alle bunten Buchseiten.

Kein Erwachsener gab uns Anweisungen – falls überhaupt die Anregung von außen kam. Wir richteten uns nach dem Buch. Die Hunde hatten Hundenamen; doch weil sie Hosen trugen, wussten wir, dass es alles

Jungens waren. Das bereitete uns Schwierigkeiten, weil mehr bezopfte Mädchen mitspielten. Wir halfen uns, indem wir uns Mützen aufsetzten und die Zöpfe darunter verbargen: einfarbige Wollmützen, kurzen Haaren nachempfunden.

Mir wurde die Möpschen-Rolle zuteil, vielleicht wegen meiner Funktion als Vorleserin. Ich musste viel und laut stöhnen, bis endlich die Einsicht kam: Wer Zahnweh hat, geht zum Zahnarzt. Das war Heinzel, der sich ein weißes Kleidungsstück besorgt hatte. Ich öffnete weit den Mund, und er zauberte daraus einen großen Papierzahn. Wir bekamen den verdienten Applaus. Nur hatte leider niemand begriffen, weshalb wir die Mützen trugen.

Am nächsten Tag brachte Herr Bohnsack mit seinem Lastwagen die zweite Feriengruppe und holte uns ab nach Hamburg. Meine Mutter bemerkte, was sie später oft wiederholte: »Wenn du von der Ostsee kommst, sind deine Augen intensiver blau.«

Veränderungen

In diesem Sommer 1934 kam ich zweimal von der Schule nach Hause und sah: Mutti hatte geweint. Warum?

Einmal war der große schöne Baum auf dem weiten Platz vor unserem Küchenfenster gefällt worden. Er lag da, von all seinem Grün umgeben, und sah traurig aus. Mutti sagte, dass der freie Platz nun bebaut würde. Das bedeutete auch für mich eine Beschränkung meiner Spielmöglichkeiten. Ich weinte ein bisschen mit.

Und dann im August war Hindenburg gestorben. Nein, Käte mochte ihn durchaus nicht, aber sie meinte, nun sei keiner mehr da, der Hitler bremsen könnte. Jetzt hätten er und seine Nazis alle Macht im Land. Das sei heute schon schlimm; das könne nur schlimmer werden.

Was geschah eigentlich? Hier und da ein paar aufgeschnappte Sätze, zusammenhanglos, aber sich summierend zu staunender Unsicherheit, banger Bedrückung.

Mein Lieblingsbuch *Emil und die Detektive*, das sie mir vorgelesen hatten, das ich inzwischen selbst lesen konnte, von dem ich manche Passagen auswendig wusste: Das hatte einer geschrieben, Erich Kästner, von dem man jetzt nichts mehr lesen durfte. Er war verboten. Warum? Er schrieb doch so witzig. In seinem Buch *Der 35. Mai* kam das Pferd Negro Caballo vor, das auf Rollschuhen in die Südsee fuhr und ein kariertes Mädchen namens Petersilie besuchte. Ich besaß ein schön bebildertes Buch mit langen lustigen Gedichten, von denen ich *Das verhexte Telefon* auswendig wusste, jetzt aber nur zuhause vortragen durfte.

Meine Eltern sammelten kleine Zettel, die in Zigarettenschachteln der Firma Reemtsma steckten. Ich sah, wie Käte mit schnellen Fingern die Zettel zählte, um sie in Häufchen auf den Tisch zu legen, und wie Karl eine Liste dazu erstellte: vier Striche, ein Querstrich. Ein paar Hundert schickten sie der Zigarettenfirma und bekamen dafür schöne Bilder zu verschiedenen Themen. Dazu gehörte jeweils ein Album, in das die Bilder eingeklebt wurden. Ich bekam auf die Weise *Märchen der Völker* und las und betrachtete darin *Sindbad, der Seefahrer*. Eine andere Geschichte handelte von *Don Quixote*, den ich buchstabengetreu aussprach.

Einmal überlegten sie, ob noch stimmen könnte, was der Katalog anbot. Sie versuchten, und tatsächlich: Es kam das Album *Moderne Malerei*. Die Bilder fand ich nicht schön. Walter Trier, der die Kästner-Bücher illustrierte, malte hübschere Sachen. Ich kannte das Wort Absinth nicht, behielt aber zu einem Bild mit einer dünnen grau-grünen Frau an einem Kneipentisch die Überschrift *Die Absinthtrinkerin*. Bekam so mit acht Jahren Picasso zu sehen.

Dann gab es für mich ein ganz besonderes Erlebnis: Meine Eltern nahmen mich mit zu einer Tanzmatinee im Schauspielhaus. Ich weiß nicht, ob ich je vorher in einem Theater war, ob ich irgendein Weihnachtsmärchen sah. Es gibt keine Erinnerung an ein erstes Mal. Müsste mich nicht der große Zuschauerraum mit den vielen Menschen beeindruckt haben? Was mir blieb ist der Name Mary Wigman, sind ein paar Tanzszenen und die Farben Blau und Braun. Zu Blau sehe ich die Tanzenden vor mir, die sich mit langsamen, gemessenen Schritten bewegten, und weiß jetzt, dass sie die spanische Hoftracht aus der Zeit Philipps des Zweiten trugen. Danach Rehbraun, in einfache lange Kleider gehüllt bildeten Frauen einen Halbkreis, standen fast, wiegten sich sparsam hin und her, ihre Arme halb verschränkt, als hielten sie ein Kind darin. Jede einzelne wiegte das Kind und sich selbst, strömte wunderschöne Ruhe aus. Dann kam eine dazu, sah aus wie alle, war aber unruhig, kniete, flehte vor jeder der Glücklichen. Und bekam von jeder ein Nein. Ich verstand sie gut: die eine und die anderen.

Was ich nicht verstand – nie einsehen werde –, kam im kalten Herbst auf mich zu: Mein Vater wurde von seiner Krankenkasse in eine andere Stadt versetzt. Nach Köln. Mit seiner Familie. Selbstverständlich: mit seiner Familie. Also auch mit mir.

Fast fünfzig Jahre später erzählte meine Mutter so nebenbei, im Vorübergehen, dass sich damals Fräulein Joost, eine Lehrerin unserer Schule, angeboten hatte, mich aufzunehmen, um mich in Hamburg in der Schule zu belassen. Das war neu für mich. Ich ging und besuchte Fräulein Leu, die in einem Heim wohnte, bettlägerig war, aber Kopf und Herz noch gut gebrauchte. Ich berichtete ihr, was ich gerade erfahren hatte. Da lächelte sie mich an und sagte: »Ja, mein' Hilde, das hätten wir wohl geschafft.«

Wahrscheinlich wäre ich einverstanden gewesen, zu Fräulein Joost zu ziehen. Ich kannte sie nicht als Lehrerin. Sie gab in einigen Klassen Handarbeitsunterricht, hatte aber auch eine eigene Klasse. Herma Joost wohnte mit ihrer Mutter von unserer Wohnung aus nur eine Querstraße entfernt. Wenn ich zu ihr gekommen wäre, hätte ich weiterhin Jens und Nils zur Schule abholen können. Und per Straßenbahn meine Omas besuchen. Und Mutti wäre sicher auch manchmal nach Hamburg gekommen. Oder ich wäre in den Ferien nach Köln gefahren. Inzwischen konnte ich ja auch Briefe lesen und schreiben. Aber das galt wohl alles nicht. Mich Kind fragte niemand.

Warum ließen sie mich nicht in meiner Stadt, in meiner Schule? Musste denn immer gelten: Kinder gehören zu den Eltern? Sie hatten mich doch auch zu Tante Frieda gegeben, wo ich es gut hatte und fröhlich war. Ja, da wohnten sie in meiner Nähe, wir sahen uns oft. Seither hatten sich mir aufregend neue Lebensbereiche erschlossen, denen ich verbunden war, die mich hielten. Mehr Neues erleben? Gern. Aber doch nicht alles dafür aufgeben. Mein Herz hier lassen und mit dem Rest weg sein? Sie fragten mich nicht.

Mutti spendierte Saft und Kuchen für meine Klasse, und wir feierten ein Abschiedsfest. Fräulein Leu und Tante Thusnelda hatten aus rotem und grünem Karton für alle Kinder breite Reifen geklebt, die wir aufs

Haar setzten. Wir sahen festlich aus. Es wurde ein bisschen vorgelesen, wir sangen und tanzten.

Nachher gaben sie mir alle die Hand, sagten unsicher, verlegen »Auf Wiedersehen«. Ich nahm meinen Kronenreifen aus rotem Glanzpapier und ging hinaus in den trüben November.

Kölner Bilderbogen

1934 – 1936

Nach Köln

Alles war eingepackt und unterwegs. Nur ihre Laute hatte Käte dem allgemeinen Möbeltransport nicht überantworten mögen.

Die letzte Nacht schliefen Mutti und ich und mein Teddy bei Oma Agnes. Morgens mussten wir drei abfahren. Wir kamen früh zum Bahnhof und hatten entsprechend lange Zeit, um uns zu verabschieden: von Oma und Muttis Schwestern und meinem dreijährigen Vetter Gert. Auf dem Bahnsteig wurde die Laute ausgepackt, Käte spielte, und alle sangen dazu. Wie in Hamburg üblich, wo es die vielen Abschiede auf den großen Passagierdampfern gab, sangen wir zuletzt das schwäbische Lied *Muss i denn, muss i denn zum Städtele hinaus* und voller Hoffnung: »Wann i wieder-wiederkomm, kehr i ein, mein Schatz, bei dir.« – Einem ersten Brief, der uns in Köln erreichte, entnahmen wir die nachher gestellte Frage des kleinen Gert: »Wann kommt denn der Wieder-wieder?«

Es war November. Kalt? Dunkel? Die großzügige Stahlkonstruktion der Halle überwölbt viele Gleise. Der Hamburger Hauptbahnhof wirkt nie besonders warm und sonnig. Ich erlebte im Laufe der Jahre mehr Abschiede als Ankünfte, mehr Betrübnis als Freude unter dieser Bedachung. Es kann auch im November 1934 nur kalt und sehr, sehr traurig gewesen sein.

Sie hatten mir für die Reise, damit ich mich unterwegs nicht langweilte, ein kleines Buch geschenkt: *Der Heinzelwirt* mit niedlichen Bildern und niedlichen Versen. Am Ende der Reise konnte ich mindestens die Hälfte auswendig.

Unterwegs auf den Bahnhöfen hielt der Zug lange, schon damit sich die Lokomotive verpusten und auch Wasser nachfassen konnte. Lok, dieser Ausdruck war zu kurz für die damals notwendigen Aufenthalte. Die Reisenden hatten Zeit, auf den Bahnsteig zu gehen und sich Zeitschriften zu besorgen, oder sie kauften vom Fenster aus bei einer an den Wagen entlanggeführten Karre heiße Würstchen, Kekse und Getränke. Unsere Reise dauerte fast acht Stunden. Der Schaffner bot für ein paar Groschen ein schmales Heft an, das wir schon von Vati hatten – *Beiderseits des Schienenstranges* hieß es. Darin konnten wir lesen, durch welche Städte und über welche Flüsse wir fuhren. Mir genügten die Bilder. Ich erinnere mich, dass Mutti irgendwann mit dem Finger über den schmalen Fensterrahmen fuhr. Der Finger wurde schwarz von Ruß. Ich durfte ihr das nachmachen und bekam auch einen schwarzen Finger. Der Zug fuhr durch das Ruhrgebiet, und der Kohlenstaub der Gegend, die sie Kohlenpott nannte, drang durch die geschlossenen Zugfenster.

Vati war bereits in Köln; er hatte dort seinen neuen Arbeitsplatz kennengelernt und eine Wohnung für uns ausgesucht. Danach war er nach Hamburg gekommen, um uns von allem zu berichten, hatte Mutti mitgenommen, damit sie sich die Wohnung ansehen konnte.

Was wusste ich bis dahin? Ich war achteinhalb, hatte vielleicht schon einen Stadtplan betrachtet, aber noch nichts mit einem Atlas zu tun gehabt. Eines meiner Bilderbücher informierte: *Wie war zu Köln es doch vordem mit Heinzelmännchen so bequem.* Durch meinen Vater erfuhr ich von einer Römermauer. Dunkle Vorstellungen von Ausland kamen auf mich zu. Was und wo ist Rom? Liegt Köln in Rom? Wie spricht man da? So weit, so weit, acht Stunden von Hamburg entfernt.

Plötzlich, während der Fahrt, erschien Vati im Abteil. Er war uns entgegengekommen, in unseren Zug gestiegen und fand uns unterwegs. Die nächste Station: Köln. Aussteigen: Mutti und ihre Laute, ich und mein Teddy, Vati mit unseren Koffern.

Aus dem Bahnhof kommend, zeigte Vati mir mit großartiger Geste ein hohes Gebäude mit zwei riesigen Türmen und sagte: »Das ist der *Kölner Dom.*« Ich sah das an, überlegte und fragte schließlich: »Wo sind denn da die Buden drin?« Ich kannte nur das große Volksfest *Hamburger Dom.* Früher hatte Hamburg einen richtigen Dom, der schön gewesen sein soll, der aber längst abgerissen war. Wie sich Vater und Mutter bemühten, mir die eigentliche Bedeutung des Wortes Dom zu erklären, weiß ich nicht. Meine Enttäuschung blieb. Und blieb nicht die einzige, die mich in dieser Stadt erwartete.

Vati brachte uns in die neue Wohnung und musste dann zurück zu seiner Arbeit. Mutti und ich warteten auf den Möbelwagen. Wir hatten in der Nähe etwas eingekauft, setzten uns auf eine breite Fensterbank und aßen. Da wir kein Messer hatten, mussten wir den Käse abbrechen und mit den Brötchen die Butter vom Papier abstreichen. Das war neu und besonders und seit Tagen das Erste, was mir ein bisschen Spaß machte.

Im Laufe des Abends, viel später als vorgesehen, als Vati schon längst von der Arbeit gekommen war, fuhr endlich der Möbelwagen vor. Schnell wurde eine Schlafmöglichkeit für mich aufgestellt, und was dann noch passierte, weiß ich nicht, ging über in meine erste Nacht in der fremden Stadt.

Die Wohnung war größer als die in Hamburg, hatte eine Wohnstube, ein großes Zimmer für mich und ein kleines Zimmer für Mutti. Dazu eine Küche und ein Badezimmer. Alles das lag an einem langen Flur: sieben Meter geradeaus, dann ein rechter Winkel und wieder ein paar Meter. Irgendwo Platz für den weißen Kleiderschrank mit ovalem Spiegel.

In der Stube stand links neben der Tür die Mühlvoß-Couch, das breite Umdrehbett meiner Eltern, davor der große Tisch mit einer blauen Keramikschale, auch die Stühle mit geflochtenem Sitz und Rückenteil. Vatis Bücherschrank stand an einer Schmalwand der Stube. Bald kam Neues hinzu, ein kombinierter Schrank. Der hatte in der Mitte eine Klappe, die heruntergelassen als Schreibplatte dienen konnte. Dafür wurde sie kaum genutzt. Vati schrieb wohl im Büro.

In das kleine Zimmer wurde eine Couch gestellt für Besuch. Außerdem befanden sich da hellblaue Schleiflackmöbel. Ich weiß nicht, wann die angeschafft worden waren. Ich werde auch nie begreifen, wie meine Mutter ausgerechnet auf Hellblau kam, eine Farbe, die ihr nicht entsprach. Aber da standen sie: Ein Schrank, etwa einen Meter zwanzig hoch, mit zwei durchgehenden glatten Türen, die nur zwei schwarzkugelige Griffe zierten; ein runder Tisch von einem Meter Durchmesser; zwei sesselartige Stühle mit halbrunder Holzlehne und graublau-stoffbezogenen Sitzkissen; dazu eine Truhe, deren Deckel mit gleichem graublauem Stoff bezogen war. Tisch und Stühle, fand Käte, waren zu hoch. Sie sägte die Tischbeine um zehn Zentimeter ab. Das klappte gut, ohne Wackeln. Nachdem sie aber die Stuhlbeine auch um zehn Zentimeter abgesägt hatte, stellte sie fest, dass fünf Zentimeter gereicht hätten.

Der Schreibtisch, der zu Vatis Bücherschrank passte, Eiche dunkel gebeizt, geriet in mein Zimmer. Er bot mir eine verblüffend gute Spielmöglichkeit. Die Fensterbänke nämlich waren tief; unter einem der beiden Fenster befand sich die Heizung, unter dem anderen nichts, davor der Schreibtisch. Deshalb, wenn ich unter diesem hindurchkroch, kam ich in eine richtige Höhle. Ich konnte schon am Eingang, am Vorderteil des Schreibtisches, eine Wolldecke anbringen und so den gesamten dunklen Raum als Haus und Grotte nutzen. Wo meine Schlafcouch stand und was sich sonst noch im Zimmer befand, habe ich vergessen. Ein paar Spielsachen natürlich und viel Platz.

Unsere kleine Küche hatte ein schmales Fenster, vor dem sich ein bisschen Grün zeigte. Mit meinem Platz auf dem Hocker an einer Schmalseite des Tisches war ich zufrieden. Trotzdem schleppte ich eines Tages einen Stuhl aus dem Wohnzimmer an. Warum? Mutti hatte leichtfertig Ja gesagt, als sie wegen irgendwas mit mir beim Arzt gewesen war und der gefragt hatte: »Hat das Kind einen guten Stuhl?« Ich hätte sie beim Arzt niemals verbessert; aber zuhause achtete ich darauf, dass wenigstens nachträglich stimmte, was sie gesagt hatte.

Nahe der Agneskirche

Meine Mutter war dabei, unsere Möbel in die neuen Räume zu stellen und die Schränke zu füllen. Dabei half ihr die Mutter eines kleinen Mädchens, das sich mit mir in einem noch ziemlich leeren Zimmer aufhielt. Das Mädchen hieß »dat Käthi« und war Enkeltochter der Hausmeisterfrau, die oben im Haus wohnte. Die Hausmeisterleute hatten zwei Söhne, davon war der ältere Käthis Vater, der jüngere, Käthis Onkel, hieß Willi und ging noch zur Schule.

Ich kannte schon Käthis Oma, Frau Schmitz. Sie hatte sich sofort um uns gekümmert, als wir einzogen. Mir war es merkwürdig erschienen, dass in unserer Wohnung eine fremde alte Frau auftauchte und sich mit unseren Angelegenheiten beschäftigte. Meinen Eltern aber schien das recht zu sein. Sie waren auch damit einverstanden, dass die Schwiegertochter von Frau Schmitz, die junge Frau Schmitz, also Käthis Mutter, unsere Siebensachen mit einräumte und danach die Zimmer vom Umzugsdreck reinigte.

Was aber sollte ich inzwischen mit dat Käthi anfangen? »Warum hat dein Mutter ä Schälschn um?« Wie? Was? Ein kleines, vierjähriges Mädchen stellte geduldig nochmals die gleiche mir unverständliche Frage. Dass sie etwas über meine Mutter wissen wollte, begriff ich. Aber was? Im Laufe des Tages, auf eine mir heute unerklärliche Weise, wurde mir klar, was sie meinte: »ä Schälschn« bedeutete »ein kleiner Schal«. Da konnte ich ihr erklären: »Meine Mutter hat Halsschmerzen, eine Halsentzündung.« Das mir vertraute Wort Angina mutete ich Achtjährige dem kleineren Kind nicht zu. Die Tatsache, dass wir beide Kinder waren, führte nicht zwangsläufig zu gemeinsamen Interessen. Das kleine Mädchen Käthi interessierte sich für meine Spielsachen, die zum Teil ausgepackt waren und darauf warteten, ordentlich verstaut zu werden. Während ich nichts wollte, als in Ruhe gelassen zu werden. Aber Übersetzungsschwierigkeiten bewiesen, dass mir in dieser Stadt Schlimmes bevorstand. Schälschn!

Unsere Wohnung lag im Norden der Stadt. Vom Hauptbahnhof aus geht es in den Eigelstein, vorbei an dem dunklen dicken Eigelsteiner Tor, dann die Neusser Straße bis zur Agneskirche; dort biegt die Blumenthalstraße ab. Unser Haus hatte früher nur eine Wohnung je Etage; inzwischen waren zwei daraus gemacht worden. Vorn, gleich neben der Tür zur ersten Wohnung, gab es eine Treppe, die mit Teppich belegt war, schon abgetreten zwar, aber immerhin. Es folgte ein Flur, der an der Tür zu unserer hinteren Wohnung endete. Hier eine linoleumbelegte Treppe. Als das Haus gebaut wurde, Anfang des Jahrhunderts, benötigten viele Familien ein Dienstmädchen. Das wohnte neben oder hinter der Küche. Das ging mit den Einkaufskörben gleich nach hinten in die Küche. Das sollte nicht die Herrschaft oder deren Gäste stören. Milchmann und Bäcker, die in aller Frühe ihre Waren brachten, hatten sich möglichst geräuschlos, unauffällig zu verhalten. Größere Lieferungen für die Haushaltung wurden auch nicht über Teppiche expediert. Gutes Personal fällt nicht auf, sondern funktioniert – auf der Hintertreppe.

Durch veränderte Lebensverhältnisse und Arbeitsmöglichkeiten nach dem Krieg – zum Beispiel öffnete sich der gesamte Bürobereich den jungen Frauen – wurden Dienstmädchen knapp. Darum musste sich die Dame des Hauses selbst um ihren Haushalt kümmern. Dies wiederum führte zu Erfindungen und Angeboten, die der neuen Hausfrau Erleichterungen brachten. Staubsauger wurden leichter, immer mehr brauchbare Formen von Waschmaschinen tauchten auf, Gasherde und später Elektroherde ersetzten die alten Kohlenherde. Vieles veränderte, verbesserte sich, weil kein Personal mehr vorhanden war, das die schwere Arbeit leistete, und weil bei den noch gut situierten Hausfrauen der Markt seine Absatzchancen nutzte. Wohnungen wurden kleiner, sozusagen handlicher gebaut, alte ließen sich halbieren.

Das erklärten mir meine Eltern nicht. Ich weiß nicht, ob ihnen selbst das deutlich war. Aber sie erzählten mir immerhin etwas von diesem Personalaufgang. Und das hat mich verletzt. Selbst wenn ich alles wegnehme, was sich seither bei mir aufbaute an sozialem Bewusstsein, an späterem Wissen über Ungerechtigkeit, bleibt doch das Kindererstaunen über die beiden Treppen. Ich wusste: Meine Großmütter waren Dienstmädchen gewesen.

Wir bezogen die Parterrewohnung an der Hintertreppe. Dadurch kamen wir zu einem kleinen Garten, den ringsum eine hohe graue Mauer abschloss. Ich beobachtete nicht, dass sich meine Eltern besonders mit dem Garten beschäftigten, erinnere mich nur an Efeu an der Mauer, graudunkle Erde und mattes Grün, irgendwo ein Rhododendronbusch – aber hat der je geblüht? Oder gab es doch mal Osterglocken? Meine Erinnerungen sind ungerecht. Dass ich überhaupt in den Garten ging, lag an der Schaukel, die hier angebracht worden war: an einem stabilen Holzgerüst die Schaukel aus der Bürgerweide.

Im Garten wuchs eine Pappel, so hoch, dass ich den Kopf weit in den Nacken legen musste, um ganz hinaufsehen zu können. In normaler Augenhöhe lag nur der dicke Stamm. Mutti erklärte Pappeln zu ihren Lieblingsbäumen.

Eines Tages saß auf einem der unteren Äste dieser Pappel etwas weichatmend Weißes: eine kleine Katze, die sich nicht zu uns herunterwagte, obwohl Mutti sie mit sanften Worten ansprach. »Sie hat sich verklettert«, sagte Mutti, »sie ist noch klein und fürchtet sich vorm Springen.« Dann hatte sie einen großartigen Einfall: Sie holte eine Leiter, stieg hinauf und hielt oben dem jungen Tier schön waagerecht und geduldig ein Tablett entgegen. Ich sah geduldig zu. Und nachdem sich das Kätzchen lange genug besonnen hatte, sprang es mit einem Plumps auf das Tablett, so dass Mutti fast das Gleichgewicht verlor. Dieser Plumps ließ sich nachweisen, denn der Boden des Tabletts bekam einen Riss; es wurde trotzdem benutzt, oft mit dem Hinweis auf das Ereignis.

Die Katze erhielt den Namen Putzi und fühlte sich monatelang wohl bei uns. Irgendwann im nächsten Frühjahr verschwand sie, was mich zum Weinen brachte. Doch im Herbst kam sie schnurrend wieder: gewachsen, zerzaust, aber weich-atmend weiß und liebenswert.

Oben im Haus – über die Hintertreppe zu erreichen – wohnte die Hausmeisterfamilie. Frau Schmitz trafen wir oft auf der Straße, wenn wir drei vom Einkaufen kamen, und dann grüßte sie mit: »N'Abend, die Herrschaften!« Das mochte ich nicht. Was sind die Herrschaften? Hat das mit der Treppe zu tun?

Diese Hintertreppe jedenfalls ging ich hinauf, wenn ich bei Frau Schmitz etwas bestellen musste, oder wenn besprochen war, dass ich mich für ein paar Stunden dort aufhalten sollte. Manchmal ging jemand aus ihrer Familie mit mir noch höher, über die oberste Wohnung hinaus auf das Dach. Das mochte ich gern. Das eigentlich schräge Dach war in der Mitte abgeflacht und mit einem Gitter versehen, so dass es sich gefahrlos begehen ließ. Bis hier hinauf reichte die Spitze unserer Pappel. Es war windig hier oben; von der Agneskirche her klangen Glockentöne. Mutti stöhnte über die Glocken: so oft, so laut.

In der Blumenthalstraße ließ sich gut spielen. Die Häuser hatten kleine Vorgärten, in die zwar manchmal ein Ball flog, der aber durch leichtes Überklettern des Gitters gerettet wurde. Nur spielten hier Jungen und Mädchen nicht miteinander. Die Jungen waren irgendwo. Und die Mädchen wirkten braver. Zuhause in Hamburg gehörte ich auch zu den artigen Kindern. Und die Kinder, mit denen ich gespielt hatte, waren durchaus nicht frech. Aber anders. Vielleicht machte tatsächlich das gemeinsame, hier getrennte Spielen die besondere Wirkung aus. Hamburg: Jungs und Meedchen – Köln: Määdschn.

Die Spiele waren ähnlich wie in Hamburg, nur hießen sie anders. Ich lernte meine erste Fremdsprache: Kein Mädchen konnte Tau springen, aber vorzüglich Seilchen. Hatte ich früher Hinkebock gehüpft, so hinkte ich jetzt im Hüppekästchen. Und bald rief ich fast perfekt: Bäumschen, Bäumschen, verwechselt eusch, und nur leise klang in meinem Innern: Von Baum zu Baum, wer hat kein' Baum?

Eine Sprache muss geübt werden! Als ich nach langen ungeübten Jahren wagte, ein Kölsches Gedicht aufzusagen, lachte sich einer kaputt und erklärte, er habe noch nie ein so schön hamburgisch gefärbtes Kölsch gehört. Seitdem versuche ich das nicht wieder.

Nicht alle Kinder spielten draußen. Aus einem Fenster des Nebenhauses guckten zwei Mädchen, die uns Fratzen schnitten. Wir fratzten zurück. Das war nicht besonders artig. Eher speziell mädchenartig. Wie ich erfuhr, hatten sie klangvolle Blumennamen: Camilla und Hortense. Diese beiden guckten manchmal hinten in unseren Garten, sahen mir zu, wenn ich schaukelte. Das mochte ich nicht. Meine Schaukel, Relikt aus der Bürgerweide, war mir mehr als mein Zimmer gleichbedeutend mit Zurückgezogenheit, war mir Traumreich und Refugium, das niemand betrat, solange ich dort weilte.

Als ich neun Jahre alt wurde, bekam ich Rollschuhe. Ich war bange, weil die so schnell unter mir wegrollten. Also ging Vati nach seinem Feierabend mit mir nach draußen und bemühte sich, mich Laufen zu lehren. Ein bisschen weiter in unserer Straße befand sich ein Gebäude, das gegen Abend leer war, so dass ich niemanden durch lautes Rollen störte. Davor lag ein breiter Fußweg, Raum genug für uns beide. Vati brachte mir Rollschuhlaufen bei, oder glaubte es wenigstens, indem er mich hinter sich herzog. Ich fasste seine rechte Hand mit meinen beiden Händen, hielt mich nach vorn gebeugt, die Füße zusammen, und er lief los. Das machte ihm Spaß, mir auch, hatte aber mit Unterricht oder gar pädagogischem Weiterbringen nichts zu tun. Denn wenn er weg war, stand ich wieder da und wusste nicht einen Fuß vor den anderen zu bringen oder einen Fuß hinter dem anderen zu lassen.

Manchmal, wenn meine Eltern etwas vorhatten, gaben sie mich oben bei Frau Schmitz ab. War das immer am Samstag? Ich war schon länger in Köln und hatte gelernt, nicht mehr Sonnabend zu sagen. Da gab es eine Radiosendung, die hieß *Die drei frohen Gesellen vom Reichssender Köllen*. Wenn applaudiert wurde, klatschte ich mit. Ich glaubte, dass Schmitzens Radiogerät mein Klatschen auf andere übertrug. Dass da keine kleinen Leute im Radio saßen, wusste ich ja durch meine Mitarbeit an Opas Radios; aber da ich nichts von Übertragungen aus gefüllten Festsälen ahnte, hielt ich es immerhin für möglich, dass mein Klatschen weitergeleitet würde.

Mit der Familie Schmitz vertrug ich mich gut. Schwierig blieb für mich der Umgang mit dat Käthi. Was ließ sich mit ihr machen? Vier Jahre Unterschied in unseren Jahren, das ist viel mehr, als sich Erwachsene vorstellen können. Möglicherweise war es ein nettes kleines Mädchen. Nur alle, einschließlich meiner Eltern, hätten mir die Anstrengung ersparen dürfen, die mich dieses Kind gekostet hat: An einem der ersten Tage meines Kölner Lebens. Und schon dadurch für immer belastet mit aller Traurigkeit meines Herzens, mit meiner Verständnislosigkeit, meinem Unvermögen gegenüber der kölnischen Sprache. Mit meinem großen Kummer, nicht zuhause sein zu dürfen.

Kunibertsklostergasse

Ich musste in Köln eine Schule besuchen. Meine Eltern machten sich Gedanken, die ich nur teilweise begriff. Wir gehören keiner Kirche an; aber Köln hat nur konfessionelle Schulen. Uns aus Hamburg liegt das Evangelische näher. Also: Die nächste protestantische Schule lag in der Balthasarstraße. Ein dunkles Gebäude, das mich ängstigte. Muttis Hoffnung: Ausgerechnet im zweiten Schuljahr hatte sich die Notwendigkeit ergeben, in einer der drei Parallelklassen Mädchen und Jungen gemeinsam zu unterrichten. Nur gab es für diese Klasse keinen Platz in der Balthasarstraße, sondern sie war mit einigen weiteren Klassen ausquartiert in Räume einer katholischen Schule in der Kunibertsklostergasse.

Die Kirche St. Kunibert liegt nahe am Rhein. An die Kirchenwand lehnte sich das niedrige Schulgebäude, grau verputzt. Eine ebenfalls graue Mauer begrenzte zwei winzige Schulhöfe. Direkt am Haus lag der Hof für die katholischen Kinder, dahinter der für die evangelischen, dazwischen notwendige Toiletten und eine Tür von einem Hof zum anderen. In den Pausen gingen wir klassenweise in Zweierreihen über den katholischen Hof in unseren. Und zurück. Die Pause wurde also durch Aufstellen und Warten verkürzt.

Vor mehreren Jahren habe ich mich dort umgesehen: Ein moderner Kindergarten wurde inzwischen an die Kirche gebaut. Ein kleines Stück der grauen Mauer war noch erkennbar, tat meinem Herzen weh, bedrängte es wie einst.

Das Klassenzimmer hatte lange keine Farbe gesehen. Es enthielt Bänke und Pulte, immer vier Plätze nebeneinander. Ich kannte von der Burgstraße her Tische und Stühle. Und wir saßen in meiner Schule in Hamburg nach Freundschaften durcheinander. Während hier auf der Fensterseite die Mädchen und auf der Türseite die Jungen saßen. Auf der Jungenseite gab es vorn zum Lehrerpult hin einen Ofen, welcher von einem Jungen beheizt wurde, der schon einmal sitzengeblieben war. Mit Rechtschreibung hatte er Schwierigkeiten; aber Ofenheizen verstand er. Nur: Das ist kein Schulfach.

Unsere Lehrerin hieß Fräulein Reiß. Ich weiß nicht, ob sie alt war. Aber sie tat so. Sie trug dunkle Kleider oder schwarz-weiß-graue Kittel. Sie war klein. Mit einiger Freundlichkeit hätte ich sie zart nennen können. Aber ich dachte nur: dünn. Klara Leu in Hamburg, ach, die war dick und rund, bestimmt nicht das Bild einer schönen Frau. Aber sie war rosig, lächelte aus hellen blauen Augen, trug farbige Kleider, spielte Lieder auf der Blockflöte, konnte vorlesen, war zum Liebhaben und zum Ankuscheln.

Und jetzt dies: In dem grauen Gemäuer das farblose Fräulein. Ein bisschen faltig, ein bisschen Grau im dunklen Haar. Ich kann mich auf keine Augen besinnen, auf keine Stimme. – Ein Dutzend Jahre später erfuhr ich: Fräulein Reiß nahm sich das Leben. Ich weiß nicht, wann, ich weiß nicht, warum. Hatte sich das Grau in Grauen verstärkt?

Meine Mutter behauptet, wir hätten bei ihr nur Choräle und Nazi-Lieder gelernt. Doch ich weiß die Ausnahme: *Nun bricht aus allen Zweigen das maienfrische Grün*. Nicht ganz so schwierig wie bei Beethoven, sondern ein bisschen vereinfacht. Das, fand ich, war ein schönes Lied. Und ich gebe mir Mühe, mit diesem Lied an Käthe Reiß zu denken. Damit ihr durch nachtragende Erinnerung ein kleiner grüner Farbtupfer aufs Grau gesetzt sei.

Was die Eltern schon vermuteten: Religion spielte eine große Rolle. Da gab es die stehend in den Bänken verrichteten Gebete zu Beginn und Ende des Schultages.

Morgens:

Wie fröhlich bin ich aufgewacht,
wie hab ich geschlafen so sanft die Nacht.
Hab Dank im Himmel, du Vater mein,
dass du hast wollen bei mir sein.
Behüte mich auch diesen Tag,
dass mir kein Leid geschehen mag.

Mittags:

Wir gehn jetzt aus der Schule fort.
Herr, bleib bei uns mit deinem Wort,
mit deinem reichen Segen
auf allen unsern Wegen.

Jeden einzigen Tag im ständig gleichen Plapperrhythmus, ohne Rücksicht auf den Wahrheitsgehalt: ob wir wirklich so sanft geschlafen hatten. Hätte ich den Text ein paar Jahre früher gelernt, wäre mir der Inhalt vielleicht nicht aufgefallen. Ich hätte mitgeplappert. Aber mit meinen achteinhalb Jahren, in einer Situation, gegen die ich mich nicht wehren konnte, die ich nur erleiden musste, wurde eine Kleinigkeit nach der anderen überdeutlich, störte, verletzte, kränkte mich.

Beim Einrichten des neuen Klassenbuches benutzte Fräulein Reiß den Ausdruck »Dissident«. Das betraf mich und die Zahnarzttochter Ellen und bedeutete vielleicht Konfessionslosigkeit. Es hatte keine Folgen. Meine Eltern ließen mich am Religionsunterricht teilnehmen. Und es zeigte sich, dass mir biblische Geschichten gefielen, dass mich eine gewisse Frömmigkeit überkam. Am Ende des zweiten Schuljahres gab es für mich daher je eine Eins in Religion und Katechismus. Im nächsten Schuljahr standen Ellen und ich mit anderen vor der Klasse, um einen Teil der Weihnachtsgeschichte aufzusagen. Wir gehörten zu den Schülerinnen, die bei schwierigen Texten nicht stecken blieben.

Ich lernte beten. Mit eigenen Worten. Abends, allein in meiner Stube, schon im Bett liegend, faltete ich die Hände. Es waren Bitten an eine Instanz, die ich Gott nannte, von der ich hoffte, sie könnte und würde mich nach Hamburg zurückbringen. An Sommerabenden, wenn ich eigentlich schlafen sollte, stellte ich mich an mein geöffnetes Fenster, sah hoch in den Himmel und bat die Sterne, die auch über dem fernen Hamburg leuchteten, die Heimatstadt zu grüßen. Meine Mutter erzählte mir später, dass sie gehört hatte, wie heimwehtraurig ich mich an die Sterne wandte.

An Hamburg, vor allem an meine Schule, dachte ich täglich. Immer wieder fiel mir auf, wie völlig anders Schule und Leben waren, hier in Köln. Ich wusste nicht, weshalb meine Eltern so großen Wert darauf gelegt hatten, mich in die Burgstraße zu schicken. Die Freiheiten der Hamburger *Versuchs- und Reformschulen* hatte ich als Schülerin nicht erkennen und mit Bewusstsein wahrnehmen können. Doch ich sehnte mich danach und empfand als Enge und Bedrückung, was anders war.

Mir fiel ein, wie wir in der großen Turnhalle herumhüpften und nachher alle gemeinsam unter die Duschen durften. Das war lustig. Wann mir das einfiel? Als Fräulein Reiß sagte, wir sollten am nächsten Tag Seife und Handtuch mitbringen zum Duschen in unserer Schule Balthasarstraße. Ich freute mich auf einen Spaß mit gegenseitigem Gespritze.

Es war schrecklich! Wir wurden in einen Raum geführt, der aus lauter dunklen Vorhängen bestand. Hinter den Vorhängen, abgeteilt, die Duschen. Für jedes Kind eine. Dort zogen wir uns aus, seiften uns ein, duschten die Seife wieder herunter, trockneten uns ab, zogen uns an, kamen danach gesäubert aus den Kabinen heraus. Das war's. Fräulein Reiß hatte einmal die Runde gemacht, hinter die Vorhänge geguckt und kontrolliert, ob wir uns ordentlich wuschen. Deutlich habe ich das Bild vor mir, wie sie den Vorhang zur Seite zog, mich brav beim Waschen sah und dann abwinkte. Ich weiß inzwischen, dass für viele Kinder so ein Duschtag gut war. Geliebt oder ungeliebt, aber wahrscheinlich notwendig. Ich konnte das als kleine Schülerin nicht erkennen.

Weil ich schon so viel Schönes, Erfreuliches kannte, war ich anspruchsvoll und sehr ungerecht gegenüber allem, was nicht meinen Maßstäben entsprach.

Ein halber Jauchz

Adventszeit. Dunkelheit draußen, Kerzenlicht drinnen. Mutti und ich begannen, Weihnachtslieder zu singen. Zum Nikolaustag stellte ich einen Schuh ans Fenster, schön sauber. Ich putzte beide Schuhe, auch wenn nur einer hingestellt wurde. Und obwohl ich weder an den Weihnachtsmann noch an einen Nikolaus glaubte und wusste, dass sich unsere Eltern um die Schuhe und später um Geschenke unterm Tannenbaum kümmern, nahm ich diese Kinderüberraschungen fröhlich entgegen. Der Nikolaustag war in Hamburg mit keiner tatsächlich erscheinenden Person verbunden, nur mit den Süßigkeiten im Schuh.

Aber hier passierte etwas: Abends am Nikolaustag klingelte es. Vor der Tür stand St. Nikolaus, in ein langes Gewand gekleidet, goldene Mitra auf weißem Haar, Bischofsstab in der Hand. Hinter ihm stand Frau Schmitz, die Hausmeisterfrau. Beide wurden von meinen Eltern eingelassen. Der Bischof fragte nach mir.

Er sei der Heilige Nikolaus, wurde mir – ich weiß nicht, von wem – mitgeteilt. Dieser Nikolaus fragte jedenfalls, ob ich auch immer artig sei. Wahrscheinlich habe ich bejaht. Dann wünschte er, meine Schulhefte zu sehen, ob die ordentlich seien. Meine Schrift war zu der Zeit sehr unweihnachtlich, sagen wir ruhig: saumäßig. Das wusste ich, holte dennoch meine Schulsachen und zeigte brav, was ich zu bieten hatte. Das rügte dieser Heilige Nikolaus, forderte Besserung bis zum nächsten Jahr. Ich war höflich genug, dies zu versprechen. Ich durfte mich für ein paar Süßigkeiten bedanken, mit dem eingelernten Knicks gegenüber einem Erwachsenen. Und endlich ging er mit Frau Schmitz wieder weg.

Ich war wütend, zitterte, löste mich schließlich in Weinen auf. Meine Eltern, hilflos, genauso überrascht wie ich, versuchten zu trösten: Du brauchtest doch keine Angst zu haben. Nein, hatte ich auch nicht. Frau Schmitz hatte es sicher gut gemeint. Das übliche Gerede, wenn was schiefläuft. Ich konnte nichts erklären, auch mir selbst nicht. Ich fühlte mich diesem fremden Geschehen ausgesetzt. Da kommt irgendein verkleideter Erwachsener, mischt sich in meine Sachen. Eine Figur, die ich nicht für wahr halte, erzieht an mir herum. Ich konnte doch nicht einfach sagen: »Ich glaube nicht an Sie. Gehen Sie.« Und mich wegwenden. Was hatte man mir angetan?

Dass es vor vielen Jahrhunderten einen Bischof namens Nikolaus gab, der zu Kindern freundlich war, den man als Heiligen verehrte, erfuhr ich später. In der unkatholischen Stadt Hamburg kamen Heilige nicht vor. Den Hamburger Kindern war ja sogar das Christkind nur aus Büchern, von weihnachtlichen Geschichten und Gedichten her bekannt. Bei uns konnten die Kleinen an den Weihnachtsmann glauben, der von Verwandten oder Freunden dargestellt wurde, mit einem Rauschebart aus viel Watte und mit verstellter tiefer Stimme.

Beinahe so wichtig wie St. Nikolaus war in Köln der Heilige Martin, der im November befeiert wird. Am Martinstag war ich mit meiner Laterne mitgegangen bei dem riesenlangen Laternenumzug, dem St. Martin vorausritt, von einer Musikkapelle begleitet. Mir war das zu laut. Ich war aus Hamburg kleine Laternenspaziergänge an milden Herbstabenden gewohnt.

Schwierig fand ich die Sache mit dem Mantel. Der reiche Martin, wird erzählt, begegnete im kalten Winter einem Bettler, der nur wenig bekleidet war. Da zerschnitt er seinen Mantel und gab dem Bettler die Hälfte ab. Wie? Ich besah meinen Wintermantel und überlegte: Hat er den Mantel quer durchgeschnitten, so dass einer von ihnen das obere Stück mit den Ärmeln bekommt und es als Jacke tragen kann, und der andere legt sich den unteren Rest über die Schultern? Oder längs? Was fängt dann jeder mit einem Ärmel an?

In der Schule verkaufte Fräulein Reiß blaue *VDA*-Kerzen. Blau ist nicht gerade eine Weihnachtsfarbe. Aber Blau fand ich schön. Fräulein Reiß erklärte: *VDA* heißt *Volksbund für das Deutschtum im Ausland* und ist etwas, das die armen deutschen Menschen vereint, die jetzt im Ausland leben müssen, in Gebieten, die »uns nach dem Krieg weggenommen wurden«. Der Kauf der Kerze macht ihnen das Leben leichter. Das gefiel mir, und ich kaufte die Kerze. Wir konnten auch diesem Verein beitreten; das kostete Beitrag, dafür gab es monatlich eine kleine Blechplakette mit bunten Wappen verschiedener Städte, die nicht mehr zu Deutschland gehörten. Mutti gefielen die Plaketten nicht. Sie sagte, dass die Kleiderstoffe beschädigt würden, wo ich sie anheftete. Es war auch zu merken, dass ihr etwas an dem Verein nicht passte. Ich trat schnell wieder aus. Die blauen Kerzen kaufte ich noch ein paar Jahre. Nicht wegen des Vereins, sondern weil ich die Farbe Blau mag.

Während der ersten Adventszeit meines Kölner Daseins lernten wir in der Schule das Lied *Macht hoch die Tür, die Tor macht weit.* »Es kommt der Herr der Herrlichkeit, ein König aller Königreich, ein Heiland aller Welt zugleich.« Damit ist Jesus gemeint, wusste ich, das Christkind in der Krippe, Gottes Sohn. Ein Freundlicher, »der Heil und Segen mit sich bringt, der ...« – ja, was? »der halben Jauchz mit Freuden singt«.

Ich verstand ihn gut: Schon über ein kleines, vorsichtiges, eben nur ein halbes Jauchzen freute er sich und sang. Das kam meinen kleinen vorweihnachtlichen Gedanken entgegen. Ich konnte in der Fremde kein volles Glück erwarten, eben nur ein halbes; aber ein bisschen mitfreuen, mitsingen vor allem, das mochte ich.

Der Begriff »halber Jauchz« war mir unbekannt. Es gibt aber für ein achtjähriges Kind noch viele neue Wörter. Wie erstaunte ich, als ich später den Text las, die Aufforderung: »derhalben jauchzt; mit Freuden singt!« – Kindern, die nicht im siebzehnten Jahrhundert leben, könnte doch mal einer erklären, dass »derhalben« nichts anderes bedeutet als »deshalb«.

Wir feierten Heiligabend, Mutti, Vati und ich. Ich bekam, was ich mir gewünscht hatte: eine Eisenbahn zum Aufziehen. Der Karton mit den Siebensachen stand erst unterm Weihnachtsbaum, aber Vati und ich bauten die Schienen auf den Fußboden, so dass die Bahn im Kreis fuhr. Mit der Kreuzung in der Mitte fuhr sie eine Acht. Die Lokomotive zog einen Kohlentender, zwei Personenwagen und einen Güterwagen hinter sich her und sauste mehrere Male über die Acht, bevor ich sie wieder aufziehen musste. Das war wie bei richtigen Eisenbahnen auf den Bahnhöfen, wenn der Dampfkessel mit Wasser und der Tender mit Kohle gefüllt wurde. Das dauerte lange und ließ Zeit genug, ein Wort wie »Lokomotive« ungekürzt auszusprechen. Mein Vater machte sich den Spaß, das Wort noch zu verlängern und sagte »Luffkemuffketive«. Dabei hörte man die Eisenbahn ordentlich pusten.

Ich spielte fröhlich vor mich hin. Bis es schellte. Es erschien unser Hausbesitzer, um seinen noch neuen Mietern ein frohes Fest zu wünschen. Die erwachsenen Mieter dankten für den unerwarteten Besuch und boten ihm irgendetwas an. Das Mieterkind saß still auf dem Fußboden, mit Augen, die sich mehr und mehr mit Tränen füllten. Nie sah ich größere Füße.

Vati hatte dem unförmig-plattfüßigen Menschen die Tür geöffnet, der mit ausgestreckter Hand, Weihnachtliches wünschend, quer durch die Stube auf die Hausfrau zustrebte. Seines Weges nicht achtend: Unbeschrankter Bahnübergang!

Die Eisenbahn hatte ihn nicht umgefahren. Sie konnte überhaupt nicht mehr fahren. Eine Schiene war von einem hässlich-breiten Plattfußschuh zerquetscht worden. Es war leider eine der vier gebogenen Schienen, jegliche Rundreise war damit verunmöglicht. Für sämtliche Weihnachtstage. Aber gleich danach gab es neue Schienen, ein paar mehr, als Ausgleich für den erlittenen Festtagskummer. Dabei war auch eine Weiche, die neue Kombinationen bot.

Als im nächsten Jahr wieder Weihnachten war, bekam ich etwas Unzertretbares: eine selbst gebaute Puppenstube, eigentlich ein Puppenhaus. Da hatten sich meine Eltern etwas Großartiges ausgedacht und sicher schon viel Spaß bei den handwerklichen Arbeiten gehabt. Auf eine etwa einen Quadratmeter große Sperrholzplatte setzten sie ein Kreuz aus zwei hochstehenden Platten, so dass vier Räume entstanden. Vati sägte Türen aus und sogar ein paar Fenster, durch die man zwar von einem Zimmer in das andere sah, aber mit etwas Fantasie ließ sich das schnell vergessen. Mutti nähte Gardinen für die Fenster und aus jeweils gleichem Stoff Vorhänge als Ersatz für die Türen. Ich lernte dazu das Wort »Portiere«.

In zwei Zimmern standen gekaufte Möbel: Wohnstube und Schlafstube. Später kam eine Küche dazu. Ein paar Zelluloidpüppchen befanden sich schon lange bei meinen Spielsachen. Jetzt konnten sie das neue Haus beziehen und ihre Häkelkleidchen in einen Kleiderschrank räumen. Den Schrank benutzte ich auch auf andere Weise: Er wurde auf die Rückseite gelegt, die Türen aufgeklappt und sein Inneres mit Tüchern ausgelegt. Das ergab ein zusätzliches Bett, und ich konnte mit den vorhandenen Möbeln zwei Wohnungen ausstatten, und zwei Familien konnten sich gegenseitig besuchen. Wahrscheinlich verbrauchte ich die meiste Spielzeit, um Möbel in unterschiedlichen Kombinationen zusammenzustellen.

In der Schule mussten wir in diesem Jahr etwas für die *NS-Winterhilfe* handarbeiten. Hilfe für arme, frierende Menschen war keine Erfindung der Nazis. Die Not war groß gewesen nach Krieg und Inflation, und viele Organisationen waren zu helfen bemüht: Parteien, Kirchen, Vereine. Die Nazis hatten aber nach 1933 nahezu alles aufgelöst, was sich bis dahin um die Armen gekümmert und ihnen auf unterschiedliche Weise geholfen hatte. Sie nutzten, was mühsam aufgebaut war. Sie übernahmen Gelder, Büroräume, Heime. Alte Strukturen und Hilfswege wurden mit Nazi-Stempel versehen. Jetzt sammelten nur noch ihre Leute – oft in SA-Uniform – Gelder und Sachspenden. Der Name war neu: *WHW, Winterhilfswerk*.

Wir Mädchen hatten häkeln und stricken gelernt und sollten unsere neuen Fähigkeiten für arme Kinder nutzbringend anwenden und ein Kleidungsstück anfertigen. Ich strickte einen Schal. Er wurde nicht lang, weil ich nur langsam strickte. Er wurde leider auch nicht sehr gleichmäßig. Bunte Farben der Wolle mochten Mängel ausgleichen. Vielleicht geriet die Gabe für ein armes Kind immerhin zu einem halben Jauchz.

Die kleine Hildegard

Im Februar erschien in der Schule, müde aussehend, die Mutter unseres Mitschülers Rolf und sprach mit Fräulein Reiß. Danach erfuhren wir, dass der Mutter eine Kur bewilligt worden war, die am folgenden Tag anzutreten sei. Sie hatte die Kur dringend nötig und wollte fahren, wusste aber die fünfjährige Tochter nicht unterzubringen. Rolf ging schon zur Schule; er und sein größerer Bruder würden zurechtkommen, und abends sei ja der Vater da. Nun müsste die Kur verfallen, wenn sich nicht noch ein Platz für die Kleine fände. Rolf nickte ernst zu den Worten unserer Lehrerin.

Bei uns wurde abends warm gegessen, gegen sechs Uhr, wenn Vati nach Hause kam. Bei Tisch erzählte ich von der Mutter und ihrem kleinen Mädchen. Und es kam, wie ich vermutete. »Weißt du, wo die wohnen?« Auf meinen verschlungenen Schulwegen hatte ich mehr als ein Haus kennengelernt, in welchem Kinder aus meiner Klasse wohnten.

Wir gingen sofort nach dem Essen los, Mutti und ich. Vom Hausflur aus gerieten wir, zwei Unbekannte, direkt in die dunkle Küche. Ich fand alles klein und eng, düster, unbehaglich. Wahrscheinlich trug aber die düstere Stimmung von Rolfs Familie zu diesem Empfinden bei. Alles war fremd, nur Rolf und ich kannten einander. Er musste nun den Eltern so etwas wie ein Ja signalisieren. Käte machte einen guten Eindruck.

Und es wurde hell: Die kleine, dunkle Frau, ihr zersorgter Mann und die Kinder freuten sich so schön! Alle waren fröhlich, als das kleine Mädchen meiner Mutter vertrauensvoll die Hand gab und einverstanden war, mit uns zu gehen. Das einzige Problem schien ihr Name zu sein: Hilde. – Hilde? Nein, eigentlich Hildegard. Also kein Problem.

Wir bekamen die notwendigsten Sachen für Hildegard mit. Und es muss wie üblich gewesen sein: Während die Mutter dem scheidenden Kind mit betrübten Blicken nachsieht, geht es neugierig und bereitwillig neuen Erlebnissen und Erfahrungen entgegen. In meine Stube, in der es genug Platz gab, wurde die Couch aus Muttis Zimmer gestellt. So hatte ich für vier Wochen eine kleine Mitbewohnerin, mit der ich mich gut vertrug.

Am nächsten Morgen in der Schule erzählte Rolf, was sich zugetragen hatte. Seine Mutter war schon unterwegs. Fräulein Reiß gefiel das schnelle Handeln meiner Eltern. Deswegen teilten zwei Mädchen eilends mit, dass ihre Eltern auch bereit gewesen seien, das Kind aufzunehmen. Aber das wäre um einen Tag zu spät gewesen. Mein Vater hatte sich amüsiert bei dem Gedanken, wie unsere Lehrerin verwirrt sein müsste, weil ausgerechnet diese unchristlichen Leute aus Hamburg sich so verhielten.

Hier will ich berichten, was ich damals nur nebenbei hörte und kaum begriff, später aber wiederholt erzählt bekam oder dabei war, wenn es anderen erzählt wurde.

Am nächsten Tag kamen Hildegards Vater und der ältere Bruder mit schlechtem Gewissen und einer großen Gummiunterlage bei uns an. Das kleine Mädchen machte sich nachts oft nass, und sie hatten bei aller Aufregung versäumt, am Abend zuvor daran zu denken. Hoffentlich sei noch nichts passiert. Es war schon »was passiert«. Käte hatte das erschrocken zur Kenntnis genommen, dann aber gleich überlegt und einen Plan für die nächsten Wochen gemacht. Daran hielt sie sich mit großartiger Konsequenz.

»Jeden Abend Punkt zehn Uhr«, erzählte sie, »habe ich Hildegard geweckt und aufs Töpfchen gesetzt. Und stellt euch vor, nach einiger Zeit war die Kleine schon wach und wartete auf mich. Wir haben kein nasses Bett mehr gehabt!«

Bevor Hildegards Mutter wieder zurückkam, konnte Käte mit dem kleinen Mädchen über das Bettnässen sprechen. Weil das Kind nun zur bestimmten Zeit wach wurde, erkannte es auch, was mit ihm geschah. Also: »Du kannst jetzt schon allein aufs Töpfchen gehen.« In Hildegards Familienschlafzimmer stand ein Eimer. Gut: »Du wirst jede Nacht wach, dann stehst du auf und benutzt den Eimer. Danach kannst du weiterschlafen.«

In die Hildegard-Zeit fiel Karneval. Mutti nähte uns gleiche Kostüme: Rotkäppchen. Röckchen und Käppchen aus weichem roten Stoff, dazu die Mieder aus etwas Rutschig-Schwarzglänzendem und weiße Blusen aus einem Zeug, das Glasbatist hieß und durch seine steife Korrektheit märchenhaft und mädchenhaft sauber aussah, aber kratzte. So besuchten wir ein Kinderkostümfest. Unser beider erstes Kostümfest, und für Hildegard vielleicht das einzige während ihrer Kinderzeit. Ich fühlte mich nicht sonderlich wohl. Vielleicht weil zwei Rotkäppchen meinen Märchenvorstellungen widersprachen. Oder weil die glasbatistenen Puffärmel kratzten. Oder weil ich nicht in Köln sein mochte und lieber mit anderen Kindern gefeiert hätte, mit Klasse Leu zum Beispiel. Aber ich war ja eins von zwei Rotkäppchen.

Ich nahm Kostüme anderer Kinder wahr. Es gab Ritterfräuleins, die mir gefielen, denn sie trugen lange Kleider und auf dem Kopf einen hohen, spitzen Hut. Das konnte eine alte stoffbezogene Schultüte sein, von der ein Schleier herabwallte. Sie mussten vermutlich sehr gerade gehen, damit das hohe Gebilde ihnen nicht herunterfiel. Ich habe nie erfahren, wie sich die Sache feststecken und auf dem Kopf halten ließ. Schön war's! Bei etlichen Jungen sah ich, wie zweckmäßig ein Halstuch sich befestigen ließ: Beide Zipfel des Tuches wurden durch die Hülle einer Streichholzschachtel gezogen. Jahre später, als der *BDM* mich in die Krallen bekam, hätte ich den offiziellen Knoten, der zum Halstuch gehörte, gern durch eine solche Streichholzschachtel ersetzt.

Es gibt sogar ein Bild. Denn als das Wetter besser wurde, kam jemand mit einem Fotoapparat, und ich musste in voller Kledage, mit kratzenden Blusenärmeln, auf unser Hausdach, auf den eingezäunten Aufenthaltsbereich, wo die Sonne schien, um mich knipsen zu lassen. Gleichzeitig sollte Willi als Karnevalsjeck fotografiert werden. Durch ihn gab es die Chance, an einen Schäferhund zu gelangen, der ebenfalls aufs Dach geschafft und meinem Bild als Wolf beigegeben wurde. Je ein Abzug gelangte an meine Großmütter in Hamburg, und beide waren – na, was wohl? – entzückt.

Zurück zu Hildegard. Sie war ein liebenswert fröhliches Kind. Mehr kann ich nicht von ihr wissen. Ich war keine neun Jahre alt, als wir uns begegneten, und wir hatten nur diese vier Wochen. Aber dass sie so war, ist mir als sichere Empfindung geblieben. Ihre Vormittage verbrachten Hildegard und Mutti miteinander. Nachmittags wird auch Rolf manchmal dagewesen sein.

Aufregend war der Tag nach Hildegards Rückkehr in die eigene Familie. Da erschienen abends ihre Eltern bei meiner Mutter und fragten: »Was haben Sie mit unserem Kind gemacht?« Mutti war erschrocken über diese Frage, war sich keiner Schuld bewusst. Die Frage aber löste sich auf in große Anerkennung: Das kleine Mädchen Hildegard war nachts selbstständig auf den bereitstehenden Eimer gegangen, hatte nicht das Bettchen nassgemacht. Dieser Erfolg blieb ein halbes Jahrhundert später für Käte immer noch eine große Freude.

Mich hat damals gefreut: Zu Ostern kamen die neuen Erstklässler. Für sie gab es keinen Platz in der Balthasarstraße; deswegen landeten auch sie in der katholischen Schule Kunibertsklostergasse. Wir gerade ins dritte Schuljahr Aufgestiegenen bekamen die Aufgabe, in den Pausen die Kleinen vor ihrem Klassenraum abzuholen und sie durch den Hof der katholischen Schulkinder auf unseren Schulhof zu führen. Gleich am ersten Tag gab es ein Durcheinander: Weil Hildegard dabei war. Sie hatte mich gesehen. Sie wollte unbedingt an meiner Hand gehen. Fräulein Reiß machte das dadurch möglich, dass irgendeine Reihenfolge verändert wurde, mit der unsere und die Erste Klasse aufeinandertrafen. Ich habe nicht begriffen, wie aufmerksam das von ihr war. Aber ich freute mich unbändig, weil ein liebenswertes Kleines mich wünschte.

Dann kam ein Tag, den meine Eltern nie mochten, den ich also nicht berücksichtigen musste: Muttertag. Wir hatten in der Schule ein Gedicht gelernt und aufgeschrieben, auch wohl ein großartiges Bild gemalt. Beides konnte in meinem Schulranzen bleiben, es wurde nicht abgefordert. Irgendwann an diesem Tag klingelte es, und vor der Tür standen Hildegard, ihr Vater und der größere Bruder mit einem wunderschönen Blumentopf »zum Muttertag«. Und bedankten sich. In diesem Sinn gefiel Käte sogar der Muttertag.

Sie waren impulsiver als ich, Rolf und Hildegard, vielleicht die ganze Familie. Ich weiß wenig von ihnen. Je mehr ich aber über sie nachdenke, so viele Jahre später, desto froher bin ich, dass meine Eltern ihnen halfen.

Briefe

Ich dachte, ich hätte Hamburg verloren, vielleicht weil die Sprache viel ausmachte. Hier war ich unbeholfen. Aber der eigentliche Verlust war die Schule: unsere, meine schöne Schule Burgstraße. Mit den hellen Räumen, dem riesengroßen Schulhof, dem Gymnastiksaal, dem Musiksaal, der Turnhalle und den Duschen bei den Umkleideräumen. Und vor allem mit denen, die ich darin liebte, immer inniger liebte, je länger mein Fernsein dauerte.

Einer der schönste Tage in Köln war dieser: Ich bekam einen dicken Brief aus Hamburg. Von meiner Klasse. Das war kein einheitlicher Brief, sondern ein Sammelsurium von Zetteln, alle mit einer anderen Handschrift, mit unterschiedlichen Schreibtüchtigkeiten. Wie froh war ich, krank zu sein und Zeit zum Lesen zu haben! Wenn ich fertig war, fing ich von vorn an. Ich kannte sie ja alle, die sich die Mühe gemacht hatten, mir zu schreiben.

Wahrscheinlich war ich an dem Tag, der mir diesen dicken Brief schenkte, froher als die ganze Klasse Leu, als die gesamte Schule Burgstraße. Denn sie alle erzählten mir etwas sehr Trauriges: Die Schule wird geteilt! Künftig wird es keine gemischten Klassen mehr geben, sondern eine Jungen- und eine Mädchenschule. Die Kinder schrieben: »Wir werden geteilt!« Das klang wie mittendurch gerissen. Wie Rumpelstilzchen. Einige Jungen hatten vor, sich Mädchenkleider anzuziehen, um in Klasse Leu bleiben zu können. Denn Klara Leu blieb auf der Mädchenseite. Die Teilung sollte zu Ostern 1935 vollzogen werden, mit Beginn des neuen Schuljahres, das für uns das dritte wurde.

Meine Eltern freuten sich zunächst mit mir über den dicken Brief. Aber ich erfuhr von ihnen auch, dass sie diese Änderung für eine Nazi-Schikane hielten. Sie sprachen vom Geist der Schule, den die Nazis brechen wollten.

Ich schrieb noch im laufenden Schuljahr zurück, bedauerte sie alle, denen so Schlimmes drohte; aber gleichzeitig fand ich, dass sie es dennoch besser hätten als ich. Denn ich saß ganz allein auf einer Schulbank in Köln, während ihre beiden Klassen immerhin im gleichen Schulgebäude blieben. Fräulein Leu schrieb nach Ostern an meine Mutter und erzählte, wie sich die Kinder auf dem Schulhof begegneten und sich auf den breiten Fluren zuwinkten. Das klang so traurig. Das war ja auch so traurig.

Während alldem blieb ich in der Kunibertsklostergasse. Und hätte froh sein können: Ich lebte in einer gemischten Klasse. Aber das war hier anders: Mädchen auf der Fensterseite, Jungen auf der Türseite. Und keine Gemeinsamkeiten. Manchmal in den Pausen versuchten die Jungen, uns Mädchen zu fangen und in eine Ecke zu drängen; aber das war überhaupt kein gemeinsames Spiel. Meistens liefen die Jungen irgendwo laut herum, und wir Mädchen spielten Hüppekästchen oder im Kreis.

An einem Tag gab Fräulein Reiß uns die Hausaufgabe, einen Brief zu schreiben. Sie nannte die Namen von Kindern, die früher in der Klasse gewesen und durch Umzug in andere Schulen oder andere Städte geraten waren. Wir durften uns aussuchen, wem wir schreiben wollten. Ich suchte mir eine Ina aus, die ich zwar nicht sonderlich gemocht hatte, von der ich aber wusste, dass sie nach Altena verzogen war, was mich an Altona bei Hamburg erinnerte. Vielleicht verwechselte ich auch beides.

Den Brief schrieben wir zuhause mit kratzendem Griffel auf unsere Tafel, und am nächsten Tag durften wir vorlesen. Aber dann durften wir nicht etwa alle unsere Briefe auf Papier schreiben und gesammelt versenden; sondern Fräulein Reiß suchte für jedes anzuschreibende Kind nur je einen Brief aus.

Ja, mein Brief an Ina wurde genommen. Aber das machte mich nicht froh. Mir tat Tilli leid, die in der Reihe vor mir saß. Weil Tillis Brief an ihre kürzlich verzogene Freundin Margot nicht ausgesucht wurde. Die beiden hatten sich immer gut vertragen und waren schrecklich traurig gewesen, als Margot in eine andere Schule kam. Nun war auf Tillis Tafel irgendein Schreibfehler oder ein unpassender Ausdruck, und deshalb bekam Margot in der Ferne keinen Brief von ihrer Freundin, sondern einen von Ellen oder Ruth, die sicher besser schreiben konnten. Ina in Altena hatte in unserer Klasse keine solche Freundin wie Tilli; mein Brief verdarb da nichts.

Ich konnte nicht zu Fräulein Reiß sagen: »Schicken Sie doch alle Briefe hin!« Bei Fräulein Leu hätte ich solchen Vorschlag gewagt. Aber die wusste selbst, was richtig war. Die hatte das ja schon getan. Und mich so froh gemacht.

Im dritten Schuljahr

In Hamburg hatten wir nach den Druckbuchstaben zunächst die lateinische Schreibschrift gelernt. In meiner Kölner Klasse wurde gerade die deutsche Schrift, die man heute Sütterlin nennt, geübt und künftig für jedes Diktat und jeden Aufsatz genutzt. Klar, dass ich die lateinische Schrift, weil sie mir als meine Heimatschrift erschien, viel schöner fand und für alle nichtschulischen Gelegenheiten brauchte.

Für Besonderheiten benutzten wir Druckbuchstaben und malten drum herum großartige Buntstiftverzierungen, zum Beispiel: *Deutsch ist die Saar.* Das konnten wir sogar singen: *Deutsch ist die Saar, deutsch immerdar* nach dem alten Bergmannslied *Glück auf, Glück auf, der Steiger kommt.* Fräulein Reiß bemühte sich, uns zu vermitteln, was da irgendwo am Rande von Deutschland geschah. Das Saargebiet wollte *heim ins Reich.* Und kam *heim ins Reich* mit seinen Kohlegruben und seiner Schwerindustrie. Dazu gelangte an uns kleines Schulkindervolk die Information, dass außer dem Saargebiet auch ein Stück Land mit dem Namen Elsaß-Lothringen nach dem Krieg von Deutschland abgetrennt und an Frankreich gelangt war. Und wie alles so ungerecht war. Ich sang artig alle Texte mit.

Dann ein Choral: *Nun danket alle Gott*, »der uns von Mutterleib und Kindesbeinen an ...« Hatte da jemand etwas gefragt? Fräulein Reiß versuchte, »Mutterleib« zu erklären, mogelte sich ein bisschen vorbei, und wir erfuhren, dass eigentlich gemeint sei, das kleine Kind säße der Mutter auf dem Schoß. Das wusste ich besser, hielt mich aber zurück. Einmal erklärte sie der Klasse – in der doch Jungen und Mädchen ihr zuhörten –, dass zwar Eltern ihre Kinder in gleichem Maße liebten, aber: dass Väter ihre Söhne vielleicht noch ein bisschen lieber hätten, weil die als Stammhalter den Familiennamen des Vaters vererben.

Unsere Lehrerin verteilte Fleißkärtchen für besondere Leistungen, für schulische Tüchtigkeiten. Ofenheizen gehörte nicht dazu. Wer zehn Kärtchen hatte, legte sie Fräulein Reiß aufs Katheder und durfte sich ein Traktätchen oder ein frommes Bildchen aussuchen. Nach meinem ersten Bildchen reizte mich das nicht mehr.

Endlich kamen die Sommerferien. Mutti und ich fuhren nach Hamburg. Aber nicht nur das. Ich durfte mit nach Schönberg. Drei Wochen in die Sammelgruppe, wieder mit Fräulein Leu und Herrn Peters, die weiterhin Vertreter und Bewahrer der *Reformschule* geblieben waren. Und mit vielen Kindern, die ich kannte.

Bei den Gleichaltrigen war ich eine Attraktion: von weither gekommen, aus einer Schule, in der es streng zuging. Wir spielten Schule. Als Unruhe in der Klasse herrschte und ich als Lehrerin befahl »Finger auf den Mund!«, wussten sie gar nicht, wie das ging. Ich musste vormachen: den Zeigefinger der linken Hand auf die Lippen und die rechte Hand flach auf die Tischplatte legen. Großes Befremden. Dann musste ich Pulte und Bänke erklären und dass wir immer aufstehen, wenn wir gefragt werden oder wenn ein Erwachsener ins Klassenzimmer kommt. Das fanden sie lustig, meldeten sich und redeten irgendeinen Unsinn, nur um wieder geräuschvoll aufstehen zu können. Bei ihrem Spiel verstanden sie meinen Kummer nicht.

Aber wenn die Ostsee mitspielte, wir im Wasser planschten, erste Schwimmversuche machten, war alles unbefangen schön. Nachdem ich von anderen abgeguckt und endlich selbst gewagt hatte, mich mitten auf der Sandbank einfach hinzusetzen, so dass sogar mein Kopf unter Wasser kam, machte mir das Riesenspaß. Dann versuchte ich, die Augen zu öffnen. Sie gewöhnten sich schnell, und ich sah quirliges Wasser perlen, sah ein bisschen Tang an mir vorüberziehen, betrachtete den welligen Sand unter mir, den die Füße längst erkundend gespürt hatten. Dann folgte die Kunst, Handstand zu machen: Kopf ins Wasser, Beine in die Höh. Das ging so gut, wie ich es nie auf festem Boden schaffte. Nur Wellen schubsten mich um.

Fräulein Leu rief mich manchmal nach dem Frühstück an den Tisch der Erwachsenen, mich und Nils. Sie wusste, dass wir Bohnenkaffee mochten, und es war ein bisschen übrig geblieben. Den goss sie mit einem Augenzwinkern in unsere Becher.

Nils gehörte zu den großen Jungs, die im vorigen Jahr, als wir Kleinsten gerade sieben oder acht Jahre alt waren, schon gewaltige zwölf zählten. Inzwischen waren wir ein bisschen älter geworden, aber der Unterschied von vier Jahren blieb. Wenn Nils nur seine Turnhose trug, sah ich auf seinem Rücken, nahe dem Hosenbund, einen kleinen Leberfleck. Vielleicht mein erstes erotisches Erlebnis. Der Fleck sah freundlich aus. Nils war ja auch freundlich. Jedenfalls zu mir. Beweis: Als ich meinen Wasserball an

Gilda ausgeliehen hatte, kam sie und berichtete mir empört, die großen Jungs hätten den Wasserball geklaut. Ich ging also zu Nils, baute mich vor ihm auf und versuchte, sehr energisch zu sagen: »Ich möchte meinen Wasserball wiederhaben!« Darauf er: »Ach, das ist deiner. Wir dachten, er gehört Gilda, die wollten wir ärgern. Du kriegst ihn sofort wieder!« Und dann gab ich ihn Gilda zum Weiterspielen.

Während der Siesta oder abends saß er seinem Lehrer Peters gegenüber auf einer der bunt gestrichenen Holzbänke vorm Haus, auf dem Tisch ein Schachbrett; beide nachdenklich vornübergeneigt, von Zeit zu Zeit eine Figur ziehend. Der Lehrer überlegte mühsamer – und verlor. Immer wieder. Und spielte mit diesem intelligenten Jungen – immer wieder. Die Gleichberechtigung des Kindes anerkennend, in ihm Wert und Würde des anderen Menschen achtend. Das war gelebtes Wesen der *Reformschulen*.

Ich erinnere mich an Thea, die nicht mehr zur Burgstraße gehörte, sondern schon eine Oberschule besuchte. Sie war etwa zwei Jahre älter als wir aus Klasse Leu. Einmal befand ich mich im gleichen Raum mit ihr, als jemand von den Erwachsenen auf sie zuging und sich sehr leise nach ihrem Vater erkundigte. Ich hörte ihre Antwort nicht, aber aus der Art, wie gefragt wurde, ließ sich für mich Kind erkennen, dass das Interesse einen politischen Hintergrund haben musste. Ich ging. Was nützt die schönste Neugier, wenn die Ohren nichts mitkriegen. Jahre später erfuhr ich: Sie war die Tochter eines Hamburger SPD-Senators. Ihr Vater überlebte die schweren Jahre und nahm nach 1945 alte Aktivitäten wieder auf.

Und da ist Anneliese, Tochter unseres Schulleiters, gar nicht zu denken ohne Gymnastik und Tanz, ohne rhythmische Bewegung. Zum Abschiedsfest führte sie mit uns Lütten die Geschichte vom Rattenfänger auf. Wir hatten gegen schlechtes Wetter fast alle ein Cape aus schwarzem Lodenstoff. Krabbelnd auf dem Boden und umgeben von diesen dunklen Capes, Kapuzen tief über den Kopf gezogen, konnten wir durchaus mit Ratten verwechselt werden. Danach waren wir spielende Kinder, die dem Rattenfänger Anneliese um ein paar Ecken hinters Haus folgten.

Der Abschied muss schrecklich gewesen sein. Sie konnten sich nicht vorstellen, in welche Ferne, in welche Fremde ich wieder zurückmusste. Dabei waren sie selbst auch nicht mehr so fröhlich wie im Jahr zuvor.

Denn sie gingen inzwischen in eine geteilte Schule. Aber die Mädchen hatten Herrn Früchtenicht als Schulleiter behalten; die Mädchen waren noch Klasse Leu. Wir hatten alle unsere Sorgen.

Mutti und ich blieben noch ein oder zwei Wochen bei Oma Agnes. Opa Hermann, ihren Mann, sah ich gar nicht; der war auf'm Land. So am Rande erfuhr ich: Oma ließ sich scheiden. Sie blieb mit Irene, meiner Tante, in der Wohnung. Um ein bisschen zu verdienen, machte Agnes Büros sauber: das von Irenes Arbeitgeber und noch ein anderes im gleichen Haus nahe am Hauptbahnhof. Agnes und Käte hatten viel zu reden.

In Köln hatte mein Vater sommerliche und herbstliche Ausflüge ausgedacht, die mehrfach ins Bergische Land gingen. Dazu fuhren wir mit der Bahn in Richtung Wuppertal und kamen in eine wunderschöne, waldige Gegend, wo sich gut von einem Ort zum andern wandern ließ. Ein paarmal fuhren wir ins Siebengebirge, das schon von der Severinsbrücke aus zu sehen ist. Wir mussten mit der Rheinuferbahn bis Bonn fahren, mit einem Schiffchen nach Königswinter, und erst dann waren wir unten am Drachenfels. Wir machten uns auf den schattigen Weg nach oben, hielten an einer großen gelblichen Felswand, auf der viele Leute ihre Namen oder Initialen eingeritzt oder geschrieben hatten. Ziemlich oben und in gewaltiger Größe standen rußig-schwarz die Buchstaben KM. Nach etlichen Jahren begriff ich, was die Erwachsenen dabei zu gucken und zu flüstern hatten. Sie mochten sich wohl nicht vorstellen, dass irgendein x-beliebiger Kunibert Möchtegern diesen Aufwand betrieben hatte, nur so für sich zum Spaß. Da konnte nur Karl Marx gemeint sein.

Nachbarinnen

»Was ist denn mit deinem Mantel passiert?«, fragte Mutti, als ich aus der Schule kam. Der schöne helle Sommermantel hatte in einer Pfütze gelegen. Erst hatte ich ihn auf dem Heimweg von der Schule über meinen Ränzel gehängt, weil es warm geworden war. Dann hatten Kinder aus meiner Klasse ihn heruntergerissen und auf die Straße geworfen. Und sie hatten mit Stöcken nach mir geschlagen. Und immer gerufen: »Hilde ist ein Judenkind!« Das war schon ein paar Tage so gegangen. Jetzt kam das mit dem Mantel dazu.

Meine Eltern überlegten: Vermutlich hatte irgendein Schulkind bei sich zuhause mich erwähnt, da müssen Nazi-Eltern aufgehorcht haben: Der Familienname David lässt auf jüdische Herkunft schließen. – Warum hatte ich nicht sofort etwas gesagt? Warum musste erst der Mantel Zeuge werden?

Mein Vater erklärte so halbwegs: Die Nazis mögen keine Juden, denn die gehören zu einer anderen Rasse. Wobei der Begriff Rasse mir undeutlich blieb. Mein Vater hob hervor, dass er und ich mit unserem hellen Haar und den blauen Augen germanisch aussehen und das Wort Judenkind schon deshalb falsch sein musste. Meine Mutter hätte es da schwieriger mit ihrem dunklen Haar und den dunklen Augen. Für sie war der Name ja nur angeheiratet. Sie wusste aber zu berichten, ihr habe unser Hausarzt, Dr. Schleimer in Hamburg, schon gesagt: »Red nich mit de Händ, wenn du David heißt!« Er war Jude und kannte dieses Vorurteil.

Dass es in der Bibel einen Mann oder Jungen mit dem Namen David gab, wusste ich. Der schmiss oder schleuderte mit Steinen und hatte damals einen Riesen direkt gegen die Stirn getroffen, so dass der tot umfiel. Mutti sagte immer, mit Steinen schmeißen ist feige, weil das von so weit weg ist. Der Riese hieß Goliath. – Manchmal hatte Herr Früchtenicht, mein Schulleiter in der Burgstraße, zu mir Goliath gesagt. So zum Spaß; er tat, als ob er meinen Namen verwechselt hätte.

Mutti ging mit mir in die Schule und erzählte Fräulein Reiß, was vorgefallen war. Die rügte das Verhalten der anderen und erklärte, dass Hilde kein Judenkind ist. Mein Schulweg gestaltete sich wieder friedlicher.

Beim Erstellen eines neuen Klassenbuchs wurde immer nach der Religionszugehörigkeit gefragt. Die meisten Kinder sagten: »evangelisch«. Das waren die getauften Kinder. Ich war nicht getauft. Ich zögerte. Fräulein Reiß sagte, fast wie zu sich selbst: »Ach, ihr seid ja Dissidenten«, sah Ellen und mich dabei an und notierte dieses mir unbekannte Wort ins Klassenbuch. Immerhin begriff ich gerade Neunjährige durch mein Mantel-Erlebnis, dass Dissident nicht gleich Jude ist. Die christliche Version, dass die Juden Jesus getötet hatten, kam zu Ostern in der Schule vor. Da war aber nicht von Rasse die Rede, sondern von Religion.

Was geschieht eigentlich den Kindern, deren Mütter nicht zur Klassenlehrerin gehen und sagen können: »Mein Kind ist kein Judenkind«? Deren

Mütter sagen müssen: »Ja, mein Kind ist ein Judenkind.« Müssen die sich schlagen lassen? Werden deren Mäntel immer wieder in den Dreck geworfen? Meine Überlegungen wanderten irgendwo herum, vielleicht wie Fragen in einem großen Irrgarten; gingen zeitweise verloren. Meine Gedanken waren noch kein Denken. Mir blieb Unsicherheit.

Über uns im Hause wohnte eine alte Frau mit zwei erwachsenen Töchtern. Das waren Jüdinnen. Sie hießen Rosenstirn. Meine Mutter Käte fand Kontakt zu ihnen, freundete sich mit Hannah, der Jüngeren, an.

Ihnen gehörte eine Drogerie in der Neusser Straße. Wir kauften dort ein. Mir imponierte eine bewegliche Figur in ihrem Schaufenster: eine Frau, die sich über einem Waschbottich auf und ab bewegte, damit Wäschewaschen andeutend. Die Frau war alt, wie an ihrem zum Dutt gesteckten grauen Haar erkennbar war. Daneben stand der einprägsame Text: »Pauline, lass das Reiben sein, nimm Persil, dann hast du's leichter.«

Sie hatten einen Angestellten, Herrn Fassbinder, der manchmal das Schaufenster neu dekorierte. Pauline ließ er drin. Ihre Beweglichkeit diente als Blickfang. Er hütete kleine Probepackungen und als er eine große Auswahl zusammen hatte, baute er für mich aus Sperrholz eine richtige Drogerie mit Fächern an der Hinterwand, in denen winzige Bohnerwachsdosen, puppenkleine Schachteln mit Waschpulver und nett eingewickelte Seifenstückchen lagen.

Im richtigen Laden durfte ich hinten in den kleinen Aufenthaltsraum kommen. Da erinnere ich mich an den deutlich angebrachten Hinweis: »Nimm nicht Nadeln in den Mund, meistens ist es ungesund. Im Gespräch denkt man nicht dran, dass man sie verschlucken kann.« Natürlich nehme ich bei Näh- und Handwerksarbeiten Nadeln und Nägel in den Mund. Aber wann immer ich diese Sünde begehe, fällt mir der Spruch aus Rosenstirns Laden ein. So hing er da nicht vergebens.

Einmal stand auf der Schaufensterscheibe: *Jüdisches Geschäft* oder *Kauft nicht bei Juden* oder Ähnliches. Ich weiß das nicht genauer. Ich weiß aber, dass meine Eltern am Abend mitgingen und halfen, die Schmiererei wieder abzuwaschen. Ich blieb allein, durfte im Bett noch ein bisschen lesen, muss dann aber eingeschlafen sein. Am nächsten Morgen erzählten sie, die Schrift sei nicht einfach mit Seifenwasser abgegangen, sondern musste mühsam abgekratzt werden.

Die Mutter Rosenstirn besuchte ich im Hause. Einmal hatte sie etwas gebacken, das sie Matzen nannte. Ich durfte davon kosten, fand es fade. Aber es sollte gar kein Kuchen sein, sondern eine fromme Bedeutung steckte dahinter, die mir nicht aufging, auch wohl nicht ausreichend erklärt wurde.

Geheimnisvoll war das alte Buch, in dem sie las. Keinen einzigen Buchstaben erkannte ich darin. Sie sagte, das sei Hebräisch, Schrift und Sprache. Und wie sie die Seiten umschlug? Ich fand: falsch herum. Aber sie sagte, das sei für ihre Sprache richtig. Und so sei der Text zu lesen: von rechts nach links.

Die Töchter Erni und Hannah lasen andere Bücher oder hatten sie in ihrer Jugend gelesen. Einige durfte ich ausleihen und geriet dadurch an Hedwig Courths-Mahler. Käte war entsetzt: So ein Kitsch! Aber sie ließ mich lesen und schluchzen. Mein Mitleid gehörte der *Bettelprinzess* und ähnlichen armen, verkannten Mädchen, deren schöne, edle Gesinnung endlich auf den letzten Seiten des Buches zum Guten führte und zu einem ebenfalls edlen und zum Glück auch reichen Gemahl.

Hannah gefiel es, ein bisschen meine Schulaufgaben zu beaufsichtigen. Ich kam eigentlich gut allein zurecht, brauchte keine Hilfe. Vielleicht saß sie ja nur still dabei und träumte. Und das blonde kleine Mädchen neben ihr trug dazu bei, ihre traurigen Gedanken für kurze Zeit wegzuträumen. Bis sie aufgeschreckt wurde, weil quer durch alle Träume der Schriftzug in roter Ölfarbe erschien: Jüdisches Geschäft!

Sie brachte mir manchmal eine Kleinigkeit mit. Erinnern kann ich mich an ein Stück Marzipan. Es schmeckte wie alle hübsch geformten Marzipanstückchen und trug die Aufschrift »Butter«. Hannah hatte es ordentlich eingewickelt und dazu geschrieben: »Ein rarer Artikel«. Das lag an dem Ober-Nazi Göring, der die Forderung aufgestellt hatte: *Kanonen statt Butter!* – Und Zitronen hatte es auch schon lange nicht gegeben!

Zusammenhänge? Für mich Kind nicht erkennbar. Einzelheiten, die mich beunruhigten, ängstigten. Und die ich zwischendurch ein bisschen vergaß.

Besuche aus Hamburg

Oma Henny, die Mutter meines Vaters, reiste für ein paar Wochen zu uns nach Köln und brachte aus der Beethovenstraße ihr dickes Federbett mit. Sie wusste, dass wir unter Wolldecken schliefen, und da fürchtete sie zu frieren. Das Bett hatte die Familie in einen übergroßen Pappkarton gestopft. Vati hatte Mühe, ihn aus dem Zug und in eine Taxe zu transportieren. Oma bekam die Couch in Muttis Zimmer und schlief gut.

Diesem Besuch war ein Brief vorausgegangen: Onkel Hein, Omas Schwager, der lange Jahre bei ihr gewohnt hatte, war gestorben. Ich weinte, als sie mir davon erzählten. Bekam aber gesagt, dass er ja sehr alt gewesen sei. Außerdem ging er immer in sein kleines Zimmer, wenn Oma Besuch bekam. Ich hätte ihn also kaum gekannt. Mag sein, dass mit meiner Traurigkeit gar nicht dieser Onkel Hein gemeint war. Meine Eltern waren erwachsen, sie kannten so was schon.

Aber warum wollten sie mir keine Tränen lassen? Tod. Warum sollte ich nicht weinen? Ich ging in den Garten, setzte mich auf meine Schaukel, schwang nur ein kleines, leises bisschen hin und her, fühlte dem Wort »gestorben« nach. Dachte »Tod«, ließ mich auf fremde Schwere ein. Wiegte mich langsam in ein zaghaftes Einverständnis.

Oma Henny sollte sich bei uns erholen, ablenken. Wir zeigen ihr die Wichtigkeiten von Köln, den Dom, den Rhein, spazierten gemütlich durch den nahen Grüngürtel. Sie berichtete von der großen Familie in Hamburg, schien sich wohlzufühlen.

Als sie aber mit ihrer Schwiegertochter vom Einkaufen kam, schimpfte sie, weil sie die Kölner Verkäuferinnen nicht verstanden hatte. Am nächsten Morgen ging sie zum Angriff über und verlangte beim Bäcker »Rundstücke«, wiederholte ihren Wunsch, bis jemand begriff: Vielleicht »Röggelchen«? So bekam die Frau aus Hamburg ihre Brötchen fürs Frühstück. Und hatte ein richtiges Oma-Vergnügen beim Erzählen.

Für die Rückfahrt wurde Omas Bett handlich verschnürt. Die Eltern drückten gemeinsam viel Luft aus den guten Federn. Bei uns blieb der große Pappkarton, für den ich bald eine gute Verwendung fand. Er ließ sich oben und unten öffnen, auf die Seite kippen und war dann ein richtiger Tunnel, den ich mitten in den langen Flur platzierte. Von meinem

Puppenwagen konnte ich den oberen Teil abschnallen, legte die Matratze auf das Untergestell, mich selbst auf die Matratze, stieß mich irgendwo ab und sauste durch den Tunnel bis zum anderen Flurende. Blitzartig, wie der Fliegende Hamburger. Dieser wunderbare Karton hielt viele Tage, viele Hin-und-her-Wege aus, bevor seine Stabilität nachließ. Erst schwankte er nur bei meiner rasenden Durchfahrt, doch schließlich kippte er jedes Mal auf mein Gefährt und mich. Das machte keinen Spaß mehr, und deshalb zerkleinerte Vati den Tunnel, und wir trugen die Reste in den Müll. Erst damit endete für mich der Besuch meiner Oma.

Kurz vor unserem zweiten Weihnachten in Köln kam Martha, die Freundin meiner Mutter, und blieb herrlich lange. Die Nazis hatten sie als Krankenschwester rausgeschmissen, nun war sie ohne Arbeit. Ob und wie sie unterstützt wurde, sagte mir damals niemand; mich hätten Einzelheiten auch kaum interessiert. Ich war froh, dass sie da war und viel Spaß machte. Sie kannte lustige Lieder, die sich immer wiederholten, und wir sangen sie so lange, bis Mutti fand, dass es »jetzt endlich genug« sei. Ein Beispiel:

> Ein Hund lief in die Küche und stahl dem Koch ein Ei,
> da nahm der Koch den Löffel und schlug den Hund entzwei.
> Da kamen alle Hunde und gruben ihm ein Grab
> und setzten ihm ein' Grabstein, darauf geschrieben stand:
> Ein Hund lief in die Küche ...

Dann bastelten wir. Martha formte Körper aus Draht, die sie vorsichtig mit buntem Bast umwickelte. Ich durfte zusehen und Material zureichen. So entstanden unsere Krippenfiguren. Sie sahen sehr anders aus als alle, die ich aus Schaufenstern kannte. Nicht rund und feierlich. Sehr dünn, doch durch ihre Biegsamkeit auf eigenwillige Weise lebendig. Nach offizieller Meinung jener Jahre hätten wir sie *Entartete Kunst* nennen müssen. Ich begriff nichts von ihrem künstlerischen Wert, fand sie eher witzig und staunte darüber, wie sorgsam Marthas Krippenfiguren in meiner Familie gehütet wurden und immer wieder ernsthafte, freudige Anerkennung fanden.

Bald nach Neujahr mussten wir Karneval vorbereiten. Aus dem Rotkäppchenkostüm war ich herausgewachsen. Jetzt durfte ich in einem Faschingsmodenheft blättern und ein Kinderkostüm aussuchen. Ich entschied mich für Japanerin. Sie fanden alle, das ginge nicht wegen meiner blonden Haare. Ich fand aber, das ginge doch, und bekam einen schönen grüngemusterten Kimono mit breiter lachsfarbener Schleife. Vom Fest selbst weiß ich nur, dass Mutti Mühe hatte, meine Haare hochzubinden, um schmückende Kleinigkeiten hineinzustecken. Und dass ich einen wunderschönen bunten Sonnenschirm lässig kreisen ließ.

Viel deutlicher sind mir die Vorbereitungen für ein Faschingsfest bei uns zuhause. Ich schlief oben bei Frau Schmitz. Aber alles vorher war großartig und bekam besonderen Glanz durch Marthas Aktivitäten. Wir bastelten wieder: Viele runde Pappen wurden in drei Größen ausgeschnitten und bemalt, dann mit Fäden verbunden, im Flur an die Decke gehängt oder an die Wände geheftet. Da machte schon das Ankommen Spaß. In meiner Stube räumten wir alles zur Seite, denn da sollte getanzt werden. Außerdem wollten Käte und Martha als Bänkelsänger auftreten und das schöne Lied *Sabinchen war ein Frauenzimmer* singen. Käte übte Gitarre, Martha malte die Moritat auf große Papierbogen, die an die Wand gehängt wurden. Ich war Publikum bei der Generalprobe und lernte für spätere eigene Vorführungen. Köstlich, wie Käte ihren langen Rock etwas hob und sich einen gedachten Flohstich kratzte und wie Martha mit erschütterndem Ernst auf die einzelnen Bilder der erschröcklichen Geschichte zeigte.

Sie hatten sich für diese Karnevalssession hübsche Kostüme genäht. Käte ging als Carmen: schwarzer Rock, rote Bluse, schwarzes Dreiecktuch mit roten Fransen, rote Papierchrysantheme im dunklen Haar. Martha in Anlehnung an einen Cowboy mit brauner Hose, maisgelber Jacke, irgendwo Fransen in Braun, das passte zu ihrem wunderschönen kupferroten krausen Haar. Alles dies aus glänzendem Stoff, den es zu Karneval überall billig zu kaufen gab. Auch der Hausherr sollte kostümiert sein. Sie nähten meinem Vater eine einfache rote Hose, und Martha malte darauf eine Hummelfigur, den Wasserträger Hummel aus Hamburg mit Zylinder und zwei Eimern. Dazu konnte Karl irgendein weißes Hemd tragen und bekam ein flottes Tuch um den Hals.

Das kleine Zimmer richteten sie als chinesische Teestube ein. Am Schrank, als Blickfang beim Hineinkommen, hing etwas köstlich Schönes: auf einem langen Streifen schwarzen Krepppapiers ein in Gold gemalter

Drache. Den hatte Martha so fein gemalt, dass ich seither nie mehr Angst vor Drachen habe.

Dann bekam sie Arbeit in Hamburg, als Näherin. »Wann kommst du wieder, Martha?« »Nächstes Mal bestimmt.«

Zeitgeschichte

Es gibt eine *Wochenschau* vom März 1936, in der sie zu sehen ist. In der ersten Reihe einer großen Menschenmenge, die an einer Straße Spalier bildet, steht das Kind Marianne Felicitas, trägt einen hübschen hellen Wintermantel und einen runden Filzhut, wie er zu der Zeit häufig von kleinen Mädchen getragen wurde, geht dann nach vorn und überreicht einen Blumenstrauß.

Jedenfalls war das unsere Mitschülerin Marianne, die von ihrem Kindermädchen in Anlehnung an ihren zweiten Namen Felicitas sinnig »Feechen« genannt wurde, von anderen aber, die den Rest des Namens nutzten, etwas handfester »Tässchen«. Die ganze Klasse wusste und nutzte das. Was auch alle wussten: Tässchen war die Tochter des Kölner Oberbürgermeisters.

Sie war ein patentes, lebhaftes, rundliches Mädchen. Eigentlich war sie mit einer stillen, blass-ärmlichen Mitschülerin befreundet, aber es entwickelte sich auch zwischen uns beiden ein Kontakt. Der mag sich aus meiner Angewohnheit des Nachhausekommens ergeben haben: Immer mal Umwege machen, Kinder aus der Klasse begleiten, irgendwo landen. Bei Marianne landete ich in einer richtigen Villa. Nicht die Mutter, sondern ein Dienstmädchen öffnete, ließ uns ins Kinderzimmer. Manchmal kamen ein oder zwei größere Brüder vor, blieben aber nur vage in meiner Erinnerung. Genauer weiß ich, dass Tässchen mir einen Federwischer schenkte, den ich jahrelang benutzte.

Wer kennt einen Federwischer? Um die auf dem Federhalter steckende Stahlfeder von Tinte zu säubern, genügte ein Lappen, ein Stück Stoffabfall, nicht fasernd; aber schöner waren die in mehreren Lagen übereinander mit einer Metallklammer befestigten Stoffstücke, die durch festes Leder oben und unten Stabilität erhielten und gleichmäßig ausgestanzt hübsche Figuren bildeten. Der Federwischer von Marianne stellte einen Hund dar.

Sie war bei den »Küken«, einer Einheit, von der ich später nie wieder hörte. Und ich sollte mit. Ich ging auch mit. Heimabende fanden wöchentlich in einem Raum der katholischen Mädchenschule in der Blumenthalstraße statt, uns schräg gegenüber. Da waren mehrere kleine Mädchen und irgendwer Erwachsenes. Ich meine nicht, dass wir gesungen haben, erinnere mich nur an Basteleien mit buntem Faltpapier. Marianne und ein paar andere Kinder trugen spezielle Uniformen bei diesen Treffen. Die fehlte mir, und ich fand sie auch nicht notwendig; ich äußerte lediglich den Wunsch, meinen braunen Trägerrock anzuziehen, wegen der Farbe. Das fand Mutti überflüssig. Der braune Rock war für den Heimnachmittag nie rechtzeitig gebügelt. Eigentlich fand ich die Küken langweilig, außerdem sollten sie Geld kosten, Beitrag. Ich ging nicht mehr hin. Dass ich die »Küken« nicht ausreichend interessant fand, um mit ihnen meine Nachmittage zu verbringen, nahm Marianne nicht übel. Wir waren ja auch nicht gerade dick befreundet.

Mariannes familiäre Bindung zur hohen Politik beeindruckte mich nur ein einziges Mal. Sie rutschte auf der Bank hin und her, explodierte fast vor Aufgeregtheit, konnte endlich berichten: Gestern, am 7. März 1936, waren deutsche Soldaten über die Hohenzollernbrücke auf die linke Rheinseite marschiert – und Marianne hatte ihnen einen Blumenstrauß überreicht! Den ersten deutschen Soldaten diesseits des Rheins. Als sie davon erzählte, war sie nicht Feechen, nicht Tässchen, sondern Marianne, das Bürgermeisterkind. Sie steckte alle an mit ihrem eifrigen Bericht. Auch unsere Lehrerin. Die muss etwas sehr Deutsches dazu geäußert haben, vermutlich über Hitler. Und mir ist, als hätten wir Feierliches gesungen, etwa einen Choral. Vielleicht aber auch *Die Fahne hoch*.

Nach der Schule ging ich schnell nach Hause, noch angeregt von dem Gehörten. Ich wollte von Mariannes Blumenstrauß erzählen. Mutti war im Garten und putzte unsere Fahrräder. Darüber wunderte ich mich. Denn sie fuhr nicht gern Rad, schon gar nicht in dieser noch kühlen Zeit, Anfang März. Warum hatte sie die Räder aus dem Keller geholt?

Nur zögernd antwortete sie mir: Damit wir notfalls, sie und ich, wenn uns keine Züge mehr mitnehmen, per Rad nach Hamburg fahren können.

Es gab einen Vertrag, 1925 in Locarno bestätigt, der die Entmilitarisierung des Rheinlands festlegte. Ja, vom Versailler Vertrag war in der Schule gesprochen worden. Und diesen Vertrag hat Hitler gebrochen. Auf unserer linken Rheinseite dürfen keine deutschen Soldaten sein. Die Franzosen hätten jetzt das Recht, einzumarschieren und die deutschen Soldaten hinauszujagen. Das bedeutet Krieg.

Als Vati abends kam, war auch er besorgt, meinte aber, es würde keinen Krieg geben. Das Ausland hätte im vorigen Jahr schon die Wiedereinführung der Wehrpflicht in Deutschland toleriert. Irgendwann, erklärte er, müssten ja mal wieder normale Zeiten eintreten. Für den äußersten Notfall aber, so meinte er, sei Muttis Überlegung richtig gewesen. Er selbst habe seinen Arbeitsplatz hier in Köln und müsse notfalls für andere Wichtigkeiten zur Verfügung stehen. Er sei aber froh, seine Familie außerhalb eines möglichen Gefahrenbereichs zu wissen. Hamburg war weiter weg von Frankreich, dem wahrscheinlichsten Kriegsgegner.

An diesem Abend weinte ich erste Kriegsangst in mein Kissen.

Meine große Freude

Es war nur meine Freude. Und auch nicht sofort. Eigentlich war es ein großer Schreck. Mutti war sehr blass, als sie mir zu erklären versuchte, dass die Krankenkasse ihren Mann, meinen Vater, entlassen hatte. Irgendetwas mit Geld, das ihm nicht gehörte, das er aber verbraucht hatte.

Erst mal fuhr er in die Eifel. Er kam nach einigen Wandertagen zurück; vielleicht mit ein paar neuen, einsichtsvollen Gedanken, auf alle Fälle aber mit schmerzenden Blasen an den Füßen, die er sich von seiner Frau verarzten ließ.

Jahre später erzählte sie mir ihre Version der Geschichte: Käte schien es möglich, dass er sich in der Eifel das Leben nehmen würde. Ihr hätte die dramatische, aber doch ehrenvolle Lösung durchaus zugesagt. Stattdessen musste sie seine Wunden pflegen. Er ließ wissen, seine Schwierigkeiten hätten hauptsächlich darin bestanden, dass seine Hausfrau nicht mit Geld umgehen konnte. Noch später sagte Oma Agnes etwas von Freundinnen nebenbei.

Jedenfalls wurde sie gefragt, ob in Hamburg in der Bürgerweide ein kleiner und nicht zu teurer Platz für uns sei. Im Juni würde ein Möbelwagen unsere Siebensachen nach Hamburg bringen, und meine Eltern durften mitfahren. Aber ich Kind nicht.

Ob ich allein im Zug nach Hamburg fahren könne, fragten sie mich. Was dachten sie denn? Ich war doch kein Baby. Es war Mai, ich war gerade zehn Jahre alt geworden, groß genug für solche Reise. Die nächste Überlegung: Einen Monat vorher hätte ich für den halben Preis fahren können. Dann die vorsichtige Frage, ob sie mir zumuten könnten, der Reichsbahn zu erzählen, ich sei noch neun? Auf Befragen könnte ich den 3. Juli, den mir bekannten Geburtstag meines Vaters, als meinen ausgeben. Ich war einsichtig und einverstanden. Mein Koffer wurde gepackt.

Was wohl Fräulein Reiß dachte, als ich ihr erzählte: »Wir fahren zurück nach Hamburg. Mein Vater ist fristlos entlassen worden.« Ich gab restliche Fleißkärtchen zurück und bekam sogar ein Bildchen, obwohl ich nur sieben Kärtchen vorlegen konnte. Schneller, schmerzloser Abschied.

Mutti überlegte, ob ich in einem Mutter-und-Kind-Abteil gut aufgehoben sei. Aber ich fühlte mich selbstständig genug, um in einem ganz normalen Abteil einen Fensterplatz zu belegen. Genau genommen waren wir ja zu zweit: Mein Teddy fuhr mit. Wir hatten einiges zu lesen und auch ausreichend Verpflegung für die lange Fahrt. Unterwegs konnte ich mir Kakao bestellen. Und in Hamburg am Hauptbahnhof nahm Oma Agnes mich glücklich in ihre Arme.

Den 30. Mai, den Tag meiner Heimkehr, habe ich jahrelang als einen meiner schönsten Kindertage gefeiert.

Vorkriegszeit

1936 – 1939

Meine schöne Schule

Am ersten Tag nach den Pfingstferien ging ich mit Oma Agnes in die Schule Burgstraße. Sie musste mich anmelden und wollte sicher auch einiges erklären. Der große Schulhof, die paar Stufen zur großen Tür, weitere Schritte hinauf zur gläsernen Flurtür, die geschlossen war, weil der Unterricht bereits begonnen hatte. Omi fand es besser, erst zu kommen, wenn schon jemand im Schulleiterbüro ist. Und da saß Herr Früchtenicht, sah mich und sagte erstaunt: »Goliath! Was machst du hier?«

»Ich bin wieder in Hamburg.« Ein Glücksgefühl stieg in mir auf, machte mein Inneres weit und froh. Da klang kein lauter Jubel, da sprach große Feierlichkeit. Da sonnte sich stille Gewissheit der endlich Heimgekehrten: »Ich bin wieder in Hamburg.«

Nach ein paar mit Oma Agnes gewechselten Worten sagte mein Schulleiter: »Dann geh man nach oben. Du weißt ja, wo deine Klasse ist.« Wahrscheinlich verabschiedete ich mich nicht mal von Omi. Ich genoss die hohen hellen Fenster im großen Treppenhaus, die breiten Stufen, den breiten, hellgemalten Flur. Stand zögernd vor der Tür mit der Aufschrift »Klasse Leu«. Öffnete vorsichtig.

Erstauntes »Hilde« meiner lieben Lehrerin, ihr Lächeln.

Und dann durfte ich noch einmal sagen, dass ich wieder in Hamburg bin, dass ich wieder hier in die Schule Burgstraße gehöre. Irgendwo war ein Platz frei. Auf keiner Bank, sondern auf einem richtigen Stuhl, den ich so nahe an den Tisch rücken konnte, wie es mir angenehm war. Meine

Nachbarinnen konnten anders sitzen. Tische und Stühle statt der Bänke und Pulte, die einengen und gleichmachen. Wieder Schule Burgstraße.

In der Pause auf dem Schulhof musste ich erzählen. Und da fingen sie an zu lachen: »Wie du sprichst. So anders.« Ach ja, ich kam aus Köln. Die Sprache hatte kräftig abgefärbt. Ich wollte sie nicht; aber sie war da. Ich hatte sie achtzehn Monate lang jeden einzelnen Tag gehört. Also sagte ich »Määdschn« für das, was in Hamburg »Meedchen« heißt.

In der Pause fiel mir auf: Wir gingen nur über den halben Schulhof. Die andere Hälfte wurde von den Jungen benutzt. Die Schule war ja schon seit über einem Jahr geteilt. Mädchen und Jungen, die nicht mehr die gleiche Lehrkraft hatten, die nicht mehr den gleichen Unterricht erlebten, fanden auch in den Pausen nur noch wenig gemeinsamen Gesprächsstoff. Begegnungen der ersten Zeit waren einer Entfremdung gewichen. Ich suchte nach den Mitschülern aus unserer gemeinsamen ersten Schulzeit und bekam gesagt, dass deren Klasse gerade in Schönberg sei. Und sie erzählten mir auch, dass unsere Klasse in zwei Wochen ins Schulheim fährt.

Ich fuhr nicht mit. Zuhause war die Rede davon, dass die Umstellung von Köln nach Hamburg für mich schon viel und anstrengend gewesen sei. Da brauchte mir niemand etwas über unsere finanzielle Lage zu erklären, die möglicherweise entscheidend war.

Am Montagmorgen meldete ich mich bei Herrn Früchtenicht, der mich an die Hand nahm und mich auf dem Flur an Fräulein Kühner weiterreichte, die gerade aus dem Lehrerzimmer kam. Sie möge mich im zweiten Stock bei Herrn Wartenberg abliefern, ein Schuljahr weiter als wir. Aber das tat Fräulein Kühner nicht. Als wir im zweiten Stock ankamen, sagte sie: »Ich bringe dich hier zu Fräulein Flegel, da bist du näher an eurem Klassenzimmer.« Die beiden sprachen einen Augenblick miteinander, ich bekam irgendwo einen Platz und saß nun im sechsten Schuljahr statt in meinem vierten.

Da musste ich nicht großartig lernen. Ich saß still und zufrieden da, hörte artig zu, und es war schon viel, wenn ich überhaupt etwas von dem kapierte, was dort an Lehrstoff geboten wurde. Die eine oder andere Antwort konnte ich vielleicht geben, aber mit ordentlichem Unterricht für mich hatte das nichts zu tun. Hausaufgaben bekam ich auch nicht. Die beiden Lehrerinnen hatten wohl gemeint, wenn die ganze Klasse Leu sich am Strand vergnügt, soll doch das Kind, das nicht mitfährt, nicht noch mit schwerem Schulkram belastet werden. Ich hatte es also gemütlich und wurde von den großen Mädchen verwöhnt.

Nach zwei Wochen kam meine Klasse zurück und beendete meinen Ausflug ins sechste Schuljahr. Die Mädchen sahen frisch und gebräunt aus und beredeten vergnügte Einzelheiten. Ich beneidete sie trotzdem nicht: Ich war ja wieder in Hamburg und hatte auch eine schöne Zeit erlebt. Ob übrigens Herr Früchtenicht erfuhr, dass ich bei Fräulein Flegel gelandet war, weiß ich nicht. Fräulein Leu lachte, als ich davon erzählte. Lachte mit ihren himmelblauen Augen.

Ein oder zwei Jahre später verlobte sich Fräulein Flegel. Eine Heirat wurde notwendig, wie sich bald erkennen ließ. Ein Gesetz wollte, dass weibliche Beschäftigte bei Heirat aus ihrem Arbeitsverhältnis im öffentlichen Dienst ausschieden. Es gab nicht genug Arbeitsplätze für alle. Nun waren aber die wirtschaftlichen Verhältnisse dieser zu erwartenden Ehe dürftig. Der werdende Vater war lange arbeitslos, und eine Lehrerin verdiente damals nicht viel. Ein paar Monate länger Gehalt konnten schon weiterhelfen. Doch Schwangerschaften vor der Ehe galten als unmoralisch, die Frauen wurden entsprechend missbilligend angesehen. Aber die junge Lehrerin blieb von ihrer Klasse geliebt, blieb von der ganzen Schule geschätzt. Alle hatten die Situation begriffen. Fräulein Flegel konnte, bis sie heiratete, mutig und froh in unserer guten Schule bleiben.

Viele neue Eindrücke

Wir wohnten wieder in der Bürgerweide. Mit Oma Agnes und Irene, meiner jungen Tante. Opa Hermann war nach der Scheidung im vorigen Jahr weggezogen. Er lebte meistens draußen im Schrebergarten. Als gelernter Maurer hatte er zwar die Laube winterfest gemacht, aber ein Verbleiben im Kleingarten war während des Winters generell verboten. Deswegen hatte er noch ein Zimmer gemietet, in dem Möbel herumstanden, die in der Bürgerweide dringend gebraucht wurden. Aber er war es, der die Sachen gekauft hatte und darum behielt. Von Zugewinngemeinschaft war in den dreißiger Jahren wohl keine Rede.

So blieb Platz für unsere Sachen. Über die moderne Nähmaschine von Käte freute Agnes sich besonders. Sie hatte inzwischen einen Kreis von Nachbarinnen, deren Freundinnen und Kinder, für die sie nähte. Modezeitschriften waren zur Hand. Bald lernte ich, die Linien auf einem Schnittmusterbogen zu entziffern und konnte mich mit Ausradeln nützlich machen.

Aber noch hatte ich ausreichend Spielzeit. Ingeburg freute sich, als ich wieder in Hamburg auftauchte. Sie freute sich auch über meine Rollschuhe, die ich mit ihr teilte. Wir schnallten jede einen Rollschuh an und stießen uns mit dem anderen Fuß ab, wie beim Rollerfahren. Oder wir wechselten uns ab, um auf beiden zu laufen. Vor der Erlöserkirche war ein Stück Weg asphaltiert. Dahin gingen wir auch mit einem Mädchen, das gerade bei Ingeburg wohnte. Wir konnten sie nicht ansprechen. Sie und ihre Eltern waren gehörlos. Damals sagte man »taubstumm«. Uns gegenüber in der Bürgerweide lag die Taubstummenanstalt, wo das Mädchen zur Schule ging; manche Kinder wohnten auch dort. Weil mir die Rollschuhe gehörten, stand es mir zu, als Erste zu fahren. Eigentlich wäre danach Ingeburg dran gewesen, wegen unserer langen Bekanntschaft. Aber sie sagte, nun sollte erst die andere drankommen, damit sie weiß, dass sie auch fahren darf. Ingeburg fuhr als Dritte. Wie lange das gehörlose Mädchen dort wohnen blieb, weiß ich nicht. Es kam oft vor, dass Untermieter wechselten.

Das Spielen hinten in der Terrasse hatte sich verändert. Wir redeten mehr miteinander. Als Thema boten sich die Olympischen Spiele in Berlin an. Noch kein Fernsehen, nur selten Kino, darum kleine Ausflüge in die Tageszeitungen. Uns imponierte »der *Neger* mit den vier Goldmedaillen«, Jesse Owens. Dass ausgerechnet ein Afroamerikaner die meisten Siege errang, nahmen wir ohne Rassenschwierigkeiten mit sportlichem Interesse zur Kenntnis. Wir akzeptierten ja auch den Knockout-Sieg von Joe Louis über Schmeling und besangen das sogar: »Sie kämpfen zusammen wie die Katz und die Maus, dann trägt man Max Schmeling auf der Bahre nach Haus.« Anders als den schwarzen Sportlern ging es Haile Selassie, dem Kaiser von Äthiopien, der einen Besuch in Deutschland gemacht und den Spitznamen »Negus im Nachthemd« bekommen hatte. Er trug eben keine Sportkleidung und war bald nicht mehr Kaiser, weil Mussolini sein Land bekriegte, besetzte und es zur italienischen Kolonie machte.

Während in Berlin die Olympiaglocke hallte »Ich rufe die Jugend der Welt«, tobte in Spanien grausamster Bürgerkrieg. In Deutschland berichteten die Zeitungen darüber. Alle in gleicher Weise. Das fiel uns Kindern nicht auf. Denn gerade als wir selbstständig zu lesen begannen, hatte sich diese Gleichschaltung vollzogen. Wir lernten nichts anderes kennen. Über Spanien gab es nur eine Lesart und manchmal Bilder: Nonnen, tot und bereits mit Laken bedeckt; die Unterschrift erklärte, dass es sich unter den weißen Laken um von Kommunisten umgebrachte Nonnen handelte. Andere Bilder: Blaue Division, von Deutschland gesandte Soldaten. General Franco, der die Legion Condor begrüßte: deutsche Piloten und Flugzeuge mit ihren Bomben. Zwanzig Jahre später, in einer Picasso-Ausstellung, erschütterte mich das Geschehen von Guernica.

Mein Vater war immer noch arbeitslos. Einmal hatte er sich als Vertreter für die eben aufgekommenen Neonröhren versucht. Aber die Frauen im Hause – Agnes, Käte, Irene – warfen ihm am Frühstückstisch vor, er gäbe sich nicht ausreichend Mühe. Wenn er weg war, sagten sie sogar, er säße nur bei seinen Schwestern und Schwägerinnen herum und ließe sich bedauern.

Aktiv wurde er kurz vor Weihnachten. Da konnten sie ihn beim *WHW*, dem *Winterhilfswerk*, gut gebrauchen. Vielleicht hatten sie unter den Arbeitslosen nach redefreudigen Menschen gesucht. Die fragten bei bessergestellten Familien nach Sachspenden für Bedürftige. Es kam viel und vielerlei zusammen, was zum Fest verteilt werden konnte. Mein Vater verteilte im Namen des *WHW* und brachte mir ein Würfelspiel mit. Mir war das peinlich, weil ich meinte, es stände nicht mir zu, sondern einem armen Kind. Dass ich in die Kategorie Kind eines Arbeitslosen gehörte, war mir noch nicht klar geworden.

Das *WHW* war eine zur *NSV* gehörende Organisation, die alle vor 1933 existierenden Hilfseinrichtungen aufgesogen und ihre Netzwerke für sich genutzt hatte. Früher: Wenn eine bedürftige Person oder Familie von der einen Gruppe nicht erfasst wurde, traf wohl eine andere für sie zu. Jetzt: Wer durch die Maschen des *WHW*-Netzes fiel, wurde nirgends mehr aufgefangen. Absicht ist erkennbar. Die meisten Abkürzungen begannen inzwischen mit *NS*. *NSV* ist die Abkürzung für *Nationalsozialistische Volkswohlfahrt.*

Die Frauen in meiner Familie: Irene, meine Tante, war Kontoristin und hatte die feste Arbeit bei ihrer Lehrfirma behalten. Agnes, meine Oma, ging abends hin und machte Büros sauber; außerdem nähte und strickte sie für Nachbarn und Freundschaften. Käte, meine Mutter, besann sich auf ihre alte Arbeit und fand Ähnliches: als Anlegerin in einer großen Hamburger Druckerei.

Und dann ließen sich meine Eltern scheiden. Ende April 1937.

Wenn sich zwei nichts mehr zu sagen haben, brauchen sie sich auch nicht anzuschreien. Das war ziemlich ruhig abgelaufen. Vielleicht nahmen meine Ohren nicht alles auf. Nur die Abkühlung, die Entfremdung hatte ich gespürt und hingenommen. Vati würde ausziehen, erfuhr ich, in eine mir vertraute Wohnung: Beethovenstraße. Meine Kusine Emma hatte mit Mann und kleinem Sohn die Wohnung unserer Oma Henny bezogen. Ein Raum für Vati war frei. Oma wohnte jetzt in Emmas ehemaligem Dachzimmer in Bramfeld bei Tante Liese und Onkel Richard. Weitere Regelung: Die Bürgerweide blieb mein Zuhause. Dort war ich gut versorgt, weil Oma Agnes tagsüber nicht zur Arbeit wegmusste. Alle vierzehn Tage war für mich ein Wochenende bei Vati angesagt. Und außerdem würde ich ihn einmal wöchentlich von der Schule aus besuchen und abends zurückkommen.

Eigentlich war alles klar. Aber dann fanden sie, dass mich die Scheidung mit Vatis Umzug und einigem Drumherum belasten könnte. Deshalb beantragten sie eine Verschickung für mich. Das machte die *NSV*.

Der Anfang war lustig. Ein paar Eisenbahnabteile wurden mit Hamburger Kindern besetzt. Es ging in den Südharz nach Rottleberode. Im Harzer Heim kümmerten sich Diakonieschwestern um uns. Auch aus anderen norddeutschen Städten waren Mädchen gekommen. Und Jungen, nur gab es mit denen kaum Kontakte; schon beim Essen saßen Mädchen und Jungen an verschiedenen Tischen, und auch das Singen fand getrennt statt. Während dieser sechs Wochen hatte ich Geburtstag. An einem Sonntag. Ich wurde elf Jahre alt. Auf dem Frühstückstisch lagen Wiesenblumen um meinen Teller, Kerzenlicht leuchtete, ein Lied bekam ich und Post war gekommen. Ob ich Heimweh hatte? Ich weiß es nicht mehr. Unsere Briefe nach Hause wurden von den Schwestern gelesen: wegen der Schreibfehler. Wegen der fremden Augen schrieb ich zurückhaltend, und meine Mutter in Hamburg spürte das.

Dann wurde geprobt für ein Abschiedsfest, zu dem wichtige Dorfbewohner eingeladen waren. Wir übten einen Tanz ein, den sich unsere

Schwester ausgedacht hatte. Dazu bekamen wir auf den Kopf einen Reifen aus Pappe, daran befestigt einen Buchstaben. Der Tanz endete damit, dass wir in einer Reihe standen und die Zuschauer das Wort »Rottleberode« lesen sollten. Doch sie lasen: »Edorebelttor«. Die Schwester hatte uns falsch herum hingestellt. Uns größeren Mädchen war das vorher aufgefallen und wir hatten versucht, ihr das zu sagen. Sie hatte aber nicht zugehört, sondern uns gemahnt, still zu sein und auf das Tanzen aufzupassen. Wir hatten kein Mitleid mit ihr.

Als ich zurück nach Hamburg kam, war Klasse Leu schon auf Klassenreise nach Schönberg. Aber ganz schnell ließ sich mein Koffer neu packen und im Wagen von Dr. Schleimer, unserem Hausarzt, verstauen. Auf dem Rücksitz saß ich neben seinen beiden Kindern, und vorn neben dem Doktor saß meine Mutter. Sie freuten sich alle über den schönen Sonntag an der Ostsee; ich freute mich auf die mir verbleibende lange Ostseewoche mit meiner Klasse.

Der nächste Sonntag, der 30. Mai, war für mich ein Feiertag. Ich erzählte herum, dass ich genau seit einem Jahr aus Köln zurück sei. Das interessierte niemanden. Ich gehörte längst wieder problemlos dazu. Hamburger Kind, Hamburger Aussprache, Klasse Leu. Zufällig gab es an diesem Sonntag mein damaliges Lieblingsessen, Erbsen und Wurzeln mit Schweinebraten und außerdem noch Eis zum Nachtisch. Mir ein unvergessen festlicher Tag.

Bei meiner Rückkehr von der Ostsee lachte Fanny mich an. Ein fünfzehnjähriges Mädchen aus Schweden. Wir waren verwandt miteinander: Fanny war die Kusine meiner Mutter. Oma Agnes und Fannys Mutter Käte waren Schwestern, sie für mich also eine Großtante. Aber man sagt nicht »Großtante Käte«, sondern einfach »Tante Käte«. Sie war, wie schon Agnes, Dienstmädchen geworden, dann Krankenpflegerin. Damals hatte sie sich in einen schwedischen Patienten verliebt, sich mit ihm verheiratet, eine Tochter bekommen, war mit ihrem Hjalmar und der kleinen Fanny nach Schweden gezogen, nach Malmö, auf die andere Seite der Ostsee. Dies war ihr erster Besuch in Deutschland.

Ich hatte wenig Gelegenheit, mich an Tante Käte zu gewöhnen, denn ihr Urlaub ging bald zu Ende. Sie leitete eine Kantine in einer Malmöer Wollfabrik. Fanny, die noch zur Schule ging, hatte lange Sommerferien und würde später allein zurückfahren. Agnes sorgte sich: »Wie soll das gehen? Sie spricht doch kaum Deutsch.« Bisher hatte Fanny sich nur über ihre Mutter mit uns verständigt. Sobald die aber abgereist war, stellte sich heraus, dass Fanny ganz gut mit unserer Sprache zurechtkam. Wir freuten uns an ihren Wortschöpfungen. Einige Monate danach, als wir das Aufsatzthema »Das war zum Lachen« bekamen, konnte ich Fannys sprachliches Gepurzel gut verwenden. Inzwischen vergaß ich fast alles. In der Familie blieb der schmunzelnd zitierte Satz: »Das smeckt und denn fresst man.«

Die Vormittage verbrachte Fanny im Hause, ließ sich gern zum Einkaufen schicken und versäumte nie, von ihrem Taschengeld Süßigkeiten mitzubringen, die sie großzügig verteilte. Nachmittags, wenn ich aus der Schule kam, gingen wir oft schwimmen. Manchmal unternahm Agnes etwas mit uns. Als wir auf dem Michel standen und bei schönstem Wetter weit die Stadt und den Hafen überblickten, waren wir alle drei rundherum froh. Wir machten mit einem der weiß-grünen Hafendampfer eine Große Hafenrundfahrt. Erst die ausführliche Rundfahrt mit viel Erklärungen und dem Blick auf unterschiedliche Schiffe in verschiedenen Hafenbecken. Dann konnten wir, gegen Aufpreis mit Führung, auf das große Passagierschiff Cap Arcona umsteigen, das nach weiter Reise an der Überseebrücke lag. Wir guckten neugierig in Maschinenräume, Küchen, Kabinen und riesiggroße, sehr festliche Festsäle. Ich weiß nicht mehr viel, aber deutlich ist mir, wie meine Frau Großmutter mit Sonntagsmantel, Hut und Handtasche durch die Räume des Schiffes schritt, als gehöre sie in die Kategorie Erste-Klasse-Passagiere. Nur war kein Steward da, dem sie mit gemessener Bewegung ein Trinkgeld hätte geben können. Auf dem Rückweg war sie wieder richtig Oma Agnes, die nicht nur die offizielle Abkürzung der großen Reederei HAPAG mit *Hamburg-Amerika-Paket-AG* erklärte, sondern mit: Haben Alle Passagiere Auch Geld?

Sie würde wiederkommen, versprach Fanny, als wir sie betrübt in den Zug setzten. Tante Käte schickte ein paar zu klein gewordene Kleider von Fanny, Oma Agnes veränderte sie passend für mich, und ich mochte sie tragen. Gebrauchte Sachen durften zollfrei eingeführt werden. Tante Käte kaufte aber einmal richtig derbe Winterstiefel für mich. Die gab sie einem Schiffskoch mit nach Hamburg. Oma Agnes und ich begaben uns in den

Freihafen, und in der kleinen Kombüse wechselte ich das Schuhwerk, ging dann mit den prächtigen neuen Stiefeln durch den Zoll und trug in einer Tasche die gebrauchten. Aber niemand interessierte sich dafür.

Für mich neu: dass ich meinen Vater besuchte. Aber so neu blieb das nicht lange. Ich saß ja am selben Küchentisch wie früher, wenn wir Oma Henny besucht hatten. Nur jetzt machte ich da Schulaufgaben, während Kusine Emma Kaffee kochte und ihr kleiner Sohn unter dem Tisch herumkrabbelte. Abends brachte Vati mich zur Straßenbahn, war erkennbar traurig, nannte mich »min Döchting«, winkte mir nach. Eine feste Arbeit hatte er noch nicht gefunden. Ich weiß keine Einzelheiten. Er und ich gewöhnten uns an die neue Form des Zusammenseins. Als er zu einer Wehrübung eingezogen wurde, sahen wir uns einige Monate nicht. Weil er damals im Weltkrieg zu jung fürs Soldatsein gewesen war, musste er jetzt im noch wehrfähigen Alter ausgebildet werden, um im Kriegsfall zur Verfügung zu stehen. Sehr ärgerlich war er darüber, dass meine Zöpfe abgeschnitten waren. Vielleicht hatte er gerade mit der blonden Haarpracht seiner Tochter bei den Soldaten geprahlt. Ich hatte aber in letzter Zeit oft Kopfschmerzen gehabt, die auf die schweren Zöpfe zurückgeführt wurden. Mit dem kurzen Haar fühlte ich mich wohler.

Drei Frauen und ein Kind benötigten nicht alle Räume der Wohnung, und so vermietete Agnes ein Zimmer an einen jungen Mann, von dem es in der Nachbarschaft hieß, er sei »angenehm und zurückhaltend; er macht einen adretten Eindruck«. Irene gab ihm im vertrauten Kreis den Namen Cäsar. Darauf kam sie, weil sein Vorname Julius war. Er stellte Kunstgewerbliches her und kannte Geschäfte, denen er die Sachen verkaufte.

1937. Cäsar fasste Vertrauen zu seiner Vermieterin, sagte ihr sehr bald, er wolle keine Ungelegenheiten machen, deshalb solle sie wissen, dass er Jude sei. Ihr war das längst klar. Sie hatte beim Saubermachen in seinem Zimmer auf dem Tisch eine Taschenuhr mit einem hebräischen Zifferblatt gesehen. Sie beruhigte ihn: Er könne ungestört seine beabsichtigte Ausreise betreiben. Und mit seiner nichtjüdischen Freundin wurde vereinbart, dass sie – wenn es klingelte – zu uns in die Wohnstube käme. Dann wäre sie unser Besuch.

Anfang des nächsten Jahres machte Cäsar sich auf nach Brasilien. Er ließ aus seinen Beständen für Agnes viele hübsche Metallknöpfe zurück, zum Beispiel Bronze, gehämmert. Unsere nächsten Kleider und Sommerpullis sahen dadurch auffallend apart aus. Eines Tages bekamen wir eine Postkarte aus Santos mit einer unleserlichen Unterschrift. Da freuten wir uns, dass Cäsar gut angekommen war. Bald darauf besuchte uns seine Freundin, um sich für einen kleinen Urlaub nach Dänemark zu verabschieden. Mehr sagte sie nicht. Aber die guten Reisewünsche der drei erwachsenen Frauen meiner Familie reichten weit über den Ozean.

Oma Agnes, die tagsüber im Hause war, Essen vorbereitete und Näharbeiten machte, ging an den Wochentagen zum Feierabend ihrer Tochter Irene in deren Büro und machte sauber. Sie ging selbstverständlich zu Fuß, hin und zurück, von der Bürgerweide in die Nähe des Hauptbahnhofs. Sonnabends nahm sie mich manchmal mit. Da stellte ich Stühle hoch, leerte Papierkörbe, putzte messingne Wasserhähne und sang. Den gesamten Abfall schafften wir per Paternoster auf den Boden des großen Bürohauses. Dort gab es einen riesengroßen Sack, den mehrere von der Decke hängende Seile hielten; in dessen weit offenen Rachen schütteten wir alle Papierabfälle, und man sah nicht, dass er voller wurde, so groß war er. Wenn ich allein nach oben fuhr, gönnte ich mir den Spaß, über den Boden an der stark verölten Drehscheibe vorbei und – nicht kopfüber – wieder nach unten zu fahren.

Ich erinnere mich an einen Tag, als Omi mich aus einem Nebenraum nach der Uhrzeit fragte. Wusste ich nicht. »Guck doch mal nach der Bahnhofsuhr.« Antwort: »Ich weiß nicht.« Agnes muss entsetzt gewesen sein: Ihre elfjährige Enkelin kennt die Uhr nicht? Ihre Frage: »Wie stehen denn die Zeiger?« Antwort: »Kann ich nicht erkennen.« Entsetzen blieb, änderte sich aber inhaltlich. Ergebnis: Am nächsten Tag ging sie mit mir zu ihrem langgewohnten Augenarzt. Und der verschrieb mir eine Brille. Die sollte ich zunächst nur in der Schule tragen und zuhause zum Lesen.

Mir war das peinlich. Welches Kind trug in den dreißiger Jahren eine Brille? Der Gestellbügel des einfachen Modells drückte sich an der Nasenwurzel ab; schon daran konnten alle sehen, dass ich Brillenträgerin war. Spätestens als der Augenarzt fand, ich sollte die Brille ständig aufsetzen, wurde ich vertraut mit dem laut nachgerufenen Vers: »Mein letzter Wille, eine mit Brille!« Welches Mädchen mochte das hören? In den Spiegel guckte ich lieber ohne dies lästige Gestell auf der Nase. Da fiel mir auf, dass die Augenwimpern kürzer waren als früher. Sie hatten sich an den Gläsern abgestoßen.

Ich bin meiner Großmutter Agnes herzlich dankbar, dass sie mir durch ihre Aufmerksamkeit zu einem deutlicheren Blick in die Welt verhalf.

Neue Wohnung

Der Besitzer des Hauses Bürgerweide 20 beschloss einen Umbau. Für ihn lohnten sich Änderungen dahingehend, dass Wohnungen verkleinert, verändert und dann an zwei Parteien vermietet wurden. Wir bekamen eine Kündigung, gingen auf Wohnungssuche, fanden schnell etwas: ganz in der Nähe, nur zwei Häuser weiter, Bürgerweide 24, zweite Etage; gebaut 1906, stand über der Haustür. Die neue Wohnung hatte vier schöne Zimmer, zwei zur Straße, zwei mit Ausblick auf eine schmale Seitenstraße, die breiter war als der vorige Hinterhof. Weil wir auch hier die ganze Miete nicht aufbringen konnten, wurden die zwei durch eine Flügeltür verbundenen vorderen Räume untervermietet. Wir hätten ja in ein anderes Haus ziehen können, ein kleines, bescheidenes, das nicht an der Straße lag. Ich vermute aber, dass meine Großmutter, die selbstständig gewordene und immer selbstbewusste Agnes, es als Rückschritt aus ihrer sozialen Stellung angesehen hätte, wenn sie wieder Bewohnerin eines Terrassenhauses, eines Hinterhauses hätte werden müssen. Jetzt lebte sie im Vorderhaus, gab anderen Wohnraum, den sie sich angemessen bezahlen ließ, und behandelte ihre Mitbewohner mit freundlicher Korrektheit.

Der Wohnungseingang befand sich im vorderen Teil des Flurs, der ausreichend Quadratmeter bot, um zwei Kleiderschränke, eine Garderobe und die schwarze Kommode aufzunehmen. Die Küche lag am Ende des langen Korridors. Dahinter gab es neben der Speisekammer einen kleinen Raum, in den wir Muttis Truhe und Omas Küchenschrank stellten. In früheren Zeiten, bei entsprechend feinen Mietern, soll es sich bei diesem Raum um das Mädchenzimmer gehandelt haben.

Der größte Raum war gemeinsames Wohnzimmer und zugleich Schlafraum für Omi und Irene. Die Vorstellung meiner Mutter hatte sich auch hier durchgesetzt: Man verschenkt keinen Platz nur zum Schlafen. Also standen hier zwei Couches, Tisch und Stühle und ihre Nähmaschine. Und es war noch viel Platz drum herum.

Das zweite Zimmer war für Mutti und mich. Darin ein weißgestrichenes Bord, zwei Schlafcouches und die blauen Schleiflackmöbel meiner Mutter. Aus dem großen Fenster sahen wir auf die hellgrau getünchte Wand des Nebenhauses; dennoch erschien der Raum hell und sonnig, und Omi nutzte die breite Fensterbank zur Aufzucht ihrer Pflanzen. Ach, welche Freude, wenn Clivia und Amaryllis blühten! Als später meine Mutter mir das ganze Zimmer überließ und sich mit einem gelegentlichen Schlafplatz im Mädchenzimmer begnügte, kam links neben das Fenster ein Vertiko, gleich hoch wie der rechts stehende blaue Schrank. Es hatte oben eine große Schieblade für ich weiß nicht mehr was und hinter den beiden Türen mehrere Fächer für meine Bücher. Die alten Bilderbücher packte ich ganz nach unten.

Als ich vierzehn wurde, bekam ich zum Geburtstag einen Blumentisch, hockerhoch mit vier gelben Kacheln, und darauf einen schönen braunen Krug aus rauem Ton. Das Ensemble stand vorm Fenster und gab dem Raum einen neuen Eindruck: Hier wohnte kein Kind, sondern ein größer gewordenes Mädchen, noch nicht ganz das, was man damals Junges Mädchen nannte, aber der Weg dahin wurde erkennbar. Wenn Omis Pflanzen blühten, stand der Krug auf der Fensterbank, und Amaryllis oder Clivia bekamen den gut sichtbaren Platz auf dem Hocker.

Der blaue Schrank enthielt Muttis Bücher, die mir durch die räumliche Nähe zugänglich wurden, mich aber nicht interessierten. Er hatte auch Platz für meine Schätze: Ein paar Briefe oder Postkarten, die ich irgendwann bekommen hatte, an denen ich Freude fand. Vor allem die Briefe von Klasse Leu und einen Streifen roter Folie, der einmal ein Kopfschmuck war, mir wie allen Mitschülerinnen aufgesetzt, als wir damals meinen Abschied aus der Klasse gefeiert hatten, aufbewahrt seit Herbst 1934; manchmal auseinandergezogen, aufs Haar praktiziert, nur so vorm Spiegel, dann wieder liebevoll aufgerollt.

Inzwischen konnte ich oben auf die Schränke gucken. Und zum Entsetzen von Mutter und Großmutter füllte ich beide freien Flächen mit kleinen Vasen und vor allem mit vielerlei Katzen aus Holz, Glas und sogar aus Karton mit hintergeklebter Stehvorrichtung. Die Katzen bekamen

Katzennamen, die ich auf Verlangen fließend aufsagen konnte. Aber wer verlangte das schon? Muttis Entsetzen war grundsätzlicher Art, musste mit der Neuen Sachlichkeit aus ihren Jugendjahren zusammenhängen; aber es entsprach auch ihrem Schönheitsempfinden. Omi ließ mir meine Marotte, äußerte keine Geschmacksfragen und beschränkte sich auf die Weigerung, alles sauberzumachen. Dadurch wuchs ich in eine vernünftige Aufgabe: Jeden Sonnabend, oft nach vorheriger Ermahnung, räumte ich auf, saugte Staub und benötigte Zeit, um die kleinen Viecher sorgsam abzustauben, dabei jedes mit persönlicher Namensnennung.

Irene, meine Tante, machte sonntags früh sauber. Es war zwar ihre offizielle Aufgabe, sich um Stube und Badezimmer zu kümmern, aber ihr muss das auch Bedürfnis gewesen sein. Und jeden Montag stöhnte Agnes erneut über die Aufräumwut ihrer Tochter: »Ich finde nie was wieder! Kann sie nicht wenigstens meine Nähsachen liegen lassen?« Wenn Agnes etwas zu nähen hatte, schob sie Kätes Nähmaschine direkt vor die Balkontür, wo das beste Licht war, und alles was sie brauchte, lag greifbar auf der Truhe rechts daneben. Aber jeden Montag musste sie ihre Siebensachen aus der Truhentiefe holen und mühevoll sortieren: rechte und linke Ärmel, Ober- und Unterkragen, Informationen über Rocklänge und Taillenweite, Schere und Maßband und vielleicht auch das Strickzeug. Bis zum nächsten Wochenende war damit alles wieder gut erreichbar.

Einmal bekamen wir neue Möbel. Es handelte sich um die Esszimmereinrichtung von Tante Käte aus Schweden. Sie teilte mit, dass sie die Sachen einer Spedition übergebe, die am soundsovielten die Möbel anliefern würde. Wir machten Platz. Und dann kam massiv helle Eiche: eine Anrichte, ein schmaler hoher Schrank, ein Tisch, sechs Stühle. Nur ein Stuhlbein hatte während der Fahrt gelitten. Alles passte in unsere große Stube, wo ja die Nähmaschine, die geräumige Truhe und die beiden Couches, an jeder Längswand eine, ihren Platz behielten. Es waren feine Möbel, Stühle mit Ledersitzen, Schranktüren mit schräggestellter Maserung und darauf ein bisschen aufgesetzte Schnitzarbeit, Rosen oder so. Käte fühlte sich durch das Blumenarrangement gestört, ich stellte fest, dass mir helle Eiche nicht zusagt, Agnes genoss den Wert des Möblements, und Irene schloss sich dem an. In den hohen, einen Meter breiten Schrank kam Bett- und Tischwäsche. In zwei Regalen lag Irenes Aussteuer.

Agnes hatte für ihre Töchter Tischtücher bestickt und vor allem Bettwäsche genäht. Damit begann sie, als die Töchter jeweils sechzehn oder siebzehn Jahre alt waren. Es war üblich, Mädchen mit Haushaltswäsche zu beschenken. Silberbestecke für alle drei Töchter konnten Grubes wohl nicht bezahlen. Soweit ich weiß, haben dafür die Mädchen selbst oder später ihre Ehemänner gesorgt. Aber die Bettwäsche, und vor allem die Kissenbezüge: Damit gab Agnes sich viel Mühe. Bezüge bekamen Häkeleinsätze, manchmal auch Muster in Lochstickerei, Schmetterlinge zum Beispiel. Ich habe auch in Erinnerung, dass auf ein oberes Viertel der weißen Kissen Dreiecke und Vierecke aus pastellfarbigem Batist gesetzt waren. Ich vermute, dadurch wurden Muster aus früherer Zeit von den Vorstellungen der zwanziger Jahre abgelöst. Agnes war eine moderne Frau. Die Wäsche von Agnes und Käte wurde bei uns im Haushalt benutzt, während die von Irene im Schrank lag und darauf wartete, einmal in Irenes eigenem Haushalt zu landen. Und ich wartete darauf, siebzehn Jahre alt zu werden, um auch die ersten hübschen Bezüge zu bekommen.

Unsere Untermieter wechselten nicht oft. Erst kam ein Ehepaar, bald darauf kam ihr Baby, und danach bekamen sie eine eigene Wohnung. Bei uns wohnte über längere Zeit Frau Vogel. Danach arrangierten Agnes und Irene ihre Finanzen so weit, dass nur noch ein Zimmer vermietet werden musste. Das kleinere Vorderzimmer wurde für Irene eingerichtet. Aber sie benutzte es wenig, saß abends meistens in der großen Stube, sofern sie nicht unterwegs war.

Ich liebte die kurze Zeit, in der vorn die Zimmer leer standen. Da öffnete ich weit die Flügeltür und machte Krach. Nein, nichts unkultiviert Lautes. Ich sang. Und das hallte in den hohen leeren Räumen. Einmal lud ich die Anwesenden zu einem Bunten Nachmittag. Sie saßen erwartungsvoll im größeren Zimmer, und ich erschien aus der nicht einsehbaren Ecke des kleineren Zimmers vor der Flügeltür und gab von mir Tanz, Gesang und dummes Zeug. Getanzt habe ich nach Grammophonmusik, bekleidet mit Kätes Kölner Carmen-Karnevals-Kostüm. Gesungen habe ich a cappella, was sich an selbsterfundener Melodie gerade bot, bekleidet mit einem mir lang und schön erscheinenden Kleid von Irene. Der besondere Gag der Vorstellung war *Ein Sträußel am Hute, den Stab in der Hand*, ein Lied, das ich von Omi gelernt hatte, was sie selbst nicht großartig fand, aber es stand in ihrem alten Liederbuch. Dazu trug ich einen viel zu schicken Hut von Irene. Das Ding hieß Chasseur, war grün und stand mir gut, darauf ein paar große Papierblumen; ich trug Trainingshosen und dicke Stiefel, und als Stab in der Hand den soliden Wanderstock von Omis langvergangener Harzreise. Dementsprechend glaubwürdig sang ich mich *einsam von Lande zu Land*. Der Beifall entzückte mein Künstlerherz.

Geschiedene Frauen

Nach dem Weltkrieg gab es mehr Frauenberufe als vorher, schon weil sich im gesamten Bürobereich der Frauenanteil vervielfacht hatte und auch an anderer Stelle, wo Männer fehlten, jetzt Frauen eingesetzt wurden. Sie bekamen erheblich weniger bezahlt als ihre Kollegen, und oft wurden Frauen wieder entlassen, wenn sie heirateten. Manche Frauen hätten sich für die Grundausstattung einer jungen Ehe gern noch ihre bis dahin geleisteten Rentenbeiträge auszahlen lassen. Sie wollten ja Hausfrau und Mutter werden, wollten Mann und Kinder versorgen und dafür eines Tages die Invaliden- oder Angestelltenrente ihres Mannes mit ihm gemeinsam nutzen. »Eigener Herd ist Goldes wert« stand blau-weiß gestickt schon auf den Paradehandtüchern ihrer Mütter. In den dreißiger Jahren waren Ehefrauen noch kaum berufstätig und blieben daher vom Einkommen ihres Mannes abhängig. Nur wenige ließen sich scheiden.

Meine Großmutter, Agnes Antoinette Grube geb. Tensfeldt, wagte diesen Schritt 1935, als sie fünfzig Jahre alt war. Finanzielle Grundlage: Sie lebte zusammen mit ihrer berufstätigen Tochter Irene, konnte ein bis zwei Zimmer vermieten, so dass die Wohnung gesichert war. Krankenversichert wurde sie bei der Tochter. Zu allem anderen trug sie an vielen Stunden eines Tages bei durch Nähen und Stricken und Reinemachen. Zur Einzahlung in eine eigene Rentenversicherung reichten die Einkünfte nie. Später, als Agnes gestorben war, stand auf ihrer Sterbeurkunde: ohne Beruf.

Meine Mutter, Käte Elisabeth David geb. Tensfeldt, genannt Grube, ließ sich scheiden, als sie dreißig Jahre alt war, 1937. Ihre Sicherheiten bestanden darin, dass über Irene und Agnes die Wohnungsfrage für sie und mich, die elfjährige Tochter, geregelt wurde, dass sie einen Arbeitsplatz als Buchbinderin hatte, womit sie zum allgemeinen Unterhalt beitrug, und dass für mich regelmäßig Zahlungen vom Vater erfolgten. Er zahlte jahrelang durch Überweisungen direkt an Agnes, die mich versorgte: regelmäßig, aber nie mehr als den notwendigen Mindestbetrag.

Aber dann geschah ein Unglück: Käte fiel die Treppe herunter. Das war an einem frühen Morgen, als sie zur Arbeit wollte. Ich stand dabei. Ich war mit Ohrenschmerzen aufgewacht und hatte mich mit Tabletten und Tröstungen umsorgen lassen. Dann brachte ich Mutti zur Tür. Nein, sie sah sich nicht nach mir um, sagte nur etwas, das ich nicht verstand. Und dann fiel sie, überschlug sich, rutschte: zwanzig Stufen. Hangelte sich am Geländer wieder nach oben.

Eigentlich wollte sie sofort wieder los und zur Arbeit, aber Agnes steckte sie ins Bett und veranlasste Irene, vom Büro aus unseren Arzt anzurufen. Doktor Schleimer kam gleich nach seiner Sprechstunde und konstatierte eine Gehirnerschütterung. Dabei sei es üblich, dass man sich stark fühlt und keineswegs bettlägerig. Agnes sollte ein bisschen auf ihre Tochter Käte und deren notwendige Ruhe achten. Von dem Schreck stellte sich bei mir eine kleine Gelbsucht ein, und Agnes versorgte für einige Tage zwei Patientinnen.

Lohnfortzahlung im Krankheitsfall? Gab es noch lange nicht. Nur ein kleines Krankengeld. Inzwischen wollte die Berufsunfallversicherung wissen, ob ein Arbeitsunfall vorläge: auf dem Weg zur Arbeit. Das sollte ich als Zeugin bestätigen. Ich wurde zur Polizeiwache bestellt. Die Wache lag direkt neben unserer Schule, von außen sah ich sie ständig. Da sah sie gemütlich aus. Doch auch an meine Ohren war dies und das gelangt, was mich beunruhigte. Ich hatte Angst und zitterte, als ich den zwei Polizeibeamten gegenübersaß. Aber sie sagten freundlich, ich solle nur erzählen, was ich gesehen hatte. Was ich berichtete, schrieben sie auf. Das war alles, und dann konnte ich gehen.

Käte bekam während ihrer Arbeitsunfähigkeit die Kündigung vom Arbeitgeber. Nach überstandener Krankheit meldete sie sich beim Arbeitsamt. Da gab es aber nicht gleich neue Arbeit für sie, und nach kurzer Zeit wurde sie ausgesteuert, das hieß, sie erhielt keine Arbeitslosenunterstützung mehr und musste sich um Wohlfahrtsunterstützung bemühen.

Arbeitslose Frauen wurden von der *NS-Volkswohlfahrt* an drei Tagen in der Woche für verschiedene Aufgaben eingeteilt, wie etwa zum Wäschewaschen. Es stellte sich heraus, dass diese Arbeit noch körperlich zu schwer für Käte war. So kam sie ans Nähen und musste getragene Kleidung wieder herrichten, was unter Aufsicht einer früheren Gefängniswärterin geschah. Die fragte Käte wegen ihres Familiennamens David energisch und fast angewidert: »Sind Sie arisch?« – »Der Name ist angeheiratet.« Immer wieder Erleichterung. Und hilfloses Mitleid mit denen, die solche Antwort nicht geben konnten.

Während der Tage, an denen meine Mutter zuhause war, machte sie mich mit diversen Hausarbeiten vertraut. Sie schrubbte und putzte und führte vor, was sie als junges Mädchen bei Fräulein Alberti gelernt hatte. Sie zeigte mir, wie man einen Feudel auswringt, und ließ mich das nachmachen, zeigte auch, wie jedes Arbeitsgerät nachher wieder zu reinigen ist, und überhaupt lernte ich viel Nützliches im Haushalt wie Fensterputzen, Feuermachen und Teppichklopfen. Alles das verknüpfte Käte mit Kernsprüchen wie: »An den Ecken erkennt man die Hausfrau« und »Der Flur ist die Visitenkarte der Hausfrau« oder auch »Das Klo ist die Visitenkarte der Hausfrau«. – Doch was ist eine Visitenkarte?

Während Agnes mit ihrer neuen Daseinsform zufrieden schien und ihre Unabhängigkeit erkennbar genoss, sah Käte dreißig Jahre in einem ungeliebten, unbefriedigenden Beruf vor sich. Da musste sich etwas ändern. Der Berufswunsch aus ihrer Kinderzeit, aus den Spielen der Kriegsjahre tauchte wieder auf: Krankenschwester. Erst geträumt, dann geäußert, dann gemeinsam beraten und endlich entschieden: Es müsste möglich sein. Das wurden zwei harte Jahre, in denen sich Kätes puppenkleines Taschengeld halbjährlich nur um ein paar Mark erhöhte. Nach dem ersten Jahr gab sie zehn Reichsmark monatlich für mich ab.

Alle jungen Mädchen, die Schwesternschülerin wurden, mussten im Krankenhaus wohnen und wurden dort versorgt. Für die erheblich ältere Käte gab es keine Ausnahme. Von der Zeit an sah ich meine Mutter nur noch an ihren freien Tagen: einmal wöchentlich. Aber das war auch schön. Wir sangen viel. Besonders abends, wenn Irene aus dem Büro und auch Agnes von der Büroreinigung im Haus waren. Dann nahm Käte ihre Gitarre, stimmte die Saiten, blätterte im Liederbuch und begann mit ein paar Akkorden. Wir kannten herrlich viele Lieder und sangen oft mehrstimmig.

Bevor Käte ihren Schwesternlehrgang beginnen konnte, musste sie einen *Ariernachweis* erbringen. Das Allgemeine Krankenhaus Barmbek war ein dem Hamburger Staat gehörendes Haus, wo keine Juden mehr arbeiten durften. Kätes Familienname und dazu ihr Aussehen forderten auf alle Fälle etwas Schriftliches. Sie schrieb und lief die notwendigen Standesämter und Kirchenämter an, um bestätigt zu bekommen, dass sich auch vor zwei oder drei Generationen nur evangelische Paare aus dem norddeutschen Raum zu dem späteren Ergebnis Käte verbunden hatten. Weil sie gerade dabei war, ließ meine Mutter auch für mich einen *Ahnenpass* ausstellen. Dazu benötigte sie von väterlicher Seite einige Angaben, zu denen mein Vater selbstbewusst beitrug, wenn auch nicht finanziell. Auskünfte und Eintragungen durch behördliche Stellen mussten bezahlt werden, wie noch aus Marken und Stempeln ersichtlich ist. Wir lasen interessiert die vorkommenden Namen und stellten fest, dass es sehr viele Katharinen gab, in verschiedenen Variationen und Schreibweisen. Hübsch fanden wir »Metta Maria« und hätten gern gewusst, wie die aussah.

Käte und Karl trafen sich im Zusammenhang mit diesem *Ahnenpass*, und dabei äußerte mein Vater seine Erwartung: »Du erziehst Hilde hoffentlich im Sinne des Nationalsozialismus.« Meine Mutter bestätigte ihm das. Da hatte sich einiges verändert: Die politische Einstellung meines Vaters und sogar der unbedingte Wille meiner Mutter, immer die Wahrheit zu sagen.

In Klasse Leu

Morgens wenn wir in die Klasse kamen, saß unsere Lehrerin schon an ihrem Tisch. Jede von uns gab ihr die Hand, machte den üblichen Knicks und sagte Guten Morgen. Diesen Guten-Morgen-Gruß beantwortete Fräulein Leu über vierzigmal. Es folgte das Ritual der Namenverlesung. Unsere Lehrerin hatte vor sich die alphabetische Reihenfolge der Nachnamen, las aber die Vornamen. Wir wussten, wann wir gemeint waren, riefen »hier« und bei abwesender Platznachbarin »fehlt«.

Für organisatorische Aufgaben stand vermutlich ein Teil der ersten Stunde zur Verfügung. Montags wurden jedenfalls Gelder eingesammelt für den Milch- oder Kakaotrunk, der zum täglich mitgebrachten Frühstücksbrot bestellt werden konnte. In größeren Abständen wurde ein Herbergspfennig erhoben. Die Schule als Mitglied im Jugendherbergsverband verteilte den Beitrag hierfür auf alle Kinder. Dann durften auf Klassenreisen alle Kinder in Jugendherbergen übernachten. Monatlich wurde auch das Beitragsgeld für den Schulverein eingesammelt. Unsere Schule hatte seit den zwanziger Jahren einen Schulverein, in dem viele Eltern Mitglied waren und auf verschiedene Weise mitarbeiteten. Mein Vater war vor unserer Kölner Zeit dort Vorstandsmitglied gewesen. Unser Schulheim am Schönberger Strand wurde von den Geldern des Schulvereins unterhalten.

Es gab mehr Organisatorisches. Wer ein Heft vollgeschrieben hatte, ging damit nach vorn, ließ von Fräulein Leu kontrollieren, ob keine Seiten herausgerissen waren und ob wirklich alle Seiten von oben bis unten ausgenutzt waren, und bekam dann ein neues Heft. Denn wir hatten Lehrmittelfreiheit in Hamburg. Das galt für Schreibfedern und Bleistifte und auch für unser Lineal, auf dem »Hamburger Staat« stand. Bücher waren ebenfalls frei. Aber die ausgelernten Bücher gaben wir am Ende eines Schuljahres wieder ab und bekamen welche für das nächste Schuljahr. Sie waren nicht neu, sondern gingen von einem Jahrgang zum anderen, von Hand zu Hand. Wer sein Buch pfleglich handhabte und mit Schutzumschlag versah, hatte Aussicht, wieder an ein ordentlich behandeltes Buch zu kommen. Ob auch gut gepflegte Bücher mal als Anreiz an unordentliche Kinder gegeben wurden, weiß ich nicht. Unser erstes Schulbuch, die Fibel, durften wir damals behalten. Im zweiten oder dritten Schuljahr bekamen wir einen ersten Atlas, der uns auch geschenkt wurde: ganz schmal, nur Hamburg und ein bisschen Umgebung für erstes Stadtplanlesen und Heimatkunde; als Silhouetten dargestellt und mit Größenangaben die fünf Hauptkirchen Hamburgs; außerdem Schifffahrtszeichen, die an der Elbe zu finden sind. Das machte uns zu Hamburger Kindern.

Dazu kamen Wandertage. Ich erinnere mich an einen Ausflug in die Vierlande. Wir lernten vorher: »Altengamme, Neuengamme, Kirchwerder, Curslack«, vier Dörfer, die im Südosten unserer Stadt liegen und das große Gemüseanbaugebiet bilden, fruchtbares Marschland, aus dem die Stadt versorgt wurde. Wir sahen Bilder mit der Tracht der Vierländerinnen, fanden ihre Hüte besonders hübsch, malten alles ordentlich ab. Als wir da waren, trugen aber alle nur die gewöhnliche Arbeitskleidung von Bäuerinnen. Wir durften in eine kleine feine, innen schön bemalte Dorfkirche; an den Kirchenbänken geschmiedete Hutständer für die Zylinder von feiertäglich gekleideten Männern. Und die Sonne schien durch die Kirchenfenster.

Manchmal fuhren wir in den Sachsenwald. Mit der Vorortsbahn ging es bis Aumühle und dann zu Fuß durch den Wald mit Spaß und Lärm und Toben. Still stehen und lauschen blieb schwierig mit so vielen Kindern. Wir hatten ein Ziel: Das Wochenendhaus von Lieselottes Eltern. Dort erwartete uns Frau Jantzen, die wir als mitfahrende Mutter bei Klassenreisen kannten, und bot selbstgemachten süßen Obstsaft an, erholsam und durstlöschend nach unserem langen Weg.

Um falsche Vorstellungen zu vermeiden: Wir hatten auch richtig Unterricht bei Fräulein Leu. Grammatiksprüche kenne ich noch heute, wie etwa: »An, auf, hinter, in, neben, über, unter, vor und zwischen stehen mit dem vierten Fall, wenn du fragen kannst Wohin; mit dem dritten stehn sie so, dass du nur kannst fragen Wo.« Und was heute nicht mehr gilt: »Trenne nie s-t, denn es tut ihm weh.« Unsere Fertigkeiten im Kopfrechnen galten späteren Generationen als bewundernswert.

Der Sportunterricht, den Klara Leu auch erteilte, forderte uns nicht übermäßig. Im Sommer beschränkte sie sich wesentlich darauf, uns auf dem großen Schulhof Völkerball spielen zu lassen. Später kam Schlagball dazu, und mir reichte das. In der Turnhalle beim Geräteturnen konnte Fräulein Leu die vielen Kinder nicht gleichzeitig beaufsichtigen und wird sich vielleicht auch vor Unfällen gefürchtet haben. Da blieb es bei einfachen Übungen. Manchmal kam Anneliese Früchtenicht und machte mit uns Gymnastik. Zu einem Sportfest für alle Schulen bot unsere Klasse einen von Anneliese einstudierten Tanz und ein Extrastück, an dem acht Mädchen beteiligt waren. Das gefiel mir. Wir bekamen Beifall, aber keinesfalls reichte es für die leistungsorientierten Sportanforderungen der Zeit.

Bis vor wenigen Jahrzehnten hatten Volksschulen die Aufgabe, Mädchen auf ihren späteren Beruf als Hausfrau und Mutter vorzubereiten. Dazu war es erforderlich, gut mit dem Lohn des Mannes umzugehen, also rechnen und allgemein sparsam wirtschaften, kochen und handarbeiten zu können. Kochen sollten wir im letzten Schuljahr lernen. Zum Schulfach Handarbeit gehörte keine feine Stickerei, sondern Praktisches. Zunächst Topflappen häkeln und etwas Einfaches stricken. Fräulein Leu fragte auch: »Wer hat noch nie einen Knopf angenäht? Noch keinen Strumpf gestopft?« Nur wenige Mädchen meldeten sich. Ich gehörte dazu. Wir bekamen also auf, uns das zuhause zeigen zu lassen und Ergebnisse mitzubringen.

Mutter und Großmutter zeigten mir bereitwillig alles Erforderliche. Ich durfte mit und ohne Stopfpilz gute und bessere Ergebnisse ausprobieren. Dann ließen sie mich Knöpfe annähen und brachten mir auch gleich bei, wie beim Mantelknopf der Stiel gefertigt wird. Ich war mit meinen Leistungen zufrieden, hatte aber – sehr naiv – nicht gedacht, dass sich daraus eine Dauerbeschäftigung ergeben würde: »Mach das mal selbst, du kannst das ja jetzt.«

Zweimal im Jahr kam der Schularzt. Darauf machte Fräulein Leu am Tag vorher mit dem Hinweis aufmerksam: saubere Unterwäsche anziehen. Dann standen wir in alphabetischer Reihenfolge halb angezogen in einer langen Schlange vor dem Arzt, der uns abhorchte, in den Mund guckte und Aah sagen ließ und mit geübtem Griff die Zöpfe oder lockeren Haare hob und hinter die Ohren sah, wo sich oft Nissen, die Läuseeier, festsetzten. Ich erinnere mich an nichts Spektakuläres in unserer Klasse. Wir wurden gemessen und gewogen, und alle Ergebnisse trug Fräulein Leu ins Klassenbuch ein. Ein paar Jahre vorher, kurz nach Krieg und schlimmer Nachkriegszeit, hatten ungesunde Verhältnisse wohl Anlass für diese regelmäßigen Arztbesuche gegeben. Einmal verglich Fräulein Leu unser Gewicht und unsere Größe mit Zahlen von Geschichtenaufgaben aus unserem Rechenbuch. Das Rechenbuch stammte vom Anfang der zwanziger Jahre. Die für unser Alter angegebenen Zahlen aber überraschten unsere Lehrerin und uns. Nur ein paar kleine, zarte Mädchen aus der Klasse entsprachen dem, was ein Dutzend Jahre zuvor noch Durchschnitt gewesen war.

Allmählich rutschten wir ins fünfte und sechste Schuljahr hinein. Viel später erfuhr ich, dass die liebe Klara nach vier Jahren eigentlich wieder ein erstes Schuljahr übernehmen wollte. Sie befürchtete, in den höheren Klassen zu viele Nazi-Inhalte vermitteln zu müssen. Herr Früchtenicht beruhigte sie, mag ihr auch Tipps gegeben haben. Sie wagte das Bleiben, und uns blieben weitere angenehme Jahre mit ihr.

Unter dem Namen Geschichtsunterricht bot sie uns kleine Geschichten an aus kleinen Büchern mit einfachen Berichten. Wie sich das Leben in einem germanischen Dorf während der Bronzezeit abgespielt haben konnte, oder noch früher, oder später. Sicher hörte ich zu und erinnere mich an ein paar Bilder, wie sie sich aus den Schilderungen bei mir im Kopf festsetzten. Wir mussten nichts auswendig lernen und wurden, soweit ich weiß, auch nicht abgefragt.

Sagen kamen auf uns zu. Natürlich das gewaltige Spektakel mit Siegfried, dem blonden Helden, der weiter als Brunhild springen und dabei Gunther noch tragen konnte. Bis heute verstehe ich nicht, warum er es sich nicht bequemer machte und lief, während er Gunther trug. Ich finde Laufen einfacher als Springen, zumal mit Gepäck. Und wegen der Tarnkappe sah ihn doch niemand. Mich störten die Lügereien, die da vorkamen. Das Theater vorm Dom zwischen Kriemhild und Brunhild verstanden wir elfjährigen Mädchen wohl alle nicht, schon gar nicht die Konsequenzen, die sich daraus ergaben. Hagen, der Treue: Ich fand ihn eher hinterhältig. Das lang gezogene blutige Ende der vielen »tapferen Helden« schien mir völlig übertrieben. In der Gudrun-Sage beeindruckte mich die Treue. Diese junge Königstochter – geraubt von einem, der sie heiraten wollte, den sie aber nicht wollte – ging Tag für Tag ans Meer und wusch die Wäsche des fremden, normannischen Königshofes, wartend auf Herwig von Seeland, ihren Liebsten. Sie hatte eine treue Gefährtin, Ortrud, die immer mit ihr war und mit ihr litt. Das zog sich über Jahre hin, bis Herwigs Schiffe, angekündigt von einem Schwan, am Horizont erschienen. Diese Szene malten wir, doch mein Schwan bekam leider einen sanft geschwungenen Bogen zu viel an den Hals.

Von Heimatkunde stiegen wir zu Erdkunde um: zunächst von Hamburg zu anderen Städten, zu Flüssen und Gebirgen innerhalb Deutschlands. Deutsche Flüsse, die in die Nordsee münden: Elbe, Weser, Ems und Rhein. Klar. Deutsche Flüsse zur Ostsee: Oder, Weichsel, Memel. Die Memel liegt da oben, wo Ostpreußen aufhört. Bei der Weichsel lernten wir das damals gebräuchliche Wort Polnischer Korridor, womit die Polen 1919 nach dem auch für sie gewonnenen Krieg den Zugang zur Ostsee bekamen. In Geschichte spazierten wir ja noch in weit früheren Jahrhunderten herum, deshalb reichte dies zur Information.

England und Frankreich wurden – wie vorher Deutschland – durchgepaust: Brotpapier auf die Atlasseite legen und die noch erkennbaren Umrisse und Flüsse nachzeichnen, dann das Papier auf einen leeren Bogen oder eine Heftseite legen und die Konturen durchdrücken. Grenzen mit Bleistift nachziehen, Städte rot eintragen, beschriften, Gebirge mit braun kenntlich machen, und wo das Meer beginnt, einen hübschen blauen Rand schraffieren. Von den anderen europäischen Ländern lernten wir die Hauptstädte.

Dass wir viel von Schweden erfuhren, ist mir als Lehrstoff nicht klar geworden, vielleicht weil keine Karte von Schweden ausgerollt wurde. Dabei lasen wir doch das ganze dicke Buch über Nils Holgersson und seine wunderbare Reise mit den Wildgänsen, das von Selma Lagerlöf als Erdkundebuch konzipiert war. Das heißt: Fräulein Leu las vor; aber wenn sie heiser war, was öfter vorkam, durfte ich lesen.

Am Ende eines jeden Schultages stellte Fräulein Leu sich an die Tür, und jede von uns gab ihr die Hand, machte den üblichen Knicks und sagte Auf Wiedersehen. Später begriff ich: Sie vermied damit – wie schon am Morgen – den gemeinsam zu sprechenden Hitlergruß.

Klassenreisen. In jedem Jahr einmal vierzehn Tage in unser Schulheim an der Ostsee. Für fast alle die einzige Möglichkeit, aus der Stadt herauszukommen. Kein Schulbuch, kein Heft, kein offizielles Lernen. Ferien. Und dennoch sehr viel mehr: Wir nehmen unsere Mahlzeiten gemeinsam ein; wir verbringen freie Stunden miteinander; schlafen mit anderen in einem Raum; wir singen, lachen, langweilen uns. Nicht erkennend, aber empfindend erfahren wir Unterschiede und Gemeinsamkeiten, Nähe und Fremdheit. Wir kommen alle aus derselben Wohngegend, lernen in einer gemeinsamen Schule. Und doch gibt es Beziehungen, Gruppen, die nichts, gar nichts miteinander zu tun haben.

Mich wunderte, dass gerade ärmere Kinder manches Mittagessen ablehnten. Sie hätten doch froh sein sollen über schönes Gemüse und andere Köstlichkeiten. Aber die Ablehnung mancher Gerichte kam nicht daher, dass sie es nicht mochten, sondern: Sie kannten es nicht. Und ihr Zögern oder Ablehnen begriffen wir Gemüseerfahrenen nicht.

Was ahnen Töchter behüteter Kinderzimmer vom bedrängend nahen Beieinander? Was wissen sie von ihren Eltern? Etwa: Präservativ vergessen geblieben auf dem Nachttisch. Im Dunkel gemeinsamer Schlafräume lässt sich viel erzählen, fragen, erfahren.

Bei offenen Fenstern, nach einem sonnig warmen Tag, bringt gleichmäßiger Wellenschlag von der See her in alle Räume Ruhe, Schlaf und Frieden.

Und ein neuer Tag. Nicht ganz so sonnig wie gestern. Deshalb von Fräulein Leu bestimmt zum Wandern. Es gibt nur wenige, die sich darüber freuen. Die meisten finden das langweilig und überflüssig. Denn es gehört Schuheputzen dazu, vorher oder nachher. Und überhaupt: Immer laufen; und immer wieder dieselben, üblichen Wege. Langweilig für viele – köstlich für einige.

Wer wandern soll und mag das nicht, spricht längst erfundene Texte früherer Marschierer nach. Zum Beispiel:

> Klotz, Klotz, Klotz am Bein, Klavier vorm Bauch,
> wie lang ist die Chaussee?
> Rechts stehn Bäume, links stehn Bäume
> und dazwischen Zwischenräume.
>
> Klotz, Klotz, Klotz am Bein, Klavier vorm Bauch,
> wie lang ist die Chaussee?

Und:

> Rechts stehn Eichen, links stehn Eichen
> und dazwischen Pferdeleichen.
>
> Klotz, Klotz ...

Damit kommt man ein bisschen weiter. Wir kannten mehr dergleichen.

Ich ging die Wege gern. Möchte noch heute jeden Weg wiederholend gehen. Ich erlebte so viel. Sicher sah ich nicht jeden Baum und Strauch, nicht jede Blüte. Nie gewann ich einen Feldstecherblick. Vielmehr: Der

Atem des Landes umfing mich, der Himmel strahlte, regnete oder dunstete um mich, und Meeresrauschen hüllte mich ein, leise, ewig.

An heißen Tagen hatten wir Spaß im Urwald, einem wildwuchernden kleinen Wald neben der Bahnstrecke Kiel – Schönberger Strand. Erst mussten wir eine große Wiese überqueren, auf der Kühe weideten. Bestimmt keine gefährlichen Stiere, sondern friedlich grasende Kühe. Aber man weiß nicht: Reagieren sie auf rote Röcke und Kleider oder auf rote Haarschleifen? Am besten schnell rüberlaufen und auf der anderen Seite beruhigt aufatmen: Zum Glück nix passiert! Der Bahnübergang ohne Schranken. Der Bummelzug Klein Heini kündigte sich rechtzeitig lautstark an. Wir kannten das Schild LP, was Läutepunkt bedeutet, von uns aber mit Liebespaar übersetzt wurde.

Wir bildeten zwei Gruppen: Die einen versteckten sich, die anderen suchten. Die Gefundenen, Gefangenen, wurden am Lagerplatz bewacht, manchmal aber durch leise sich heranschleichende Mitglieder ihrer Gruppe erlöst. Dann liefen sie zurück in den Wald. Dichtes Unterholz schreckte nicht. Wir ließen uns von dornigen Ranken Arme und Beine zerkratzen, stolperten über Wurzelwerk, fielen in den Matsch und kamen endlich zerschunden und mit Kletten im Haar müde, hungrig, aber fröhlich ausgetobt ins Heim zurück.

Im Frühsommer 1938 führte unsere Klassenreise in neues Erleben: Wir fuhren in den Harz, in fremde Jugendherbergen. Vorher mussten wir einiges über dieses nahe gelegene Mittelgebirge lernen: Der Brocken als höchster Berg Norddeutschlands, ein paar Harzflüsse, die schwarz-grüne Tracht der Harzerinnen, dazu das Harzlied: *Es grüne die Tanne, es wachse das Erz, Gott schenke uns allen ein fröhliches Herz.*

Fräulein Leu machte uns neugierig mit der Mitteilung, sie habe sich etwas Weißes für die Reise gekauft. Wir rieten jeden Tag zwischen Spaß und Verzweiflung an dem Geheimnis herum; aber nichts von der Pudelmütze bis zu Kniestrümpfen war richtig, auch Dirndlschürze verneinte die geheimnisvolle Klara. Am Reisetag prangte auf ihrem Rücken ein weißer Netzrucksack. Als später die wenigen Mädchen, die bereits mit einem Fotoapparat umgingen, ihre Aufnahmen an die Tafel hefteten, stellte sich heraus, dass kein Brocken, kein Achtermann, keine Talsperre und keine Jugendherberge so oft fotografiert worden war wie dieses Weiße Geheimnis.

Bei unserer Wanderung auf den Brocken begleiteten uns Regenschauer, und es erwies sich, dass ein Netzrucksack eigentlich unpraktisch ist, denn sein Inhalt wurde nass. Oben wehte es heftig, und ein Ausblick bot sich uns, wie er üblich sein soll: nicht weit. Wir sahen in sehr viel Grau. Immerhin hatten wir zwölfjährigen Flachlandmädchen den Brocken bestiegen und kamen entsprechend müde in die Jugendherberge zurück.

Wir waren auch in Thale und besuchten eine der denkwürdigen Tropfsteinhöhlen. Es war schon geheimnisvoll, durch einen hohlen Berg zu gehen. Und mit Staunen die Zeit bedenken, die Tropfen für Tropfen vergeht, bis diese eiszapfenähnlichen Gebilde entstehen. Von oben kommend heißen sie Stalaktiten, vom Boden sich entwickelnd heißen sie Stalagmiten. Wie brauchten wir lange, um das nicht mehr zu verwechseln. Ein Raum hieß Kristallkammer. Da hatten wohl die herabfallenden Tropfen eine andere chemische Zusammensetzung; denn die entstandenen Gebilde waren durchsichtiger, weniger kalkig. Es hatten sich seltsame Formen entwickelt. Wir fanden allerdings, die meisten erinnerten an Blumenkohl.

Dann wechselten wir die Herbergen: von Oderbrück nach Braunlage, fast zehn Kilometer zu Fuß. Ach, »wie lang ist die Chaussee«. Der Weg wäre längst vergessen, wenn ich nicht am Grabenrand den einzigen Feuersalamander meines Lebens gesehen hätte. Schwarz und gelb huschte er von einem Versteck ins andere. So elegant, so schnell: wupps, war er weg.

Auf dem Weg in den Harz hatten wir uns Goslar angesehen, entlang der Gose die alten Fachwerkhäuser, auf dem Marktplatz den Gänselieselbrunnen und die Kirche mit den beiden unterschiedlichen Türmen. Dann noch die Suche nach unserer kleinen blonden Inge, die sich ein bisschen verlaufen hatte. Die aber wiedergefunden wurde, was die Hinfahrt nur um eine halbe Stunde verzögerte.

Auf dem Rückweg machten wir eine Pause in Bad Harzburg, wo wir mit der Seilbahn den Burgberg hinauffuhren. Seilbahn: etwas Besonderes für Hamburger Kinder. Wie auch der Blick auf eine ganze Stadt mit Straßen und Plätzen, Dächern und Kirchtürmen, mit Grünanlagen dazwischen und mit den Bergen rundherum, bis in die Ferne.

Als wir in Hamburg ankamen, fragte einer der abholenden Väter, ob auch kein Kind auf dem Brocken vergessen worden wäre. »Nein«, antwortete Fräulein Leu, und mit dem typisch Hamburger Ausdruck, den sie manchmal benutzte: »Sie sind alle da. Ich habe sie ein bei ein abgezählt!«

Lahmes

Auf dem Schulhof spielten wir Kriegen, was woanders Fangen heißt. Eva blieb aber während der ganzen Pause im Mal stehen, lief nicht mit. Es hieß, Eva habe ein lahmes Bein. Dazu fragte Ilse: Ob ich wohl Bescheid wüsste? Ja, ich wusste. Irgendwann geht das ja los bei den Frauen. Das hatten sie mir zuhause schon gesagt. Irene nannte das »anderswie krank«, wodurch die Sache eine gewisse Dramatik bekam. Längst vorher hatten sie mir zuhause erzählt, wo die Kinder herkommen. Dass da kein Bauch platzt, sondern der andere Ausgang besteht. Vom Hineinkommen hatten sie allerdings nicht gesprochen. Immerhin war mir der mütterliche Teil vermittelt worden.

Zu Pfingsten, als ich gerade zwölf Jahre alt war, begann es. Ich war nahezu stolz darauf, jetzt in den Kreis der Frauen aufgenommen zu sein. Jedenfalls ein bisschen. Mir wurde gezeigt, wie damit umzugehen ist. Dabei erfuhr ich, wie gut wir es mit Wegwerfbinden haben. Meine drei gelernten Frauen berichteten über Erfahrungen mit den Selbstgestrickten, die ausgespült, gekocht und mit der anderen Wäsche – für alle Nachbarinnen sichtbar – auf die Leine gehängt wurden. Ein paar Jahre später erzählten sie mir, dass eine Bekannte ihre Binden noch aufhängte, obwohl sie längst schwanger war, nur sollte das im Dorf noch nicht bekannt werden.

Vor der nächsten Turnstunde ging ich zu Fräulein Leu, um mich wegen des Nichtturnens zu entschuldigen. »Du auch schon?«, fragte sie erstaunt. Und damit wusste die halbe Klasse Bescheid. Im Laufe des Jahres, als bei uns Mädchen die Bezeichnung »Lahmes Bein«, bald nur noch »Lahmes«, gebräuchlich wurde, gewöhnte unsere Klara sich die Frage an: »Wer kann nicht mitturnen?« Und inzwischen wussten alle, worum es ging.

Ich wurde dick. Was half mir die Bezeichnung Babyspeck, die ich ohnehin nicht erklären konnte? Ringsherum wurde alles mehr, und vor allem wuchsen die Brüste, so dass zuhause beschlossen wurde, einen Büstenhalter für mich, mit mir, zu kaufen. Ach, war das peinlich! Beim Umziehen fürs Turnen fiel das auf: »Die trägt schon einen Büstenhalter.« Das war etwa so unangenehm wie früher: »Die hat schon lange Strümpfe an«, wenn andere noch mit Socken gingen. Wir sprachen das ganze Wort aus, die Bezeichnung BH kam erst viele Jahre später.

Und nicht nur beim Turnen, auch bei der Gymnastik fiel dieses nützliche Kleidungsstück allen auf. Ich wäre beinahe nicht mehr hingegangen. Aber der Spaß an unserer Gymnastik war größer: Wir gingen zu Anneliese Früchtenicht, die inzwischen bei Lola Rogge ihre geplante Ausbildung machte. Anneliese mietete einmal wöchentlich für ein paar Stunden einen Raum in den Eilbeker Bürgersälen, den wir mit akrobatischen und tänzerischen Fertigkeiten belebten.

Früher, bevor wir nach Köln gezogen waren, hatte meine Mutter regelmäßig unsere Stube leer geräumt, damit Anneliese dort mit einigen meiner Mitschülerinnen und Mitschüler erste Unterrichtsversuche machen konnte. Das ging mit Musik von unserem Koffergrammophon. Eine Platte gehörte mir: Die Kleinbahnfahrt. Daran hatte Anneliese besonders viel Spaß, weil sich das Tempo veränderte und uns zu entsprechend schnellen und wieder langsamer werdenden Bewegungen veranlassen sollte. Das passte zu Lola Rogges Methode, zu ihrem Ausdruckstanz. Als spätes Dankeschön für die frühere Benutzung unserer Wohnstube durfte ich nun kostenlos bei der Anneliese-Gymnastik mitmachen. Das mussten aber die andern nicht wissen.

Für Annelieses Prüfung tanzten wir eine Geschichte: *Hänschen im Blaubeerwald.* Wir stellten Blaubeerjungen und Preiselbeermädchen dar; ich dickes Mädchen immer mit. Eine Kollegin von Anneliese tanzte mit schönen großen Sprüngen das Hänschen, eine andere spielte Klavier. Annelieses Aufgabe war hierbei die Choreografie. Und selbstverständlich bestand sie ihr Examen.

Auch Rollschuhlaufen änderte nichts an meiner Figur, machte aber Spaß. Lotti aus meiner Klasse und ich gingen zum Hansaplatz, wo es Asphalt rings um den Hammonia-Brunnen gab. Da war es immer voll von kleinen und größeren Rollschuhkindern. Und laut. Ich wurde keine Koryphäe in dieser Sportart, lief aber ganz gut und hatte Freude daran. Die Wege hin und zurück nutzten wir mit langen Gesprächen über unsere Situation als größer gewordene Mädchen und mit den Fragen, die sich daraus ergaben. In der Seitenauslage einer Buchhandlung fanden wir den aufregenden Titel »Die Wechseljahre des Mannes«. Zu unserer Information hätten wir das am liebsten gekauft, trauten uns aber nicht in den Laden. War ja auch teuer.

Bei Lotti in der Küche hing ein Kalender, in den ihre Mutter in regelmäßigen Abständen den Buchstaben M geschrieben hatte. Lotti wusste: Das heißt Menstruation. Fremdwörter fanden wir im Lexikon, gerieten von einem zum andern, landeten schließlich bei dem schwierigen Wort Parthenogenese: Entwicklung eines unbefruchteten Eies. Soll bei Spinnen vorkommen, interessierte uns zwar nicht, blieb als Wort aber haften.

Unser Interesse wandte sich anderen Themen zu. Lotti und ich fanden, wir könnten mal ein Buch schreiben. Warum nicht über Kinder in einem Bergdorf? Aber als wir den Kindern Namen gegeben und Haar- und Augenfarbe festgelegt hatten, ging uns nach zwei bis drei Seiten die Luft aus. Die völlig fremde Umgebung machte uns sehr zu schaffen. Ein Konzept – was ist das? – hatten wir auch nicht entwickelt.

Wir gingen ins Kino; durchaus auch noch in Kindervorstellungen sonntagvormittags, wo uns das blondlockige kleine Mädchen Shirley Temple aus Amerika mehrfach angeboten wurde. Ingrid, das lockigste Mädchen aus unserer Klasse, hatte eine Tante in Amerika, die ihr eine Shirley-Puppe schickte: schön und unwahrscheinlich süß. Aus Amerika kam auch die *Donkey Serenade*, deren schwungvolle Melodie bald überall zu hören war. Auch auf unserem Koffergrammophon, weil Irene die Platte bekam. Mir gefiel der fröhliche Film. Aber als ein großartiger Schlusskuss über die ganze Leinwand gezeigt wurde, wusste ich nicht, wohin ich sehen sollte. Was gehen mich anderer Leute Küsse an?

Oma Agnes und ich saßen im Sonnenschein auf dem Balkon. Gegenüber an der Hauswand übte ein Junge Handstand. »Der mackert sich«, sagte Omi lachend. Was? »Ja, er gibt an, weil du Mädchen hier oben ihm zugucken kannst; er macht sich wichtig.« Sie erklärte, das täten alle Jungs in diesem Alter. Aber meinetwegen? Ich fand das doof. Mir war es völlig wurscht, ob er auf dem Kopf oder auf den Füßen stand. Er ging auch bald weg.

In dieser Zeit fand Omi es sinnvoll, mir ein Buch zu empfehlen: *Am Quell des Lebens*. Ich las das Vorwort, in dem Eltern angesprochen wurden, deren Kinder das Aufklärungsalter erreicht hatten. Die folgenden

Geschichten sollten den Eltern Vorschlag und Hilfe bei den zu erwartenden Gesprächen sein. Für mich aber: kein Gespräch, sondern selbst lesen. Es waren schöne, sanft-friedliche Geschichten mit vielen Andeutungen. Ich erinnere mich an den Satz: »An jenem Abend empfing ich vom Vater ein Samenkorn.« Ja, gerade da hätte ich Einzelheiten wissen wollen. Kam aber nix.

Ein bisschen später, als Omi davon ausging, dass ich einigermaßen informiert sei, brachte sie gesprächsweise die Mitteilung: Der Mann bestimmt den Tag der Verlobung, die Frau den der Hochzeit. Warum? Damit sie nicht gerade zur Hochzeitsnacht ihre »Tage« hat.

Wenn Agnes so mit mir sprach, kam mir nie der Gedanke, dass diese Themen für sie selbst wichtig gewesen sein könnten oder gar noch wichtig waren. Sie war doch eine alte Frau, eben meine Oma, die mit all dem nichts zu tun hatte. Dabei war Agnes nicht alt, kaum Mitte fünfzig. Sie hatte dunkle Haare, ohne erkennbares Grau darin, hatte schöne glatte Haut und eine zwar mollige, aber wohlgeformte Figur, hübsche Beine. Wenn sie abends ihren Weg zum Saubermachen ging, mit sicheren schnellen Schritten, konnte ihr der eine oder andere Mann durchaus nachgeguckt haben. Davon ist aber nichts überliefert.

Irene, meine junge Tante, lernte immer mal jemanden kennen, brachte auch den einen oder anderen mit, und es gab abends gemeinsame Gespräche. Käte, meine junge Mutter, brachte zuweilen ehemalige Patienten mit; die verliebten sich ganz schnell in Irene, was Käte ihrer Schwester übelnahm. Eigentlich blieben nur zwei oder drei übrig, die während eines längeren Zeitraums als häufige Gäste bei uns auftraten. Ich weiß nicht mehr viel davon. Mich muss das gelangweilt haben, so dass ich mich in meine Stube verzog.

An einen allerdings erinnere ich mich: Dr. Martin Schleimer, unseren Hausarzt. Er war Jude und hatte nicht mehr viele Patienten. Er kam gern zu uns, plauderte viel mit Agnes. Aber als ich noch meinte, er hielte eine intensivere Nähe zu meiner Mutter, war auch er den Weg der anderen gegangen und hatte sich in Irene verliebt. Und Irene sich in ihn. Das betrübte mich sehr, und Agnes sagte: »Da können wir nichts machen!«

In der Familie meines Vaters fragten sie mich, ob meine Mutter wohl schon einen neuen Freund habe. Das verneinte ich. Aber sie meinten, das wäre wohl bald zu erwarten. Und dann tuschelten sie miteinander. Oma Henny machte da nicht mit; sie sagte immer beim Abschied: »Grüß dein' Mudder.«

In dieser Familie, wo die Tanten beieinandersaßen, gab es öfter Geheimnisvolles zu bereden und viel zu lachen. Lachen macht ja Spaß. Aber wenn es dieses kreischende, quietschende Gelächter war, fand ich es schrecklich. Das zeigte an, dass da Bereiche angedeutet wurden, die dem Kind verschlossen waren. Klar, dass es um Dinge ging, die mit Männern und Frauen zu tun hatten. Um die Unterschiede: »Wem sieht das neue Baby denn ähnlich?« »Ja, vorn wie der Vater, hinten wie die ganze Familie.« Und wieder dies dumme Lachen. Es gibt viel, was ein Kind nicht versteht. Vieles rauscht einfach vorbei. Aber wenn um das Nichtverstandene so viel Getue entsteht, wird die Sache interessant. Dann wird das Kind neugierig, merkt sich Ausdrücke. Und mit diesem übertrieben lauten Juchzen bleiben diese Wörter für lange Zeit verbunden.

Irene kannte aus einem ausgedachten Fragebogen eine Frage, an der ich lange vergebens herumrätselte: »Haben Sie Kinder? Wenn ja: Warum? Wenn nein: Wie machen Sie das?« Die Erwachsenen fanden das sehr lustig.

In der Schule wurden Witze erzählt und mit Kichern begleitet. Aber das waren keine Witze, sondern alberne Geschichten, ohne Pointe, nur so: ungewaschen, schlüpfrig. Wer da nicht mitlachen mochte, verzog sich. Schön und edel soll sein, was mit Liebe und Familie zusammenhängt. Dazu sind einige Informationen notwendig; aber sobald die bekannt sind, lässt sich in höheren Regionen träumen.

Ich dachte an Nils, erinnerte mich an seine Späße, an seine Freundlichkeit. Wie das kam, weiß ich nicht. Wir wohnten weit voneinander entfernt, besuchten verschiedene Schulen, sahen uns fast nie. Ich lebte von Erinnerungen. Zum Beispiel an den Tag kurz nach meiner Rückkehr von Köln, als Nils und sein Freund Bruno zu uns in die Klasse kamen. Sie hatten einen freien Vormittag, besuchten erst ihren alten Lehrer, Brunos Vater Herrn Peters, und kamen dann zu uns, um Fräulein Leu Guten Tag zu sagen. »Guckt mal, wer wieder hier ist«, sagte Fräulein Leu und zeigte auf mich. Da kamen beide auf mich zu, Nils zuerst, und begrüßten mich. Ach, er sah mich so lieb und freundlich an. Er wusste wohl, wie froh ich über meine Rückkehr war.

Langsam baute ich eine ernsthafte Zuneigung zu diesem großen Jungen auf. Um Nils öfter sehen zu können, hätte ich dringend einen großen Bruder gebraucht. Der müsste vier Jahre älter als ich sein und die Aufbauschule besuchen und natürlich der beste Freund von Nils werden. Träume.

Mein Tasten ins Erwachsenwerden dehnte sich auf mein Zimmer aus. Ein paar Bilder hingen an den Wänden, die einfach da waren. Eine gerahmte Postkarte mit dem Kinderreigen von Hans Thoma. Das Bild hatte meinem Vater gehört und war an mich geraten. Jetzt merkte ich, dass es mir nicht viel sagte. Ich nahm es ab. Vor allem aber gab es dieses richtige Ölbild: Ich Dreijährige, blond, mit blauem Kleid und gleichfarbig blauen Augen, Porträt im breiten kunstvoll geschnitzten schwarzen Rahmen. Dazu der Bericht meiner Mutter: Ein junger Maler hätte angeboten, nach einem Foto das Kind zu malen. Sie hatte ihm ein Stück Stoff vom Kleid mitgegeben und gesagt, genauso sähen auch meine Augen aus, und er habe das alles gut getroffen. Ja, es war ein niedliches Bild, hatte aber nichts mehr mit mir zu tun. Es landete auf dem Boden.

Auf den Boden wären fast auch meine Puppen gekommen, wenn Agnes mich nicht auf eine Familie im Hinterhof des Nachbarhauses aufmerksam gemacht hätte. Agnes war bei ihren Einkäufen manchmal mit der Frau ins Gespräch gekommen und hatte einen angenehmen Eindruck von ihr. Es gab da mehrere Kinder und entsprechend wenig Geld. Mein selten genutzter Puppenwagen mit Inhalt löste dort große Freude aus. Auch bei mir.

Manchmal in dieser Zeit – für die wir das Wort Pubertät nicht kannten und auch im Lexikon nicht drüber gestolpert waren – fand ich: Die Welt ist schlecht, schmutzig und gemein. Was soll ich darin? All das Edle und Erhabene, wovon zu lesen und zu denken ist, findet gar nicht statt. Ich bring mich um. Aber wie? Und wo? In unserem Treppenhaus führte vom Boden bis zum Keller ein Lichtschacht. Ich könnte da runterspringen und wäre unten tot. Aber: Genau da unten standen die Mülleimer. Um dem Schmutz der Welt zu entfliehen, würde ich in ihrem Abfall landen. Das fand ich stillos. Ich verzichtete einstweilen und landete im Philosophischen:

Ob alles, was wir erleben, nur Traum ist? Kann darin so viel Abwechselndes, Erstaunliches enthalten sein? Kann ein Traum so lang sein? Ob ich vielleicht eines Tages ganz richtig erwache und zu meinem eigentlichen Leben gelange?

Und: Wäre der Mensch eckig, hätte er abzählbar viele Seiten und Eigenschaften. Aber er ist rund – ich besonders. Da sind viele Eigenschaften möglich, mit fließenden Übergängen. Ich werde das noch ein bisschen beobachten.

Schwedensommer

Wie versprochen: Im Juni 1938 kam Fanny wieder. Diesmal ohne ihre Mutter, sondern mit zwei jungen Frauen, die bei Tante Käte in der Kantine in Malmö arbeiteten: die Köchin Fräulein Nilsson und Ulla. Sie hatten sich gemeinsam für eine Fahrt an den Rhein angemeldet. Zum Entsetzen meiner Mutter und Großmutter handelte es sich um eine Reise mit *KdF*, *Kraft durch Freude*, einer Unterorganisation der *DAF*, *Deutsche Arbeitsfront.*

Agnes und Käte bemühten sich gemeinsam, mir zu erklären: Die *Deutsche Arbeitsfront* will alle arbeitenden Menschen unter einen Hut kriegen. Die beiden sprachen von Betrieben, in denen *Führer* und *Gefolgschaft*, also alle Beschäftigten samt ihren Chefs, in dieser Organisation erfasst wurden. Sie bemühten sich aber auch, mir zu erklären, dass das gar nicht geht. Denn ein Chef oder Direktor oder einer, dem das Ganze gehört, hat ganz andere Aufgaben und Interessen als jemand, der im Betrieb seine Arbeit für Lohn macht. Früher, bis zu meinem Geburtstag 1933, hatte es Gewerkschaften gegeben, in denen sich die Menschen organisierten, die für ihren Unterhalt arbeiten müssen. Die Gewerkschaften verhandelten mit der Gegenseite, also den Unternehmern, den Chefs, um höhere Löhne. Das ging nicht immer reibungslos, es gab heftige Auseinandersetzungen um die Forderungen der Arbeitenden. Gegensätzliche Interessen waren erkennbar. Die Nazis wollten das mit ihrer *Volksgemeinschaft* und dem Zusammenschluss zur *Deutschen Arbeitsfront* übertünchen. Und durch diesen erzwungenen Zusammenschluss sah man, worum es ihnen wirklich ging: Keine Verhandlungen der beiden Seiten miteinander, sondern das Bestimmen, das Diktat von oben. Keine Verträge mehr, nur noch Verordnungen. Das war für mich schwierig zu verstehen. Zur Zeit der intensiven Arbeitskämpfe nach Krieg und Inflation gab es mich noch nicht, oder nur als kleines behütetes Kind. Wie sollte ich jetzt erkennen, was die Veränderung bedeutete, von der meine beiden Erwachsenen sprachen und die sie empörte?

Und *Kraft durch Freude*? Die *Deutsche Arbeitsfront* hatte Geld durch ihre Zwangsmitgliedschaften; sie brauchte es nicht für Streikunterstützungen, weil Streiks nicht mehr stattfinden durften. Jetzt konnte sie es für diejenigen ausgeben, denen sie Sand in die Augen streuen wollte, die sie ruhig und zufrieden halten musste. Kraft für ein langes Arbeitsjahr ließ sich durch Freude gewinnen, die man etwa durch billigen Urlaub erhielt. Welcher Arbeiter konnte früher in Urlaub fahren? Froh war, wer einen Schrebergarten hatte oder Verwandte im nahen Dorf.

Meine Tante Frieda und ihr Tede waren inzwischen mit *KdF* im Allgäu gewesen. Als ich sie einmal besuchte, zeigte Tante Frieda mir einen mitgebrachten geschnitzten Teller mit der Aufschrift »I bleib dir 3, 4 und 4« und übersetzte: »Ich bleib dir treu für und für.« Ja, die Berge waren schön, sagte sie. – Mir fiel auf: Die schwarz-rot-goldene Fahne, die in der Zeit der Nazi-Fahnen nicht mehr gezeigt werden durfte, lag eingewickelt und beziehungslos auf der schmalen Abstellfläche im Klo.

Es gab *KdF*-Reisen von Hamburg an den Rhein. Das hatte unsere Tante Käte im fernen Malmö gelesen und für Fanny und ihre Kantinenkolleginnen buchen können. Sie verbrachten eine Nacht bei uns, waren ein oder zwei Wochen unterwegs und kamen wunderbar vergnügt zurück. Da sie sich in ihrer Sprache unterhielten, erfuhren wir wenig über ihre Erlebnisse. Sie versuchten, das Wort Rüdesheim zu behalten.

Als sie nach Schweden zurückfuhren, nahmen sie ihre Erinnerungen mit. Und mich.

Unsere Ferien in Hamburg hatten noch nicht begonnen. Oma Agnes erklärte meinem Schulleiter, welch wunderbare Chance sich mir bot, sah sein besorgtes Kopfwiegen, erreichte aber sein Einverständnis, an der Schulbehörde vorbei. Die erfuhr nichts. Er hoffe, dass alles gut gehe, dass ich gesund zurückkäme. Ein offizieller Antrag wegen einiger Tage zusätzlicher Ferien wäre sehr kompliziert geworden. Als Erste in der Familie bekam ich einen Reisepass. Der ausstellende Beamte forderte mit einem kleinen Lächeln, ich solle meine Unterschrift sehr schön schreiben, sonst käme ich nicht durch den Zoll. Ich Zwölfjährige gab mir Mühe.

Wir fuhren mit der Eisenbahn von Hamburg direkt bis Malmö. Erst über Stralsund nach Sassnitz, wo unser Wagen in den Bauch der großen Fähre geschoben wurde. Wir stiegen aus, liefen ein bisschen durch das

Schiff, gingen an Deck, sahen Himmel und See allmählich dunkler werden, fanden irgendwo einen Schlafplatz. Nach einigen verschlummerten Stunden mussten wir zurück in unser Zugabteil und wurden in Trelleborg an eine schwedische Lokomotive gekoppelt, die uns zum Bahnhof Malmö brachte. Tante Käte holte uns ab, brachte Fanny und mich nach Hause, stellte mich ihrem Mann Onkel Hjalmar vor, sprach mit Fanny ein paar schwedische Sätze und ging in ihre Kantine zurück. Fannys Zimmer war schmal, hatte aber Platz für uns beide. Wir packten unsere Koffer aus und schliefen noch ein bisschen.

Zu Mittag gingen wir in die Wollfabrik, wo ganz oben Tante Kätes Kantine lag. Als die vielen Arbeiter versorgt waren, konnten auch die Kantinenfrauen und wir beiden Mädchen essen. Wir hatten in der großen Küche viel Platz. Auf der anderen Seite der Essenausgabe lag der Speisesaal, und vor der langen Fensterfront befand sich ein breiter Balkon, auf dem wir ausruhend noch ein Eis aßen. Es war laut von den vielen laufenden Maschinen in den unteren Stockwerken, und ich meine, die ganze Fabrik vibrierte.

Mein erstes schwedisches Wort war »tack«, danke. Aber ganz schnell danach sagte ich schon »tack så mycket«, vielen Dank. Das wird in Schweden nach jedem Essen zur Hausfrau gesagt, hier zu der Köchin Fröken Nilsson. Fanny und ich halfen beim Spülen und hatten danach Zeit für uns. Fannys Ferien dauerten lange.

Von der Wohnung in der Jakob-Nils-Gatan gingen wir durch den Kungspark und waren nach Überquerung einer Straße mit modernen hohen Wohnhäusern schon fast am Wasser. Es gab, über einen langen Steg zu erreichen, eine offizielle Badeanstalt. Sie hatte Umkleidekabinen und ein Sprungbrett, war aber eigentlich eng. Lieber war uns das freie Dünengelände mit Sand und Gras, ein paar Sommerblumen und dem leise plätschernden Wasser des Öresund. Wenn große Schiffe vorbeikamen, platschten die Wellen stärker an den Strand, blieben aber ungefährlich. Die Fährschiffe zwischen Malmö und Kopenhagen fuhren mehrmals täglich über den Sund. Wir badeten, saßen in der Sonne und fühlten uns wohl. Manchmal ging Fanny in einen Bäckerladen drüben an der Straße und brachte Kuchen oder Süßigkeiten mit. Und dann bekamen wir wieder Lust zum Baden.

Manchmal gingen wir zum Hafen, das ist alles nicht weit. Hier roch es mehr nach See als in Hamburg, nach Salzwasser. Der eine oder andere

Matrose rief uns vom Schiff aus etwas zu, und Fanny antwortete vergnügt. Ich verstand nichts. Wir gingen weiter und guckten bei der Kopenhagen-Fähre zu, wie sie beladen wurde, sich mit Reisenden füllte und dann langsam abdampfte in das Nachbarland Dänemark.

Für ein paar Tage besuchten wir Fannys Tante Thora, die in Ystad verheiratet war und einen kleinen Sohn hatte, Hasse, mit dem wir kaum etwas anfangen konnten, weil er erst acht Jahre alt war. Bei Fanny und mir war der Altersunterschied von vier Jahren schon nicht mehr gravierend. Dieser Unterschied wirkt sich nicht immer gleich stark aus. Nils ist auch vier Jahre älter als ich. Ystad ist hübsch und liegt südlich, fast auf gleicher Höhe wie Smygehuk, nicht weit von Vemmenhög, wo ein anderer Nils zuhause war: der mit den Wildgänsen reiste.

Fanny und ich fuhren auch nach Lund, wo es ein großes kulturhistorisches Museum gibt. Bevor wir aber hineingingen, fand Fanny es wichtig, wieder Kuchen zu essen. Wir saßen in einer gemütlichen kleinen Konditorei und fühlten uns wohl. Aber danach fehlten uns ein paar Öre für den Eintritt ins Museum. Wir konnten nur durch ein Gitter in die fein angelegten Gärten gucken und kunstvoll beschnittene Büsche und Bäume sehen. Nachher schimpfte Tante Käte, weil wir die Konditorei der Kultur vorgezogen hatten. Wir konnten ihr aber berichten, dass wir im Dom gewesen waren und staunend vor der riesigen astronomischen Uhr gestanden hatten, an der auch für heutige Gelehrte noch viele himmlische Besonderheiten abzulesen sind. Vielleicht erfasste ich sogar etwas von der romanischen Schönheit dieses großen grauen Gotteshauses aus dem dreizehnten Jahrhundert, dessen Ausmaße uns faszinierten. Ich erinnerte mich lange daran.

Für einen Sonntag hatte Tante Käte sich etwas Besonderes für uns ausgedacht: Wir fuhren mit Fröken Nilsson und den Kantinenmädchen Ulla und Astrid nach Falsterbo. Das liegt auf einem schmalen Landzipfel im Südwesten. Die Ostsee treibt hier ihre Wellen an die ungeschützte Küste. Herrlich, sich da hineinzuwerfen! Das gab ein Gefühl von Freiheit und von Kraft. Ich war glücklich. Auf der anderen Seite der Ostsee.

Irgendwann regnete es wahrscheinlich auch. Warum hätte ich sonst Zeit für Zeitschriften gehabt? Ich blätterte in *Husmodern*, Hausmutter, und bemühte mich, anhand der Bilder etwas von den Unterschriften zu kapieren. Erkennbar waren Rezepte darin und Haushaltstipps; beides interessierte mich nicht sonderlich. Aber da gab es das Foto eines Mädchens, schön und von wunderbarer Frische. Im Text sah ich die Zahl 16. Das mochte ihr Alter sein. Vier Jahre Unterschied. Ich behielt ihren Namen. Als ich den etliche Jahre später erstaunt auf Filmplakaten las, war sie wie eine wiedergefundene alte Bekannte: Ingrid Bergman. Danach las ich 1916 als ihr Geburtsjahr.

Tageszeitungen. Ihre Schlagzeilen waren auf allen Straßen, vor allen Kiosken zu lesen. Für jeden, der sie verstand. Ich probierte. In der Schule hatten wir im vorigen Jahr mit Englisch begonnen. Plattdeutsch kannte ich von meinen Großmüttern und hatte auch selbst ein bisschen gelesen. Einzelne Wörter schienen übertragbar. Ich konnte auch Fanny fragen, aber die hatte keine große Lust zum Übersetzen. Schnell wusste ich, dass Deutschland Tyskland heißt. »Tyska flickan« heißt: das deutsche Mädchen. Das war ich. Unter einem Foto stand »tyska soldater«. Außerdem kam viel vor, was ich nur mit Tschechoslowakei zu übersetzen wusste. Auf meine Fragen kam keine Antwort. Stattdessen der Vorschlag, doch hier die hübschen Bilder anzusehen: ein Buch mit vielen Fotos von der königlichen Familie. Gustaf V., alt und schon viele Jahre Schwedenkönig, mit Sohn und Enkeln; vor allem der kleine Urenkel Karl Gustaf mit seinen vier älteren Schwestern. Karl Gustaf sollte eines fernen Tages König von Schweden werden.

Tante Käte ging mit mir zu ihrer Schneiderin und ließ mir ein warmes Kleid aus hübschem Schottenstoff nähen. Dann kaufte sie mir einen Wettermantel, von dem sie sagte, dass so einen jetzt alle Jugendlichen tragen. Mir war das peinlich. Sie tat zu viel für mich. Aber Widerspruch interessierte sie nicht. Ich bekam auch eine über die Schulter zu hängende Ledertasche, die von den Schwedenkindern als Schultasche genutzt wurde.

Viel, viel später, als ich längst erwachsen war und die inzwischen verwitwete Tante Käte manchmal in ihrem Ein-Zimmer-Appartement in Malmö besuchte, erzählte sie von sich. Sie war so enttäuscht, als sie in den zwanziger Jahren mit ihrem Mann und der kleinen Tochter nach Schweden kam. Da stellte sie fest, dass Hjalmar wenig Lust zum Arbeiten hatte, dass er es ihr überließ, die Familie zu versorgen. Die kleine Fanny wurde zu seinen Schwestern gegeben, damit Käte Zeit für ihre Arbeit fand. Er kaufte ein Segelboot, mit dem Käte und Hjalmar größere Touren an der dänischen Küste machten. Ja, bei diesem Bericht leuchteten die Augen der alten Frau, das blieben schönste Erinnerungen. Aber nachher überließ er es ihr, das Boot zu schrubben und für neue Fahrten klarzumachen. »Das hast du dir alles gefallen lassen?« Ach, hätte sie zurück nach Deutschland kommen und ihrer Familie erklären sollen: »Ich habe es nicht geschafft«?

Wahrscheinlich gehörte es zu dem Eindruck, den Tante Käte auf die deutsche Verwandtschaft machen wollte, dass sie mich so ausstaffierte. Sie hatte im Jahr zuvor bei Agnes gesehen, wie die sich nach ihrer Scheidung hochgerappelt hatte und nun auf eigenen Füßen stand. Jetzt zeigte Tante Käte, was die jüngste Schwester im fernen Ausland schaffte.

Von Tante Käte und Fanny erfuhr ich, was die Farben der schwedischen Flagge bedeuten: Das Gelb der Sonne auf dem Blau des Himmels. Das gefiel mir. Ich mochte unsere deutsche Fahne nicht. Darüber war Tante Käte zunächst erstaunt; sie meinte, man müsse die Fahne des eigenen Landes ehren. Aber wir hatten doch nur die Nazi-Parteifahne. Und wir zuhause waren keine Nazis. Obwohl ich das nicht – noch nicht, oder nicht richtig – erklären konnte, verstand Tante Käte endlich, was gemeint war. Bei uns in Deutschland wurden so viele Leute ausgegrenzt und eingesperrt, wenn sie nicht einverstanden waren mit dem, was die Nazis wollten. Mutti kannte einige.

Tante Käte erzählte mir, wie viele Menschen in Schweden arm waren, als sie in den zwanziger Jahren das Land kennenlernte. Und wie Per Albin Hansson, Schwedens erster sozialdemokratischer Ministerpräsident, während seiner Amtszeit erreichte, dass die Armut zurückging. Man spricht seitdem vom *Volksheim Schweden*, dem Land, in dem das Leben für alle Schweden angenehmer wurde. Ich lernte die schwedische Nationalhymne. Fanny sang sie vor und korrigierte, wenn ich mit den Wörtern nicht zurechtkam. Tante Käte übersetzte mir den Text ins Deutsche.

Dann endeten meine Ferien. Tante Käte veranlasste mich, bei Onkel Hjalmar einen Dank für erwiesene Freundlichkeiten aufzusagen. Obwohl ich es selbst konnte, packte sie meinen Koffer, legte auch die erlaubte Menge Kaffee und Tee hinein. Am Morgen meiner Abreise bekam ich noch ein gut verschnürtes Paket in die Hand und dazu die Erklärung: Da drin sind Nachthemd und Waschzeug, was ich nach dem Kofferpacken noch gebraucht hatte.

In meinem Koffer lag eine Schallplatte mit einem Schlager, der gerade in Mode, dessen Text »Jag kan ej glömma dej« aber unpassend für mich Kind war, wie Tante Käte meinte. Die Platte hatte Fröken Nilsson mir zum Abschied geschenkt, und ich war sehr gerührt: »Ich kann dich nicht vergessen.« Von den Kantinenmädchen Ulla und Astrid lag auch etwas im Koffer, genau genommen ein erstes Stück für meine Aussteuer: Ein Wandbehang, den ich aussticken könnte, um ihn später in eigener Küche aufzuhängen. Fertig rot umsäumt etwas Landschaft, Wasser im Vordergrund und eins von den typischen schwedischen Holzhäusern dahinter. Darunter der Text: »I en röd liten stuga nära vid sjön skall vi bo«. »In einem roten kleinen Häuschen nahe am See werden wir wohnen«, wurde mir übersetzt. Ich konnte nur immer wieder »tack så mycket« sagen, einen Knicks machen und lächeln. Sie redeten mehr. Vermutlich wünschten sie mir eine gute Reise.

Seit Malmö saß ich im Kurswagen, der im Hafen in Trelleborg auf die Sassnitz-Fähre geschoben wurde. Ich ging an Deck, sah von oben den Männern zu, die letzte Fahrzeuge ins Schiffsinnere winkten. Erinnerte mich an ein mehrfach gehörtes schwedisches Seemannslied, etwa: Lebewohl, schönes Mädchen, ich komme bald wieder. Veränderte den Text und sang leise: »Farväl, farväl, Sverige farväl«, während das Schiff den Hafen verließ.

Deutsche Zollbeamte kamen in den Zug, interessierten sich für mein Paket. Ich erklärte: mein Nachtzeug und Waschzeug. Sie waren zufrieden und gingen weiter. Abends zuhause fanden wir beim Auspacken noch je ein Paket Kaffee und Tee. Meine Familie freute sich und überließ mir die Ratlosigkeit derer, die unbewusst geschmuggelt hatten.

Oma Agnes und Irene hatten mich vom Bahnhof abgeholt; Mutti bekäme am nächsten Tag frei, sagten sie. Als Omi die Wohnungstür aufschloss, kam meine Frage: »Was macht ihr denn mit den Tschechen?« Omi aufgeregt: »Komm erst mal rein.« Mein Koffer und ich wurden in den Flur geschoben, die Tür schnell geschlossen, der neue Mantel bestaunt, an die Garderobe gehängt. Erst in der Stube wurde geantwortet.

Unruhen im Sudetenland hatte es schon vor meiner Reise gegeben. Die waren inzwischen stärker geworden. Die Sudetendeutschen wollten selbstständig werden, unabhängig von der Tschechoslowakei. Sie hatten Autonomie gefordert, Deutschland sollte sie *heim ins Reich* holen. Die Regierung in Prag mobilisierte, bereitete sich auf einen Krieg vor.

Wie ich jetzt erfuhr, waren Briefe zwischen Hamburg und Malmö gewechselt worden mit dem Beschluss: Wenn es Krieg gibt, bleibt Hilde in Schweden. Aber die politische Situation war bis zum Ende meiner Sommerferien unübersichtlich geblieben. Nun war ich zurück, und wir hofften, dass sich eine friedliche Lösung fände. England und Frankreich wollten helfen.

Als ich ihnen »Du gamla, du fria ...« vorsang, geriet ich ins Schluchzen. Warum? War ich traurig, weil die Ferien zu Ende gingen? War ich erschöpft? Oder war es die Anspannung wegen der Tschechoslowakei?

Am ersten Schultag nach den Ferien der übliche Morgenappell: Wir standen klassenweise auf dem Schulhof, sortiert und aufgereiht vor dem hohen Fahnenmast. Erst musste der Schulleiter etwas reden, wobei kaum jemand zuhörte, dann die Nationalhymne: *Deutschland über alles* mit dem nach der Machtübernahme angefügten *Horst-Wessel-Lied*, wobei die Nazi-Fahne hochgezogen wurde. Im Text hieß es: *Kameraden, die Rotfront und Reaktion erschossen, marschiern im Geist in unsern Reihen mit.* Ich verstand das so, dass durch Herrn Wessels *SA*-Kameraden Angehörige von »Reaktion und Rotfront« erschossen worden waren, also von *SA*-Tätern. Wessel hatte aber gemeint: die von Bürgerlichen und den Roten erschossenen *SA*-Leute. Erklärt wurde das nie. Während dieser ganzen Singerei musste der rechte Arm gehoben werden. Einige Mitschülerinnen legten den Arm gelangweilt auf die Schulter des Vordermädchens. Das musste aber nicht Protest bedeuten. Ob mein Protest je verstanden wurde? Den ersten Teil sang ich mit wegen der Melodie; der alte Haydn konnte ja nichts dafür. Beim zweiten Teil aber bekam ich regelmäßig Husten.

Am ersten Schultag nach den Ferien fragte Fräulein Leu immer nach Ferienerlebnissen. Unter dem Namen Freies Sprechen ist das eine ordentliche Unterrichtseinheit; so wurde sie bei uns aber nie benannt. Ich hatte das immer nur als übliche Feriennachlese betrachtet, fand es daher nie notwendig, mich aufgabenmäßig darauf vorzubereiten. Auch diesmal: Einige Mädchen meldeten sich, wurden nach vorn gerufen, standen bei unserer Lehrerin, der Klasse zugewandt und erzählten. Andere Mädchen wurden aufgefordert, einen Bericht zu geben. Aber: Als alles Wesentliche erzählt war, sagte Fräulein Leu: »Und jetzt kommt Hilde.« Ein Auslandsaufenthalt war in den dreißiger Jahren etwas ganz Besonderes. Sogar für

Lehrerinnen und Lehrer. Fräulein Leu war schon sehr fern in den Alpen gewesen, auf der Zugspitze mit der Zugspitzbahn. Das war aber Inland.

Da stand ich, erwähnte die Fahrt über die Ostsee und das Baden auf der anderen Seite. Mir fiel dies und jenes ein. Was erwartete meine Lehrerin? Gespräche mit Matrosen am Hafen mochte sie sicher nicht. Hoffte sie auf Eisbären? Von Lund konnte ich doch das Café nicht unbedingt erwähnen. Immerhin den Dom. Dann kam mir ein schöner Gedanke. Ich sang die schwedische Nationalhymne und brachte anschließend die Übersetzung, beginnend mit: »Du alter, du freier, du bergiger Norden«, und endend mit: »Ja, ich will leben und sterben im Norden.« Ein glorreicher Abgang. Das Ende eines schönen Sommers.

Yvonne

Sie war ein feingliedriges, dunkelhaariges Mädchen mit großen wachen Augen, die Kleinste und Klügste in unserer Klasse. Wir nannten sie manchmal Wonnchen. Als die Prüfungen fürs Gymnasium anstanden, vor Ostern des Jahres 1937, wunderten wir uns, dass Yvonne nicht dabei war. Warum nicht? Die kann das doch.

Hier bringe ich Klara Leu ein großes Lob, die uns mit vorsichtig-klugen Worten sagte, dass es Yvonne nicht erlaubt sei, eine höhere Schule zu besuchen, nur deshalb, weil sie Jüdin ist. In der Klasse herrschte helle Empörung. Da war vergessen, was in vier Jahren Nazi-Herrschaft vielleicht schon in den Köpfen spukte. Da ging es um Yvonne, die wir kannten. Wir empfanden die große Ungerechtigkeit gegenüber diesem Mädchen, unserer Mitschülerin.

Aber die Konfrontation mit ihrem Schicksal ging über unsere Kräfte. Wir waren Kinder und unterschiedlich informiert über die Geschehnisse um uns her. Yvonnes Besonderheit blieb uns nicht tägliche Gegenwart. Sondern Yvonnes Gegenwart wurde uns wieder alltäglich.

Woran erinnere ich mich? Nur an einzelne Kleinigkeiten. Zunächst an den ersten Sommer in Schönberg, als ein Mädchen, das zwar jünger war als wir, aber um etliches größer und stabiler als Yvonne, ernsthaft erklärte, Yvonne dürfe nicht so viel Zahnpasta auf ihre Zahnbürste drücken. Das sei schädlich für ein kleines Kind. Es gab ein großes Palaver im Waschraum, bis wir die andere endlich darüber aufgeklärt hatten, wie alt und vernünftig und zahnpastaerfahren Yvonne bereits war.

Inzwischen etwa elfjährig, trafen wir uns nach der Schule: Yvonne, Lotti und ich. Das muss komisch ausgesehen haben. Yvonne war die Kleinste, Lotti die Größte in unserer Klasse, und ich fing an, die Dickste zu werden.

Lotti lebte mit ihrer früh geschiedenen Mutter in der Angerstraße; da saßen wir in der Küche. Die Mutter arbeitete im Krankenhaus, war also meistens weg. Bei mir saßen wir in meinem Zimmer, und meine Oma nähte nebenan. Bei Yvonne waren wir nie. Sie kam aus einem Zigarrengeschäft an der Ecke Grevenweg/Hammer Landstraße. Der Laden gehörte ihrer Mutter. Aber wer kaufte wohl noch bei ihr? Meine Erinnerung an Frau Sara Greilsamer beschränkt sich auf das Bild einer kleinen, dunklen Frau, die vor einem dunklen Hintergrund in der Tür zwischen Laden und Wohnung stand. Wonnchen kam da herausgehüpft wie ein kleines leichtes Vögelchen.

Manchmal waren wir ziemlich albern und taten so, als wären wir Ausländerinnen. Dafür benutzten wir eine uns selbst unverständliche Sprache, gestikulierten gewaltig und redeten laut, auch durcheinander. Wir kamen uns sehr fremdländisch vor und hofften, dass die Vorübergehenden darauf hereinfielen.

Meine Mutter spendierte im Dezember 1937 den großartigen Betrag von fünf Reichsmark und ging mit mir auf den Dom. Dieser gewaltige Rummel fand damals nur einmal jährlich statt, verursachte immer kalte oder gar nasse Füße und manchmal einen Schnupfen. Mutti ging sicher nicht gern, wollte mir aber eine Freude machen. Wir fuhren zwar gemeinsam im Riesenrad, weil sie das immer noch schön fand; sonst aber stand sie da und fror. Plötzlich trafen wir – Groß und Klein, Lang und Kurz – Lotti und Yvonne. Das Budget der beiden war bereits erschöpft. Wie wunderbar wirkte es deshalb, dass ein kleiner Rest von unseren fünf Reichsmark gerade ausreichte, zu dritt die finstere, gefährliche Geisterbahn zu benutzen. Danach fuhren wir gemeinsam mit der gemütlichen gelben Straßenbahn nach Hause.

An eine unerfreuliche Situation erinnere ich mich, mit der Fräulein Leu erkennbar nicht umgehen konnte. Yvonne erschien eines Tages mit einem wohlfrisierten Lockenkopf in der Klasse. Der passte nicht zu ihr. Fräulein

Leu war entsetzt und äußerte das laut. Was nämlich unsere Lehrerin sicher nicht wusste: Eine Friseurschule beim Berliner Tor suchte und fand immer Mädchen und Frauen, die ihren Kopf kostenlos für Übungsversuche zur Verfügung stellten. Meine Mutter ließ sich da einen Bubikopf schneiden. Das machte allerdings ein Friseurmeister selbst und zeigte seinen Schülern vor, wie das nachher aussehen soll. Ich war auch schon zum Haarschneiden dort gewesen und sah danach immer ordentlich aus. Als sie mich wegen Locken fragten, lehnte ich ängstlich ab. Yvonne hatte wohl zugestimmt. Tagelang hatte ich ein schlechtes Gewissen, weil ich nicht zu Fräulein Leu gegangen war und ihr meine Vermutung erzählte, um Yvonne damit zu rechtfertigen. Aber mich bedrückte gleichermaßen der Gedanke, mit meinem Bericht Ungehöriges über die Freundin auszusagen. So sagte ich nichts. Die ondulierten Locken hielten zum Glück nicht lange.

Unsere Lehrerin, in Hamburg geboren und aufgewachsen, benutzte typische Hamburger Ausdrücke. Yvonne und ich amüsierten uns über ihr »ein bei ein«. Wir wiederholten es, leise, aber hörbar. Manchmal sagten wir es schon vorher. Man weiß, was kommt, und hat Spaß. Stellt schließlich fest: Auch Lehrer lernen. Fräulein Leu gewöhnte sich mit der Zeit dieses »ein bei ein« ab. Das tat uns leid. So weit wollten wir nicht gehen. Wir wollten sie nicht ärgern, nur uns ein bisschen vergnügen.

Dazu gehört noch unsere Schneewittchen-Aufführung. Zu Fräulein Leus Geburtstag übten wir dieses Märchen als Stegreifspiel. Wir durften die eine und andere Unterrichtsstunde in einem leeren Nebenraum zur Vorbereitung nutzen. Ingrid mit ihrem rot-lockigen Haar war Prinzessin. Eben wegen der Haare. Obwohl das Märchen sich gerade wegen der Haarfarbe Schneewittchens deutlich anders äußert. Mein kleinlicher Einwand wurde abgetan. Genauso wenig konnte ich mich mit der Forderung durchsetzen, das ganze Stück wenigstens einmal durchzuspielen, statt wieder und wieder die Kostüme anzuprobieren.

Yvonne war der kleinste Zwerg und ich der größte. Wir hatten keine Lust, fürchteten eine Blamage. Aber naja, man macht mit. Als sich das Stück so weit hingehangelt hatte, dass Schneewittchen und ihr Prinz sich erwacht in den Armen lagen, sprach ich zu den Zwergen: »Nun stellt euch mal ein bei ein auf!« Das taten sie, Yvonne lachte laut, die Zwerge machten mir meine Verbeugung nach, alle Darstellerinnen folgten dem Beispiel – und sämtliche Zuschauerinnen erkannten daraus das Ende unserer Vorstellung und applaudierten. Fräulein Leu dankte für das Geburtstagsgeschenk.

Wenn nur der Spaß so weitergegangen wäre! Ein bisschen blieb uns noch. Yvonne fragte mich, ob ich eine Wendeltreppe erklären könne. Natürlich benutzte ich keine Wörter, keine Sätze, sondern zunächst die Hände. Yvonne lachte: So erklären das alle. Das probierten wir gemeinsam aus. Wo und wen wir auch fragten, uns wies ein sich drehender Zeigefinger, wie eine Wendeltreppe aussieht.

Ich weiß nicht mehr, wann das war, wahrscheinlich im frühen Herbst 1938, als Yvonne mir auf dem Schulhof sagte: »Wir gehen weg. Zu meinem Onkel ins Elsaß.« Das klang anders als ein gewöhnlicher Umzug.

Im Geografie- oder Geschichtsunterricht waren wir noch nicht bis zum Elsaß gelangt. Ich hatte aber in Köln schon davon gehört, als gerade das Saarland *wieder deutsch* wurde. Da hieß es, dass auch Elsaß-Lothringen eigentlich deutsches Gebiet sei, was nur wegen des Versailler Vertrages zur Zeit zu Frankreich gehörte. Eben erst, im März 1938, war Österreich *heim ins Reich* gekommen.

Mir fiel unser Untermieter ein, der vor einem Jahr nach Brasilien gefahren war. Ich dachte auch daran, dass Mutti erzählt hatte, unsere Kölner Nachbarinnen Rosenstirn hätten ihr von Verwandten in Italien geschrieben; vermutlich wollten sie dahin. Das klang alles nach großer Unsicherheit für jüdische Menschen hier im Land.

An einen Abschied von Yvonne erinnere ich mich nicht. Keine Worte her und hin, keine guten Wünsche, die geäußert wurden. Und niemals Briefe.

Niemals Briefe.

Neues von meinem Vater

Karl, mein Vater, verliebte sich. In Else. Sie kam aus Mecklenburg und war Köchin in einem feinen Haus in Alsternähe. Er hatte sie bei Tante Alwine kennengelernt. Else war die Tochter einer älteren Schwester von Alwine. Ich war die Tochter eines jüngeren Bruders von Alwines Mann Fiete. Else und ich waren also beide Nichten von Fiete und Alwine und nannten sie Onkel und Tante. Aber mein Vater, Fietes Bruder, wollte nun der Ehemann von Fietes Nichte werden, was die Generationenordnung durcheinanderbrachte und in der Familie immer mal wieder zu Irritationen und Fragen führte.

Ich war einverstanden mit Else, sie gefiel mir und ich ihr auch. Sie war ein Jahr jünger als meine Mutter. Mit einer Heirat sollte zunächst gewartet werden. Karl bekam einen Arbeitsplatz in Wilhelmshaven angeboten. Dort wuchs die *Kriegsmarinewerft* und suchte dringend Leute aus allen Gegenden Deutschlands und zu allen Aufgaben. Für Karl fand sich etwas im Verwaltungsbereich. Er bekam aber nicht so schnell eine Wohnung, sondern musste zunächst auf Zimmer wohnen. Er schrieb, dass überall gebaut wurde und große Siedlungen rings um die Stadt Wilhelmshaven entstanden. Else und er wollten ein Siedlungshaus mit Gartenland erwerben.

Vatis Hamburg-Besuche waren selten. Er holte mich ab, oder wir trafen uns in Barmbek am Bus nach Bramfeld. Tante Liese und Onkel Richard hatten ihr Haus vergrößert und die zweite Erdgeschosswohnung vermietet an Fiete und Alwine, deren Nichte Else bei unserem Kommen oft schon in der Stube saß und Kaffee trank.

Wenn ich allein nach Bramfeld fuhr, besuchte ich meine Oma Henny, die dort im Dachgeschoss wohnte. Die Treppe zu ihr lag genau zwischen den Küchenfenstern meiner beiden Tanten, und ich überlegte immer neu, von welcher Seite her ich die Treppe am unauffälligsten erreichen konnte. So ging ich schnell an der einen oder anderen Tantenseite vorbei. Oma kannte die Empfindlichkeiten von Tochter und Schwiegertochter und ging mit mir nach unten zu Liese. Da tauchte auch bald Alwine auf. Und die eine oder andere Tante äußerte vorwurfsvoll: »Ich hab dich gesehn. Warum hast denn nicht mal reingeguckt?« Eine Antwort ersparten sie mir. Sonst hätte ich sagen müssen: Ich möchte am liebsten nur Oma Henny besuchen, meine kuschelige Oma, die sich erkennbar freute, die mich in den Arm nahm, die nach meiner Schule fragte und die es nie versäumte, meine Mutter grüßen zu lassen.

Aber ich will von meinem Vater berichten. Wir trafen uns am Bahnhof Barmbek, wo der Doppeldeckerbus, der einzige, den es je in Hamburg gab, nach Bramfeld fuhr. Wir stiegen nach oben, wo kaum jemand saß. Ein bisschen hin und her erzählen. Dann seine Frage: »Wie steht deine Mutter jetzt eigentlich politisch?«

In mir muss etwas sehr schnell gedacht haben, mehrere Überlegungen gleichzeitig: Man darf die Eltern nicht anlügen. Wenn ich die Wahrheit sage, kommt Mutti weg. Und ich in ein Nazi-Heim. – Und nach einer winzigen Verzögerung, die ihm nicht auffiel, langsam-leise und für mich selbst überraschend: »Ach, weißt du, sie ist ja jetzt beim Staat angestellt.«

Wie fühlte ich mich befreit, erleichtert nach dieser gefundenen Antwort.

Die ihm genügte. Wusste er aber, was er mir antat? Wusste er, wie groß der Zwang war, dem er mich ausgesetzt hatte? Ich war froh, dass keine weiteren Fragen folgten, und vergaß alles für den Rest des Tages. Vergaß das alles wahrscheinlich viele Tage lang und begriff erst spät, dass er damit mein Kindvertrauen missbraucht, ja, kaputt gemacht hatte.

Zuhause von dieser Fragerei zu erzählen fiel mir erst ein, als ich für einen Arztbesuch einen Krankenschein brauchte und deswegen nach Wilhelmshaven schreiben musste. Ich war, wie allgemein üblich, bei meinem Vater familienversichert. Er schickte mir den Schein immer postwendend. Aber mit der wiederholt geäußerten Mahnung, endlich einen anderen Arzt zu suchen. Er könne seiner *Reichsbetriebskrankenkasse* nicht immer noch den jüdischen Arzt zumuten. Dass unser Hausarzt, Dr. Martin Schleimer, überhaupt noch praktizieren durfte, lag daran, dass er Kriegsfreiwilliger gewesen war und mehrere Auszeichnungen bekommen hatte.

Große Beratung in unserer Frauenfamilie. Zunächst helle Empörung über Karl: Wie kann er das Kind so was fragen? Sein eigenes Kind! Dann Lob wegen meiner Antwort. Meine Mutter Käte sagte: »goldrichtig«. Mir fiel wieder ein, dass er mich auch gefragt hatte: »Schreibt sie noch an Rosenstirn?« Darauf hatte ich vermutet, dass sie das wohl nicht mehr tut. Was er als Nein ansehen musste. Sie waren alle drei sehr mit mir zufrieden. Mir blieb das Erstaunen darüber, dass mein Vater vor kaum vier Jahren geholfen hatte, die Schaufenster der Rosenstirnschen Drogerie von Nazi-Schmierereien zu reinigen. Welche Veränderung jetzt.

Mein Krankenschein? Dazu meinte Käte: »Ich frag mal, ob du bei mir versichert werden kannst.« Seit sie ihre Schwesternausbildung machte, gehörte sie der für Hamburger Staatsbedienstete zuständigen Betriebskrankenkasse der Hansestadt Hamburg an, die sich bisher nicht über ihren Arzt mokiert hatte. Nach Zustimmung dieser Kasse teilte ich das nach Wilhelmshaven mit. Für meinen Vater schien das praktisch zu sein: Er sparte Laufwege oder andere organisatorische Überlegungen und stimmte zu.

Wir schrieben uns Briefe in überschaubarem Abstand. Er teilte mit, dass die Bauvorhaben im Siedlungsgebiet voranschreiten, dass sie schon im Frühjahr 1939 heiraten und einziehen könnten. Dann sei ich für vierzehn Tage in den Sommerferien eingeladen. Ich teilte mit, dass Anfang nächsten Jahres die Prüfungen zum Schulwechsel stattfänden.

Herbst 1938

Ich bekam einen Brief, in dem eine mir unbekannte Carola schrieb, ich hätte mich zum Heimabend der *Jungmädel-Schaft* einzufinden. Zeit: der nächste Dienstag, Ort: ein alter Kellerladen in der Klaus-Groth-Straße. Zunächst überlegten wir in der Familie: Ist das nicht schon längst Pflicht für alle Kinder ab zehn Jahren? Dann war es nur gut, dass bisher keine Aufforderung gekommen war. Jetzt musste ich hin, wenn wir uns keinen Ärger ins Haus holen wollten. Schulterzucken, na ja.

Heimabende, für mich eine Mischung aus Langeweile und widerwilligem Lernen. Unbedingt wissen mussten wir, welches Mädchen welche Kordel an ihrer weißen Uniformbluse trug. Daraus ließ sich ihre Wichtigkeit erkennen. Carola hatte nur die rot-weiße Kordel, sie war *Schaft-Führerin.* Als sie zur *Scharführerin* befördert wurde, durfte sie die einfarbig rote Kordel tragen. Zu Carolas *Schaft* gehörten vielleicht ein Dutzend Mädel. Zur *Schar* gehörten ein paar *Schaften*, und so ging es weiter über *Gruppe* und *Ring* bis zum *Bann*, den es nur einmal in Hamburg gab; danach kam wohl schon dieses hohe Tier, der *Reichsjugendführer* Baldur von Schirach. Der Name Baldur, dem nordischen Götterhimmel entnommen, wirkte programmatisch für die Erziehung der deutschen Jugend: eben dem *Nordischen Menschen* im Aussehen zu entsprechen und zu entwickeln, was an Großartigkeiten von ihm erwartet wurde. Dem Baldur unterstand die gesamte *Hitlerjugend.* Bei den Jungen ging es los mit dem *Jungvolk*, ab vierzehn Jahren hießen sie *Hitlerjugend.* Die zehn- bis vierzehnjährigen Mädchen waren zunächst *Jungmädel* und gelangten danach zum *Bund Deutscher Mädel*, dem *BDM.*

Selbstverständlich war *Führers Geburtstag* und -ort zu lernen. Wobei mich der Unterschied zwischen »zu« und »in« erstaunte. Ich war ganz gewöhnlich »in« Hamburg geboren. Aber jener Adolf »zu« Braunau. Sagen das alle dort geborenen Kinder, weil sich »in Braunau am Inn« nicht gut anhört? Eher war wohl dieses »zu« der Versuch, ihn in höhere Gefilde zu erheben. Es muss etwas Besonderes gewesen sein. Ich wurde einmal verbessert, weil ich falsch geantwortet hatte.

Unvergessen, ob ich will oder nicht, bleibt mir das erste Lied, das Carola uns beibrachte: *In den Ostwind hebt die Fahnen*, dahin nämlich, von wo ein Land mit deutschem Gesicht und nicht schweigendem Boden uns ruft. War damit das Sudetenland gemeint?

Die Unruhen dort wurden schlimmer, gefährlicher. Ich verfolgte mehr als bisher, was in der Zeitung stand. Oma Agnes sagte: »Wir wissen gar nichts. Uns wird nur einseitig berichtet.« Wir bedauerten, dass meine sechs Wochen in Schweden nicht ausgereicht hatten, um Zeitungen lesen zu können. Das wurde aber jetzt, im September 1938, von den Ereignissen überholt.

Chamberlain, der britische Premierminister begab sich nach Deutschland, um direkt mit Hitler zu sprechen. Von England nach Deutschland kam man üblicherweise per Schiff. Flugverkehr befand sich in den Anfängen, wegen der gebotenen Eile aber bestieg Chamberlain erstmals in seinem Leben ein Flugzeug, was meine Großmutter ihm hoch anrechnete. Wir sahen das in der Kino-*Wochenschau*. Da gab es Gelächter, denn er trug einen schwarzen Anzug, schwarzen Mantel, dazu einen vornehmen schwarzen Hut und einen Regenschirm. Wir kannten unsere Regierenden in Uniform, dazu passte kein Schirm und ein Zylinder schon gar nicht.

Was zwischen Hitler und Chamberlain verabredet wurde, verweigerte die Regierung in Prag: Abtretung des Sudetengebietes an Deutschland. Hitler erklärte in einer langen Rede, mit der deutschen Forderung nach dem Sudetenland seien die Ansprüche auf Revision des Versailler Vertrages abgegolten. Mehr wolle er nicht. Das glaubte Oma Agnes nicht. Sie erwähnte die Škoda-Werke der Tschechen, verglich sie mit den Krupp-Werken in Essen, benannte beide mit dem Ausdruck »Große Waffenschmiede« und meinte, dass Deutschland daran interessiert sei, auch wenn darüber offiziell nichts gesagt würde. – Europa zitterte.

Noch im selben Monat ein neues Treffen. Chamberlain wieder mit Hut und Schirm, Mussolini aus Italien in der Uniform seiner Faschisten und aus Frankreich Daladier, der ein bisschen am Rande genannt wurde, im dunklen Sommermantel. Großbritannien und Frankreich, die Schutzmächte der Tschechoslowakei, galten als verantwortlich für die Einhaltung des Versailler Vertrages zu diesem Punkt. Die Prager Regierung selbst war nicht geladen. Die getroffenen Vereinbarungen fanden wieder ohne jede Mitwirkung der Betroffenen, ohne ihre Anhörung statt. Im Münchner Abkommen wurde beschlossen: Am 1. Oktober 1938 besetzt die deutsche *Wehrmacht* die sudetendeutschen Gebiete.

Europa atmete auf. Knapp war es am Krieg vorbeigekommen. Aus meiner Schule weiß ich hierzu gar nichts. Die Befürchtungen konnten lähmend gewirkt und dazu geführt haben, dass der Unterricht an allen Ängsten vorbei weiterlief. Erst mal abwarten. Wir befassten uns gerade mit den Ländern Südamerikas, lernten die Hauptstädte auswendig und aus den Anden lustig klingende Namen: Popocatepetl, Titikakasee.

Hatten wir eine Feierstunde zum 9. November? Da wurde doch jedes Jahr vom *Marsch auf die Feldherrenhalle* geredet. Die Erwachsenen mochten wissen, was im Jahr 1923 in München passiert war. Damals hatten sie aus unterschiedlichen Zeitungen noch einiges herauslesen können, wie vielleicht: Putschversuch Hitlers, unzureichende Gerichtsurteile beim Vorwurf von Landesverrat, erstaunlich viel zu schnelle Haftentlassung Hitlers. Jetzt gelangten nur noch einzelne Schlagworte an mich Kind: Marsch der Hitler-Partei. Schüsse von der Polizei. Tote. Wir sollten dieser *SA*-Toten gedenken. Reden und feierliche Lieder.

In diesem November 1938 geschah noch anderes. Es kündigte sich an: An einigen Straßenecken gab es extra hingestellte große Anschlagtafeln für die *SA*-Zeitung *Der Stürmer*, ein widerwärtiges Hetzblatt. Wer die Zeitung nicht bezog, sah und las hier, was er denken sollte. Ich kam regelmäßig an so einer Tafel vorbei und konnte Oma Agnes berichten, worauf sich *Der Stürmer* gerade einschoss. Seit die Tschechen nicht mehr hauptsächliches Angriffsziel waren, ging es wieder auf die Juden los. Das wurde überdeutlich in Überschriften und widerlichen Karikaturen.

Und dann dies, was sie später *Reichskristallnacht* nannten. Wo sie mehr als Kristall zerschlugen. Wo sie ein Inferno aus Brand und Tod anrichteten.

Ich habe das alles nicht gesehen. Auf meinem Schulweg hatte sich nichts verändert. Irene zur Arbeit und Agnes zum Reinemachen gingen durch den Steindamm, wo es einige jüdische Geschäfte gab. Ich weiß nicht, was da war, weiß nicht, ob sie davon sprachen. Es gab aber einiges, was Irene über Tag erfuhr und uns wiedererzählte. Mir blieb als Bild haften: Die großen Läden und Bürohäuser der Innenstadt, wo sie Schreibmaschinen aus den Fenstern geschmissen hatten und wo schöne Schaufensterpuppen jetzt in den Fleeten lagen.

In den folgenden Tagen gelangten weitere Berichte an uns. Tante Lina, Stiefschwester von Agnes, kam mit ihrem Mann Max. Er wusste viel und erzählte. Omis Entsetzen wuchs. Ich mochte nicht zuhören.

Gut, dass Yvonne schon weg war, Wonnchen, die Kleine, Zarte. Hätte sie geschrien beim Zerschlagen der Schaufensterscheibe? Hätte ihre stille, dunkle Mutter anderes tun können als jammern über das Zerstören ihres kleinen Ladens? Hätten sie zugesehen dem Elend oder säßen sie hingekauert im letzten Winkel des entferntesten Zimmers, sich weinend umarmend? Wie gut, dass Frankreich mit dem Elsaß weit weg ist von diesen Grausamkeiten!

Und keine Nachricht von den Frauen Rosenstirn. Sind sie schon bei den Verwandten in Italien? Ja, Käte hatte ihnen nach Köln geschrieben. Ihr Brief kam nicht zurück; aber es kam auch keine Antwort. Wo mochten sie sein?

Unserem Hausarzt, Dr. Schleimer, wurde seine Praxis geschlossen; er betrieb eilig seine Ausreise. Seine Kinder hatte er bereits nach England geschickt. Da er Witwer war, reisten die beiden mit ihrem Kindermädchen. Ihm gelang es nicht, den Kindern direkt zu folgen. Er bekam aber eine Einreiseerlaubnis für Schweden. Wie ich hörte, setzte Tante Käte sich für ihn ein. Sie und Fanny hatten ihn bei ihrem Hamburg-Besuch kennengelernt, und Irenes Briefe nach Malmö trugen zur Dringlichkeit bei. Noch Ende des Jahres fuhr er ab.

Er hinterließ uns eine schöne geschnitzte Frauenfigur, fast einen Meter groß, auf dunklem Sockel stehend, in langem Gewand, schlank und nach vorn geneigt, andächtig. Sie bekam ihren Platz vor der Balkontür, Omis Nähmaschine musste ein bisschen zur Seite rücken.

Es kamen auch zwei große Bilder, nicht mehr verkaufte Kostbarkeiten. Das eine, was künftig unsere Stubenwand über Omis Couch zierte, hatten Doktors Kinder nur »Das Rindfleischbild« genannt: Bauer mit Ochsengespann, einen Pflug lenkend, in Öl. Mir gefielen die Gelb- und Brauntöne. Das andere Bild, eine Reproduktion, gut und groß hinter Glas, sagte mir nichts. Rückerinnernd denke ich, es könnte wegen der vielen bunten Karos etwas mit Paul Klee zu tun gehabt haben. Es wurde in den Flur gehängt, über die Kommode. Schwarzer Rahmen und schwarze Kommode passten zusammen. Die blumenbestickte Decke wirkte stillos daneben, blieb dennoch liegen. Wenn sich jemand zu dem Bild äußerte, konnte Agnes mit großer Selbstverständlichkeit mitteilen, das sei ein Geschenk, und es schmückt ja auch die langweilig weiße Wand. Freunden erzählte sie vielleicht mehr.

In mein Zimmer passte ein Betttisch aus des Doktors Praxisräumen. Erst störte er mich, dann setzte ich meinen lieben Teddy darauf. Vom nächsten Sommer an transportierte ich ihn oft auf den Balkon, drehte die Platte in eine angenehme Schräge und machte daran meine Schularbeiten.

Der Doktor schrieb aus Schweden. Er benutzte als Absender die Adresse einer Frau, die mit Vornamen Ella hieß. Aus den Doppelbuchstaben machte er in der Unterschrift ein großes M, so dass da E-Ma stand; das war gut als Anfang von »Martin« zu erkennen.

Und die Tschechen? Ihr Land wurde im nächsten Frühjahr von deutschen Truppen besetzt und bekam die Bezeichnung *Protektorat Böhmen und Mähren.* Nebenbei gab Litauen ohne viel Lärm das *Memelland* an Deutschland zurück, das ihm im Versailler Vertrag zugesprochen worden war. Mussolini, Italiens Duce, kassierte mit großer Selbstverständlichkeit das Land Albanien, gegenüber an der Adria. Kein Krieg. Aber schlimme Siege über kleine Länder.

Aufbau oder Oberbau?

Mir blieb keine Wahl. Die Hamburger Lichtwarkschule, eine Aufbauschule, die nach sechs Volksschuljahren in weiteren sechs Jahren zum Abitur führen sollte, wurde aufgelöst. Künftig konnte man auch in Hamburg nur noch über die Oberschule, die an die ersten vier Jahre Volksschule anschloss, zum Abitur gelangen. Für uns Kinder aus zwei Jahrgängen, fünftes und sechstes Schuljahr, wurde eine Übergangslösung erforderlich.

Aus Klasse Leu hatten Inge und ich die Aufbauschule geplant. Inges Begründung dafür kenne ich nicht. Für mich wurde angeführt, dass meine früheren Mittelohrentzündungen nicht mehr aufgetreten waren. Wichtig war aber vor allem die Tendenz der Lichtwarkschule, die eng mit den Gedanken unserer Schule Burgstraße und ihren Vorläufern, Hamburgs *Versuchs-* und *Reformschulen*, in Verbindung stand. Mutti wird sich damals bei Elfriede Hoffmann, der Mutter von Nils und Jens, ausführlich informiert haben. Nils war ja noch hineingekommen.

Was es in Hamburg gab und was auch blieb: nach sechs Volksschuljahren der den Volksschulen angegliederte sogenannte Oberbau, der nach weiteren vier Jahren zur Mittleren Reife führte. Die Lösung für Inge und mich: Wir konnten die Prüfungen für den Oberbau mitmachen, dort zwei Jahre bleiben und danach in einer Förderklasse den Anschluss an die Oberschule erhalten. Kein Verlust, hieß es. Und zeitlich stimmte es ja.

Von den über vierzig Mädchen aus Klasse Leu machten zehn die Prüfung, wozu wir zwei Wochen in die Schule Marienthaler Straße gingen. Edith war vor allem begeistert vom Sport: »Endlich mal was anderes als Klaras ewiger Völkerball.« Ich hing wie ein nasser Sack am Reck und zitterte vor kommenden Geräteturnaufgaben. Trotz eines guten Turnergebnisses hatte Margot die Prüfung nicht bestanden. Ein halbes Jahr später ging Elke zurück in die alte Klasse. Beide wurden problemlos wieder aufgenommen; sie waren ja bekannt und gehörten in die Klassengemeinschaft und zu Fräulein Leu. Zwei Jahre zuvor war Traute, das Mädchen mit der größten Haarschleife, bei ihrer Prüfung zur Oberschule durchgefallen. Die kam nicht wieder, sondern wurde von den Eltern in eine Privatschule gesteckt. Das fanden wir doof.

Zur bestandenen Prüfung bekam ich ein schönes Geschenk: den ersten Opernbesuch. Omi fand, dass *Zar und Zimmermann* für eine Zwölfjährige geeignet sei. Sie suchte mir das Libretto aus der Menge ihrer Reclam-Hefte heraus, erzählte ein bisschen über Albert Lortzing, den Komponisten, verriet auch schon, dass beim Holzschuhtanz ein Mädchen hinfällt: »Aber das gehört dazu, das ist ein Spaß und kein Versehen.« Es muss eine gute, vergnügliche Aufführung gewesen sein. Mit gefiel der aufgeregte Bass-Bürgermeister besonders gut. Trotzdem wünschte ich mir zum Geburtstag eine Schallplatte mit der Tenor-Arie *Lebe wohl, mein flandrisch Mädchen*.

Bekam ich auch und sang bald nicht nur den flandrischen Abschied, sondern auch Wagner, weil auf der Plattenrückseite eine Arie aus dem *Fliegenden Holländer* zu hören war, in der es heißt: »Mein Mädel, wenn nicht Südwind wär, ich nimmer wohl käm' zu dir.«

Zwischen der Prüfung und dem neuen Schuljahr zu Ostern blieben uns einige Wochen. Die Klasse von Heini Eggers, unserem Musiklehrer, studierte eine Schönberg-Oper ein, die er selbst ausgedacht und komponiert hatte. Diese Musik unterschied sich wohltuend vom üblichen Marschgedröhne. Sie klang fröhlich und ernsthaft, wie der Text es brauchte. Für den Chor wurde Verstärkung benötigt. Das führte dazu, dass ich zuhause sang:

Ja, der Sand am Strand
ist ein weißes Band
an der See, grün und blau.
Man fühlt sich, man fühlt sich, oh, so flau,
man weiß nicht, was man hat,
aber niemals wird man richtig satt.

Die Oper sollte zu Ostern aufgeführt werden, wenn das achte Schuljahr beendet wurde und auch die Oberbauklasse von Ernst Peters abging. Wir künftigen Oberbaumädchen freuten uns darauf, dass wir die nächste Peters-Klasse werden würden. Bisher war es üblich, dass zwei Schulen abwechselnd den Oberbau betreuten; wir waren mit der Burgstraße dran. Aber dann hieß es, die Burgstraße bekommt keinen Oberbau mehr. Immer noch politische Ängste der Schulbehörde. Für unser Wohngebiet kommt nur die Mädchenschule Marienthaler Straße infrage. Das war zum Heulen. Und mit dem Extra-Singen war es aus. Wir mussten ja unsere Schule jetzt auch verlassen und entsprechend verabschiedet werden. Da konnten wir nicht gleichzeitig für uns singen.

Die Aufführung wurde großartig: Es gab die Bühne in unserer Turnhalle und in Klasse Eggers und im Kollegium geschickte Bühnenbildner, Sänger und Musikanten. Im ersten Akt wurde die Aufregung vor der Reise beschrieben.

Beeindruckend war, dass der Physiklehrer Herr Behrmann ein Märchen erzählte. Ich kannte es aus dem plattdeutschen Buch *Wat Grootmodder vertellt.* Heini Eggers hatte die ganze Geschichte vertont, durchkomponiert, und sie klang gut im Behrmann-Bass. Die Kinder saßen um ihn herum und hörten zu. Danach wurden sie wieder selbst aktiv, erinnerten an die von uns allen »Klein Heini« genannte Kleinbahn:

> Guck mal da, da bimmelt schon die Kleinbahn.
> Guck, da heizt der Heizer mit dem Kienspan.
> Gegen Wind
> ganz geschwind
> schieben alle, ahoi und ohe,
> Klein Heini bis ran an die Östliche See.

Soweit ich weiß, wurde die Schönberg-Oper zweimal aufgeführt. Sicher ist mir ein Abend, an dem ich mit meiner Familie zusammensaß, an dem überhaupt viele Erwachsene in der Turnhalle saßen, wahrscheinlich mit gekauften Karten. Aber es gab auch den Tag mit allen Schülerinnen, allen Lehrerinnen und Lehrern und mit uns in den ersten Reihen. Mit uns, die wir unsere geliebte Schule verlassen mussten, mit uns, die wir schon nicht mehr dazugehörten.

Fräulein Leu probte für die Abschiedsfeier in unserer Klasse ein Theaterstück. Kein Stegreifspiel mehr, wie wir es in früheren Jahren probiert hatten, sondern vorgegebenen Text, der auswendig zu lernen war: *Der Teufel mit den drei goldenen Haaren.* Margot war das Teufelchen, dem ich als Teufels Großmutter mühsam drei Haare ausziehen musste. Ich habe vergessen, warum und für wen. Wir feierten nachmittags im Musiksaal, der eine kleine Bühne hatte. Es gab mitgebrachten Kuchen und Saft, dazwischen die eine und andere Aufführung und ein paar Lieder. Und selbstverständlich waren unsere Kochmütter gekommen, die uns in Schönberg versorgt hatten und die uns gute Wünsche mit auf den Weg gaben.

Eine Erinnerung: dass wir im ersten oder zweiten Schuljahr mit der Klasse der Schule aufs Dach gestiegen waren. Es gab da oben einen eingegitterten ebenen Bereich, auf dem wir gerade Platz fanden. Ließe sich das – bitte, so als Abschluss – wiederholen? Unsere liebe Klara ging lachend darauf ein. Herr Flöter, unser Schulhausmeister, gab die notwendigen Schlüssel.

Oben ließen wir uns kühlen Frühlingswind um die Nasen wehen, stellten fest, dass auch aus dieser Höhe der Schulhof, der größte in Hamburg, wirklich groß ist. Wir gingen zurück ins oberste Stockwerk, wo es Unterrichtsräume für Physik und Chemie gab, wo im Flur hohe Schränke mit ausgestopften Tieren standen, von denen wir einige aus den ersten Schuljahren kannten. Hier auch die Bücherei und der Raum mit Landkarten und aufgerollten Bildern zu Biologie und Geschichte. Wir guckten in den Gymnastiksaal mit dem feinen Parkettfußboden und einem Klavier.

Im Erdgeschoss konnten wir in den Musiksaal gehen, wo gerade kein Unterricht stattfand. Der Musiksaal hatte die Funktion einer Aula. Wenn sich alle dort trafen, mussten einige Klassen ihre Stühle mitbringen. Im Erdgeschoss an dem kurzen Stück des Korridors lagen die Zimmer des Schulleiters und seiner Sekretärin; daneben das Lehrerzimmer. Gegenüber der Eingangsglastür ein in die Wand eingelassener Brunnen, schön mit farbigen Kacheln umgeben.

Als wir schon wieder in unsere Klasse wollten, sagte Fräulein Leu, nun müssten wir auch den Keller ansehen, mit den dicken Rohren an Wänden und Decken und mit Werkräumen für verschiedene Handarbeiten und Handwerke. Die Kulissen für die Schönberg-Oper waren hier hergestellt worden. Wir guckten in die Küche, in der große Mädchen sparsam und nahrhaft kochen lernten. Und es gab einen Raum mit langen Tischen für die Kinder, die Schulspeisung bekamen.

Fritz Schumacher, 1910 bis 1933 Oberbaudirektor in Hamburg, war Architekt unserer Schule, die Anfang der zwanziger Jahre fertiggestellt worden war. In unserer Stadt gibt es viele Schulbauten von Schumacher. Er hatte in den ersten Jahren seiner Hamburger Tätigkeit im Gespräch mit fortschrittlichen Lehrern begonnen, bauliche Konzepte zu entwickeln, die den neuen Anforderungen des Lehrens und Lernens gerecht wurden.

Hamburg hatte ab 1919 vier sogenannte *Versuchsschulen*, die mit Einverständnis der Oberschulbehörde neue Formen des Unterrichtens zu verwirklichen suchten. Hierzu lese ich in einem Aufsatz des Lehrers Wilhelm Lottig von 1922 Sätze wie: Wir haben »keinen Lehrplan und kein Lehrziel. Das Kind mit seinen Neigungen und Begabungen, seinen Kräften und Schwächen ist der Plan, nach dem wir unsere Arbeit einrichten.« – »Weil es uns nicht auf die Leistung, sondern auf die unmessbare Entwicklung des Kindes ankommt, geben wir keine Zeugnisse.« – »Die Kinder werden bei uns gewohnt, bei Anordnungen nach dem Warum? zu fragen. Das kann sie zu unbequemen Menschen machen.« – Die Schule »soll sich dessen bewusst bleiben, dass die Jugend ihr eigenes Recht, ihr eigenes Leben, ihre eigene Schönheit hat und nicht lediglich Vorbereitungszeit, nicht lediglich Mittel zum Zweck ist«.

In abgeschwächter Form übernahmen *Reformschulen* die neue Art des Unterrichts *vom Kinde aus*. Hier durften Lehrerinnen und Lehrer entscheiden, wer zum Kollegium gehören sollte, wodurch ein gutes Miteinander entstand. In unserer Schule fanden sich Lehrkräfte, die bereits einige Jahre in der *Versuchsschule* Berliner Tor unterrichtet hatten. Klara Leu hatte dort ihr Lehrerinnendasein begonnen, der tüchtige Musik- und Kunstlehrer Heinrich Eggers kam von da, und auch Ernst Peters, den wir nun nicht bekamen, hatte dort seine Wurzeln.

Es ist leicht verständlich, dass den Nazis die freie Form des Unterrichts und des Umgangs zwischen Lehrern und Schülern nicht gefiel. Was sollten sie mit zur Selbstständigkeit erzogenen freien, fragenden jungen Menschen anfangen? Sie schränkten ein, machten kaputt, was ihnen im Weg stand. Schon bevor sie die Koedukation zurücknahmen, die fröhliche Gemeinschaft von Mädchen und Jungen in einer Klasse, hatten sie Lehrkräfte entfernt, entlassen und eingesperrt. Sie bekämpften diese Schulen so total, dass nach zwölf Jahren die für neue Formen umsetzbare Erinnerung fast verloren war.

Nicht verloren gingen glücklicherweise die meisten der großzügigen, architektonisch schönen Backsteinbauten, die Fritz Schumacher hinterließ.

Die Schule Marienthaler Straße, wohin wir Oberbaumädchen nun kamen, war auch ein Schumacher-Bau. Von daher konnten wir uns wohlfühlen. Sie hatte die gleiche Teilung erfahren wie die Burgstraße: Mädchenklassen auf der einen, Jungenklassen auf der anderen Seite. Der Eingang für Jungen lag an der Griesstraße. Auf dem Schulhof sahen wir einige Jungen aus unserer Burgstraßen-Parallelklasse wieder.

In unserer neuen Klasse waren wir etwa vierzig Mädchen. Ich saß neben Edith; vor uns noch vier aus der Burgstraße. Die beiden anderen setzten sich auf die andere Seite zu Mädchen, die aus ihrem näheren Wohnbereich kamen.

Unsere neue Lehrerin: Frau Barghoorn, schon älter, mit wunderschön weißem Haar und einer angenehmen Stimme. Sie wird uns am ersten Tag einiges zur Einführung gesagt haben und dann forderte sie uns auf, einen Lebenslauf zu schreiben. Der sollte aber nicht einfach Geburtstag und -ort und die Namen der Eltern enthalten, sondern mehr von uns, besondere Erlebnisse oder Erinnerungen, was uns in unseren zwölf Lebensjahren eben wichtig gewesen war. Edith fand flüsternd: »Das geht sie doch gar nichts an.« Aber ich war einverstanden. Wohl weil mir die Frau gefiel, vielleicht auch, weil mir gleich etwas einfiel: Ich erzählte ihr vom Abschiedsfest in Klasse Leu, damals als ich nach Köln musste.

Ich gehörte zu den ersten Mädchen, die im neuen Schuljahr dreizehn wurden. Frau Barghoorn gratulierte und schenkte etwas zum Lesen. Ich bekam *Das Flaschenteufelchen* von Stevenson. Das mochte ich lesen, und als wir im folgenden Jahr diese Geschichte in Englisch lasen, nahm ich das Heftchen mit zur Schule und zeigte es Edith. Die war entzückt und legte es halb verdeckt neben unsere englische Lektüre. Ihre mündliche Übersetzung geriet dann aber allzu flüssig, brachte auch andere Vokabeln ins Spiel, so dass Frau Barghoorn unseren bequemen Text konfiszierte.

Wir bekamen Fachlehrer. Frau Barghoorn blieb uns für Deutsch, Englisch und Geschichte. Mathematik und Physik lernten wir mehr oder weniger eifrig bei Herrn Kröger, der gut erklären konnte. Für Musik bekamen wir Herrn Kittlitz. Wer uns Biologie, Erdkunde und weitere vorkommende Fächer beibrachte, habe ich vergessen.

Nur in Sport – wo ich gern alles vergessen hätte – erinnere ich mich deutlich an unseren Schulleiter, Herrn Olbricht. Im Sommer wurde Sport auf dem Schulhof betrieben: Wir spielten Handball. Die sportlich besten Mädchen suchten ihre Mitspieler aus. Alles in der männlichen Form. Für mich blieb übrig, Verteidiger bei der Mannschaft mit den fähigsten Stürmern zu sein. Das war gemütlich; ich verklönte, verplauderte die Zeit mit dem beschäftigungslosen Torwart, weil sich alles am anderen Tor abspielte. Die anderen schwitzten. Beim Turnen guckten mich alle Geräte giftig an, boten mir keinen Zugang. Ich plumpste auf den Kasten, hing schwer am Reck. So wie mir ging es auch Christa. Wir fanden schließlich eine

Methode, uns mit unserem Versagen abzufinden: Wir lachten. Dazu kam ein kleines resignierendes Schulterzucken. Ich träumte von tänzerischer Gymnastik, wie ich sie bei Anneliese schätzte. Aber das passte nicht in die Zeit, war nicht zackig genug.

Bei Frau Barghoorn fühlte ich mich wohl. Sie war zurückhaltend, beobachtete gut und wusste bald, was sie von wem erwarten, was sie wem zumuten konnte. Ihre ruhig-sichere Art kam mir entgegen. Fräulein Leu liebte ich mit fröhlichem Kinderherzen. Frau Barghoorn gehörten Liebe und Vertrauen der Heranwachsenden.

Auch hier in der O 1, der untersten Oberbauklasse, unserem siebten Schuljahr, begann der Tag damit, dass wir in den Klassenraum kamen, wo Frau Barghoorn an ihrem Tisch saß. Wir begrüßten sie mit Handgeben und Knicks und Guten Morgen. Wie angenehm das war, begriff ich in der Oberschule, wo der Tag mit Fachlehrern begann, die zum Stundenbeginn in die Klasse kamen und uns mit *Heil Hitler* begrüßten, worauf wir im Chor antworteten. Das Ritual, von Fräulein Leu und Frau Barghoorn über all die Jahre praktiziert, bleibt mir liebe, wichtige Erinnerung.

Nordsee – Ostsee

Vierzehn Tage Wilhelmshaven: Else, mit der ich mich schon lange gut verstand, als Vatis neue Ehefrau; das neue Siedlungshaus mit großem Acker, wie sie den Garten dahinter nannten. Das Haus – Doppelhaushälfte – sah aus wie alle anderen in der Straße und in den Nebenstraßen: klein, aber neu und sauber, Backsteinbau. Alle Häuser hatten eine Garage. Die neuen Bewohner, sämtlich bei der *Kriegsmarinewerft* arbeitend, würden genug verdienen, um sich eines Tages den überall propagierten Volkswagen kaufen zu können. Der Wagen sollte in den Reichswerken Hermann Göring gebaut werden, in der neuen Stadt Wolfsburg.

Die Stadt Wilhelmshaven war älter. Der letzte deutsche Kaiser hatte ihr seinen Namen gegeben und hier Schlachtschiffe für den Weltkrieg bauen lassen. Inzwischen ließ Hitler die Werft vergrößern, mehr Kriegsschiffe bauen, als der Versailler Vertrag erlaubte, und holte dazu Arbeitskräfte aus allen Gegenden Deutschlands. – Meine Oma Agnes hatte vor meiner Reise gesagt: »Da bereiten sie den nächsten Krieg vor. Arbeitsplätze schaffen durch Aufrüstung.« Meine Mutter ergänzte: »Wenn sie alle Kommunisten einsperren, gibt es freie Arbeitsplätze.« Mir war klar, dass ich diese Gedanken im Hause meines Vaters nicht wiederholen durfte.

Die Möbel in der Stube kannte ich. Das waren die aus unserer gemeinsamen Zeit. Aber alles drum herum war anders. Ganz andere Kissen in der Stube. Und ein Schlafzimmer, ein richtiges mit Betten, Nachtschränken und Frisierkommode. Als meine Eltern ein Ehepaar waren, hatten sie sich entschlossen, ein Umdrehbett zu kaufen, das am Tage zur Couch gemacht wurde; so sparten sie ein Zimmer. Und unsere Wohnungseinrichtung zeigte, wie ich später erkannte, deutlichen Bauhaus-Charakter. Wir in Hamburg hatten davon unsere praktisch-glatten hellgrünen Küchenmöbel und auch Muttis Möbel, die jetzt in meinem Zimmer standen: hellblauer Schleiflack, ohne Schnörkel. Hier im neuen Haus wirkte alles auf mich etwas plüschiger. Aber mein Vater fühlte sich wohl und bewunderte Else und ihren Geschmack. So hatte er früher unsere Einrichtung gerühmt.

In der Nachbarschaft wohnte ein Mädchen, das schon auf mich vorbereitet war, etwa gleichaltrig, aus Schlesien. Wir sollten zusammen spielen, gingen an den nahen Strand, badeten, wenn Wasser da war, aber fanden keine weiteren Gemeinsamkeiten. Sie schien enttäuscht. Ich las mich durch den väterlichen Bücherschrank. Dort standen nach wie vor aus der Büchergilde Gutenberg alle Jack-London-Bücher. Besonders erinnere ich mich an *Wolfsblut*, in dem viele Wölfe vorkamen, sehr spannend. Wenn ich abends zur Toilette wollte, musste ich durch die leere Garage. Dann sah ich aus dem Dunkel überall unheimlich grün-leuchtende Wolfsaugen auf mich gerichtet. – Drei Jahre später tauschten sie das erste Haus gegen ein größeres ein. Ohne Garage: VW ade!

Wir machten schöne Spazierwege, oft auf dem Deich entlang, und ließen uns vom Wind durchpusten. Dabei erzählte mein Vater, dass Wilhelmshaven auf einem Grund gebaut war, den man der Nordsee abgerungen hatte, ziemlich weich. Von Bauleuten wusste er, dass man die Stadt deshalb »Schlick-Town« nannte.

Eine Überraschung war für mich, dass ein Kind erwartet wurde. Der Sohn Peter kam im nächsten Februar. Er wurde fernes Geschwisterkind, als ich schon fast vierzehn Jahre alt war. Zwei Jahre danach wurde Elke geboren. Spät für mich und weit weg. Und überhaupt hatte ich von einem großen Bruder geträumt.

Ich erfuhr noch etwas, worauf mein Vater Karl erkennbar stolz war. Ihnen war zur Hochzeit vom Standesbeamten ein Buch überreicht worden: *Mein Kampf*. Hitler hatte das Buch, wie meine *Jungmädelführerin* wusste, 1923 während seiner Festungshaft geschrieben. Das Buch lag auf dem väterlichen Nachtschrank. Er wird darin gelesen haben.

Er sprach von seinen Gedanken, mich nach Wilhelmshaven in seine vollständige Familie zu holen. Ich kann mir vorstellen, dass Else damit einverstanden gewesen wäre. Sie mochte mich. »Nett und bescheiden«, wie sie später mal sagte. Vielleicht hatte ihn die politische Unzuverlässigkeit meiner Mutter auf die Idee gebracht, mich in Wilhelmshaven zu einem nationalsozialistisch brauchbaren Mädel mit höherer *Führerinnenkordel* aufwachsen zu sehen. Das hätte auch ihn geschmückt. Von ihm kam dann aber die Überlegung, dass in Hamburg bessere Schulmöglichkeiten für mich beständen. Eben jetzt der noch erreichbare Übergang auf die Oberschule. War es ihm doch recht, dass ich zwischen all dem Neuen nicht als ständige Erinnerung an die erste Ehe störte? War seine Erklärung willkommene Entlastung für ihn?

Ich fuhr braun gebrannt und durchgeweht vom Strand am Jadebusen nach Hamburg zurück. Lieferte meine neuen Eindrücke bei Oma Agnes ab und freute mich, noch drei Wochen Schulheim vor mir zu haben, wofür ich rechtzeitig angemeldet war. Als weiterhin Mitglied im Schulverein der Burgstraße hatte niemand etwas dagegen, dass ich im Sommer wieder mit der Sammelgruppe nach Schönberg fuhr. Diesmal in der zweiten Gruppe für die letzten drei Ferienwochen.

Viele Jahre lag auf dem Schönberger Strand das Schiff »Loki«, in dem Fischer Kruse wohnte. Im Wasser hatte er ein anderes Schiff, den »Adler«, mit dem er auf Fischfang fuhr. In jedem Sommer fuhr er einmal mit uns nach Laboe. Die Größeren wanderten fünfzehn Kilometer und brauchten das Schiff nur für eine Strecke, aber die Kleinen und die Fußkranken durften hin- und zurückfahren. Die »Adler« fuhr zwar immer hübsch an der Küste entlang, dennoch pustete der Wind in die braunen Segel und machte die Fahrt schnell. Dann schaukelte es, nicht gefährlich, aber genug zum lauten Juchzen und achtsamen Festhalten.

In diesem Sommer machte ich wieder die Wanderung mit. Fünfzehn Kilometer, fast immer auf dem Deich und oft mit Gegenwind. Das machte müde, aber es war auch wunderschön. Der prägnante Bau des Marine-Ehrenmals schien im Entgegengehen immer größer zu werden. Und wenn wir endlich auf das hohe Gebäude gestiegen waren, konnten wir beinahe bis Dänemark sehen.

Hier an der Ostsee musste man dem Badewasser nicht nachlaufen wie an der Nordsee. Bis zum Nachmittag hatte die Sonne es erwärmt, und alle Schulheim-Kinder hüpften vergnügt hinein. Auf dem Stück zwischen der ersten und zweiten Sandbank gibt es keine Möglichkeit zum Stehen. Deshalb durften nur die Kinder, die schon richtig schwimmen konnten, bis zur zweiten. Wegen der besseren Übersicht schwammen sie erst dorthin, wenn die Kleinen auf dem Weg nach draußen waren. Weil ich inzwischen zu den Schwimmenden gehörte, bemerkte ich, wie die Lehrkräfte die Verlässlichkeit der Großen erkannten und unterschieden.

Bei stürmischem Wetter, wenn hohe Wellen heftig ans Ufer schäumten, durften nur wenige ins Wasser. In meinen ersten Schönberg-Jahren bewunderte ich die Großen, dann beneidete ich sie – aber nur kurz, denn bald gehörte ich dazu und genoss es, mich den Wellen entgegenzuwerfen, von ihnen überrollt zu werden oder mich von ihrer Kraft strandwärts spülen zu lassen.

Wilde Schaumkronen, stürmisch tobendes Lärmen von Wind und Wellen, mitten darin sein, dazugehören – und bis an mein Lebensende mich genießend erinnern, wissend, wieder und wieder beglückt spüren: Ostsee! Salzige, lebendige, geliebte Ostsee!

Nach dem Schwimmen mussten wir uns tüchtig abrubbeln. Badezeug aus- und Strandzeug, Turnzeug oder Ähnliches anziehen. Es wurde allgemein üblich, das Bad mit einem kleinen Dauerlauf zu beenden. Wenn schon Dauerlauf, dachte ich, dann aber sinnvoll. Ich lief also nicht das vorgeschriebene kleine Stück, sondern lief weiter, nicht gerade schnell, aber stetig, bis zum Sommerdeich und zurück, einmal mit dem Wind, einmal dem Wind entgegen. Dann war mein Badeanzug, wie ich fand, getrocknet, und ich brauchte mich nicht umzuziehen.

Die Nazis hatten gefordert, dass in allen Schullandheimen Frühsport getrieben wurde. Das hieß: wecken, aufstehen, Frühsport, waschen, frühstücken. Nun waren die Burgstraßen-Leute zwar nicht gegen sportliche Betätigung, aber sie mochten sich diesen Befehlen nicht einfach unterwerfen. Sie erlaubten den Großen, die zur Sammelgruppe gehörten, ein erfrischendes Ostsee-Morgenbad als Frühsport-Variante. Ich gehörte dazu. Das genoss ich, weil ich kein Frühsport-Mädchen war, weil ich so gern in der Ostsee schwamm und weil es mich freute, die Nazis damit zu ärgern. Die morgendliche Badeerlaubnis schien gegen den Zwang gerichtet. Mehrere von uns empfanden das so.

Im vergangenen Jahr waren ein paar große Jungs mit im Schulheim gewesen, die andere Aufgaben brauchten als ein bisschen Sand zum Schippen. Sie nahmen bereitwillig den Auftrag an, über die Tür des Tagesraums sechs markante Silhouetten zu malen: die Türme der fünf Hamburger Hauptkirchen und den Rathausturm. Die Lehrer standen überlegend davor: Wohin kommt die Katharinenkirche? Steht sie rechts oder links von der Nikolaikirche? Bis ihnen klar wurde: Es kommt auf ihren eigenen Standpunkt an, ob sie auf der Lombardsbrücke oder auf der Krugkoppelbrücke oder an der Schönen Aussicht stehen und gucken. Sie ließen die Jungs weitermalen, die durch die Verschönerung des Tagesraums sinnvolle Beschäftigung fanden.

In diesem Sommer gaben die Lehrer sparsame Anregungen, als die Probstei gemalt wurde, das Land an der Küste östlich von Kiel. Die Jungs legten eine Landkarte vor sich, die sie mit Zirkel und Lineal ausmaßen, alles gleichmäßig vergrößert auf Papier übertrugen und auf die Wand neben der Tür durchpausten, über dem Platz, an dem zu den Mahlzeiten Lehrkräfte und Kochmütter saßen. Wir Jüngeren betrachteten aufmerksam den Fortgang der Aktion, wir erkannten Laboe und die Steilküste und mehr landeinwärts den Selenter See.

Die Karte wurde nie vollendet. Einer der jungen Maler kam während des nächsten Jahres durch einen Unfall ums Leben. Und deshalb: keine Beschriftung der Orte mehr, nur diese unvollständig gebliebene Landkarte. Weil einer, der die Arbeit mit seinen Freunden begann, nicht mehr dabei war. Dass seiner gedacht wird durch dieses Nichtvollenden: Auch das ist Anerkennung und Ehrung des anderen Menschen, entspricht Ziel und Wesen all dessen, das wir lernen durften im verbliebenen Rest der *Reformschulen*, in der Burgstraße, in Schönberg.

Am Strand immer wieder schön diese Linien: Der grasbewachsene Deich, davor düniger Boden mit graugrünem Schneidegras, dann breit graugelber Sand mit bunten Steinen und Muscheln bestückt, folgend ein schmaler Streifen von nassem Kies mit Seetang durchsetzt, leckender Schaum und endlich Wasser, runde 180 Grad voller Ostsee. Herrliche Weite, und jeden Tag anders: blau wie der Himmel darüber, grau wie die Wolken darüber, auch grün wie ich weiß nicht was. Manchmal still, kaum merklich plätschernd – plötzlich lauter werdend, weil von irgendwoher Wellen kommen.

In meine vielen beglückenden Erinnerungen mischen sich fremde Geräusche: fernes Donnern. Aber der Himmel ist strahlend blau. Das ist kein aufziehendes Gewitter. Das ist schlimmer: aufziehender Krieg. Übungsschießen.

In der Ferne sehen wir die Silhouetten von Schiffen, die sich kaum bewegen. Irgendwer erklärt, das seien Attrappen, auf die geschossen wird, alte Schiffe, die noch zum Verschrotten taugen. Aber wer schießt, und von wo? An Land gibt es Sperrgebiete, dort stehen Kanonen. Es bleibt alles vage, undeutlich. Nur den Lärm höre ich deutlich, er bleibt mir bis heute im Ohr. Dumpfes Donnern, stundenlang, gleichmäßig sich wiederholend, weit übers Meer hallend.

Und leises Sprechen der Erwachsenen, und ihre besorgten Blicke.

»Es ist Krieg«

1939 – 1941

Noch ein paar Tage

Sind wir noch Kinder oder schon das, was man in den dreißiger Jahren »Junge Mädchen« nannte? Wir waren etwa dreizehn Jahre alt, und ich denke, in jeder von uns steckte eine Mischung aus beidem. Frau Barghoorn wusste das und hatte für unsere erste gemeinsame Klassenreise eine Mischung ausgedacht: Besichtigungen und Geschichte, danach Spielvergnügen.

Wir sollten nach Schleswig, dort den Dom und die Ausgrabungen in Haithabu ansehen, zwei Tage später nach Glücksburg, wo uns außer der Schlossbesichtigung Gelegenheit zum Baden und Spielen am Strand erwartete. Frau Barghoorn empfahl, für ein vergnügliches Burgenbauen unsere Schaufeln per Bahn voraus nach Glücksburg zu schicken. Vor Beginn der Reise erfuhren wir etliches über Schleswig-Holstein: Grundmoränen der Eiszeit – slawische Stämme in Ostholstein – frühe Wikingersiedlungen – die Landesteile, die »up ewig ungedeelt« sein wollten, aber in ihrer Geschichte ständigen Trennungen unterworfen waren. Und lernten ein paar Gedichte, darunter eins von Detlev von Liliencron über einen sterbenden Soldaten:

> Im Weizenfeld in Korn und Mohn
> liegt ein Soldat unaufgefunden,
> mit schweren Wunden,
> unverbunden;
> wie lange schon, wie lange schon?

Wir schrieben alle Verse schön auf und fügten sie unserem vorbereitenden Aufsatz über Schleswig-Holstein bei. Auf der Hinfahrt gab es einen Aufenthalt in Neumünster, wo wir im Museum Funde aus den umliegenden Mooren betrachteten: alte Tonscherben, steinzeitliche Handwerksgeräte und ein paar grob gewebte Stoffreste. Sogar eine Moorleiche, dunkelbraun und ledern aussehend.

Dann Schleswig: Eine moderne Jugendherberge nahm uns auf. Wir füllten das große Haus nicht aus; direkt nach den Sommerferien waren wir die einzigen Gäste. Wir wurden auf einige Zimmer verteilt, packten ein bisschen aus, waren dreizehnjährig albern, und schließlich schliefen wir sogar.

Die warme Augustsonne weckte uns am nächsten Tag. In den Dom sah sie nur spärlich hinein. Das Licht reichte aber aus, um den Bordesholmer Altar anzusehen. Wir hatten gelernt, dass Hans Brüggemann ein norddeutscher Holzschnitzer aus dem frühen sechzehnten Jahrhundert war. Wir kannten Fotografien dieses Altars, und ich freute mich, einige Figuren wiederzufinden. So richtig gesehen, wirkten sie stärker: Das alte dunkle Holz, die Plastizität, die sich aus Licht und Schatten entwickelte, das war eindrucksvoll. Dazu die Lebendigkeit im Ausdruck einzelner Gesichter, nachvollziehbarer Bewegungen. Hier hätte ich gern mehr Zeit zum Betrachten gehabt.

Aber uns wurde mehr geboten an diesem Tag: Auf einem großen Segelboot fuhren wir bei leichtem Wind quer über die Schlei zum Dorf Haddeby. Dort lag ein großes, mooriges, teils matschiges Feld, das auf einigen festen Wegen zu begehen war. Ich erinnere mich an viereckige Gruben, vielleicht einen Meter tief, in denen sich Leute befanden, die vorsichtig schaufelten oder etwas beguckten. Aus dem Boden staken schwarze Reste von Holzbalken heraus, in Abständen eingerammt, Rechtecke bildend. Das sollten Häuser gewesen sein, die vor tausend Jahren den Bewohnern von Haithabu Schutz gewährt hatten. Der Ort, gut versteckt im Innern der Schlei-Förde, aber direkt am Wasser gelegen und dadurch über die Ostsee mit fernsten Hafenorten verbunden, über einen kurzen Landweg auch einen Zugang zur Nordsee findend: Haithabu, Handelsmetropole aus der Wikingerzeit.

Frau Barghoorn erfuhr von einem der Ausgräber, dass an diesem Tag ein bronzenes Schwert gefunden worden war. Ein kostbarer Fund.

Gegen Abend kamen wir wieder in die Jugendherberge. Und dort dies: Aus vielen Fenstern sahen uns junge Soldaten entgegen. Sie waren über Tag – während wir erst vierhundert, dann tausend Jahre zurückgewandert waren – in die leeren Stuben einquartiert worden.

Hierher gehört meine Erinnerung an ein Gedicht von Theodor Storm, das wir kurz vor unserer Reise lernten. Es heißt *Abseits* und beschreibt ein kleines Haus irgendwo in der Heide an irgendeinem warmen Sommertag. »Der Kätner lehnt zur Tür heraus, behaglich blinzelnd nach den Bienen.« Frau Barghoorn hatte es mit angenehm ruhiger Stimme vorgelesen. Aber die beiden letzten Zeilen

Kein Klang der aufgeregten Zeit
drang noch in diese Einsamkeit

blieben mir haften als Ausdruck ihrer unsagbar tiefen Traurigkeit und Sorge. Hilflos erschien mir ihre Stimme. Als hätte sie uns vor kommenden Ängsten und Gefahren beschützen wollen. Als hätte sie uns alle tröstend in die Arme nehmen wollen. Und wusste doch, dass keine Umarmung ausreichen würde. Und wusste, dass es die sichere kleine Kate nicht gab.

Wer gebrauchte erstmalig das Wort »Krieg«? Ich versuche, rückerinnernd zu erfassen, was wir unterschiedlich aufnahmen.

Beim Abendessen sagte Frau Barghoorn, dass sie von uns Abstand gegenüber den Soldaten erwarte. Und sie überlegte, zurück nach Hamburg zu fahren. Das gab ein wildes Durcheinander. Die Meinungen der Klasse wurden teils laut, teils leise geäußert: laut, wenn es um die Heimreise ging, leise, wenn es sich um die Soldaten handelte. Die Notwendigkeit einer Rückfahrt wurde allgemein verneint. Hatte doch unsere Klassenreise erst begonnen. Die anstrengend verpflichtenden Besichtigungen waren fast erfüllt, und wir wollten auf unseren Spaß am Strand der Flensburger Förde nicht verzichten. Warum jetzt abbrechen?

Am Ankunftstag war eine Mitschülerin ins Krankenhaus eingeliefert worden, und am zweiten Tag die zweite: Verdacht auf Diphtherie. Durchaus Gründe für die Rückfahrt der Klasse. Eins unserer Mädchen durfte an diesem Abend Verwandte in Schleswig besuchen. Sie kam mit der Mitteilung zurück, der Onkel habe heute seinen Einberufungsbefehl bekommen. Es ist anzunehmen, dass die Entscheidung unserer Lehrerin durch diese Information verstärkt und unterstützt wurde: Wir fahren morgen zurück nach Hamburg.

Der Abend war angenehm warm und bis zum Schlafen noch Zeit. Die Sache mit dem Abstand von munteren jungen Männern war nicht unbedingt einzusehen. Ein bisschen Geplauder musste möglich sein – erwies sich auch als machbar. Viele der Mädchen standen vorm Haus, machten sich mit Gelächter wichtig, hüpften herum und gerieten in nette kleine Gespräche mit den aus allen Fenstern guckenden Soldaten.

Ich saß draußen auf der breiten Treppe der Jugendherberge, mochte nicht mit zu den Soldaten, wusste ja, dass sie sich nur lustig machen über ein dickes Mädchen mit Brille. Da brauchte ich gar nicht hinzugehen. Und es gab einen anderen Grund: tiefer liegend, schwierig, kompliziert, mir kaum bewusst, noch nicht fassbar. Ich saß da, voller Traurigkeit. Weinend, wie ich irgendwann bemerkte. Lotti setzte sich neben mich, sah meine Tränen und fragte: »Warum weinst du denn? Du hast mir doch erzählt, dass dein Vater nicht eingezogen wird.« Schnulzig-theatralisch mochte sich angehört haben, was ich antwortete: »Aber die andern?«

Und in Haithabu hatten sie ein Schwert ausgegraben.

Mit Hinblick auf die Diphtherie-Gefahr saßen unsre beiden Krankenhaus-Mädchen gemeinsam mit unserer Lehrerin in einem separaten Eisenbahnabteil. Und aus Quarantäne-Gründen gab uns Frau Barghoorn für den Rest der Woche frei: »Bis Montag in der Schule.« Wir nahmen diese geschenkten Tage gern an. Es erwies sich später, dass unsere Kranken Angina hatten.

In unseren Familien waren sie froh, als wir wieder in Hamburg ankamen. Die Heimreise kam für alle überraschend, und niemand wurde abgeholt. Aber wir waren groß genug, unser Gepäck allein vom Hauptbahnhof nach Haus zu schaffen. Irgendwann im Laufe des Herbstes kam meine Schaufel aus Glücksburg zurück: per Bahn als »nicht abgeholtes Frachtgut«, von mir nicht mehr erwartet, längst vergessen. Wie aus einer anderen Welt.

Lottis Mutter lag im Krankenhaus, und deswegen wohnte Lotti bei uns. Das war vorher abgesprochen: Omi war bereit, für zwei Mädchen zu sorgen. Lottis Mutter besuchten wir gemeinsam. Die freute sich, dass sie Besuch bekam, als sie uns noch in Schleswig-Holstein vermutete. Das war der Donnerstag, an dem wir noch mit Rollschuhen zum Hansaplatz gingen und rund um den Hammonia-Brunnen rollten.

Abends konnten wir uns lange flüsternd unterhalten, das störte weder Oma Agnes noch meine Tante Irene. Die hörten Radio. Wir hatten erst Anfang August einen *Volksempfänger* gekauft. Agnes genoss es, Musik zu hören, während sie ihre Näharbeiten machte. Vielleicht erinnerte sie sich daran, wie früher Hermann Grube sich mit Radios beschäftigt hatte, wie er durch Knopfdrehen und Suchen mit grauslichen Quietschtönen bis Amerika gedrungen war. Sie hörte Nachrichten: diese hässlichen, hetzigen Berichte und Behauptungen der Nazis.

So kam der Freitag. Wann – wir waren kaum wach – stand Agnes in der Tür? Wie stand sie da? War sie so blass, so kalkweiß? Ich weiß nur: Kalkweiß war ihre Stimme. Kalkweiß und tot – tonlos tot ihre Stimme: »Kinder, es ist Krieg!«

Sie sagte es nur einmal, kalkweiß und tonlos tot. Ich werde es hören bis an mein Lebensende: »Kinder, es ist Krieg!«

Es ist Krieg ... Ist Krieg ... Krieg! ... Kinder!

»Kinder, es ist Krieg!«

Später am Tag kam diese unsägliche Rede, diese unsägliche Behauptung: »... wird zurückgeschossen.«

Irene erzählte abends, im Büro mussten alle die Rede gemeinsam anhören, und eine ihrer Kolleginnen hatte geheult, weil sie die pathetische Erklärung: »Werde ich wieder den grauen Rock anziehen« wörtlich genommen hatte: »Wenn er selbst wieder Soldat wird, kann er doch fallen!« Aber das wussten auch wir Kinder: So hatte er das nicht gemeint.

Über Tag waren Lotti und ich unerklärlich albern gewesen, völlig durcheinander. Auf dem Weg zu ihrer Mutter ins Krankenhaus fiel uns nur lauter dummes Zeug ein, und wir mussten dauernd lachen. Vorübergehende blickten uns böse an, entsetzt, erschrocken, weil sie nicht begriffen, dass wir an diesem schrecklichen Tag lachen mochten. Wir begriffen das selbst nicht, es war hilfloser Ausdruck unseres Nichtverstehens. Wir waren erst dreizehn Jahre alt.

Als der Krieg weiterging, begriffen wir, warum wir diese bösen Blicke bekommen hatten. Als der Krieg zu Ende ging, hatten wir genug verstanden. Arme Agnes. Niemals möchte ich das sagen müssen, was du sagen musstest: »Kinder, es ist Krieg!«

Und dann?

Nichts blieb wie vorher.

Nichts änderte sich.

Agnes nähte, strickte und machte die zwei Büros in der Ernst-Merck-Straße sauber. Irene ging über Tag ins Büro und half abends manchmal beim Saubermachen. Käte kam an ihren freien Tagen nach Hause, erzählte von Krankenhauserlebnissen, spielte Gitarre und fuhr abends zurück. Ich ging zur Schule.

Das Allgemeine Krankenhaus Barmbek, in dem meine Mutter Käte arbeitete, bekam eine neue Funktion. Sie beschrieb das etliche Jahre später so:

> Anfang des Krieges kamen ein paar Generäle und besichtigten unser Krankenhaus. Als Lazarett schien es ihnen geeignet. Innerhalb von zwei Wochen mussten alle Patienten entweder aus dem Krankenhaus entlassen oder nach Wandsbek transportiert werden (wo später das Reservelazarett eingerichtet wurde).
> Nach 15 Tagen unterstand das AK Barmbek der Wehrmacht, und wir (das Personal) waren Soldaten mit Soldbuch und Erkennungsmarke. Unsere Oberschwestern standen im Rang eines Feldwebels, und wir Schwestern in dem eines Unteroffiziers. Wie die Ränge der Ärzte waren, weiß ich nicht mehr. Wir konnten auch bestraft werden wie die Soldaten.
> Nur unsere Post durften wir nicht als »Feldpost« verschicken. Wir mussten unsere Post frankieren.

Alle militärischen Einheiten bekamen *Feldpostnummern*, um Ortsangaben zu vermeiden, die einem Feind hätten nützen können. Unsere Briefe an Soldaten warfen wir in den normalen Briefkasten an der Ecke, sie gingen über die *Reichspost* weiter an die *Feldpost*, die sich mit den Nummern auskannte und die Briefe den Soldaten aushändigte. Die Soldaten übergaben ihre Briefe der *Feldpost*, die sie der zivilen *Reichspost* zur üblichen Beförderung weiterleitete. Privileg der Soldaten und derjenigen, die mit ihnen korrespondierten, war, Briefe unfrankiert zu versenden.

Lebensmittelkarten waren bereits vor Tagen verteilt worden. Sie bedeuteten zunächst keine besondere Einschränkung. In Familien, wo viel Fleisch gegessen wurde, machte sich eine gewisse Knappheit bemerkbar. Es gab aber auch Familien, die gar nicht alles kaufen konnten, was es auf diese Karten gab, weil ihr Geld dafür nicht ausreichte; sie hatten immer knapp gelebt.

Einkaufen dauerte länger, weil nicht nur kassiert wurde, sondern noch die Marken abgeschnitten werden mussten. Die Ladenbesitzer saßen nach Feierabend in ihren Stuben und klebten alle eingenommenen Marken auf große Bogen. Die verschiedenen Marken wohlsortiert nach Brot, Wurst, Fleisch, Butter, Fett, Nährmittel, Zucker – was es eben alles noch gab.

Zuhause wurde ich die Einkaufsfachkraft. Omi hatte mich schon lange zum Einholen geschickt. In der Bürgerweide gab es einen Laden neben dem andern. Aber sie hatte ihre Lieblingsläden, die nicht alle in der nächsten Nähe waren. Manche lehnte sie ab mit der Begründung »Das sind Nazis!« So kaufte ich Gemüse beim Grünhöker in der Klaus-Groth-Straße. In der Konditorei daneben gab es die schönsten Kuchenstücke. Für ein paar Besonderheiten stiefelte ich in das Reformhaus Lübecker Straße. Omis Lieblingsmilchmann Herr Thomsen in der Wallstraße hatte sein Geschäft aufgegeben; dadurch wurde immerhin mein Milch-Weg kürzer.

Entscheidend fürs Einkaufen waren plötzlich weniger das Geld und die Wünsche und Wege. Sondern die Marken. Auf vier Wochen verteilt. Haushaltsportemonnaie und Marken befanden sich in Omis Stadttasche hinter der Wohnzimmertür auf einem Stuhl. Ich wurde zuständig für beides und entwickelte organisatorische Talente. Omi fragte im Laufe der Vier-Wochen-Periode: »Haben wir noch Marken für dies, oder für das?« Und ich konnte nicht nur fließend antworten, sondern sogar Tipps geben und sagen, dass noch von diesem oder jenem einiges zur Verfügung stand. Oder dass wir sparen und nicht vorgreifen sollten. So kamen ihr dann Gedanken und Einfälle fürs Kochen.

Agnes war bei Kriegsanfang 54 Jahre alt. Sie befürchtete, noch für Sonderaufgaben herangezogen zu werden. Deshalb erzählte sie unserer direkten Nachbarin von ihrer vor wenigen Jahren erfolgten großen Operation. Die mit Omi etwa gleichaltrige, angenehm-freundliche, zurückhaltende Nachbarin war Ehefrau des *NS-Blockleiters*. Der seinerseits fiel kaum auf, trug selten Uniform, benahm sich höflich. Er sagte »*Heil Hitler*«, wenn man sich begegnete, aber seine Frau grüßte mit »Guten Tag!«.

Irene konnte sich mit keiner besonderen Krankheit entschuldigen. Ihr wurde nahegelegt, dem *NS-Luftschutzbund* beizutreten. Da wurde sie für die Funktion eines *Luftschutzbund-Blockwarts* eingesetzt. Was macht der? Nimmt an der einen oder anderen *Luftschutzübung* teil. Und kassiert Beiträge für den *Luftschutzbund*. Irene delegierte diese Aufgabe an mich, und so ging ich in die Terrasse neben unserem Haus, um Monatsbeiträge bei den wenigen Mitgliedern dieses *NS*-Vereins einzusammeln. Weitere Aktivitäten wurden nicht gefordert.

Luftschutz also. Zunächst hatte er theoretische Bedeutung. In der Schule fielen normale Unterrichtsstunden aus, damit wir stattdessen erfuhren, was Brandbomben sind, wie sie wirken und wie wir sie bekämpfen. Man benötigt dazu einen Eimer mit Sand, einen Eimer mit Wasser und eine Feuerpatsche. Befehl: Vor jeder Wohnungstür haben diese drei Teile im Treppenhaus zu stehen. Die Feuerpatsche besteht aus einem Besenstiel und einem daran befestigten Feudel. Ist die Brandbombe direkt da, wird Sand darüber gekippt und damit das Feuer erstickt. Umhersprühende Funken werden mit der nassen Feuerpatsche gelöscht. Ganz einfach.

Betrüblich war, dass alle Fenster verdunkelt werden mussten. Vor dem großen Fenster meiner Stube, für das keine Wolldecke ausgereicht hätte, wurde ein Rollo angebracht mit Verdunkelungspapier. Bisher kannte ich die hellgraue Wand des Nebenhauses, kein störendes Gegenüber. Die Nächte kamen zu mir, wie sie wollten. Jetzt musste ich sie aussperren und wenn ich schlafen ging, machte ich nur ein kleines Licht an, damit kein Schimmer neben dem Rollo durch die Ritzen drang. »Licht aus!«, riefen manchmal Aufpasser draußen. Wenn Agnes mich morgens weckte, zog sie das Rollo hoch, und es wurde Tag. Für unsere gemeinsame große Stube hatte ein Freund von Irene eine kunstvollere Verdunkelung gestaltet: für das dicke schwarze Papier zwei Holzrahmen konstruiert, die genau in die Balkontür passten. Dahinter mussten wir ohne Dämmerung den Abend sich in Nacht verwandeln lassen.

Draußen auf den Straßen: keine helle Laterne, manchmal der Mond. Bald gab es grünlich leuchtende Plaketten zu kaufen, phosphorhaltig, die wir uns an Mäntel und Jacken hefteten, um von Vorübergehenden gesehen zu werden. Erst waren die Plaketten einfach rund, doch bald gab es nette Figuren, Hunde, Halbmonde. Mir fällt heute auf: keine Hakenkreuze. – Schön war der von keinem Großstadtlicht gestörte Blick in den Himmel. Ungeahnte Sternenwelten!

In einer der ersten Wochen gab es Fliegeralarm. Der Heulton der Sirenen erschreckte; doch schon nach einer halben Stunde erkannten wir im gleichbleibenden Sirenenton die Entwarnung. Niemand war in den Keller gegangen. Der war ja auch für gar nichts hergerichtet. Die meisten Leute lagerten ihre Kohlen darin. Und man verließ sich auf den *Luftwaffenchef* Hermann Göring, der versprochen hatte, den Luftraum durch die *Flak, Fliegerabwehrkanonen*, zu schützen, so dass kein feindliches Flugzeug über uns auftauchen würde. Trotzdem hatten wir schon gelernt, dass man in den Innenräumen der Wohnungen, weit weg von den Fenstern, am sichersten säße. Wir gingen also bei diesem Alarm in die Badestube, wo ein Hocker stand und ein Stuhl hereingetragen wurde. Ich setzte mich auf den Badewannenrand und zitterte. Agnes und Irene bemühten sich, mich zu trösten, weil sie meinten, ich hätte Angst. Aber so war das nicht. Ich war nur schrecklich aufgeregt, und dies Gefühl verließ mich auch lange nach der Entwarnung nicht. Es kam nie wieder. In den folgenden Jahren wurde ich sehr ruhig – und ja auch älter.

Vielleicht war es diese halbe Stunde, die wir als Probealarm ansahen, von der Käte später notierte:

> Es war Anfang September während der Besuchszeit. Im großen Saal waren damals 18 Betten, und dort hatte ich zu tun, als es plötzlich einen fürchterlichen Knall gab – und alle Betten waren leer. Was war geschehen? Langsam kamen die Kranken (die Soldaten) unter ihren Betten wieder hervor und sagten, es sei eine Bombe gefallen. Die meisten von ihnen kannten das und hatten sofort volle Deckung unter den Betten gesucht.
> Erst nach einer ganzen Weile wurde Alarm gegeben. Niemand durfte das Krankenhaus verlassen. Was geschehen war, wussten

> wir nicht. Die bange Frage: »Werden noch mehr Bomben fallen?« – Unser Stationsarzt ließ sich die Blutgruppen aller Soldaten geben, damit im Notfall Blut gespendet werden konnte.
> In so einem Notfall durften wir sogar Zivilpersonen aufnehmen. Nach der Entwarnung kamen einige Leute aus der Umgegend, die eigentlich nur aufgeregt waren, weil sie nicht wussten, was geschehen war. Es wurde aber auch ein Baby im Kinderwagen gebracht, das leichte Verletzungen von irgendwelchen Splittern hatte. Es kam ins Nebenhaus. Dort wurde das Baby zur Hauptperson. Alles, was für das Baby nötig war, machten die Soldaten. Die Schwestern durften zusehen oder auch mal einen Ratschlag geben. Die Soldaten sorgten mit viel Spaß für das Baby; sie haben es gebadet, gefüttert, gewindelt und so oft wie möglich spazieren gefahren.

Ebenfalls in den ersten Wochen brachte ein *NSV*-Mann für uns drei Gasmasken, sehr ordentlich in Pappkartons verpackt. Diese Gasmasken mussten wir kaufen. Es lag eine Beschreibung dabei für Pflege und Benutzung. Ich war neugierig, besah mein neues Stück, wollte es anprobieren. Omi erlaubte das nach einigem Zögern, half auch ein bisschen, nachdem ich meine Brille abgenommen hatte, das unangenehme Gummizeug über mein Gesicht zu ziehen; der runde Gasfilter aus Leichtmetall wurde in Mundhöhe aufgeschraubt. Dann ging ich in den Flur, um mich im großen Spiegel des Kleiderschranks anzusehen. Und da sah ich ein mir bekanntes Wesen mit einem völlig fremden Kopf – und lachte. Diese verrückte Karikatur! Das sollte ich sein. Ich konnte nicht aufhören zu lachen. Agnes und Irene waren mir gefolgt, und ich sah im Spiegel ihre verblüfften Gesichter. Wieso mochte ich lachen bei diesem Anlass? Plötzlich schlug ihre Verblüffung um in blankes Entsetzen. Sie begriffen: Mir blieb die Luft weg. Und Omis eilige Hände zogen mir das scheußliche Monstrum ab. Meine sehr deutliche Erfahrung aus dieser Geschichte: Gasmasken sind nicht geeignet für Gelächter.

Und sonst? Agnes nähte und strickte. Irene ging ins Büro. Käte kam an ihren freien Tagen nach Hause. Ich ging zur Schule.

Die Kinder spielten Krieg. Mit ausgebreiteten Armen, kunstvoll Bogen und Kurven beschreibend, mit gewaltigem Motorengebrumm und wütendem Heulen waren sie *Stukas*, *Sturzkampfflieger*. Auf ihr Ziel zustoßend noch ein tackerndes Gelärm von Bordkanonen, bis sie mit neuem Heulen ihre Nasen erhoben: adlergleich, siegend.

Das kannten sie alle. Vermutlich gab es auch in den Kindervorstellungen sonntags im Kino *Die Deutsche Wochenschau*. Fernsehen gab es nicht. Wir blieben auf die wöchentlich neu erscheinenden Bildinformationen in den Kinos beschränkt. Es war bisher üblich, vor dem Hauptfilm einen Kulturfilm zu zeigen und erst zuletzt die *Wochenschau*, da gingen etliche Besucher schon weg. Deshalb wurde zu Anfang des Krieges angeordnet, jede Vorstellung mit der *Wochenschau* zu beginnen. Damit wir alle sahen, was wir sehen und erfahren sollten:

Die *Wehrmacht* marschierte durch Polen, besetzte Städte, eroberte Kriegsmaterial, machte Gefangene. Und wie neunzehntes gegen zwanzigstes Jahrhundert: polnische Kavallerie, verzweifelt mutig, hilflos reitend gegen anrollende deutsche Panzer. Einige lachten.

Im Radio jagte ein Sieg den andern. Zu den allgemeinen Nachrichten gab es den *Wehrmachtsbericht*: »Das Oberkommando der *Wehrmacht* gibt bekannt«. Nicht genug, dass wir diesen Bericht mehrmals am Tage hörten, wurde er zusätzlich langsam vorgelesen »zum Mitschreiben«. Außerdem druckten ihn alle Zeitungen.

Im August hatte Deutschland mit der Sowjetunion einen Nichtangriffspakt geschlossen. Darüber staunte die ganze Welt. Nach allen Hetzreden und Zeitungsartikeln über die *Bolschewisten* hatte auch in Deutschland niemand damit gerechnet. Agnes kaufte die *Berliner Illustrierte*, die auf ihrer Titelseite ein Bild von Stalin und dem deutschen Außenminister Ribbentrop brachte. Dazu ein Kommentar meiner Großmutter: »Wie der Stalin guckt! Er ist aus Asien. Die Asiaten haben Zeit, die rechnen mit anderen Zeiträumen als wir. Wer weiß, was der sich dabei denkt!«

Agnes las in ihrer Tageszeitung auch die Todesanzeigen. Die Zeitungsseiten boten nicht mehr nur schwarz umrandete Anzeigen, sondern etliche mit einem *Eisernen-Kreuz*-Emblem. Die darin benannten Toten waren jünger als die anderen. Manchmal schrieben ihre Angehörigen »In stolzer Trauer«.

Meine Oma Agnes sagte ein Wort, das schon im vorigen Krieg gebraucht worden war und die gerade der Schule entwachsenen, nur kurz ausgebildet *an die Front geworfenen* jungen Männer meinte. Sie sagte: »Kanonenfutter«.

Kanonenfutter.

Unser neuer Alltag

Ich ging zur Schule, war mehr oder weniger aufmerksam, wie Unterricht oder Thema mir gefielen. Wenn ich was wusste, ließ ich abschreiben oder sagte vor. Wenn ich nichts wusste, war ich hilflos, weil meine Ohren mir kaum weiterleiteten, was mir zugeflüstert wurde. Genau genommen war ich ziemlich faul. Englische Vokabeln sah ich kurz vor der Stunde an und behielt sie bis zur nächsten Pause. So konnte ich sie beim Abfragen immerhin an Edith weitergeben. Wie nützlich ich mich damit machte, fiel mir auf, als ich einmal ein Wort nicht fand. Meine Nachbarin sah mich drängend an, ich schüttelte den Kopf. Da wandte sie sich flüsternd zu den beiden nächsten: »Finger runter, Hilde weiß das nicht!« Und unsere ganze Reihe guckte in die Luft.

Eigentlich – meinten einige Mitschülerinnen – hätten wir keinen Grund mehr, Englisch zu lernen. Als Verbündete Polens hatten England und Frankreich in den ersten Septembertagen Deutschland den Krieg erklärt, sich aber bisher nicht gerührt. So wie jetzt Polen besiegt wurde, würden die beiden Länder auch besiegt. Dann müssen alle Deutsch sprechen. Frau Barghoorn ließ das nicht gelten. Sie erklärte, Englisch sei eine Weltsprache und nicht auf die britischen Inseln beschränkt. In dem mit Deutschland befreundeten Japan zum Beispiel könne man sich mit Englisch verständigen, was für uns leichter als Japanisch sei. Das wusste sie. Sie hatte ein paar Jahre in Japan gelebt.

Irgendwie tauchten Verse auf, angeblich von Polen gereimt. Die seien »geheim«, wurde behauptet – aber alle kannten sie. Der erste Vers ging so:

Is sich großes Krieg ingange
um verfluchtes Korridor.
Is sich Deutscher gar nicht bange,
haut sich Polski hinten vor.

In diesem Stil ging das weiter und sollte lustig sein. Hauptsache war, sich lustig zu machen über die Polen. Wie unsagbar grausam sie überrannt, geschlagen, umgebracht und vernichtet wurden, erfuhren wir weder durch Wochenschauen noch durch Radio- oder Zeitungsberichte. Bei uns landeten Informationen wie: *davonlaufende, feige, hinterhältige, dreckige Polacken.* Wir, die durch das *Reichsministerium für Volksaufklärung und Propaganda* informiert wurden, erfuhren nichts vom Elend der polnischen Bevölkerung. Nichts von Grausamkeiten, die dort verübt wurden. Von Aufständen und deren Niederwerfung war die Rede, von *dreckigen polnischen Juden.* Karikaturen zeigten sie mit extragroßen krummen Nasen. Auf Fotos und in *Wochenschauen* blickten wir auf müde, hungrige Gesichter, abgetragene Klamotten. Arme Leute. Verängstigt. Aber die Texte dazu behaupteten, dass sie gefährlich seien und wie notwendig es daher sei, sie zu vernichten. Die Propaganda schoss sich ein aufs *Weltjudentum.*

In manchen Schulklassen hingen Karten von Polen, zerpikt mit bunten Stecknadeln, an denen sich ein roter Faden entlangschlängelte: die Front. In wenigen Tagen tauchten immer neue Namen auf von polnischen Städten, Dörfern, Flüssen. Und bunte Stecknadeln pikten sich weiter durch unser Nachbarland. Perverser Geografieunterricht!

Blitzkrieg: In achtzehn Tagen durchmarschiert. Mitte September fiel die Sowjetunion von Osten her in Polen ein; deutsche und sowjetische Heere trafen sich an der schon Wochen vor dem Krieg geplanten Demarkationslinie. Mit letzten Kämpfen in den ersten Oktobertagen war dieser Krieg beendet, das von zwei Seiten überrannte Land besiegt und vollständig besetzt.

Seit Anfang September begleiteten uns Märsche durch den Krieg. Es begann mit einem *Marsch der Deutschen in Polen.* Wann immer das Radio uns Meldungen vom Vordringen deutscher Truppen und von neuen Eroberungen brachte, wurde dieses Stück gespielt. Wir hörten es jeden Tag. Und unsere Soldaten – wo immer man sie uns zeigte – sangen neue Soldatenlieder. Im Radio erschallten diese Lieder von unterschiedlichen Orchestern, Chören oder beliebten Sängern vorgetragen. Als eines der ersten: *Es ist so schön, Soldat zu sein, Rohosemarie* und *Auf der Heide blüht ein kleines Blümelein, und das heißt: Eeerika.* Im Laufe des Krieges kamen viele Mädchennamen an die Reihe.

Auch wir Mädchen sangen. *Wir Mädel singen* hieß das *BDM-Liederbuch* mit den vielen Hans-Baumann-Liedern. Bei uns im Haus gab es zwar mehrere Liederbücher, aber dies war nicht dabei. Ich kaufte es mir nicht. Was ich daraus singen musste, lernte ich beim Zuhören.

Also: Wir Mädel sangen. In der Schule bei Herrn Kittlitz. Die Sitzreihen im Musiksaal waren geteilt in drei Blöcke, einer für jede Stimme, dazwischen Korridore, breit genug, um zu zweit nebeneinander zu gehen. Nein: zu marschieren. Denn damit nach dem langen Herumsitzen in anderen Schulstunden die Lungen kräftiger atmen konnten und neuer Schwung uns zu klarem Gesang befähigte, hatte Herr Kittlitz ausgedacht, uns in den ersten zehn Minuten der Musikstunde marschieren und singen zu lassen. Soldatenlieder. So etwa das kleine *Blümelein Eeerika*, beinahe passend zu Mozarts unbekannt-herzigem *Veilchen*, das wir danach lernten. Und als der Krieg dauerte, *Bomben auf Engelland*. Das passte auch: »... zertrat das arme Veilchen!«

An dieses Mozart-Lied erinnere ich mich besonders, weil wir es fürs Zeugnis einzeln vorsingen sollten. Herr Kittlitz begleitete auf dem Klavier. Ich meldete mich. Dann hatte ich es hinter mir; außerdem kam ich im Alphabet ziemlich früh dran, hätte daher sowieso kaum noch üben können. Er gab mir eine Eins. Ich widersprach, denn ich hatte erkennbar einen Fehler drin. Das macht nichts, fand er: »Du hattest den Mut anzufangen.« Bis heute weiß ich nicht, was dieser Mut mit Musik zu tun hat.

Was weiter? Die Sowjetunion, der neue Waffenbruder, war bisher nicht anerkannt oder gar gelobt worden. Ihr Marsch von Osten her durch Polen verlief nicht so zügig wie der deutsche. Jetzt kämpften sie auch oben in Finnland. Uns schien es, als wäre nach dem Polenfeldzug der Krieg beendet. England und Frankreich, die Garantiemächte Polens, hatten in das Geschehen nicht eingegriffen.

Zu Anfang des Winters wurde die Feuerung knapp. Dabei lag der seit 1919 zu Polen gehörende *Korridor*, also ganz Oberschlesien mit großen Kohlevorkommen, inzwischen wieder im Einzugsgebiet Deutschlands. Außerdem gab es das Ruhrgebiet mit reichen Bergwerken. Es mag sich um Schwierigkeiten bei der Förderung oder beim Transport gehandelt haben. Jedenfalls bedeutete das für uns Hamburger Schulkinder Kohleferien.

Nun darf niemand annehmen, dass wir aller Pflichten ledig durch den Winter glitschten. Wir mussten alle paar Tage in die ungeheizte Schule und Hausaufgaben abholen. Besonders viel, besonders langweilig. Wir lernten ja nichts Neues, worauf sich die Aufgaben hätten beziehen können. Also: mehr Sätze zu alten Grammatikregeln ausdenken und noch mehr Gleichungen mit Unbekannten nach immer demselben Muster ausrechnen. Die Hausaufgaben wurden beim nächsten Schulbesuch eingesammelt und die vorigen mit der Auflage, sie zu berichtigen, wieder ausgeteilt.

Der Winter war kalt, der Schulweg lang. Die meisten von uns saßen da, schniefend und hustend, mit nassen Schuhen und nassen Füßen. Handschuhe störten, wenn wir etwas aufschrieben. Wir froren trotz unserer Mäntel, Schals und Mützen, in die wir eingepackt blieben, bis die ein bis zwei Stunden endeten. Frau Barghoorn bestellte uns während dieses Winters in Hamburger Museen. Ich erinnere mich an einen Besuch im Museum für Kunst und Gewerbe mit seiner umfangreichen Ostasien-Ausstellung. Dem folgte ein Aufsatz mit ausführlichem Bericht über alles, was wir gesehen und gehört hatten. Ich malte mit roter und schwarzer Ausziehtusche Lackkästchen, Sakekannen und dergleichen und bebilderte damit meinen Aufsatz.

Zuhause reichte die Feuerung einigermaßen. Sie wurde zwar gleich rationiert, aber wir beheizten auch früher nie alle Räume und mussten mehrmals im Jahr nachkaufen, weil nicht alles auf einmal bezahlt werden konnte. Omi bestellte Koks, Kohlen und Briketts in einer Kohlenhandlung und bekam alles geliefert.

Für unsere im zweiten Stock gelegene Wohnung hatte es bisher einen Keller- und einen Bodenraum gegeben. Die Feuerung gehörte in den Keller. Aber: Die großen Kellerräume unterm Haus wurden für die Bewohner unseres Hauses und der nächsten Hinterhäuser zu einem *Luftschutzkeller* umgebaut, waren nicht gerade ein Öffentlicher Luftschutzbunker, ließen sich aber etwa damit vergleichen. Wir kamen durch eine starke Eisentür in die Luftschleuse, durch eine zweite Eisentür in Räume mit Betonwänden, darin ein paar Bänke und hölzerne Etagenbetten. In einem der Räume fanden wir Bewohner des Vorderhauses uns zusammen. Wenn es Alarm gab.

Unser Kohlenkeller ging durch den offiziellen Umbau verloren, und so mussten wir den zur Wohnung gehörenden Bodenraum für die Feuerung nutzen. Wir hatten ihn längst von tausenderlei brennbaren Kleinigkeiten entrümpelt, wie allgemein gefordert und mehrfach kontrolliert worden war. Und jetzt dies: Kohlen nach oben. Der Kohlenhändler schimpfte, nicht etwa weil er den Widerspruch erkannte, sondern weil alles vier Etagen hochgeschleppt werden musste. Die Schlepperei machte ihm nichts aus, denn er trug die Kohlensäcke nicht selbst; aber die Sache wurde zeitaufwendiger für seinen Betrieb. Agnes störte das nicht. Sie fand: »Der ist dicker Nazi, und wenn sein Verein solchen Blödsinn vorschreibt, bitte!«

Die Arbeiter des Kohlenhändlers wurden eingezogen. Doch brauchte er auch da die Feuerung nicht selbst zu tragen. Er bekam französische Kriegsgefangene. Agnes schloss ihnen den Bodenraum auf, brachte dann – von Nachbarn ungesehen – einen Teller mit Butterbrot nach oben, den sie mit freundlichem Kopfnicken auf einen Absatz stellte, verzog sich, bis alles hochgeschleppt war, nahm den dankend geleerten Teller unter ihre Schürze und verschloss den Bodenraum wieder. Einmal erzählte sie zornig: »Der Kerl war selbst mit oben, da konnte ich nichts hinstellen!«

Und dann kam Weihnachten. Da änderte sich in den ersten Kriegsjahren nicht viel. Mutti bekam frei zum Heiligabend, weil es kaum verheiratete oder geschiedene Krankenschwestern gab, und erst recht keine mit Kind. Einmal im Jahr wirkte sich diese Besonderheit positiv aus.

Für diesen Abend wurde nicht nur unsere große Stube geheizt, sondern auch mein daneben liegendes Zimmer. Darin hielten wir drei Töchter uns auf. Vorher, sobald Irene von der Arbeit gekommen war, hatten sie und ich den Tannenbaum geschmückt: Im ersten, vielleicht auch im zweiten Kriegsjahr gab es noch Schokoladenkringel, die in die Zweige gehängt und im Laufe der nächsten Tage mit viel Spaß herausgerupft und genüsslich verzehrt wurden. Dazu kamen bunte Kugeln und richtige Kerzen. Der schöne Baum stand auf der versenkbaren Nähmaschine und machte dadurch sogar Omi klar, dass Feiertage nicht für regelmäßige Alltagsarbeiten gedacht sind. Nachdem sie die Geschenke zugeordnet und aufgebaut hatte, zündete Agnes alle Lichter an und öffnete die Verbindungstür.

Nach fröhlichen Weihnachtswünschen hin und her gingen wir an den Tisch, auf dem Agnes alles für uns drei aufgestellt hatte. Sie selbst nahm ein Tablett mit unseren Geschenken für sie entgegen. Andächtiges Ansehen des geschmückten Baumes, Neugier auf etwas Eingewickeltes hielten sich die Waage. Wir nahmen uns Zeit für beides, fragten nach der Spenderin, guckten auch danach, ob einer Beschenkten unsere Gabe gefiel, bedankten uns gegenseitig, freuten uns wieder über den bunten, leuchtenden Baum. Welche Geschenke? Von wem an wen? Von Käte kamen einmal gestrickte Hüttenschuhe mit kunstvollem Muster und weicher Ledersohle. Sicher hat auch Agnes uns bestrickt. Auf meiner Tischecke lag immer etwas Lesbares; Frau Barghoorn hatte Vorschläge gemacht. Mir muss ja auch etwas für meine drei Erwachsenen eingefallen sein, das habe ich vergessen. Ich erinnere mich gern, dass wir Weihnachtslieder gesungen haben, mit allen Versen, oft mehrstimmig und mit Kätes sanfter Lautenbegleitung.

Wir sind keine fromme Familie. Meine Mutter hatte schon kurz nach ihrer Schulzeit die evangelische Kirche verlassen; ich blieb ungetauft. Dennoch sangen wir alle diese Lieder. Da gibt es erwartungsfrohe Texte aus der Adventszeit, in der die Dunkelheit des Jahres nach innen führt. Das gibt es auch heute noch an dem einen Abend besonders: »Markt und Straßen sind verlassen, still erleuchtet jedes Haus, [...] alles sieht so festlich aus.« Dieses Fühlen und Empfinden der Dunkelheit. Und die helle Freude, sich auf ein neues Licht hin zu bewegen. Wir fühlten uns ein in die Welt des Kindes, der Mutter; wiegten uns mit. Es gibt dazu schöne Lieder und Gesänge, Frömmigkeit aus vergangenen Jahrhunderten. Mag sein, dass auch die laute Zeit, in der wir lebten, die Hinwendung verstärkte. Mit diesem Widerspruch zwischen außen und innen wuchs ich auf.

In den Tagen zwischen Weihnachten und Neujahr begann Agnes, den Gebrauch ihrer Nähmaschine zu vermissen. Sie musste sich aber bis zum Neujahrstag gedulden und inzwischen auf Strickarbeiten beschränken. Am Silvesterabend zündeten wir noch einmal alle Kerzen an und ließen sie langsam abbrennen. Erst danach, am Neujahrstag, gingen Irene und ich daran, den Baum zu plündern: Kerzenhalter und Kugeln aus den Zweigen zu lösen und vorsichtig wieder einzupacken, einen versteckten Schokoladenkringel entdecken. Der Baum wurde zersägt, seine Einzelteile auf den Balkon verfrachtet und nach und nach verheizt. Das knisterte aufregend-angenehm.

Früher hatte Irene zum Einzug des neuen Jahres Bengalische Streichhölzer gekauft, die es in verschiedenen Größen gab, die rot oder grün langsam abbrannten. Wir hielten sie aus dem Fenster und schwenkten sie hin und her; dazu riefen wir fröhliche Wünsche hinaus. Aus anderen Fenstern kam Antwort. Aber so ein heller Spaß war wegen der Verdunkelung im Krieg nicht möglich. Wir mussten erst das Licht ausschalten, bevor wir ein Fenster öffneten.

Im Dunkel fragte ich, ob ich nun knallen dürfe. »Aber Kind«, sagte Omi ein bisschen betrübt, »wir haben doch gar nichts dafür.« Doch, ich hatte vorgesorgt: Schon seit ein paar Wochen hatte ich alle Brötchentüten aufbewahrt. Die ließen sich leicht aufpusten und ergaben durch einen schnellen Schlag einen wunderbaren Knall. Omi lachte, und Irene fragte: »Darf ich auch mal?«

Aber wir knallten nur in das Jahr 1940 hinein, als bei uns der Krieg noch nicht deutlich erkennbar war. Später gab es genug Lärm und Unruhe um uns herum.

Lektüre und Ähnliches

»Wenn du deine Hausaufgaben fertig hast, könntest du mir was vorlesen«, sagte Agnes, als sie mich unbeschäftigt sah. Sie saß neben der Nähmaschine, hatte ein Kleid zu säumen und eine Reihe von Druckknöpfen anzunähen, eine ruhige Arbeit, um zuzuhören. Das passte gut: Ich bot an *Aus dem Leben eines Taugenichts*. Ich fand die Geschichte gerade in einem Eichendorff-Buch aus der Schule, aus dem wir Gedichte lernen sollten. Über Eichendorff freute Omi sich. So bekam sie viel davon zu hören, so lange ihre ruhige Näharbeit dauerte.

Als ich klein war, hatte Omi mir plattdeutsche Märchen vorgelesen. Später las ich sie allein. Ich erinnere mich nicht, dass Agnes mir jemals Hochdeutsches vorlas. Vermutlich besaß sie keine Kindergeschichten. Und ihre beiden Balladenbücher, die sie heiß liebte, fanden bei mir noch kein Verständnis. Inzwischen kannte ich die Balladen alle, fand es aber nie wichtig, sie auswendig zu lernen. Omi hatte viele davon im Kopf. Speziell Schiller. Sie schnurrte einen Vers nach dem andern herunter. Einmal fragte ich, ob sie das auch rückwärts aufsagen könnte. Das fand sie nicht witzig.

Dreimal allerdings kam ich um langes Lernen nicht herum. Das geschah freiwillig. Weil Agnes ein paar amüsante Gedichte wusste, die ich nirgends nachlesen konnte. Sie stammten von einem Daniel Bartels, der etwa um 1900 von Lübeck nach Hamburg gekommen war. Er machte sich den Spaß, bekannte Balladen zu persiflieren und sich auch selbst lustige Sachen auszudenken. Agnes kannte einiges und zitierte daraus. Nicht so runtergerasselt, sondern mit munterer Betonung.

Diese Gelegenheiten waren selten. Mindestens so selten, wie es Alkohol gab in unserem Frauenhaushalt und während des Krieges. Zu Weihnachten bekamen die Erwachsenen eine kleine Flasche Likör; später manchmal als Beruhigungsgabe nach intensiven Bombenangriffen. An Abenden, die auch meine Mutter einschlossen, gab es pro Person ein Glas von diesem süßen Zeug. Ich weiß, dass es süß und klebrig war, weil ich von irgendwann an mit bedacht wurde, ohne selbst zu den altersmäßig schon berechtigten Empfängerinnen zu gehören. Mehr als ein Glas hielt Agnes für übertrieben. Und gegen einen möglichen Kater bot sie vorbeugend eine Kopfschmerztablette an. Oder sie empfahl, am nächsten Morgen auf nüchternen Magen einen Apfel zu essen. Sie selbst wurde vergnügt bereits nach einem halben Glas Likör.

Wir brauchten nicht lange zu bitten. Agnes fühlte sich wohl. Sie zog ihr gestricktes Umschlagetuch fest um sich, lachte und begann. Da war viel Plattdeutsch in den Texten. Wie etwa in der Geschichte über *Saul und David*:

> David, een armes Schäperbloot,
> verstunn dat Harfenklimpern good,
> wirk oft ook in'n gemischten Chor
> mank siene Schoopsheerd as Tenor.

Dazu »Missingsch« – eine spezielle Mischung von Hamburger Hochdeutsch und Platt – und Zitate, spaßig verbogen, meist aus Schiller-Dramen. Agnes kannte wohl alle. Ich wusste inzwischen auch einige.

Der Vortrag umfasste viele, viele Zeilen. Und war von Anfang bis Ende vergnüglich. Das reizte mich. Und deshalb bat ich meine Großmutter, mir die Texte beizubringen. Wir fanden wunderbare Gelegenheit dazu bei der Großen Wäsche. Denn wenn Omi Waschtag hatte, kam ich aus der Schule genau zu der Zeit, als das Wringen begann. Wie ich weiß, passierte das in vielen Haushalten: »Schön, dass du da bist. Du kannst die Wäsche durchdrehen!« Wir hatten eine Wringmaschine. Das ist ein Gerät, das auf die Waschwanne oder einen Waschbock geschraubt wird und aus zwei Hartgummiwalzen und einer Kurbel besteht. Zwischen die Walzen schob Omi die einzelnen Wäschestücke, und ich drehte. Dann pladderte das Wasser aus dem Kissen, dem Handtuch, oder was auch immer, zurück in die Waschbalje, und das Wäschestück fiel leidlich trocken in ein unten stehendes Gefäß. Die Kurbelei strengte ganz schön an, und es dauerte lange, bis alle Wäsche durch war. Während dieser Zeit vergaß ich alle Mühe und lernte stattdessen Omis Texte, die sie bereitwillig weitergab. Sicher war das nicht der Gipfel dessen, was man Schöne Literatur nennt. Ich halte es für Gebrauchsliteratur. Ich habe die Verse nur da gesprochen, wo und wann ich keine Konkurrenz für meine Großmutter sein konnte. Und ich versuchte im Laufe der Jahre andere, intensivere Betonung hineinzubringen.

Dass Omi sich in Schillers Balladen auskannte, mochte damit zusammenhängen, dass sie in der Schulauer Dorfschule mehr als das ABC gelernt hatte. »Das weiß ich von Lehrer Rasmussen«, sagte sie, sich an ihren Lehrer erinnernd. Sie gehörte zu seinen guten Schülerinnen. Auswendiglernen war damals üblich. Das fiel dem Mädchen Agnes leicht.

Aber dass sie sich auch in Theaterstücken gut auskannte, lag daran, dass sie und ein oder zwei weitere Mitglieder der Familie Grube jahrelang der Volksbühne angehörten. Da konnte man zu günstigen Preisen Oper und Theater besuchen. Das muss in den zwanziger Jahren neu und wichtig gewesen sein und bedeutete für einen großen Teil der Hamburger Bevölkerung den Eingang zu völlig neuem Erleben. Da hörte die Kaiserzeit auf, da endete das Privileg bürgerlicher Alleinherrschaft über kulturelle Güter.

Agnes hob Theaterzettel auf von allem, was sie durch die Volksbühne gesehen hatte: jedes Theaterstück, jede Oper. Damals gab es auf kleine Zettel aufgedruckt, was, wann, wer spielte. Mir jungen Nachleserin zur Freude. Ich fand die Anfänge von Schauspielerinnen und Schauspielern, die mir nun in ihren späten, reiferen Jahren über den Weg liefen. Und ich fand viele, von denen Omi mir erzählte, dass sie gut waren, dass sie aber Juden waren, aus Deutschland emigriert und mir deshalb nicht bekannt sein konnten. Agnes überließ mir alle diese Zettel, und ich bewahrte sie bei meinen Besonderheiten. Am Tag als ich geboren wurde, hatten sie ja Oscar Wilde gesehen.

Später, wenn ich einen Theater- oder Opernbesuch vorhatte, verwies Omi mich auf ihre Bestände von Reclam-Heften, die in Irenes Schrank lagen. Offensichtlich war sie immer gut vorbereitet gewesen. Ich folgte ihrem Vorschlag, vorher das Libretto zu lesen.

Warum ließ sie mich damals gehen? Und ging nicht mit? Das hatte vermutlich finanzielle Gründe. Ich weiß nicht, was sie dachte, überlegte. Ich nahm, was sie anbot. Als Agnes mich gehen ließ in die Welt von Theater und Oper, begnügte sie selbst sich mit Zuhören, Nacherleben. Was möglich war, gönnte sie mir in dieser Zeit, in dieser schweren Kriegszeit.

Sie selbst las viel. Wann? Abends, beim Stricken. Immer hatte sie ein Strickzeug, wenn sie auf der Couch saß. Viele Leute ließen sich von ihr Pullover oder Jacken oder Handschuhe stricken. Das war ihr Einkommen. Sie konnte stricken, ohne hinzusehen. Das heißt, sie konnte nebenbei lesen. Ein Buch lag vor ihr auf dem Tisch, und hatte sie eine Seite umgeblättert, strich sie einmal mit der Faust in der Mitte über die neuen Seiten, die dadurch flach liegen blieben, und sie konnte stricken und weiterlesen.

Woher die Bücher? Agnes schickte mich in die Hamburger Öffentlichen Bücherhallen. In der Nähe gab es eine Ausgabestelle. Da ich wusste, was sie gern las, konnte ich mich umsehen und aussuchen. Manchmal veranlasste sie mich, das von ihr gelesene Buch auch zu lesen. Zum Beispiel die *Mikrobenjäger*, eine populärwissenschaftliche Abhandlung über Leute wie etwa Robert Koch, der den Tuberkel-Bazillus entdeckt hatte. Das war verständlich beschrieben. So fanden sich viele andere, ähnliche Berichte. Wir lasen *Hamburger Theateranekdoten*, so dass ich anschließend die nach früheren Schauspielern benannten Straßennamen erkannte.

Agnes: In Kiel geboren, in Schulau bei Wedel aufgewachsen, ihr weiteres Leben in Hamburg verbracht, wanderte in den zwanziger Jahren einmal mit Tochter Else für eine Woche durch den Harz, mit einem Abstecher zu entfernten Verwandten in Braunschweig. Mehr von der Welt kannte sie nicht.

Aber doch: Agnes kannte die ganze Welt. Denn sie liebte Reisebeschreibungen und behielt viele Besonderheiten daraus. Einmal schlug sie mir vor: »Lass dir doch zum Geburtstag von deinem Vater den Knaur-

Weltatlas schenken.« Ich hatte keine besonderen Wünsche an ihn und ließ mich darauf ein. Der Weltatlas kam. Ich brauchte ihn überhaupt nicht. Für die Schule hatte ich den damals schon üblichen Diercke; der reichte mir. Aber für Agnes bedeutete der Knaur-Atlas die Komplettierung ihrer Kenntnisse über die Länder der Erde. Sie legte ihn neben Knaurs Lexikon auf die Truhe und benutzte ihn oft.

Es sollte hier gesagt werden, dass Agnes nicht nur Bücher las. Sie hatte irgendwann zwei Wochenzeitschriften abonniert: die *Koralle* und die *Berliner Illustrierte*. Die wurden uns geliefert. Sobald sie kamen, lag ich mitten im Zimmer flach auf dem Bauch und beguckte die Bilder. Las die Unterschriften. Niemand störte mich. Wer sich gerade in der Nähe befand, stieg sogar über mich hinweg. Ich weiß nicht, ob sie lachten. Ich freute mich über die letzte Seite, auf der es hieß: »Da lacht die Koralle«.

Und dann las ich, dass ein Mädchen, nur eine Woche älter als ich (wir waren beide zwölf Jahre alt), später mal Königin von Großbritannien würde. Elizabeth. Das wusste sie vorher auch nicht. Ihr Onkel hatte seine Krone an seinen jüngeren Bruder abgegeben, weil er selbst so schwierig verliebt war. Dadurch wurde Elizabeth, die Tochter des Bruders, Kronprinzessin. Das nahm sie sehr ernst, wie ich teilnehmend las. Sie bemühte sich um königliche Haltung: Dazu legte sie sich mehrere Bücher auf den Kopf und versuchte, ganz gerade zu gehen. Sie konnte schon damit gehen, ohne dass Bücher herunterfielen. Ich machte das nicht nach, aber ich bemühte mich, nahezu unabhängig vom Vorbild, auch um königliches Gehen.

Zufällig hörten wir um diese Zeit von einem Bekannten, der in London gewesen war und die neue königliche Familie gesehen hatte, dass ihm mehr die jüngere Tochter, Margaret, gefallen hatte. Die kümmerte sich weder um die große Schwester noch um den ganzen Zirkus, sondern sie kasperte am Rande herum, sie war in eigener Regie vergnügt. Da nahm ich ein paar von meinen ausgedachten Büchern vom Kopf und bemühte mich wieder um normale Schritte und Bewegungen.

Meine Bücher standen im Vertiko in meiner Stube. Kästner-Bücher vorsichtshalber ganz unten, unauffällig. Dabei mein erstes, *Emil und die Detektive*, das ich bekam, als ich noch nicht selbst lesen konnte, von dem ich lange Passagen auswendig wusste. Gut sichtbar, auch mehrfach gelesen *Tom Sawyer* von Mark Twain, ein Buch aus den Beständen meines Vaters. Sogenannte Mädchenbücher schenkte mir niemand. In der Schule erzählten sie von *Nesthäkchens* etlichen Bänden. Ich konnte einige ausleihen, fand sie aber bald langweilig.

Einmal besorgte ich auf Vorschlag von Agnes aus der Bücherhalle einen Bericht über ein junges Mädchen *Jettchen Gebert*, das im zweiten Band die Frau *Henriette Jacobi* wurde. Ich weiß nicht, wer das schrieb. Die Schilderung eines Frauenlebens zur Biedermeierzeit. Was ich davon verstand, erschreckte mich; denn das fröhliche Jettchen war als Ehefrau so sehr eingeengt, dass ich dem Schreiber richtig böse wurde. Die durfte ja gar nix! Immer nur das, was vornehm war und was der Ehemann wollte. »Ja«, sagte meine Großmutter, »so war das.«

In Bücherschränken, die ich in guten Stuben von Mitschülerinnen antraf, befanden sich ganze Leder-Einband-Reihen mit »unseren deutschen Klassikern«: Goethe, Schiller, kaum Lessing, eher Theodor Körner. Das gab es in unserem Haushalt nicht. Auch was ich noch aus dem Bücherschrank meines Vaters wusste, sah anders aus. Die schönen Leinen-Einbände der Büchergilde etwa; mehr Buntes, Ungleichförmiges, aber vor allem: erkennbar Gelesenes.

In der Schule war mein Interesse an Theaterstücken geweckt worden. War mir dabei die Sprache oder der Umgang mit dem Stoff wichtiger? Vorlesen mochte ich, das war ich gewohnt, bekam auch beim Lesen gute Frauenrollen. Da sich die kleinen Texthefte billig kaufen ließen, blieb ich nicht beim Schulpensum, sondern begab mich darüber hinaus, kaufte weitere Stücke und landete bei Hebbels *Nibelungen*. Den Inhalt fand ich noch grauslicher, als ich ihn aus der Sage in Erinnerung hatte. Aber der Rhythmus der Sprache faszinierte mich derart, dass ich tagelang zwar nicht so sprach, dass aber meine Gedanken-Sätze diesen Rhythmus annahmen. Ein Wort, das die Königsmutter Ute sagt, blieb haften: »Das ist wie von Männern, wenn sie leise sind. Das geht auf Zehen – und wirft den Ofen um.« Warum gerade dies? Ich weiß es nicht. Vielleicht weil ich nur wenig Gelegenheit bekam, etwas über Männer zu erfahren. Und eine alte Frau, die noch dazu Königin war, wusste wohl Bescheid.

Meine Theaterstücke und die von Agnes durfte ich gemeinsam in meinen Schrank stellen. Und brauchte unheimlich viel Zeit, um sie zu sortieren. Das Problem: nach Dichtern, ausländische, deutsche, nach Inhalten, Trauerspiele, Lustspiele, zeitlich, alphabetisch? Oder wie? Meine gerade anwesende Mutter beobachtete, wie ich die Stapel hin- und herschob, veränderte, verteilte. Und sagte endlich: »Nun hast du den ganzen Abend nichts getan.«

Sie fand mehrfach Grund, mit mir unzufrieden zu sein, weil ich in häuslichen Dingen unbeholfen, nachlässig war. Viel später erfuhr ich von ihr, dass sie sich deswegen auch bei Agnes beklagt, die ihr aber geantwortet hatte: »Hildes Fähigkeiten liegen wohl auf anderen Gebieten.«

Denn meine Großmutter glaubte an meine Verse! Manchmal hatte ich etwas geschrieben, das sich reimte. Wir nannten es »Gedichte«. Ich selbst war skeptisch, aber Omi war des Lobes voll. Als einmal ihre Schwägerin uns besuchte, fragte Agnes mich: »Hat Tante Lisbeth eigentlich schon deine Gedichte gelesen?« Ich zeigte sie vor, und Tante Lisbeth hatte keine andere Wahl, als sich entzückt zu äußern. Ich wusste doch, wie das sein muss. »Gedichte sind gemalte Fensterscheiben«, sagt Goethe. Aber mach das mal! Das ist schwer. Unerreichbar.

In Agnes' Balladenbuch verliebte ich mich in zwei Stücke eines Dichters, der sonst nicht vorkam: Heinrich Heine. *Die Grenadiere* und *Die Wallfahrt nach Kevlaar*, mehr von ihm stand nicht drin. Das Lied *Leise zieht durch mein Gemüt liebliches Geläute* hatte ich von Agnes gelernt. »Das ist auch von Heine, und Mendelssohn hat die Melodie dazu geschrieben«, erklärte sie, »aber das darfst du nirgends singen. Beide sind Juden.«

Von Heine hätte ich gern mehr gelesen. Aber wo? Und wann? Die Welt sah nicht aus, als ob ich dazu Gelegenheit bekäme.

Es wird lauter

Nach der Winterkälte ging die Schule wieder richtig los. Wir gerieten an neue Lernstoffe; dadurch änderte sich erfreulicherweise auch der Inhalt der Hausaufgaben.

Nichts änderte sich am Hurra-Denken der meisten Mitschülerinnen, von denen mehrere *Jungmädelführerinnen* waren. Manchmal wagte Frau Barghoorn, im Unterricht winzig kleine Kritiken am Kriegsgeschehen zu äußern. Das geschah sehr vorsichtig, nebenbei. Dennoch fiel es einigen

Mädchen auf. Lotti und ich hörten Kommentare wie: »Johanna soll bloß aufpassen. Mein Vater sagt auch, so darf sie nicht reden. Dann kommt sie weg.« Dieses »Wegkommen« wurde nicht weiter erläutert. Wahrscheinlich wusste keine von uns, was das eigentlich war. Es hing mit Gefängnis zusammen.

Lotti und ich waren sehr besorgt und beschlossen, in den Osterferien einen Besuch bei unserer Lehrerin zu machen, um sie zu warnen. Frau Barghoorn freute sich, als wir kamen, nahm sich Zeit für uns. Was wir aber so dringlich vorbrachten – teils deutlich, teils etwas verschlüsselt –, schien sie überhaupt nicht zu verstehen. Sie ging kein bisschen darauf ein, sagte nichts dafür und nichts dagegen, nickte nicht einmal, bot uns stattdessen noch einen Keks an, verabschiedete uns mit Dank für den Besuch. Wir gingen enttäuscht nach Hause.

Nach Ostern, im nächsten Schuljahr, stellten wir erleichtert fest, dass Frau Barghoorn ihre Äußerungen besser sortierte. Wir fanden sogar, dass sie uns manchmal besonders freundlich ansah. Irgendwann begriffen wir auch, weshalb sie sich uns gegenüber nicht anders verhalten hatte. Sie musste sich dagegen schützen, dass wir, versehentlich, ihre Meinung weitererzählten.

Zuhause lag eine Ansichtskarte aus Japan mit der verschlüsselten Unterschrift unseres Doktors im Briefkasten. Er war demnach von Schweden über Asien und den Pazifik auf dem Weg in die USA, wo er wohl mit seinen aus England über den Atlantik kommenden Kindern zusammentreffen würde. Erdumspannende Reisen!

Und im April 1940 besetzten deutsche Soldaten Dänemark. Mit der Begründung, dass die Engländer gerade Island und die Färöer besetzt hatten und sicher weiter wollten, besetzten deutsche Kriegsschiffe norwegische Häfen. Das *Oberkommando der Wehrmacht* brachte neue Namen in die täglichen Berichte: Trondheim, Stavanger. Nichts Offizielles erfuhren wir über Verluste. Ich hörte aber, hinter vorgehaltener Hand, von meiner Schulnachbarin Edith, dass es massenhaft beschädigte und versenkte deutsche Kriegsschiffe dort in den Häfen gab. Viele tote Seeleute im Wasser. Ihr Bruder war bei der Marine und hatte davon geschrieben. Wir fanden es leichtsinnig, solche Mitteilungen einem *Feldpostbrief* anzuvertrauen. Fanden es aber auch gut, so etwas zu erfahren. Ich wusste von meiner

Krankenhaus-Mutter, dass es in Narvik etliche Fallschirmspringer gegeben hatte, die schon in der Luft erschossen wurden, bevor sie die Erde erreichten.

In diesem Sommer gab es Fliegeralarme in Hamburg. Britische Flugzeuge überflogen die Stadt, warfen einzelne Bomben. Man erzählte sich in den nächsten Tagen, wo ein Haus zerstört war, wo man eine kaputte Mauer begucken konnte. Einige Leute gingen hin, sahen sich das an, berichteten davon. Die Alarme blieben im Wesentlichen harmlos. Sie störten und verhinderten aber unsere Nachtruhe. Agnes weckte uns. Irene behauptete: »Omi hört ja schon die Sirene, wenn sie in der Zentrale erst auf den Knopf drücken.«

Unser Keller war noch nicht ausgebaut. Zu Anfang des Krieges war lediglich das Glasdach des Treppenhauses dunkelblau angemalt worden, damit kein Licht nach draußen drang, wo vielleicht britische Flugzeuge ... Aber warum? Göring hatte versprochen, dass kein feindliches Flugzeug deutsches Gebiet überfliegen könnte. Er wollte »Müller heißen«, falls doch.

Alle Parterrebewohner waren verpflichtet, bei Fliegeralarm die Mieter aus den oberen Etagen aufzunehmen. Wir fanden uns daher im Korridor des Krämers zusammen, bei dem wir über Tag Geld und Marken für Zucker, Mehl und Nährmittel gegen Waren eintauschten. Gemeinsames Sitzen und Warten. Ein paar verlorene Gesprächsversuche. Wahrscheinlich kannten alle den Spaß, unseren obersten Fliegeroffizier Göring, der so viele Funktionen hatte, mit *Reichsjägermeister Müller* zu benennen. Aber bei dieser Krämersfrau? Sie erklärte den Krieg bereits als gewonnen, weil der Engländer nichts könne, nichts vorbereitet habe, und dass überhaupt dieses Überfliegen hier bei uns sein letztes Aufflackern sei.

Es mochte stimmen, dass die Briten weniger gut vorbereitet waren als die Deutschen. Bei uns galt die Maxime *Kanonen statt Butter*. Wir waren allmählich an Verschlechterungen gewöhnt worden. Butter bekamen wir nur dort, wo wir in die Kundenliste eingetragen waren. Zitronen wurden nicht mehr eingeführt. Wir hatten den Umgang mit Mangelerscheinungen geübt, kannten Engpässe zugunsten der Kriegswirtschaft.

Wer hatte begonnen, Städte zu bombardieren? Ein Kriegsland schob dem anderen die Verantwortung zu. Waren die September-Luftangriffe auf Warschau vergessen? Hatte die deutsche Legion Condor nicht bereits 1937 während des Spanischen Bürgerkriegs die Stadt Guernica in Spanien brutal bombardiert? Mitte Mai 1940 wurde ein Angriff deutscher Bomber auf Rotterdam bekannt. Geflüstert wurde, dass dort letzte Güter von ausreisenden Juden lagerten, die nun zerstört waren. Die Brände im Hafen sollen verheerend gewesen sein.

Tagsüber blieben wir ungestört vom *Tommy*, wie der britische Kriegsgegner bald genannt wurde. Woher kam diese Bezeichnung? Klang freundlich, nahezu sportlich; hielt sich während des ganzen Krieges.

Ungestört konnten wir auch in die Schule gehen. Beinahe jedenfalls. Wir mussten nur unser Schulgebäude mit einer anderen Schule teilen. Das andere Haus hatte durch eine besondere Behörde oder sonstige Einquartierung eine neue Funktion bekommen. Für uns bedeutete das eine Woche Vormittags- und die zweite Woche Nachmittagsunterricht. Und außerdem durfte nichts im Tischfach liegen bleiben. Wer in der Zwischenzeit auf meinem Stuhl saß, erfuhr ich nicht.

Bei besonderen Anlässen fiel der Unterricht aus. Zum Beispiel bei einem *Führer-Besuch* in Hamburg. Da mussten wir alle hin und Spalier stehen. Ich erinnere mich an einen Abhang in der Nähe vom Hafen beim Bismarckdenkmal. Unten an der Straße Polizei und *SA*-Männer, die sich wichtig gebärdeten. Wir Schülerinnen und Schüler in Uniform bevölkerten die Wiesen kilometerweit. Hinsetzen ging nicht; das Gras war zu nass. Und bald war es einfach weg: zertreten von vielen Schuhen. Es blieb lehmig-feuchter Boden. Dieses Rumstehen und Warten weit über die angegebene Zeit hinaus machte müde und ärgerlich.

Endlich – nach zwei bis drei Stunden – ertönte von ganz weit seitlich ein Riesengeschrei, langsam sich nähernd, immer lauter werdend: »*Heil, Heil!*« Und ein Wald von erhobenen Armen. Unten auf der Straße – ziemlich entfernt von uns – ein Auto, worin einer stand. Sah jedenfalls so aus. Und das Geschrei zur anderen Seite hin langsam abflauend. Das war's. Danach drängten wir uns in den vollen Bahnen, um endlich heimzukommen.

Einmal ließ ich mich bereden, noch mit vors Rathaus zu gehen. Der große Platz war voll von Menschen. Von Zeit zu Zeit ein Singen aus vieltausend Kehlen: »Nach Hause, nach Hause, nach Hause gehn wir nicht, bis dass der Führer spricht, nach Hause gehn wir nicht!« Oder der Ruf:

»Wir wol-len un-sern Füh-rer se-hen!« Ich rief nicht mit und sang nicht mit. Ich spürte deutlich mein Nichtdazugehören, mein Danebensein. Ich beobachtete, wie Leute, die sich eben noch unterhielten, mitten im Satz abbrachen, um den gerade aufklingenden Text mitzusprechen. Ich sah, wie die Umstehenden gebannt die dunkle Rathausfassade danach absuchten, ob sich endlich ein Fenster oder eine Balkontür auftat. Eine Menschenmenge, gefangen im Wechsel von steigender und abflauender Erwartung. – Er ließ sich nicht sehen. Etliche Enttäuschte gingen. Ich auch. Andere hofften und sangen weiter; sie waren lange zu hören.

In späteren Jahren, Jahrzehnten, stand ich ein paarmal wieder mit vielen Menschen auf dem großen Platz vor unserem Rathaus. Mein damaliges Erlebnis, daneben zu sein, schärfte mein Fragen und Erkennen: Was will ich hier? Ich will nicht unbedingt jemanden sehen oder hören. Keinen Kaiser, keinen Führer, keinen Filmstar.

Sondern ich will meine Meinung in einer bestimmten Angelegenheit bekunden. Damit bin ich nicht allein, sondern darüber haben viele nachgedacht von denen, die hier stehen. Schon den Weg dahin mache ich mit Freunden, Gleichgesinnten. Aus anderen Straßen kommen Unbekannte dazu – aber nein, da ist ja einer, den ich kenne, der kommt mit seinen Gefährten. Ein Grüßen, ein Freuen, ein Wissen voneinander. Es ist Tag; wir werden gesehen. Und ich gehöre dazu: weil ich es bedacht, besprochen oder erfahren habe. Weil ich es will.

Einzelheiten? Ich bin so alt, dass ich schon gegen die Anfänge der Atombombe mitging. Ende der fünfziger Jahre, und meine kleine Tochter war drei Jahre alt, hörte ich Carlo Schmid dazu sagen: »Menschenmütter wollen Menschenkinder gebären und keine Monstren!« Diesem Satz haben wir applaudiert unter unseren Regenschirmen.

In den achtziger Jahren gab es in Hamburg die Friedenswoche mit einem viel beachteten Frauentag; wir hörten unsere Lieder durch eine Straße zur andern, froh erkennend, dass wir so viele wurden. Und dann dieser große allgemeine Abschluss vorm Rathaus. Viele Gespräche, viele Menschen mit gleichem Wollen, das war ein Fest.

Atom- und Kriegsgefahr blieben (bleiben?) Anlass für Proteste vorm Rathaus. Aber einmal war es trotz der vielen, vielen Menschen sehr still unter dem regnerischen Februarhimmel: Als wir 1962 um die Toten der Flutkatastrophe trauerten. Da sprach einer aus Bonn; der war weit weg. Ein Miteinander ergab sich, als Nevermann sprach, unser Bürgermeister. Der war betroffen, glaubwürdig. Der hatte auch einmal gesagt: »Das ist euer Rathaus, kommt!«

Da entstand ein Gemeinschaftsgefühl, eine Verbindung: Wir aus dieser Stadt. – Wir damals Erwachsenen kannten schon andere gemeinsame Schmerzen, die unsere Stadt Hamburg ertragen hatte.

Lokales und politisches Miteinander: So unterschiedlich die Gründe sein mochten, sie fanden ihren Ausdruck auf dem großen Platz vorm Rathaus, der den Namen Rathausmarkt trägt. – Inzwischen ist er mehr Markt geworden. Die Kioske nehmen viel Raum ein. Es gibt Tische und Stühle, dekorativ hingepflanzte Bäume und ein paar unnütze breite Stufen. Von Zeit zu Zeit stellt man Zelte auf, um Wein oder Wissenschaft anzubieten. Dem Protest bleibt wenig Raum.

Es sei denn, man glaubt dem Heine-Denkmal. Heinrich Heine, der Protestierer, der klug Erkennende, der mit Weltgeist dem Zeitgeist widersprechen konnte. Ein weiser Senat holte ihn aus Nazi-Versenktheiten heraus und wagte es, ihn sich vor die Nase zu setzen, direkt auf den Rathausmarkt. – Wenn sein Denkmal nur nicht so verschroben wäre! Als hätte man ihm die Wirbelsäule entfernt, bevor er seinen Sockel besteigen durfte. Von dieser Figur hat kein Senat etwas zu befürchten. Von dieser Figur kommt kein: »Trommle die Leute aus dem Schlaf!«

Siegreich wolln wir ...

Das Radio brachte Sondermeldungen. Vorab den mehrfach wiederholten Hinweis: Wir bringen gleich eine Sondermeldung, sagen Sie auch Ihren Nachbarn Bescheid! Zu hören war erst ein Motiv aus *Les Prèludes* von Franz Liszt; etwas vereinfacht, einprägsam. Danach gab das *Oberkommando der Wehrmacht* das jeweils Neue bekannt. Diesmal: Deutschland greift im Westen an!

Die ersten Märsche waren bald überholt, neue wurden losgelassen. Durch die neutralen Länder Niederlande und Belgien klangen neue Märsche. *Über die Maas, über Schelde und Rhein marschieren wir siegreich nach Frank-*

reich hinein. Der Text folgte einer Melodie, die Agnes vom vorigen Krieg kannte. Damals war dazu gesungen worden: »Siegreich wolln wir Frankreich schlagen, sterben als ein tapfrer Held.« In den neuen Märschen wurde nicht gestorben. Auch nicht in den *Wochenschauen*. Nur in den Zeitungen wurden die Anzeigen mit dem *Eisernen Kreuz* wieder mehr.

Irene kam eines Abends weinend aus dem Büro. Ein junger Kollege, der in ihrer Firma eben ausgelernt hatte, der bald danach eingezogen wurde, war in Frankreich gefallen. Seine Mutter stammte aus Norwegen, wo immer noch heftig gekämpft wurde. Sie brachte selbst die schlimme Nachricht. Während ihre Heimat unter deutscher Besetzung litt, musste ihr Sohn Arne für eben dieses Deutschland in den Krieg ziehen und sein Leben hingeben. Die arme Frau wirkte wie zerrissen; da war neben dem Kummer großer Zorn erwacht.

Käte berichtete aus dem Krankenhaus, dass Schwestern in geschlossenen Räumen, in denen sich Gas befand, den Umgang mit Gasmasken ausprobieren mussten. Dabei stellte sich heraus, dass einige Gasmasken nicht dicht waren: die Schwestern bekamen schlimme Augenentzündungen und fielen aus dem Arbeitsprozess heraus.

Mutti wohnte im Krankenhaus in einem Mansardenzimmer, das sie mit Schwester Inge teilte. Schwesternzimmer lagen oft im obersten Stock über den Krankenstationen. Extern, also außerhalb des Krankenhauses, wohnten nur wenige. Inge und Käte waren die Ältesten ihres Lehrgangs. Sie hatten im März Examen gemacht und beide mit »sehr gut« bestanden. Ihre Zeit als Schwesternschülerinnen war damit nach zwei Jahren beendet, doch verlangte ihr mit der Hansestadt Hamburg abgeschlossener Vertrag ein weiteres Jahr der Bindung an das Haus ihrer Ausbildung. Dazu gehörte, dass sie in diesem dritten Jahr auch nur einen Teil des ordentlichen Schwesterngehalts bekamen. Immerhin reichte es so weit, dass meine Mutter meiner Großmutter für meine Unterbringung und Versorgung ein bisschen mehr Geld geben konnte. Das muss sich auch auf mein Taschengeld ausgewirkt haben, von dessen Höhe ich allerdings keine Vorstellung mehr habe. Ich weiß nur, dass ich durch kleine Bescheidenheiten recht gut damit auskam.

Das Krankenhaus war mir inzwischen gut bekannt. Gerade zu Pfingsten hatte ich zwei Tage im Garten der Infektionsaufnahme zugebracht. Krankheiten wurden früher länger behandelt; sie ließen sich nicht einfach durch starke Medikamente wegdrücken, sondern ihr Verlauf wurde mit geeigneten Hilfsmitteln begleitet. Besonders Infektionskrankheiten dauerten mehrere Wochen. Sie kamen häufiger vor, weil die meisten jetzt gebräuchlichen Impfstoffe noch nicht erfunden waren. Auch Penicillin gab es in Deutschland nicht. Das Krankenhaus Barmbek hatte einen abgeteilten Bereich mit einzelnen Pavillons für Masern, Scharlach, Diphtherie. Solange die Diagnose nicht feststand, blieben die Patienten, überwiegend Kinder, in der Infektionsaufnahme auf viele kleine Zimmer verteilt, um sich nicht gegenseitig zu infizieren. Mutti arbeitete gern hier und war gleich nach ihrem Examen von der zuständigen Oberschwester wieder angefordert worden. Zu Pfingsten also arbeitete Schwester Käte, durfte aber mich große Tochter in der Nähe haben.

Die Sonne schien auf den Rasen, wo mir ein Krankenhaus-Liegestuhl aufgestellt wurde, wo aus hohen Bäumen muntere Vogelstimmen zwischen meine Lektüre zwitscherten und wo Schwestern kamen und mich mit einem Apfel oder einem nachgebliebenen Pudding verwöhnten. Mir fielen kleine Reime ein:

Wie liegt sich's doch herrlich im grünen Gras.
Die Bäume rauschen, ach wüsst' ich nur was.

Meine Privatschwester Käte verbrachte plaudernd ihre Mittagszeit bei mir. Sie war vorher ein paar Wochen nicht zuhause gewesen, weil es einen Fall von Kinderlähmung auf der Station gegeben hatte. Der Erreger der Poliomyelitis war noch nicht bekannt; man konnte ihm also nicht ausweichen, ihn nicht bekämpfen. Niemand wusste, wie die Krankheit übertragen wurde. Man wusste nur, wie schrecklich die Folgen sein konnten. Unsicherheit und Fürsorglichkeit bewogen meine Mutter, wochenlang unser Begegnen zu vermeiden. Die junge Patientin war gestorben, erfuhr ich jetzt.

Zwei lange Tage ohne verpflichtende Aufgaben, keine Schularbeiten, kein Abwaschen, kein Einkaufen. Nicht mal Radiomeldungen, also fast kein Krieg. Illusion.

Frankreich: Dazu gehört das Elsaß. Dahin war Yvonne gezogen, unser Wonnchen aus Klasse Leu. Wie geht es ihr? Was tun sie ihr? Wo kann sie hin? Fragen, die ohne Antwort blieben.

Am 14. Juni marschierten deutsche Soldaten in Paris ein. Ein paar Tage vorher war Italien in den Krieg eingetreten. Dazu gab es hämische Bemerkungen: Jetzt, wo alles vorbei ist, wo keine Gefahr mehr besteht, kommt Italien! Das aber hinter vorgehaltener Hand, wegen der Freundschaft zwischen Deutschland und Italien, Bündnispartner der *Achse Rom-Berlin*. Wer wagte, sich da lustig zu machen?

Käte erzählte von einem jungen Soldaten: Lothar war gleich bei Kriegsbeginn vom *Arbeitsdienst* aus mit seinen Kameraden nach Polen geschickt und dort verwundet worden. Er war siebzehn Jahre alt, zu jung, um mit anderen Soldaten im großen Saal des Krankenhauses zu liegen: wegen der Witze, die dort erzählt wurden, und weil ihm noch keine Zigaretten zustanden. Die gab es ab achtzehn. »Aber zum Kaputtgehen war er alt genug!«, sagte Käte. – Und Otto lag da, fast bewegungslos, weil seine Wirbelsäule zertrümmert war: Beim zu schnellen Vormarsch von der eigenen Artillerie beschossen. Mutti veranlasste mich, ihn manchmal zu besuchen. Wir fanden Gespräche miteinander, und zu meinem Geburtstag ließ er Mutti ein schönes Teeservice für mich einkaufen. Sie haben ihn lange gepflegt. Aber dann ist er gestorben. – Zuweilen brachte Mutti Soldaten mit, die nicht in Hamburg zuhause waren. Omi bot ein Abendessen und Unterhaltung; Irene flirtete ein bisschen. Nach ihrer Genesung mussten die Soldaten wieder zurück in den Krieg. Dazu sagte Agnes: Nun können sie sich neue Verwundungen holen.

In unserer Familie gab es nur einen Soldaten: Heini, den Sohn von Omis Schwester Margot. Eigentlich war er Lehrer. Ich kannte ihn aus der Zeit seines Studiums, als er uns am Grevenweg besuchte und immer lustig war. Wenn Mutti und ich ein paar Tage bei Tante Margot verbrachten, war er meistens unterwegs. Käte korrespondierte mit ihm. Agnes liebte ihn seit seiner Kinderzeit.

Und jetzt weinte sie um ihn.

Nie vorher hatte ich sie so verstört, zerstört gesehen. Als ich aus der Schule kam, saß sie in der Stube am Tisch, vor sich einen Briefumschlag, eine Todesanzeige. Sie hatte nicht Zeit gehabt, sich ihren Platz auf der Couch hinterm Tisch zu suchen, sondern so wie sie die Post aus dem Kasten genommen hatte, war sie auf den nächsten Stuhl hingesunken. Unklar, ob sie überhaupt schon richtig gelesen hatte. Aber da stand das: Heinrich Basiel. Und das Datum lag zwei Tage vorm Waffenstillstand.

Hätten sie den Abschluss der Kämpfe nicht früher machen können? Aber sie mussten noch unbedingt den alten Eisenbahnwagen nach Compiègne schaffen, in dem 1918 der Waffenstillstand unterschrieben worden war. Ließ sich der Krieg gegen Frankreich nicht ohne diesen theatralischen Racheakt beenden? In Frankreich, hieß es, war doch schon lange nichts mehr los. Wer hatte denn da noch geschossen? Und ausgerechnet auf Heini, der so gern Lehrer sein mochte? Und der so schöne Hände hatte, woran seine traurige Tante Agnes uns weinend erinnerte.

Agnes fuhr für ein paar Tage zu ihrer Schwester Margot ins Alte Land. Von dort brachte sie ein ziviles Foto von Heini mit, das sie oft ansah. Heinis Einheit hatte ein Foto vom Grab in Frankreich an seine Eltern geschickt. Das hing nun in deren Stube unter dem freundlichen Bild des Sohnes. Und draußen, nur draußen, schien die Sommersonne.

Agnes und ich besuchten Käte an ihrem freien Nachmittag im Krankenhaus, als ihre Oberschwester anklopfte und Mutti vor die Tür bat. Die kam bald zurück mit einem Brief, den sie an Heini geschrieben und der ihn nicht mehr erreicht hatte. Auf dem Umschlag deutlich der Stempel: *Gefallen für Großdeutschland.* Neue Tränen tropften da in den Kornkaffee, verbunden aber mit der Anerkennung für die Oberschwester, die sich bemüht hatte, ihre Mitschwester nicht mit der gestempelten brutalen Nachricht allein zu lassen. Andere Briefe, die ordentlich adressiert waren, legte sie gewöhnlich auf den Nachtschrank. Sie konnte auch nicht wissen – fiel uns ein –, ob wir Besucherinnen über den Schriftwechsel von Schwester Käte informiert waren, ob er uns anging. Wie achtsam war sie mit diesem Brief umgegangen. Käte hatte gesagt: »Ich weiß schon, Oberschwester«, und den familiären Bezug geklärt.

Der Krieg fraß sich weiter durch die Länder Europas. Und wurde nicht satt.

Die Sowjetunion besetzte die erst 1918 selbstständig gewordenen baltischen Länder, führte einen langen, auf beiden Seiten ungeheuer verlustreichen Krieg gegen Finnland, verstärkte ihren Einfluss im östlichen Teil der Ostsee. – Italien besetzte Albanien, das kleine Land auf der anderen Seite der Adria, drang danach weiter vor auf den Balkan, wo sich einige Länder den *Achsenmächten* anschlossen, Provinzen erhielten, andere Provinzen abgeben mussten, sich auf irgendeine Art bei den derzeitigen

Siegermächten befanden ... – Als Italien Krieg mit Griechenland begann, musste Deutschland zu Hilfe kommen. Die griechische Insel Kreta wurde durch die Luft erobert. Das sollte sich gut anhören, war aber besonders hart, weil etliche der Fallschirmjäger bereits abgeschossen wurden, bevor sie den Boden erreichten. Spätestens deutlich wurde dies, als den übrig gebliebenen Soldaten eine besondere Auszeichnung an die Uniform geheftet wurde: die Kreta-Spange. – Und dann machte Italien in Nordafrika weiter. Deutschland begab sich ebenfalls auf den südlichen Kontinent, lieferte dazu das *Deutsche Afrikakorps*, und der Kriegsmusikmacher bastelte für die einschlägigen Siegessondermeldungen den Marsch: *Es rasseln die Ketten, es dröhnt der Motor: Panzer rollen in Afrika vor.*

Da seit September 1940 die *Achse Rom-Berlin* durch Japan einen dritten Partner hatte, befand sich Deutschland auch auf irgendeine Weise in kriegsähnlichen Zuständen mit Ländern oder Kolonialgebieten in Asien. Ich fand nicht mehr durch. Mich beschäftigte am Rande die Frage, wie eine Achse mit drei Enden aussehen müsste. Bringt das nicht alle geometrischen Vorstellungen durcheinander?

Nach der Besetzung Frankreichs starteten deutsche Flugzeuge von französischen Flugplätzen aus und erreichten England schneller als vorher, so dass britische Flugzeuge nicht mehr rechtzeitig aufsteigen konnten und an ihren Standorten überrascht wurden. Das hieß damals im *Wehrmachtsbericht*, sie seien bereits *am Boden zerstört* worden. Ein auch heute noch benutztes Wort, das sich erhalten hat, ohne dass seine Bedeutung klar blieb. Mich erinnert und erschreckt es immer wieder.

Im Winter 1940/41 begann das, was *Luftschlacht um England* genannt wurde, wobei, um nur ein Beispiel zu nennen, die Stadt Coventry grauenhaft zerstört wurde. Da machte sich die Übungsmöglichkeit der deutschen Luftwaffe während des Spanischen Bürgerkrieges erschreckend bemerkbar. Und der viel zitierte Marschmusikerfinder komponierte: *Hört ihr die Motoren singen: Ran an den Feind! Hört ihr's in den Ohren klingen: Ran an den Feind! Bomben, Bomben, Bomben auf Engelland!*

Auch bei uns gab es Fliegerangriffe, die aber verhältnismäßig harmlos blieben. Nicht für die, die es traf. Es gab zerstörte Häuser und Tote. Das wussten, das erfuhren alle. Wenn aber der tägliche Bericht des *Oberkommandos der Wehrmacht* im Radio verlesen wurde, hieß es darin, dass es keine

Schäden gegeben habe. So entstand die Überlegung: »Ach, da wurde wohl nur ein freistehendes Klo getroffen!«

Der Hamburger Branddirektor Hans Brunswig, der in seinem Buch *Feuersturm über Hamburg* die Luftangriffe auf Hamburg und ihre Folgen beschrieb und im letzten Teil akribisch alle Angriffe auflistete, die während des gesamten Krieges unsere Stadt trafen, hielt fest, dass wir in den Jahren 1940 und 1941 viele, viele Stunden in unseren Kellern saßen, dass Bomben fielen und dass es Tote gab. Nur: Auf die große Stadt verteilt waren es wenige Bomben, wenige Tote. Wir hörten davon, wir sahen sie nicht. Sie waren Seltenheiten zu der Zeit. Immerhin hörten wir manchmal die *Flak* schießen. Dann konnten morgens auf dem Weg zur Schule Flaksplitter auf der Straße gefunden und gesammelt werden. Das gab ein Rasseln und Klappern in längst leer gerauchten Zigarrenkästen.

Bei uns im Haus war endlich der *Luftschutzkeller* fertig: Beton, Eisentüren, mehrere Räume mit hölzernen Etagenbetten, Holzbänke. Und Herr Goemann, der ein paar Häuser weiter eine Drogerie betrieb und in unserem Haus oben wohnte, hantierte als zuständiger *Luftschutzwart* mit einem großen Schlüsselbund.

Im Keller lernten wir nachts unsere Nachbarn kennen. Aber auf Dauer fand sich nicht viel zu reden. Neueste Informationen über Zerstörungen aus den vorhergehenden Alarmnächten waren schnell aufgezählt – waren ja nur die »freistehenden Klos«. Wussten alle, welche *Sonderzuteilungen* aufgerufen waren? Wann hatte es die letzten Eier gegeben? – Stilles, gelangweiltes, müdes Warten. Nur Agnes strickte. Mir ist, als hätte sie mit ihren hier kundgetanen Strickkünsten eine neue Kundin gewonnen.

Unter uns wohnte eine junge Familie. Eine liebenswerte Frau mit einem Baby und dem vierjährigen Dieter. Der Mann war *Luftwaffenoffizier* am Standort in Blankenese und kam oft nach Hause. Der Kleine tat mir leid. In eines der leer stehenden Betten wollte er nicht. Dieter saß auf der hölzernen Bank still und müde an seine Mutter gelehnt. Alle kleinen Kinder taten mir leid. Aber diesem kleinen Jungen konnte ich vielleicht helfen. Ich fand bei meinen alten Büchern eins, das sich zum Vorlesen eignen mochte. Ich nahm es mit in den Keller und fragte, ob Dieter Geschichten anhören mag. Mein Text war dann doch nicht so geeignet, aber Dieter selbst hatte eine gute Märchensammlung, die seine Mutter in der nächsten

Nacht aus ihrer Tasche zauberte. Und die uns durch viele weitere Nächte begleitete.

Dieter verstand sicher nicht alles. Deshalb unterbrach ich das Lesen und bemühte mich, ihm das Gehörte zu erklären. Aber das wollte er gar nicht. Fast ungeduldig sagte er: »Les weiter!« Seine Mutter fand, er hätte sagen sollen: »Bitte, liebe Hilde, lies weiter!« Ich habe niemals ein Kind kennengelernt, das einen so lang-überflüssigen Satz von sich gab. Dieter beantwortete die Aufforderung auch nur mit einem kurzen: »Ja, les weiter!« Und das tat ich. Unsere gemeinsamen langen Nächte wurden märchenhaft schön.

Manchmal besuchte Dieter mich tagsüber. Ich hatte ein paar Kasperpuppen, die ihn sehr freuten. Da gab es den Kasper und seine Marieken, es gab den Teufel, den Schutzmann, eine Prinzessin. Mir gelang es nie, so unbefangen mit diesen Personen zu spielen, wie ich es bei kleinen Kindern sah und bestaunte. Dieter versuchte, die Figuren mit seinen kleinen Fingern richtig zu bewegen, redete albernes Zeug und war sehr vergnügt bei der Sache. Nur sprach er noch ziemlich undeutlich und sagte »Tasper« statt »Kasper«. Unter meiner geduldigen Leitung lernte er aber das K, sagte endlich ganz richtig »Kasper« und krönte die Sprechübungen damit, dass er sogar »Keufel« statt »Teufel« sagte. Und dann zogen sie um: Dieter mit seiner Mutter und dem kleinen Bruder, raus nach Blankenese. Von dort kam Frau Eckstein, auch eine Offiziersfrau mit kleinem Sohn. Aber Bodo hatte keinen Spaß an Geschichten. Unser Verhältnis blieb oberflächlich.

Wege mit Inge

Inge und ich freundeten uns ein bisschen an. Beide aus der Burgstraße, hatten wir nun fast den gleichen langen Schulweg. Ich holte sie morgens ab. Auf dem Rückweg ließen wir uns Zeit und lasen ausführlich Theater- und Opernanzeigen auf den Anschlagsäulen. Manchmal führte das zu einem gemeinsamen Theaterbesuch auf den billigen Plätzen. Inge ging auch mit den Eltern. Wir hatten bald unsere Lieblinge unter den Akteuren.

Natürlich erzählte ich von meinem Wunsch, zum Theater zu gehen. Ob Inge das jemals ernst nahm? Sie ließ sich jedenfalls berichten, wie schwierig es war, mit ein paar Mädchen aus der Klasse ein kleines Theaterstück zu proben. Es gab einen fertigen Text und auch schon einige Mitschülerinnen, die mitspielen wollten. Ich wurde beauftragt, Frau Barghoorn um eine freie Stunde zum Üben zu bitten: »Frag du, dann erlaubt sie's.« Sie erlaubte. Und nun musste Inge, die nicht mitmachte, sich anhören, worüber ich mich ärgerte: Gisela hatte die Hauptrolle und rappelte ihren Text nur so runter. Auswendig konnte sie ihn ja wirklich. Sie versprach, das »später richtig« zu machen. Sinnvolles Üben war unmöglich, weil alle durcheinanderredeten. Ich versuchte, ein bisschen Ordnung hineinzubringen. Aber die andern waren lauter. Und Giselas Auswendigrappeln änderte sich leider gar nicht. Nach der Aufführung sagte Inge, ich hätte meine kleine Rolle schön gespielt.

Unsere Hausaufgaben machten Inge und ich getrennt. Es kam aber vor, dass Inge anrief und nach was fragte. Wir hatten Telefon seit etwa Kriegsanfang, weil Irene das für ihren Chef benötigte. Telefon war damals für Privathaushalte ungewöhnlich. Bei Inge gab es Telefon im Büro der Eltern. Ich fragte sie nie. Wenn ich etwas nicht wusste, schrieb ich es am nächsten Tag in der Schule bei einer bereitwilligen Mitschülerin ab. Aber Inge fragte rechtzeitig bei mir, ließ sich auch wohl von der Mutter ihre Arbeit durchsehen und hatte alles ordentlich fertig.

Manchmal verabredeten wir uns für einen Kinobesuch. Keine Kinderfilme mehr. Es gab die Unterscheidung »ab 14« und »ab 18«. Die Vierzehn hatten wir ja erreicht, aber »ab 18« glaubte man uns noch nicht. Wie alle anderen freuten wir uns darauf, uns mit achtzehn Jahren wie kleine Mädchen auszustaffieren, mit weißen Söckchen, kurzem Röckchen, vielleicht noch mit kleinen Zöpfchen an die Kinokasse zu gehen und dann auf erhofftes Befragen stolz unseren Ausweis vorzulegen. Ach, so manches kam anders. Die Röcke wurden auch für erwachsene Frauen immer kürzer: Mode oder Stoffersparnis? Und ich hoffte doch so sehr auf lange Röcke, um meine Figur ein bisschen gestreckter erscheinen zu lassen.

Als ich anfing, für den noch sehr jungen Will Quadflieg zu schwärmen, brachte ich einmal eine Filmpostkarte mit, worauf er besonders schick aussah. Edith mochte ihn auch und lehnte die Karte gegen ihre Federtasche. Dann kam Herr Feser, bei dem wir Malen, Zeichnen, Kunst hatten. Bevor wir Will Quadflieg entfernen konnten, erschien Herr Feser bei uns am Tisch, sah die Karte – und war voll des Lobes über diesen Schauspieler. Kommende Jahre gaben ihm recht.

Bei Albert Feser hatten wir einen guten Unterricht. Er malte selbst, zum Beispiel schöne Ölbilder von norddeutschen Landschaften, die ich später in Ausstellungen und bei früheren Mitschülerinnen fand. Während wir bestimmte Themen malend oder zeichnend behandelten, las er vor. Ich erinnere mich an *David Copperfield*, eine Geschichte, die mich berührte und bedrückte. – Einmal brachte Herr Feser verschiedene Stoffstücke und Holzmuster mit und ließ uns überlegen, welche Räume für welchen Gebrauch womit auszustatten seien. Das machte Spaß und beeinflusste nachhaltig mein Stilempfinden.

Inges und mein Schulweg führte uns vorbei an der Burgstraße. Wenn wir nachmittags Unterricht hatten und mit keinen Aufgaben mehr belastet waren, trafen wir uns früher als notwendig und konnten dann einen Besuch in unserer alten Klasse machen. Wir wurden freundlich aufgenommen und erfuhren, was sich inzwischen alles ereignet hatte. Zum Beispiel, dass bei Wilma ein Knoten geplatzt war und sie fast keine Fehler im Diktat mehr machte, ganz plötzlich und zu Fräulein Leus Freude. Wir mussten erzählen, was uns in der neuen Schule begegnete. Die Umstellung auf mehrere Fachlehrer und der strengere Umgang mit englischen Vokabeln. Und dann nahmen wir einfach noch ein bisschen am Unterricht bei Klara teil.

Ich konnte Fräulein Leu auch berichten, dass ich ein »gut« in Handarbeit bekommen hatte. Dazu sagte sie: »Ich weiß, dass du das kannst. Du warst nur immer zu langsam.« An die handgenähte und bestickte Schürze, die ich unter geduldiger Leitung von Fräulein Leu im Laufe eines Jahres fertigstellte und die mir inzwischen zu klein geworden war, erinnerte ich mich ungern. Im Oberbau gelang es mir, mit der Nähmaschine eine Jungenschürze für den kleinen Peter in Wilhelmshaven in ziemlich kurzer Zeit herzustellen. Sie sah gut aus, und er soll sie sogar getragen haben.

Als die Mädchen aus Klasse Leu aus der Schule kamen, Ostern 1941, also nach acht Schuljahren, was damals üblich war, wurden wir Oberbaumädchen zum Abschiedsfest eingeladen. Wir brachten als Geschenk ein paar kurze Aufsätze mit, in denen kleine Erlebnisse aus unserer Leu-Zeit gesammelt waren. Von Inge stammte das in schwarzer Ausziehtusche gezeichnete Deckblatt mit dem Namen *Vergissmeinnicht*.

Inge und ich behielten unsere Besuche bei und fanden hinter der Tür mit der Aufschrift »Klasse Leu« jetzt viele niedliche Erstklässlerinnen. Beim ersten Besuch nutzte Fräulein Leu unsere Anwesenheit und sagte den Kleinen: »Wenn ihr jetzt schön rechnet, erzählt euch Hilde, die dahinten sitzt, nachher eine Geschichte.« Wieso? Davon wusste ich gar nichts. Aber hätte ich mich weigern können? Wenn Klara mir das zutraute? In der Pause einigten sie und ich uns auf *Schneewittchen*. Das Erzählen ging gut. Und danach mussten Inge und ich selbst zur Schule. Beim nächsten Besuch kamen *Der Wolf und die sieben Geißlein* dran. Sie hatten das Märchen schon am Tag zuvor gehört, es sollte noch einmal kurz wiederholt und dann gespielt werden. Da musste ich die Wolf-Rolle übernehmen. Und die blieb mir. Wann immer ich danach wieder die Klassentür nur einen Spalt weit öffnete, riefen die zunächst sitzenden Mädchen: »Der Wolf kommt!« und freuten sich über ein neues Spiel, ein neues Märchen oder eine vorgelesene Geschichte.

Ich bekam Lust, Lehrerin zu werden. Doch obwohl ich Spaß hatte mit den Kleinen, stellte ich mir lieber größere Kinder vor, mit denen sich mehr anfangen ließ. Fräulein Leu sagte mir auf Befragen: »Werd' nicht Lehrerin.« Und nach kurzem Zögern: »Da verdient man schlecht.« Das mochte zu der Zeit sogar stimmen. Ich weiß aber nicht, ob sie mir wirklich wegen des Einkommens abriet.

Unterrichten in Nazi-Zeiten? – Fräulein Leu beschäftigte uns sicher so viel mit Literatur, um anderes zu vermeiden. Ich erinnere mich an ihren Geschichtsunterricht: Da gab es kleine Büchlein, die einfache Geschichten über früheres Leben erzählten, mal ein Bronzezeit-Dorf, in dem verschiedene Handwerker lebten und an Haus- und Jagdgeräten arbeiteten; mal mühsame Reisen früher Kaiser oder Herzöge; ausgeschmückt mit Vornamen, die vielleicht aus jener fernen Zeit stammten. Wir mussten nur zuhören. Fräulein Leu verbrauchte viel Zeit mit diesen netten Milieuschilderungen. Sie hat sich ehrlich durchgemogelt.

Von Ilse, deren Eltern aus früheren Schulvereinszeiten ein vertrautes Verhältnis zu unserer Lehrerin, dem Schulleiter und anderen Lehrkräften hatten, erfuhr ich später, dass Klara Leu sehr in Sorge war, ob sie mit den damaligen politischen Forderungen an Lehraufgaben und Unterrichtsthemen in den oberen Klassen zurechtkäme. Sie wollte uns nach unseren ersten vier Jahren abgeben und wieder mit den Kleinen anfangen. Aber unser Schulleiter, Herr Früchtenicht, machte ihr ausreichend Mut und versprach Beistand. – Ob sie an diese besonderen Schwierigkeiten dachte, als sie mir abriet? Sie wusste ja, woher ich kam. Ich war nicht zufällig in der Schule Burgstraße gelandet, sondern meine Eltern hatten sich bemüht, mich dort einzuschulen. Mein Vater war schon im Anfang meiner Schulzeit Mitglied des Elternrats. Dass er sich inzwischen zu einem Nazi entwickelt hatte, erfuhr Fräulein Leu nicht. Zwischen ihr und mir, wie auch ein paar anderen Mädchen, blieb unausgesprochenes Vertrauen erhalten. Das war tröstlich.

Wie weit Inge und ihre Eltern in dies Unausgesprochene einbezogen waren, blieb mir unbekannt. Mit Inge sprach ich, trotz unserer guten Mädchenfreundschaft, nicht über Politisches. Inge war zuständig für Zeichnungen. Sie machte viel mit Ausziehtusche und füllte mit Farbstiften aus. Einmal schenkte sie mir ein Bild, das gerahmt auf einem meiner Schränke in Augenhöhe Platz fand: Blumen, Gras und ein Schmetterling. Für Fräulein Leu hatte Inge zu einem Geburtstagsbesuch ein ähnliches Bild gemalt, und von mir war ein kleiner Vers dabei. Herr Hoffmann, der Vater von Nils und Jens, kam auch, sah unser Geschenk und fragte mich, ob man das singen könne. Ich fand, Inges Bild sei Melodie genug, und er lächelte.

Inge hatte Klavierunterricht. Manchmal spielte sie mir etwas vor. Ein Stück gefiel mir besonders: Beethovens *Ecossaise*. Das wünschte ich mir immer wieder. Wir waren allerdings selten bei Inge. Sie hatte kein eigenes Zimmer, sondern schlief irgendwo in der großen Wohnung, die teilweise auch Büro des Vaters war und wo die Mutter half. Für Inge schien mehr die unverheiratete Tante zuständig, die sich um den gemeinsamen Haushalt kümmerte. Inge kam oft mit zu mir nach Hause. In der ersten Zeit entzückte sie speziell meine große Puppenstube, die zwar längst auf einem Kleiderschrank im Flur ihr Dasein fristete, sich aber ohne viel Mühe herunterholen ließ. Dann bauten wir die Stuben auf und um, spielten aber eigentlich nicht mehr mit den kleinen Puppen darin, sondern gerieten in andere Gedanken und Gespräche.

Ach, Inge und ich hatten von Jungen so gut wie keine Ahnung. Reine Mädchenklassen seit dem dritten Schuljahr, keine Brüder, überhaupt keine Geschwister, das macht sich stark bemerkbar. Ich hätte immerhin von Heinzel reden können, der ein paar Jahre hindurch mein Schulfreund war.

Inge kannte ihn ja auch. Uns war aber klar, dass er inzwischen keine Rolle mehr spielte und für mich nicht infrage kam. Inge schwärmte von einem Vetter, der weit entfernt wohnte. Sie wusste kaum etwas von ihm, hatte ihn in den Ferien bei gemeinsamen Verwandten getroffen und großartig gefunden.

So was kannte ich, jemanden sehr, sehr selten sehen und trotzdem wissen: Den mag ich! Wann hatte ich denn Gelegenheit, Nils zu treffen? Ich hatte doch wochenlang ein Kästchen mit Muscheln von der Nordsee mit mir herumgetragen, um es Nils zu schenken. Bis ich es albern fand und ich froh war, dass es zu keiner Begegnung für dieses Kindergeschenk mehr gekommen war. Und jetzt träumte ich wieder davon, ihn zu treffen. An freien Nachmittagen ging ich spazieren, allein und mit fröhlichen Schritten. Fast zufällig führte mein Weg mich in die Nähe des Hammer Parks. Und erst, wenn es Zeit war, wieder Richtung Bürgerweide zu gehen, wurden meine Schritte unfröhlicher.

Aber einmal, auf dem Rückweg von der Schule, als Inge nicht dabei war, traf ich ihn. Mitten im heißen Sommer. Ich kam aus dem Eisladen in der Mittelstraße, genoss die Süße von Erdbeer- und Vanilleeis. Da radelte er auf mich zu, hielt an und begrüßte mich erfreut. Ich war schrecklich verlegen. Diese alberne Eistüte, von der es bald tropfte, beanspruchte meine ganze Konzentration. Was sagte er denn? Und was sollte ich sagen? Statt mit dem kindischen Muschelkästchengeschenk stand ich jetzt da mit einem nicht weniger kindisch anmutenden Geschlecke. Es tropfte, und ich wagte nicht, Erdbeere und Vanille mit der Zunge zu stoppen, sondern brachte die Tüte in einen größeren Abstand von mir. Wir müssen ein paar Worte gewechselt haben, aber nicht sehr ergiebig. Als wir uns verabschiedet hatten und ich mich betrübt und schüchtern einmal nach ihm umsah, stellte er gerade sein Rad an die Hauswand und: ging in den Eisladen. Nein, so hatte ich mir eine Wirkung auf ihn nicht gedacht. Inge fand volles Verständnis, als ich ihr die Geschichte erzählte, und war bereit, mit mir auf eine bessere, passendere Begegnung mit Nils zu hoffen. Ich stellte mir inzwischen vor, wie viel einfacher es gewesen wäre, wenn wir beide gleichzeitig ein Eis gehabt hätten. Oder doch lieber beide keins.

Filmstars, für die Inge und ich schwärmten, konnten wir als Postkartenfotos kaufen und uns schriftlich und erfolgreich um Autogramme bemühen; doch war das nicht sehr ergiebig und eigentlich langweilig: nur hinstellen und ansehen.

Aber es gab Rezitationsabende, bei denen Schauspieler feine Texte sprachen. Dahin gingen wir gern; ich öfter als Inge. Das war nicht so teuer wie Theater, bot größere Nähe zum Sprecher. Und Omi kam auch mal mit mir und freute sich über lange dramatische Balladen von Lulu von Strauß und Torney. Agnes kannte aus ihren frühen Jahren derartige Vortragsformen; sie kannte auch alt gewordene Schauspieler, die sich dieser Form wieder zuneigten. Deren deklamierende Sprache wirkte auf mich zu feierlich und übertrieben. Stattdessen verliebte ich mich heftig in einen der Jüngeren, Gerhard Barkmann. Auf Entfernung. Er sprach natürlich, lebendig modulierend, trotzdem ohne etwas zu verschlucken. Seine Stimme klang angenehm. Leider kam er nur zweimal vor, dann wurde er Soldat.

Während ich einkaufte, mich mit Lebensmittelmarken auskannte und am Wochenende meine Stube sauber machte, hatte Inge Klavierstunden. Für ein oder zwei Jahre kam für sie Konfirmationsunterricht dazu. Was wussten wir – außer Schwärmereien – voneinander? Ja, ein bisschen Schule, meine Puppenstube. Und die *Ecossaise* von Beethoven.

Über ihren Konfirmationsunterricht sprach sie nicht, und ich fragte nicht danach. Ich war kirchlich ungebunden. Da öfter Fragen nach der Religionszugehörigkeit auftauchten, wurde es üblich, in meinem Fall die Bezeichnung »gottgläubig« zu nennen. Vielleicht brachte mein Vater mir diese Vokabel bei. Oder sie war meiner Mutter begegnet, als sie sich mit dem *Ahnenpass* beschäftigen musste. Über den Inhalt des Wortes dachte ich nicht nach, aber ich benutzte es. Damals hing die Frage mit der *Arischen Großmutter* zusammen. Inzwischen kann ich sagen »ohne«, falls noch danach gefragt wird.

Am Tag von Inges Konfirmation war ich zum Mittagessen eingeladen. Morgens war ich schon bei ihr, um ein von mir kunstvoll umhäkeltes Taschentuch zu bringen. Das war mein Geschenk, worüber wir schon gesprochen hatten. Sie brauchte es so zeitig, weil sie es auf ihr Gesangbuch legen wollte. Das wusste ich über die Ausstattung: schwarzes Kleid, nicht mehr so lang wie früher auf den Fotografien von Müttern und Tanten, in der Hand das Gesangbuch und darauf ein Strauß Maiglöckchen. Um das Gesangbuch vor Blumenwasser zu schonen, legte die Konfirmandin unter die Maiglöckchen ein hübsches Taschentuch, das ja wieder gewaschen werden konnte. Für dieses Tuch hatte Omi mir eine ganz dünne Häkelnadel in die Hand gedrückt, und ich hatte viel geübt und zwei andere durchaus benutzbare Taschentücher fertiggebastelt. Das Tuch für Inge bekam eine breite gelbe Spitze und gefiel ihr. Damit ging sie zur Kirche. Ich kam nachher zum Essen und blieb der einzige Besuch. Inges Verwandtschaft wohnte weit weg, der Vetter und alle anderen.

Wir Mädel sammeln

Daran war nicht vorbeizukommen. Alle naslang wurden wir *Jungmädel*, wir *BDM-Mädel*, auch die Jungen im entsprechenden Alter zu Sammelaktionen herangezogen. Den Nazis fiel immer etwas ein, wofür eine große Menge kleiner Geldbeträge aus den Börsen kleiner Leute zu ziehen war. In erster Linie das *Winterhilfswerk*. Zwar hieß es in allen Propagandareden, wie gut es allen Leuten ging. Aber im Winter, wenn es die kalten Nasen und nassen Füße gab und wenn auch weihnachtliche Stimmung in der Luft lag, ließ sich mit dem Hinweis auf ärmere *Volksgenossen* eine beträchtliche Menge Geld schöpfen.

Aber auch ohne Appell an das Gefühl wurde Geld gegeben. Wer mochte sich denn der ständigen Belästigung auf der Straße immer wieder aussetzen: »*Heil Hitler*«, wobei einmal kurz der Arm gehoben wurde, »haben Sie vielleicht 'ne kleine Spende?« – Für diese Spende gab es ein buntes Figürchen oder irgendeine Plakette, jedenfalls etwas, das man sich ans Revers stecken konnte, um kundzugeben, dass man auch zum Volksganzen gehörte – oder dass man schon gespendet hatte und nicht erneut gefragt werden wollte. Die Straßen waren voll von uniformierten Kindern und dem Lärm scheppernder Sammeldosen.

Die Uniform. Lange hatte ich mich davor gedrückt. Aber irgendwann erklärte mir meine zuständige *Führerin*, dass ich doch bestimmt mal eine neue Bluse brauche, und dann könne es eben die weiße Uniformbluse sein. Na ja. Einen dunklen Rock hatte ich von Karla bekommen. Karla Lange, Tochter von Omis Stiefschwester Lina und Onkel Max. Dieser Rock wurde mein heimlicher Spaß: Karla hatte ihn bei den Falken getragen, Sozialistische Jugend Die Falken. Zwar waren sie mir vor 1933 noch nicht ins Bewusstsein gedrungen und nach 1933 wurden sie verboten. Mir reichte, dass Karla einer freiwilligen Jugendorganisation angehört hatte, in der sich Kinder von Menschen trafen, wie ich sie kannte. Von der sich sogar ein Rock erhalten hatte. Dieser Rock, anders geschnitten als die *BDM*-Röcke, dunkellila, immerhin fast schwarz, in grobem Cord, was man damals »Manchester« nannte und oft für Arbeitshosen verwendete. Von den mir fast gleichaltrigen Führerinnen wusste wohl keine, welche Mädchen früher solche Röcke trugen. Da ich keine Rolle in der *Schaft*, *Schar* und *Gruppe* spielte, war ihnen der Rock wurscht. Als wir später mein zu klein gewordenes Fahrrad verkauften, bekam ich von dem Geld eine braune Jacke, die Wind und Regen recht gut abhielt und daher einfach praktisch und auch außerhalb des Dienstes gut zu nutzen war. Um den Hals trugen wir ein schwarzes Dreiecktuch, das mit einem ledernen Knoten gehalten wurde. Diese Teile galten zunächst als Auszeichnung, die nach einer besonderen Prüfung erteilt wurden. Aber zu *Des Führers Fünfzigstem Geburtstag* im April 1939 war die gesamte deutsche Jugend dem Führer zum Geschenk gemacht worden und benötigte keine Prüfung und Bestätigung mehr. Nur noch Tuch und Knoten. Und Abzeichen: Auf Bluse, Jacke und weißem Turnhemd prangte der *Salmi*, eine rot-weiße Raute mit Hakenkreuz. Auf Blusen- und Jackenärmel außerdem ein schwarzes Dreieck mit weißer Schrift, aus der hervorging, zu welchem *Bann* die Trägerin gehörte. Ich fragte vorsichtshalber, ob auch auf die schwarze Turnhose irgendwas zu setzen sei – aber das fanden sie albern. Ich kaufte das Notwendigste und nähte es an.

Wir sammelten also, ließen uns am Treffpunkt Sammelbüchse und die zu verteilenden Abzeichen geben, quittierten und hofften, schnell fertig zu werden. Es war zweckmäßig, erst das eigene Haus abzuklappern bei allen Leuten, die irgendwann unterwegs sein und gefragt würden. Das gab eine gute Grundlage. Dann gingen wir auf die Straße und verkauften, bis die Schachtel mit den Abzeichen leer war. Wir bekamen wenig Ablehnung. Aber wie soll ich wissen, aus welchen Gründen jemand »gerade kein Geld dabei« hatte? Es gab Jungen und Mädel, die sich eine zweite Ladung holten und damit wieder loszogen. Ich fand aber immer eine Begleiterin, die zu solchem Eifer keine Lust hatte. Wir rechneten ab und gingen nach Haus.

Auch andere Leute sammelten. An jedem ersten Sonntag im Monat kam ein Parteimensch, also einer in Uniform, an unsere Tür, um das Geld einzusammeln, das übrig sein musste, wenn man keinen teuren Braten, sondern ein Eintopfgericht aß. Das hatte mit *Volksgemeinschaft* zu tun und sollte die *NSV* unterstützen. Meine Oma Agnes ließ sich darauf ein, an diesen Sonntagen fünfzig Pfennig zu geben. Der Uniformierte trug den Betrag in eine Liste ein und ging. Bei uns gab es sowieso nicht an jedem Sonntag Braten, aber das blieb unabhängig von dem verordneten Eintopfsonntag. Agnes kochte, was gerade günstig zu kaufen war, was uns schmeckte und wofür sie Zeit hatte. Gegen Eintopfessen, Zusammengekochtes, hatten wir gar nichts. Aber mussten wir uns dazu einen bestimmten Tag vorschreiben lassen? Warum sollte der Staat in unsere Töpfe gucken und unseren privaten Appetit verderben? So machten das viele. Der Eintopfsonntag gehörte zu den Einrichtungen, die wenig ernst genommen wurden.

Auch anderes wurde gesammelt. Unter der Überschrift *Kampf dem Verderb* fanden immer neue Aktionen statt. Wer Spaß hatte, sang dazu: »Lumpen, Knochen, Eisen und Papier, ausgefallne Zähne sammeln wir.« Deutschland, ein Staat ohne Ressourcen, war auf die Wiederverwertung von Altmaterial angewiesen. Es ist ja vernünftig, wenn Altes neuer Verwendung zugeführt wird. Aber für wen wurde gesammelt, für wen Neues geschaffen? Was auch immer behauptet wurde, wer auch immer als Empfänger gemeinsamer Anstrengungen genannt wurde: Es diente zur Steigerung der Kriegswirtschaft, zur Verlängerung des Krieges.

Dazu mochte ich nicht beitragen. Ich nutzte die mir gegebenen Möglichkeiten, mich zu drücken, indem ich schulische Belastung vorschob, Erkrankung oder Unpässlichkeit. Die häusliche Unterstützung war mir sicher. Und das Gemecker der *Führerin* ließ sich aushalten. Heimabende, zu denen wir wöchentlich gingen, waren langweilig. Ich kann nichts Wichtiges vergessen haben. Mit Jungen war bei uns auch nix. Die hatten an einer übernächsten Ecke ihre Räume und blieben uninteressant. Wenn wir wenigstens etwas über verschiedene Staatsformen gelernt hätten. Oder Genaues über unsere eigene. Wahrscheinlich wussten unsere *Führerinnen* auch nicht mehr und gaben sich zufrieden damit, dass wir Schlagworte statt Informationen bekamen.

Natürlich haben wir nicht nur gesammelt oder uns gelangweilt, sondern auch gesungen. Aus dem speziellen Mädchenliederbuch des *BDM Wir Mädel singen*. Das Liederbuch besaß ich nicht und brauchte ich auch nicht; denn alles wurde in jahrelangen Wiederholungen so eingeprägt, dass ich auch heute noch mehr davon im Kopf habe, als mir lieb ist. Es enthielt im ersten Teil die großartig schwülstigen Gesänge eines Hans Baumann, dessen Spezialität es war, einstimmige Melodien von feierlicher Langeweile in mehrstimmige Feierlichkeit ausklingen zu lassen.

Es gibt ein Lied, das von Jagden in Afrika handelt. Im Refrain heißt es: »Mit Trägern und Askari – heia, heia Safari!« Das Wort »Safari« soll »Jagd« bedeuten. Aber die »Askari« sind *Neger-Krieger*, wie wir erfuhren. Wo und was sollte gejagt werden? Die Nazis wollten, dass wir unbedingt unsere Kolonien wiederhaben müssten. Irgendwer hatte mir ein Album mit sorgsam eingeklebten Zigarettenbildchen geschenkt: *Deutsche Kolonien*. Daher stammten meine farbigen Kenntnisse über den schwarzen Erdteil, der zerteilt war in riesige *Schutzgebiete* europäischer Staaten. Alle Gebiete, die das Deutsche Reich früher beherrscht – oder etwa beschützt? – hatte, waren im Versailler Vertrag auf die Siegermächte aufgeteilt worden. Jetzt forderte Nazi-Deutschland diese Kolonien zurück: Kamerun und Togo, »Deutsch-Ost« und »Deutsch-Südwest« (jetzt Tansania und Namibia). Auch noch Inseln fern in Asien. In einem Krankenhaus am Hafen, das sich speziell mit Tropenkrankheiten befasste, wurden vorsorglich *Kolonialschwestern* ausgebildet. Nach dem zu erwartenden Sieg müsste ja alles an Deutschland zurückgegeben werden. Dann wäre auch »unser höchster Berg« nicht mehr der Großglockner (vor dem Anschluss Österreichs war es die Zugspitze), sondern der mitten in Afrika gelegene Kilimandscharo mit über fünftausend Metern Höhe.

Das Liederbuch *Wir Mädel singen* enthielt auch Freundliches: ein paar Schlaflieder, sogar etwas mit junger Liebe und vieles zu den Jahreszeiten. Verblüffend: Das Lied *Lustig ist das Zigeunerleben* durfte während all der Jahre gesungen werden, obwohl Roma und Sinti in Sammellager gebracht wurden und in Konzentrationslagern umkamen.

Manchmal, an Wochenenden, machten wir Fahrten. »Auf Fahrt gehen« kannte ich aus frühesten Kindertagen, als meine Eltern mit anderen jungen Erwachsenen und den Liedern ihrer Jugendbewegung unterwegs waren. Manche der altbekannten mir vertrauten Lieder waren übernommen worden. Ich war früh dabei gewesen und hatte Freude an der schönen Welt erlebt.

Aber jetzt dies: Treffen mit der *Schaft* oder der *Schar*, auf der Straße, also dem Fahrweg, zum Sammelpunkt von *Gruppe* oder *Ring* marschieren. Dort abzählen, damit die zuständige *Führerin* der höheren *Führerin* melden kann, wie viele *Mädel* sie mitgebracht hat. Dann gemeinsame Fahrt mit Hochbahn oder Vorortszug. Aussteigen, sammeln, wieder abzählen. Weiter in Marschformation und mit Gesang zum Lagerplatz. Abzählen. War jemand unterwegs verloren gegangen? Die *Führerinnen* legten Wert darauf, dass ihre Einheit schneller, zackiger und mit mehr Mädeln dabei war als die anderen. Das gab bessere Aufstiegsmöglichkeiten und eine wichtigere *Führerinnen-Kordel* in der Hierarchie.

Abzählen: eilig in einer Reihe aufstellen, nach der Größe. Dann stehst du mit dem Blick nach vorn, bekommst von rechts eine Zahl zugebrüllt, wirfst den Kopf nach links und schreist der Nachbarin die nächste Zahl ins Ohr. Schnell und zackig. Die Letzte, Kleinste, ruft ihre Zahl mit dem Zusatz »durch« nach vorn, wo eine Führerin steht und diese ganze Wichtigkeit entgegennimmt.

Ich bin ungerecht. Es gab sicher viele Kinder, für die das alles neu und schön war, die es genossen, dass sie ohne schulische und ohne elterliche Aufsicht unterwegs sein konnten. Dass sie nach dem sonntäglichen Mittagessen diesmal nicht noch die Küche machen, spülen und wischen mussten. Kino war auch nicht an jedem Sonntag möglich. Für viele bot sich hier etwas, das sonntäglichen Leerlauf vermied, das ihnen wie Freiheit erschien. Sie ließen sich gern verplanen, spürten keinen Zwang und fanden es nicht deprimierend, so aufgezählt zu sein, sondern freuten sich am Zusammensein mit Gleichaltrigen.

Wir machten Geländespiele. Das kannte ich auch: von Klassenreisen, aus Schönberg. Da machte es Spaß – hier nicht. Hier, bei *Hitlers Jugend*, wurde zwar von Gemeinschaft geredet, aber in viel höherem Maße das Konkurrenzdenken gefördert. Zackiger, schneller, sportlicher zu sein als das andere Mädchen, großartiger als die andere Mädchengruppe, war wichtig und wurde entsprechend gewürdigt. Die *Führerinnen* schmückten sich damit. Weil ich alles andere als Leistungsträgerin war, wenn Sportfeste stattfanden, erkannte die jeweilige *Führerin* meine Entschuldigungen an. Ich hätte nur das Niveau gedrückt. Mir schenkte das einen freien Sonntag. Beim nächsten Heimabend hörte ich dann viele Zahlen, die das Höher, Schneller, Weiter kommentierten. Und was alles noch besser werden müsste, um die Konkurrenz zu übertreffen.

Und immer wieder dieses Abzählen und Herumstehen: bis die kleinen *Führerinnen* den mittleren *Führerinnen*, diese den höheren *Führerinnen* und schließlich der obersten *Führerin* laut und zackig das Endergebnis unseres Zählspektakels entgegengeknallt hatten. Mir ist besonders der Boden in Erinnerung, auf dem wir standen: zertrampeltes Gras, matschig zerstampft an trüben Tagen oder trocken grau im heißen Sommer, wenn der Staub von schurrenden Schuhen bis in die Nasen aufstieg.

Ach, Fräulein Leu mit ihrem betulichen »Stellt euch mal ein bei ein auf!« Und dann zählte sie mit ein paar alles überschlagenden Fingerbewegungen fünfzig Schülerinnen zusammen. Und dann gingen wir mit unserer eigenen Schrittlänge und keineswegs nach der Größe geordnet durch den Urwald oder den Sachsenwald oder den Harz. Und kamen auch dort an, wohin wir wollten.

Als ich vierzehn Jahre alt war, wurde ich vom *Jungmädel* übernommen in den *BDM*, *Bund deutscher Mädel*. Für diese Übernahme bekam ich eine ordentliche Einladung zu einem Sonntagvormittag in Uniform im *Haus der Arbeit*. Ich las das meiner Oma vor; sie lächelte und sagte: »Ins Gewerkschaftshaus.« Mir bedeutete das nichts. Gewerkschaft war irgendwo entfernt schon vorgekommen, hatte mit der Zeit vor 1933 zu tun. War verboten, erinnerte Agnes an Zeiten, in denen das Leben erfreulicher war. Mir blieb ihr versonnen-erinnerndes Lächeln, ihre stille Stimme.

Ich ging also zur Straße Besenbinderhof, in das eindrucksvoll große Gebäude, in einen großen Saal mit einer Bühne. Oben ein paar Musiker: ein Streichquartett. Schräg davor ein Rednerpult. Im Saal viele Stuhlreihen, von denen die vorderen für wichtige Parteileute und *BDM*-Größen frei blieben. Wir gewöhnlich Uniformierten, alle vierzehnjährigen Mädchen aus Hamburg, saßen dahinter und warteten.

Halt, nicht alle. Wie kann ich das so leichtfertig, so ungeprüft behaupten? Doch nur die *arischen, erbgesunden Hamburger Mädel*. Es fehlten Jüdinnen und Kranke, die vierzehn Jahre alt waren und noch in Hamburg lebten, die immer mehr aus dem Straßenbild verschwanden und aus unserer Erinnerung gerieten. Von dem Mädchen aus unserem Haus, das ich so selten sah, weiß ich nicht einmal den Namen.

Ich dachte damals: alle vierzehnjährigen Mädchen aus Hamburg. Und ich sah, dass es viele waren. Ich saß mittendrin mit meinem erfreulich falschen Uniformrock, saß da dicker und unsportlicher als die meisten, immerhin aber blauäugig und mit langsam nachdunkelndem, ehemals blondem Haar. Mehr dazugehörend, als ich wollte.

Als alle da waren, kam die Prominenz in den Saal, wovon ich niemanden kannte. Wir standen auf, weil jemand »Achtung« gerufen hatte. Als die Prominenz saß, setzten auch wir uns wieder. Dann das übliche Programm: Musik, Rede, Musik – und danach das, wofür wir gekommen waren: die Übernahme. Dazu standen wir wieder auf, und dann gingen zwei *Führerinnen* durch sämtliche Reihen und gaben jedem neuen *BDM-Mädel* die Hand. Das dauerte. Und oben spielten die vier den Teil des Haydn'schen Kaiserquartetts, von dem die deutsche Nationalhymne genommen ist. Als sie zum ersten Mal durch waren, ließ sich ein kleines Zögern spüren. Ihnen hatte wohl vorher niemand gesagt, wie lang sich die Zeremonie hinzog. Aber dann fingen sie einfach wieder von vorn an. Und beim nächsten Schluss begannen sie sofort wieder neu. Inzwischen drückten die *Führerinnen* eine Mädelhand nach der anderen. Wir hatten es dabei gut. Wir brauchten nur zweimal ernst und feierlich zu gucken. Aber die beiden mussten diesen Blick und den allmählich ermüdenden Händedruck ein paar Kilometer lang aushalten. Und das Quartett spielte und spielte.

Wer ist das Volk ?

»Meinst du die Leute da unten auf der Straße?«, wollte Herr Kittlitz wissen, der in unserer Klasse eine Vertretungsstunde mit ich weiß nicht was füllte. Auf eine Frage von ihm hatte ich geantwortet: »Das Volk.« Und begriff durch seinen Einwand, was er hören wollte: »Unser Volk!«

Das sagte ich. Er war zufrieden. Ich nicht. Nach der Schule auf dem langen Heimweg dachte ich nach, kam zu keinem Ergebnis, spürte nur vage, dass etwas nicht stimmte. So blieben Frage und Antwort im unaufgeräumten Teil meines Gedächtnisses liegen.

Vielleicht dauerte es ein paar Jahre, bis mir diese kurzen Sätze wieder in die Sinne kamen. Dabei auch sein Blick zum Fenster und die abfällige Handbewegung, mit der er seine Frage kommentiert hatte. Da erst stolperte ich über die Verlogenheit, die in dem ganzen Bild steckte.

»Unser Volk!« Ein Wort, das in der Nazi-Zeit nur mit Fanfarenklängen und tiefster Inbrunst auszusprechen war! Dieses Wort, in dem die glorreiche Geschichte unserer Ahnen steckt: Germanentum, Heldentum, Siege!

»Unser Volk!« Inbegriff dessen, was erhaben, großartig, anbetungswürdig ist. In ihm enthalten der Glaube an die Wirklichkeit von Idealfiguren: Soldat – Mutter – Bauer. Und an ewig währende Ideale wie: Mannestreue, Pflichterfüllung, Opferbereitschaft.

»Unser Volk!« Wundersam schwebende Empfindung, zwar wolkig ungenau, aber ohne kleinstes Staubpartikel. Und außerdem noch Goethe und Kant und Bach!

Wie ist das übrigens mit unseren Kulturheroen: Im Biologiebuch finden sich Bilder von berühmten Deutschen mit dem Hinweis darunter, das wievielte Kind ihrer Eltern sie waren. Wer sich also eine Art Wagner als Sohn wünscht, darf nicht erwarten, dass ihr der Richard gleich als Erstgeborener in den Schoß fällt; vielleicht wird erst das siebte Knäblein den nötigen Notenverstand entwickeln. Auch ist auf *Rassereinheit* zu achten. In unserem Biologiebuch gibt es eine Seite mit Fotos der im Deutschen Reich vorkommenden *Rassen*. An erster Stelle die nordische (groß, schlank, blauäugig, blond), danach die fälische (Beispiele Bismarck oder Hindenburg) und ein paar dunklere Typen. Dagegen fratzig-gemein, was nicht dazugehört: Juden und *Zigeuner*. Da weiß man doch gleich.

Und weil das alles so herrlich ins Gemüt geträufelt wird, ist die Vorstellung vom Volk zum *Herrenvolk* nicht weit. Darüber müssen wir nicht lange nachdenken. Wir sehen doch, dass die anderen nicht haben, was *unser deutsches Volk* ausmacht.

Fanfarenklänge und erhabene Gefühle also bei dem Begriff »unser Volk!« Passten die Frau mit dem Einkaufsnetz und die Mutter mit dem Kinderwagen, die möglicherweise gerade unten an unserem Klassenfenster vorbeigingen, nicht dazu? Waren sie nicht gemeint? »Die Leute da unten auf der Straße« kamen als besondere *Rasse* in unserem Biologiebuch nicht vor.

Vielleicht war gerade die Frau mit den drei Porreestangen im Netz der Prototyp einer Soldatenfrau: Lange *Feldpostbriefe* an den Entfernten schreibend, treulich und tapfer hoffend auf baldige Heimkehr, erfüllte sie ihre Pflicht im Schichtdienst als Straßenbahnschaffnerin; durchstöberte erfolgreich ihre Schränke für die *NSV*-Altkleidersammlung. Sie könnte durchaus als Kleine Heldin des Alltags abgebildet werden, in irgendeiner Zeitung – oder später mal als Denkmal.

Lag im Kinderwagen der anderen Frau vielleicht doch schon der nächste Wagner und schrie nach Noten?

Hatte Herr Kittlitz das nicht bedacht? Hatte die Gefühlsduselei, die mit dem Wort »unser Volk« verbunden war, dazu geführt – ihn und viele andere dazu verführt –, aufs Denken zu verzichten? Bedenkenlos missachtend bewertete er »die Leute da unten« als unwichtig. Wusste er nicht, dass »unser Volk«, wie jedes andere Volk auch, genau aus diesen Leuten bestand, besteht?

Bevor der Mann der Porreefrau Soldat wurde, arbeitete er vielleicht als Nieter bei Blohm & Voss, war nur einer von den »Leuten da unten«. Er wurde folglich von Herrn Kittlitz nicht einbezogen in das hehre, erhabene »unser Volk«. Er war bloß ein Nieter, irgendeiner, dessen Frau sich am Wochenende mühte, seine dreckigen Arbeitshemden zu waschen. Solange er mit vielen andern durch den Elbtunnel zur Arbeit radelte, konnte kein Herr Kittlitz ihn erkennen. Erst die Überhöhung seines Arbeitsdaseins durch ein kitschig-schönes Gedicht etwa, das vom Niethammer in starker Männerfaust spricht, das den Klang des Eisens lautmalend nachempfindet, das den Nieter an einem Kriegsschiff nietend zeigt, hätte Herrn Kittlitz den Blick für dies Bild eines großartigen Mitglieds »unseres Volkes« geöffnet.

Glücklicherweise wird nicht jeder Nieter besungen, wird nicht jeder Nieter Soldat und gezwungen, Held zu sein. Und weil seine Frau ohne Heldinnenallüren Porree putzt und Arbeitshemden wäscht, bleibt sie menschlich, behält ihre Menschenähnlichkeit!

Herr Kittlitz unterschied zwischen »unser Volk« und »das Volk, die Leute«. Irgendwo darunter kamen die andern Völker, deren Wert nur beurteilt wurde nach Ähnlichkeit, Freundschaft, Feindschaft mit *Unserem Deutschen Volk*. Immer erkennbar dieses furchtbare: *Herrenrasse – Unter-*

menschen. Und weil der zufällige Herr Kittlitz mit etlichen Gleichgesinnten überzeugt war, als wichtiger Teil des Herrenvolks oben auf der Pyramide zu stehen, fühlte er sich befugt, die Unterscheidungen vorzunehmen.

Sie müssen umlernen und begreifen, dass die Mütter aller Völker, aller Länder das Recht haben, ihr Wunderkind einem für alle lebbaren Leben entgegenzutragen.

Deutschstunden

Bei Fräulein Leu lernten wir deutsche Grammatik. Zum Beispiel mit ordentlichem Aufsagen der vier Fälle für sämtliche Personen; mit sämtlichen damals bestehenden Kommaregeln, die ich zwar gebrauchen konnte, aber später nicht mehr ordentlich einhielt. Leider alles nur mit deutschen Wörtern für Grammatikbegriffe. Wir mussten umlernen, als wir an Fremdsprachen gerieten.

Wir Oberbau-Mädchen hatten zwar mit den anderen Leu-Mädchen schon zwei Jahre Englischunterricht bei unserem Schulleiter gehabt, aber mit nur wenig Grammatik. Herr Früchtenicht war hauptsächlich bemüht, uns durch Lesen, Hören und Reden mit der Sprache vertraut zu machen. Er zeigte auf den Tisch und erklärte: »Das ist kein Tisch, that's a table!« Genau genommen sehr modern, widersprach aber dem üblichen Vokabellernen. Als wir in späteren Schulstunden darauf angewiesen waren, Vokabeln zu üben, um englische Texte zu übersetzen, half es uns nicht. Dennoch wird bei mir diese Methode dazu geführt haben, dass ich englische Aufsätze und Wiedererzählungen mochte, weil ich dafür Wörter benutzte, mit denen ich umgehen konnte.

Aber lieber schrieb ich deutsche Aufsätze. Erst bei Fräulein Leu, aber besonders gern bei Frau Barghoorn. Das hatte am ersten Oberbautag begonnen, als unsere neue Lehrerin einen Lebenslauf mit Begebenheiten aus unseren wenigen Lebensjahren schreiben ließ. Ich mochte dieser Frau von Anfang an vertrauen.

Einmal war ein Aufsatz zu schreiben über unseren »Spaziergang durch das früheste Hamburg«. Wir hatten ja die Kohleferien im ersten Kriegswinter, als wir uns für mehrere Tage Hausaufgaben aus der Schule abholten, waren aber auch in einem Museum gewesen. Und wir hatten einmal einen Spaziergang gemacht, bei dem Frau Barghoorn uns einiges aus Hamburgs Geschichte erzählte. Darüber sollten wir berichten. Dabei versuchte ich, mir die jeweilige Zeit vorzustellen. Für das früheste Hamburg, als um das Jahr 800 Ansgar eine Kapelle bauen ließ, stellte ich mir Mönche vor, die dabei waren, diese Kapelle weiß zu tünchen. Ich konnte darüber gar nichts aussagen, es hörte sich aber hübsch an. – Dann kam ein Haltepunkt, den ich vergessen habe, vielleicht über die französische Besetzung zu Napoleons Zeit. Zuletzt gingen wir durch das große Gebiet, in dem 1842 tagelang ein furchtbares Feuer gebrannt hatte. Da kam in meinem Aufsatz eine Mutter mit drei Kindern vor, die Mühe hatte, vor dem Feuer zu fliehen. Bis eine junge Frau dazukam und eins der Kinder auf den Arm nahm, so dass für alle die Flucht gelang. Ich musste den Aufsatz vorlesen. Als ich fertig war, lächelte Frau Barghoorn und meinte, dass in so einer Feuersbrunst wohl niemand auf andere achtet, jeder nur an sich denkt, nur mit sich selbst zu tun hat. Dieses Lächeln, so schmerzlich es aussah, so lieb war es doch mir zugewandt.

Als Frau Barghoorn Geburtstag hatte, im folgenden November, bekam sie ein paar Verse von mir, in denen ich versuchte, ihr den spätherbstlichen Regen angenehm zu machen. Ich fand, dass die vielen Regentropfen funkeln, wenn sie von weither kommen: »Denn auch an den kleinsten Tropfen hängt ein Fünkchen Sonne dran.« Sie verstand, wie ich es meinte.

Manche Aufsätze sollen die Fantasie des Kindes anregen. Da wird eine Geschichte nur halb erzählt und das Kind aufgefordert, die Fortsetzung selbst zu finden, zu erfinden. Das kannte ich aus Köln. Aber da hatte Fräulein Reiß eine Geschichte aus dem Lesebuch gewählt. Wir kannten das unrühmliche Ende und schrieben deshalb alle den gleichen entgegengesetzten Schluss: moralgetränkt mit Gottvertrauen. Unsere Lehrerin merkte ihren Irrtum und erwähnte das sogar, als sie uns die Aufsätze zurückgab. Der Lesebuchtext hätte aber auch bei nur halber Kenntnis nicht viel hergegeben. Vielleicht fand Fräulein Reiß für die nächste Klasse irgendwo einen Anfang, der mehr Neugier weckte.

Frau Barghoorn ließ ein Kind ein Kästchen finden, das sich nach einiger Mühe öffnete. Es enthielt: na, was? Da begann unsere Geschichte. Ich weiß noch, dass mein Kästchen nur ein hübsches Bändchen enthielt, das wand sich das Kind um die Hand und da wurde es zwergenklein. Was es alles in dieser Kleinheit erlebte, weiß ich schon lange nicht mehr.

Vergessen habe ich auch, was ich eine Wolke sehen und erleben ließ. Wir sollten uns wen oder was auf einer Reise vorstellen. Eine Wolke, fand ich, macht weite Wege und bekommt einen guten Überblick. Mag sein, dass sie sich zuletzt zerregnete.

Gegensätzliches forderten sachliche Beschreibungen, zum Beispiel übers Spülen: »Wie ich abwasche«. Und einmal sollten wir uns ein Gespräch ausdenken. Da wollte ich es besonders gut machen und bot ein Gespräch zwischen drei Personen an. Das wurde gar nichts. Denn meine drei Mädchen redeten zwar über ein bestimmtes Thema, doch ohne Differenzierung. Das aber, erklärte Frau Barghoorn mir, sei wesentlich: Jeder Person eine bestimmte Meinung zuordnen. Eine bestimmte Einstellung von jeweils einer Person vertreten lassen, nicht willkürlich wechseln. Durch Überzeugung kann zwar ein Wechsel möglich werden, muss sich aber entwickeln. Diesen Hinweis nahm ich aufmerksam entgegen, weiß aber nicht mehr, ob ich je Gelegenheit bekam, ihn zu nutzen.

Ich entdeckte meine Liebe zu Gedichten. Das hing mit Theodor Storm zusammen, wozu Frau Barghoorn mir verhalf. Sie schenkte jeder von uns vierzig Schülerinnen zum Geburtstag ein kleines Leseheft, meist mit einer hübschen, interessanten Erzählung. Aber als sie mich im nächsten Jahr gut kannte, bekam ich ein schmales Heft mit Storm-Gedichten. Wehte mich da Heimat an? Kühle, klare norddeutsche Sprache. Ich fand kein Lieblingsgedicht dabei. Ich fand viele, von denen ich mir mal das eine, mal das andere vorsagen mochte und heute noch mag. Ganz schnell wusste ich die meisten der Storm-Gedichte auswendig. Diese Köstlichkeiten fielen direkt in mich hinein.

So konnte es mir auch mit anderen lyrischen Versen gehen: Für meine Hausarbeit, ein Eichendorff-Gedicht zu lernen, plante ich, bestimmt kein langes Gedicht zu pauken, verliebte mich aber in einige kürzere mit jeweils drei oder vier Strophen. Und als ich ausgelesen hatte, tummelten sich drei kleine Gedichte in meinem Kopf.

Wir bekamen Bücher mit längeren Geschichten aus der Schule geliehen mit der Aufgabe, bis zu einem bestimmten Abschnitt zu lesen. Der Rest wurde in der folgenden Deutschstunde aufgegeben. Spannende Texte las ich sofort bis zum glücklichen oder tragischen Ende; langweilige Sachen klappte ich schnell zu, ohne mich ums Üben zu kümmern.

Manchmal hatte Agnes Muße zum Zuhören. Besonders bei Storm-Novellen, die ich aus der Schule mitbrachte, von denen aber auch Agnes selbst einen Band besaß. Theodor Storm erzählte ernste, norddeutsche Geschichten. Wunderschön und traurig, nachvollziehbar, glaubwürdig in unsere Landschaft gestellt. Wir lasen und litten. Mitten in der *Chronik von Grieshuus* und natürlich in *Aquis submersus* mussten Agnes und ich aufhören. Nicht etwa, dass meine Stimme versagt hätte. Aber unsere Brillen. Sie waren von Tränen benetzt, so dass wir nicht mehr hindurchsehen und weder lesen noch nähen konnten.

Ist doch die Seele mein
so ganz geworden dein,
zittert in deiner Hand.
Tu ihr kein Leid.

Meine große Liebe wurden Theaterstücke, die mit verteilten Rollen gelesen wurden. Erstaunlich: Schon Fräulein Leu las mit uns den *Wilhelm Tell*. Ich bekam eine schöne Rolle: Gertrud Stauffacher, eine kämpferische Frau, die ihren zögerlichen Mann aufrüttelte, ihm Mut machte. Auch meine folgenden Lehrerinnen gaben mir Frauenrollen. Heldenhafte Männer wurden mir höchstens vertretungsweise übertragen.

Bei Frau Barghoorn befassten wir uns mit der *Minna von Barnhelm*, sagten als gelernte Hamburgerinnen auch mal »Minna von Barmbek« oder in diesen Kriegszeiten »Minna mit'n Stahlhelm«. Lessing möge uns verzeihen. Wahrscheinlich genoss ich erst viele Jahre später die schöne Klarheit Lessing'schen Denkens. Aber schon damals fand ich Gefallen an seiner Art, etwas darzustellen, auszudrücken. Und seit damals verstehe und liebe ich den Satz, den Minna sagt, als sie selbst glücklich ist und darum ihrer Zofe einige ihrer Kleider schenkt: »Es ist so traurig, sich allein zu freuen!«

Ich erinnere mich an einige Theateraufführungen, die wir mit der Klasse besuchten. Da gab es *Die heilige Johanna* von Shaw. Eigentlich erstaunlich, dass während des Krieges das Stück eines Briten gespielt werden durfte. Sonst war alles verboten, was aus der Ecke der Kriegsgegner kam.

Hier aber war der Ire George Bernard Shaw, der nicht mit kritischen Anmerkungen gegenüber England sparte, darum aufgeführt werden durfte und uns so einen Einblick in ausländische Literatur ermöglichte.

Im Schauspielhaus gab es Schillers *Maria Stuart*. Wir lasen es erst in der Schule, und ich bekam die Rolle der Maria. Aber so, wie die große Schauspielerin Maria Wimmer damit umging, war es mir wunderbar neu und schön.

Ich bekam Lust, ans Theater zu gehen, Schauspielerin zu werden. Aber meine Figur stand dem im Wege. Ich war zu dick. Kleines, dickes Mädchen mit Brille. Wer will das schon? Ich dachte nicht an jugendlich Naive; aber auch für tragische Rollen müsste ich anders aussehen. Vielleicht bleibt komische Alte, wenn ich älter bin.

Dennoch begann ich, seitenlang die Rolle der Maria Stuart auswendig zu lernen. Ich nahm gleich den dritten Akt mit dem dramatischen Höhepunkt, wo sich Maria und Elisabeth begegnen:

> Sei's! Ich will mich auch noch diesem unterwerfen.
> Fahr hin, ohnmächt'ger Stolz der edeln Seele!
> Ich will vergessen, wer ich bin, und was
> ich litt; ich will vor ihr mich niederwerfen,
> die mich in diese Schmach herunterstieß.

Und so weiter. Es konnte sich manchmal schon recht tragisch anhören. Schade nur, dass meine Mitschülerin Hildegard, mit der ich die Szene gemeinsam sprechen und spielen wollte, nicht einen einzigen Satz lernte. Ihr lag das wohl nicht. Sie hatte vor, Soubrette zu werden, und ich hatte keine Ahnung, was das ist. So beschränkte ich mich darauf, im Hause die ersten zwei oder dreieinhalb Zeilen zu zitieren, wenn sich Gelegenheit dafür bot. Zum Beispiel, wenn Omi fand, ich könne doch mal abwaschen oder den Tisch decken oder einkaufen gehen. Bald brauchte ich dann nur noch »Sei's!« zu sagen, und Irene zitierte weiter: »Ich will mich auch noch diesem unterwerfen.«

Frau Hjort, Untermieterin

Agnes sagte, Hjort ist Schwedisch und heißt Hirsch. Keine Ahnung, woher sie das wusste. Agnes sagte auch, Frau Hjort sei eine feine ältere Dame. Sie zog in eines der beiden vorderen Zimmer ein. Das andere Zimmer war inzwischen für Irene eingerichtet und wurde wenig benutzt. »Älter« wird im Allgemeinen nicht als Steigerung von »alt« benutzt. Um Frau Hjort deutlich zu machen, sollte ich sagen: »uralt«. So sah sie aus, so bewegte sie sich, ging mit schleppenden Schritten in die Küche, wo sie ihr Essen brutzelte. Zurückdenkend fällt mir auf, dass sie die Wohnung nur verließ, wenn sie von jüngeren Verwandten für besondere Gelegenheiten abgeholt wurde. Agnes sagte: »Nun tun sie wieder was für ihre Erbschaft.«

Das tat ich auch. Denn Frau Hjort versprach mir ein Sparbuch mit einhundert Reichsmark. Ich konnte es nur noch nicht bekommen, weil sie die anfallenden Zinsen für sich selbst brauchte. Sie bewahrte mehrere Sparbücher in einer tragbaren Kassette auf. Meins war dabei. Mit Hinblick auf den riesengroßen Altersunterschied zwischen uns beiden konnte ich ruhig abwarten.

Natürlich war das Sparbuch nicht als Geschenk gedacht, sondern ich trat in Vorleistung. Es wurde verabredet, dass ich gelegentlich für Frau Hjort einkaufen ging. Ja, gern. Ich war doch sowieso die Einkäuferin. Dieses »gelegentlich« bezog sich, wie sich bald erkennen ließ, auf den gesamten Bedarf von Frau Hjort. So fragte sie nahezu täglich, ob ich schon einkaufen war. »Nein, Frau Hjort, ich sag Ihnen Bescheid.« Beruhigend erklärte sie: »Hat ja auch gar keine Eile.« Aber sie kam vorsorglich doch noch mal in meine Schulaufgaben hinein und wiederholte ihre Frage. Ich wiederholte meine Antwort. Bald wusste ich so gut wie sie, was auf ihre Lebensmittelkarten noch zu kaufen war.

Einmal bekam sie von Verwandten ein Päckchen geschickt. Inhalt: ein Hühnchen, gerupft und ausgenommen zwar, aber erkennbar tagelang unterwegs gewesen: Es stank erbärmlich. Agnes empfahl sofortige Entsorgung. Doch Frau Hjort fand, das ließe sich gut noch essen. Sie kochte es, so dass unsere ganze Wohnung den Geruch aufnehmen musste. Wir froren bei den lange geöffneten Fenstern. Und wunderten uns, wie unbeschadet und weiterhin gesund unsere Untermieterin ihre schreckliche

Mahlzeit überstand. Jeder andere Mensch, so meinte Agnes, hätte mindestens eine Lebensmittelvergiftung bekommen. Oder wäre gestorben. Aber Frau Hjort war immun. Das lag wohl an dem regelmäßig getrunkenen Glas Portwein, das sie sich abends gönnte.

Während der nächtlichen Alarme, die sich häuften, ging Frau Hjort nicht in den Keller. Sie schützte sich gegen etwa zerspringende Fensterscheiben, indem sie sich im Flur auf einen extra für sie hingestellten Stuhl setzte. Vielleicht war sie zu dieser Stunde nicht immer ganz korrekt angezogen. Auf alle Fälle aber trug sie ihre Kassette mit den vielen Sparbüchern bei sich. Sie nahm den Schatz liebevoll auf den Schoß und faltete ihre Hände darüber. Als wir einmal spät wegkamen, als also die *Flak* schon zu schießen begann, hörten wir sie beten. Wenn wir aus dem Keller zurückkamen, war Frau Hjort schon wieder in ihrem Zimmer, nur der Stuhl stand noch im Weg.

Ihre Verwandten fanden, dass eine alte Frau im Krieg nicht in die gefährdete Großstadt gehört. Sie nahmen sie zu sich aufs Land, wo es wohl auch frische Hühner gab. Mein Sparbuch nahm sie ja wegen der Zinsen mit. Und ich sah es nie wieder.

Fräulein Traugott, Untermieterin

Das große Zimmer stand einige Tage leer, und ich bekam Gelegenheit, die ganze Akustik vollzusingen. Und dann zog ein Ehepaar ein. Im trauten Familienkreis berichtete Agnes, die beiden hätten ihr mitgeteilt, dass sie noch nicht verheiratet sind. Das hatte Agnes gar nicht so genau wissen wollen. Sie war durchaus bereit, so zu tun, als wüsste sie es nicht. Darüber war das Paar sehr froh, brachte seine Siebensachen und wohnte.

Mir gefiel besonders die Frau: klein und beweglich, mit lebhaft-schneller Stimme, etwas älter als der Mann. Sie hatte in Paris gelebt und danach in den Niederlanden. Ich erinnere mich gar nicht, ob wir viel miteinander zu tun hatten. Einkaufen konnte sie selbst. Sie war berufstätig, als Kellnerin oder Ähnliches. Sie ging morgens weg, kam abends wieder.

Und dann gab es einen großen Schreck. Das hatte ich noch nie erlebt: Aus ihrem Zimmer tönte Lärm und Geschrei. Er schlug sie. Ich lief in mein Zimmer und heulte. Ich versuchte, mich mit einem Brief an Mutti von diesem Ungewohnten zu befreien. »Er hat seine Frau geschlagen.« Weiter war der Brief noch nicht geschrieben, da kam Omi und erklärte: »So was kommt häufiger vor, als du denkst.«

Die beiden trennten sich. Die kleine Frau, die wir bis dahin ordentlich und wegen der Leute mit seinem Familiennamen angesprochen hatten, blieb bei uns wohnen. Nur wollte sie seinen Namen nicht mehr haben. Sie wünschte sich, wieder Fräulein Traugott zu heißen. Wir gewöhnten uns schnell. Im *Luftschutzkeller*, als sie gerade nicht dabei war, erklärte Agnes mit verblüffender Selbstverständlichkeit sämtlichen Nachbarinnen die neue Situation. Fräulein Traugott wurde akzeptiert.

Einmal, wohl zu Weihnachten, schenkte sie mir ein Gesicht: weißes Porzellan, kleine Plastik eines Mädchengesichts. Dazu erfuhr ich, das ist die *Unbekannte von der Seine*. Und erfuhr weiter: Bei Paris wurde, etwa um die Jahrhundertwende, ein junges gestorbenes Mädchen aus der Seine gefischt, das war so schön. Niemand kannte dieses Mädchen. Man nahm ihre Totenmaske, genoss ihr zartes, fast überirdisches Lächeln. Sie wurde Sinnbild trauriger Liebe. Oder was immer in sie hineingedacht und geträumt wurde. Ich nahm ihr zauberhaft schönes Lächeln in meinen Bereich: Zartes Porzellanweiß lächelte sanft über meinem Bett.

Meine Familie fand das Geschenk ein bisschen übertrieben, ungewohnt vor allem. Das war für ein etwa fünfzehnjähriges Mädchen nach ihrer Meinung nicht passend. Vor allem für ein fünfzehnjähriges Mädchen meiner Art: Schulkind.

Es kam schlimmer. Als ich sechzehn wurde, schenkte Fräulein Traugott mir eine Puderdose, mit einer »petit-point-Stickerei« auf dem Deckel. Omi wusste, was das war und wie das heißt. Irene hätte das passender für sich als für mich gefunden. Wahrscheinlich hatte sie recht. Aber auch Fräulein Traugott hatte recht, als sie mich mit ihrem Geschenk darauf aufmerksam machte, dass ich von einem Kind zu einem »jungen Mädchen« heranreifte.

Fräulein Traugott war zu der Zeit wohl die Einzige, die begriff und akzeptierte, dass ich nicht nur »das Schulkind« war. So wie sie selbst sich entwickelt hatte, wurde ich nie. Puder blieb mir fremd. Eigentlich entsprach ich eher den Vorstellungen meiner Familie als denen von Fräulein Traugott. Doch verdanke ich ihr Einblicke in andere Formen jungen Mädchendaseins. Die ältlich-feine Puderdose trug ich lange unbenutzt in meiner Handtasche. Übrigens eine von Irene abgelegte, ziemlich schicke Tasche.

Und noch ein Geschenk: eine Schallplatte. Ein Chanson aus Frankreich. Irene konnte den Anfang übersetzen: »Sprich mir von Liebe« – »Parlez-moi d'amour«. Von einer köstlich-sanften Frauenstimme gesungen, von geheimnisvoll-weicher Musik begleitet, zum Wohlfühlen. Da wir die Platte gemeinsam anhörten, schien Irene nicht übervorteilt. Obwohl sie nach wie vor über derartige Geschenke an die kleine dicke Nichte den Kopf schüttelte.

Ich nahm alles dankbar entgegen, wohl ein bisschen ungeschickt, aber mit Freude. Mich berührte, dass Fräulein Traugott von ihren Erinnerungen an mich abgab. Das hatte sie doch mal für sich gekauft, oder es waren Geschenke an sie. Das hatte sie in ihrem Reise- und Umzugsgepäck verwahrt und in ihren Schränken gehütet. Jetzt gab sie es einem ziemlich fremden Mädchen. Sie nahm mich auf ungewohnte Weise ernst.

Der Kontakt zwischen Fräulein Traugott und meiner Familie blieb bis lange nach dem Krieg erhalten. Sie besuchte uns. Und einmal erzählte sie, dass sie auswandern würde, nach Amerika. Sie wollte von dort aus schreiben. Aber niemals kam Post von ihr. Zu der Zeit, als sie reiste, ging ein Passagierschiff im Atlantik unter. Mit ihr? Oma Agnes hatte unruhige Nächte und fühlte: »Da war Fräulein Traugott drauf!«

Das Wasser der Seine, einst durch Paris geflossen und weit ins große Meer gelangt: Konnte es sie erreichen? Ein paar verbliebene Erinnerungstropfen wären schön für sie gewesen.

Sommer 1941

In den sonnenhellsten Tagen dieses Jahres begann die dunkelste Zeit des Krieges: Deutsche Truppen fielen in die Sowjetunion ein.

»Das ist das Ende. Jetzt verliert er«, sagte Agnes und meinte Hitler. Sie sprach von der Weite Russlands, in der sich schon Napoleons Invasionsarmee aufgerieben hatte. Aber erst mal siegte er, begleitet von einem neuen Gesinge, das unser Kriegsmärscheschreiber schnell parat hatte: *Von Finnland bis zum Schwarzen Meer, vorwärts, vorwärts! Vorwärts nach Osten, du stürmend Heer! Freiheit das Ziel, Sieg das Panier. Führer, befiehl! Wir folgen dir!*

Freiheit das Ziel? Wessen Freiheit war abhandengekommen? Die Verhafteten und die in Konzentrationslagern Geschundenen wurden mit diesem Text nicht gemeint. Wie wir aber in einer Juli-*Wochenschau* erfuhren, habe sich der deutsche Soldat mit diesem Überfall auf sowjetisches Gebiet um Europas Rettung verdient gemacht. Denn der vor Kriegsbeginn überraschend zum Vertragspartner gekürte Stalin habe den Einmarsch nach Deutschland und die Nachbarländer bereits erwogen, hieß es. Dem hätte unsere *Wehrmacht* zuvorkommen müssen.

Alle Soldaten waren überrascht. Auf der deutschen Seite der Demarkationslinie, die das total besetzte Polen trennte, ging das Gerücht um, den Deutschen sei erlaubt worden, durch Russland in die Türkei zu marschieren, um von der Türkei aus nach Afrika zu kommen, wo Italien Hilfe brauchte. An einen Feldzug gegen die Sowjetunion habe niemand gedacht. Die Soldaten auf der anderen Seite der Demarkationslinie sollen noch überraschter gewesen sein.

Das ging auf breiter Front los. Begann oben in Finnland, wo die Kämpfe kaum aufgehört hatten. Es ging durch die baltischen Staaten, deren Bevölkerung in wenigen Jahren vielerlei Herrschaft ertragen hatten: Nach der russischen Oktoberrevolution 1917 selbstständig geworden, mit dem deutsch-russischen Vertrag 1939 zur Sowjetunion geschlagen, durften sie sich jetzt als von Deutschland befreit ansehen und blieben lange Kampfgebiet. Im Nordosten, in der Nähe von Leningrad, gab es große Sumpfgebiete; wir hörten die Namen Ilmensee und Peipussee. Weiter südlich, in Weißrussland, zogen deutsche Truppen Bogen um russische Einheiten und kreisten sie ein. Das Wort dazu hieß *Kesselschlacht*, kam vielleicht erstmalig bei Minsk vor, wurde eine sich wiederholende Bezeichnung für ähnliche Umfassungsstrategien. Bei dieser Kriegführung gerieten ungeheure Mengen russischer Soldaten in deutsche Gefangenschaft. Warum ließen diese Vielen sich das gefallen? Das waren doch immer gleich etliche Tausend. Dazu sagte Agnes: »Gefangenschaft ist besser als Tod.« Ich sah sie in der *Wochenschau*. Sie marschierten in langen Kolonnen über staubige Landstraßen. »Die sehen aber auch schlimm aus«, erzählte ich. Und Agnes erklärte: Alle Soldaten, die im Dreck lagen und hungrig sind, sehen schlimm aus.

Aber das weiß ich doch längst. Es gibt dieses Foto aus dem vorigen Krieg, das bei Omis alten Fotografien liegt: ein brauner Untergrund, darauf kleine weiße längliche Kleckse, nicht richtig erkennbar. Dazu musste mir früher einmal berichtet werden: Das sind Läuse. Mit Bleistift hatte einer »Unsere schlimmsten Feinde« daruntergeschrieben. Dieses Bild mit seiner Bedeutung und was mir darüber hinaus erzählt wurde, blieben mir alle Kinderjahre hindurch haften. Es half mir früh, den Krieg aus der Perspektive meiner Klasse zu sehen. Vielleicht mit meinen Worten damals: Ein Krieg bringt uns unvermögenden Leuten vor allem Krätze, Ungeziefer, Hunger, stundenlanges Anstehen nach Lebensmitteln, Verlust oder ständige Arbeitsunfähigkeit des Ernährers. Helden kommen bei uns nicht vor. Denen da drüben, die im Dreck liegen oder die zuhause hungern, geht es nicht anders als uns.

Mit Beginn des *Russland-Feldzuges* häuften sich wieder Todesanzeigen in den Zeitungen, die schrecklichen Anzeigen mit den *Eisernen Kreuzen*, in denen oft noch stand *In stolzer Trauer*. Schwarzgekleidete Frauen wurden mehr im Straßenbild. Soweit ich mich erinnere, gab es für Trauerkleidung besondere Bezugsscheine. Ob der Parteimensch, der die Nachricht brachte, die Bezugsscheine gleich dabeihatte? Oder mussten Angehörige mit dem Bescheid aufs Ortsamt und dann sagen: »Mein Sohn ist tot. Darum habe ich jetzt Anspruch auf ein schwarzes Kleid, einen schwarzen Mantel, ein Paar schwarze Schuhe, einen schwarzen Hut!« Mag sein, auch auf schwarze Unterwäsche und einiges doppelt zum Wechseln. Den Müttern hatte ein Hans Baumann – zuständig für schwülstig-erhabene Klänge zu Ehren unseres Landes und seiner Größen – ein Lied geschrieben, dessen Text wir zum Muttertag beim *BDM* gelernt hatten:

> Setzt ihr euren Helden Steine, baut ihr einem Mann das Mal,
> dann vergesst der Mütter keine, die da starben hundertmal.
> Hundertmal in bangen Stunden. Wenn die Söhne in der Schlacht
> einmal nur den Tod gefunden, fanden sie ihn jede Nacht.
> Und so fanden sie das Leben mitten in Gewalt und Tod.
> Und so konnten sie es geben einem Volk als Morgenrot.

Ich weiß nicht, ob die Interpunktion richtig ist. Ich will nicht danach suchen. Schlimm genug, dass es immer noch in meinem Kopf herumgeistert. Zum Glück behielt ich mehr schönere Lieder. Nie verstand ich, was die letzten Zeilen bedeuten sollen. Was macht ein Volk – meinetwegen auch ich als Teil dieses Volkes – mit einem Morgenrot, welches Mütter, die jede Nacht sterben, als Leben finden, das irgendwo in Gewalt und Tod herumwuselt?

Ich kenne traurige Mütter, die keine Heldensöhne wollten.

In diesen sonnigen Sommertagen, als der Krieg mit neuer Gewalt nach uns allen griff, musste ich mich von Frau Barghoorn verabschieden. Der Übergang in die Oberschule sollte nach den Ferien erfolgen. Ich war neugierig auf Neues. Aber die Trennung von meiner geliebten Lehrerin fiel schwer.

Erinnerungen aus vielen Sommern

In diesem und dem folgenden Jahr durfte ich, wie in den meisten vorhergehenden Jahren, wieder an die Ostsee, nach Schönberg, in unser schönes Schulheim. Ich war Mitglied im Schulverein geblieben. Bevor mich die neue Schule beschäftigt und bevor ich mit anderen Kriegsereignissen zu tun bekomme, erzähle ich hier alles, woran ich mich aus mehreren köstlichen Sommern erinnere.

Ja, es war Krieg. Aber es war auch immer wieder Sommer mit Sonne und Wind und Wellen und dem Versuch der Heranwachsenden, jugendfroh zu sein. Wir betrogen diesen Krieg um ein paar Wochen, in denen wir uns unbeschwert jung fühlten. Eingebunden zwar in einen geregelten Tagesablauf mit Waschraumdienst und anderen Verpflichtungen, dennoch frei und froh den Wind spüren, den Blick über die weite See genießen, die Zeit unbegrenzt über mich hinfließen lassen. Aber nicht nur spüren, genießend geschehen lassen, sondern tätig dabei sein. Wind fordert Bewegung.

Wir wanderten. Einmal wohnte in der Jugendherberge ein früherer Schüler, den Lisa und ich zwar langweilig fanden, deswegen weiß ich auch seinen Namen nicht mehr, aber er erwies sich als zuverlässiger Mitwanderer. Mehr wollten wir alle drei nicht. Wir machten schöne Touren. Morgens nach dem Frühstück zogen wir los. Frau Kruppa hatte uns mit belegten Broten und einem duftenden Apfel versorgt. Abends wurden wir mit warmem Essen verwöhnt, als hätten wir schon tagelang nichts bekommen.

An einem Tag gingen wir etwa zwölf Kilometer bis zur Steilküste, die in östlicher Richtung liegt und von unserem Strand aus vor lauter Dunst oft nicht erkennbar ist. Zwischendurch mussten wir den Deich verlassen und Umwege machen, weil Sperren den Weg begrenzten. Stacheldraht, wo wir gehen wollten: Militärgebiet. Dahinter vermutlich Kanonen, auf die Ostsee gerichtet, auf *feindliche Schiffe*, die unser gemeinsames Meer befuhren.

Ein anderes Mal gingen wir landeinwärts, ebenfalls gut versorgt mit Mutter-Kruppa-Brot. Wir wollten den Selenter See besuchen. Es stellte sich heraus, dass wir nach einigen Stunden nur ein kleines, unscheinbares Stück Wasser zu sehen bekamen. Das war er, der See. Um den See gab es Binsen und Ähnliches, aber keinen Weg, der zum Herumspazieren einlud, wie wir gehofft hatten. Da gingen wir wieder, genossen das Unterwegssein und fanden, dass wir einen schönen Tag gehabt hatten.

Und dann wanderten wir noch nach Laboe. Bei früheren Besuchen, als wir kleiner waren, hatten wir einen Weg zu Fuß und einen mit Fischer Kruses Boot gemacht. Jetzt stiefelten wir hin und zurück je fünfzehn Kilometer. Immer wieder schön ist es, von der Kieler Bucht in die Kieler Förde einzubiegen. Lange vorher erkennen wir das Marine-Ehrenmal mit seinen sparsamen Linien. Es steht dekorativ gegen den hellen Himmel, wird im Entgegenwandern größer, eindrucksvoller. Beim Näherkommen erkennen wir seine beiden unterschiedlichen Backsteinarten.

Doch das Eindrucksvollste, mir unvergesslich Schönste dieses Tages zeigt sich über der Ostsee. Ein leichter Regen legt sich über den ersten Teil des Rückwegs. Ein sehr leichter Regen, durchbrochen von Sonne. Über dem Wasser, dem Licht gegenüber, steht ein herrlich klarer, kräftigfarbiger Regenbogen. Darunter zeigt sich deutlich ein zweiter. Genießend schön. Und dann: Das gibt's gar nicht. Zwar schwächer, aber noch erkennbar, sehbar: ein dritter Regenbogen. Mir unvergessen. Und immer verbunden mit schönstem Ostsee-Erleben.

Zurückgekehrt in Frau Kruppas nährende Obhut, fühlen wir uns wieder wohl auf dem freien Platz zwischen Heim und Jugendherberge, erfreuen uns an einem der gemeinsamen Abende mit Kleinen und Großen, Jungen und Alten, Lehrenden und Lernenden.

Gemeinsam mit den Müttern. Wir hatten es gut bei ihnen. Sie sorgten für ausreichendes, wohlschmeckendes Essen. Sie kümmerten sich um uns, kannten uns jahrelang. Liebenswerte, tüchtige Frauen. Sie überließen ihren heimischen Herd für ein paar Wochen ihrem Mann oder größeren Kindern, um im »Hermann-Helms-Haus« eine Rasselbande zu füttern.

Nie werde ich begreifen, dass es Schönberg-Wochen ohne Frau Kruppa geben konnte. Nach vielen Jahren, als ihre Töchter in ihre Fußstapfen traten, Frau Lund und Frau Prieß, muss es solche Zeiten gegeben haben. Ich denke gern an Frau Kruppa, die vermutlich den ganzen Sommer über da war. Vom Herdfeuer erhitzt stand sie in der Küche. Doch die von ihr ausgehende Wärme kam von keinem Herdfeuer, sondern aus ihrem Innern.

Sie war nicht allein in der Küche. Auf unseren Klassenreisen nahm Fräulein Leu noch drei Mütter mit, die Lust und Zeit für diese arbeitsintensiven Ostseetage aufbrachten: die Mütter von Inge, Ilse und Lieselotte. Sie vertrugen sich untereinander und brachten das notwendige Verständnis für unsere Kinder- und Mädchenschwierigkeiten auf. Ob Fräulein Leu über alles informiert wurde, bleibt ungewiss, ist auch nicht wichtig. Wir fünfzig Schülerinnen vertrauten unserem »Gang zu den Müttern« und wurden nicht enttäuscht.

Unsere Frau Eddelbüttel, Ilses Mutter, konnte in den letzten Jahren nicht mehr dabei sein. Sie war sehr krank. Schon bald nach Ende unserer Schulzeit starb sie. Mit Frau Kruppa blieben uns Frau Meier und Frau Jantzen. Sie waren aneinander gewöhnt. Als gut eingespielte Gemeinschaft schafften sie den Vierzehntage-Haushalt mit allem Drumherum für die größer gewordenen Mädchen gut. Und wir stellten uns nicht dumm an bei Küchen- und Tischdienst. In der Schuloper von Heini Eggers gibt es den Vers:

Ja, der Sand am Strand
ist ein weißes Band
an der See grün und blau.
Man fühlt sich, man fühlt sich Oh! So flau!
Man weiß nicht, was man hat,
aber niemals wird man richtig satt.

Dieses Nicht-satt-Werden konnte nur an der Seeluft liegen. Unsere Mütter sind daran nicht schuld. Sie versorgten, bekochten uns aufs Köstlichste. Mit wenig Mitteln, denn die Reisekosten und die erforderlichen Lebensmittelmarken in den Kriegsjahren waren scharf kalkuliert. Es waren Zaubermütter.

Als unsere Mitschülerinnen aus Klasse Leu schon mit ihrer Berufsausbildung begonnen hatten, traf ich Lisa, Eva und Martha in Schönberg. Wir bewohnten ein Zimmer mit nur vier Betten und fühlten uns privilegiert. Die drei besuchten eine Kinderpflegerinnenschule. Um uns herum wuselten kleine Mädchen aus dem eben begonnenen zweiten Schuljahr, die sich als willkommene Übungsobjekte für die künftigen Kindertanten erwiesen. Zunächst kam ich mir dabei überflüssig vor, weil mir sowohl Theorie als auch Praxis im Umgang mit dieser Kindergröße fehlten. Da sah ich mich auf den Bücherborden des Heims um und fand *Pu, der Bär* zum abendlichen Vorlesen, wenn sie alle sauber in ihren Betten lagen, neugierig auf die Geschichte.

Rechtzeitig vorm üblichen Abschiedsfest beschlossen wir großen Mädchen, mit den kleinen Mädchen was zu machen. Es kam der Gedanke: Vielleicht so'ne Jahreszeitensache. Und da mussten die lieben Kleinen im Frühjahr erst Blumen sein, im Sommer Sonnenstrahlen, im Herbst Pilze, im Winter Schneeflocken, jedenfalls im Laufe des Jahres mehrfach auftreten. Meine verflossenen Mitschülerinnen erwarteten ohne Rücksicht auf mein Ruhebedürfnis für jede Jahreszeit gereimte Texte. Nicht zu viel, denn die Kleinen sind ja noch klein und sie sollen nicht viel auswendig lernen. Die großen übten mit den kleinen Mädchen, bastelten angedeutete Kostüme. Ich überschlug mich und erfand eine fünfte Jahreszeit: die Regenzeit. Weil sie ja alle Regencapes hatten, und weil traurige Regentropfen sich gut machen vor einem fröhlichen winterlichen Schneetreiben. Vielleicht endete das Stück im Sommer mit unseren Ferien in Schönberg. Alle kleinen Mädchen gaben sich Mühe, spielten mit großem Eifer und konnten ihre Verse hübsch aufsagen. Ich brauchte bei der Aufführung nicht zu soufflieren. Und wir bekamen viel Beifall.

Danach fiel mir etwas auf: Die Kleinen – wann und wo auch immer – erscheinen als Gewusel, als Gruppe. So wie wir früher die Kleinen aus Klasse Leu waren, die Leuse. Die Größeren hingegen kommen einzeln vor, haben eigene Namen, sind bekannt. Lehrerinnen und Lehrer der Schule, auch wenn sie nicht ihre Klassenlehrer waren, kennen die Großen, kennen sogar ihre Eigenarten. Und begegnen wir ihnen nach vielen Jahren und sagen unseren Namen, weil wir ja anders aussehen als das Kind von damals, dann wissen sie gleich: »Sie waren doch in Klasse Leu!« Und das fühlt sich an wie: heimgekehrt.

Also die großen Mädchen. Sie tauchten nicht gleichzeitig auf. Einige traf ich nur in einem einzigen Sommer. Es gab schöne, interessante Begegnungen.

Ursel zum Beispiel. Sie war fast zwanzig und schon im Beruf. Mag sein, dass sie ein paar Tage gelangweilt am Strand saß, weil sie kein Kind von früher wiederfand, während wir Jüngeren mehr Verbindungen hatten. Wir zwei kamen dennoch miteinander ins Gespräch. Ich war sechzehn und hatte gerade Rainer Maria Rilke für mich entdeckt. Folglich trug ich *Die Weise von Liebe und Tod des Cornets Christoph Rilke* bei mir. Als ich ihr das erzählte, war Ursel entzückt. Ach ja, Rilke! Und überhaupt: *Der Cornet*! Von dem Augenblick an waren wir ein Pott und ein Deckel. Wir verbrachten ausführliche Nachmittage damit, uns gegenseitig diesen Text vorzulesen und ihn zu besprechen. Und stellten fest, dass wir unterschiedliche Interpretationen bevorzugten. Ursel sprach wild-dramatisch, ich sanft-lyrisch. Wir versicherten einander, dass beides möglich und gerechtfertigt sei. Danach fanden wir andere Gespräche.

Anneliese, Tochter des Schulleiters, kannte ich seit Beginn meiner Schulzeit und durch gemeinsame Gymnastikerlebnisse. Jetzt machte sie Lärm, und alle fanden das großartig: Neben der Jugendherberge befand sich ein gemauerter Behälter für Abfälle, verschlossen durch dicke Metalldeckel. Darauf schwang sich Anneliese und steppte: laut und schön. Die Nazis hatten immer versucht, den Stepptanz als etwas Undeutsches abzutun; er war fast verboten. Aber Anneliese steppte und brachte es so weit, dass wir mit mehreren Mädchen am Abschiedsabend eine Steppvorführung bieten konnten. Zwar im gewöhnlichen Turnzeug, aber mit ein bisschen buntem Papier um uns herum und Schleifchen an den Schuhen.

Ausführlicher muss ich Lotte erwähnen. Sie war groß und dick und frech, und niemand mochte sie. Trotzdem kam sie jedes Jahr wieder in die Sammelgruppe. Lotte wusste, dass die zuweilen auftretenden winzig kleinen Fliegen ein Gewitter ankündigten. Sie hatte wohl recht damit. Aber wen kümmerte das? Ihre Vorhersage bewirkte lediglich, dass ihr der Name

Gewitterhexe angehängt wurde. Damit durchlebte sie mehrere Schönberg-Sommer. Bis sie mir einmal einen Brief schrieb: Ob ich ihr helfen wolle? Sie habe vor, nicht mehr frech zu sein; sie habe sich verändert; nur wird das keiner glauben. – Ich versprach nicht gerade goldene Berge, doch die Bereitschaft, mich einzusetzen. Und war in den ersten Ferientagen sehr beschäftigt, allen mir bekannten Mitreisenden Lottes Versprechen glaubhaft zu erklären. Wer objektiv beobachtete, sah die Veränderung, staunte und bemühte sich um neue Umgangsformen mit ihr. Andere behaupteten zwar auch, sie künftig positiver bewerten zu wollen, letztlich aber beschränkten sie sich darauf, den bisherigen Spitznamen Gewitterhexe umzuformulieren in Schönwetterengel.

Lotte bekam eine gute Rolle, als wir am Abschiedsabend einen Zirkus veranstalteten. Der Einfall mit dem Zirkus kam von Thea und ihrer Freundin Dörte, Mädchen aus höheren Oberschulklassen. Thea Schönfelder kannte ich aus den ersten Schönberg-Jahren, als die Lehrkräfte so geheimnisvoll mit ihr taten. Ihr Vater, bis Anfang 1933 Senator in Hamburg, war Nazi-Gegner, sie hatten ihn mehrfach eingesperrt. Thea spielte Geige. Vielleicht war ihr das Ausgleich, gab Ausdauer und Kraft, um ihre erzwungene Zurückhaltung überstehen zu können: überspielen statt spielen.

Die Zirkusveranstaltung wurde großartig. Dörte ging voran als Zirkusdirektor und stellte die Künstler vor. Lotte trat als Kraftmensch auf, schleppte mühsam zwei Marmeladeneimer, deren Aufschrift eine hohe Kilozahl angab. Als sie die Eimer stemmte, wurde sie richtig rot vor Anstrengung und bekam einen Riesenapplaus. Erst beim Abgang schwenkte sie die Eimer vergnügt herum. Marga kam als Schlangenbeschwörer, an ihre Blockflöte war ein dickes Tau gebunden, das sich mit den Tönen geschmeidig nach oben schlängelte. Es wurde lustig-schwierig, die Schlange in ihren Kartoffelkorb zurückzudirigieren.

Fröhliche Volkstänze lernten wir an schönen Abenden vorm Heim. Zuerst damals in den Jahren mit Herrn Peters und seiner Geige, zuletzt noch mit Herrn Zwanck und seiner Geige. Ich wüsste viele noch zu tanzen. »Un wenn dor boben de Sünn nich weer, denn weer dat düster op de Eer«: *Sünnroos* mit den schön aufblätternden Armbewegungen.

Manchmal wurde der Himmel früh dunkel, es regnete. Dann trafen wir uns in kleinen Gruppen im Tagesraum, spielten Mühle und Dame und

Halma, oder was sich sonst noch an Spielen in den Schränken im kleinen Zimmer hinter dem Tagesraum fand. Wer spielte nach Nils und Herrn Peters eigentlich noch Schach? Oder wir machten Rate- und Pfänderspiele. Oder wir saßen zusammen und sangen: zersangen den Regen.

Manchmal stiegen Gewitterwolken auf. Dann mussten wir vom Strand aus schnell zurück ins Heim oder wir kamen gerade noch in die Strandhütte. Die wurde eng und klein, bot aber guten Schutz und wurde warm, weil wir so viele waren. Besser war es aber, im Heim zu sein. Von den Fenstern des Tagesraums aus die vielen Blitze beobachten und Sekunden zählen und daraus errechnen, wie viele Kilometer weit weg das Gewitter ist. Bei Blitz und Donner zur gleichen Zeit wissen wir: »Es ist genau über uns.«

Bei nächtlichem Gewitter mussten wir aufstehen, uns anziehen und im Tagesraum versammeln. Das erschien den Erwachsenen sicherer. Für Angst war keine Zeit, weil wir die Blitze beobachteten, bemerkten, wie variantenreich sie über den großen dunklen Himmel vor den Fenstern zuckten. Ich weiß nicht, wie viele Gewitter ich in Schönberg miterlebte. Geängstigt haben sie mich nie. Wir alle waren warm und nahe beieinander, umsorgt von Erwachsenen, geschützt von dem festen Haus, in dem wir uns wohlfühlten, fasziniert von dem Schauspiel, das sich uns bot. Wer kann schon in den Etagenwohnungen großer Städte so viel Himmel und so viele Blitze sehen. Dann wieder freundliche Sonne, abendliche Wärme und gutes Miteinander draußen vorm Haus.

In einigen Sommern kam Käte Kühner als aufpassende Lehrerin in die Sammelgruppe. Sie brachte ihre Laute mit und sang uns vor: lustige süddeutsche Texte, ein sanftes russisches Wiegenlied, ein aufregendes Lied aus frühen Kriegs- oder Pestzeiten: *Flandern in Not, in Flandern reitet der Tod.* Ganz selten sang sie das Abendlied aus der Schönberg-Oper von Heini Eggers: *Leise schwankt das Schiff auf grünen Wogen.* Dazu brauchte sie unbedingt Noten. »Man merkt, dass er sonst nichts mit einer Laute zu tun hat«, stöhnte sie. »Er hat keine Vorstellung davon, welche Griffe spielbar sind.« Er war beim Opernschreiben davon ausgegangen, dass Käte Kühner dies Lied spielen und singen sollte – und ahnte nicht, wie schwierig seine Lautenbegleitung gesetzt ist.

Käte Kühner sang mit uns. Schöne Lieder aus dem Liederbuch für die Hamburger Schulen, dem *Hamburger Musikant*, dessen alle paar Jahre schwieriger werdenden Bände uns die Schuljahre hindurch begleiteten. In Schönberg fanden wir Exemplare eines Bandes für Chorgesang. Auch wenn hierbei wenige mitsingen konnten, so blieb doch Mehrstimmigkeit immer möglich.

Wie lange dürfen fünfzehn-, siebzehnjährige Mädchen abends aufbleiben? Wir haben die Kleinen zu Bett gebracht. Das Mittelalter befindet sich in den Waschräumen oder schon im Bett. Wir müssen jetzt leise sein. Was tun, wenn die beginnende Sommernacht so mild ist? Ich erinnere mich an zwei aufregende, fast nächtliche Erlebnisse.

Ein kleiner Spaziergang am Deich entlang. Schuhe ausziehen, über das Gras gehen, den Blick vorsichtig vor die Füße gerichtet. Und da ist etwas Weißes, hier auch, und hier: Pilze. Sind das Champignons? Zwei Mädchen sind sich sicher und bestätigen: Ja, das sind Champignons. Aber Knollenblätterpilze sollen doch so ähnlich aussehen? Nein, dies sind keine. Ihnen fehlt eine – ich weiß nicht welche – Besonderheit. Einsammeln? Ja, wir wagen es, gehen damit zurück zu den Müttern, die noch wach sind. Die sofort ein bisschen Fett in eine Pfanne geben und die Pilze garen. Ach, das schmeckt gut, den Müttern, der Lehrerin und uns Mädchen. – Und wenn es nun doch Knollenblätterpilze gewesen wären? Wir warteten 24 Stunden, ohne irgendetwas Schlimmes an uns zu bemerken. Darum konnten wir damals zum Abschiedsfest unserem Abschlussgesang – viele Verse mit der Endzeile »Es ist, um Kopf zu stehn« – noch anfügen

Eines abends aßen wir
Pilze aus dem Deichrevier,
denn man kann so kurz nach zehn
doch noch nicht ins Bettchen gehn.
Zum nächsten Abendbrot
Erwarten wir den Tod.
Doch es ist nichts geschehn.
Es ist um Kopf zu stehn.

Ein anderer Spaziergang am Deich entlang. Über den warmen Sand direkt ans Wasser gehen, Schuhe ausziehen und im Wasser waten. Wie warm ist die See, wie verlockend. Silbrig sieht sie aus. Wir geben ihr nach. Vom

Nacktbaden haben wir eigentlich nur aus Skandinavien gehört. Aber es ist dunkel; niemand wird uns sehen. Ein kleiner Überwindungshüpfer – dann liegen unsere Kleider im Sand.

Ohne störenden Badeanzug sind wir der Ostsee vertrauter, fühlen uns ihr nah verwandt. Gewärmt von der Tagessonne umhüllt uns das Wasser. Wundersam silbrig. Bei jeder Bewegung blinken kleine Sterne auf. Wir beobachten einander beim Schwimmen, sehen Sterne aufblitzen und verglimmen. Und auch da, wo wir nicht sind, wo sich nur leise Wellen bewegen: viele, viele Sternschnuppen im Wasser. Meeresleuchten.

Silberner Schimmer auf schwarz-dunkler See. Am Himmel Sterne, im Meer Sterne. Wir mitten dazwischen, bei jeder Bewegung selbst Sterne hervorbringend, kleine kurzlebige, silberne Sterne.

So verzauberte uns die Ostsee.

Förderungen – Anforderungen

1941 – 1942

Im Förderklassenjahr

Dies wurde mein kürzester Schulweg. So nahe wie ich wohnte keine. Jetzt holte Inge mich morgens ab. Bis zur Ecke, schräg über die Brücke und ein paar Schritte im Westphalensweg. Vor Hauptfeuerwache und S-Bahn-Station Berliner Tor die Klosterschule, die schon seit vielen, vielen Jahren keine Verbindung mehr zu irgendeinem Kloster erkennen ließ. Unser Klassenname war 5 F, die Fünf für das Oberschuljahr, das F für die notwendige und zu erwartende Förderung. Unsere Klasse bestand aus 22 Mädchen aus ganz Hamburg.

Unsere Kassenlehrerin wurde Fräulein Meier, eine leise, freundliche Frau, die uns in Mathematik, Chemie und Physik unterrichtete. Sie war nicht mehr jung, dunkelhaarig, zart und ein bisschen blass. Angenehm geduldig bemühte sie sich, uns zu vermitteln, was die Mädchen in den Parallelklassen schon vor ein oder zwei Jahren gelernt hatten, worüber wir vermutlich nur teilweise unterrichtet waren und was wir jetzt nachholen mussten, dazu den Stoff des gegenwärtigen neunten Schuljahres.

Als neue Fremdsprache kam Spanisch auf den Stundenplan. Hierzu erzählte uns Fräulein Dr. Resch, dass wir in diesem einen Jahr das Pensum von drei Jahren lernen sollten. Na denn: »Anna toca la goma«, Anna nimmt den Radiergummi. Spanisch blieb mir Fremdsprache, ich bekam keinen Zugang. Gisela, die mit Inge und mir aus Klasse Barghoorn kam, konnte das alles prima. Ihre Mutter stammte aus Bolivien, wo Spanisch gesprochen wird. Gisela brachte auch Wörter, die wir noch nicht gelernt hatten. Wieso überhaupt Spanisch? In der Höheren Schule war Französisch üblicher. Aber, wurde uns erklärt, Hamburg hat jahrelange Handelsbeziehungen nach Ibero-Amerika, und deshalb sei das Spanische nützlicher für uns. Man schien davon auszugehen, dass Abitur-Mädchen später als Übersetzerinnen tätig würden. Zu der Zeit allerdings, in der wir diese Sprache lernten, fuhr kein Hamburger Handelsschiff über den Atlantik. Auch kein Passagierschiff.

Englisch blieb selbstverständlich. Dafür erschien Fräulein Dr. Eisinger, die über unseren geringen Vokabelschatz stöhnte. Aber auch Wörter, die wir kannten, verstanden wir erst mal nur als »Eischinger-Genuschel«. Vielleicht trug sie eine Prothese? Es dauerte Monate, bis wir uns an ihre Aussprache gewöhnt hatten. Dass sie alt war, sah man – und hörte man ja auch. Darum amüsierte es uns, dass sie einen Verlobungsring trug. Wer mochte ihr den angesteckt haben? Wir fanden: Sie war entschieden zu alt, um Braut zu sein. Allmählich aber gewann sie unsere Anerkennung. Und als sie mit uns Dickens' *Weihnachtsgeschichte* las, »A Christmas Carol«, mochten wir sie schon ganz gern.

Wir Mädchen kannten uns kaum, als wir aufgefordert wurden, eine Klassensprecherin zu wählen. Aber was hieß schon Wahl in Nazi-Jahren? Das Lehrerkollegium benannte ein Mädchen: Maria-Louise, kurz Malou. Sie wirkte ruhig und sicher. Wir sagten also Ja. Ihre Tätigkeit beschränkte sich nach meiner Beobachtung darauf zu übermitteln, was die Lehrkräfte von uns wollten. Also nicht Sprecherin, sondern Ansprechschülerin.

Als besonderes Mädchen blieb mir Hannelore in Erinnerung. Sie konnte wunderbar zeichnen. Da entstand schnell ein Kreidebild auf der Wandtafel, das möglichst mit dem Unterrichtsthema zu tun hatte, und wir staunten über ihre Einfälle. Später wurde sie Bühnenbildnerin. Hannelores schönstes Tafelbild wurde ein Porträt unserer Deutsch- und Geschichtslehrerin Fräulein von Arnoldi. Diese Dame trug eine Bluse, deren Ärmel mehrere Knöpfe zierten. Einen dieser Knöpfe hätte sie schon mal fest annähen müssen, er hing erkennbar nur an einem Faden. Klar, dass Knopf und Faden dem Bild den besonderen Effekt gaben. Von der Tür her das übliche »Sie kommt«. Hannelore konnte gerade noch alles wegwischen. Ganz schwach blieben die Konturen erkennbar. Es wurde eine schwierige Stunde für uns, weil wir uns bemühen mussten, nicht loszulachen. Nicht nur weil wir alle das Porträt noch ahnend sahen. Sondern weil auch an diesem Tag der Knopf an seinem Blusenärmelfaden hin- und herbaumelte.

Fräulein von Arnoldi stammte aus dem Elsaß, und ihr Vater war 1870/71 im Deutsch-Französischen Krieg deutscher Offizier gewesen. Da unser bisheriger Geschichtsunterricht bei unterschiedlichsten Zeiten und Wichtigkeiten hängen geblieben war, je nach Eifer und Schwerpunkten unserer jeweiligen Lehrerinnen, wurde ein neuer Anfang notwendig. Was lag näher, als die Voraussetzungen für das Zweite Deutsche Reich zu beschreiben? Klothilde von Arnoldi war die richtige Fachfrau. Sie muss ihrem Vater, als er von seinen Kriegserlebnissen berichtete, an den Lippen gehangen haben. Uns beglückte sie mit der treuen Wiedererzählung über jede Marschbewegung, jede nach Osten oder Süden oder sonstwohin einschwenkende Heereseinheit. Damit bemalte sie die Tafel. Es war erschreckend uninteressant. Und dass es die Pariser Kommune gab, lernte ich erst Jahrzehnte später bei Bertolt Brecht.

Nützlich blieben Arnoldis Französischkenntnisse, als wir Schillers *Jungfrau von Orleans* lasen. Da machte sie uns vorweg mit Ausspracheregeln bekannt, damit wir höchstens auf Spanisch Parlierenden bei der Jungfrau nichts ins Stottern gerieten.

Für einige Wochen brachte sie eine Referendarin mit in unsere Deutschstunden. Thema: Schillers *Glocke.* Wir gaben uns gegenseitig Mühe für ein Gelingen; zusätzlich bekam die junge Lehramtskandidatin erkennbar Tipps von der alten, gelernten Lehrerin. Mir fiel das auf, als es an den Text ging: »Errötend folgt er ihren Spuren und ist von ihrem Gruß beglückt.« Da nahm sie mich nämlich dran mit Lesen. Sicher hatte die Arnoldi vorher geraten: »Nehmen Sie Hilde, die kichert nicht gleich, wenn was mit Liebe vorkommt.« Das stimmte. Mir lagen diese Albereien nicht. Außerdem mochte ich vorlesen und versuchte, dem Geschriebenen einen passenden Ausdruck zu geben. Wie schnell alle Lehrerinnen das wussten. Ich war ärgerlich darüber, weil ich mich ausgenutzt fühlte.

Dann sollten wir einen Aufsatz schreiben: Was bedeutet die Glocke in meinem Leben? Einige Mädchen meldeten sich und erklärten, dass sie nicht kirchlich gebunden seien und dadurch keinen Bezug zu Kirchenglocken hätten. Ihnen wurde empfohlen, etwa eine Türglocke zu nehmen oder das Klingeln der Feuerwehr. Das hätte ich auch machen können, fand es aber stillos und brachte einen Aufsatz zustande, in dem ich über das viele Läuten der Agneskirche in Köln und das wenige, sonntägliche Läuten der Erlöserkirche am Ende der Bürgerweide gegenüber der Klosterschule schrieb. Die Referendarzeit ging schnell vorüber. Aber es dauerte lange Jahre, bis wir ans Ende der Schiller'schen Glocke gelangten: Friede sei ihr erst Geläute.

In den Osterferien erhielten wir die Nachricht: Fräulein Meier ist gestorben. Wir wurden aufgefordert, zur Beerdigung zu kommen. Da standen wir unglücklich, unsicher herum und erfuhren mehr über unsere Klassenlehrerin: Sie hatte bei ihrem kranken Vater gelebt. Der starb. Da nahm sie sich das Leben. Am Ostersonntag. Leise, unspektakulär ging sie davon. Wir warfen ihr und ihrem Vater – wie die erfahrenen Erwachsenen – drei Schaufeln Erde auf die Särge. Das klang so laut. Viel zu laut für die stille Frau.

Nach den Ferien fand eine Lehrerkonferenz wegen einer neuen Leitung für unsere Klasse statt. Wir blieben ohne Aufsicht, aber mit einem Malou von der Arnoldi gegebenen Buch: Hilde soll die Novelle vorlesen. »Der Spiegel des Cyprianus« von Storm. Ich schrieb den Namen an die Tafel und sagte, dass ich nicht wisse, wie er betont wird. Der Inhalt: Ein Vater sitzt am Sterbebett seines Sohnes, viele Verwicklungen den Stiefsohn betreffend, verzweifelte Todesgedanken des Vaters – aber dann steigt die Sonne des Ostertages auf, versöhnt den Vater mit seinem Schicksal. Da legte ich das Buch zur Seite und sagte etwa, ich empfände diese Geschichte mit den Gedanken an Fräulein Meier als schlimme Zumutung. Ich werde weiterlesen, weil ich den Auftrag habe. Aber mir gefällt das nicht. Hier und da ein Kopfnicken oder zustimmendes Gemurmel. Und von der Arnoldi nie ein Wort, weder über die Novelle noch über unsere verstorbene Lehrerin.

Für den Rest des Schuljahres wurde uns Herr Zachariae als Klassenlehrer zugeteilt. Wir lernten ihn als Mathe- und Physiklehrer kennen und kamen gut mit ihm zurecht. Er ging mit praktischen Beispielen an die Aufgaben heran, und wenn trotzdem eine unklare Antwort kam, fragte er: »Weißt du, was eine Qualle ist?« Ja, wir wussten: was ganz Schwabbeliges. »Und so ist deine Antwort.«

In diesem Förderjahr wurde ich langsam erwachsener. Schulbücher, die wir jetzt selbst bezahlen mussten, kaufte ich in der Buchhandlung Koller am Steindamm. Dadurch guckte ich intensiver in das entsprechende Schaufenster und fand einmal ein hübsch aufgemachtes Büchlein mit Goethe-Gedichten. Nebenan legte ein Kunstgewerbeladen Postkarten mit feinen Fotomotiven aus. Es gab da auch kleine, bezahlbare Keramikvasen, von denen ich zwei auf den Schrank in meiner Stube stellen konnte.

Mutti brachte mir ein Buch über die Bedeutung von Vornamen mit, das den Titel »Hans und Grete« trug und zu meiner Überraschung erkennbar werden ließ, dass weder Hans noch Grete deutsche Namen sind, sondern aus Johannes und Margarethe gebildet wurden, die aus dem Griechischen stammen. Ich blätterte darin und stellte erstaunt fest, dass sogar der so nördlich klingende Name Nils einen griechischen Ursprung hat und von Nikolaus kommt, etwa mit dem Sinn: Volkssieger. Ich fand auch Hildegard, da gab es eine germanische Deutung: Schützerin des Kampfes. Andere Namen mit -gard ließen mich begreifen, dass dieser Namensteil den Schutz, die Sicherheit benennt und dass Hilde ohne Garten nur Kampf sein konnte. Das fand ich schwierig in dieser Zeit.

Im Schullesebuch standen einige Sagas, Geschichten aus Island. In unserem Unterricht wurden sie nicht gelesen und nicht besprochen, mag sein aus Zeitmangel. Ich las sie alle, und sie gefielen mir. Das lag weniger an Inhalten und Handlungsergebnissen, eher an Gesprächen, in denen das Gemeinte aus sparsamen Worten erkennbar wird. Keine überflüssig blumenreiche Rede; auch fehlte das damals von Nazi-Schreibern so krampfhaft aufgetragene Germanentum und die unechte, nachgemachte Bäuerlichkeit. Vor allem imponierten mir die Frauen. Sie erschienen nicht als Anhängsel eines Mannes, sondern als unabhängige, selbstständige Persönlichkeiten, mit denen gerechnet werden musste. Ich stellte sie mir barfuß gehend vor mit langen Röcken, mochte sogar nachempfinden, wie sich der Rock schwer über die Hüften legte.

Waren das nun die Wikinger, die mit ihren schönen Schiffen nach Island, Grönland und Nordamerika gefahren waren? Die *Nordischen Menschen*, denen wir hier in Deutschland so wunderbar ähnlich sein sollten in Aussehen, Kühnheit und Edelmut? Groß, blond, blauäugig. Herrenrasse? In Deutschland sahen gar nicht alle so aus. Nicht mal die Parteioberen.

Deutschland hatte inzwischen auch Krieg mit Amerika. Weit drüben im Pazifik hatte Japan einen USA-Stützpunkt angegriffen, Pearl Harbour, weshalb die USA Japan den Krieg erklärt hatten. Und wir hier waren Japans Verbündete, machten deren Krieg auch noch mit. Weit weg nach Amerika wurden keine Soldaten geschickt. Aber durch die Besetzung Frankreichs und die damit gegebene Nutzung von Häfen am Atlantik bekam die deutsche U-Boot-Flotte mehr Gewicht. Wir hörten Sondermeldungen über versenkte Schiffe bis in Gewässer der USA. Oft waren das Handelsschiffe, die Kriegsmaterial oder für die Zivilbevölkerung Lebensmittel nach England bringen sollten. Dabei wurden immer Bruttoregistertonnen erwähnt. Und ob man sich unter diesem Maß etwas vorstellen konnte oder nicht: Sobald sie erwähnt wurden, waren es viele Hunderte, und das klang gewaltig.

Hier in Hamburg gab es weiterhin nächtliche Fliegerangriffe. Wir gewöhnten uns daran, regten uns auch nicht auf über die Fesselballons, die oft über der Stadt standen. Morgens roch ich das chemische Zeugs, womit in hellen Mondnächten die Schienen der Eisenbahnlinie nach Berlin vernebelt wurden. Das Gras an der Böschung wurde verätzt davon.

Mein Weg zur Schule führte über die Wallstraßen-Brücke, unter der die Gleise von S-Bahn und Reichsbahn lagen. Viele und vielerlei Züge fuhren hier durch. Güterzüge mit verschlossenen Türen, manche mit Aufschriften, die ich von hier oben nicht erkannte. Ich wusste aber mindestens aus der *Wochenschau*, dass oft darauf stand »Räder müssen rollen für den Sieg«. Irene brachte die frivole Änderung »Köpfe müssen rollen für den Sieg«. Da mahnte Agnes sehr energisch, das »bloß nicht laut« zu sagen. »Du weißt nie, wer zuhört.« Wo und wie die Züge beladen wurden, sah ich nicht, weiß also aus jenen Jahren nicht, welche Fracht die Güterwagen enthielten. Munition? Kartoffeln? Menschen? Alles ratterte unerkannt vorbei.

Personenzüge: Soldaten aus offenen Fenstern winkend. Was sollte ich tun? Wie sahen sie das vom fahrenden Zug aus? Nettes junges Mädchen, dessen Grüße sie gern mitnahmen? Oder so'ne kleine Dicke? Ich war befangen: Kein Appetithappen für junge Soldaten. Und: Wer von denen, die hier unten vorüberfuhren, würde wiederkommen? Ich wollte kein »Letzter Gruß« sein. Ich ging schräg und langsam über die Straße, so dass der Zug hoffentlich vorüber war, wenn ich auf der anderen Brückenseite ankam.

Kohlen holen

Der Krieg in der Sowjetunion: Herbst mit Regen und morastigem Gelände; im weiten Russland waren keine Straßen mehr erkennbar. Dazu kamen Nachschubschwierigkeiten. Stalin hatte befohlen, beim Rückzug keine Lebensmittel und kein Kriegsgerät zurückzulassen, so dass durch diese Strategie der verbrannten Erde jeder Vormarsch erschwert wurde. Nichts konnte erobert, nichts genutzt werden. Mit dem Hinweis auf General Schlamm und später General Winter ließ sich das Steckenbleiben deutscher Heere einfach erklären.

In diesem Winter 1941/42 begann die Umklammerung Leningrads. Gegen die Kälte verheizte die Bevölkerung ihre Möbel und ihre Bücher. Diese Stadt widerstand weiteren Wintern; sie widerstand der Belagerung trotz Bomben, Beschuss und Tod und Erschöpfung.

In diesem Winter begriffen immer mehr Deutsche, wie schlecht ihre Soldaten für einen Feldzug in das größte Land der Erde vorbereitet waren. Keine ausreichend warme Bekleidung lag in den Magazinen bereit. Immer wieder rief das *WHW* zu Spenden und Sammlungen auf: Denkt an unsere Soldaten! Gebt eure Pelze! Bringt eure Wollsachen! In den Nähstuben der freiwilligen Frauen der *NS-Frauenschaft* wurde emsig genäht und umgearbeitet, in Zeitung und *Wochenschau* fanden wir Bilder und Berichte, wie Güterzüge mit Ergebnissen dieses Fleißes an die ferne Front fuhren. Die Lobpreisungen über das so erfolgreich Gesammelte, Genähte und Gestrickte überdeckten die Tatsache, dass für diesen neuen Krieg im Osten nichts geplant und nichts vorhanden war. Wir wurden daran gewöhnt, dass Europa ausgeplündert wurde, um Deutschland zu versorgen. Damit Deutschland genug zu essen hatte und weiter Krieg führen konnte.

In diesem Winter wurde auch an der *Heimatfront* die wünschenswerte Versorgung mit Feuerung ernsthaft schwierig. Regelmäßige Lieferungen an Händler entfielen, nichts wurde mehr ins Haus gebracht, sondern wir mussten unsere Kohlen selbst holen. Wo?

Ingeburg, die mit dem Nazi-Vater, wusste Bescheid. Vermutlich, weil sie diesen Nazi-Vater hatte, der nicht Soldat war. Sie kam zu uns mit der Mitteilung, dass im Umkreis von ein bis zwei Stunden Fußweg eine Kohlenhandlung mit Feuerung beliefert worden war. Mit unseren *Haushalts-*

stammkarten gingen wir hin, ließen die Karten abstempeln, den erhaltenen Zentner eintragen und stiefelten damit nach Hause zurück. Nein, wir trugen die Säcke nicht, das hätten wir nicht gekonnt. Ich war aber Besitzerin eines soliden großen Schlittens aus Kindertagen, als meine Eltern mit mir die Harburger Berge herunterrodelten. Diesen Schlitten kannte Ingeburg und traute ihm zwei Zentner Belastung zu. Er enttäuschte uns nicht.

Unsere Gespräche unterwegs befassten sich hauptsächlich mit Schulangelegenheiten. Wir besuchten die gleiche Oberschule, Ingeburg war eine Klasse höher als ich. Wir sprachen über frühere Spielzeiten. Einmal war ich total erschrocken. Sie erinnerte sich, dass wir anderen Kinder ihr nachgerufen hatten: »Inge ist 'n Nazi-Gör!« Damals habe sie sehr gelitten, sagte sie, »aber heute bin ich stolz darauf!«

Sollte oder konnte ich sie stehen lassen? Ich beschränkte mich auf eisiges Schweigen. Wobei das »eisig« vermutlich gar nicht auffiel, denn kalt war es sowieso. Hätte ich Ingeburg künftig die Schlittenbenutzung verweigern sollen? Wie hätten wir dann aber erfahren, wo es Kohlen oder Koks oder Briketts gab? Wir gingen weiterhin gemeinsam durch den kalten Winter, um ein bisschen Wärme ins Haus zu holen.

Der Hinweg war lustig. Abwechselnd zogen wir uns, liefen eine Strecke und waren froh, wenn wir – in Hammerbrook oder Hamm-Süd oder sonstwo – so rechtzeitig ankamen, dass wir nicht vergebens in der langen Warteschlange standen, sondern dass unser Fuhrwerk noch Ladung bekam. Der Rückweg war beschwerlich. Die Säcke hatten wir zwar leidlich gut vertäut, aber sie rutschten gefährlich, wenn der Schlitten über nicht erkannte Steine holperte oder eine hohe Bordsteinkante zu überwinden war. Die eine zog, die andere hielt mühsam die Säcke fest.

Besonders schlimm war es, wenn kaum noch Schnee lag. Die blanken Schlittenkufen konnten nicht wie sonst dahingleiten. Sie quietschten und scharrten über Sand und Steine. Wenn wir eine vereiste Pfütze oder ein Fleckchen Schnee sahen, zogen wir entzückt den Schlitten dorthin, um ihn dann ein paar Meter ohne sonderliche Anstrengung bewegen zu können. Wir zogen und schoben, wurden rot vor Anstrengung und schwitzten gewaltig. Es war dunkel, wenn wir endlich in der Bürgerweide ankamen. Wir waren glücklich, den einen Zentner pro Haushalt heimgebracht zu haben. Wie brachten wir ihn die Treppen rauf? Agnes kam mit Eimern, so dass wir unten im Treppenflur den Sack langsam leerten und die heimgezogene Feuerung in Raten hochtrugen.

Es gab weiterhin die aus allen besetzten Ländern hergeschleppten *Fremdarbeiter*. Ich musste einmal eine Besorgung machen und mit der Straßenbahn fahren, wohl noch vor der Schule, jedenfalls hatte ich mein Pausenbrot dabei. Die Bahn war rappelvoll, so dass ich eingekeilt auf der hinteren Plattform stand. Ein Stück entfernt stand ein Franzose, an der *Fremdarbeiterkleidung* erkennbar. Sie durften mit der Straßenbahn fahren, mussten aber draußen auf der Plattform stehen, sogar wenn im Wageninnern noch Platz war. Wie sehr wollte ich ihm mein Brot geben; aber das sollte unauffällig sein. Und ich musste erst an ihn herankommen. An jeder Haltestelle, wenn Leute ein- und ausstiegen, rückte ich ihm näher, gleichzeitig befürchtend, dass er ausstieg, bevor ich ihn erreichte. Aber dann klappte es. Ich hatte das eingewickelte Brot schon aus der Tasche geholt, stieß ihn jetzt leise an und stecke ihm das Päckchen zu. Sein vorsichtiges, dankendes Lächeln schien mir eine viel größere Bezahlung als angemessen. Weil im Paket nur einfaches Graubrot oder Schwarzbrot lag. Und die Franzosen essen Weißbrot, wie ich wusste. Agnes erklärte, als ich ihr davon erzählte, dass solche Essgewohnheiten in seiner Situation sicher keine Rolle mehr spielten. Aber mich beschäftigte das lange schmerzlich.

Nils

Dieser sinnige Vers brachte mir, als ich zwölf Jahre alt war, drei Mark ein, denn meine Großmutter hatte mich veranlasst, ihn für die Kinderseite der Zeitung einzusenden:

Durch Regen und Wind
ging ich geschwind
nach Hause.
Ich gönnte mir keine Pause.
Da dacht ich so in meinem Sinn:
Welch Glück, dass ich nicht aus Zucker bin.
Ich wäre sonst längst aufgeweicht,
bevor ich noch mein Ziel erreicht.

Ich mochte Regen. Und nachdem Omi mir ihren schwarzen Lodenmantel überlassen hatte, machte ich gerade bei Regen lange schöne Spaziergänge, die mich sehr zufällig in die Nähe des Hammer Parks führten. Erkenntnis: Wahrscheinlich sitzt Nils bei solchem Wetter lieber am Schachbrett oder vor klugen Büchern, statt draußen rumzulaufen.

Vor einiger Zeit hatte er mir eine Ansichtskarte mit der dunklen Porta Nigra aus Trier geschickt. Er sei gerade auf Klassenreise und auch durch Köln gekommen. Dabei sei ihm eingefallen, dass ich ja dort mal gewohnt habe. Seine Schrift gefiel mir und der Text sowieso. Ach, wie war ich fröhlich! Dass er an mich gedacht hatte! Und dass er meine Adresse kannte!

Als ich überhaupt nicht daran dachte, begegnete er mir. Wieder unter widrigen Umständen. Ich hatte gerade mein Haar gewaschen und auf Lockenwickler gerollt, trug darüber einen als Turban geschlungenen Schal und ging in dieser Aufmachung zum Milchmann. Das störte den Milchmann nicht. Da kam Nils mir entgegen. Er hatte nach dem Abitur eine Banklehre begonnen, wusste ich durch Fräulein Leu. Bei der Commerzbank. Und jetzt musste er in die Berufsschule. Na, denn tschüs!

Kurz darauf klingelte es, und Nils stand vor der Tür. Er wäre sowieso zu spät in die Schule gekommen und sei deshalb umgekehrt, erklärte er. Nach kurzer Vorstellung schickte Omi uns in meine Stube, und da saßen wir. Ich mit diesem dämlichen Turban. Ich fand nicht die Freiheit zu sagen, dass dieser Schal meine Haare trocknen und die Lockenwickler verhüllen sollte. Wenn ich mein hübschestes Kleid trug, traf ich ihn nie. Was redet man denn so? Ich brachte mein Mathebuch, weil er ja bekanntermaßen ein Ass in Mathematik war und wir demnächst an Quadratwurzeln kommen sollten. Nils sagte mir ein paar Quadratzahlen auf. Ganz freundlich. Aber dann wussten wir wieder nichts mehr. Er ging bald.

Ich dachte tagelang darüber nach, was es an Gesprächsmöglichkeiten gäbe. Aber mir war klar, dass ich so bald keine Gesprächsmöglichkeit wieder bekäme. Ich wusste nicht, in welcher Filiale er lernte, und hatte kurz zuvor beschlossen, vorsorglich alle Commerzbank-Filialen anzulächeln. Diesen Gedanken legte ich jetzt beiseite. Und legte um diese Zeit auch meine vagen Hoffnungen ab. Vier Jahre Altersunterschied in den Entwicklungsjahren sind doch mehr, als ich mir vorstellen mochte.

Später – vielleicht erst, als ich die Porta Nigra mit eigenen Augen sah – wurde mir klar, dass Nils sich meine Adresse schon aufgeschrieben hatte, bevor ich ihm in Köln eingefallen war, und dass es Sport bei Abiturienten sein mochte, möglichst viele Mädchenanschriften vorzuweisen und Postkarten dutzendweise zu verschicken. Das relativierte zwar die Wichtigkeit, die ich diesem Gruß beigemessen hatte. Trotzdem blieb ich ihm zugetan – und wenn ich ein Bild des Schwarzen Tores sehe, denke ich an die Postkarte aus Trier und an Nils statt an die alten Römer.

Rita Sandera

Von Zeit zu Zeit besuchte uns Oskar: früherer Patient meiner Mutter, mittelalt, von einer Nierenkrankheit geplagt, die ihm aber das Soldatsein ersparte. Er flirtete ein bisschen mit Irene und akzeptierte die Aussichtslosigkeit. Agnes nahm ihn unter ihre Fittiche, nähte ihm hier und da einen Knopf an oder das Jackenfutter fest und konnte ihn für kleine handwerkliche Tätigkeiten im Frauenhaushalt gebrauchen. Er war wohlgelitten. Für mich wurde er nützlich, weil er mich manchmal ins Kino »über achtzehn« mitnahm. In Begleitung eines Erwachsenen und mit Hut muss ich den notwendigen reifen Eindruck gemacht haben. Er ging nicht gern allein, hatte aber weiter kein Interesse an mir, was uns beiden recht war.

Eines Tages fand Oskar in der Zeitung eine Anzeige: Damen und Herren wurden für einen Chor gesucht. Meine Oma machte ihm Mut, und er stellte sich vor. Letztlich war das Ergebnis, dass kein Chor zustande kam, dass sich aber Oskars Stimme für eine Ausbildung eignete. So ging er einmal wöchentlich zu Frau Sandera, in deren Wohnung ein Klavier stand, auf dem sie ihm geduldig seine Tonübungen vorspielte. Er lernte atmen und singen und als er an die ersten Lieder kam, sang er sie uns mit ordentlicher Tenorstimme vor.

Agnes gefiel diese persönliche Begegnung mit der Kunst. Sie fand, Oskar könne mich mal mitnehmen und Frau Sandera was vorsingen lassen. »Hilde hat doch eine schöne Stimme.« Na gut. Ich kam mit und durfte dem Klavier eine Reihe von Tonfolgen nachsingen. Frau Sandera schien erfreut und hielt die Stimme für entwicklungsfähig. Nur: Ich war viel zu jung, nicht ganz sechzehn. Wie wäre es aber mit Atem- und Sprechtechnik?

Und später Gesang? Wir berieten zuhause. Der Preis pro Stunde war niedrig. Ich hatte Lust und durfte einmal wöchentlich Unterricht nehmen.

Da erfuhr ich zunächst, wie Lippen, Zunge, Zähne, ja der ganze Mund- und Rachenraum sich zueinander verhalten müssen, um einen einzelnen Buchstaben zu bilden, Konsonanten, Vokale und Diphthonge. Das ganze hieß Phonetik, Sprechtechnik. Es folgten Zungenbrecher wie »Drei Teertonnen, drei Trantonnen« oder »Meine Muhme Minna Neumann nahm in Memmingen eine Menge neuer Meinungen an.« Auch »Fischers Fritze« und »Der Cottbuser Postkutscher«. Erste Atemübungen kamen dazu, und dann bekam ich kleine Sprechtexte. Dabei entdeckte Frau Sandera, was meine Deutschlehrerinnen längst wussten: dass ich gut im Vortragen war. Anfangs las sie mir vor, und ich sprach alles mit ihrer Betonung nach. Wenn das aber in der nächsten Stunde wiederholt wurde, brachte ich andere Vorstellungen als die von ihr vorgegebenen, und damit war sie einverstanden.

Einmal lud sie Bekannte von sich zu einem künstlerisch geprägten Abend ein, bei dem sie selbst Klavier spielte und dazu sang. Für mich kam ein Text von Hofmannsthal vor und etwas aus Schillers *Jungfrau von Orleans*: »Lebt wohl, ihr Berge, ihr geliebten Triften, ihr traulich stillen Täler, lebet wohl!« Der traurige Abschied gelang mir ganz passabel, mit dem Schluss hatte ich Schwierigkeiten: »Den Feldruf hör ich mächtig zu mir dringen, das Schlachtross steigt, und die Trompeten klingen!« Schiller wird sich das feuriger vorgestellt haben. Von den Gästen bekam ich immerhin Lob.

Einmal ging Frau Sandera mit mir in etwas, das vielleicht damals schon Tonstudio hieß. Jedenfalls wurde dort auf umständliche, heute nicht mehr nachvollziehbare Weise eine Schallplatte hergestellt. Nein, zwei Platten, eine behielt sie selbst, die andere war für mich. Wir könnten dann später meine Fortschritte feststellen: bei den traulich stillen Tälern wie auch bei Schlachtross und Trompeten. Und bei Hofmannsthal oder Hauptmann oder wer dran gewesen sein mochte.

Als meine Großmutter die Platte hörte, fiel sie fast um vor Entzücken. Die Enkelin war auf Schallplatte festgehalten. Agnes machte weitgehende Pläne: Nach dem Krieg, und sobald Oskar und ich ausgebildet wären, könnten wir auf Tournee gehen. Irene werde die Büro- und Managerarbeiten machen und Agnes uns Kostüme schneidern. Klar, dass die beiden dafür mit auf unsere Kunst-Reisen kommen müssten. Käte bekam diese fantastischen Gedankenflüge ausführlich zu hören – und war beleidigt. Empört sagte sie mir, dass sie in diesem Plan wohl nicht vorgesehen sei. Ich konnte sie beruhigen: »Ich mach das Ganze doch gar nicht mit.«

Sind alle Omas so? Im Alltagsleben durchaus vernünftig, vertrauenswürdig, ansprechbar und angenehm erfahren – und plötzlich auf beiden Augen blind, auf beiden Ohren taub, wenn es um die Fähigkeiten der Enkelkinder geht. Diese maßlose Überschätzung. Ich kannte das ja schon bei dem, was ich manchmal zusammenreimte. Da fehlte ihr jegliche Kritik, da wurde sie total unglaubwürdig. Das baute nicht auf, sondern verunsicherte.

Übrigens ging der Unterricht bei Rita Sandera sowieso nicht weiter. Denn sie wurde für die *Auslandsbriefprüfstelle*, *ABP*, eingezogen. Ihre Muttersprache war Spanisch. Sie kam aus Bolivien, hatte dort den deutschen Mann kennengelernt, war ihm in seine Heimat gefolgt und bekam durch Heirat auch seine deutsche Staatsangehörigkeit. Ihren Mädchennamen nutzte sie als Künstlernamen. Nun geriet sie in die deutsche Kriegswirtschaft, wohin die bis dahin nicht berufstätigen deutschen Frauen gezogen wurden. Wegen ihrer Sprachkenntnisse konnte sie dort gebraucht werden, wo sich der Staat ins Briefgeheimnis einmischte. Alle ins Ausland gehenden und aus dem Ausland kommenden Briefe wurden von Amts wegen geöffnet und gelesen. Was sich darin an geheimnisträchtigem Inhalt befand, wurde mit dicker schwarzer Farbe unkenntlich gemacht oder auch einfach weggeschnitten. Was als Geheimnis galt, bestimmte der Staat. Das war den Prüfenden in einer Schulung ausführlich beigebracht worden. Über Inhalte durften sie nicht reden.

Frau Sandera bedauerte, dass durch diese Vollbeschäftigung keine Zeit für mich blieb. Wir vertrösteten uns auf später.

Schwester Käte

Meine Mutter hatte sich angewöhnt, nach einem Alarm zuhause anzurufen. Dann wussten wir über einander Bescheid und gingen beruhigt ins Bett. Wir in der Bürgerweide hatten es ganz gut, saßen in unserem festen Betonkeller und brauchten nur auf Entwarnung zu warten. Aber die Schwestern im Krankenhaus Barmbek mussten sich um die Patienten kümmern oder hatten *Luftschutzdienst*. Käte sagte dazu: Die männlichen Angestellten, also Hausarbeiter, Ärzte, Pfleger, tragen Stahlhelme, wenn sie Dienst machen, »uns schützt die Haube!« Was sie außerdem sagte, passte weder zur Schwesternethik noch zu ihrer Vorbildfunktion als Mutter: »Verdammte Scheiße!« Das war damals noch ein sehr schlimmes Wort, und zuhause sagten wir das nicht. Es entsprach aber Kätes Gefühl und wurde für sie zum Ritual, um ihre Empörung und ihren Zorn auszudrücken, wenn nachts die Sirenen heulten und sie aus dem Bett an ihre jeweilige Aufgabe trieb. Damit ist sie wohl entschuldigt. Außerdem hatte sie recht.

Einmal gab es einen heftigen Fliegerangriff mit Brandbomben auf das Krankenhausgelände. Auch auf die Station, in der Käte Dienst tat. Eine dieser Stabbrandbomben, die sich noch nicht entzündet hatte, steckte im Dach. Um sie zu bekommen, reichte es nicht, sich nur aus dem Fenster zu lehnen. Käte musste weiter, lag bis zu den Knien auf dem schrägen Dach, nur von einer allerdings starken, stabilen Mitschwester gehalten. Sie zog kräftig rüttelnd an der Bombe, konnte sie aus dem Gebälk herausziehen und warf sie mit Schwung hinunter auf den Rasen, wo die Bombe zerplatzte. Kätes Beine, die von der haltenden Kollegin fest auf das Fensterbrett gedrückt wurden, um nicht wegzurutschen, bekamen viele blaue Flecke und taten tagelang weh. Sie habe die Station gerettet, sagten alle, die das waghalsige Kunststück gesehen hatten.

Einige Monate später wurde sie in die Gesundheitsbehörde zu einer Feierstunde eingeladen und bekam, wie andere dort Versammelte, eine *Kriegsverdienstmedaille* mit zugehöriger Urkunde. Dazu gab es Ansprachen und Musik. Während andere ihre Urkunden aufrollten und vorsichtig in ihren Mantelärmel schoben, damit sie nicht in Wind und Regen gerieten, knickte Käte pietätlos das wunderbare Stück, damit es in die Handtasche passte. Urkunde und Medaille blieben der Familie nicht erhalten, weil sie sich nach Kriegsende beim *Tommy* gegen Zigaretten eintauschen ließen.

Hier sei endlich erwähnt, dass es in Kätes Leben einen Peter gab. Er war ihr Patient gewesen, musste nicht mehr Soldat sein und wohnte nahe beim Krankenhaus, so dass sich außerhalb der schwesterlichen Dienstzeiten kurze Treffen anboten. Er wurde zuhause vorgestellt und bestand die Prüfung Irene. Die habe ihn kein bisschen interessiert, erzählte Käte mir sehr erleichtert. Er kam dann öfter.

Früher, in der Zeit ihrer ersten Trennung von meinem Vater, als sie in Barmbek das Café Niedlich besuchte, hatte es einen Freund aus politischen Kreisen gegeben, von dem ich nur einmal hörte. Agnes fragte von ihrer Zeitung aufsehend: »Fenner? Hieß der Georg?« Irene bestätigte. »Der ist gefallen. Ob Käte das weiß?« Dann aus mütterlicher Betroffenheit und Sorge: »Müssen wir ihr das jetzt sagen?« – Dass sie es damals nicht sagten, weiß ich durch Käte: Sie hat erst nach dem Krieg über ihre Freundin Martha von seinem Tod erfahren.

Käte beschloss, eine Hebammenausbildung zu machen. Dafür musste sie nach ihrem bestandenen Schwesternexamen ein Jahr in der Frauenklinik Finkenau lernen. Und ich lernte am Rande mit, weil sie mich zum Abhören ihrer Aufgaben benötigte. Das kannte ich schon aus ihrer Schwesternlehrzeit. Von damals weiß ich sinnige Verse zum Merken der Fuß- und der Handwurzelknochen, wusste auch, welche Infektionskrankheit sich an einer himbeerroten Zunge erkennen lässt und wie »Diphtherie« geschrieben wird.

Jetzt kamen spannende Dinge dazu. Beispielsweise wie man den Geburtstermin des Kindes errechnet. Schwester Käte hörte beim Gespräch zwischen Arzt und Schwangeren zu, wobei sich Folgendes ergab: Erster Tag der letzten Menstruation war der 20. April. Der Arzt kommentierte: »*Führers Geburtstag*«. Dazu werden sieben Tage gerechnet und drei Monate abgezogen. Das ergab für die Geburt den 27. Januar, und Käte wusste: »Kaisers Geburtstag«, den hatte sie in der Schule gelernt.

Mit praktischer Arbeit, theoretischem Unterricht und vielen nächtlichen Ruhestörungen waren Hebammenschülerinnen eigentlich ausreichend beschäftigt. Doch es kam wöchentlich noch eine Unterrichtsstunde dazu, für die auch noch zu lernen war: Nazi-Kunde. Das hieß anders, aber es war genau dies. Und wer schon erwachsen war, als die Nazis kamen, also nicht mehr durch Schule und *Hitlerjugend* informiert oder gar geprägt werden konnte, musste schleunigst nachholen: *Du bist nichts, dein Volk ist alles!*

In dem 1943 gedruckten »Hebammenlehrbuch, 1. Auflage, Herausgegeben im Auftrage des Reichsministeriums des Innern durch das Reichsgesundheitsamt bei Erwin Staude, Verlagsbuchhandlung KG/Osterwieck am Harz und Berlin W 30« wird den Leserinnen erklärt:

> Nur wenn die deutsche Hebamme neben den Kenntnissen, die ihr eine gute Berufsausbildung vermittelt, auch die Fähigkeit besitzt, Helferin und Beraterin, ja Erzieherin unserer Frauen und werdenden Mütter zu sein, wird sie ihrer hohen Aufgabe im Nationalsozialistischen Staat gerecht!
> Ihr Wirken wird in der rassenpolitischen Ausrichtung seine schönste Krönung durch die wachsende Zahl erbgesunder kinderreicher Familien finden!

Ein entsprechend unsympathischer Mann in *SA*-Uniform erteilte den Unterricht. Zuhause schimpfte Käte ausführlich darüber.

In dieser Zeit muss es eine Abstimmung gegeben haben, mit der sich unsere Regierung ihr Handeln bestätigen ließ. Worüber? Es war die übliche Farce, bei der man sich vielleicht dem Ausland gegenüber den Anschein einer gewissen Rechtmäßigkeit gab. Käte berichtete, dass es eine Wahlkabine gegeben habe, die allerdings einsehbar war. Der Raum war über Mittag sehr voll, weshalb die meisten Leute ihren Wahlzettel einfach auf die Fensterbank legten und dort ankreuzten. Die Verlogenheit der ganzen Wählerei habe sie nur ertragen können, indem sie den Wahlleiter, eben diesen unsympathischen *SA*-Mann, naiv-freundlich fragte, wo bitte sie ihr Kreuz hinmalen müsse. Er habe ihr nett und arglos geantwortet: Da wo der große Kreis mit dem großen Ja ist. Nein-Kreis und gedrucktes Nein waren kleiner. Nach der Auszählung brüstete sich unsere Regierung mit dem überwältigend positiven Ergebnis.

An einem Tag, als ich aus der Schule kam, versorgte Agnes mit Kätes Hilfe ihre geliebten Topfpflanzen mit einem erfrischenden Bad. Dafür hatten sie die Töpfe in die Badewanne gestellt und alles Grün sorgfältig abgebraust. In der Wanne, wo alle Töpfe standen, erschien mir das Wasser ein bisschen rosa. Ich fragte, wieso das so sei. Beide drucksten herum, entschlossen sich aber dann, mich aufzuklären: Käte hatte Blut aus der Finkenau mitgebracht. Früher sei manchmal Opa zum Schlachthof gegangen, um dort eine Milchkanne voll Blut zu holen, weil das mit viel Wasser vermischt allen Pflanzen gut bekommt. Sie hatten befürchtet, dass ich entweder ohnmächtig werden oder moralisch entrüstet sein würde. Ich bot eine dritte Möglichkeit: lebhaftes Interesse – und kannte ein Märchen: Da gibt es eins, vielleicht bei den plattdeutschen Märchen, wo ein Mädchen auf ihren Liebsten wartet und eine Rose behütet, die er ihm zum Abschied schenkte. Dieser Rosenstock drohte zu welken, bis zufällig, sie hatte sich beim Nähen in den Finger gestochen, ein Tropfen Blut die Rose benetzte und erfrischte. Und alles wurde gut.

Kätes Hebammenlehrgang dauerte ein Jahr. Gegen Ende dieser Zeit lud sie mich zu sich ein, und da saßen zwei ihrer Kolleginnen mit im Zimmer. Es ergab sich, dass meine Mutter herumerzählt hatte: Meine Tochter macht Gedichte. Und das war der Grund, mich in die Gestaltung einer Abschlusszeitung einzubauen. Sie hatten während des vergangenen Jahres aufgekommene Stilblüten und Ähnliches notiert. Na ja, ich bemühte mich, den Spaß – der mir mühsam erklärt werden musste – in Verse zu bringen, hatte schließlich selbst Spaß daran. Und nachher waren alle mit dem Ergebnis ganz vergnügt. Ich bekam sogar ein Geschenk dafür: ein Buch, den Roman *Maren* von Hinrich Fehrs, in plattdeutscher Sprache. Fehrs soll der Schullehrer meines Urgroßvaters gewesen sein.

Zwischendurch, beim Stöbern in den Büchern meiner Mutter, geriet ich an Zeichnungen von Käthe Kollwitz. Mir neu und sehr bedrückend. Es könnte der Zyklus *Die Weber* gewesen sein. Käte bezeichnete das als Kunst, was ich lebhaft bestritt. Weil ich meinte, Kunst müsse schön und erhebend sein. Es dauerte etliche Jahre, ehe ich einen freieren Blick für Bilder erwarb.

Orientierung trotz Propaganda

Bei uns zuhause gab es eine Tageszeitung, zwei wöchentlich erscheinende Illustrierte und ein Radio, den *Volksempfänger*. Von Berlin aus teilte das *Ministerium für Volksaufklärung und Propaganda* durch diese Medien allen deutschen *Volksgenossen* mit, was geschah und wie das Geschehene zu beurteilen war. Draußen gab es *Bolschewisten*, *Plutokraten* und Juden, die uns, das edle Germanenvolk – die naturgegebene *Herrenrasse* –, vernichten wollten. Wenn einer schon, wie Winston Churchill, WC heißt, sagte das doch genug. Zusätzlich wurde er als *Lügenlord* besungen, jeden Sonntag mit neuen Versen.

Es gab keine ausländischen Zeitungen, und ausländische Radiosender zu hören war strikt verboten. Mit dem Anspruch, autark zu sein, war offensichtlich nicht nur die Wirtschaft gemeint. Unser Land machte sogar alle seine Nachrichten selbst. So wie es unliebsame Nachrichten unterdrückte. Für ein Leben im *Dritten Reich* war das genug. Wer mehr wissen wollte, geriet in Schwierigkeiten.

Ich wuchs mit Frauen auf, die das Geschehen betrachteten und kommentierten. Das geschah nicht aus fundiert politisch-theoretischem Wissen heraus, sondern durch die Lebensumstände ihrer Gesellschaftsschicht und die Erfahrungen, die sie damit machten. Mir wurde eine aus täglich praktischem Erleben entstandene kritische Haltung vermittelt.

Natürlich wurde bei uns *Der Engländer* gehört. Das Radio, mit schallschluckenden Kissen umgeben, war in der Stube kaum zu vernehmen. Wir saßen dicht davor und lauschten. Was meine Erwachsenen an Informationen aufnahmen, blieb mir oft unverständlich. Mich ging eher an, was sich über die Bewegungen an der Front erfahren ließ. Das waren andere Informationen, als in den deutschen *Wehrmachtsberichten* vorkamen. Über Luftangriffe erfuhren wir, dass oft mehr als nur ein »freistehendes Klo« getroffen worden war.

Ich hörte aber schon bald nicht mehr zu. Einmal verstand ich wegen meiner schlechten Ohren ohnehin nicht viel von dem Fast-Geflüster. Und außerdem fürchtete ich, in der Schule anderes als die offiziellen Informationen zu haben und versehentlich zu sagen.

Nach diesen Nachrichten in deutscher Sprache wurde die Skala am *Volksempfänger* sofort wieder auf den *Reichssender Hamburg* eingestellt. An vielen Abenden sendete der aber nichts, wurde abgeschaltet. Seine Sendestrahlen durften feindlichen Flugzeugen nicht richtunggebend sein. Dann stellten wir auf Drahtfunk um. Von dort bekamen wir zu hören, dass britische Bomberverbände sich über dem deutschen Luftraum befanden »mit Richtung auf ...«. Oft blieb es bei solchem Voralarm, die Bomber flogen über andere Gebiete. Dann brachte der *Reichssender Hamburg* wieder seine gewohnten Klänge.

Weiteres vom *Engländer*? Im Sommer 1942 duckte sich unsere Stadt unter einem besonders großen, verlustreichen Angriff. Nach der Entwarnung funktionierte das Telefon nicht; vergebens erwarteten wir den Anruf meiner Mutter. Wir gingen schließlich mit einigen Nachbarn aufs Dach und sahen zu, wie die Erlöser-Kirche am Berliner Tor brannte, wie sich langsam die Spitze des Turmes neigte. Da kam Käte die Treppe herauf. Sie war in Schwesterntracht und holte aus der Schürzentasche einige von Flugzeugen abgeworfene Flugblätter, die sie unterwegs gefunden und aufgesammelt hatte. Die gab sie Herrn Eckstein, der bei der hohen Militärdienststelle in Blankenese arbeitete. Dazu sagte sie, dass er sicher wüsste, wohin solche Flugblätter gehören. Zurückgekommen in unsere Wohnung schimpfte Agnes: »Käte, warum hast du ausgerechnet dem die Flugblätter gegeben? Die hätten wir doch erst lesen können.« Aber da zog Käte aus ihrer anderen Schürzentasche weitere Flugblätter: »Hier, ich hab doch mehr. Ich wollte nur, dass er die auch mal liest.« Wir lasen dann alles, was die Schürze bot. Das war einfach formuliert, schlagwortartig, und gab genau genommen nicht viel her.

Manchmal besuchte uns Tante Lina, die Stiefschwester von Agnes und Mutter von Karla, deren Falkenrock ich beim *BDM* trug. Sie brachte außer Obst oder Gemüse aus ihrem Garten meistens auch einen Blumenstrauß mit und immer Onkel Max, ihren Mann. Der erzählte neueste politische Witze. Sein Fundus schien unerschöpflich. Ich hörte begeistert zu. Als ich später eine Sammlung solcher Witze las, stellte ich fest, dass ich etliche davon in der Onkel-Max-Version längst kannte. Omi ließ mich immer mithören. Nur zu einem mir damals nicht durchschaubaren Zeitpunkt sagte sie: »Hast du nicht noch Schularbeiten zu machen?« Ich verzog mich in meine Stube. Nachträglich vermute ich, dass Onkel Max dann eine andere Sorte Witze erzählte. Ich weiß nicht, ob Agnes sie mochte; die ihnen innewohnenden Informationen schienen ihr für mich jedenfalls unpassend.

Was wir alle nicht hören wollten, musste Käte uns eines Tages erzählen. Sie hatte sich mit Elsa, einer früheren Patientin, angefreundet. Der Vater war Soldat. Es gab eine Oma im Haus, Elsas Mutter, eine Wienerin, bei bester Gesundheit, *Halbjüdin*, die mit den Kindern evangelische Choräle sang. Trotz mehrerer Anfragen war aus Wien keine Nachricht über die christliche Hälfte von Frau Rühl zu bekommen. Hier wurde sie deshalb als *Volljüdin* behandelt, bekam keine Lebensmittelmarken und wurde bald abgeholt ins *Konzentrationslager Fuhlsbüttel, KoLaFu*. Elsa durfte ihre Mutter besuchen und brachte ihr Kaffee in einer Thermoskanne mit. Sie bekam die Aufforderung, warme Unterwäsche und diverse Kleinigkeiten mitzubringen, da die Mutter eine Reise antreten sollte. Als Elsa die Sachen brachte, war die Mutter nicht mehr in Hamburg. Sie erhielt die leere Thermoskanne zurück, zwischen deren Wände eine Zellennachbarin einen Zettel gesteckt hatte: Mutter kommt nach Auschwitz. Nach kurzer Zeit die Nachricht, die Mutter sei an Altersschwäche verstorben. An ihrem 62. Geburtstag. Anliegend die Rechnung über Bestattungskosten.

Das muss im frühen Sommer 1942 geschehen sein. Ich war sechzehn Jahre alt und wusste, dass ein *Konzentrationslager* schlimmer als Gefängnis und Zuchthaus ist. Ich hatte in den ersten Nazi-Jahren gehört, dass politisch Andersdenkende in *Konzentrationslager* gesteckt wurden. Vom Ausmaß der dort verübten Grausamkeiten hatte ich keine Ahnung. Inzwischen waren die Lager erweitert und vermehrt worden, um alle Menschen einzusperren, die nicht den Normen derer entsprachen, die in Deutschland bestimmten. Wie viele es waren und welcher Art sie waren: Wer mochte das damals wissen? Und wer erkannte, dass diese Lager zu Vernichtungslagern geworden waren?

In solchen Zeiten: Wem darfst du vertrauen? Bei uns zuhause ließen sie mich teilhaben an derartigen Informationen. Das ehrte mich und beschwerte mich, nahm mir jugendliche Unbefangenheit.

Auch dies mag zu dem gehören, was ich damals an Verbotenem miterlebte: Agnes erinnerte sich, dass auf unserem Boden ein Revolver herumlag, von ihrem geschiedenen Mann, der in früheren unruhigen Zeiten Vertreter von irgendwas gewesen sein sollte. Damals hätte ihm der Revolver auf einsamen Wegen ein gewisses Gefühl von Sicherheit geboten. Er hatte ihn inzwischen vergessen. Was könnte jetzt mit uns passieren, wenn dieses Stück bei einer Entrümpelungsaktion gefunden würde? Wohin aber damit? Man geht doch nicht einfach zur Polizei und gibt es dort ab? Fragen, Überlegungen – und dann eine ausgefallene Idee:

Im großen Bürohaus am Hauptbahnhof, in dem Irene tagsüber Büroarbeiten und Agnes abends Reinigungsarbeiten machten, fuhr man mit dem Paternoster auf den Boden. Man konnte noch weiter über das letzte Stockwerk hinaus fahren und an einer großen ölverschmierten Scheibe vorbei wieder heil herunterkommen. Das hatte mir in Kinderjahren Spaß gemacht. Inzwischen fuhr ich nur bis auf den Boden, wo ich Abfälle in ein riesiges Gefäß warf, das wie ein gewaltiger Stoffsack aussah und an mehreren Seilen so hing, dass seine Öffnung nicht direkt oben, sondern etwas seitlich gähnte. Es lag immer eine Riesenmenge Papier drin, weil es in einem Bürohaus hing. Sein Fassungsvermögen schien unendlich. Ich habe keine Vorstellung davon, wie sich das Ding transportieren ließ, um den Inhalt auszuleeren.

Mitten hinein in diese Fülle warf Irene das Schießeisen des Familienvaters. Sie und ich beobachteten, wie es durch seine Schwere im Büropapier versank, schütteten mitgebrachte Papierkörbe darüber aus, lachten uns erleichtert an und brachten Agnes die Nachricht über den gelungenen Abschluss.

Z 47

»Das wäre doch was für dich«, sagte Omi, von ihrer Zeitung aufsehend. Und las mir vor: Jugendliche wurden gesucht für eine Laienspiel- und Musikgruppe. Ach ja, Theater spielen! Wie mache ich das? Abends, Irene half. Und es entstand folgender Brief:

> Chiffre Z 47
> Hamburger Anzeiger
>
> Auf Grund des Inserates im Hamburger Anzeiger möchte ich mich an der Laienspielschulung beteiligen. Ich bin 16 Jahre alt und Schülerin der Klosterschule. Ich habe bereits 1 Jahr Unterricht in Phonetik und Rezitation erhalten. Ein Instrument spiele ich zwar nicht, aber singen kann ich.
> Ihrer Nachricht entgegensehend zeichne ich
> mit Deutschem Gruß!
> Hilde David

Die Form stammte aus Irenes Erfahrungsschatz. Das »singen kann ich« stammte von Omi, war mir unangenehm, unbehaglich. Aber Omi fand, das sei in Ordnung, weil ich ja wirklich singen konnte.

Sehr schnell kam eine Antwort. Ein Kurt Jung lud ein zu einer persönlichen Besprechung im Gemeindehaus der Matthäuskirche. Und ich bestätigte das »Schreiben vom 25.ds.Mts.«. Wie man das mitteilt, wenn eine versierte Irene dabei hilft. Omi meinte: »Das ist vielleicht ein Lehrer, so wie Rosemann. Der leitete eine Theatergruppe und Sprechchöre. Deine Mutter hat dabei immer gern mitgemacht.«

Ich fuhr mit der Hochbahn nach Winterhude und erschien pünktlich am 3. Juli 1942 vor der Kirche. Ging ein paar Schritte hin und her. Dann wurde ich von einem jungen Mann angesprochen. Und der war es. Kein alter Lehrer. Er hatte einen Schlüssel für einen der Räume im Gemeindehaus. Bevor noch andere kamen, saßen wir einander gegenüber. Er wusste, was ich in meinem Brief mitgeteilt hatte, und zitierte: »Singen kann ich.« Das war mir schrecklich peinlich, weil er dabei unverschämt grinste. Danach wollte er wissen, was Phonetik ist. Ich erklärte, und das schien ihm zu imponieren.

Dann erschienen die nächsten. Ein paar Jungen, so um fünfzehn Jahre alt, vermutlich aus einer *HJ*-Gruppe. An diese Knaben habe ich keine Erinnerung, jedenfalls nicht als Einzelwesen. Und es kamen zwei Mädchen, fast schon Damen, ein bisschen älter als ich und beide bereits berufstätig.

Herr Jung war siebzehn Jahre alt, wirkte älter, machte vor allem einen sehr vernünftigen Eindruck. Er besuchte nach Abschluss der Mittleren Reife eine private Schule, eine sogenannte Presse, um Abitur zu machen. Wir erfuhren, dass er schon früher versucht hatte, eine Laienspiel- und Musikgruppe aufzubauen, ihm dann nicht erlaubt worden war, etwas aufzuführen. Nun wollte er den Weg über die *HJ* versuchen. Ich erschrak, hörte aber mit Freuden, dass bei Anerkennung dieser Spielschar die üblichen *BDM-Abende* durch die Laienspiel-Übungsabende ersetzt werden könnten. Wir brauchten nicht in Uniform zu kommen, sagte Herr Jung; aber innerhalb der *Hitlerjugend* sei es üblich, sich zu duzen. Damit sollten wir doch spätestens beim nächsten Treffen beginnen. Wir übten aber gleich: »Auf Wiedersehen, Hildegard, Magda, Kurt, Hilde.«

Die lange Hochbahnfahrt nutzte ich, um mir zu überlegen, wie ich Omi die Sache mit der *HJ* klarmachen könnte. Ich wollte aber in diese Gruppe, um ein bisschen Theater zu spielen. Ein brauchbarer Gedanke: »Er hat eine Stimme wie Heini«, berichtete ich. Ihr Lieblingsneffe. Sie gab ihr Einverständnis.

Zum nächsten Gruppenabend brachten wir einen Lebenslauf mit. Kurt hatte uns einen Bogen mitgegeben, auf dem »Lebenslauf für .....« vorgedruckt stand. Mag der Himmel wissen, wofür er den brauchte. Was sollte im Leben eines sechzehnjährigen Mädchens gelaufen sein? Ich bot eine Mischung aus bereitwillig gegebener und offiziell notwendiger Information an.

Um uns und unsere Sprechkünste kennenzulernen, ließ Kurt uns lesen. Zu meiner großen Freude *Minna von Barnhelm*. Der Jammer war, dass die vorhandenen Knaben nur albern kicherten. Kurt war das unangenehm. Wir Mädchen/Damen fühlten uns unterfordert, kamen aber trotzdem wieder, während die kleinen Jungs wegblieben. Zu den folgenden Spielschar-Abenden brachte Kurt als Verstärkung seine Schwester Leni und seinen Freund Robert mit. Zunächst übten wir mit verteilten Rollen und unterschiedlicher Begeisterung ein Stück von Hans Sachs, *Das Kälberbrüten*.

Nach dem offiziellen Teil des Gruppenabends blieben wir noch zusammen. In dem uns zur Verfügung gestellten Raum des Gemeindehauses stand ein Klavier. Magda und Kurt konnten spielen, wir anderen standen lauschend daneben oder summten ein bisschen mit. Kurt kam mit Noten, brachte zum Beispiel aus einem Marika-Rökk-Film *Einen Walzer für dich und für mich*, und Magda und er spielten ihn vierhändig. Klang gut.

Einmal gab es eine große Besonderheit: Kurt hatte ein Horoskop aufgetrieben. Das durfte gar nicht sein, grenzte an Fremdes, Verbotenes. Niemand von uns kannte das eigene Sternzeichen. Wir wurden neugierig, und weil wir versprachen, nicht darüber zu reden und auch während seines Vorlesens uns nicht zu äußern, erfuhren wir nacheinander, was die jeweiligen Sterne uns zu sagen hatten. Natürlich fiel ich aus der Rolle. Als mein Stier-Zeichen verlesen und etwas mit Liebe erwähnt wurde, konnte ich gerade »Ach, aber ...« sagen, dann stopfte mir Kurt mit dem Hinweis »keine Kommentare« den Mund. Und so erfuhr niemand, dass ich mitteilen wollte, es sei »meine Spezialität, unglücklich verliebt zu sein«.

Gartenarbeit bei Sina

Das zehnte Schuljahr begann. Das bedeutete für uns »geförderte« Mädchen die Trennung. Mit unserem zweiten Jahr Oberschule erfolgte der Übergang auf drei Parallelklassen.

In meinen Erinnerungen gerät der Beginn unserer Schuljahre durcheinander. Er muss in Hamburg zweimal, 1941 und 1942, wegen der langen

Ausfallzeiten des ersten Kriegswinters im Sommer statt Ostern stattgefunden haben. Für das folgende Jahr 1943 wurde wieder Ostern angeordnet, wodurch sich das kommende neue Schuljahr um einige Wochen verkürzen würde.

Es gab Sommerferien. Aber: Andere Mädchen in unserem Alter standen bereits im Beruf, hatten entsprechend weniger Urlaub, nur zwei Wochen im Jahr. Keine Kriegswirtschaft konnte sich leisten, uns große Schulmädchen so ungenutzt in sechswöchige Ferien zu schicken. Drei Wochen waren genug. Für die andere Zeit durften wir uns immerhin selbst einen Arbeitsplatz suchen. Meine liebe Großmutter machte sich deswegen Sorgen. Sie sprach mit Sina, einer langjährigen Freundin der Familie, darüber, und ehe ich mich äußern konnte, war ich an eine Gärtnerei in Hamburg-Lemsahl vermittelt. Die Schule, oder wer immer dafür zuständig sein mochte, war einverstanden. Die kannten Sina und ihren Mann nicht.

Sina war Russin, in Odessa geboren. Ihren Mann hatte sie während der Revolutionsjahre kennengelernt, als er dort die Kommunisten unterstützte. Einzelheiten wusste ich damals nicht und erfuhr auch später kaum Näheres. Sina ging in den zwanziger Jahren mit Hein nach Deutschland, und sie machten eine Gärtnerei auf. Sina besuchte uns von Zeit zu Zeit und unterhielt sich mit Agnes oft über Politik und Kunst. Einmal als sie kam, sagte sie gleich an der Tür: »Agnes, schalten Sie das Radio ein, es gibt Opernmusik.« Meine Oma wusste das besser: »Das ist Hilde, die singt im Klo«, was ja ein Fenster zum Treppenhaus hatte.

Wir machten manchmal Besuche draußen bei Sina und Hein im Garten. Ich erinnerte mich an einen sommerlichen Maitag im vergangenen Jahr. Wir konnten lange draußen vorm Haus sitzen. Abends empfahl Sina uns, nicht an der nächsten Ecke in den Bus zu steigen, sondern weit zur Mellingburger Schleuse zu gehen. Es wurde dämmrig und dunkel, nur ein Fußweg führte dort entlang. Flieder duftete, und dann hörten wir Nachtigallen.

Nun sollte ich da also arbeiten. Ich brauchte nicht so früh zu kommen, weil der Weg mit Bahn und Bus und nochmaligem Umsteigen lang war. Zum Unkrautzupfen kam ich immer noch rechtzeitig. Aber was alles zu Unkraut zählt: So hübsch Blumiges. Von dem vielen, was nicht zu ordentlich angebautem Gemüse gehört, legte ich mir einiges beiseite, um es abends in meine kleinen Tonvasen zu stellen. Da blühte es in Orange, Rot und Gelb weiter vor sich hin.

Ich lernte pikieren: winzig kleine Pflänzlein mit einer Pinzette von einem Topf in den nächstgrößeren und später noch größeren Topf zu bringen. Im Weihnachtsmonat etwa sind die Winzlinge erwachsen, dann zeigt sich ein gärtnerischer Erfolg, sie bekommen Blüten und werden in den Läden nicht mit dem Gärtnernamen Zyclamen, sondern als Alpenveilchen verkauft. Zwischendurch sah ich zu, wie Hein mit Gurkenpflanzen umging. Er nahm eine männliche Blüte und drückte sie fest auf eine weibliche, um die Menge der zu erwartenden Gurken keinem Zufall zu überlassen. Kaufmännisches Denken statt Schrebergarten-Idylle.

Und dann musste auch die Ziege – nein, nicht umgetopft werden. Aber sie bekam einen nächsten Platz, den sie abgrasen durfte. Am Wegrand, an Gittern, an der Hecke, überall wuchs gärtnerisch unbeaufsichtigtes Gras. Dahin wurde morgens die Ziege gebracht und an einer Stelle angepflockt. Mittags zog ich den Pflock aus der Erde, bat die Ziege höflich, doch mitzukommen, führte sie an ihrem Strick zum nächsten Rasenstück und drückte dort den Pflock kräftig wieder in den Boden. Am späten Nachmittag hatte die Ziege – mäh, mäh, ich bin so satt, ich mag kein Blatt – genug gefressen, und ich brachte sie in den Stall. Zu meinem Glück meckerte sie Sina nichts Gegenteiliges vor, sondern ließ sich friedlich von ihr melken. Die Ziegenmilch schmeckte mir. Und als Sina in einem kleinen Holzgefäß Butter machte, durfte ich sie an der Kurbel ablösen. Das dauerte lange, bis die ersten Butterstückchen in der Milch schwammen, und länger, bis alles fest und schmackhaft war.

Mittags hatte ich es gut. Da durfte ich lange bei Sina in der kleinen Stube bleiben. Sie erzählte viel und klug. Leider weiß ich fast nichts mehr davon. Beeindruckt hat mich ihr Bericht von der großen Treppe, die in Odessa zum Hafen führt. Sina sagte, diese Treppe habe in einem russischen Film eine wichtige Rolle gespielt. Hatte davon nicht auch schon Agnes gesprochen? Ja, nach etlichen Jahren sah ich den Film *Panzerkreuzer Potemkin* und sah die Treppe. Harte Polizeistiefel marschierten auf ihr. Für Sina bedeutete die Treppe anderes. Sie hatte dort Kindertage zugebracht.

Dann erzählte sie von Paris, wo sie noch nie war. Sie träumte aber davon und hoffte, ihre Französischkenntnisse eines friedlichen Tages dort anwenden zu können. Sie zeigte mir auf einem Stadtplan Sehenswürdigkeiten der Stadt: Nôtre Dame, die Tuilerien, den Triumphbogen, den Friedhof, auf dem Heinrich Heine begraben liegt. Von Heine wusste ich ja, dass er Jude war und deshalb nirgends erwähnt werden durfte. Sina lieh mir sein *Buch der Lieder*. Ich brachte es ihr aber bald zurück und vertröstete sie und mich auf später. Heine, das spürte ich, könnte mir lieb und wichtig werden, wenn ich ein paar Jahre älter bin.

Nach den Sommerferien

Unser Spielscharleiter Kurt wurde einberufen zu einem *Wehrertüchtigungslager*, wodurch unser Theaterversuch eine mehrwöchige Unterbrechung erfuhr. Danach gingen *Pferdekur* oder *Kälberbrüten* bei uns weiter. Aber es wurde schwierig für mich. Unsere Abende wurden lang und länger, weil wir Kurt und Magda, den Klavierspielenden, zuhörten. Mein Weg zur Bürgerweide war weit. »Jetzt kommst du erst«, sagte Omi, »es ist schon lange *Voralarm*.« Gefahr also, dass es bald Alarm geben und ich in irgendeinem öffentlichen *Luftschutzkeller* unterwegs landen würde. So durfte das nicht weitergehen. Ich sollte auf alle Fälle anrufen, wenn ich mich dort auf den Weg machte. Das tat ich. Aber da muss ein Irrtum vorgelegen haben. Ich sollte nicht spät weggehen und anrufen, sondern früher gehen und trotzdem anrufen. Jetzt kam das große Strafgericht: Omi verhängte sechs Wochen Ausgehverbot. Und zur Gruppe sollte ich auch nicht wieder.

Dann bekam ich, vermutlich als späte Nachwirkung auf gärtnerisches Herumrutschen beim Unkrautzupfen und weil ich anfangs nicht auf Schmerzen geachtet hatte, in beiden Knien eine Schleimbeutelentzündung. Ich musste zum Arzt, erhielt Bestrahlungen und Massagen, musste die Knie einreiben und ruhighalten, durfte zwei Wochen nicht in die Schule, lieferte dann ein Attest bei der Turnlehrerin ab: einstweilen kein Sport. Sie bedauerte das ebenso wenig wie ich. Wir hatten keine Freude aneinander.

Beim nächsten Gruppenabend erschien ich also nicht, hatte mich aber nicht abgemeldet. Deswegen rief Kurt an und fragte nach mir. Agnes war am Telefon, sprach von meiner Schleimbeutelentzündung, die mich auf ärztliches Anraten am Herumlaufen hinderte und äußerte sehr sanft:

»Eigentlich sollte sie auch nicht ...« Seine Stimme, die sie bis dahin nicht gehört hatte, muss sie beeindruckt haben. Hatte ich ja geahnt. Danach wurde mir der längst fällige Brief leichter, den ich mit der Hoffnung abschloss: »Ich will mal sehen, ob ich nicht doch wieder zu Euch kommen darf, wenn ich wieder laufen kann. Jetzt liege ich brav im Bett und ärgere mich über mein Knie.«

Mit dem Ausgehverbot war das nicht so schwierig. Als ich wieder leidlich gehen konnte, waren schon ein paar Wochen herum. Und als wir gemeinsam mit der Klasse ins Kino gingen, ließ sich das nicht als Ausgehen werten. Wir mussten ja manchmal Filme gucken, von denen Schulbehörde oder Nazi-Obere sich Positives für unser Geschichtsempfinden versprachen.

Als meine Verbotszeit herum war, erfuhr ich, dass die Spielschar nicht mehr existierte. Begründet wurde das mit Kurts stärkerer schulischer Belastung. Außerdem hatte er »was mit dem Magen«. Waren das vorgeschobene Gründe? Genau genommen bot die Zusammensetzung dieser Gruppe keine Aussicht auf brauchbares Theater. Schade, ich hätte Kurt gern als Major Tellheim erlebt. Aber für mich, die aus figürlichen Gründen nicht Minna, sondern Franziska spielen könnte, war nirgends ein Wachtmeister zu finden.

Meine stille Hoffnung, nach ersten Theaterstücken nicht mehr zum *BDM* gehen zu müssen, war zerschlagen. Ich bedauerte das und ging weiter einmal wöchentlich ins *BDM-Heim* in der Klaus-Groth-Straße. Wenn mir keine plausible Entschuldigung einfiel.

Dabei war das im Augenblick nicht so schlimm. Zufällig waren Inge und ich in derselben Schaft gelandet, und unsere Führerin war Evi, mit der wir vier Jahre gemeinsam in Klasse Leu gewesen waren. Sie kam schon damals in die Oberschule und jetzt besuchte sie in der Klosterschule eine unserer Parallelklassen. Für uns drei gab es dementsprechend viel zu reden über Mitschülerinnen, Lehrerinnen und die paar noch verbliebenen Lehrer. Womit sich die übrigen Mädchen an den Heimabenden beschäftigten? Hatten sie eigene Wichtigkeiten zu beplaudern? Vielleicht kamen sie gar nicht, waren entschuldigt, weil sie beruflich beansprucht waren und nach der offiziellen Arbeitszeit Luftschutzdienst im Betrieb machen mussten.

Nach den *BDM-Abenden* hatten wir drei noch ein kurzes Stück gleichen Heimweg. Dabei fand Evi mit fröhlicher Anerkennung, dass ich »immer nur dummes Zeug im Kopf« habe. Sie verabschiedete sich nicht mit dem üblichen *Heil Hitler*, sondern gab uns die Hand und nannte dazu einfach unsere Namen. Nach dem Krieg erfuhr ich von ihr, dass ihr beim *BDM* nur die guten Sportmöglichkeiten zugesagt hätten.

In diese Zeit gehört, dass ich eine Aufforderung bekam, mich an einem bestimmten Tag zu einer bestimmten Stunde am Nagelsweg einzufinden. Dort residierte die höchste *HJ-Führung* Hamburgs. Ich sollte bei der obersten *BDM-Führung* erscheinen. Warum? Keine Ahnung. Agnes, meine liebe Omi, zitterte. Ich verabschiedete mich von ihr mit dem Versprechen, sehr aufmerksam zu sein. Ich war sechzehn Jahre alt, unruhig. Was wollen die von mir?

Zwei *Führerinnen* mit den an der Bluse baumelnden Kordeln, die ihren hohen Dienstrang bekundeten. Ich davor. Äußerlich ruhig, wie ich mir dringend vorgenommen hatte. Dahinter, da drinnen: Anspannung, höchste Aufmerksamkeit, Angst. Dann die einzige Frage: Warum bin ich, Oberschülerin, immer noch keine *Führerin*? Was konnte ich antworten? Was sollte mir einfallen? Ziemlich schnell als Erklärung die Belastung aus der 5 F, der Förderklasse, in der wir so viel nachzuholen hatten, um aus dem Oberbau-Niveau den Anschluss an die parallelen Oberschulklassen zu bekommen. Das hatten wir ja erreicht. Und jetzt? Ganz plötzlich die Erleuchtung. Das, was sie hören wollen. Ich kenne doch die von ihnen geschätzte Wortwahl, ihre Terminologie. Ich höre mich etwa sagen, ich müsse mir auch im kommenden Schuljahr noch so viel Mühe geben, um den Anschluss zu halten. »Und wenn schon Führerin, dann doch eine, die Vorbild ist, und nicht eine, die sitzen bleibt!«

Agnes saß bange wartend in der Stube, war nach meinem Bericht sichtlich erleichtert. Wir hatten uns kein bisschen vorstellen können, was die von mir wollten. Wussten das auch jetzt noch nicht und befragten unsere Erinnerungen und Überlegungen. Bei uns war kürzlich unser Nachbar, der *Blockwart*, mit einem Fragebogen erschienen, wofür es keine Erklärung gab, zu dem aber Agnes diverse Auskünfte geben musste. Sie hatte, als er ging, sämtliche verbotenen Bücher, die in unseren Schränken standen, verbrannt. Mitten im Sommer. Die Stube stank aufdringlich nach verbranntem Papier, als ich aus der Schule kam. Agnes fürchtete weitere unliebsame Besuche oder Hausdurchsuchung, wie früher. Wie passte meine Befragung dazu?

Als kurz darauf meine Schulgeldbefreiung für das nächste Schuljahr behördlich bestätigt wurde, begriffen wir alles. Ich hatte mich schon gewundert, dass Inge, die auch keine *Führerin* war, nicht nach oben kommen musste. Jetzt war klar, ihre Eltern zahlten Schulgeld. Mir sollte das geschenkt werden. Und mit meiner Antwort hatte ich mich als würdig erwiesen.

Was blieb, war mein Kummer darüber, dass ich erst kürzlich begonnen hatte, die jetzt verbrannten Bücher zu lesen. Zuerst etwas aus der Sowjetunion: *Die Schkid*, über die Mühe, mit der Lehrer versuchten, direkt nach den Revolutionsjahren herumstreunende Jungen von der Straße zu sich zu holen und sie zu unterrichten. Das Buch über diese »Dostojewski-Schule« hatten ehemalige Schüler geschrieben, die aus schwierigsten Verhältnissen dorthin gekommen waren und sich selbst schwer von der Notwendigkeit des Lernens überzeugen ließen. Ich verstand nicht alles, was zwanzig Jahre vor meinem Schulerleben in einem so fernen Land üblich oder notwendig war. Ich verstand aber, dass die Schreibenden sich dankbar erinnerten, weil sie durch ihr Lernen ihre Lebenswege fanden.

Ein anderes Buch kam mir näher, ein Roman aus dem Ersten Weltkrieg von Adrienne Thomas, einer französischen Autorin: *Die Katrin wird Soldat.* Das Mädchen war Französin, wenig älter als ich; sie ging mit siebzehn Jahren zum Roten Kreuz. Wir beide durchlebten Nähe und Schrecken eines Krieges. Mich kostete das etliche Tränen. Agnes fand: »Der heutige Krieg ist viel schlimmer als der vorige; warum liest du jetzt die Katrin?« Ich verstand das Mädchen, mir wurden ihr Erleben und Fühlen vertraut. Unabhängig davon, wie viel Bomben auf ihr oder mein Land fielen, spürten sie und ich, wie der Krieg uns einschränkte, wie er uns unsere junge, jugendliche Unbeschwertheit nahm. Wie er sie auffraß.

Adieu, Katrin. Ich war jetzt fast so alt wie sie. Schon durfte ich mir allein Sommerschuhe kaufen, auf die spezielle *Schuh- und Kleiderkarte für Burschen und Maiden.* Höhere Absätze? Omi sagte: »Probier's.« Weiß und hübsch, und es ging sich gut darauf. Nur taten zuerst die Fußsohlen weh, weil sie ungewohnt stärker belastet wurden. Das gibt sich nach einer kleinen Eingewöhnungszeit, tröstete Irene. Ich brauchte auch einen Sommermantel, meinte Omi und schickte mich wieder allein los. Ich kaufte einen in Blau, Prinzessform, ohne Knöpfe, nur mit Bindegürtel. Agnes war erschrocken, sie hatte sich etwas Solideres vorgestellt, beige oder hellgrau, geknöpft und mit Kragen. Aber Irene fand, ich sähe ganz gut darin aus. Und auch Käte erklärte ihr Einverständnis. Da guckte Agnes mit anderen Augen auf die Enkeltochter und akzeptierte, dass das Kind eigenen Geschmack zeigte. Irene schenkte mir einen ihrer alten Hüte. Sie sah immer großartig damit aus. Der Hut passte, genau genommen, eher zu dem neuen Mantel als zu mir, er wirkte sehr erwachsen.

Angetan mit neuen Schuhen, Hut und Mantel begleitete ich meine Mutter in das gepflegte Restaurant, in dem ihr Peter arbeitete. Er war Kellner, war früher als Steward zur See gefahren auf dem großen Passagierschiff »Saint Louis« und besaß aus der Zeit ein Foto mit Autogramm von Hans Albers, der dort gefilmt und sogar einen Kopfsprung von der Reling ins Wasser gemacht hatte. Wir sahen Peter zu, wie er leicht und locker Getränke und Speisen an die Tische brachte und wie er mit Gästen umging. Mutti erzählte, dass so ein Ober selbst nur unregelmäßig essen kann, dass es oft nur zwischendurch für ein, zwei Löffel reicht. Er war nicht der einzige Magenkranke in seinem Beruf.

In den Restaurants gab es Essen nur auf *Lebensmittelmarken*. Deshalb baumelte den Kellnern an ihrer großen Geldtasche eine kleine Schere, mit der sie die für Gaststätten und Kantinen geeigneten Marken von der allgemeinen Karte abschnitten. Diese Marken, denen nur eine geringe Grammzahl für Fett oder Fleisch aufgedruckt war, wurden abends auf große Bogen aufgeklebt und wie das eingenommene Geld abgerechnet.

Mit unseren Marken kamen wir gut aus: nur Frauen im Haus, keine großen Fleischesser. Omi zauberte aus Kleinigkeiten gute Mahlzeiten. Es gab genug zu kaufen, solange deutsche Heere in halb Europa standen und dem eigenen Vaterland das Auskommen sicherten.

Non scholae, sed vitae discimus

Nicht für die Schule, sondern fürs Leben lernen wir. Das Wort *disciplina* bietet viele Übersetzungsmöglichkeiten. Nicht nur »Lernen«, sondern auch »Ordnung« und »Einordnung« stecken darin, sogar »Unterordnung«. Was also soll uns fürs Leben beigebracht werden? Was sollte uns damals für das Leben im Nazi-Staat beigebracht werden? Für Tausend Jahre?

Wir Oberschulmädchen begannen im zehnten Schuljahr mit Latein. Bei den Jungen ging das früher los. Das erfuhr ich durch Gerd, ein paar Jahre jünger als ich, Sohn des Drogisten, unseres Luftschutzwarts. Wir lagen uns in zwei hölzernen *Luftschutzkellerbetten*, obere Etage, gegenüber und freuten uns, wenn die Alarme über eine bestimmte Uhrzeit hinaus anhielten. Dann fiel mindestens eine Schulstunde aus. »Was habt ihr in der ersten?«

In unserem Lateinbuch stand als Erstes der Satz »Victoria est causa gloriae«: Sieg ist die Ursache des Ruhms. Für mich Mädchen mit zwar einigen Möglichkeiten, aber kaum Ehrgeiz passten *victoria* und *gloria* nicht ins Denkmuster, nicht ins Lebensprogramm. Ich hätte lieber etwas Friedliches gelesen und gelernt. So etwas wie die geschnitzten Worte auf der Laute meiner Mutter »In arte voluptas«, in der Kunst das Vergnügen. Uns aber dies: Sieg und Ruhm! Ein richtiges Kriegsmotto. Als ersten Satz. Und da sollte Latein Spaß machen. Dazu kam, dass es vorher immer hieß, Latein sei einfach, weil es logisch ist. Aber dann folgten die vielen Ausnahmen, mit denen wir uns herumschlagen mussten.

Unser Lateinlehrer, Herr Hübner, erzählte wahrscheinlich in allen Parallelklassen, die er unterrichtete, dass die jeweils anderen besser seien, aber damit konnten wir umgehen. Er war ein freundlicher Mensch und ließ sich in gewissem Maße auf uns ein. Ich erinnere mich an eine Stunde, für die wir alle nicht ausreichend geübt hatten. Was nun? Ein Foto im Lateinbuch bot sich an: das Forum Romanum, Römischer Markt, einstiger Mittelpunkt der Ewigen Stadt. Wir fragten danach, und Herr Hübner wusste nicht nur die Namen der vielen herumstehenden Ruinen, sondern kannte auch ihre Bedeutung und erklärte. Wir verbrachten eine angenehme Stunde, und es war nicht erkennbar, ob der Lehrer auf unsere Fragen hereingefallen war oder ob er darauf einging, obwohl er uns durchschaute.

Die Wenzeline, unsere neue Spanischlehrerin Fräulein Wenzel, verblüffte uns damit, dass sie uns eine lateinische Deklination mit englischer Aussprache vortrug. Das klang komisch, und damit hatte niemand von uns gerechnet. Aber wenn es heißt, Latein ist eine tote Sprache, von der man nicht weiß, wie die Lateiner sie aussprachen, deshalb spricht man sie so aus wie geschrieben, ja, dann muss man bedenken, dass die Heutigen die Ausspracheregeln ihrer jeweiligen Sprache benutzen. Und die sind unterschiedlich.

Im Allgemeinen ließ sich in der neuen Klasse gut leben. Einige Mädchen besuchten bereits eine Tanzstunde und übten in den kurzen Pausen im Mittelgang der Klasse neue Tanzschritte. Nach größeren Pausen, wenn draußen der Wind die Haare durcheinandergewirbelt hatte, bestand das Bedürfnis, sich zu kämmen. Ein Spiegel war nicht vorhanden, aber ein Bild ließ sich von der Wand nehmen und schräg zum Licht auf die breite Fensterbank stellen. Das ergab brauchbare Spiegelungen für die Frisuren. Nur handelte es sich nicht um irgendein Foto, sondern – ausgerechnet und auch bestimmt nur zufällig, weil direkt neben dem Fenster hängend – um ein Hitler-Bild. Manchmal stand es den ganzen Tag auf der Fensterbank. Nur einer einzigen Lehrerin fiel das Fehlen auf, und sie verlangte, den *Führer* wieder aufzuhängen. Nicht mit diesen Worten, nur mit stets gleich mahnender Stimme. Dann hing er wieder bis zur nächsten Pause.

Wahrscheinlich im Zusammenhang mit Tanzstunden ließen sich einige Mädchen fotografieren und zeigten ihre Bilder herum. Das fand ich ganz gut, eigentlich auch für mich. Und Omi erlaubte. Angetan mit einer von Irene abgelegten Bluse, die ich damals schick fand, ging ich in den Fotoladen, den die meisten Mädchen genannt hatten, ließ mich so und so hinsetzen, wie alle anderen vor mir, und lächelte in die Kamera. Es blieb ein Bild erhalten: Rundes Kindergesicht beim Blick über die Schulter; kein bisschen verführerisch, völlig deplatziert. Die anderen, braveren Fotos passten besser zu mir. Aber die gingen kaputt.

Mir fiel auf, wie sehr wir Schulkinder waren. Unsere frühere Klasse Leu traf sich zu einem ersten Klassentreffen auf der anderen Elbseite in Cranz. Und da begegneten wir Noch-Schülerinnen lauter jungen Damen. Es war erstaunlich, wie sie sich von uns unterschieden. Sie waren zwar in der Lehre oder in Anlernberufen, aber durch ihre Berufstätigkeit, vielleicht auch durch die Tatsache, dass sie schon eigenes Geld verdienten, erschienen sie erwachsener als wir. Etwa so: Die einen mit Handtasche und Seidenstrümpfen, die anderen mit Schulmappe und Söckchen. Das stimmte nur schnell nicht mehr. Ich erinnere mich an Füße in Sand und Wasser, an vieles Erzählen, Filmschlager-Singen und Herumalbern. Da verloren sich die Unterschiede wieder und wir hatten schöne Stunden miteinander. Wir kannten uns ja alle. Einige – aber das ahnten wir an dem Tag nicht – sahen wir zum letzten Mal.

Fräulein Leu erzählte uns von Jens, den wir noch von früher kannten. Er war inzwischen als Oberschüler zum Einsatz bei der *Flak* eingezogen, sechzehnjährig wie wir. Wenn nichts los war, kam ein Lehrer, unterrichtete sie und gab ihnen Hausaufgaben, die sie später neben den Geschützen machten. Diesen *Flakhelfern* standen ihres Alters wegen noch keine Zigaretten zu, die gab es auf *Bezugsschein* für Männer ab 18, für Frauen ab 21 Jahren. Deswegen bekamen diese Kinder Bonbons. »Aber sie dürfen sich schon totschießen lassen«, sagte unsere Klara und erhielt empörte Zustimmung.

Und wieder die Klosterschule. Als neue Deutsch- und Geschichtslehrerin kam Fräulein Strauer, die bald unsere Klassenlehrerin wurde. Sie war etwa ein Dutzend Jahre älter als wir, wird also ihre Studienjahre nach 1933 absolviert haben. Was sie an Geschichtsvorstellungen äußerte, musste dadurch geprägt sein. Wir wanderten mit ihr und den Wandalen durch Südeuropa und Spanien, kämpften und siegten, setzten bei Gibraltar über nach Nordafrika, wo das Leben leicht und nahezu luxuriös wurde, und Zitat Strauer: »Dann verweichlichten sie und gingen unter.« Wir lebten in heldischen Zeiten, bekamen täglich neue Helden vorgesetzt, Orden geschmückt »mit Schwertern und Brillanten«, immer großartigeren Zusätzen zum *Eisernen Kreuz*. Nur nicht weich werden. Sonst geht es uns am Ende wie den Wandalen. Ein *HJ*-Lied forderte: »Fort mit jedem schwachen Knecht, nur wer stürmt, hat Lebensrecht.« Wer jung war im frischen Frühling, dem machte es wohl Spaß, mit schwungvollen Liedern durch die Welt zu stürmen. Wer begriff aber, welches Gesetz mit solchem Text aufgestellt wurde? Und wie sich das in den Köpfen verhärtete?

In den ersten Deutschstunden des neuen Schuljahres, in dieser neuen Klasse, ließ Fräulein Strauer uns mit verteilten Rollen *Maria Stuart* lesen. Um uns kennenzulernen, verteilte sie die Rollen von Stunde zu Stunde reihenweise neu. So geriet ich an Mortimer, den jugendlichen Liebhaber. Und ich war erkältet. Das macht nichts, fand die neue Lehrerin. Und so las ich mit leider total verschnupfter Nase: »Der ist ein Rasender, der nicht das Glück festhält in unauflöslicher Umarmung, wenn es ein Gott in seine Hand gegeben.« Ich empfand das als herbe Karikatur des jungen Helden. Es muss aber doch Eindruck gemacht haben, denn in der nächsten Pause sagte mir ein Mädchen aus der vorigen Klasse, dass auch schon einige Mitschülerinnen aus der jetzigen Klasse mein Lesen positiv bemerkt hätten.

Ich sprach ihr deshalb möglichst feurig und verschnupft den Text noch einmal vor, und sie lachte. Es ergab sich, dass ich trotz meines verunglückten Debüts wieder in die alte Vorleserolle rutschte. Abschließend folgte als Aufsatz »Was ist die Schuld bei Maria und Elisabeth?«.

Bei Aufsätzen, nach ein oder zwei Versuchen, erreichte ich meinen üblichen Status: Durchschnitt gut. Das hatte ich auch bei der Arnoldi praktiziert, mich nach dem zu richten, was die Lehrerin hübsch und richtig findet. Als ich das einmal zuhause erzählte, schimpfte meine Mutter: Das sei unehrlich und nur diplomatisch, und ich solle doch schreiben, wie ich selbst es meine. Da geriet ich in Zweifel und kam mir nicht besonders moralisch vor, blieb aber wegen der Zensuren meistens bei der diplomatischen Methode. Und stellte später fest: Das waren ganz gute Schreibübungen. Non scholae ...

Aus nicht erkennbaren Zusammenhängen gab Fräulein Strauer den Aufsatztitel »Heiligt der Zweck die Mittel?«. Dass ich dafür nur eine Drei bekam, war noch passabel. Ich ärgerte sie nämlich mit ein paar Beispielen, von denen mir leider heute keins mehr einfällt. Mein System war, Begebenheiten aus der Literatur zu bringen, die als negativ galten. Denen stellte ich Ähnliches aus unserer Zeit zur Seite, eben weil es ähnlich und daher eigentlich auch als negativ anzusehen war, das aber von der jetzt herrschenden Meinung positiv bewertet wurde. Das machte aus Ähnlichkeiten plötzlich Gegensätze, ließ sich begründen mit Formulierungen wie »Aber der *Führer* macht, sagt, weiß ...« Bei Schiller, Kleist oder sonst wem hatten böse Mittel etwas Anrüchiges und wirkten auf gute Ziele verschlechternd. Wer aber in unserer Zeit lebte, wusste natürlich, dass alles erlaubt war, was dem deutschen Volk und seinem Krieg nützte. Die Drei bekam ich, weil ich keine Konsequenz aus den vorgestellten Beispielen zog. Aber das hatte ich gar nicht gewollt, das sollte die Strauer selbst machen.

Ich ärgerte sie einmal bei anderer Gelegenheit, als wir Dichter aus einer bestimmten Zeit nennen sollten. Nahezu unschuldig sagte ich »Heine« und hätte zur nächsten Stunde das alte Balladenbuch meiner Großmutter mitbringen können, in dem sich zwei Heine-Balladen befanden. Wer konnte darin einen jüdischen Autor erkennen? Genau das aber rügte unsere Lehrerin. Sie hatte mich gar nicht weiter zu Wort kommen lassen, sondern ergoss eine Flut von Anschuldigungen auf Juden und jüdisches

Wesen aus. Wir erfuhren, wie gefährlich Juden seien, weil ihr auffallend gutes Einfühlungsvermögen sie prädestiniert für Berufe wie Anwalt, Arzt, Schauspieler, Schriftsteller. Vermutlich sagte sie mehr. Kann sein, dass sie am Ende nicht mehr wusste, wer oder was den Anlass für ihre laute, lange Tirade gegeben hatte.

Fräulein Strauer übersetzte das aus dem Griechischen stammende Wort Aristokratie mit »Herrschaft der Guten«. Sie erklärte aber nicht, wer oder was gut war. Da fehlte jeder Hinweis auf Feudalherrschaft und Sklaverei. Und das ebenfalls von den Griechen stammende Wort Demokratie kam in keinem Unterricht vor. Dass unsere Eltern aus der Enge des Kaiserreichs in eine Fülle politischen und kulturellen Lebens hineingewachsen, dass wir selbst in die ersten deutschen Demokratieversuche hineingeboren waren: Davon schwieg die Schule. Die Zeit zwischen dem Ende des vorigen Krieges und der Machtübernahme durch die Hitlerpartei fand in unserem Geschichtsunterricht nicht statt. Musste die Weimarer Republik in einschlägigen Reden und Texten erwähnt werden, hieß sie: *Systemzeit* oder *die vierzehn Schandjahre*.

Bei uns zuhause sangen sie Lieder von damals, schwärmten von Filmen und provozierend-spannenden Theaterstücken. Das klang nicht schändlich. Nach dem verlorenen Krieg hatten Hunger, Arbeitslosigkeit, Inflation auf die Menschen gedrückt. Es war mühsam, unter solchen Voraussetzungen erstmalig Demokratie zu üben. Aber es entstand auf allen Gebieten eine lebendige Vielfalt. Da wurde eine Fülle von Möglichkeiten aufgegriffen, verworfen und wieder versucht. Neugier und Aufbruch als Kennzeichen jener Jahre.

Und wir? In unserer Jugend wurde ein Reich gebaut, das Tausend Jahre dauern sollte. Ihr Drittes Reich sollte für die Ewigkeit bestehen. Aber: kein Gedanke an Entwicklung oder Veränderung. Kein Raum für Neues? Wie zurückgeblieben, ja, wie verkommen müsste solches Reich schon nach hundert Jahren sein. – Unsere Voreltern hatten als einzige Informationsquelle die Hausbibel. Der Weg von dort zum eigenen Bücherschrank war beschwerlich weit. Aber er brachte Erkenntnisse, brachte Einblicke in die Vielschichtigkeit des Lebens, zeigte neue Horizonte. – Wir, Jugend des *Dritten Reiches*, machten unsere Erfahrungen in zwölf Jahren schlichter Eingleisigkeit. Wir kannten den Einparteienstaat mit dem bedingungslosen, hackenknallenden Gehorsam. *Führer, befiehl!* Wir hatten zu folgen, ausgerichtet und im Gleichschritt. Wir blieben dabei so dumm, als gerieten wir von der Bücherfülle zurück an das einsame Bord, und nicht einmal die Hausbibel hatten sie uns gelassen.

Viel Musik und kalte Füße

Unerwartet rief Kurt Jung an, mit dem mich seit dem Einschlafen der Spielschar nichts mehr verband. Ob ich am Sonntag Lust auf ein Konzert hätte? Sein Vater sei auf Urlaub in Hamburg, weswegen er seine Zeit mit ihm im Hause verbringen wollte. Ja, ich hatte. Ein bisschen von seiner Zeit brauchte Kurt allerdings, um mich vor der Musikhalle zu treffen. Er gab mir die Karte, die er sich nicht bezahlen ließ, nahm mir das Versprechen ab, ihm über meine Eindrücke zu berichten. Ich hörte Streichquartette von Schubert und Haydn und schrieb im Dankbrief, es sei »ganz wundervoll« gewesen.

Ähnliches wiederholte sich wenige Wochen später, als Kurt aus einem anderen Grund keine Zeit hatte, seine Konzertkarte selbst zu nutzen. Nach vorherigem Anruf schickte er mir die Karte zu, und ich musste wieder berichten, wie mir Bach und Mozart gefallen hatten. Das tat ich. Außerdem beschrieb ich ausführlich ein kleines Theaterstück zum Tag der Hausmusik in der Schule. Dazu hatten Musiklehrerin und Zeichenlehrerin Instrumente, Lieder und Chöre in einen Biedermeierabend eingefügt. Ich hatte mit anderen Chorsängerinnen hinter der Bühne gesungen, und »unser Fest hat den Schülerinnen und am andern Tag den Eltern viel Freude gemacht«.

Bald nach diesem Brief bekam ich eine Antwort mit der gleichzeitigen Einladung zu einem nächsten Konzert. Im Conventgarten sollte es »Musik aus der Zeit Friedrichs des Großen« geben. Den Conventgarten, ein Gebäude mit mehreren angenehmen Konzertsälen, befanden alle Fachleute für akustisch besser als die Musikhalle. Hier gab es die wichtigsten und schönsten Veranstaltungen.

Wir trafen uns an der Hochbahn-Haltestelle Rödingsmarkt und gingen den kurzen Weg gemeinsam. Diesmal hatte Kurt zwei Karten. Das gefiel mir gut. Auch das Konzert. Als ich mich nachher am Rödingsmarkt verabschieden wollte, um auf meine Seite des Bahnsteigs zu gehen, sagte Kurt, er würde mich selbstverständlich begleiten. Ich fand das überflüssig, aber er erinnerte mich an die Sorge meiner Großmutter, und das fand ich gut.

In unserer Familie wurde viel gesungen. Ich war bisher manchmal in der Oper gewesen, und wir hatten zuhause Schallplatten mit Opernmusik. Neben Schlagern, die Irene und ich mitsangen, fanden sich auch Schubert-Lieder in unserem Repertoire. Weil es aber kaum noch Nadeln fürs Grammophon zu kaufen gab, mussten wir mit den Resten sparen und konnten nur selten noch sonntägliche Wunschkonzerte veranstalten, bei denen Omi, Irene und Mutti, wenn sie zuhause war, Wünsche äußerten, ich drehte die Grammophon-Kurbel und legte auf. Das alles, unser Singen und die meisten Platten, war Vokalmusik, von Texten abhängig. Es fanden sich aber auch Ouvertüren und Konzertstücke zwischen den Platten. Mir gehörte Mozarts *Kleine Nachtmusik*. Und im Radio brachten sie neben den unvermeidlichen Märschen auch hübsche Musikstücke.

Die Konzerte aber, die Musik von der Quelle, machten mich froh. In diesen Wochen und Monaten begegnete mir Instrumentalmusik in reicher Fülle. Denn Kurt lud zu immer neuen schönen gemeinsamen Konzerterlebnissen ein.

Wie bezahlte er die Karten? Meine Beteiligung lehnte er ab. Ich hätte nicht so viel mitmachen können. Er war selbst auch ohne eignes Einkommen. Immerhin hatte er einen reichen Onkel, der mit Mineralöl handelte und daher sogar Benzin zur Verfügung stellte, damit Kurt einen Führerschein machen konnte. Ob dieser Onkel Ernst ihm sein Taschengeld aufstockte?

Eine wichtige Frage: Warum nahm er mich mit? Für eine Konzertreihe hatte er zwei Dauerkarten. Wahrscheinlich gehörte Leni eine davon, aber die war berufstätig und hatte spät Feierabend. Das war wohl die Erklärung: Ich Schülerin brauchte bei Konzertbeginn nicht am Arbeitsplatz zu hocken. Wegen abendlicher Alarme fingen alle Veranstaltungen früh an, lange vor der Schließung von Läden und Büros. Wer konnte da Konzerte oder Theater besuchen? Schüler, Lehrer, Studenten, *Fronturlauber*, Berufstätige mit unregelmäßiger Arbeitszeit und die entsprechenden weiblichen Personengruppen. Wenn Kurt nicht allein gehen wollte, war dies Grund genug, mich mitzunehmen. Ich gehörte zu jenen, deren Zeit für Konzertbesuche passte.

Das stimmte nicht immer. Einmal fiel der Konzertbeginn noch in unsere Unterrichtszeit. Sollte ich Kurt absagen? Sollte ich ein schönes Konzert und einen munteren Heimweg versäumen? Ich wusste bald nicht mehr so genau, worauf ich mich mehr freute. Es ließ sich regeln. Ich ging zur Lehrerin, machte ein betrübtes Gesicht und erzählte ihr von heftigen Kopfschmerzen. Sie fand, das sähe man mir an, ich hätte einen ganz roten Kopf und ich sollte nach Haus gehen und mich hinlegen. Gute Besserung! Ich dankte, nahm meine Handtasche und schlich davon. Inge trug später meine Schulmappe den kurzen Weg zu meiner Oma, die Bescheid wusste. Kurt sagte ich nichts davon. Der hätte das gerügt. Obwohl ich sicher bin, dass er auch nicht immer nur ein braver Schüler war. Er hatte mir schon einige vergnügliche Ereignisse aus seiner Schulzeit berichtet.

Das machte unsere Rückwege von den schönen Konzerten aus, dass wir uns viel zu erzählen hatten. Der Weg von der Hochbahn-Station Berliner Tor zur Bürgerweide dauerte nur ein paar Minuten. Als ich aber einen kleinen Umweg vorschlug, war Kurt einverstanden. Allmählich lernte er auf diese Weise den Stadtteil Borgfelde kennen. Zwar nur in abendlichem, oft regennassem Dunkel, später auch mit schlabberigem Schnee und kalten Füßen. Ich war dann zuhause, aber Kurt machte noch den weiten Weg mit der Hochbahn und weiter mit der Walddörferbahn bis Farmsen. Da gab es oft schon *Voralarm*.

Was mochte er von meinem neuen Wintermantel denken? Agnes hatte ein Glanzstück geliefert: dunkelbrauner Teddystoff, seidig-beige gefüttert, mit angenähter gefütterter Kapuze. Es war wirklich ein Kunstwerk geworden. Wenn nur nicht ich es hätte tragen müssen. Ausgerechnet plüschiger Teddystoff, der mich doppelt breit aussehen ließ. Und die Kapuze verrutschte, sobald ich mich meinem Begleiter zuwandte.

Ja, unsere Gespräche. Aus dem Schulalltag ließ sich einiges berichten und kommentieren. Dann erzählten wir uns, was wir gerade lasen oder gelesen hatten. Wir tauschten Bücher aus von einem Treffen zum andern. Auf die Weise geriet ich an eine Beethoven-Biografie und las sie aufmerksam. Kurt liebte Beethoven. Aber dann: Er pfiff eine flotte Melodie und antwortete auf meine Frage: *Tiger Rag*. Ich wies artig auf das Verbot solcher Musik hin und bekam zur Antwort: »Man muss doch seine Feinde kennen!« Das gefiel mir.

Mir gefiel aber nicht alles. Als er einmal unter den Konzertbesuchern einen früheren Mitschüler entdeckte, äußerte er sich sehr abfällig über »diesen *Halbjuden*«. Ich sagte nichts dazu, merkte mir nur, worüber ich weiterhin nicht reden würde.

Zu einem Konzert rechnete ich nicht mit Kurt, wollte es aber hören. So verabredete ich mit Inge mal wieder was Gemeinsames. Sehr spät kam doch noch seine Anfrage. Und auf meine Mitteilung sagte er: »Du gehst ohne mich ins Konzert?« Das irritierte mich. Damit fühlte ich mich fast vereinnahmt, ungerechtfertigt vereinnahmt; ich war doch unabhängig. Als ich ihn sah, schräg unten im Parkett, bemerkte ich neben ihm ein aufreizend blondes Mädchen. Ich sagte nichts davon zu Inge. In der Pause erklärte ich, dass ich sitzen bleiben wollte. Sonst wären wir uns vielleicht begegnet. Und das gönnte ich niemandem, dass ich den von mir so oft Erwähnten mit einer anderen zusammen hätte vorstellen müssen. Ach, es klärte sich auf: Eine Verkäuferin aus dem Musikalienladen in der Gerhofstraße bekam statt meiner die Karte. Und er hätte sie mir auch vorgestellt, wie er später sagte, mich aber in der Pause nicht gesehen. Trotzdem war es nicht irgendein Blond, sondern geriet direkt in mich hinein als »aufreizend«.

Wiederkehrendes Gesprächsthema auf unseren Abendwegen wurde Kurts bevorstehende Einberufung. Beiläufig erwähnte er: Onkel Ernst, der mit der Mineralöl-Firma, habe keinen eigenen Sohn. Kurt könne als einzig infrage kommender männlicher Nachkomme der Familie diesen Betrieb übernehmen. Das könnte die Befreiung vom Wehrdienst zur Folge haben. Aber das wolle er keinesfalls. Als er das sagte, stieg die Eiseskälte aus meinen Füßen direkt bis an mein Herz.

Frühere Mitschüler von ihm waren bereits im Krieg. Das belastete ihn. Denen gegenüber fühlte er sich als Feigling, als Drückeberger. Er wollte es nicht besser haben als die Freunde, er wollte mit ihnen gemeinsam sein Land verteidigen. Ständige Propagandareden und jahrelang andauerndes Trommelfeuer der Nazi-Ideologen waren an ihm nicht spurlos vorübergegangen. Ich erfuhr fast nebenbei, dass er sich freiwillig melden würde.

Freiwillig? Freiwillig? – Was denkt sich dieser blöde Kerl? Da läuft man doch nicht freiwillig hin! Diese unsinnige Hoffnung: Wer sich freiwillig meldet, kann sich aussuchen, zu welcher Waffengattung er kommt. Das ging höchstens am Anfang des Krieges. – Freiwillig! Total verrückt!

Bisher hatte Kurt angenommen, dass es ihm möglich sein würde, in der Abendschule noch Abitur zu machen. Aber inzwischen: Deutsche Soldaten erfroren, verhungerten, verreckten an der Wolgaschleife, in Stalingrad. Das konnte dort nicht mehr lange dauern, im Radio sprachen sie schon von *heldenhaften Kämpfen*, was immer auf Rückzug und Aufgabe von besetzten Gebieten vorbereitete. Sie brauchten neue Soldaten. Kurt sollte einer davon werden.

Er musste sich mit all seinen Familienpapieren bei einer *Wehrmachtsstelle* einfinden und einschreiben lassen. Von dort kam er, als wir uns zu einem unserer Konzerte trafen. Wie konnte er zuhören? Seine Unruhe nachher hing nicht mit der Musik zusammen. Gleich auf der Rückfahrt erzählte er: Erstmalig habe er zuhause bei Durchsicht der Papiere erfahren, dass seine Mutter früher schon verheiratet war und im vorigen Krieg Witwe wurde. Der Vater von Leni und Kurt war ihr zweiter Mann. Darüber war bei ihnen nie gesprochen worden. Was ich damals nicht erfuhr, was ihn aber besonders betroffen machte, hörte ich später: Seine Mutter war sehr viel älter als der zweite Ehemann, fast vierzehn Jahre. Kurt hatte geweint, als er das las: Wenn sie schon so alt ist, wird sie ja früher sterben.

Dieser Junge neben mir, eben achtzehn Jahre alt, bereitete sich ernsthaft darauf vor, Soldat zu werden. Mit der wahnsinnig-konsequenten Aussicht, das Erwachsensein nicht lange zu erleben. »Das Höchste für den Menschen ist die Pflicht« hatte er bei Kant gelesen, wie ich mit Hochachtung zur Kenntnis nahm, »und das Höchste unter den Gütern der Welt ist der sittliche Wille.« Da blieb mir kleinem Schulmädchen nur ein vages bisschen Hoffnung.

Noch ein paar Konzerte

Anfang Februar 1943 kam ein Brief aus Farmsen:

> Wie Du schon vermutest, ist meine Einberufung in nächster Zeit fällig. Vom OKH [Oberkommando des Heeres] bekam ich

> in diesen Tagen Nachricht, dass ich in der Mitte dieses Monats als Freiwilliger zum Heeresdienst einberufen werde.
> Die Zeit, die mir bleibt, will ich nun möglichst gut ausnutzen. Ich werde meinen Klavierunterricht wieder aufnehmen und außerdem recht viele Konzerte besuchen. Machst Du mit?

Dann folgten einige Daten und teilweise Programme. Zum nächsten Sonntag verabredeten wir eine kleine Lesung bei mir zuhause. Kurt kannte noch nichts von Rilke; das hätte sich längst ändern sollen. Außerdem hatte Omi mehrfach gesagt: »Bring ihn doch mal mit.« Also gingen wir nach dem Konzert von der Hochbahn aus ohne Umweg direkt in die Bürgerweide.

Sofort als Omi öffnete, versuchte ich eine korrekte Vorstellung: »Herr Jung, Frau Grube.« Aber direkt in der Tür war weder ein Ankommen noch ein Begrüßen möglich. »Kommt doch erstmal rein«, sagte Omi, gab dann dem jungen Mann die Hand, und irgendwie klappte das Weitere. In der Stube war der Abendbrottisch gedeckt. Diesmal mit meinem schönen Geschirr, worüber ich mich freute. Ich fürchtete nur während der ganzen Zeit, dass deutlich darauf hingewiesen würde, wem das Teeservice gehörte. Aber sie hielten sich zurück. Kurt aß bescheiden, was ihm angeboten wurde. Von Omi wurden wir nach dem Konzert befragt, nicht ohne den Hinweis »Hilde schwärmt ja nicht für Schubert«. Ja, seine Lieder mag ich nicht immer, oder die Begleitung. Aber dies war anders: h-moll-Sinfonie, *Die Unvollendete*, »das war richtig schön«. – »Siehst du«, sagte Omi und meinte dann, wir sollten doch in meine Stube gehen, ich hätte ja was von Vorlesen gesagt.

Kurt saß auf einem niedrigen Stuhl, der für seine Größe vermutlich unbequem war, hörte artig zu, was ich ihm von Rainer Maria Rilke anbot. *Die Blinde*, ein längerer Text, den ich gerade entdeckt hatte und schön fand. Um Rilke kennenzulernen, wären kurze Gedichte sinnvoller gewesen, vielleicht mit einem Gespräch darüber. Das fiel mir nicht ein. Ich las vor. Ob Kurt zuhörte? Auf den Text achtete oder auf meine Stimme, wie ich vorlas? Auf alles, auf gar nichts? Etwas musste ihm gefallen haben. Er bedankte sich nicht einfach höflich, sondern angenehm freundlich, verabschiedete sich so auch bei Omi und Irene und verabredete an der Tür den nächsten Konzerttermin. Großmutter und Tante äußerten ihren positiven Eindruck über den jungen Mann, den sie kennengelernt hatten: junger Mann mit künstlerischen Ambitionen, Musikmensch. Ich weiß nicht, wohin sie schwebten.

Kurt und ich trafen uns eine Woche später zu einem Konzert bei den Philharmonikern unter der Leitung des jungen Joseph Keilberth als Gastdirigent. Die Dvořák-Musik *Der Wassermann*, eine Sinfonische Dichtung, gefiel uns gut. Ich wusste nichts vom Böhmischen, aber als ich bald danach Smetanas *Moldau* im Radio hörte, fand ich Ähnlichkeiten.

Viel zu bald der Anruf: »In drei Tagen muss ich weg. Für morgen kann ich Konzertkarten bekommen. Hast du Zeit?« Selbstverständlich. Diesmal Bach: *Kunst der Fuge*.

Selten habe ich so schlecht zugehört. Der Mann da oben am Flügel mochte spielen, wie er wollte. Er spielte die vielen Töne alle an mir vorbei. Ob Kurt sich konzentrieren konnte? War er mit seiner Musikerfahrung schon bei Bach gelandet? Wäre ihm jetzt Beethoven lieber gewesen? Oder hätte ihn jetzt Beethoven besonders schmerzlich berührt mit dem Gedanken an einen langen Abschied von der Musik? Wie kam er mit all dem zurecht? Er musste sich ja auch vom eigenen Klavierspielen verabschieden. Half ihm dabei das Lauschen auf Bach? Was bedeutete ihm die Erkenntnis »Da komme ich lange nicht hin«?

Wir applaudierten, wie es sich gehört, wohl beide nicht ganz bei der Sache. Wir ließen uns Zeit an der Garderobe, wie es unsere Gewohnheit geworden war, weil uns Drängelei nicht als sinnvoller Konzertabschluss erschien. Wir gingen gemeinsam zur Station Rödingsmarkt, stiegen gemeinsam in die Hochbahn und wussten, dass dieses Stück bis vor meine Haustür für vielleicht lange Zeit der letzte gemeinsame Weg blieb.

Was keine Gemeinsamkeit gab, worüber wir nicht redeten, was gerade stattfand: das Ende von Stalingrad, die Goebbels-Rede mit der brutalen Forderung nach dem *Totalen Krieg*, das Ja-Gebrüll im Sportpalast. Meine Hoffnung: dass der Krieg schnell aufhören würde, egal wie. Konnte ich wagen, so mit Kurt zu sprechen? Er musste doch Soldat werden, was sollte er da denken? Er soll nur bald wiederkommen. Der Konzertwinter endet erst im Mai!

Für Umwege blieb keine Zeit. Was sollten wir auch erzählen, wenn sich alles veränderte? Wirst du mir schreiben? Da wollte er schnell noch die Adresse auswendig lernen; aber die hatte er. Unsinniges Hinausziehen.

Wäre heute Anlass für einen Abschiedskuss? Nein, ganz unbegründet. Eine Konzertfreundschaft mit einem kleinen dicken Mädchen im Teddymantel führte nicht zu so was. Ich jedenfalls wollte mich damit nicht lächerlich machen. Ich gab ihm die Hand und sagte sehr herzlich meine guten Wünsche. Vor allem: Bis bald! – Als ich in den zweiten Stock stieg, dachte ich: Aber vielleicht wollte er eigentlich auch? An sein winziges Zögern zuletzt erinnerte ich mich.

Doch wir reiten …

Jahrelang haben sie es stolz und großartig gesungen:

Es klappert der Huf am Stege,
wir ziehen mit dem Fähnlein ins Feld.
Blutiger Kampf allerwege,
dazu sind wir bestellt.

Geklapper oder Getrappel von Hufen lässt sich gut vorstellen. Wenn sie auch nicht ritten, sondern mit Eisenbahn, Lastwagen, Fahrrad und Motorrad ins Feld zogen. Sie saßen in Militärfahrzeugen, sind tausendkilometerweit zu Fuß gelaufen, immer weiter. Immer weiter von uns weg. Denn sie waren dazu bestellt. Wie sie ja schon gesungen hatten, als sie noch nicht ahnten, was das sein könnte: »Blutiger Kampf allerwege«.

Wir reiten und reiten und singen,
im Herzen die bitterste Not

sagte der Text. Und noch ehe sie diese bitterste Not mit nur einem einzigen Gedanken erfassten, sangen sie schon weiter:

Die Sehnsucht will uns bezwingen.
Doch wir reiten die Sehnsucht tot.

Einfach so. Sie waren bestellt. Um auf irgendeinem fernsten Feld anzukommen, mussten sie alles zerklappern, zertrampeln, totreiten. Was bedeuteten Sehnsucht und Herzensnot gegenüber diesem Bestelltsein? Gegenüber ihrem Gestellungsbefehl?

> Noch ein kleiner Rückblick:
> Leis sinkt der Abend nieder,
> uns wird das Herz so schwer.
> Leiser werden die Lieder,
> wir sehen keine Heimat mehr.

Dann sangen sie schon kräftig weiter:

> Doch wir reiten und reiten und reiten
> Und hören von fern schon die Schlacht.
> Herr, lass uns stark sein im Streiten!
> Dann sei unser Leben vollbracht.

Das war eins der ersten Lieder, die sie lernten, als sie – zehnjährig – ihre erste Uniform tragen durften. Schlacht und Gebet! Wie oft haben wir alle dies gehört, wenn sie auf der Straße, in Viererreihen und im Gleichschritt, an uns vorüberzogen. Irgendein stolzes blondes Fritzchen durfte dazu die für ihn viel zu große Trommel schlagen.

Im Ersten Weltkrieg trugen viele Soldaten Rilkes *Cornet* im Tornister. Da heißt es:

> Reiten, reiten, reiten, durch den Tag, durch die Nacht,
>   durch den Tag,
> Reiten, reiten, reiten.
> Und der Mut ist so müde geworden und die Sehnsucht
>   so groß.

Aber Rilke erzählte aus dem siebzehnten Jahrhundert. Unser Krieg fand im zwanzigsten Jahrhundert statt. Da wurde anderer Mut gefordert. Heldenmut.

Die kleinen *Pimpfe* aus den ersten Nazi-Jahren waren groß geworden, fast erwachsen. Jetzt mussten sie zeigen, was sie gelernt hatten.

Feldpost

Das war eine Forderung schon in den ersten Kriegsjahren: Kein Soldat soll ohne Post aus der Heimat bleiben. Wenn einer ohne Angehörige ist, von denen Briefe zu erwarten wären, dann müssen eben andere an ihn schreiben. *Feldpost* brauchte nicht frankiert zu werden. Mädchen aus unterschiedlichen Altersgruppen setzten sich hin und schrieben Briefe »an einen unbekannten Soldaten«. Manchmal entstand daraus ein lebhafter Schriftwechsel.

Aber es ging auch viel schief. Ich hatte jedenfalls nur Ärger. Als ich das – fünfzehnjährig – mitmachte, richtete ich meinen freundlichen Brief an einen unbekannten Marinesoldaten. Die *Feldpost* brachte den Brief zu einer Marineeinheit irgendwo an der Küste, ein Vorgesetzter gab ihn einem Untergebenen weiter. Der las und antwortete. Aber so doof. Der kannte mich gar nicht, tat aber, als wolle er gleich Gott weiß welche Schmusereien mit mir anfangen. Kann sein, dass er über Briefwechsel nicht besser Bescheid wusste. Kann sein, dass auch viele Mädchen nicht wussten, was man alles in Briefe schreiben kann, dass sie vielleicht gerade so was suchten. Ich antwortete nicht.

Meine Mutter empfahl einen neuen Versuch. Den fertigen Brief nahm sie mit, um ihn gleich einzustecken. Als bald darauf eine Antwort kam, entdeckte ich, dass sie manipuliert hatte. Da schrieb mir der Mann einer Kollegin von ihr. Ich kannte den Namen. Er teilte artig mit, dass er verheiratet sei, schrieb überhaupt ganz nett. Aber einsam, ohne Briefwechsel war er ja nicht. Mutti gestand, dass sie von dem Kolleginnen-Mann erwartet hatten, er würde den Brief an jemanden weitergeben, mit dem dann eine Korrespondenz passen könnte. Dass er den Brief selbst beantwortete, war ihr peinlich. Sie hatte es gut gemeint.

Ich machte keine weiteren Schreibversuche. Es ließ sich auch denken, dass es nicht so viele einsame, unbebriefte Soldaten gab, wie Mädchen aus der Heimat schrieben.

Seit dem frühen Frühjahr 1943 wollte ich meinem »bekannten Soldaten« schreiben. Das war nicht einfach. Ich wartete ein paar Wochen lang auf seine *Feldpostnummer*, bekam sie endlich, als ich Leni mit der anderen Dauerkarte bei einem Sonntagskonzert traf. Leni sagte gleich, dass Kurt sehr wenig Zeit habe, weil er voll in einer Ausbildung zum Funker steckte. Und außerdem, erklärte Leni lachend, habe er Hemmungen, mir zu schreiben. Ich erfuhr bei dieser Gelegenheit, dass Kurt nach seiner ersten Rekrutenzeit zur weiteren Ausbildung nach Dänemark versetzt worden war. Dahin ging also mein Brief. Weil das weit weg war, informierte ich ihn zunächst über Hamburger Verhältnisse:

> Über die Bevölkerung und die geographische Lage Hamburgs bist Du ja wohl orientiert. Es wäre zu ergänzen, dass wir hier weder arktisches noch tropisches Klima haben, sondern richtiges Aprilwetter. Wenn es gerade noch in Strömen goss, scheint eine Minute später die Sonne wieder aus allen Knopflöchern.

Und es ließ sich Neues aus der Schule berichten:

> Habe ich Dir mal von unserer Arbeitsgemeinschaft in der Schule erzählt, wo wir den »Don Carlos« lesen? Das letzte Mal haben wir die herrliche Szene zwischen dem König und Marquis Posa gelesen. Man hat mich dabei den Posa lesen lassen. Die Prinzessin Eboli, die ich bis dahin zu lesen hatte, lag mir allerdings besser. Stell Dir doch bitte mal vor, dass ich da höchst energisch und degenklirrend vor den König treten und Gedankenfreiheit verlangen soll. – Oder tu es lieber nicht, es würde doch nur eine Karikatur werden.

So war das in der Deutschstunde gewesen: Die Posa-Leserin hatte sich für die Stunde nicht vorbereiten können. Fräulein Strauer sagte: »Dann liest Hilde.« Ich knurrte: »Ich hab das auch nicht geübt.« Beim Lesen wurde ich, wie immer bei Schiller, von der Sprache gepackt und gab mir alle Mühe. Da war die Forderung nach Gedankenfreiheit, die auch im Gespräch behandelt wurde. Ich weiß nicht mehr, wie wir das interpretierten; es könnte abstrakt geblieben sein. Mich beschäftigte viel mehr ein Satz des Marquis Posa, der mir schon beim Vorlesen als das Wichtigste erschienen war:

Sie wollen pflanzen für die Ewigkeit,
und säen Tod? Ein so erzwungnes Werk
wird seines Schöpfers Geist nicht überdauern.

Das klang, als sei es unseren Herrschenden entgegengeschleudert. Das konnte ich damals in der Diskussion nicht sagen. Das konnte ich dem jungen Soldaten Kurt nicht schreiben. Das setzte sich fest bei mir als erschreckende Wahrheit.

Unser Schulbetrieb war im vergangenen Jahr durch Sondereinsätze unterbrochen worden. Klar, dass unser Unterricht auch in diesem Jahr Unterbrechungen erfuhr. Wir füllten zwei Wochen hindurch Karteikarten aus. Dazu saßen wir in einer Turnhalle hinter hufeisenförmig aufgestellten Tischen, vor uns Stapel mit leeren Karteikarten und Kästen für ausgefüllte Karten. Über uns ein paar Buchstaben. Bei mir stand ein K. K wie Kurt. Und dann erschienen Mütter mit ihren zehnjährigen Hamburger Knirpsen, die in die *Hitlerjugend* aufgenommen werden mussten; zunächst kamen sie ja als *Pimpfe* ins *Jungvolk*. Mütter oder Omas legten uns Geburtsurkunden vor, wir schrieben ab. Wir saßen da in *BDM*-Uniform, weiße Bluse mit schwarzem Dreiecktuch und Knoten. Meine Bluse wurde vorn dreckig grau, weil ich mich gegen den Karteitisch lehnte. Es war langweilig. Bis einmal mein kleiner Vetter Gert vor mir stand. Er war noch überraschter als ich und sah mich mit großen runden Augen an, als sei ich mindestens ein Weltwunder.

Nach solchen Einsätzen und nach nächtlichen Alarmen konzentrierten wir uns wieder auf den Pythagoras und andere Gestalten des Schulalltags. Sofern nicht Tanzpartner oder junge Soldaten unsere Gedanken besetzt hielten.

Zu Ostern schickte mir einer aus Dänemark ein kleines Päckchen mit sehr süßen Pralinen. Die schmeckten nicht gerade großartig; aber ich war gerührt. Und bedankte mich gleich; dankte auch für »den langerwarteten Brief, der leider nicht dabei lag«. Und fragte im Auftrag meiner Oma an, ob er in Apenrade am Markt mal nachsehen könne, ob da noch was von ihrer Familie besteht. Bald nach Ostern bekam ich den ersten Brief und war überwältigt. Er begann:

> Heute am Ostersonntag habe ich zum erstenmal Ruhe und Gelegenheit, Dir zu schreiben. Gewiss ist Deine Geduld auf eine harte Probe gestellt worden; doch Du darfst versichert sein, dass an ein Schreiben bis heute nicht im Entferntesten zu denken war. Es ist kein Scherz, wenn ich die Bitte meiner Mutter, doch wenigstens ab und an einen »Piep« von mir hören zu lassen, mit den zwo Wörtern »Piep, Kurt« in einen Umschlag hineingeschrieben beantwortet habe. Wenn es eine postale Gedankenübertragung geben würde, hättest Du sicherlich mehr als einmal Nachricht von mir erhalten.

Ausführlich ging es weiter, acht Seiten lang. Ich erfuhr, dass man da oben »nicht vom Kulturleben abgeschlossen« ist. Es gab *KdF*-Veranstaltungen. *KdF*, *Kraft durch Freude*, sammelte Künstler aller Arten zusammen, mit denen deutsche Soldaten in allen besetzten Ländern besucht und mit Kultur gefüttert wurden. Ich las dazu:

> Mein schönstes Erlebnis war bisher ein Abend, der von einer Sängerin, einem Klavierspieler und einem Cellisten durchgeführt wurde. Ein anderer Abend brachte uns ein Lustspiel und den meisten die Entschädigung für den »langweiligen klassischen Kram«.

In aller Ausführlichkeit wurde mein Brief beantwortet. Besonderen Spaß machte mir die Vorstellung, mit Kurt gemeinsam etwas aus dem *Don Carlos* zu spielen, als ich las:

> Mit Humor habe ich von Deiner Rolle als Posa gehört. Allerdings, so energisch, wie es dieser Marquis ist, kann ich Dich mir gar nicht vorstellen. Da muss ich mich wohl sehr vorsehen, wenn Du vor mich hintreten wirst; denn ich habe s.Z. den König spielen müssen.

Ich schrieb schnell zurück, dass sich die Sache mit »Piep, Kurt« in Hamburg längst herumgesprochen, ich mich daraufhin »außerordentlich mit

Geduld« gewappnet hatte und nun sehr überrascht war, »einen so enormen Brief zu erhalten«. Es gefiel mir gut, von der »postalen Gedankenübertragung« zu lesen. Vor allem, weil sich zeigte, dass wir beide an beiden Ostertagen aneinander geschrieben hatten.

Als ich siebzehn wurde

An einem sonnigen Sonntag wurde ich geboren. Als ich elf wurde, beging ich meinen nächsten sonntäglichen Geburtstag. Ich kann nicht behaupten, dass ich den sonderlich schön oder feierlich fand, obwohl Kerzen und Blumen um mein Frühstücksgedeck drapiert waren, und Post bekam ich auch. Sie hatten mich in ein Kinderheim im Harz geschickt, und da fühlte ich mich nicht wohl. Aber das war mit allen Kümmernissen längst vergangen. Jetzt kam mein siebzehnter Geburtstag und war wieder ein Sonntag.

Ich wünschte mir einen Ring und hatte sogar Aussicht, ihn zu bekommen. Weil Muttis nicht mehr gebrauchter Trauring vorhanden war und wir einen Juwelier kannten, der ihn für mich umarbeiten konnte, mit einem Stein drin. Topas fände ich schön. Mein Alternativwunsch, sehr leise geäußert: einen Ring oder ein Klavier. Hatte mir doch im vorigen Winter einer gesagt, er würde mir gern Klavierunterricht geben. Aber wer aus der Familie hatte Geld für ein Klavier? Und wozu auch? Die angebotenen Klavierstunden konnten sowieso nicht stattfinden, denn Kurt war Soldat.

Wenige Wochen vorm Geburtstag las ich an den Anschlagsäulen, dass das Hamburger Philharmonische Staatsorchester am 2. und 3. Mai seine Abschlusskonzerte für diese Saison gab. Wie üblich mit der Neunten Sinfonie von Beethoven. Die hatte ich noch nie gehört, nur im Radio den Schlusschor zu Silvester. In dem Buch über Beethoven, das Kurt mir geliehen hatte, fand sich viel Eindrucksvolles über diese Sinfonie. Außerdem schien mir nach dem wunderschönen Konzertwinter, den Kurt und ich bis zu seiner Einberufung erlebt hatten, ein solcher Saisonabschluss durchaus passend. Wenn ich ihn auch leider allein genießen müsste. Ich könnte ja an meinen kompetenten Begleiter denken und ihm davon schreiben.

Die sonntäglichen Vorkonzerte der Philharmoniker fanden vormittags statt. Ich fragte also Omi. Und die sagte nein. Einfach so. Ihr schien es unpassend, am eigenen Geburtstag nicht anwesend zu sein. Aber vormittags kommt doch kein Besuch. Und ich kann die Karte von meinem Taschengeld bezahlen. Und ich fände das so schön. Sie blieb tagelang bei ihrem Nein. Wir hatten so ein Gegeneinander bisher selten praktiziert. Ich durfte viel, und was ich nicht durfte, war begründet, also akzeptabel. Aber hier wollte ich wirklich, ernsthaft was. Endlich sagte Omi, halbwegs einverstanden: »Du kriegst doch bestimmt keine Karte mehr!« – »Darf ich versuchen?« – Ich durfte.

Und bekam eine Karte, Conventgarten, zweiter Rang. Ich war glücklich.

Am Geburtstagsmorgen lag da der Ring mit einem schön gefassten Goldtopas. Und das Geld für die Konzertkarte bekam ich auch. Außerdem hatte Omi aus ihrem rehbraunen samtenen alten Trägerrock einen neuen Trägerrock für mich genäht. Das wusste ich, weil ich ihn ja anprobieren musste. Auch die neue Bluse kannte ich, denn wir hatten den weichen bunten Stoff gemeinsam gekauft; es war viel Himmelblau darin, Gelb, Weiß und Orange, und das sah gut aus zu dem neuen Rock.

Der Blick vom zweiten Rang ins Orchester war nicht gut. Ich sah manchmal ein bisschen vom Dirigenten. War das Eugen Jochum? Ich habe es vergessen. Und was ich alles hörte von der Neunten, wusste ich schon damals nicht genau. Nach dem langen wunderschönen ersten Satz noch intensiv zuhören und Kraft haben für die nächsten Sätze, das war nicht einfach. Ich verlor mich ein bisschen in Träume und Wünsche hinein. Wurde angezogen von Musik, wurde abgelenkt durch das Bild dessen, der das alles nicht anhören konnte. Fand zwischendurch ein anderes Bild: kleine Schulmädchenhand aus weichem Blusenärmel, liegend auf rehbraunem Samtrock, geschmückt mit dem in Gold gefassten Topas.

Und wieder neugieriges, aufmerksames Zuhören. Und auch der Versuch, für den einen mitzulauschen, der nicht hier sein konnte. Vergeblich. Du würdest viel mehr verstehen, heraushören, begreifen als ich. Also auf mich gestellt. Bis einer sang: »O Freunde, nicht diese Töne, sondern lasst uns angenehmere anstimmen und freudevollere!« Das kannte ich wieder. Und dann lenkte mich nichts mehr ab. Ich ließ mich hineinfallen in den Chorgesang, in die Fülle von Musik, in fast vertraute Klänge. Genoss, mitschwingend, was dein großer Freund Ludwig verschenkte an die Welt.

In der Hochbahn zwischen Rödingsmarkt und Berliner Tor ließ ich nachklingen, was ich eben gehört hatte, und überlegte, was ich an Kurt schreiben könnte. Eine passende Postkarte lag zuhause: Foto mit wogenden Wellen; schwarz-weiß, wie damals üblich. Das sollte meine Empfindungen ausdrücken. Unterschrift »Brandung«, und ich schrieb dazu: »Es war ein so schönes und tiefes Erlebnis! Ich finde dafür kaum Worte. Für meine Beethoven-Lektüre bildete die Sinfonie einen wundervollen Abschluss. Das Lied an die Freude klingt immer in mir. Durch das Bild auf der Umseite wirst Du vielleicht eine Vorstellung von meiner augenblicklichen Verfassung erhalten können.«

Das war mein siebzehnter Geburtstag. 1943. Vom Nachmittag weiß ich nichts mehr. Ich vermute, dass Inge kam. Omi hatte wohl einen Kuchen gebacken. Und sicher bedauerte sie, dass die Zeiten und Umstände nicht erlaubten, mir etwas für meine Aussteuer zu schenken. Ihre Töchter hatten in dem Alter erste Hauswäsche bekommen: Tischtücher, Bettwäsche, alles von Agnes genäht und bestickt.

Ich war glücklich, sah den Topas-Ring auf rehbraunem Samt, hörte nachklingend »diesen Kuss der ganzen Welt«, musste mich um nichts Gegenwärtiges, um nichts Unerfreuliches kümmern an diesem schönen, sonnigen Sonntag.

Gern hätte ich diesen schönen, sonnigen Sonntag so froh in Erinnerung behalten, mir die unbefangene Freude daran für alle verbleibende Zeit belassen mögen. Mir gelang das auch über viele, viele Jahre.

Im Frühjahr 1998 sehe ich ein kleines Stück Stoff. Etwa wie ein Frauentaschentuch groß. Grob weiß, schwarz bestickt. Aufbewahrt hinter Glas.

Im ehemaligen Frauenkonzentrationslager Ravensbrück.

Der Begleittext sagt: »Nachdem die Häftlinge die seelischen und körperlichen Belastungen der Haftzeit im ›Bunker‹ überstanden hatten, fertigten sie in aller Heimlichkeit Handarbeiten an.«

Dieses Tuch zeigt, gestickt, in einer Ecke einen Krug, in der zweiten einen Henkeltopf, in der dritten ein Zellenfenster und in der vierten ein Datum. Nicht irgendein Datum, sondern – vielleicht von einer ausländischen Frau gestickt – den »2. Mei 1943«.

Dreihundert Kilometer nur – und doch weltenfern das eine Erleben vom andern!

Damals, siebzehnjährig, war ich gerade an Liebesgedichte von Rilke geraten und fand:

> Wie soll ich meine Seele halten, dass
> sie nicht an deine rührt? Wie soll ich sie
> hinheben über dich zu andern Dingen?

Heute erschüttert mich, wie wir leben konnten: ungerührt vom grausamen, mühsamen Überleben anderer; hingehoben zu andern Dingen, unwissend und übersehend die Not derer, die uns angehen!

Wie soll ich meine Seele halten? Jetzt, nachdem ich dies sah? Werde ich jemals wieder an diesen schönen, sonnig-freundlichen Geburtstagssonntag denken, ohne mich an dies Tuch zu erinnern? Darf ich jemals wieder an den Tag denken, ohne die Frau zu wissen, die dies Tuch bestickte?

Die vielen, vielen Sätze, die ich brauche, um ein bisschen mein Leben zu beschreiben: Wie wirken sie überflüssig gegenüber solchem Lebenswillen! Wie nichtssagend gegenüber der Kraft dieser geschundenen Frauen aus den schwärzesten Jahren unserer ungemeinsamen Zeit.

Ich weiß nicht weiter ...

Agnes mit Käte: Großmutter und Mutter von Hilde, 1908

Käte mit Gitarre, etwa 1923

Die Tanten Else und Irene mit Hilde, 1927

Eltern Käte und Karl, etwa 1929

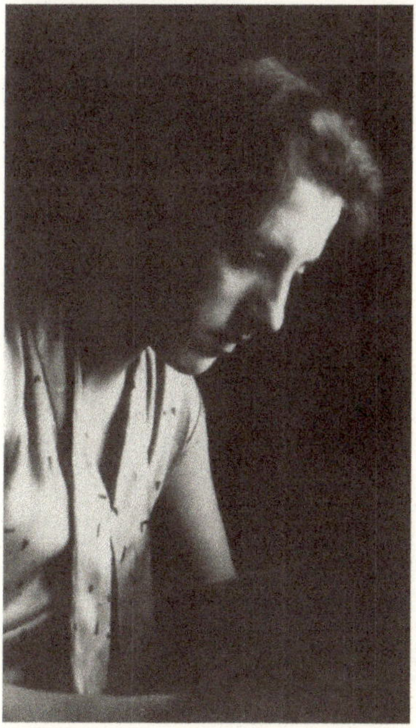

Käte, etwa 1929

Hilde, dreijährig

In der Terrasse: Die drei Schwestern mit Nachbarskindern, links Käte, rechts Else, vorn links Irene

Im Schrebergarten: Oma Agnes mit Hilde, 1928

»Auf'm Land«: Opa Hermann und Irene, Agnes, Else in selbst genähten Reformkleidern

Hilde in Köln, 1935

Hilde, 1938

Schulheim Schönberg: Hilde und Teddy, zweite vorn links, etwa 1938

Kurt am Klavier

Hilde, 1941

Erinnerung an die Bombenangriffe Juli 1943
»Diese Toten mahnen:
Nie wieder Faschismus
Nie wieder Krieg«

Zwei Jahre nach der Ausbombung Juli 1943: Tante Irene mit Kusine Thyra vor der Bürgerweide 24

Kurt Jung und Hilde im Konzertwinter 1942/43

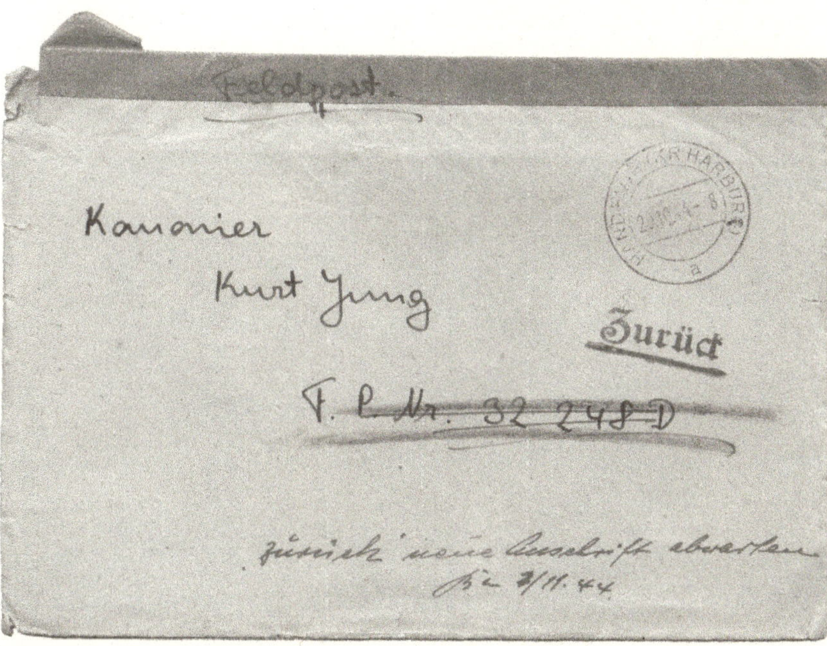

Der Brief kam zurück – Kurt nicht
1944

Im AK St. Georg vor Haus S, Hilde dritte von rechts, 1945/46

Margret und Susi aus dem Fünferzimmer, 1946

Schwester Marion und Kusine Thyra mit aus Bettwäsche genähten Kleidern, 1948

FDJ-Heim Heideruh, 1947

Falken und FDJ: Urnenüberführung aus dem KZ Oranienburg, Ohlsdorf 1947, Hilde vordere Reihe mit Kranz

Schweden (Winter 1948/49)

Auf nacktem Fels
wachsen die ersten Pflanzen
der Verständigung

der Blick wird frei
ungetrübt durch die ehemals Mächtigen

Und ins geschützte Wasser
fließt die große Trauer
verweilt noch

verbindet sich im Meer
mit Anderem zum Leben

Dörte David, 2011

Vom Rektor der schwedischen Folkhögskolan auf der Insel Tjörn und seiner Familie kamen 1949/50 ein Weihnachtsgruß und Wünsche für ein gutes neues Jahr

Hilde, 1948

Erste ÖTV-Frauenkonferenz: Hilde dritte vorn links, mit Rücken zur Kamera, 1949

Erwachsen werden

1943

Mein grünes Glas

Woher? Wie alt? Wie kostbar? War es überhaupt von einigem Wert? Wahrscheinlich Kristall. Eines weiß ich sicher: Mir gehörte es nie.

Das grüne Glas stand neben nicht allzu teuren Gläsern in der Anrichte, ordentlich und sicher verwahrt. Kaum jemals wurde daraus getrunken.

Wir lebten im Krieg, und selten nur, etwa zu Weihnachten, fanden wir Frauenfamilie Grund und Gelegenheit, einen Wein zu genießen. Ich groß gewordenes Mädchen durfte mittrinken. Weniger der Geschmack als vielmehr die Besonderheit der gemeinsamen Festlichkeit blieb mir in Erinnerung. Agnes, Käte, Irene und ich tranken einander zu, genossen den Abend, hörten ein bisschen Musik: Radio oder Grammophon, fühlten uns wohl miteinander. Unsere Gläser waren, wie Weingläser oft sind, leicht und hübsch, klangen gut. – Das hätte genug sein können.

Doch es gab dieses andere Glas mit seiner besonderen Form und Farbe. Schwer und als Kelch geformt. Die zum Boden hin abgerundeten, sonst gerade geschliffenen Rippen des Gefäßes wiederholten sich in der Unterteilung des Fußes und in einer Kugel, die den kurzen Stiel unterbrach. Wo der Schliff das Kristall dünner machte, schien sein Grün hell und leuchtend, dazwischen und an den Rändern aber dunkel und geheimnisvoll.

Das Glas gehörte meiner Großmutter. Vorher besaßen es andere Frauen der Familie. Gesagt wurde: Es wird auf die älteste Tochter vererbt. Da Agnes schon als Erbin galt, die Tradition demnach bereits gegründet war, musste spätestens ihre Großmutter Therese erste Besitzerin gewesen sein. Wer gab ihr das Glas? Bereits eine der Vormütter? Ob Agnes das wusste? Meine Mutter wusste es nicht, als ich sie spät danach fragte. Nie sah ich, dass Agnes aus diesem Glas trank. Ich weiß, dass sie es wert hielt. Doch das zeigte sich darin, dass sie ihrer ältesten Tochter, meiner Mutter Käte, das Glas anbot. »Kannst ja schon mal draus trinken«, sagte sie.

Das Glas zerbrach, zerschmolz in Krieg und Feuer.

Nach dem Tod von Käte: Was hätte ich trinken mögen aus dem mir verlorenen grünen Glas? Einen schweren, dunklen Wein vielleicht, der müde macht oder nachsinnend? Hätte ich, die Neige kostend und auf den Grund blickend, den Facettenreichtum des Glases nutzen und damit die Lebendigkeiten vergangener Zeit erschließen können? Ich hätte gern mehr gefunden über Therese, Catrin Marie, Agnes, Käte.

Das Glas zerbrach, zerschmolz in Krieg und Feuer. So gewährt es mir keinen Einblick in ferne Vergangenheiten, kein tiefes Erkennen mehr; und mir bleibt, was an kurzen Berichten überliefert wurde.

Therese Georgine Antoinette Rathje, 1830 in Nordschleswig geboren. Um dieses Land gab es mehrere Kriege. Thereses Heimatstadt hieß – abhängig davon, wer gerade regierte – Apenrade oder Aabenraa. Ihr Vater besaß eine gut gehende Buchdruckerei. Das war die »erste staatlich privilegierte Buchdruckerei«, erfuhr ich. Wäre mir nur auch überliefert worden, von welchem Staat privilegiert. Die Informationen, die Agnes und ihre jüngste Schwester mir gaben, widersprechen sich. Agnes sagte, Christian Rathje hätte Flugblätter gegen die Dänen gedruckt; ihre jüngste Schwester Käte sagte: für die Dänen. Beide sind sich aber einig darin, dass Christian Flugblätter erst nach Feierabend druckte, wenn seine Gesellen gegangen waren; nur die Tochter Therese half ihm. Die Sache fiel auf. Die Druckerei wurde von den Gegnern zerstört. Christian Rathje baute sie neu auf, druckte weiter, druckte auch wieder verbotene Flugblätter. Nach der dritten Zerstörung seiner Druckerei musste er aufgeben, hatte kein Geld mehr für einen Wiederanfang.

Es gibt ein paar Sätze über Thereses Freundin: Der Name ist nicht überliefert. Sie muss wunderschönes, volles Haar gehabt haben, das sie auf den Kopf getürmt trug. Mitten darin, unsichtbar in der Lockenfülle, befanden sich Kassiber, die sie durch feindliche Linien oder vorbei an

Zöllnern schmuggelte. Wann? Für oder gegen wen? Wir alle fragten zu wenig.

Merkwürdiges wird berichtet aus einer Zeit, in der Therese bereits verheiratete Frau war: Sie kam aus dem Nachbardorf, ging auf der Landstraße und sah plötzlich ruhende Soldaten am Straßenrand. Diese Soldaten trugen weiße Uniformen. Als sie näherkam, waren alle verschwunden, Therese sah nichts mehr. Zuhause fragte sie ihren Vater, welche Soldaten weiße Uniformen tragen. Er wusste: die Österreicher. Also werden Österreicher hier einmarschieren, erklärte Therese. Das glaubte Christian Rathje nicht, bevor wirklich auch Österreich sich einmischte und Truppen schickte. Sein jüngster Sohn, Thereses Bruder, fiel 1864 auf den Düppeler Schanzen auf dänischer Seite in diesem Krieg gegen Preußen und Österreich.

Die Spökenkiekerei, das Zweite Gesicht, kam in unsrer Frauenfamilie vor, nicht immer so spektakulär; wurde deshalb entweder nicht sonderlich beachtet oder absichtlich verdrängt; wurde aber nie geleugnet. Man weiß ja: Das gibt es hier bei uns.

Therese Georgine Antoinette heiratete 1856 in Apenrade Johann Wilhelm Sophus Matthiessen. 1859 wurde die Tochter Catherine Marie Therese geboren. Wo blieben sie und ihre beiden Brüder, als die Eltern nach Frankreich zogen? Die Eltern sollen dort 1870 als Marketender mitmarschiert sein. Johann, erst 43-jährig, starb 1871 im Januar in Gray in Frankreich. Therese war mit 41 Jahren Witwe, kam allein zurück.

Mir fehlt ein tiefer Blick in das grüne Glas. Wo finde ich Zusammenhänge? Nach einer Zeit erkennbar: Thereses Tochter Catrin Marie hat einen Sohn, Traugott. Er trägt ihren Mädchennamen, Matthiessen. 1884, als Catrin Marie 25 Jahre alt ist, heiratet sie Hans Hinrich Tensfeldt. Ein Jahr später wird Tochter Agnes Antoinette geboren, meine spätere Großmutter. Drei Kinder folgen: Margot, Sophus und Käte. Als das jüngste Kind fünf Jahre alt ist, 1900, stirbt die Mutter: Catrin Marie wird nur 41 Jahre alt.

Hans Hinrich Tensfeldt, Ehemann von Catrin Marie, Vater von Agnes und ihren jüngeren Geschwistern, war in seinen jungen Jahren Lehrer. Er soll in irgendwelche Schlägereien verwickelt gewesen sein. Hätte er seine Schulkinder verprügelt, wäre ihm wohl nichts passiert. Da er jedoch aus dem Schuldienst entlassen wurde, muss es andere Gründe gegeben haben. Die blieben unbekannt. Die Familie verzog von Kiel nach Schulau an der

Elbe bei Hamburg. Dort gab es eine Zuckerfabrik, in der Hans Hinrich Aufseher wurde. Für die Kinder blieb er ein ernst zu nehmender Lehrer. Seine Aufmerksamkeit gegenüber der Sprache prägte auch ihre Sprechweise, ihr Interesse am geschriebenen Wort.

Therese kümmerte sich jahrelang um die Familie ihrer kränkelnden Tochter. Sie muss eine verlässliche Großmutter gewesen sein, die sich um mehr als nur das leibliche Wohl der Enkelkinder mühte. Es wird berichtet, dass sie überaus bibelfest war und dass sie Spielkarten für Teufelszeug hielt. Vermutlich hatte sie keine Zeit für Märchen, aber sie erzählte über ihre Lebenszeit in Aabenraa, von dem Haus am Markt, wo die Familie gewohnt und wo sich die Druckerei ihres Vaters befunden hatte. Mit ihrer Tochter sprach sie manchmal Dänisch, das verstanden die Kinder nicht.

Wie lange nach dem Tod von Catrin Marie die Großmutter Therese beim Schwiegersohn und den Kindern blieb, ist nicht überliefert. Sie starb 1905 in Kiel, wo sie vermutlich bei einem ihrer beiden Söhne ihre letzten Lebensjahre verbrachte. Das grüne Glas bewahrte sie über den Tod der Tochter hinaus, gab es irgendwann weiter an Agnes, ihre älteste Enkelin.

Hans Hinrich heiratete wieder. Er zog mit seinen jüngeren Kindern nach Hamburg, wo er seine zweite Frau Caroline gefunden hatte, eine Witwe mit vier nahezu erwachsenen Kindern. Die sorgte für alle.

Traugott und Agnes waren zu der Zeit schon aus dem Haus und verantwortlich für sich selbst. Traugott ging zur Marine und wurde Offizier auf dem Elbe-Zollkreuzer »Otter«. Agnes war stolz auf ihren großen Bruder, den sie manchmal auf dem Schiff besuchte. Er konnte sich mit ihr sehen lassen: Sie war ein ansehnliches Mädchen.

Was gab es um 1900 für ein etwa vierzehnjähriges Mädchen anderes, als »in Stellung« zu gehen, Dienstmädchen zu werden? Hätte sie Fabrikarbeiterin werden sollen? Fabrikmädchen, die Mietjen, galten in der Bevölkerung jahrzehntelang als unmoralisch, leichtfertig. Wohl weil ihr geringer Lohn es ihnen nahezu unmöglich machte, davon zu leben, und sie also manchmal zur Prostitution zwang. Da erschien es besser, sich in die Obhut eines gutbürgerlichen Haushalts zu begeben.

Agnes hatte Glück: Sie kam in ein gutes Haus in Klein Flottbek, wo sie ein Zimmer mit dem anderen Dienstmädchen Emma teilte. Die beiden verband bis an ihr Lebensende eine lose Freundschaft, die entstanden sein mochte durch gelegentlichen gemeinsamen Ärger über die Herrschaft, sicher aber durch Spaß und Albernheiten ihrer jungen Jahre.

Warum Agnes wechselte, ist nicht überliefert. In Hamburg-Borgfelde, in der Wallstraße, fand sie ihren nächsten Arbeitgeber: eine jüdische Familie, in der sie sich wohlfühlte. Agnes schätzte den gebildeten Hausherrn und seine große Bibliothek, aus der sie Bücher leihen durfte und genießend las.

Ihre geringe Freizeit verbrachte sie nicht nur in der neuen Familie ihres Vaters. Sie fuhr nach Schulau, wo sie wohl Freundschaften aus der Schulzeit hatte, bald aber einem begegnete, der entscheidend wichtig für sie wurde. Niemals verhehlte Agnes mir, dass sie unverheiratet war, als 1907 meine spätere Mutter Käte Elisabeth geboren wurde. Ich weiß den Namen und Beruf dessen, den Agnes liebte: Er hieß Carl, war wesentlich älter als sie, hatte Kaufmann gelernt, später eine zweite Ausbildung gemacht und war Zahnarzt geworden, hörte viel Händel-Musik und, ach ja, war verheiratet mit einer Frau, die ihm finanziell den Zahnarztberuf erst ermöglicht hatte.

Wie, wo und wovon lebte Agnes während ihrer Schwangerschaft und nach der Geburt des Kindes? Erste Erinnerungen von Käte lassen vermuten, dass die Großeltern, Hans Hinrich und seine zweite Frau Caroline, die kleine Agnes-Tochter bei sich aufnahmen und versorgten. Das bestätigen auch Erzählungen der anderen Käte, der jüngsten Schwester von Agnes, die damals zwölf, dreizehn Jahre alt war. Sie hatte einige Mühe mit der kleinen Nichte.

Wenn ich nur das grüne Glas noch hätte! Noch einmal gefüllt mit schwerem Wein, noch einmal geleert, und ein suchender Blick auf den Grund des Glases: Wie ertrug Agnes, was der geliebte Mann ihr antat? Das erzählte sie nicht. Die beiden jüngeren, Margot und Käte, miterlebend, was ihrer großen Schwester Agnes damals geschah, bewahrten dies und ließen uns viele Jahre später wissen: Carl fühlte sich seiner Ehefrau gegenüber verpflichtet, wagte nicht, mit ihr zu sprechen, wies alles weit von sich. Er ging so weit, zwei Männer dafür zu bezahlen, dass sie vor Gericht aussagten, auch sie hätten intime Beziehungen zu Agnes gehabt. So bekam Agnes von Carl keinen Unterhalt für das Kind.

Als Käte etwa drei Jahre alt war, las Agnes ein Zeitungsinserat: Eine Frau wird zur Kinderbetreuung gesucht. Sie fand einen von seiner Ehefrau verlassenen, verzagten Vater mit einem kleinen Mädchen vor. Der Maurerpolier Grube nahm Agnes Tensfeldt als Haushälterin auf und erlaubte, dass sie ihre Tochter mit ins Haus brachte. Die kleine Else war ein halbes Jahr älter als Käte; beide wuchsen wie Schwestern auf.

Entstand eine neue Liebe? Oder ergab sich die Verbindung zwischen Hermann Grube und Agnes aus zufälliger Nähe und Gelegenheit? Ein Kind wurde erwartet. Aber eine Heirat war unmöglich, weil Hermanns weggelaufene Ehefrau einer Scheidung nicht zustimmte. Nach der Friedensgöttin Eirene, auf deren Schutz und Hilfe für die Regelung ihrer unordentlichen Familienverhältnisse Agnes hoffte, nannte sie das neue Kind Irene. Es dauerte mehrere Jahre, bis die griechische Göttin sich erbarmte und Scheidung und Heirat möglich wurden.

Mochte Agnes ihre Lippen, ihre Gedanken dem Glas nicht weiter anvertrauen? »Kannst ja schon mal draus trinken«, sagte sie zu Käte, die dem ohne erkennbare Feierlichkeit nachkam. Für Irene ergab sich hier eine der wenigen Gelegenheiten, eifersüchtig auf die ältere Schwester zu sein. Spürte Agnes diesen kurzen, kaum erkennbaren Augenblick der Spannung?

Ich wünschte mir, eines Tages Harmonie aus meinem grünen Glas zu trinken.

Doch das Glas zerbrach, zerschmolz in Krieg und Feuer.

So beginnt der Juli

Warme Sonne, helle Kleider, zwischendurch ein paar unwichtige Alarme, Aussicht auf die Sommerferien – so beginnt der Juli.

Schon die erste Woche bringt eine große Überraschung. Ich werde ans Telefon gerufen und höre: »Fräulein David, wie lang ist Ihr Telefonkabel? Messen Sie bitte mal nach!« Solche Fragen stellt man nicht, schon gar nicht mir, der das Telefon nicht gehört. Aber die Stimme kenne ich: Kurt ist in Hamburg, für ein paar Urlaubstage. Wir müssen uns treffen. Wann? Es ist Montag. Wir einigen uns auf Donnerstag. Dann könnten wir, empfiehlt er, zu einem Konzert in die Gertrud-Kirche gehen. Gut.

Schon am Dienstag kommt ein neuer Anruf: »Haben wir Mittwoch oder Donnerstag gesagt?« – »Wir haben Donnerstag gesagt.« Gut. Omi behauptet: »Das weiß er ganz genau. Er wollte nur noch mal mit dir sprechen.« Aber ich bestreite das energisch, ziehe mich für meine Schulaufgaben in mein Zimmer zurück und bedenke:

Das kann gar nicht angehen. Ich bin kein Mädchen, in das sich einer verliebt. Gespräche, Konzerte sind mit mir möglich, und weil ich noch zur Schule gehe, habe ich freie Nachmittage, die für solche Unternehmungen notwendig sind. Er hat keine Freundin, die hätte er wohl erwähnt; mit mir kann man ja reden. Aber: in mich verliebt sein? Und das meint sie doch mit diesem »nur noch mal mit dir sprechen«. Ach, Omi, die denkt sich immer gleich so viel!

Dann hätte er schon im Februar, als wir nach dem letzten gemeinsamen Konzert endlich bei uns vorm Haus angekommen waren, als er sich meine Adresse merkte, ja, hätte damals schon etwas gesagt. Oder mir einen Abschiedskuss gegeben. Ach, Omi, was soll dieses Gerede.

Aber was ist denn der Grund dafür, dass ich in den letzten Wochen an Liebesgedichte von Rilke geriet? Rilke etwa? Diese Gedichte hatte ich alle schon früher gelesen. Da blieben sie mir fremd. Da las und lernte ich *Der Panther* und *Herbst* und *Advent*. Aber wer ist der Grund dafür, dass ich in den letzten Wochen las, bis ich es auswendig behielt:

> Ja ich sehne mich nach dir. Ich gleite
> mich verlierend selbst mir aus der Hand,
> ohne Hoffnung, dass ich Das bestreite,
> was zu mir kommt wie aus deiner Seite
> ernst und unbeirrt und unverwandt.

Und noch zwei Verse.

Von Dienstag bis Donnerstag: muss ich noch Vokabeln üben.

> Meine Stille war wie eines Steines,
> über den der Bach sein Murmeln zieht.

Von wegen. Keine Konzentration auf »irregular verbs«.

Der bevorstehende Nachmittag macht diese Englischarbeit völlig unmöglich. Häufiger als in anderen schwierigen oder langweiligen Schulstunden gucke ich aus dem Fenster zur Turmuhr der Erlöserkirche. Dadurch stehen die unregelmäßigen Verben nicht richtiger in meinem Heft; dadurch vergeht die Stunde nicht schneller. Es ist sowieso noch nicht die letzte. Selten gibt es so lange Vormittage!

Dann endlich kann ich das weiße Kleid anziehen: Noch ziemlich neu, aus weichem, hübsch strukturiertem Stoff, der als Bettbezug auf Bezugsschein gekauft und »zu schön für nur nachts« befunden wurde. Omi hat es mit Fahnenstoff abgepaspelt: Halsausschnitt und kurze Ärmel bekamen einen roten Rand. Fahnen gab es ohne Bezugsschein; der einzige Grund für uns, eine zu kaufen; auch nur eine kleine, weil teuer genug. Die weiß-schwarze Mitte ließ sich abtrennen. Der rote Rest konnte, wenn man nicht so auffällig damit umging, für vielerlei genutzt werden – wie als Besatz für dieses Kleid. Ob es ihm gefällt? Sieht er überhaupt, was ich trage? Weiß ist gar nicht zweckmäßig für ein kleines dickes Mädchen. Omi versicherte mir aber beim Nähen, dass ich es tragen könne. Nur: »Du musst den Gürtel nicht so stramm binden. Und zieh den Bauch ein!« Immer wieder gehörte Sätze.

Als er in der Tür steht, bekomme ich einen Riesenschreck: Seine linke Hand ist verbunden. Kurze Begrüßung, mein Blick auf den Verband, und schnelle Erklärung: Nein, kein Grund zur Aufregung. Er hat sich morgens mit Rasierwasser verbrüht. »Tut's noch weh?« Nein. Der läppische Anlass und die besorgte Brandbinde seiner Mutter sind ihm peinlich. Auch Omi wird sofort beruhigt. Einstweilen entlässt sie uns in meine Stube. Das macht sie gut. Während meine Unsicherheit sich bei stummen Fragen aufhält: Was mach ich jetzt? Was sag ich? Wie geht was weiter? Wohin mit wem, und wann?, sagt sie einfach: »Wollt ihr nicht zu dir rübergehen?«

Mein Zimmer ist sommerlich hell. Wir sitzen einander gegenüber. Finden bald ein Gespräch. Vielleicht, dass ich etwas aus seinem letzten Brief genauer erklärt haben möchte. Er fragt, ob ich wirklich Zeit habe, ob meine Schulaufgaben gemacht sind. Kühne Behauptung: Ja. Denn ich weiß schon, wo ich morgen Spanisch abschreiben kann.

Omi hat einen Auftrag für uns: »Ihr wollt ja in die Gertrud-Kirche, da könntet ihr bei deiner Mutter vorgehen und ihr einiges hinbringen.« Wir sagen beide artig »Ja«, und es macht uns wirklich nichts aus, weil wir doch sowieso ... Erst viele Jahre später, nachdem ich mich soundso oft an diesen Tag erinnert habe, fällt mir auf, dass meine liebe Großmutter da einen ganz billigen Trick ausgedacht und mit Tochter Käte besprochen hat: »Damit du ihn auch mal siehst.« Seither fürchte ich, dass ihm das sofort aufgefallen sein könnte. Er nahm hoffentlich nicht an, dass ich mit im Komplott war.

Bei Mutti zum Marmeladenbrot. Ein Krankenschwesternblick auf die Hand, beruhigende Erklärung. Ich weiß wieder nichts zu sagen. Mutti muss sich um eine Unterhaltung bemühen: »Und wie lange haben Sie jetzt Urlaub? – Wie schön, dass sich gerade ein Konzert anbietet. – Und es ist so schönes Wetter, da könnt ihr ja anschließend noch an die Alster. – Hoffentlich gibt es keinen Alarm! – Sie bringen Hilde doch wieder nach Hause?« Seine Antworten: »Bis Montag – ja – ja, sehr schön – hoffentlich nicht – selbstverständlich« und so etwas wie: »Sie können unbesorgt sein.« Alles in vollständigen Sätzen, die auf mich einen sicheren Eindruck machen. Er weiß immer, was sich gehört und was man sagt. Mich fragt sie nach Englisch. Antwort: »Keine Ahnung.« Dabei weiß ich schon genau, dass ich die Arbeit verhauen habe; aber muss ich ihr das ausgerechnet jetzt sagen? Zum Glück hat sie nicht viel Zeit.

Da gehen wir noch einmal um den Kuhmühlenteich herum, bevor wir uns in die Kirche begeben. In diesem hohen Backsteinraum, angenehm kühl und dämmrig, bei klingender Orgel kann ich mich wohlfühlen und alte Empfindungen erneuern. Dies: nebeneinander sitzen und lauschen. Obwohl er viel mehr Ahnung hat und das alles besser versteht und tausend Einzelheiten begreift; während mein Zuhören davon abhängt, ob mir eine Melodie gefällt oder nicht, sich darauf beschränkt, ob die Musik mich trägt und bewegt. Ich spüre: Orgelmusik, Nähe, große Freude. Alles, was vorher war, ich weiß nicht: Erwartung? Hoffnung? Neugier? Oder nur ein riesiges Durcheinander. Alles, was vorher war, ist weg. Ich bin froh und einverstanden mit diesem Tag.

Konzerte in den Kriegsjahren beginnen und enden früh. Konzerte im Sommer haben den Vorzug, noch bei Tageslicht beendet zu sein. Früher Juliabend an der Alster. Wir gehen am Ostufer in nördliche Richtung und finden nahe beim Fährhaus den kleinen Alsterdampfer, der zwischen Uhlenhorst und Harvestehude die kürzeste Verbindung herstellt. Fahren wir also und gehen danach am Westufer in südliche Richtung. Gespräche? Apenrade. Wahrscheinlich ein annehmbarer Ort, konnte nur wegen des Dienstes nicht gebührend besichtigt werden. Dies ist schön: Hier gehen, in Hamburg. Ich erzähle ein bisschen vom Heimweh, das ich in Köln hatte, wie ich seitdem unsere Stadt genieße. Das große, dunkle Wasser; Außen- und Binnenalster durch die schwer lastende Lombardsbrücke getrennt; die bekannte Silhouette mit ihren Türmen schwarz vorm sommerlichen Abendhimmel. Eine schöne Stadt, finden wir beide, unsere gemeinsame Heimat.

Langsam wird es kühler. Nicht sehr, nur so, dass ich kalte Hände bekomme. Ich sage das und erlebe: Seine unverbundene Hand greift nach meiner linken und hält sie wärmend. Das ist gar nicht aufregend, sondern: angenehm. Ich habe den Eindruck, dass die Wärme quer durch mich hindurch in die rechte freie Hand dringt. Nur gehen an der Binnenalster viele Soldaten und Offiziere spazieren, die gegrüßt werden müssen. Es gibt Vorschriften, wie die rechte Hand zur Mütze zu führen und wohin die Augen zu richten sind.

Allmählich werden wir hungrig, rechtzeitig am Alstereck, dem Restaurant im ersten Stock eines Eckhauses am Jungfernstieg. Kurt hat Essenmarken, verzichtete daher großartig für uns beide auf die von Omi angebotenen Marken. Eigentlich gibt es keinen Wein. Aber Kurt hat einen Verband an der linken Hand, und so bekommen wir beide ein Glas Rotwein: So jung schon verwundet! Mit diesem erschlichenen Rotwein, von dem ich nicht weiß, ob er schmeckt, trinken wir einander zu, und durch deine und meine Brillengläser sehen sich unsere Augen an.

Das Kind braucht vor der Schule ein paar Stunden Schlaf, erklärst du. Eine bestimmte Uhrzeit habe ich nicht mitbekommen. Dein Urlaub gilt bei Omi als Ausnahmesituation; aber wir haben noch einen weiten Weg. Wir gehen zu Fuß, weil die milde Nachtluft dazu einlädt. Wir gehen am Alsterufer in Richtung St. Georg, durch nächtliche Nebenstraßen, in denen keine Uniformträger herumlaufen und zu grüßen sind. Daher kann meine Hand in der deinen bleiben, wohin sie zufällig geraten sein muss, grundlos, denn sie ist gar nicht kalt. Wir kommen durch die Lohmühlenstraße, die Lübecker Straße und in die Alfredstraße, die direkt auf die Bürgerweide führt.

Gegen den hellen Nachthimmel sehe ich dein Profil: Du lächelst, hältst meine Hand anders als bisher, verschränkst deine Finger mit meinen. Und fragst, was ich wohl sagen würde, wenn du sagtest »Mein liebes kleines Mädel«? Schnelle Antwort: »Mich freuen!« – »Mehr nicht?« – »Freuen ist viel!«

Da sind wir schon über die Brücke, unter der die Eisenbahnschienen glänzen, da sind wir schon an der Schule, bei der Telefonzelle, fast an der Ecke. Auf dem letzten Stück des Weges hat sich Neues ereignet. Will erlebt, erfahren werden. Du fragst wieder, was ich sagen würde, während ich meine, ich hätte längst geantwortet. Wir wissen beide nicht weiter. Wie verhält sich die Dame/der Herr in einer solchen Situation?

Du bist stehen geblieben, damit die Geschichte weiterläuft, hast deinen Arm um meine Schulter gelegt und mich dadurch veranlasst, auch stehen zu bleiben. Bäume verdecken den hellen Himmel, so dass ich dein Gesicht – dein Lächeln? – nicht erkenne. Du fragst noch einmal, was ich sagen würde. Ja, dann will ich es wagen, das Gedicht aus meinen vergangenen Wochen:

> Etwas hat mein armes warmes Leben
> irgendeinem in die Hand gegeben,
> der nicht weiß, was ich noch gestern war.

Drei Verse. Mit schöner Betonung. Das muss doch reichen. Aber was behauptest du? Ich hätte nicht geantwortet. »Was soll ich denn noch sagen?« – »Was Rilke nicht sagt!« – Und schneller als ich denken kann: »Dass ich dich ganz lieb hab?«

Jetzt merke ich den Größenunterschied zwischen uns beiden. Der Weg von deinem Mund zu meinem ist sehr weit. Vor allem, weil er verzögert wird durch deine überflüssige Frage: »Wirklich?« Erst mein Antwortnicken gibt dir Sicherheit für den Rest des Weges.

Der Freitag muss voll lichter Wolken gewesen sein. Wir könnten ihn vergessen; er war nur zwischen diesen langen Donnerstag und den zu erwartenden Sonnabend geschoben und ein Tag ohne deine Nähe.

Wichtige und wahrscheinlich schon beim Zähneputzen bedachte Frage: Muss ich das Inge erzählen? Damals das Versprechen, über den ersten Kuss berichten, das war leicht gegeben. Wir waren Freundinnen, ohne Geheimnisse voreinander. So überschwänglich licht und selig ließ es sich nun nicht in Wolken schweben: mit diesem schwierigen Versprechen am Bein. Aber ich konnte vermeiden, dass es gar zu stark an mir zog. Ich gönnte mir ein paar Tage Frist und beschloss, bis zur nächsten Woche mit Auskünften zu warten. Bis dahin würde ich geeignete Worte suchen. Vorerst reichten die Kurzberichte über: schönes Konzert, Alster, Alstereck. Doch schon den Rotwein behielt ich für uns. Ich brauchte für dich und mich diese Urlaubsstunden ohne bedrängende Anteilnahme, ohne neugierige Gedanken anderer, ohne mitfühlende Seele.

Der Sonnabend beginnt mit vier Stunden Geschichtsaufsatz: »Das Wesen des Reiches Karls des Großen«. Ich bin empört. Nicht über das Thema, das war erwartet, aber als Deutschlehrerin hätte Fräulein Strauer eine Überschrift ohne mehrfachen Genitiv finden müssen. Und draußen sieht es nach Regen aus. Ich warte, dass mir was einfällt: Gliederung, Anfangssätze. Inge rechts neben mir sieht unglücklich aus, wie meist bei Aufsätzen, schreibt aber bald flott ihre Seiten voll, auch: wie meist bei Aufsätzen. Musa links neben mir sieht ebenfalls unglücklich aus, hat aber anerkannte Gründe: Ihre Aufsätze sind nicht berühmt.

Musa und ich beobachten mit gleich starkem Interesse draußen die Kirchenuhr und den Himmel. Im Laufe des Morgens erfahren wir voneinander: Sie will zum Segeln, ich in die Harburger Berge. Dass keine allein unterwegs sein wird, verstehen wir von selbst. Aber auch keine will am Ausflug der anderen beteiligt sein, nicht einmal in Gedanken. Das macht die Mitteilung erst möglich, lässt ihr die Unverbindlichkeit. Und so nebenbei und zwischendurch, aber als eigentliche offizielle Hauptsache, dieser blöde Aufsatz.

Um es gleich zu sagen: »Dieser blöde Aufsatz« wurde mit einer Drei zensiert, einem für mich unerfreulichen Ergebnis. Die letzte Schulstunde des Tages bringt die bereits korrigierte Englischarbeit: mit einer Fünf. Ich klappe das Heft zu, stecke es in die Schultasche und vergesse es – bis nächste Woche.

Das Wetter hält sich. Heute kommst du mit unverbundener Hand, auch schön früh, weil ich was von »keine Schulaufgaben am Wochenende« gemurmelt habe. Wie selten bist du da, und wie oft kann ich noch was für die Schule tun. Heute kümmere du dich nicht um meinen Alltag.

Ich weiß nicht mehr, ob Omi uns Verpflegung mitgab. Sehr nachträglich, erst nachdem mir ihr Trick vom Donnerstag aufgefallen ist, vermute ich, dass sie, während ich feste Schuhe anziehe, dich mit wohlmeinendem Ernst auffordert, mich heil wieder zurückzubringen. Du versprichst das. Und hast es ja gehalten.

Wir fahren mit dem Zug auf die andere Elbseite bis Hausbruch. Du hast Karten für die teurere Wagenklasse gelöst, wo weniger Leute im Abteil sitzen. Als ich eine Armlehne zwischen dir und mir herunterklappe (gedankenlos, aus unsinniger Korrektheit), sagt ein älterer Mann: »Jetzt werden die Schranken geschlossen.« Alle amüsieren sich, beobachten uns. Ich bin schrecklich verlegen und unsicher und versuche, an dir vorbeizusehen. Wie können wir uns zwischen all den Mitfahrenden hier an den vorgestrigen Abend erinnern? Doch wie könnten wir uns nicht erinnern.

Die Häuser des Ortes lassen wir hinter uns, finden uns auf schönen Waldwegen, lachen: Es ist lustig, einander zu küssen und wieder anzusehen. Deine Lippen sind so frisch wie vorgestern, und so bereit. Neue Erfahrung: Zwei Brillen stören. Deshalb nehme ich meine ab: »Du weißt hier Bescheid, du kannst mich führen.« Du versuchst, Grundsätzliches zum Thema Führung und Geleit zu äußern, hältst dich für keine sichere Leitung, steckst trotzdem meine Brille vorsichtig in eine deiner vielen Uniformtaschen.

Der Größenunterschied? Ist gar nicht so schwierig. Auf meine Frage erfahre ich: »Morgens 1,84, abends 1,82« – »Wieso? Läufst du dir tagsüber so viel von den Hacken ab?« Es folgt ein Anatomievortrag: dass nämlich die Wirbelsäule morgens frisch und ausgeruht, abends hingegen müde und zusammengesunken ist, was bei deiner Größe zwei Zentimeter ausmacht. Hätte ich als Krankenschwesterntochter das wissen müssen? Ich bin doch noch so klein. Beim Wiegen und Messen nächste Woche in der Schule hoffe ich, endlich einen Meter sechzig groß zu sein. Sonst will ich demnächst, wenn ich mit dir gehe, Schuhe mit sehr hohen Absätzen anziehen. Du sagst: »Dann will ich lieber barfuß laufen!« Und ich fürchte: Dir ist das ernst, weil hochhackige Schuhe nicht zum Bild eines braven deutschen Mädels passen.

Wie wenig kennst du mich. Du weißt nicht, dass ich so ein »braves deutsches Mädel« nicht sein möchte. Nicht wegen der Schuhe. Ich bin auch bereit zum Bravsein. Und außer dem Übergewicht entspreche ich sogar germanisch-deutschen Vorstellungen: blauäugig und blond und bis vor ein paar Jahren noch wunderschön bezopft. Nur: Ich will nicht. Ich will nicht dieser Zeit, nicht diesen Idealen gehören. Das sage ich dir nicht. Deine Bereitschaft zum Barfußlaufen wird von mir begrinst: Du Ärmster würdest Blasen kriegen und Pflaster brauchen. Da stellen wir schleunigst fest, dass weder hohe Absätze noch gar keine Schuhe als Voraussetzung für unser Miteinander erforderlich sind.

Doch dann: Wie wenig kenne ich dich. Vor einem Ehrenmal für Gefallene des Ersten Weltkrieges nimmst du deine Mütze ab, stehst da mit einer Feierlichkeit, die mich betroffen macht. Die mich in diesen neuen, jetzigen, auch heutigen Krieg führt. Stehst da mit einer Feierlichkeit, von der ich nicht weiß, ob sie dir anerzogenes, langgewohntes Bedürfnis ist. Woran denkst du? An die Gefallenen von 1914/18, die du nicht kanntest? An die Gefallenen dieses neuen Krieges? Denkst du an alle und ehrst sie durch dein Schweigen? Denkst du an einzelne? Denkst du ...?

»Komm«, sagst du, legst deinen Arm um meine Schultern, ziehst mich weiter. Meine unfertigen Gedanken verschiebe ich. Nächste Woche, ohne dich, habe ich Zeit.

Aber heute: dieser kaum sonnige, wolkenverhangene Sommertag, heute: im hügeligen, bewaldeten Gelände hinter Hausbruch und Neugraben, heute: Das ist unsere Gegenwart. Hinter den sieben Bergen.

Wir müssen zeitig an den Rückweg denken, um vor einem möglichen Alarm wieder nördlich der Elbe zu sein. Diesmal haben wir es gut und finden ein kleines Abteil für uns allein. »Fühl mal: Ich hab ganz kalte Hände.« Du fühlst, bestätigst die traurige Tatsache, bist sofort bereit, meine Hände zu wärmen, »aber nur gegen Bezahlung«. – »Welche?« – »Küsse!« – »Vorher oder nachher?« – »Während der ganzen Fahrt.« Das hört sich gut an; ich akzeptiere. Obwohl mir unklar bleibt, wieso dieser gemeinsame Spaß gleichzeitig Bezahlung sein soll. Die Praxis erweist sich als weniger kompliziert: Du vergisst den geschlossenen Vertrag, hältst mein Gesicht, meinen Nacken, mein Haar viel mehr in deinen Händen als meine kalten Finger. Wenn ich dich an deine Aufgabe erinnere, erfüllst du sie für kurze Zeit.

Beim Aufenthalt in Harburg läuft die diensthabende Eisenbahnbeamtin auf dem Bahnsteig hin und her, zögert genau vor unserem Abteil, sieht aufmerksam herein. Was hat sie? Was will sie? Nichts Erkennbares. Von weither fällt mir ein: Soldatenfrau? Kriegerwitwe? Da sagst du: »Impertinent sind die Leute«, und ich nehme mir vor, morgen das Wort »impertinent« im Lexikon zu suchen.

Aus dem dunklen Zug, durch den dunklen Bahnhof, in die dunklen Straßen. Irgendein Oberheini hat Katzenaugen: sieht, dass du ihn nicht grüßt. Um dem nächsten Anpfiff zuvorzukommen, gehst du auf meine rechte Seite, hast damit den Hand-an-die-Mütze-Arm frei und kannst ihn bei Bedarf korrekt heben, ohne mich erst loslassen zu müssen. Deine und meine Schritte, hörbar auf dem Straßenpflaster und regelmäßiger als draußen im Wald, sind unterschiedlich lang und schnell. Du erkennst: »Wir gehen in Synkopen« – hast dann Mühe, mir diesen Musikbegriff zu erklären. Ich spüre, wie es dich freut, der Besonderheit zu lauschen; ich versuche, mich einzuhören.

Unsere Schritte werden langsamer am Ende dieses Tages, als könnten wir ihn damit verlängern. Du überlegst und entschließt dich, deiner Familie den Sonntagnachmittag wegzunehmen, müsstest nur früh am Abend wieder zuhause sein. Deinen Lieben vorenthaltene Stunden: Darf ich mir die schenken lassen? Was gibst du für mich hin? Bin ich die Liebe, mit der du deine Zeit erleben willst?

Sonntag. Wir sitzen in meiner Stube vor einer Schüssel Kirschen. Wir sitzen nicht in den niedrigen Sesseln, sondern nebeneinander auf meinem Bett, auf der bunten Strickdecke. Füttern uns gegenseitig mit den süßen dunklen Früchten. Meine Brille liegt ordentlich auf dem Tisch.

Einmal siehst du mich an mit allem Ernst deiner jungen Jahre. Gestern: war noch frohe Gegenwart. Heute: ist schon vergangen. Morgen: bleibt bedrohliche Zukunft.

Ich habe ein paar Vergissmeinnicht, im Frühjahr gepresst und bei Rilke abgelegt. Du sollst sie haben – aber wo tust du sie hin? Da gibt es ein schmales Heft mit grünem Umschlag: Choräle. Nun will ich wissen, wo die Blumen landen. Du hast das Heft irgendwo zufällig aufgeschlagen, bei einem Lied über Not und Tod. Wir wissen: Da dürfen die Vergissmeinnicht nicht bleiben. Jetzt suchst du weiter und findest: »Ich bete an die Macht der Liebe«. Nun ja, ich weiß von meiner Oma, wie fromm das weitergeht: mir zu fromm. Aber der Anfang klingt gut. Und dein Lächeln zeigt mir, dass du diesen Anfang meinst.

Ich frage: »Wo kommt ihr hin?« – »Ungewiss, weg von Apenrade und zur weiteren Ausbildung in eine Garnisonsstadt.« – »Schreib mir.« – »Sobald ich kann. Und sei vorsichtig, geh in den Keller bei Alarm. Man weiß nie.« – Das gefällt mir nicht, dass du dir meinetwegen Sorgen machst: »Mir passiert nichts.« Eine Redensart, die dich nicht beruhigt. Entlastender wirkt der Hinweis: »Bedenke, ich bin ein Sonntagskind.« Du lässt dich auf diesen Trost ein.

Das macht es uns möglich, noch einmal zurückzudenken, gemeinsam Glück zu empfinden. Du sagst, und das ist wie ein Satz fürs Leben: »Ich möchte dich immer fröhlich wissen!«

Dann gehst du, und meine überlebensgroße Freude kämpft gegen Abschiedstränen.

Nachgedanken

Die ersten Tage nach deinem Urlaub? Der unvermeidliche, sparsame Bericht an Inge, die mich erkennbar beneidete. Schade: So ließ sich nicht reden. Ganz still für mich lebte ich einen hellen, sonnenwarmen Traum. Wärme dehnt die Körper aus: Mein Herz wurde weit. Und meine Seele hüpfte fröhlich wie ein Kind auf einer Sommerwiese.

Die ersten Tage nach deinem Urlaub? Wie genoss ich die Freude, dass mir so viel Glück geschehen war. Ich mochte es vorher gewünscht, gehofft, vielleicht ein bisschen vermutet haben. Dennoch war ich überrascht, ja immer neu erstaunt darüber: dass ausgerechnet mir dies begegnet war. Wo ich gar nicht danach aussah? Letztlich doch unvorbereitet war. Und so früh, kaum siebzehnjährig. Was hieß: so früh? Zuhause sagten sie manchmal »Kriegsjahre zählen doppelt«. Fühlte ich mich etwa zu jung? Nein, ich war schon ganz schön erwachsen. Dachte probeweise: wir Frauen. Ohne damit weiterführende Konsequenzen zu verbinden. Wagte dennoch zu denken: Du wärest der Richtige, der, den ich meine.

Dachte an Einzelheiten aus den vergangenen Tagen: Als wir überlegten, wie das alles anfing. Als ich dir sagte, dass bei mir eine lange mühsame Entwicklung stattgefunden hatte, erst ziemlich spät erkennbar: »Das dauert, bis ich merke, wenn was los ist.« Du meintest: »Aber du warst doch gleich so freundlich«, und ich: »Das bin ich immer.« Wie viel noch ungeklärt, verborgen, ungesucht hinter den sieben Bergen.

Am Mittwochabend – ich schlief schon halb – wurde ich ans Telefon gerufen: »Wir sind auf dem Weg in die Garnison, kommen eben durch

Hamburg. Ich möchte dich grüßen. Schlaf gut!« Konnte ich schlafen danach? Sehr verwoben mit dem Alltag eines Schulmädchens, das vorsichtig begann, »wir Frauen« zu denken, schlief ich ruhig, verträumte den nächsten Tag mit Erinnerungen, eine Woche nach unserem gemeinsamen Donnerstag, bekam am Freitag deinen Brief vom frühen Morgen des 15. Juli:

> Meine liebe kleine Hilde!
>
> Die letzten Augenblicke in Hamburg sollen Dir gehören. Heut morgen um 8 Uhr geht es weiter. Bist mir doch nicht bös, dass ich Dir gestern nichts von diesem langen Aufenthalt gesagt habe? Ich wollt Dir gern neue Aufregung ersparen.
> – Du glaubst gar nicht, wie ich mich freue, dass wir uns in meinem Urlaub so recht gut verstehen gelernt haben. – Mehr lässt sich nicht davon aufs Papier bringen. – Ich wünsche Dir alles nur erdenklich Gute. Immer Dein Kurt.

Da waren »ein paar Zeilen aufs Papier geworfen«, wie man sagt. Die Buchstaben weit auseinandergezogen und viel Raum zwischen den Wortreihen. Aber so war der Brief nicht gemeint; Ernstes wird nicht geworfen. Vielleicht hatte dein plötzliches Auftreten im Hause zu einem neuerlichen Abschiedstrunk geführt, vielleicht auch, statt dich nach den guten Ermahnungen deiner Mutter zu richten, schliefst du nicht, sondern nahmst dir eine Flasche Wein in dein Zimmer und dachtest vor dich hin. Vielleicht später erst, irgendwann gegen Morgen, hast du geschrieben. Zu den wenigen Sätzen passt die eilige Handschrift.

Heute darf ich sagen: Weil so viel Platz zwischen den Zeilen blieb, demnach so viel zwischen den Zeilen stehen mochte, brauchte ich Jahre, um den Brief auszulesen. Auswendig wusste ich ihn am gleichen Tag.

In die Überschrift konnte ich mich hineinkuscheln. Vorher hattest du »liebe Hilde« geschrieben; so schreibt man eben. Aber »meine« und »kleine«: Das waren Zärtlichkeiten, die mir gehörten. »Kleine Hilde«, das erlaubte mir, mich anzulehnen, unselbstständig zu sein, mich behütet zu fühlen. Dabei war gerade dein Brief die Bestätigung dafür, dass ich groß geworden, ein Stück gewachsen war. Und lernen musste, mich in der neuen Lebensform zurechtzufinden.

Und jetzt trug ich Verantwortung. Ich musste dich deiner Sorge um mich entheben. Du warst Soldat, durftest nicht belastet werden mit meinen Kümmernissen, mit den *kleinen Sorgen der Heimat*, wie es immer hieß. Daran hielt ich mich. Nicht wegen der allgemeinen Ideologie, die das von uns allen zuhause verlangte, sondern weil ich ernsthaft überzeugt war, dass negative Gedanken dir schaden könnten. Ich schrieb dir:

> Nur fröhliche Gedanken,
> die sende ich zu dir,
> damit du fröhlich werdest
> und Kraft erhältst von mir.

Vor deinem Urlaub hatte ich erschrocken in einem deiner Briefe gelesen:

> In einer Stube hier in der Kompanie hat man folgenden Spruch an die Wandtafel (wir liegen hier in einer Schule) geschrieben: Lasst sie lieben, lasst sie küssen; wer weiß, wie bald sie sterben müssen. Hältst Du das für richtig?

Ich versuchte, auf diese Frage zu antworten – ein bisschen umständlich und trotzdem ungenau:

> Nun zu dem »Lasst sie lieben, lasst sie küssen, wer weiß, wie bald sie sterben müssen«: Wer hat denn diesen Spruch aufgeschrieben? Wenn es Soldaten waren, will ich nichts dagegen sagen. Ob ich es an und für sich richtig finde, kann ich schlecht sagen. Vielleicht kann ich Dir später mündlich meine Meinung darüber sagen.

In den schönen Tagen deines Urlaubs kamen wir nicht auf den Schultafel-Text zurück. Mir war es recht, dass »später mündlich meine Meinung« nicht abgefragt wurde. Wir wussten beide, dass unser Zueinanderfinden nichts mit jenem Text zu tun hatte. Unsere Beziehung hatte sich stetig und folgerichtig entwickelt, sich gefestigt durch Gespräche, Briefe, mit Berichten und Fragen über Themen, die du und ich wichtig fanden.

Doch wussten wir und hatten es beide durch Abschreiben bestätigt, dass Küssen und Sterben durch den Krieg in unerträgliche Nähe zueinander gerückt, ja: gnadenlos verbunden waren. Wer weiß ...? Wer, wenn er weiß, vermag sich diesem Wissen zu entziehen?

Was weiß ich, was wusste ich von dir? Du würdest die von der Tafel abgeschriebene Erlaubnis nicht ausnutzen, das war klar und gab mir alle Sicherheit, mit dir zu gehen. Die für mich Schulmädchen wichtige Sicherheit. Ob es dir schwerfiel, erfuhr ich nicht.

Das Recht eines Soldaten an das Mädchen seiner Wahl. Dieses nirgends geschriebene, doch in den Vorstellungen der Zeit verankerte Recht: Darauf hast du verzichtet. Du warst nicht der einzige, der sich so verhielt. Welch tröstlicher Gedanke. Doch ich will von dir erzählen. Wie du neben dem Recht des Soldaten das Recht des Mädchens gewusst und gehütet hast. Wie du der Moral des Krieges deine eigenen Werte entgegenstelltest. Etwa durch Kant: »Das Höchste für den Menschen ist die Pflicht, und das höchste unter den Gütern der Welt ist der sittliche Wille.« Das taugte für dich »in dieser Zeit zum festen Schild gegen alle Fährnisse«, wie ich aus einem deiner Briefe wusste.

»Pflicht« war auch Lieblingswort der Nazis. Pflicht: »für etwas einstehen«, erklärt der Duden, gibt aber keine Bewertung und keinen Hinweis auf moralische Gründe. Wer entscheidet darüber? Nicht der Duden. Welchen Wert hat ein Pflichtgefühl, das auf Unmoral gegründet ist? Die Pflicht, in solcher Zeit Soldat zu sein, für ein faschistisches Vaterland fernste Fernen zu besetzen, sich totschießen zu lassen, andere umzubringen: Diese Pflicht bleibt mir unbegreiflich. Du hast sie akzeptiert und für dich als bindend angesehen. Dich verpflichteten Worte wie Ehre und Heldentum. Hattest du die Wahl, dich zu entscheiden? Warst du nicht durch patriotische Erziehung gezwungen, dich für die wie immer geartete vaterländische Sache hinzugeben? Bei dir: Selbstverständnis. Bei mir: Unverständnis. Diese höllische Nazi-Propaganda!

Wohin mit meinen Fragen, meiner Unsicherheit, meiner Traurigkeit um all dies?

Jetzt noch: Krieg. Das Schulmädchen und der Soldat, der lieber auch noch zur Schule gehen sollte, mittendrin. Für kurze Zeit herausgehoben durch: Glück? Dein Urlaub, die wenigen Tage, wenigen Stunden zwangen uns, Gefühle zu komprimieren, lebendige Gegenwart zu genießen und alles Trennende den kommenden Zeiten zu überantworten. Dein Urlaub und unsere gemeinsamen Stunden darin machten es möglich, das eigene Leben in Beziehung zu dem des andern zu bringen. Machten es notwendig, nach den ersten leichtfertigen Hüpfern der Seele auf der Sommerwiese, immer wieder zu fragen: Wo liegt unsere Zukunft? Kann es für dich und mich Zukunft, eine gemeinsame Zukunft geben?

So viel noch verborgen hinter den sieben Bergen.

Blätter, Kinder und Bomben

Vor den Sommerferien schickte man uns klassenweise ins Grüne, um Brombeerblätter zur Teeherstellung für unsere Soldaten zu sammeln. Zwischendurch pflückte ich Blumen, die ich einer früheren Mitschülerin schenkte. Das Mädchen Marion hatte zum Ende des Schuljahres die Schule verlassen müssen, was wir alle sehr bedauerten. Erst da erfuhren wir von ihr: »Ihr habt das ja alle nicht gewusst, ich bin *Halbjüdin.*« Das Abitur war ihr verwehrt; erstaunlich, dass sie bis zur Mittleren Reife bleiben durfte. Eine Mitschülerin hatte sie angerufen und gemeint, außerhalb der Schule, bei den Brombeeren, wäre ein Treffen möglich. Fräulein Strauer war empört, aber wir Mädchen freuten uns. Zu spät fiel mir ein, dass ich für Kurt eine Blume hätte pressen können. Ich erklärte ihm das schriftlich: »Die Klassenkameradin ist zwar *Halbjüdin*, aber wir halten sehr viel von ihr.« Und fügte hinzu: »Weißt Du, dass dieser Satz eine Belehrung sein soll?« Er äußerte sich nicht.

Endlich Ferien. Für den vorgeschriebenen Arbeitseinsatz bekam ich wunschgemäß die Adresse eines Kindergartens nicht weit vom Hauptbahnhof. Dahin ging ich allmorgendlich neugierig und vergnügt, obwohl mich im Laufe des Tages Kinderlärm und Unruhe erschöpften. Wir waren zwei *Einsatzmädchen*, von denen erwartet wurde, dass wir uns ein bisschen in den Kindergruppen aufhalten, hauptsächlich aber in der Küche helfen und die restliche Zeit der Fußbodenpflege widmen sollten. Wir begleiteten außerdem die Gruppen der Kleinsten auf Spazierwegen, wozu das vorhergehende Anziehen und das nachherige Ausziehen von Jacken und Schuhen gehörte. Ein ständiges Bücken in Richtung auf die Lütten. Kurt erfuhr darüber: »Es macht trotz allem viel Spaß da, und ich sehe mich schon als Kindergärtnerin meinen Lebensabend begehen.«

Das Wichtigste, was ich in der ersten Woche lernte, hing tatsächlich mit Kindererziehung zusammen. Es war allgemeines Malen, Zeichnen angesagt. Ein Kleines wünschte, dass ich ihm einen Vogel malte. Ich fing eben an, da erklärte mir die Gruppentante, dass die Kinder selbst versuchen sollen, etwas zu gestalten. Mut machen und Leistungen positiv bewerten ist viel richtiger, als mit einem vorgemalten Klischee die Fantasie eines Kindes einzuengen. Das leuchtet ein.

Nach dieser Woche, in der Nacht zum Sonntag, dem 24. Juli 1943, gab es einen schrecklichen Fliegerangriff auf Hamburg. Britische und amerikanische Bomberverbände warfen Unmengen von Brand- und Sprengbomben, verwüsteten Straßenzüge, ganze Stadtteile.

Am Morgen versuchte die Sonne vergeblich, sommerliche Strahlen durch grauschwarze Rauchwolken zu senden. Der Himmel blieb rauchdunkel. Als Agnes mich weckte, war ich ärgerlich: Warum so früh? Es ist noch nicht mal hell. Aber da war es schon zehn Uhr. Mitten im Sommer. Und wie unsere Küche aussah, Luftdruckschaden: kaputte Fensterscheiben, Scherben überall auf dem Boden, zersplittertes Holz vom Fensterrahmen. Dreck und hereingewehter Ruß. Aber das Haus stand, die Wohnung fast heil geblieben, wir gesund. Käte hatte sich nachts melden und informieren können.

Zwischendurch bekam ich Gelegenheit, um nach Inge zu sehen, die ich telefonisch nicht erreichte. Auch bei ihr war alles »so weit in Ordnung«, eben bis auf den Dreck, der durch alle Ritzen drang. Wir erzählten uns gegenseitig von den Ängsten der Nacht und von dem Glück, sie überstanden zu haben. Ich musste schnell zurück, um weiter im Haus zu helfen.

Blicke in den Himmel. Von dort waren die Bomben auf unsere Stadt gefallen. Manchmal sah ich einen roten Punkt, einen winzigkleinen roten Fleck: unsere Sommersonne, die sich vergeblich mühte, durch die dicken Rauchschwaden zu dringen. Der ganze Tag dämmerte sich gequält zum Abend hin.

Fünfzig Jahre später lernte ich eine Frau kennen, die sich erinnerte, wie sie in Boizenburg an der Elbe, viele Kilometer von uns entfernt, den Rauch der brennenden Stadt Hamburg hoch am Himmel sich ausbreiten sah. Damals war sie zwölf Jahre alt. Das Bild hatte sich ihr eingebrannt.

Ich musste noch schreiben, musste meinem Soldaten von hier aus der Heimat berichten: »Nach dem letzten Alarm, von dem Du im *Wehrmachtsbericht* gehört haben wirst, geht es uns gut. Es war schrecklich, aber nun ist alles überstanden.«

Am Montagmorgen auf dem Weg zu meinem Arbeitsplatz kam ich an zerbombten Häusern vorbei. Und an Häusern, die durch heftigen Luftdruck beschädigt waren. Im Kindergarten bot sich ein trauriges Bild: In fast allen Räumen reichlich Scherben von kaputten Fenstern auf Tischen, Stühlen und Fußböden. Staub und Mörtel zwischen den Spielsachen. Erste Kinder waren schon gebracht. Sie hockten artig-müde auf eilig feucht abgewischten Stühlchen. Die frühe Tante hatte ihnen eingeschärft, nicht herumzulaufen, bevor der Fußboden gereinigt war.

Wir nahmen die nächsten Kinder in Empfang, begegneten besorgten Müttern, die nach dem schweren Angriff des Wochenendes ihr Kind nicht loslassen, es nicht aus den Händen geben mochten. Wie sollten denn Mütter mit solchen Ängsten überhaupt die ihnen aufgezwungene Kriegsarbeit leisten? Wie überstanden sie diese Stunden, die ganze Zeit? Niemand hier konnte ihren Kindern wirklich Geborgenheit versprechen.

Den gesamten Tag über wühlten und reinigten wir und waren froh, dass den Kindern vom anstrengenden Wochenende her noch ein gewisses Schlafbedürfnis blieb. Sie waren rührend. Sie versuchten sogar zu helfen, indem sie auf Liegengebliebenes aufmerksam machten oder es mit vorsichtigen Fingern anfassten und zum übervollen Mülleimer trugen. Zwischen all dem fliegenden Staub lag unerklärbare Zärtlichkeit in der Luft.

Am Ende dieses Arbeitstages fragte mich die Leiterin, ob ich mir zutrauen würde, am nächsten Tag den Frühdienst zu übernehmen. Es kommen nur wenige Kinder, und die werden ein bisschen hingelegt, bevor der gesamte Betrieb losgeht. Ich würde mehr Muße als Arbeit haben. Also sagte ich zu. Und bekam einen großen Ring mit vielen Schlüsseln.

Von dem Mädchen, das gleichzeitig mit mir diesen Ferieneinsatz machte, weiß ich keinen Namen mehr. Das bedrückt mich, weil ich sie gern genannt hätte. Ich weiß nur: Sie wohnte in der Borgfelder Straße oder ein bisschen dahinter. Sie sagte beim Abschied – und das erschreckte mich maßlos – »Auf Nimmerwiedersehen!«.

Zuhause herrschte Unruhe. Peter und Hermann waren da, die Freunde von Käte und Irene. Sie waren beide in der Nacht zum Sonntag ausgebombt. Klar, dass sie bei uns unterkamen. Es gab Bohnenkaffee. Agnes hatte im Radio gehört, dass uns Hamburgern pro Person ein achtel Pfund Kaffee zustand, und sie hatte es gleich besorgt. Das gönnte uns die Reichsregierung, weil wir unter den heftigen Fliegerangriffen besonders schwer gelitten hatten. Mir Mädchen unter achtzehn stand kein Bohnenkaffee zu. Aber ich durfte mittrinken.

Nach einer kleinen Erholungspause erklärte ich, ich wolle in die Taubstummenanstalt gehen und fragen, ob da Hilfe notwendig sei. Ich hatte gesehen, dass Lastwagen voller Menschen, vermutlich Ausgebombte, dort in den Schulhof gefahren wurden. Agnes meinte, ich solle lieber ausruhen. Dann beschränkte sie sich darauf, mir zu sagen, eine Stunde sei genug, und gab mir eine Schürze mit. Ich ging also rüber, wurde sofort in die Küche geschickt und traf dort Frauen, die sich freuten, eine zusätzliche Hilfe zum Abwaschen zu bekommen. Sie hatten seit Sonntag umschichtig gearbeitet. Es waren immer wieder Transporte mit Menschen aus betroffenen Stadtteilen gekommen. Die ersten waren inzwischen anderweitig untergebracht worden. Alle brauchten mindestens eine kräftigende Suppe. Zum Glück waren Ferien, und daher standen die Klassenräume leer. Das machte kurzzeitige Unterbringung möglich und bot Raum für nicht minder notwendige bürokratische und organisatorische Aufgaben: Die Lebenden zählen, aufschreiben und weiter verfrachten.

Ob die helfenden Frauen in der Küche alle von der *Nazi-Frauenschaft* waren, fragte ich nicht. Ich dachte an Hilfe für diejenigen, deren Zuhause zerstört war. Nach einiger Zeit kam meine Oma, um mich abzuholen: »Du solltest längst schlafen.« Als sie sah, wie viel noch zu tun war, nahm sie meine eben abgenommene Schürze, um mich abzulösen.

Der nächste Angriff

Ich bin so müde. Und kann doch nicht einschlafen. Die lieben Kinder tagsüber im unaufgeräumten Kindergarten. Die große Küche mit lautem Geschirrklappern und laut redenden Frauen. Alles wirbelt mir im Kopf herum. Ich höre noch, dass Agnes zurückkommt und leise berichtet. Und schlafe dann ein. Erwache wie oft: durch Sirenengeheul. Anziehen, Griff nach dem Koffer. Im Treppenhaus Türenschlagen, schnelle Schritte. Nächtliche Begrüßung im Keller. Der Drogist, unser *Luftschutzwart*, kontrolliert, ob in allen Räumen alles in Ordnung ist. Agnes stellt die Verlobten ihrer Töchter vor: Peter und Hermann, beide ausgebombt. Hermann hat seine Reiseschreibmaschine gerettet. Beide sind sehr still, werden auch nicht gefragt. Sonst sind in unserem Raum nur Frauen und die Kinder Bodo und Gerd. Ich gehöre zu keiner Sorte, nicht mehr Kind, noch nicht Frau; gerade siebzehn. Ich träume, versuche zu träumen.

Die Nachbarinnen erzählen, was sie seit dem Wochenende von Verwandten und Freunden gehört haben. Grausige Berichte. Immer ist von Toten die Rede. Jetzt fürchten wir uns alle vor neuen Schrecknissen.

Und da geht es los. Wir sitzen zusammengekauert auf unseren Bänken. Mögen einander nicht ansehen. Halten uns manchmal die Ohren zu. Und horchen dann doch auf das furchtbare Krachen draußen: einschlagende Bomben, wieder und wieder; bellende *Flak*. Stürzende Mauern? Höllenlärm. Und das dauert so lange. Und das hört nicht auf.

Dazwischen eine Frage: Hört jemand noch die *Flak* schießen?

Augenblick der Aufmerksamkeit, der beinahe die Angst in den Hintergrund treten lässt. Konzentriertes Hinhorchen. Erkennen: Sie ist weg. Und das waren vier Geschütze, drüben, Lübecker Straße auf der Berufsschule. Die sind doch sonst immer zu hören. »Die haben sie wohl getroffen.«

Den Höllenlärm machen jetzt die Bombeneinschläge allein, ohne unsere *Flak*. Und das dauert so lange. Und das hört noch immer nicht auf.

Ich habe nachgelesen, wie lange der Alarm dauerte. In dem Buch *Feuersturm über Hamburg*, das der damalige Oberbranddirektor Hans Brunswig sehr genau, sehr sachlich, aber sehr beteiligt schrieb: Vom Beginn des Alarms bis zum ersten Bombenabwurf verging fast eine Stunde. Viele Menschen in Hamburg waren da schon wieder in ihre Betten gegangen:

»Kommt wohl nichts mehr.« Das Bombardement danach zog sich etwa zwei Stunden hin.

Waren es nur zwei Stunden? Können zwei kleine Stunden so sterbensbang lang sein? Zwei ewiglange grausame Stunden, bis der Angriff vorbei ist.

Und alles verändert ist.

Die Sirenen funktionieren nicht. Kein Entwarnungston ruft Beruhigung. Wir müssen selbst die Lage erkunden: »Unser Haus steht. Draußen brennt alles.« Kein Verabschieden. Alles hastet auseinander, um nach dem Eigenen zu sehen.

Wer hat eigentlich bestimmt, dass ich mit Frau Eckstein in ihre Wohnung gehe? Ihren kleinen Bodo hat sie meiner Oma überlassen, die ihn im Keller bleibend behütet. Die anderen gehen eine Etage höher zu uns. Ich bitte Irene, mir meine Tasche mitzubringen, die schon für den nächsten Kindergartentag gepackt ist. Ich hab doch die Schlüssel.

Frau Eckstein sieht sich in ihrer Wohnung um, lässt mich in der Stube zurück. Die Fensterscheiben sind zersplittert; heftiger Wind zieht die schweren grün-samtenen Vorhänge nach draußen. Und draußen ist schrecklich. Lärm und flackernde Helle. Funken fliegen, die ich mit der Feuerpatsche abwehre. Ach, die Vorhänge. Bevor sie Feuer fangen, knote ich die mittleren Schals zwischen den beiden Fenstern zusammen; den Schal an der einen Seite wickle ich um ein Bild, den auf der anderen Seite um die Kuckucksuhr. Unten auf der Straße weht und wirbelt Brennendes vorüber, vielleicht Zeitungen, wild aufgeblättert, groß und schnell, als ob es Feuerräder wären. Im Schulhof der Taubstummenanstalt brennen die Kastanien.

»Hilde, was machst du mit meinen Gardinen«, ruft Frau Eckstein entsetzt, als sie von ihrem Inspiziergang zurück ist. »Sollen die etwa verbrennen und das Feuer von draußen reinholen?«, frage ich. Und muss dann mit ihr überlegen, was die Frau Nachbarin am besten noch einpacken und in den Keller schaffen kann. Ich empfehle Bekleidung und Schuhe für Bodo. Sie geht.

Ich bin wieder allein mit Feuerpatsche und Funkenflug. Und mit meinen Gedanken. Wo ich bin, weiß ich ja. Das ist schlimm genug. Aber: Was ist mit meiner Mutter? Lebt sie? Finden wir uns wieder? Wo überall ist das Feuer? Wo überall wirbeln die groß-brennenden Flammenräder?

Manchmal keimt etwas wie Gebet und fromme Hoffnung auf und versucht, durch prasselnde Funken in ferneres Licht zu gelangen. Aber Rauch und Feuer: Ich habe nur noch Angst.

Dann kommt Peter, der gar nicht oben war, wie ich dachte, sondern er bringt Grüße und die Nachricht, dass wir bei Mutti in der Finkenau erwartet werden. Wir müssen uns beeilen, bevor die Brände uns den Weg abschneiden.

Das ist ein Zug: Omi mit dem Stadtkoffer voller wichtiger Papiere und der großen Tasche, in der sich Geld und Marken und ähnlich Kostbares befinden; Irene, Hermann und Peter mit diversen Koffern und der geretteten Reiseschreibmaschine; Fräulein Traugott und Frau Eckstein mit ihrem Gepäck. Mir geben sie in eine Hand zwei große Einkaufnetze voller Schuhe und in die andere den vierjährigen Bodo, das Kind. Die erbetene Umhängetasche bekomme ich auch. Bevor wir gehen, tauchen wir Frottiertücher in unsere mit Wasser gefüllte Badewanne und legen sie uns draußen über Kopf und Schultern: gegen Funkenflug. Bodo wehrt sich dagegen.

Wo wir gehen? Bürgerweide, dann in die Alfredstraße. Das war doch hier – ach ja, Kurt –, wo wir uns die ersten Küsse gaben. Vor kaum drei Wochen. Ich bleibe stehen und wringe einen Zipfel meines Handtuchs über Bodos Haar aus, einige Tropfen Wasser, damit auch er ein bisschen Schutz hat. Das wiederhole ich mehrfach auf unserem Weg.

Wir eilen durch die Lübecker Straße, wo zu beiden Seiten die hohen Häuser brennen, biegen in die Wartenau ein. Viele Menschen suchen den Weg in Richtung Kuhmühlenteich und Alster, ans Wasser. Unterwegs weiß jemand, dass es zwecklos ist, Gasmasken aufzusetzen, weil sie gegen Rauch nichts nützen, denn der Rauch dringt durch die Filter. Deswegen werfen wir unsere, noch in ihrer Pappverpackung, einfach an den Straßenrand. Unnützes Gepäck.

Endlich bei Käte, die uns alle weinend in die Arme nimmt. Tränen der Erleichterung werden geweint, bevor die vielen, vielen Tränen über schmerzliche Verluste folgen werden.

In der Frauenklinik Finkenau ist rege Unruhe. Ja, es wurden auch in der vergangenen Nacht Babys geboren, Mütter und Kinder wie üblich gut versorgt. Jetzt streichen Hebammen und Schwestern Brote für Ausgebombte und aus den Feuern Geflüchtete, die sich hierher gerettet haben.

Außerdem versuchen sie, aufzuräumen und Scherben zusammenzufegen. Da heißt es bald: »Gebohnert wird später!« Und das ist der verzweifelte Versuch, mit einem kleinen Scherz den großen Schmerz zu überspielen. Alles Personal ist auf den Beinen. Die haben doch selbst nicht geschlafen, haben *Luftschutzdienst* gemacht, Brandwache geschoben und kümmern sich nun um alle, die – verzagt oder fordernd – Hilfe suchen.

Wir aus der Bürgerweide 24, die gemeinsam unser gefährdetes Haus verließen, dürfen ausruhen. Omi und ich liegen in Muttis Bett. Ich schlafe sofort ein. Wach geworden erfahre ich: Wir wollen versuchen, ins Alte Land zu Tante Margot zu kommen. Am besten zum Hauptbahnhof, dann weiter zum Hafen. Und schon sind wir unterwegs, gleichzeitig mit vielen lastenschleppenden Menschen.

Als wir durch die Lange Reihe kommen, an die Ecke, wo die Straße zum Kindergarten abgeht, bitte ich um einen kurzen Halt. Ich hab doch die Schlüssel. Das Haus sieht aus wie gestern. Ist aber leer. Nirgends ein Hinweis: kein Zettel, keine Schrift mit Kreide oder einem zerbrochenen Backstein. Hier war noch niemand. Ratlos stehe ich davor. Weiß auch nicht, was ich eigentlich erwartet hatte. Ich werfe die Schlüssel durch den Briefschlitz an der Tür. Habe damit meine Verantwortung zurückgegeben. Ach, und fühle mich kaum erleichtert. Von der Ecke winken sie: Komm endlich.

An den Landungsbrücken fahren Schiffe die Elbe abwärts: nach Blankenese, Schulau, ins Alte Land. Alle Schiffe sind überfüllt mit Menschen, Gepäck und vielem Kummer. Unsere Schwester Käte ist dabei. Sie hat frei bekommen, um ihre Familie in Sicherheit zu bringen. Wir fahren bis Schulau, da wohnt Tante Lisbeth, Omis Schwägerin. Dann sehen wir weiter. Unterwegs achtet meine Mutter darauf, mich in ihrer Nähe zu haben. Beim Aussteigen nennt sie einen Grund: Es sollen Minen in der Elbe liegen. Dachte sie an gemeinsames Untergehen?

Ob Tante Lisbeth uns erwartet? Jedenfalls zeigt sie Erleichterung darüber, uns lebendig zu sehen. Frau Eckstein findet ein intaktes Telefon, und ihr Mann kommt, um sie abzuholen. Das geht schnell: mit der Bahn von Hochkamp nach Wedel und dann nur ein kurzer Weg Richtung Elbe. Von ihm erfahren wir, dass unser Haus kaputt gegangen ist. Er hatte gegen Morgen dem Haus gegenüber gestanden und durch leere Fenster beobachtet, wie an der Rückwand seines Wohnzimmers das große *Führerbild* langsam abrutschte. Mir war bei unserem Ankommen aufgefallen, dass Tante Lisbeth ihr Hitlerfoto vom Vertiko nahm und in die Schieblade darunter legte. Wollte sie Agnes nicht verletzen? Fand sie selbst, es sei nun genug? Herr Eckstein nimmt Frau und Sohn, um beide auf schnellstem Wege in einen Zug nach Fallersleben zu setzen. Dort kommen sie her und haben Verwandte. Käte und Peter beschließen, ein Schiff zur anderen Elbseite zu nehmen, wo Tante Margot, die Schwester von Agnes, sicher mehr Unterbringungsmöglichkeiten für uns hat. Für den Rest – Irene, Hermann, Fräulein Traugott, Omi und mich – findet Tante Lisbeth Schlafgelegenheiten. Der Tag war noch nicht zu Ende, aber ich weiß nicht mehr davon.

Ausgebombt

Ich hatte Briefpapier und Umschläge. Vorsorglich für die Freistunde im Kindergarten gepackt in die aus Schweden stammende praktische Umhängetasche. Briefe lagen dabei: drei mit der Anrede »Liebe Hilde« und einer, der mir wohltat mit den Worten »Meine liebe, kleine Hilde«. Alle von dem einen, dem ich ganz schnell schreiben wollte.

»Wir sind jetzt im Alten Land bei der netten Kirschen-Tante.« Es war ja erst drei Wochen her, seit wir uns mit ihren Kirschen gefüttert hatten. Ich erzählte wenig von dem Erlebten. Aber ich fragte: »Hast Du schon Nachricht von Deiner Mutter? Die Außenbezirke sind – glaube ich – nicht so betroffen. Bei dem Geschäft Deines Onkels sind die Fenster raus, wir sind da vorbeigekommen.« Und als Entschuldigung für die »schaurige Schrift: ich habe solchen Muskelkater vom Tragen«.

Irene und ich teilten uns die weitere Arbeit des Schreibens an Verwandte und Bekannte. Irene benutzte die Reiseschreibmaschine von Hermann, klapperte damit die ganze Stube voll. Alle sollten ja wissen, dass wir am Leben waren und wo wir gerade steckten. Und wir hofften auf Antwort von allen aus Hamburg.

Es gab noch mehr so furchtbare Angriffe auf unsere Stadt. In der letzten Nacht dieses in England »Gomorrha« genannten Unternehmens wurde besonders die Umgebung Hamburgs getroffen. Das begann mit einem ganz gewöhnlichen Gewitter. Tante Margot war gewohnt, sich dabei anzuziehen und ein paar Kästen mit Wertsachen in den Garten zu tragen. Ihr Strohdachhaus könnte bei einem Blitzeinschlag ganz schnell brennen. Das Gewitter erschreckte uns mit seinem Lärm, weil es uns erinnerte an anderes Krachen und Lärmen. Das Wissen beruhigte ein kleines bisschen: Nur ein Gewitter!

Aber danach ging es doch wieder richtig los mit über uns brummenden Flugzeugen, fallenden Bomben, von irgendwo schießender *Flak*. Tante Margot öffnete die Vordertür zur Straße vorm Deich und auf der Rückseite die Küchentür zum Obstgarten. Wir liefen durchs ganze Haus immer dahin, wo es weniger Getöse gab. Ich wusste ja was und wollte Tante Margot gerade erzählen, dass, wenn man die Bombe sausen hört – da wurde ich durch ein helles Sausen unterbrochen. Und ich konnte vor Schreck erst weiterreden, als ich den Aufschlag hörte: Dann trifft sie einen nicht. Weit drüben, auf der anderen Elbseite sahen wir Feuer. Hier bei uns wurde es ruhig, und wir legten uns schlafen.

Danach wurde ich krank. Nur ein paar Tage; aber es war eine richtige Gallenkolik. Meine Antwort auf die grausigen Nächte mit ihrer zähneklappernden Angst.

Mir blieb die schlimme, lebendige Erinnerung. Ich will davon nichts vergessen.

Diese Nächte, Krachen und Dreck: Das alles ist nicht mehr nachvollziehbar, nicht mehr nacherlebbar. Ich kann mich nicht so zurückversetzen, dass ich davon noch einmal krank würde. Damals: Das konnte keine Fantasie ausdenken, das war nie vorher erlebt. Das war unvorstellbar. Erst nachher wusste ich: Es gibt diese überlebensgroße klammernde Angst. Und ich werde immer wissen: Damals, in dem Höllenlärm, das waren die grausigen Nächte, da hockte die Angst. Und ließ nicht los.

Die Tage meines Krankseins boten mir Zeit. Ich sah die Feuerräder wieder, sah die brennenden Kastanien, die lichterloh brennenden Häuser, an denen wir vorüberhasteten. Ich hörte knisternden Funkenflug, herabfallende Steinbrocken und schnelle Schritte verängstigter Menschen. Sah und hörte auch die verschreckten Kleinen, mit denen wir zwischen den ersten dieser furchtbaren Angriffe noch einen Kindergartentag erlebten. Wo sind sie hingeraten? Kinder und Mütter: Haben sie einander noch? Haben sie eine Unterkunft?

Hier an der Elbe spielte Dieter, gut drei Jahre alt und Sohn von Tante Margots Tochter Helga. Er machte mir einfache Fingerspiele nach, hörte bei kleinen Geschichten zu.

Mein blau-verblichenes Arbeitskleid, das so zweckmäßig für den Kindergartentag war, hing auf der Leine. Helga lieh mir einen geblümten sommerlichen Trägerrock und eine weiße Bluse. Nachher durfte ich beides behalten. Denn im Koffer lag für mich nur das sonntäglich-korallenrote, langärmlige Kleid mit sandfarbener Schärpe, worauf Agnes so stolz war. Es war eines ihrer Prachtstücke, und ich hatte es bisher nur ins Theater und bei ähnlichen Festlichkeiten getragen. Sie freute sich, dass es noch vorhanden war. Mein von ihr so kunstvoll genähter Wintermantel lag unter den Trümmern unseres Hauses.

Agnes war achtundfünfzig Jahre alt. Ihr Haar, kurz und nach hinten glatt gekämmt, war dunkel. Bisher. Jetzt plötzlich sah ich, wie ein paar weiße Fäden das Dunkel durchzogen. Nein, nicht wie es in Geschichten heißt »in einer Nacht schlohweiß geworden«. Nur eben: erkennbar mehr. So saß sie vor mir. »Nicht mal eine Nähnadel hab ich«, sagte sie und ließ ihre Hände untätig in den Schoß fallen. Dann bedachte sie, dass sie auch keine Schere hatte und keine Stricknadeln. Es fehlten die einfachsten Dinge ihres täglichen Bedarfs. Ach, damals, als ihre Tochter Käte heiratete, hatte sie ihr ein wunderbares Geschenk gemacht mit einfachen, täglichen Küchendingen: die große Zinkwanne zum Waschen, gefüllt mit Kochlöffeln und Holzbrettern, mit Sieb, Reibe, Schneebesen und Kartoffelstampfer, mit Küchenmesser und Kelle, dazu Feudel und Seifentücher und was weiß ich noch. Diese tausend Kleinigkeiten, täglich kaum beachtet, aber immer notwendig und im Einzelnen billig, aber teuer, wenn sie alle auf einmal angeschafft werden müssen. Ich kannte die Geschichte. Jetzt begriff ich ihren Wert. Agnes hatte keinen Haushalt mehr. Und keine Arbeit.

Ich war am Morgen wach geworden mit einem Daunendeckenzipfel im Arm. Das war nicht mein alter, lieber Teddy, wie ich geträumt hatte. Um den ich nun ein bisschen weinte. Ein paar Tage danach, da erst fiel sie mir ein, weinte ich um die schöne, wohlklingende Laute meiner Mutter.

Allmählich begriff Käte, dass auch sie ausgebombt war. Ihre Bekleidung befand sich zwar in der Finkenau, aber ihr Haushalt, Möbel, Wäsche, Geschirr, lag unter den Trümmern des Hauses in der Bürgerweide. Sie konnte also auch beim Bezugsscheinamt einen Antrag auf eine Abschlagszahlung stellen. Und auch sie durfte, wie wir andern, in den ersten Tagen sämtliche Verkehrsmittel kostenlos benutzen. Sie hatte anfangs für sich immer eine Fahrkarte gelöst, als sie uns begleitete.

Wie ging das mit ihr überhaupt weiter? Der Hebammenlehrgang war gerade beendet. Sie könnte sich selbstständig machen. Sie fragte im Alten Land beim zuständigen Amt an, ob eine Stelle frei sei. Aber dann erklärt der Hamburger Staat, er habe Ansprüche an sie und schickte sie in ein Ausweichkrankenhaus. Dahin kamen alle langzeitig zu behandelnden Patienten. Käte landete in Neustadt an der Ostsee, um Hamburger Kindern ins Leben zu helfen. Peter fand dort schnell Arbeit in seinem Beruf. Über Nöte und Schwierigkeiten ihrer Unterkunft schrieb Käte ein paar knappe Sätze und schloss mit der Bemerkung: »Und keinen Kleiderbügel haben wir auch.« Sie wollte sich dort um Wohnung oder Unterkunft für uns alle bemühen.

An Kurt schrieb ich, er möge seinen nächsten Brief für mich an Muttis Adresse in Neustadt richten. »Wenn wir noch nicht dort sind, schickt sie uns die Post nach.« Er selbst war nach seinem Urlaub zur weiteren Funkerausbildung nach Neiße, Oberschlesien gekommen. Ein Brief von ihm aus den ersten Augusttagen hatte mich erreicht. Darin hieß es: »Ich habe nur noch einen Wunsch, dass Du diesem Inferno möglichst weit entfliehen mögest und kannst.« Agnes übersetzte mir das Wort Inferno mit Hölle und fügte hinzu, dass sich bei Dante mehr darüber finden ließe, was sie allerdings nicht selbst gelesen hatte. Ihr waren die alten Griechengötter geläufiger, wie ich aus Geschichten wusste, die sie beim gemeinsamen Rätselraten an mich weitergab.

Das Alte Land, direkt an der Elbe, nahe bei Hamburg, gehörte zur Gefahrenzone 1, und deshalb durften wir dort nicht bleiben. Hatten wir das in unseren Briefen nach Überall mitgeteilt? Jedenfalls kam aus Fallersleben von unserer früheren Nachbarin Frau Eckstein die Einladung: Im Haus ihrer Eltern ist Platz genug.

Wir fuhren in einem der überfüllten Züge nach Fallersleben. Waren am nächsten Tag ausgeschlafen genug, um dort durch die heile, nicht zerbombte Stadt zu gehen, und »kauften sämtliche Läden leer«, wie ich Kurt gegenüber behauptete. Ich bekam ein richtig fertiges Sommerkleid, kein selbstgenähtes. Und für meine verhältnismäßig kleinen Füße fand sich ein Paar schöner, weinroter Schuhe, die ich lange trug.

Frau Ecksteins Vater war Schlachter (Fleischer, Metzger oder wie das in der dortigen Gegend heißen mochte). Seine Frau erklärte meiner Oma, sie könne gar nicht ohne Fleisch kochen. Also ließen wir sie mit Fleisch kochen. Es schmeckte gut, war mir nur manchmal zu fett. Der Metzger schlachtete selbst, was er später auf Lebensmittelmarken verkaufte. Ich fragte, ob ich beim Schlachten zusehen dürfe. Ja, ich durfte, musste allerdings versprechen, nicht umzufallen. Ein Rind wurde geschlachtet. Ich fand es spannend, wie sie mit Messern und Sägen umgingen, wie sie das Vieh vierteilten, wo sie die einzelnen Organe herausholten, wie sie ihre Schürzen bekleckerten, dazu kam Blutgeruch, irgendwo ungesalzen kochendes Fleisch. Es war wohl heftig; ich konnte es aber ertragen. Mir war, als gehörte dieser Blick in so fremde Arbeit zu meiner Entwicklung, zu dem Schritt in die Welt des Erwachsenseins. Ich musste mir das antun.

Ja, ich war doch in diesem gerade vergangenen Juli erwachsen geworden. Ganz schnell, in wenigen Wochen, sehr dramatisch. Ganz gegen meine Gewohnheit, alles langsam an mich herankommen zu lassen, alles langsam zu begreifen. Ich war siebzehn Jahre alt, womit die Backfischzeit endete. Dieser alte Begriff, der zwischen die Mädchenjahre vierzehn bis siebzehn gelegt wurde, benannte die Unsicherheit, dieses Nicht-Fisch-nicht-Fleisch-Sein, meinte etwa die Pubertät, ein damals fremdes Wort.

Ja, dieser Juli! Er begann schön und sommerlich, mit ersten Küssen, frohem Erkennen des Weggefährten. Endete in Rauch und Trümmern und entließ mich ins Ungewisse. Mit weinroten Schuhen für die vielen fremden Straßen.

Cottbus

Hinter Berlin um die Ecke. Weit weg vom *Tommy*. Von dort kam die Einladung. Und das muss ich erklären. Dafür ist die Fahrt nach Berlin lang genug. Ich liege oben über den Sitzen im Gepäcknetz, mir gegenüber ein Junge, der schläft. Das Gepäcknetz ist für jugendliche Reisende ein praktischer Aufbewahrungsort, weil es gut zu ersteigen ist. Wir nehmen damit keinem der älteren Erwachsenen einen Platz weg. Die Koffer stapeln sich draußen im Gang. Für ein paar Taschen, die mit mir nach oben kamen, muss ich die Füße stillhalten.

Das war so: Irene brachte eines Tages einen aus Cottbus stammenden – nein, keinen Postkutscher – Pastor mit. Ich weiß nicht, woher sie ihn kannte. Der war Soldat und mit seiner Einheit für einige Wochen in Hamburg stationiert. Er besuchte uns an seinen freien Tagen, und es ergaben sich interessante Gespräche. Er hatte Freude an Gedichten. Wir konnten zusammen singen. Irene korrespondierte inzwischen mit Christel, seiner Frau. Die schrieb also: Im Pastorenhaus ist ausreichend Platz.

Deshalb reisten Agnes, Irene mit ihrem Hermann und ich an die Spree. Mutti und Peter blieben in Neustadt/Holstein, wo sie ihre Arbeit hatten und außerdem Fische fingen, ihre neue spannende Freizeitbeschäftigung. Wir erfuhren von Fräulein Traugott, die ja anfangs mit uns zusammen das Haus verlassen hatte, dass sie bei Freunden gut untergebracht war. Verblüffend, dass uns überhaupt Briefe erreichten, obwohl wir immer wieder eine neue Adresse meldeten. In den letzten Wochen hieß es oft, ein Brief sei »noch durchgekommen«. Uns wurde sogar eine Karte nachgeschickt, die Tante Margot nach dem ersten großen Angriff in die Bürgerweide geschrieben hatte, etwa: »Wie geht es euch? Ihr könnt herkommen.« Sie hatten den dicken Rauch über unserer Stadt gesehen.

Während meiner Zeit hier oben im Gepäcknetz betrachtete ich meinen hübschen Ring, den ich vor etwa fünfzehn Wochen zum Geburtstag bekommen hatte. Wie gut, dass sie kein Geld hatten, mir ein Klavier zu schenken. Das hätte ich bei unserer Flucht nicht einfach in der Hand halten können. Das wäre mit allem anderen kaputtgegangen, Disharmonien durch das Inferno, die Flammenhölle, schreiend. Aber mein Ring: Könnte ich ihn hingeben, damit dieser Krieg ein Ende fände? Ich hatte doch neulich schon den Gedanken: Wenn ich ihn in die Elbe werfe, als Opfer, damit endlich Schluss ist? Könnte das aber unsere Elbe veranlassen?

Oder was ganz anderes: Ich steige in Berlin aus, gehe dahin, wo Hitler regiert, und schieße ihn tot. Ein wunderbarer Gedanke. Nur: Ich habe keine Kanone, kein Gewehr, nichts, was man dafür braucht. Könnte ich überhaupt zu ihm vordringen? Alles blieb schrecklich verworren. Ich muss eingeschlafen sein. Endlich Berlin: Kein Weg zur Reichskanzlei, sondern schnell auf den anderen Bahnsteig und mit allem neuen Gepäck in den Zug nach Cottbus.

Im Zug nach Berlin hatten Leute aus Hamburg gesessen, Ausgebombte. Die sprachen erst ausführlich von ihren Verlusten. Bei manchen hörte es sich an, als wollten sie die anderen überbieten mit ihren schrecklichen Erlebnissen. Bald bekamen die Gespräche eine allgemeine Richtung. Es wurde erzählt von Soldaten, die auf Urlaub in Hamburg waren und erschrocken geäußert hatten: Hier bei euch ist ja Krieg. Energisch kam von allen Seiten die Forderung, den Krieg zu beenden. Notfalls bedingungslos. Eine kurze Phase wohltuender Offenheit.

Im Zug nach Cottbus saßen andere Fahrgäste. Leute aus der Gegend, die unseren Krieg nicht kannten. Sie guckten ungläubig, und ihnen schien alles übertrieben. Sie hielten noch durch.

Im Pastorenhaus hieß uns Frau Christel herzlich willkommen. Sie bot Agnes, Irene und mir in der oberen Etage ein schönes Zimmer an. Für Hermann wurde in der Nachbarschaft ein Zimmer frei. Wir lernten drei kleine Pastorenkinder kennen und das Pflichtjahrmädchen Ursula.

Ein *Pflichtjahr* im städtischen Haushalt mit mehreren Kindern oder in einem bäuerlichen Haushalt mussten alle Mädchen machen, die nach acht Jahren aus der Schule kamen. Ob sie dadurch für einen Beruf besser vorbereitet wurden, ist zu bezweifeln. Immerhin waren sie etwas erwachsener, wenn sie ins Berufsleben einstiegen. Aber die Nazis gingen ja davon aus, dass Frauen ins Haus gehören, an den Kochtopf. Dafür sollten Mädchen vorbereitet werden. Obwohl Frauen in dieser Kriegszeit zu jeder Arbeit herangezogen und verpflichtet wurden.

Mein nächster Brief an Kurt wurde mehr als eine Antwort auf einen Brief von ihm, auf den ich sehr lange gewartet hatte. Ich erzählte ihm:

> Hier ist das Warten auf den Briefträger eine ansteckende Krankheit. Als ich heute von weitem die Briefträgerin sah, wusste ich schon, dass dieses Mal die erwartete Post für mich dabei sein würde. Hatte ich doch die Nacht schon geträumt, es wäre ein Brief von Dir in einem ausnahmsweise blauen Umschlag gekommen. Du wirst begreifen, wie enttäuscht ich war, als die postaustragende Dame an unserem Hause vorbeiging und für nieman-

> den etwas hatte. Kurz darauf kam aber Ursula vom Einholen und rief mir schon von unten zu, es sei ein Brief von »Kurtchen« gekommen. Ehe Ursula mit der Post oben war, war ich schon unten und habe ihr die große Kostbarkeit abgenommen.

Der Briefumschlag war blau wie geträumt. Ich brauchte viel Zeit, um die vielen Seiten zu lesen, und noch mehr Zeit, um ausführlich zu antworten.

Da liegen zwei Briefe: der von Kurt, den er zwischen dem 6. und 11. September in Raten schrieb, und einer von mir, mit dem ich ihm am 16. und 17. September antwortete. Wir hatten seit Juli 1943 so viel Neues erlebt, wovon, trotz einiger Zwischenberichte, viel noch unerzählt war. Ich sortiere und zitiere.

Aus dem Brief von Kurt:

> Wie lange ist es her, dass ich Dir die letzten Zeilen schrieb, und wie lange wirst Du vergebens auf eine Nachricht gewartet haben. Das alles würde recht traurig sein, wenn ich nicht hoffen dürfte, dass Du weißt, wie oft ich an Dich gedacht habe und Dir im Stillen tief in die Augen geblickt. Dass meine Mutter zu mir nach Neiße gekommen ist, habe ich Dir wohl schon mitgeteilt. Kurz darauf schrieb mir unser Hauswirt, dass wir Teilschaden hätten und es angebracht wäre, wenn sich jemand um unsere Wohnung bemühe. Ich fuhr Hals über Kopf für 12 Tage auf Sonderurlaub, nicht ohne den festen Vorsatz, Dich in Neustadt oder Fallersleben aufzusuchen.
> Bergedorf – der Zug rollte – Rothenburgsort – Hamburg – dann war ich in Farmsen; ob ich auf dieser Fahrt geflennt oder geflucht oder verbissen geschwiegen habe – ich weiß es nicht

Die Trümmerwüste seiner Heimatstadt musste Kurt mit steigendem Entsetzen gesehen haben, schrieb aber an mich nicht mehr darüber. Ich kannte das ja auch selbst. Er erzählte weiter:

> Dann hat's mich erwischt. 41 Fieber. Ich spreche wie aus einem Fass. Mandelentzündung. Nach 2 Tagen arbeite ich wieder. Ich

> wollte ja noch nach Fallersleben oder Neustadt. Da kommt Telegramm, dass Du in Cottbus. Ich will zu Dir, wenigstens durch Cottbus kommen. – Plötzlich steht meine Mutter vor mir. Kurz darauf bin ich auf dem Wege zum Arzt, von da aus ins Lazarett. Stabsarzt – Di; sofortige Einweisung. Meine Mutter besucht mich. Vater ist wieder nach Russland abgereist.
> Trotzdem ich es hier sehr gut habe, sehne ich mich von hier fort. Diese verbrecherische Desorganisation, die ich hier mit ansehen muss, kostet so viel Nerven, dass mir das Sturmgeschütz heute wie ein Sanatorium erscheint. Auch fürchte ich, die Verbindung mit meinen Kameraden zu verlieren, denn dieses ist der erste Brief, den ich hier schreibe.

Zwischen seinen Brief drängte sich die Kapitulation Italiens. Und eine entsprechende *Führerrede*, die er beschrieb als »kurz und der Zeit und Lage gerecht. Gleich einem Stellungsbericht und neuen taktischen Anweisungen in einer Kampfpause. Sollte mein Wunsch, zum Süden zu kommen, vielleicht doch Wirklichkeit werden?« Ich mochte das nicht lesen. Ich fühlte mich erst wieder wohl bei seinen nächsten Worten:

> Wie gefällt es Dir in Cottbus, und gedenkst Du, Dein Hauptquartier dort längere Zeit zu belassen? Es ist eigenartig, immer, wenn ich des Abends einem kleinen müden Haupte meine stillen Wünsche sandte, legte es sich gerade wieder an einem anderen Orte zur Ruhe. Ich hoffe, dass Dich arme Nomadin diese Wünsche trotzdem erreichten

Ja, klar bekam ich seine Grüße! Dazu erfuhr er von mir: »Immer, wenn ich nachts aufwache, bemühe ich mich krampfhaft, nicht an Dich zu denken, damit Du nicht im Schlaf gestört wirst. Und Du schreibst mir zu nächtlicher Stunde lange Briefe.«

Auf die Sache mit Italien musste ich auch eingehen:

> Zu Deinem Wunsch, nach Süden – oder überhaupt zum Einsatz – zu kommen, möchte ich Dir noch sagen: Es wird sich

> noch früh genug Gelegenheit zur Bewährung für Dich finden. Dein Leitwort ist doch: »Das Höchste für den Menschen ist die Pflicht«. Du solltest Dich also zunächst verpflichtet fühlen, ganz gesund zu werden, anstatt von einem Lazarett bzw. Revier ins andere zu kommen. Man kann doch das zweite Ziel nicht vor dem ersten erreichen. Wenn Du wirklich völlig gesund bist, dann darfst Du an einen Einsatz denken. Erst musst Du den »sittlichen Willen« haben, das erste Ziel – nämlich die Gesundung – zu erreichen.

Da kam ich mir wohl sehr klug vor. Vermutlich steckte meine Hoffnung dahinter, dass der Krieg bald beendet würde. Weil doch auch Italien schon aufgab. Aber Deutschland gab nicht auf, marschierte plötzlich mit Feindesstiefeln durch Italien, das bis neulich noch befreundetes Land war. Kurt wollte unbedingt mit, obwohl er mit einem kaputten Fuß schon in Dänemark im Revier gelegen hatte.

Kurt musste selbstverständlich einiges über Cottbus erfahren. Also weiter in meinem Brief:

> Es gefällt mir hier ausnehmend gut. Besser als in bisherigen Unterkünften. Die Stadt ist (54 000 Einwohner) großzügig gebaut. Die Häuser sind gewöhnlich zweistöckig. Es gibt schöne Anlagen, große Plätze und breite Straßen, 4 Straßenbahnlinien und Autobusse. Die Bevölkerung ist zum Teil wendisch. Man sieht hier viele Spreewälderinnen in ihren bunten Trachten. Die Leute – sogar auf den Behörden – sind nett und freundlich.
> Wie oft gehe ich mit Dir Hand in Hand an der Spree entlang, um Dir zu erzählen, Deinen Worten zu lauschen oder mit Dir zu schweigen und zu schauen. Es ist hübsch hier. Neulich haben wir eine kleine Kanalfahrt gemacht. Angesichts des stillen Wassers und der vielen mit Büschen und Bäumen bestandenen Ufer ließ es sich so schön träumen. Viele Trauerweiden lassen ihre Zweige ins Wasser hängen. Man kann dabei manchmal an die Alster denken, obgleich die Spree nur schmal und sehr flach ist. Dieses friedliche von Sonne beschienene Bild beruhigt so schön.

Wenn man die Freude vergessen hätte, hier könnte man sie wiederfinden. Aber wir haben doch das Freuen nicht verlernt?

Meine Mutter war krank geworden und erschien mit ihrem Peter in Cottbus – mindestens für die Dauer ihrer Krankschreibung. Wo sie alle nächtigten und was sie taten, weiß ich kaum. Nur Omis Tun ist mir gegenwärtig: Sie fand eine Nähmaschine im Hause und fing sofort an, für die kleinen Jungen Hosen zu nähen. Mit Schlitz und Hosentaschen, was ihre Spezialität war und den Lütten ein gewisses reiferes Aussehen gab. Danach bemühte sie sich erfolgreich um weitere Kundschaft.

Im Brief von Kurt stand: »Di; sofortige Einlieferung ins Lazarett.« Ich las kein Semikolon in seiner Schreibschrift, statt dessen ein ›e‹, also: »Die sofortige ...« Konnte ich ahnen, dass er eine medizinische Abkürzung benutzte? Etwa nur, weil er nicht wusste, wo überall bei der Diphtherie ein ›h‹ hinkommt? Und weil er vermutete, dass ich als Krankenschwesterntochter mich bei Infektionskrankheiten auskenne? Ich las »Die« und machte halb Cottbus verrückt, weil ich nicht wusste, was ihm fehlt. Nur Halsschmerzen, oder ist der Kopf ab?

Es geschah fast ein Wunder: Ich bekam Fahrgeld für einen Besuch in Hamburg. Und Peter gelang es, von der Post aus seine Mutter telefonisch zu erreichen und mich bei ihr für die Übernachtung anzumelden. Zunächst fuhr ich nach Wandsbek-Gartenstadt ins Lazarett. Da war Kurt nicht mehr. Sie hatten ihn in die Heide verlegt, zum langsamen Auskurieren in ein Ausweichkrankenhaus. Was nun?

Vielleicht treffe ich seine Mutter in Farmsen? Wir kannten uns nicht. Ich fand die Straße, fand das Haus und fand Frau Jung beim Saubermachen und Aufräumen. Sie war dabei, alle Betten zu lüften. Ich kam natürlich ungelegen. Aber dann fand sich doch ein Platz für mich, und es gab Kaffee. Und ich erfuhr endlich, dass Kurt mit einer Diphtherie ins Krankenhaus gekommen war. Seine Mutter war schon in der Heide gewesen und wollte ihn am nächsten Tag wieder besuchen. Wir verabredeten uns am Bahnhof.

Frau Jung, klein und freundlich, gab sich viel Mühe mit mir; wir waren wohl beide befangen. Für unser gemeinsames Ziel mussten wir in Buchholz umsteigen nach Jesteburg. Von dort ging es mit schnellen Schritten in ein Barackenlager mit dem Namen »Rüsselkäfer«. Kurt kam uns entgegen. Wir wanderten zu dritt durch die Heide und versuchten gemeinsame Gespräche.

Ich konnte immerhin etwas über meine nächste Zukunft berichten: In der Oberschule in Cottbus war Französisch Pflichtfach. Ich hätte ein Jahr wiederholen müssen, um dabei mitzukommen. Deswegen meine Überlegung, die Schule zu verlassen und eine Ausbildung zur Kindergärtnerin zu machen. Mit dem letzten Osterzeugnis, das mir meine »mittlere Reife« bestätigte, könnte ich bis zum Frühjahr eine Stelle als Helferin in einem *NSV*-Kindergarten mitten im Spreewald bekommen und danach zwei Jahre aufs Seminar gehen. Ich hatte schon einen Antrag auf ein *Arbeitsbuch* gestellt. Aber inzwischen ließ sich alles wieder rückgängig machen, weil unsere Klosterschule nach Süddeutschland verlagert wird. Ich würde noch fragen, wann und wo Unterbringung und Unterricht weitergehen.

Beim Abschied gab ich Kurt einen Kuss, was Frau Jung leichtsinnig fand. Ich ging aber davon aus, dass in guter Luft die Bazillen schnell verfliegen. Von meiner Mutter wusste ich, dass Angst ein schlechter Begleiter bei Pflege und Versorgung von Infektionskrankheiten ist. Kurt erhielt am nächsten Tag den Bescheid über seinen ersten negativen Abstrich.

Im Sekretariat der Klosterschule erfuhr ich, was ich schnellstens an Kurt schrieb: dass wir »höchstwahrscheinlich in die Oberpfalz kommen. Es ist aber noch nicht festgesetzt, wann es losgehen soll. Ich werde von Hamburg aus dahin fahren und möglichst so kommen, dass ich noch Zeit für einen Besuch bei Dir in Jesteburg habe.«

Bei meiner Rückkehr nach Cottbus stand ich im voll besetzten Zug auf dem Gang und hörte einem Soldaten zu, der über die Angriffe auf Hamburg sprach. Er fand sie gerechtfertigt. Weil sowieso das Gängeviertel renovierungsbedürftig gewesen sei. Er hielt die Meldungen für übertrieben.

Aber ich, ungeschickt, siebzehnjährig, dickes Mädchen mit Brille, kleine Schülerin aus Hamburg, ich widersprach diesem Soldaten: Ob er meint, die Häuser seien unbewohnt gewesen, auf die all die Bomben gefallen sind? Ob ihm die Menschen völlig wurscht sind, die da umkamen? Ob er bedenkt, dass die Überlebenden nicht nur ihre vielleicht mangelhaften Wohnungen verloren, sondern dass ihre gesamte Habe unter den

Trümmern liegt? Und ob er behaupten will, Hamburg hätte so viele renovierungsbedürftige Häuser und Straßen gehabt, wie tatsächlich zerstört wurden?

Ich sagte das nicht laut, aber heftig, eilig, dabei meine eigene Empörung beobachtend und erstaunt darüber, wie mir so schnell alle Wörter einfielen. Wenn auch gewiss damals andere als heute. Der Gang stand voll mit Reisenden, die nickten mir zu, sprachen mit mir, hatten teilnehmend begriffen, dass ich in dieser blutenden Stadt zuhause war.

Zurück in Cottbus las ich Kurts Brief noch einmal und fand das Semikolon. Ich wurde sehr froh bei dem Gedanken, dass ich seine tatsächliche Erkrankung vorher überlesen hatte. Für den Besuch bei einem Diphtherie-Kranken hätte ich wohl kein Fahrgeld bekommen. Ich lebte nun mit der Hoffnung, bald über Hamburg zur Weiterreise nach Süddeutschland zu kommen, weil ich Kurt noch einmal in Jesteburg besuchen wollte. Er würde auch auf seinem Weg in die Garnison nach Neiße über Cottbus fahren, wie in seinem nächsten Brief zu lesen war. Mal abwarten, wer von uns beiden sich eher auf den Weg machte.

Die Nachricht aus der Schule abwartend, half ich weiterhin im Haushalt, spielte mit den Kindern. Schön waren die späten Abende. Omi und Irene gingen zeitig schlafen. Aber Christel und ich mochten noch miteinander erzählen. Wir trafen uns bei Musik. Sie sang ein Lied von Bach aus dem *Notenbüchlein für Anna-Magdalena* und begleitete sich auf dem Klavier. Es glänzte kunstvoll mit Triolen und anderen Schwierigkeiten. Ich lernte es trotzdem und wusste bald alle vier Verse von *Willst du dein Herz mir schenken, so fang es heimlich an.*

Uns verband auch die Liebe zu Rilke. Natürlich fand ich im Bücherschrank den *Cornet*. Den schrieb ich mir ab, obwohl ich ihn so gut wie auswendig wusste. Ich hatte mir eine dicke Rechenkladde kaufen können. Auf kariertes Papier passte ja viel mehr Text als auf liniertes. Ich schrieb klein und die Seiten von oben bis unten voll. So blieb im Heft noch Platz für weitere literarische Freuden.

Mit meinem nächsten Taschengeld landete ich in einem Bücherladen direkt vor den Reclam-Heften und sammelte vier oder fünf Schiller-Dramen zusammen. Als ich sie bezahlen wollte, eröffnete mir die Verkäuferin: »Wir dürfen nur zwei auf einmal abgeben.« Da sah ich sie ernst an und sprach: »Ich bin aus Hamburg. Ich habe gar nichts mehr.« Das muss auf sie dramatisch-tragisch gewirkt haben. Ich durfte behalten, was ich mir ausgesucht hatte, und legte mit Maria, Johanna, Tell und anderen den Grundstock für meine künftige Bibliothek.

Es geschah mehr Kulturelles mit mir. Cottbus hat ein großzügiges, im Jugendstil gebautes Theater, und das bot interessante, angenehme Opern- und Schauspielabende. Nach Cottbus waren viele Berliner evakuiert worden, denen zur Freude gaben Berliner Bühnen ihre Gastspiele. Ich kannte einige Schauspieler aus Filmen. Will Quadflieg zum Beispiel, der in Goethes *Torquato Tasso* spielte. Dafür hätte ich eine Einführung gebraucht, denn der Inhalt ging unverstanden über mich hinweg. Aber Quadflieg spielte jugendlich schön.

Mit Omi besuchte ich eine Aufführung von *La Bohème* und hatte nachher einiges zu beanstanden. Durch das Geschehen auf der kleinen Bühne, durch viel Bewegung vieler buntgekleideter Personen kam nach meinem Empfinden die Musik zu kurz, sie wirkte wie »aus dem Nebenzimmer« gespielt. Ich fand, »auf einem so kleinen Raum sollte man nicht so viel zusammendrängen, sondern das Ganze mehr stilisieren«.

Wegen dieser Erfahrung ging ich skeptisch mit, als es den *Fliegenden Holländer* gab. Und wurde überwältigt. Ein ruhiges Bühnenbild mit unaufdringlichen Farben unterstützte die Musik. Da blieb mir nur zu schreiben: »An sich komme ich mit Wagner nicht so gut zurecht; aber diesmal war ich begeistert.«

Erstaunt erlebte ich, dass der Herr Generalmusikdirektor einen Besuch im Pastorhaus machte: Er war zum Abendessen eingeladen. Neugierig erkundigte er sich nach unserer Hamburger Staatsoper und beneidete uns, dass wir Aufführungen in dem renommierten Haus gehört und gesehen hatten. Inzwischen ging es ja ziemlich kaputt. In den zwei, drei Jahren vorher war ich öfter mit Inge in der Oper gewesen und galt fast als Expertin in der Familie. Dabei fühlte ich mich nicht wohl. Aber der angenehme Herr hörte interessiert zu. Er wusste viel aus Hamburgs Musikleben, fragte nach Einzelheiten. Meine anfängliche Verlegenheit lockerte sich, weil ich das eine und andere beantworten konnte.

Meine vorsichtig vorgebrachte Meinung über die beiden Opernaufführungen, die ich in Cottbus gesehen hatte, nahm er offensichtlich ernst.

Dann erklärte er mir, wie Musik und Inhalt eines Stückes Einfluss auf das ganze Drumherum nehmen. Und erwähnte lächelnd den »allgemeinen Publikumsgeschmack«. Für mich wurde das ein erfreulicher, lehrreicher Abend.

Ein Brief aus der Heide, vor meinem Besuch im »Rüsselkäfer« geschrieben, kam endlich an und ließ mich wissen:

> Was das nächtliche Schreiben anbetrifft, bin ich jetzt sehr brav. Auch die nächtlichen Gespräche, die ich mit Dir führe, werde ich nur noch so leise flüstern, dass Du nicht davon wach wirst. Den Mond allerdings kann ich nicht verdunkeln. Da musst Du Dir schon selber helfen. Aber sei nicht zu grausam mit ihm, denn wie oft war er mir ein stiller Weggefährte, mit dem ich mich recht gut unterhalten habe, denn er hat nicht die Angewohnheit, dumme Antworten zu geben. Und ist er nicht das himmlische Postamt für alle Gedankenkorrespondenz?

Darauf musste ich schnell antworten:

> Du hast dem Mond einen verantwortungsvollen Posten gegeben. Als Postamt für Gedankenkorrespondenz wird er sicher sehr, sehr viel zu tun haben. Schon um alle Gedanken, die von Cottbus nach Jesteburg gehen, richtig abzuliefern, hat er alle Hände voll zu tun. Wie wäre es, wenn er sich da die Sterne zu Hilfe nähme? Die Sterne sind doch auch noch da, wenn er mal seinen Schalter geschlossen hat. Da ist zum Beispiel der Große Wagen. Darin ist für so viele Grüße und Gedanken Platz, wie sie allabendlich zu Dir gehen. Natürlich ist er dann so gehäuft voll wie ein Heuwagen, aber es wird schon nichts verloren gehen.

Für die langen Briefe musste ich mir längst neues Briefpapier besorgen. Das wurde im Zuge allgemeiner Knappheiten immer schwieriger. Damals, als ich noch in Hamburg zuhause war, konnte ich Besuche machen oder telefonieren. Da schrieb ich höchstens mal während der Ferien an Inge. Wie gut war es, dass ich noch ihre vorjährige Adresse vom Ferienbesuch bei ihren Verwandten auswendig wusste. Es war einen Versuch wert, einfach einen Brief an Inge nach Thüringen zu schicken. Und ich hatte Erfolg: Sie war mit Eltern und Tante tatsächlich dort gelandet und freute sich über meine Grüße. Überlebensgrüße.

Selbstverständlich hatte ich inzwischen mit immer neuem Absender nach Wilhelmshaven geschrieben. Von dort kam eine traurige Nachricht: Meine Tante Mariechen, die jüngste Schwester meines Vaters, war bei den Angriffen auf Hamburg umgekommen. Das traf mich sehr, auch wenn ich sie lange nicht gesehen hatte. Ich kannte sie als aufgeweckte junge Frau mit lockig-rotem Haar, immer so vergnügt! Nun musste ich mir ihr Ende zwischen Feuer und Trümmern vorstellen. Helga, ihre Tochter, sei zu Tante Frieda auf die Veddel gekommen, hieß es. In Hammerbrook, wo Tante Mariechen umgekommen war, hatte das Feuer fürchterlich gewütet und Menschen verbrannt. Ich hörte später von einer Frau, die als Einzige ihrer damaligen Mitschülerinnen übrig geblieben war. Und aus Klasse Leu mussten fünf Mädchen, die dort gewohnt oder gearbeitet hatten, ihr kaum begonnenes Leben lassen.

In Cottbus bahnten sich Veränderungen an. Damit Irene hier arbeiten konnte, musste sie aus Hamburg einen besonderen Schein vom Arbeitsamt haben. Sie fuhr hin und bekam gesagt: »Ihre Firma sucht Sie schon. Sie müssen zurück.« Also packte sie ihre Siebensachen und fuhr mit Hermann nach Hamburg-Langenhorn, wo Freunde ein bis zwei Zimmer abgeben konnten. Jeder, der noch bewohnbare Räume hatte, musste Ausgebombte aufnehmen. Da nahm man lieber Leute, die man kannte.

Agnes wollte nun auch zurück, hatte aber zunächst in Cottbus noch einige Näharbeiten zu erledigen. Sie würde mit mir gemeinsam fahren, sobald ich Nachricht bekam, wohin die Klosterschule evakuiert wurde. Bis dahin nutzte sie die Gelegenheit und nähte für mich schnell ein paar Sachen, mit denen ich den nahenden Winter in der Fremde überstehen konnte. Wir hatten noch nicht alle Bezugsscheine für Kleidung oder Stoffe aufgebraucht.

Und Schwester Käte? Die wurde vom Hamburger Staat, Gesundheitsbehörde, nach ihrer Genesung wieder in ein Ausweichkrankenhaus geschickt. Nicht mehr nach Neustadt, sondern in die Heide nach Wintermoor. Ob Peter dort auch schnell wieder Arbeit fände?

Dann kam endlich Nachricht von meiner Schule: Sie öffnet ihre neuen Pforten in der Nähe von Straubing in Niederbayern; in Hamburg würde ich alle Unterlagen bekommen. Da packten Omi und ich zusammen, was sich in den letzten Wochen wieder angesammelt hatte. Mehr als erwartet, ein paar Koffer und Taschen voll. Das war aber auch alles, was wir überhaupt besaßen. Nichts blieb liegen.

Ein herzlicher Abschied von Christel, gute Wünsche für Ursula, zärtliche Umarmungen und viele, viele Kinderküsschen. Winken.

Mich erinnernd auf dem ersten Stück des Weges: Cottbus war schön. Ich wäre gern in den Kindergarten im Spreewald gegangen, wie das für mich ein paar Wochen lang vorgesehen war. Zu den Kindern der Sorben, zu den Frauen mit den bunten Trachten. Ich hätte mich einhören müssen in ihre Sprache. Wie wäre das wohl gegangen? Haben sie Lieder?

Seit dem Umsteigen in Berlin richteten sich Blicke und Gedanken in die nächste Zukunft. Ob Kurt am Bahnhof steht? Ich hatte gerade noch erfahren, dass er Genesungsurlaub bekam, also zuhause in Farmsen ist. Erhielt er mein Telegramm? Wartet er auf den Zug? Der hat so viel Verspätung.

Eine Woche Hamburg

Mit mehr als zwei Stunden Verspätung fuhr unser Zug fauchend in den teilweise kaputten Hamburger Hauptbahnhof ein. Da kam einer auf mich zu, der mich in seine Arme nahm. Wie froh wir uns ansahen.

Ohne dein und mein Zutun ging es zunächst nach Langenhorn, zu den Bekannten, die Platz für uns hatten. Hier waren Familie und Hausgemeinschaft anwesend, Begrüßungen, viel Fragerei, intensive Unruhe. Du kamst endlich dazu, mich zu fragen, ob ich mit nach Farmsen wolle. Deine Mutter bot das an. Leni war aus Berlin auch gerade da. Ach, wie gern. Schnell wurde das Nötigste für mich aus den Koffern geholt. Später schriebst du mir über das ganze Durcheinander: »Allmählich werde ich Mattscheibe. Ein Glück, dass ich einen Menschen noch klar sehe, dessen liebe Augen mir für die nächsten Tage frohe Stunden versprechen. – Ein Glück. – Mein Glück?«

Mir wurde Kurts Zimmer neben der Küche angeboten. Ich nahm dankend an, ohne zu fragen, wo Kurt schlief. Mir war es Mühe genug, ihm klarzumachen, dass mich die primitive Toilettengeschichte hinterm Haus nicht störte. Leni erzählte, ihrem Bruder sei es schrecklich fatal gewesen, mich einzuladen. Aber ich kannte ja das Plumpsklo schon von meinem Besuch im September, als ich nur seine Mutter angetroffen hatte. Ich fand es völlig unproblematisch. Leni lachte, ich auch. Kurt war verlegen. Es war ein gemietetes Haus und gestaltet wie andere in den Vororten: für zwei Familien, je ein paar Zimmer und Küche im Erdgeschoss, eigener Eingang und ein mehr oder weniger ausgebauter Boden. Sie hatten hinter der Küche einen Gemüsegarten, und vorm Haus blühten letzte Astern. Ich war dankbar für die Einladung und bereit, mich wohlzufühlen. Eine Welle der Freude wiegte mich langsam in den Schlaf.

Am nächsten Tag erfuhr ich in der Klosterschule, dass alle oberen Klassen bereits gemeinsam nach Münchshöfen bei Straubing abtransportiert worden waren. Ich musste allein fahren. Dafür bekam ich keinen bestimmten Termin. Kurt hatte Genesungsurlaub, noch gut eine Woche. Am letzten Tag, meinte er, wären bei ihm Laufwege, Abmeldungen und dergleichen zu machen. Am Tag davor könnte er mich an den Zug bringen. Wie wir uns freuten: eine ganze Woche.

Danach sollte Kurt wieder in seine Garnison nach Neiße an der Neiße in Oberschlesien. Er galt nach dem Genesungsurlaub noch nicht als voll einsatzfähig. Für die kommende Woche bekam Kurt Zivilerlaubnis: Er durfte seine eigene Kleidung tragen. Nicht die dicke grün-graue Soldatenuniform mit dem Ledergürtel, der Koppel hieß und zusammengehalten wurde durch ein metallenes Koppelschloss mit den einhämmernden Worten »Gott mit uns«. Was stand bei Russen, Franzosen und all den anderen drauf? War überall der gleiche liebe Gott zuständig? Ich fragte nicht laut.

Wir gingen gemeinsam in die Stadt. Kurt wollte sich Noten besorgen und mir die nette Verkäuferin des Musikalienladens in der Gerhofstraße vorstellen. Ich erinnerte mich leise an ein aufreizendes Blond damals neben ihm im Konzertsaal. Aber wir trafen sie nicht. Während er sich um seine Noten kümmerte, fand ich Reclam-Hefte in einem Regal, fand auch den *Faust*, den Kurt auf seine Rechnung setzen ließ, das sei selbstverständlich. Was sollte ich sagen? Was verdient, besser: erdient ein Soldat?

Zurückgekommen zeigte Kurt mir, was er an Reclam-Heften mit Theaterstücken besaß. Und überließ mir einige davon mit der Begründung:

»Ich kann sie jetzt nicht lesen. Du kannst sie mir ja später zurückgeben.« Auf allen prangte sein Stempel mit Namen und Anschrift: *Adolf-Hitler-Straße 108*. Wie kann man da bloß wohnen? Augen zu! Ich war so froh.

Gegen Abend nahm Leni mich beiseite und sagte, sie habe zufällig gesehen, wie Kurt auf dem Sofa schlief: Wie ein hingeschissenes Fragezeichen. Das ging unmöglich. Wer weiß, wie oft er überhaupt noch richtig schlafen konnte. Er brauchte sein Bett. Aber wie ihm das klarmachen? Dass ich, schon weil ich so viel kleiner war, bequem auf das Sofa passte, würde er vermutlich nicht einsehen. Also eine List: Leni erklärte, ihr Brief müsse unbedingt noch in den Briefkasten. Kann Kurt den eben hintragen? »Ja gern, wenn Hilde mitkommt.« Ach, ich lehnte ab. Kurt verstand das zwar nicht, ging aber brav mit dem Brief los. Inzwischen packten wir das Bettzeug um, ich verschwand im Wohnzimmer. Als er zurückkam, wurde ihm draußen gesagt: »Da darfst du nicht rein.«

Auf sein Bett hatte ich einen kleinen Gute-Nacht-Zettel gelegt. Aber es war betrüblich, ohne Gute-Nacht-Kuss einzuschlafen. Ich konnte noch ein bisschen nachdenken. Damals, also im letzten Winter auf den Spazierwegen nach den Konzerten, gab er zuerst ziemlich an, fiel mir ein. Meine Großmutter hätte gesagt: Er mackert sich. Da erzählte er mir lässig, er hätte mit Robert ein paar Flaschen geköpft. Ich hörte auch diverse Großartigkeiten aus der Schulzeit, womit ich nicht konkurrieren konnte. Allmählich veränderten sich unsere Gespräche, wurden vernünftiger. Wir mussten uns nichts mehr vormachen. Nein, es wurde nicht alles gesagt, längst nicht über alles gesprochen. Aber wir gingen vertrauensvoller miteinander um. Das war schön.

Ich wachte auf von einigem Gepolter. Dann die Mutter-Stimme, sehr energisch: »Kurt, geh sofort ins Bett!« Ruhe. Als ich am Morgen die Verdunkelung vom Fenster nahm, sah ich ein von außen angeklebtes Plakat, selbstgemalt: Geisterfiguren, dazwischen ein paar Fotos mit niedlichen kleinen Katzen und die Schrift: »Huuu! Das Bettwechselgespenst!« Vor dem Schlafstubenfenster und an der Haustür fanden sich ähnliche Werke. Wir freuten uns den ganzen gemeinsamen Morgen darüber.

Vielleicht – überlegte ich später mal – hätte ich durchaus mit zum Briefkasten gehen können. Mir hätte doch möglich sein müssen, ihm den notwendigen Bettentausch klarzumachen. Ob aber schlimmstenfalls verbunden mit der Drohung, mich im Falle seiner Weigerung zur Familie nach Langenhorn abzusetzen? Und wenn er probehalber gesagt hätte: Geh doch. Wir hätten keinen gemeinsamen Ausweg aus unseren Konsequenzen gefunden. Und wären beide traurig gewesen.

Nun war mit dem ungeküssten Gute-Nacht-Kuss diese Bettwechselgeschichte geklärt. Und es blieb dabei, dass ich auf dem Sofa schlief. An den folgenden Abenden konnten wir uns ordentlich zur Nacht verabschieden. Und uns boten sich schöne Tageszeiten: Tage mit viel Zeit füreinander, miteinander.

Mitten auf dem Rathausmarkt – ich weiß, dass er zu der Zeit noch *Adolf-Hitler-Platz* hieß, aber ich sagte auch damals lieber den anderen Namen – trafen wir einen Schulkollegen von Kurt. Und mich freute, dass Kurt mich während des ganzen Gesprächs im Arm hielt. Er bekannte sich deutlich zu dem kleinen dicken Mädchen mit Brille, das er bei sich hatte. Abschließend sagten sie sich gegenseitig gute Wünsche. Sie waren Soldaten.

Ein heilgebliebenes Kino bot *Münchhausen* an, einen Farbfilm, was besonders betont wurde, weil es erst wenig Filme in Farbe gab. Ich hatte ihn schon gesehen und fand ihn großartig. Daher empfahl ich den Besuch.

Zunächst war die *Wochenschau* zu absolvieren. So wiederholte sie sich seit zwei Jahren, mit kernigen Worten angepriesen und mit kämpferischer Musik untermalt: Unsere Soldaten, adrett anzusehen. Und wenn das wirklich nicht passte, dann wenigstens mit einem Lachen auf schmutzigen Gesichtern. Dagegen *Mordgesindel*, *die Bolschewisten*, GPU-Agenten und Juden: Von denen wird die Sowjetrepublik regiert. Tausende von gefangenen russischen Soldaten deklariert als *Sowjethorden und primitives Völkergemisch*. Alle anderen, also die Bevölkerung, fühlten sich *endlich befreit* und jubelten. Dann sahen sie hübsch aus. Was den *Wochenschauen* inzwischen fehlte, waren U-Boot-Siege, Sondermeldungen darüber hatten auch im Radio aufgehört. Dafür kam mehr Luftkrieg vor. Manchmal sogar Trümmer aus deutschen Städten, aber gleich mit dem Hinweis auf Vergeltung und mit dem Versprechen, dass weitere britische Städte *ausradiert* würden. Wenn Hitler in der *Wochenschau* gezeigt wurde, bekam er eine Extra-Melodie, sinngemäß ein Siegfried-Thema: ein wiederkehrendes Erkennungsmotiv. Auf die Dauer aber boten *Wochenschauen* überwiegend gleichbleibend eintöniges Material. Wir langweilten uns kommentarlos.

Und dann kam der Hauptfilm, bei dem wir gemeinsam viel Spaß hatten. Wir wussten beide nicht, dass der Drehbuchautor Erich Kästner war, denn im Vorspann stand der Name Bürger. Von Kästner kannte ich Kinderbücher, mit denen ich aufgewachsen war, die ich wegen Kästners unerwünscht politischer Einstellung in untere Schrankregionen verräumt hatte. Nun waren sie ja sowieso weg. Kurt fand, der Film sei »eine reine Freude« für ihn gewesen. Und da freute ich mich doppelt: noch einmal über den wiedergesehenen Film und besonders über Kurts Spaß daran.

Wir gingen durch die kaputten Straßen unserer Stadt, sahen halb stehen gebliebene Fassaden; Steine und Dreck des ganzen Hauses hinter zerstörten Schaufenstern oder aus ehemaligen Fenstern und Türen quellend. Seit dem Sommer war so weit aufgeräumt, dass viele Straßen wieder begehbar und befahrbar waren. Da lag der Schutt aufgetürmt zu beiden Seiten, staubte oder matschte vor sich hin, je nach Wetterlage. Über Trümmer führten Trampelpfade zu Behausungen, die irgendwo dahinter und darunter lagen.

Wie viele Menschen liefen schon wieder durch die Stadt. Wir wussten doch: Tausende waren umgekommen. Man sprach damals von fünfzigtausend. Tausende waren den Flammen entflohen. Und dennoch wurde die Stadt begangen, befahren: war wieder belebt. Ich hatte mir das in den ersten Tagen nach unserer Ausbombung anders vorgestellt. Ich dachte, später müsste ich meinen Kindern sagen: »Hier hat Hamburg gelegen.« Mit verhaltener Tragik in der Stimme. Dazu sah ich vor mir auf dem Atlas eine Stelle am Elbefluss, schon leicht verschmutzt vom vielen Draufzeigen, gesättigt von Heimwehtränen. Hätte ich damals das *Wintermärchen* von Heinrich Heine gekannt, wäre mir vielleicht eingefallen, was er nach dem großen Hamburger Brand von 1842 feststellte:

> Die Stadt, zur Hälfte abgebrannt,
> wird aufgebaut allmählich.
> Wie'n Pudel, der halb geschoren ist,
> sieht Hamburg aus, trübselig.

In diesem Herbst kannte und bedachte ich den letzten Vers eines Storm-Gedichts:

Wer in der Heimat erst sein Haus gebaut,
der sollte nicht mehr in die Fremde gehen.
Nach drüben ist sein Auge stets gewandt.
Doch eines blieb: Wir gehen Hand in Hand.

Das passte ein bisschen zur Situation von Kurt und mir: Wir mussten beide weg aus unserer Stadt. Zwar einzeln, jeder für sich. Aber mit dem Wünschen, Wollen und Willen, einander festzuhalten und wenigstens in unseren Gedanken Hand in Hand zu gehen. Ich sagte ihm den Vers, und er gefiel uns beiden. Wir hielten uns von Anfang an gern bei den Händen.

Dennoch gingen wir auch in dieser Woche manchmal getrennte Wege. Ich brauchte etwas von Omi und musste den Termin meiner Reise nach Straubing mitteilen. Kurt besuchte den Onkel mit der Mineralölfirma. Hätte er nicht bei dem Onkel bleiben können? Ich wusste: Der Betrieb war *kriegswichtig*, der Onkel hatte keine Kinder, und in der Familie gab es außer Kurt keine Neffen, »nur Nichten«, die für eine spätere Übernahme nicht infrage kamen. Von daher wäre Kurts Freistellung vom Wehrdienst möglich. Er hatte das auf unseren Konzert-Heimwegen einmal erwähnt, es für sich aber abgelehnt. Ach, dieses Ehrgefühl, das die Nazis immer betonten und so schändlich ausnutzten. Damit zwangen sie anständige Männer in den Krieg: Meine Klassenkameraden sind alle längst draußen. Ich darf nicht feige zuhause sitzen. Jahrelang hatten die kleinen *Hitler-Jungen* ihre Fahnen- und Vaterland-Sterbelieder gesungen: *Deutschland, sieh uns, wir weihen dir den Tod als kleinste Tat.* Als kleinste Tat? Nun wussten sie es nicht mehr anders. Sie mussten raus, um irgendwo dieses Vaterland zu verteidigen. Und ließen Mütter und Mädchen allein in den kaputten Städten.

Als ich in Farmsen aus der Hochbahn ausstieg, war es dunkel, beinahe schwarz. Ende Oktober. Den Weg durch das Schrebergarten-Gelände sah ich kaum, doch ich kannte ihn inzwischen. Da sah ich groß, hell und flatternd etwas auf mich zukommen. Fragte mich mit freundlicher, bekannter Stimme: »Hilde?« Ja, Kurt im offenen Sommermantel. Er hätte schon zweimal gefragt, erfuhr ich, und einmal war die Antwort »Leider nicht«. Das schien ihm zu gefallen. Wir hatten es nicht eilig. Als wir endlich aus dem Gelände heraus und an die Straße gekommen waren, machte Kurt den Vorschlag, mir den Farmsener Stadtpark zu zeigen. Ein kleiner Umweg, dem ich zustimmte. Es war wohl noch nicht herbstlich kalt. Mir war es aber peinlich und ich fühlte mich unsicher, als Kurt nachher unseren Stadtparkbesuch erwähnte und Leni sich erkundigte, ob wir auch die Bank dahinten gefunden hätten. Ja, die kannten wir.

Ich musste mich an das vertraute Miteinander der beiden gewöhnen. Auch daran, dass die Mama durch ihr Dabeisein einbezogen war. Sie hatten andere Familienregeln. Da wurde nicht freier oder unfreier gesprochen, als ich es gewohnt war, nur eben anders. Vielleicht machte geschwisterliche Gleichaltrigkeit den mir ungeläufigen Ton aus. Diese neue Familie wollte ich kennenlernen. Anfängliche Befangenheit, ich war doch erst siebzehn, ließe sich ablegen.

Dann fuhren wir nach Wintermoor. Ich war fröhlich, weil Kurt mitkam. Und war herzlich dankbar, als er die Gitarre aus seinem Zimmer nahm. Nein, ich hatte kein bisschen an solche Entscheidung von ihm gedacht, als ich erzählte, dass Muttis Gitarre und ihre schöne Laute unter den Trümmern lagen. Er sagte dazu dasselbe wie schon bei den Theaterheften für mich: »Ich kann sie jetzt nicht nutzen. Gebt sie mir später wieder.« Dass meine Mutter sich freute, war mir klar. Aber es war für einen, der sie weniger kannte, nicht so deutlich zu sehen. Vielleicht war sie auch mehr mit anderem beschäftigt, als ich zu der Zeit wissen konnte.

Für Kurt schien weniger Käte als vielmehr Agnes entscheidend für mich zu sein. Das erkannte ich an einer Frage, die er stellte, als wir den nahen Wald für einen Spaziergang nutzten: »Was sagt denn Omi? Dieser Kurt Jung, was will der eigentlich? Hat nichts, kann nichts, ist nichts.« Eine Formulierung, die mir unbekannt und vom Inhalt her nichtssagend war; eine Überlegung, die offensichtlich in meiner Familie nicht stattfand. Ich konnte darauf gar nicht eingehen. Was alles in dieser Frage enthalten war, drang noch kaum in mein Bewusstsein: Verantwortung für mich, Zukunft für uns beide. Ich befand mich in unserer Gegenwart: bei dir, mit dir. Und begriff nicht, wie sehr dich deine unsichere, unkalkulierbare Zukunft belastete.

Dieser Wald von Wintermoor, feucht und herbstlich dunkel, seit Jahren unaufgeforstet, viele geknickte und umgefallene Bäume. Kaum Vogelstimmen. Kaum Licht. Dieser Wald machte uns beiden Angst. Er verschwamm vor deinen Augen. Schmerzte dein von der Diphtherie angeknackstes Herz? Tat dir die Seele weh? Eine Tablette half schließlich.

Bald machten wir uns auf den Rückweg. Der war schön. Weil wir wieder ein kleines Abteil für uns allein fanden. War das der liebe Gott vom Koppelschloss, der es gut mit uns meinte?

An einem Tag wagtest du dich ans Klavier, an dem du lange vorbeigegangen warst. Ich saß still daneben. Und freute mich schon bei den ersten Tönen. Das kannte ich: Beethoven, *Ecossaise.* Inge hatte mir das früher manchmal vorgespielt, sehr brav. Aber wie das heute klang, so schön hatte ich es noch nie gehört. Da wurden nicht einfach ein paar Noten vom Blatt auf die Tasten übersetzt. Da waren die Töne durch den ganzen Menschen gegangen.

Das Stück ist kurz. Du hattest zwei Fehler drin. Etwas war falsch gegriffen, erkannte ich. Na und? Das hatte mich nicht gestört. Das kann ja passieren. Nein, das darf nicht passieren bei einem, dem das Klavierspielen so am Herzen liegt. Du sahst deine Hände an und sagtest: »Schlachterhände«.

Und ich kapierte das nicht. Ich dachte an einen, der Würstchen und Braten verkauft, und fragte dich, ob du denn Noten als Einwickelpapier benutzen wolltest. Das wiederum kam dir merkwürdig vor, und du gucktest mich verständnislos an. Wir waren sehr weit voneinander entfernt. Was du gemeint hattest, begriff ich viel später in meinen Erinnerungen an diese Situation. Lange nachklingend spüre ich deinen Schmerz. Du klapptest den Klavierdeckel zu.

Aber an unserem letzten Tag wagtest du doch, ein dickes Notenbuch zu holen und mich zu schöner Gemeinsamkeit einzuladen: Ich hatte dir von dem Bach-Lied erzählt, das ich seit Cottbus kannte. Dein Notenbuch hieß *Musikalische Edelsteine* und enthielt dieses *Willst du dein Herz mir schenken.*

Es wurde katastrophal. Christel in Cottbus hatte vermutlich den Gesang darauf abgestellt, wie sie die vielen Triolen spielen konnte, oder hatte sich mit dem Spielen nach ihrem Gesang gerichtet. Jedenfalls sang ich jetzt wie von ihr gelernt, während du die Begleitung so sauber spieltest, wie sie da stand, also manchmal schneller, als ich sie zu singen vorbereitet war. Ich bat um Wiederholung, um gemeinsames Üben, weil: »Einfach so los, geht nicht.« Aber das kümmerte dich nicht. Stattdessen riefst du deine Mutter, die sofort aus der Küche kam, batest sie, Platz zu nehmen und zuzuhören. Ich versuchte nochmals zu widersprechen; aber Klavier ist lauter. Du lächeltest mir zu, und gemeinsam mogelten wir uns durch alle vier Verse. Der letzte Vers ging dann fast ziemlich gut. »Sie hat eine hübsche Stimme«, erklärtest du, und die Mama bestätigte das, ehe sie sich wieder in die Küche verzog.

Es war ein dickes, altes Notenbuch. Wir fanden schöne Lieder. Du blättertest die Seiten um, sahst mich fragend an, und wenn ich nickte, begannst du mit der Begleitung. Vieles ließ sich gemeinsam singen und spielen. Ob es das Heideröslein war oder ein Wiegenlied von Weber. Inzwischen hatten sich Klavier und Gesang gut aufeinander eingestellt. Wer wen dirigierte, war nicht mehr erkennbar. Bei jedem Lied wuchs unsere Freude.

Nach einem Umblättern erklärte ich: »Das dürfen wir nicht.« Und machte damit zugleich deutlich, dass ich das Lied kannte: *Leise zieht durch mein Gemüt liebliches Geläute*, Text von Heine, Melodie von Mendelssohn Bartholdy, beides Juden. Erinnertest du dich an den Brief, in dem ich dir von der *Halbjüdin* aus meiner Schulklasse schrieb? Dein Lächeln ließ darauf schließen. Wir wagten uns an diesen sehr verbotenen Edelstein.

Wir mochten nicht aufhören. Du fandest ein weiteres Liederbuch: *Aus dem kleinen Rosengarten*, Texte von Hermann Löns mit Melodien von Fritz Jöde aus den zwanziger Jahren. Ich kannte alles mit Noten für Gitarrenbegleitung, nur bei uns war es kaputtgegangen. Nach vielen frohen Liedern begannen wir auch fröhlich mit »Ich weiß einen Lindenbaum stehen«, bis unsere Augen vorausblickend lasen: *O grüner Klee, o weißer Schnee, o schöner Soldatentod.* Zwei, drei leiser werdende Töne, eben vorm weißen Schnee aufhörend, uns erschrocken anblickend. Dann hast du schnell weitergeblättert, zu *Rosmarienheide* oder *Viel hundert weiße Lilien* oder *Rose weiß, Rose rot*, was eben Löns und Jöde uns sonst noch boten.

Und dann musste ich meinen Koffer packen.

Und dann Niederbayern

Frau Jung hatte viele Kekse gebacken, wohlschmeckend wie Friedensware. Natürlich für ihren Sohn, der am nächsten Tag abreisen musste. Und mir gab sie eine Tüte voll davon mit auf meine Reise. Ich bedankte mich herzlich, für die Kekse und die ganze Woche, fühlte mich weiterhin befangen ihr gegenüber. Hätte ihr Sohn ohne mich mehr Zeit für sie gehabt?

Kurt brachte mich zur Bahn. Erst holten wir Omi und mein restliches Gepäck ab, dann ging es gemeinsam nach Altona, wo der Zug nach Bayern eingesetzt und ich in ein ruhiges Abteil platziert wurde. Weil der Zug danach noch lange am Hauptbahnhof wartete, hielt Omi sich an den familienüblichen Brauch: mit der S-Bahn nebenher fahren und rechtzeitig im Hauptbahnhof für einen zweiten Abschied eintreffen.

Das machte Kurt aber so nicht mit. Er blieb mit mir im Zug und musste nachher drei Mark Strafe zahlen, weil ein Zugbegleiter ihn gesehen hatte. Das hätte ihm aber nicht leidgetan, schrieb er mir später.

Der Zug fuhr von Hamburg nach Leipzig, der nächste nach Regensburg, und da musste ich wieder umsteigen, um bis Straubing zu kommen. Ich fuhr die Nacht durch. Von Hamburg bis irgendwo saß außer mir eine ältere Dame im Abteil, danach blieb ich bis Leipzig allein. Während die Dame mir gegenüber schlief, konnte ich auf lauter kleine Notizzettel schon mal einen Brief schreiben. Und als sie ausgestiegen war, konnte ich laut vor mich hin deklamieren.

Mir war kürzlich klar geworden, dass ich kein einziges Gedichtbüchlein mehr hatte. Nun wollte ich wissen, was sich an einschlägiger Literatur in meinem Kopf tummelte. Lange Balladen zu lernen war nie meine Sache. Dann schon lieber Szenen aus Theaterstücken. Aber Gedichte, so mit drei bis fünf Versen, die konnte ich: vor allem Storm, inzwischen auch Rilke, dazu ein bisschen Eichendorff, Mörike, Claudius und einiges drum herum. Mit den Rezitationen ließ sich nebenbei mein Keksverzehr strukturieren: Nach jeweils fünf Gedichten gönnte ich mir ein schmackhaftes Stück aus Mama Jungs Tüte. Nach acht Keksen wurde ich müde und schlief.

Im Zug nach Regensburg musste ich stehen. In Straubing – es war später Vormittag geworden – hatte ich Zeit, um durch die Stadt zu gehen, bevor ein Bus mich an mein Reiseziel bringen sollte. Da kamen mir zwei Mädchen aus der Parallelklasse entgegen und eröffneten mir, dass ich schon angekommen sei. Denn für uns Mädchen aus den siebten Klassen gab es in Münchshöfen noch keinen Platz. Ich landete in einer Schule, die im obersten Stockwerk drei Schlafräume für uns eingerichtet hatte. In der Mitte eines bisherigen Klassenzimmers stand ein langer Tisch mit Stühlen drum herum. An den Wänden sechs Doppelbetten, von denen ein paar untere Plätze noch frei waren. Ich belegte einen davon und war nun die Zehnte aus unserer alten Klasse.

Wieso erschien ich erst jetzt? Ich hatte nichts vom Sammeltransport gewusst, war ja lange in Cottbus »und war noch eine Woche bei meinem Freund«. Großes Hallo: »Wie heißt er? – Nein, nicht sagen. Anfangsbuchstabe?« »K.« – Alle auf einmal: »Kurt«. Und Gelächter. Der Name kam schon zweimal vor.

Viele Mitschülerinnen, erfuhr ich, besuchten inzwischen Schulen in anderen Städten. Von Inge Koller wussten sie: Die war umgekommen bei den Angriffen. Ich kannte sie aus der gemeinsamen Zeit in der Förderklasse und erinnere mich an ein angenehmes, ruhiges Mädchen mit dicken, hellen Zöpfen. In der Buchhandlung ihres Vaters hatte ich Schulbücher gekauft und ein paar weitere wie das Bändchen mit Goethe-Gedichten. *Der du von dem Himmel bist, alles Leid und Schmerzen stillest …*

Nein, so einfach stillt auch ein Gebet keine Schmerzen. Zu uns zehn Mädchen gehörte Gisela, die so prima Spanisch sprach, weil ihre Mutter aus Bolivien stammte. Vor einigen Monaten war Giselas deutscher Vater gefallen, mit seinem Flugzeug vom Himmel geholt. Und jetzt, in den Hamburger Katastrophennächten, hatte sie ihre Mutter und Schwester verloren. Wir bemühten uns um eine Balance zwischen Einbeziehen und In-Ruhe-Lassen. Ein Zimmer mit zehn Mädchen: Wo finden sich da Zeit und Raum für Trauer und Tränen?

Ausgerechnet Gisela hatte in den ersten Tagen hier Geburtstag. Sie sollte es schön bei uns haben. Die bayerische Leiterin unserer Etage, die für Küche und allgemeine Ordnung zuständig war, gab bereitwillig ein Bettlaken heraus, das wir als Tischtuch nutzen konnten. Einige Lebensmittelmarken, von besorgten Eltern den fernen Töchtern zugeschickt, halfen uns, Kuchen zu kaufen. Auf den Donauwiesen pflückten wir spätherbstliche Blumen und sammelten bunte Blätter als zusätzliche Dekoration. Wir sangen Lieder für Gisela, und sie sang ein bisschen mit. Wir gaben, was wir konnten, und alles wurde angenommen. Wir lernten: Ein Fest feiern ohne Mittel. Ein Fest feiern trotz großer Traurigkeit. Und am Abend fanden wir, es sei ein guter Tag gewesen.

Donauwiesen, sonnige Spätherbsttage, köstlich ruhige Zeit. Von den beiden Wolldecken pro Bett nahmen wir die unbezogene mit nach draußen. Das war wohl verboten; aber die Kontrolle war nicht groß. Wir mochten uns stundenlang dort aufhalten und Aufgaben machen, lesen, in kleinen Gruppen klönen oder singen, auch am Fluss entlangspazieren.

Wir kannten bald alle Kinos von Straubing und wahrscheinlich auch alle Programme. Die Auswahl war nicht so groß wie unsere Freizeit. Außerdem probierten wir die Lokale um den Markt herum aus: Wo gibt es das beste Tiroler Gröstl? Bratkartoffeln mit Blutwurst. Das gab es ohne Marken. Irgendeinen Apfelsaft gab es auch. Und egal, wo wir uns einfanden: Da saßen schon Mitschülerinnen am Wirtshaustisch und ließen sich eine Zusatzmahlzeit schmecken.

Natürlich hatten wir auch Unterricht. Aus dem Sortiment an Lehrkräften, die aus unserer Hamburger Schule im *KLV*-Lager landeten, wurden zwei Lehrerinnen für uns in Straubing abgezweigt.

KLV heißt *Kinderlandverschickung*. Seit Beginn der Bombardierung von west- und norddeutschen Städten gab es diese Einrichtung. Verschickungen erfolgten oft klassenweise, damit der Unterricht in süd- und ostdeutschen, nicht von feindlichen Flugzeugen heimgesuchten Gegenden reibungslos weiterging. Weil alle Kinder gut wohnen und lernen sollten, musste Platz geschaffen werden. Das erfuhren wir ja gerade: Im Kloster des Ortes Münchshöfen war nicht genug Raum für uns. Zunächst konnten dort nur die fünften und sechsten Klassen untergebracht werden. Wir aus dem siebten Oberschuljahr mussten warten, bis weitere Räume zur Verfügung standen.

Sie haben nicht angebaut. Sondern leer gemacht. Wie? Von wem? Mir kamen solche Fragen nicht, und ich weiß auch von keiner Mitschülerin, die diese Fragen stellte. Wir lebten in einer Zeit, in der alles in Bewegung war: Züge rollten von hier nach da, hin und zurück, kreuz und quer, beförderten Waren und Menschen, Kanonen und Vieh, Soldaten und Kinder. Vor wenigen Wochen noch sah ich sie auf meinem Schulweg unter der Brücke durchfahren: Personenwagen, Güterwaggons. *Räder müssen rollen für den Sieg.* Dann fuhr ich selbst: von einem Ort zum andern, von einem Bett zum nächsten, mit dem brennenden Wunsch nach Ankommen und Bleiben. Wer machte in Münchshöfen Platz für uns Hamburger Mädchen?

Erst mal noch Straubing und die beiden Lehrerinnen. Zwei ruhige ältere Frauen, eine kluge Auswahl. Sie schienen kaum Bücher zu haben, schöpften stattdessen aus einem Fundus an Wissen und Erfahrung. Sie hatten vereinbart, uns abwechselnd tageweise zu unterrichten. Also: an einem Vormittag Deutsch, am nächsten Englisch, am dritten Geschichte und am vierten Französisch.

Wir kannten Fräulein Dr. Eisinger, bisherige Englischlehrerin, die für die Mädchen aus der Klasse 7c auch Französisch gab. Weil niemand für Spanisch hier war, hatten 7a und 7b an den Französischtagen keinen Unterricht. Wir Freifräuleins spazierten dann schon vormittags durch die Stadt.

Frau Prof. Degenhardt beschäftigte uns an den Deutschtagen mit August von Kotzebue: *Die deutschen Kleinstädter*. Schwierig schien, dass nur ein einziges Exemplar dieses Theaterstückes existierte. Thea und ich steckten die Köpfe ins Buch und lasen sämtliche Rollen vor, wie Frau Professor sie auf uns beide verteilt hatte. Alle anderen saßen dabei und amüsierten sich.

An den anderen Tagen ging unsere Professorin davon aus, dass wir wichtigste Eckpunkte deutscher Geschichte im Laufe der Schulzeit mitbekommen hatten. Was nicht stimmte. Durch mehrmals zusammengewürfelte Klassen und unterschiedlichste Vorlieben vieler Lehrerinnen war keine Kontinuität entstanden.

Was die Professorin uns erzählte und zu welchen Überlegungen sie uns anregte, ging quer durch alle Geschichtszeiten. Sie sprach nicht von Kriegen, sondern ließ uns Handelswege nachvollziehen, die durch Flüsse und über Meere zu anderen Völkern und anderen Schätzen führten. Da reichte das Mittelmeer nicht nur bis Sizilien, wo sich deutsche Friedriche oder Konstantine aufgehalten hatten. Es umspülte Kreta, schwappte an die Strände von Afrika, wellte sich weiter bis ans westlichste Asien, das Heilige Land. Durch den Bosporus, den Hellespont der Griechen ging es ins Schwarze Meer. Dorthin gelangten auch Reisende, Handeltreibende, die über die Ostsee und das Nordmeer gekommen waren und die großen Flüsse des östlichen Europas befuhren bis an die Mündung des Dnjepr. In weiteren Stunden hätten wir sicher noch Amerika entdeckt, mit den Wikingern oder mit Kolumbus. All dies war eine neue, spannende Herangehensweise, bei der ich das Gefühl hatte, als würde die Erde größer und trotzdem bekannter. In diesen wenigen Wochen erlebte ich den interessantesten Geschichtsunterricht meiner gesamten Schulzeit.

Ein kleines Stück unserer schönen Erde, neu für mich, waren die Wiesen an der jungen, ruhig dahinfließenden Donau, die hier noch schmal ist. In der Sonne glänzten Fäden vom Altweibersommer. Fern ragten Berge aus einem Nebelschleier. Über allem wölbte sich ein lichtblauer Himmel. Eine Baumgruppe am anderen Ufer zog mich an, erinnerte mich an alte Kupferstiche. Vielleicht wurde mir in meinem jungen Leben erstmals deutlich, wie schön Bäume ohne Laub sind, wie Äste und Zweige unterschiedlich gestaltet vor dem Himmel stehen und jeder Baum seinen eigenen Charakter hat. Ein Erkennen, das ich seither in jedem Jahr wieder erlebe.

Und dann machten wir einen kinderhaften Klassenspaß: Weil die Mädchen aus der 7c neben uns abends immer laut waren, banden wir viele Blechlöffel an einen langen Bindfaden, öffneten um Mitternacht die Verbindungstür, warfen den ganzen Kram mitten in deren Zimmer und zogen alles sehr geräuschvoll zurück. Das wiederholten wir, bis drüben alle wach wurden, durcheinander schrien und redeten, schließlich Licht machten und die Löffel sahen, die sich leider irgendwo verhakt hatten. Damit erkannten sie den Absender. Wir verhielten uns völlig ruhig und versuchten zu erlauschen, wie sie Rachepläne schmiedeten. Ergebnis: Erst ein sanftes Pochen an unserer Flurtür, dann stärkeres Klopfen, und schließlich wurde mit Fäusten und Kleiderbügeln an die Tür geballert. Bis die Eisinger kam und alle ins Bett jagte.

Wir, die 7a, als Verursacher des Unsinns, mussten am nächsten Tag nach dem Unterricht eine große Menge Kartoffeln in den Keller schaffen. Das ging leichter als gedacht, weil sie einfach durch ein Kellerfenster zu schütten waren. Außerdem mussten wir ein englisches Gedicht übersetzen. Das hatten wir sowieso auf, aber nur mündlich. Wir stellten zwei Mädchen für die Übersetzung ab und brauchten nachher nur abzuschreiben; natürlich mit Unterschieden, je nach Einschätzung der eigenen Fähigkeiten. Unsere Professorin ließ sich später alles genau erzählen und amüsierte sich.

Mit unseren beiden Erziehungsberechtigten hatten wir es gut. An Kurt berichtete ich, dass sie uns behandelten »wie erwachsene Leute« und dass sie nicht mal etwas dagegen sagten, wenn wir »über 18« ins Kino gingen, obwohl wir ja erst siebzehn Jahre jung waren. Vielleicht spürten sie viel deutlicher als wir selbst, was uns Heranwachsenden mit dieser Lagerhaltung angetan wurde, wie unfrei sich unsere Entwicklung vollzog. Die beiden selbst wünschten sich bestimmt auch eine individuellere Nutzung ihrer freien Stunden.

Von mir wurde plötzlich Erwachsensein gefordert. Kurt schrieb: »Heute sah ich den Film *Romanze in Moll*. – Nebel – gespenstige Schleier fraßen die Mondsichel, als ich auf dem Heimweg war. – Welch schwere, ungeheure Rätsel zwingt uns das Leben auf. – Dieses war zu schwer. Ich bin fertig. – Wohl kaum wird dieser Film Ursache, sicher aber Anstoß dazu gewesen sein. Kannst Du mir helfen?« Gleichzeitig erhielt ich seine Zeilen vom nächsten Tag: »Ich war gestern recht töricht. Zerreiß und vergiss bitte den Brief. – Es ist einer der typischen Jammerbriefe, wie sie gerade heute nicht geschrieben werden sollten.«

Beim Lesen war ich beides: erschrocken und dankbar. Erschrocken über den Inhalt, dankbar für das erkennbare Vertrauen. Ja, damals, im Wald von Wintermoor – wie lang ist das schon her? drei Wochen? – da hatte ich dir gesagt, ich wolle für dich da sein, wenn du mich brauchst. Und nun bin ich so fern: sechs Tage zwischen deinem Schreiben und meinem Lesen der Briefe; und viele Berge und Flüsse zwischen dir und mir. Ich kannte den Film nicht. Hatte er mit Liebe zu tun? Mit Krieg? Mit Heimweh?

»Es ist schade, dass ich nicht bei Dir sein kann, um Dir einmal über Deine Stirn zu streichen, damit Du besser über die traurigen Gedanken hinwegkommst«, versuchte ich als Antwort und wusste über die »gespenstigen Schleier« zu sagen: »Sie haben den Mond gar nicht gefressen! Gestern Abend stand er ja hell und rund am Himmel, und keine Wolken und Nebelschleier konnten ihm etwas anhaben! Er leuchtete sogar so sehr, dass man vor lauter Mondlicht die Sterne kaum erkennen konnte.«

So versuchte ich es noch etliche Zeilen weiter. Wenn ich schon nicht wirklich helfen konnte, sollte wenigstens erkennbar sein, dass ich es wollte. Das verstand er.

Münchshöfen

In Straubing fühlten wir uns wohl; da wollten wir bleiben. Nach Münchshöfen sollte der Weg »nur über unsere Leichen« gehen. Als uns der Umzugstermin genannt wurde, protestierten wir ziemlich laut. Aber: Mitte November zogen wir um.

Erste Eindrücke aus einem Brief an Kurt:

> Im Zimmer schlafe ich jetzt mit sechs anderen Mädeln aus der Klasse. Die restlichen drei hausen in einem kleinen Raum für sich. Wir sind mit der Zimmereinteilung ganz zufrieden, wenn es auch reichlich eng bei uns ist. Unsere Sachen können wir noch nicht alle unterbringen, aber wir sollen noch Bücherbörter bekommen, die an die bis jetzt kahlen Wände genagelt werden. Wir wollen unser Zimmer aber auch noch mit hübschen Bildern schmücken, damit das Führerbild, das bereits drin hängt, nicht so allein ist; und damit es nicht immer als Spiegel benutzt wird, müssen wir uns auch einen solchen noch zulegen. Sonst kommen wir noch wegen Majestätsbeleidigung ins Gefängnis (mit vergitterten Fenstern und so). Die Gitterstäbe, die man beim Ausgucken ständig vor Augen hat, können einen schon verrückt machen, wenn es der ganze Betrieb hier nicht macht.

Ja, dies war bisher eine *Irrenanstalt*. Dafür gab es im nazi-deutschen Sprachgebrauch viele diffamierende Ausdrücke, beinahe gebrauchsfähig schien *Ballaballa*, manchmal verbunden mit einer Handbewegung vorm Gesicht, die so was wie »geistige Abwesenheit« beschrieb.

Wie abwesend unser eigener Geist war, blieb unbeschrieben. Ist unbeschreiblich. Ich steckte so tief darin, dass mir erst etliche Jahre später deutlich wurde, wo wir damals lebten. Und was mit denen geschah, die vor uns dort lebten?

Die bisherigen »Insassen« waren weg. Woanders hingekommen. Das kannten wir doch, dass kaum noch etwas dort war, wo es hingehörte. In stehen gebliebenen Schulen in Hamburg hatten zerstörte Behörden eine neue Unterkunft gefunden; Jugendherbergen wurden in Lazarette umfunktioniert; Schulheime wurden zum Wohnraum für Ausgebombte. Ja, und in dieser bayerischen Heilanstalt landeten eben wir Hamburger Schülerinnen.

Wer uns hier versorgte, blieb unsichtbar. Während wir Unterricht hatten, wurden unsere Schlafräume gereinigt; unsere Wäsche wurde jede Woche gewaschen und lag ein paar Tage später heil und gebügelt auf unserem Bett; wir brauchten nur zu trennen in Koch- und Buntwäsche. Wir bekamen unsere täglichen Mahlzeiten. Nur abwaschen mussten wir selbst, in einem Vorraum unseres Speisesaales. Wir betraten weder Küche noch Waschküche. Von helfenden Nonnen war die Rede. Und gern würde ich mein spät erwachtes Gewissen damit beruhigen: Die Nonnen konnten hoffentlich viele ihrer Patienten für die vielen Hilfsarbeiten halten und so vor Nazi-Ärzten retten.

Damals in Hamburg, als unser Zuhause noch nicht kaputt war, hatte ich mehr zu tun, weil ich alles für den Haushalt einkaufte, mein Zimmer staubsaugte, abwaschen und Mülleimer runterbringen sowieso, Omi sonnabends oft in die Büros zum Saubermachen begleitete, im Winter Kohlen heranschaffte. Hier fielen diese Hilfsarbeiten weg; wir hatten »Personal« wie früher gutbürgerliche Haushalte, wo es Dienstmädchen gab, von denen erwartet wurde, dass sie gut funktionierten und unsichtbar blieben.

Trotzdem fanden wir in Münchshöfen kaum Muße. Lange Briefe brauchen ihre Zeit. In einem Brief an Kurt steht auch: »Jetzt merkt man erst, wie wir in Straubing verwöhnt waren mit der vielen Freizeit und Freiheit. Hier geht es sehr lagermäßig zu. Wenn die Lehrkräfte aufgehört haben, fangen die *Führerinnen* an, uns zu beschäftigen.«

Für unsere Jahrgänge war der *BDM* zuständig, *Bund Deutscher Mädel*. Dafür hatte man uns zwei *Führerinnen* mitgegeben, die kaum älter waren als wir, die uns nicht kannten und sich gegenseitig auch nicht. Die beiden müssen sich schrecklich verloren vorgekommen sein. Wir hatten unsere Klassengemeinschaften, an die wir uns jetzt stärker als früher gebunden fühlten und die ihnen verschlossen blieben. Was sollten sie mit uns anfangen? Sport, Spiel, Schulung? Die meisten Oberschulmädchen waren selbst *Führerinnen*. Wir latschten uns unlustig durch die Stunden des *BDM-Dienstes*.

Hier im Lager lebten wir älteren Schülerinnen, fünfte bis siebte Klasse. Die Jüngsten unserer Hamburger Klosterschule, erstes bis viertes Oberschuljahr, zehn- bis vierzehnjährig, zu den »Jungmädeln« gehörend, befanden sich in einem anderen Ort Niederbayerns. Die Mädchen aus der achten, der Abiturklasse, waren in Kriegseinsätzen: Erntearbeit, Fabriken. Es hieß, dass sie zum Ende des Schuljahres zusammengefasst würden, um noch ein bisschen Unterricht zu bekommen und dann mit einem Notabitur abgefunden zu werden. Jungens im gleichen Alter waren Soldat.

In Hamburg hatten wir drei Parallelklassen. Viele unserer bisherigen Mitschülerinnen befanden sich nach der Ausbombung überall in Deutschland. Deshalb passten wir, ein geschrumpfter Rest aus zwei Parallelklassen, in einen einzigen Klassenraum und zu nur einer Klassenlehrerin. Wir bekamen den größten Raum. Das war eigentlich ein Saal. Wir stellten Tische und Stühle im Halbkreis auf, so dass die Mitte frei blieb. Das brachte eine neue Erfahrung: Wir konnten einander sehen, und die jeweilige Lehrkraft setzte sich an einen der Tische oder spazierte in der Mitte herum.

In unseren Raum passte der Flügel aus unserer Schule, der hierher transportiert worden war. Die Musiklehrerin, Fräulein Ottilie Himmelheber (sie hieß wirklich so), befand sich zurzeit bei den kleinen Klassen und sollte halbjährig mit der in unserem Lager unterrichtenden Kunstlehrerin ausgetauscht werden. Inzwischen fand der Flügel spielfreudige und -fähige Mädchen. Die spielten nicht nur große Kunst, sondern auch »Kaffeehausmusik«. Danach ließ sich tanzen und Tanzen lernen. Unser Sonntagsvergnügen: Foxtrott und andeutungsweise Tango, aber auch Wiener und Langsamer Walzer und was sich sonst bot. Swing war verboten.

Passend zum Flügel bekam unser Saal den Namen »Conventgarten«, nach dem im Juli in Hamburg zerstörten schönen Konzerthaus. Ich hatte köstliche Erinnerungen daran.

Viele Räume hatten Namen bekommen, die Vertrautheit vermitteln mochten. Der große Waschraum – in den Zimmern gab es kein fließendes Wasser – wurde benannt nach der früheren Alster-Badeanstalt »Schwanenwik«. Und die Übergänge vom alten Gebäude in das neue hießen »Alter und Neuer Jungfernstieg«. Die jüngsten Mädchen hatten Humor genug, den Namen »Lämmermarkt« für ihren Klassenraum zu akzeptieren.

Die Frau Professor unterrichtete nicht mehr bei uns. Wir vergnügten uns statt ihrer wieder mit Fräulein Strauer, unserer bisherigen Klassenlehrerin. Das ging erst ganz gut. Jedenfalls in Deutsch, wo wir an *Wallenstein* gerieten. Aber in Geschichte fing sie wieder mit Karl dem Großen an. Den hatten wir doch vor den Ferien mit dem Aufsatz »Über das Wesen des Reiches Karls des Großen« längst abgehandelt. Aber unser Fräulein Straucr ging auf und ab und referierte, was sie wusste. Wir hörten kaum zu. Einige strickten unterm Tisch.

Als wir noch in Hamburg zur Schule gingen, saß links neben mir Musa, zu der ich hier in der *KLV* einen intensiven Kontakt entwickelte. Musa, schon achtzehnjährig, schlief aus gesundheitlichen Gründen im neueren Gebäude, wo es Zentralheizung gab. Sie bewohnte direkt neben den beiden Krankenzimmern mit einem anderen Mädchen ein Zweierzimmer, aber sie beneidete uns, weil sie sich sehr allein fühlte. Musa war weit weg in Russland in der Stadt Kasan geboren und als Kleinkind nach Deutschland gekommen. Ich meine, ihre Mutter sei Russin gewesen. Musa selbst sprach auch Russisch, konnte es aber nicht lesen. Was sollte sie machen, als ihre Tante ihr einen kyrillisch geschriebenen Brief schickte?

Weiter hinten an einem Waldstück gab es ein Lager mit gefangenen Russen, die im Ort zur Arbeit eingeteilt wurden. Musa und ich fragten unseren Direktor, ob wir dort hingehen dürften, um den Brief vorlesen zu lassen. Er erlaubte. Wir gingen zur Lagerleitung und fragten nach einem Vorleser. Auf der eingezäunten Wiese vor den Baracken gingen Kriegsgefangene herum und sahen uns neugierig an. Ich versuchte ein kleines Lächeln, auf das ich mich während der ganzen Zeit beschränkte. Dann kam einer auf uns zu und fragte in leidlich gutem Deutsch nach dem Brief, den Musa durch das Gitter reichte. Er begann zu übersetzen, aber Musa erklärte ihm auf Russisch, dass es nur ums Vorlesen ginge. Auf seiner Seite bildete sich eine Traube von unrasierten, sicher hungrigen Männern in schlecht sitzenden, teils verkommenen Gefangenenuniformen. Stumm staunten sie das Mädchen auf der anderen Seite an, das ihre Sprache sprach. Heimwehkranke Blicke.

Was die sich nachher wohl noch erzählten? Wir mochten auf dem Rückweg nicht reden.

Kurts Geburtstag im Dezember: Vor einem Jahr hatten wir um diese Zeit noch gemeinsam Konzerte besucht, im Conventgarten. Seither waren wir uns nähergekommen – und waren so viel weiter voneinander entfernt. Ich versuchte ein paar kleine Verse, schrieb sie hübsch auf, heftete sie mit einem Wollfaden zusammen und schickte sie nach Neiße.

Mir gönnte ich eine zusätzliche Lesezeit, Schreibezeit. Die Bibliothek unserer Schule war von Hamburg nach Münchshöfen mitgewandert. Da entlieh ich nacheinander alle Bücher, die Gedichte enthielten. Ließ mich in leise Lyrik fallen, schrieb in die dicke Rechenkladde, die bereits den *Cornet* enthielt, alles ab, was ich vermisst hatte und was mir neu gefiel.

Aus Wintermoor erhielt ich aufregende Briefe: Mutti erwartete ein Kind. Sie war auch noch jung genug, würde bei der Geburt 37 Jahre alt sein. Sie und Peter hatten schon lange den Wunsch. Sie wollten heiraten, sobald alle ihre Papiere zusammen waren. Das war für mich in Ordnung. Aber: Muttis Herz war nicht in Ordnung. Sie wurde krankgeschrieben und bekam Spritzen in den Arm, wodurch sie am Schreiben gehindert war, wie mir ihre Kollegin auf einer freundlichen Karte mitteilte. Das machte mir Angst.

Meine Angst wurde nicht geringer, als Mutti mir wieder selbst schreiben konnte, aber dabei mitteilte, sie und Peter könnten in Harburg leihweise die Wohnung einer Kollegin beziehen, weil die während des Krieges in Wintermoor bliebe. Harburg, Stadtteil südlich der Elbe, mit Fabriken und Hafenanlagen bestückt, die für britische Bomber interessanter waren als das Heidedorf Wintermoor. Was wollte meine schwangere, kranke Mutter da? Ja, natürlich zogen sie mit ihren paar Koffern in die solide möblierte Zwei-Zimmer-Wohnung.

Und dann kam auch bald Weihnachten. Musa fürchtete sich davor, während ich neugierig war, wie sich das in ungewohnter Umgebung anfühlen würde. – Geschenke für zuhause? Wir hatten nichts, nur ein bisschen Taschengeld; Einkaufsmöglichkeiten um das Kloster herum gab es nicht, und um etwas zu basteln, fehlte jegliches Material. Also: Briefe schreiben und bemalen. Und niemanden vergessen. Meine Liste war lang. Uns waren im letzten Halbjahr viele Türen geöffnet, kuschelige Betten angeboten worden; dafür sandte ich weihnachtliche Dankesgrüße.

Das hatte es schon in früheren Jahren gegeben, wir erlebten erstmalig: Elternbesuche in der *KLV*. Früh morgens zusammengestellte Sonderzüge voller Eltern aus zerbombten Städten nach Bayern, an verschiedenen Stationen Umsteigen auf Busse und Ausgeladenwerden am Heiligen Abend auf dem nasskalten Innenhof des Lagers. Umarmungen, Tränen. Kaum

Zeit für ein Erfrischen im Waschraum. Reise-erschöpft zum Essen und zur Weihnachtsfeier.

Für mich kam Omi. Das passte mir gar nicht. Weil ich eine neue Erfahrung machen und mich auch um Musa und ihr Heimweh kümmern wollte. Aber vielleicht wollte meine Großmutter Agnes einmal ihrem üblichen Alltag in der zerbombten Stadt Hamburg entfliehen? Sie wohnte inzwischen mit Irene und deren Verlobtem Hermann in Alsternähe in einer Teilwohnung (ein Zimmer, zwei brauchbare kleine Bodenräume). Vielleicht wollte sie über die Feiertage den beiden Ruhe und Alleinsein gönnen? Oder hatte sie Sehnsucht nach mir? Sie hatte diese anstrengende Fahrt auf sich genommen.

Nun musste sie sich eine Rede unseres Direktors anhören. Sie aß ein bisschen, sang alle Lieder mit. Und sah müde aus. Die Eltern und meine Oma wurden in ihre Quartiere gefahren, kamen am nächsten Tag, um sich im Lager umzusehen und mit den Töchtern spazieren zu gehen. Und ich weiß nicht mehr, was noch. Am zweiten Weihnachtstag wurden sie in aller Frühe per Bus zu ihren Zügen Richtung Heimat gebracht.

Wir froren in den Schlafräumen. Aber ins Bett gekuschelt fanden wir Wärme. Wir legten uns deshalb auch in der Mittagszeit gern hin. Außerdem: Wer nirgends allein sein kann, muss sich in sein Bett zurückziehen. Dadurch ist das Bett nicht nur Schlafstätte, sondern gleichzeitig einziges Refugium. Etwa »My bed is my castle«. An die Wand geheftet das Bild eines jungen Mannes, von dem wir behaupteten, das sei unser älterer Bruder. Wer wollte das nachprüfen? Es war schön, bevor das Licht gelöscht wurde, ihm zuzulächeln.

Vom ersten Weihnachtstag an änderte sich etwas in unserem Schlafraum. Aus einem Bett klang unterdrücktes Lachen. Was ist denn los? Ellen las ihr Weihnachtsgeschenk: Die *Feuerzangenbowle*. Sie musste ein bisschen erklären und dann den Absatz vorlesen, damit wir andern mitlachen konnten. Nach kurzer Stille neues Gelächter. Erklärung und Vorlesen wiederholten sich. Bis beschlossen wurde: Hilde wird für alle gemeinsam das ganze Buch vorlesen. Damit verbrachten wir die nächsten Mittagszeiten, die dann nicht unbedingt eine »Mittagsruhe« waren. Ich kramte letzte Reste meiner kölschen Vergangenheit aus, so dass einer der beschriebenen Lehrertypen fast authentisch klang. Wir waren lachlustig.

Dann Silvester: Musa, die bereits Achtzehnjährige, hatte Anspruch auf eine kleine Flasche Alkoholisches. Sie kaufte einen roten Likör, zu dem ihre Zimmergenossin und ich eingeladen wurden. Mein Bericht an Kurt teilt dazu mit, ich sei »zu nächtlicher Stunde in Musas Zimmer gegangen, habe drei Tassen besorgt und einen Tannenzweig auf unseren Tisch gelegt. Dann kam der feierliche Augenblick, wo Musa ihre Flasche entkorkte, und kurz danach erhoben wir unsere Tassen ›auf das, was wir lieben!‹. Wir haben zwar nur sehr wenig getrunken (die Hälfte ist noch da) und eifrig Äpfel dazu gegessen, aber einen kleinen Schwips hatten wir doch. Es war nett und drollig. Musa spielte großartig Theater und machte ihren Schwips viel größer, als er wirklich war. Außerdem haben wir herrlich schön und laut gesungen. Da die anderen ja alle im andern Haus schlafen, war es gar nicht nötig, leise zu sein. Wir haben mit ganz wilden Schlagern angefangen und gingen danach zur Oper über. Plötzlich, nachdem ich erst mit Musa getanzt und dann so gut es ging gesteppt hatte, wurde ich grässlich melancholisch und hätte beinahe ein Rilke-Gedicht aufgesagt. Musa hat mir mit unverschämtem Lächeln gesagt, ich sei nicht ganz zurechnungsfähig, aber das stimmt ja nun entschieden nicht!« – Kurt spielte in seiner Antwort so etwas wie den Moralapostel.

In dieser kalten Jahreszeit wurde *Laurenzia* unser tragisches Lieblingslied. Es geht so: »Laurenzia, liebe Laurenzia mein, wann werden wir wieder beisammen sein? Am Montag. Ach, wenn es doch erst wieder Montag wär und ich bei meiner Laurenzia wär, Laurenzia!« Der nächste Vers unterscheidet sich vom ersten durch den Wochentag: »am Dienstag«. Gesungen wird: »Ach wenn es doch erst wieder Montag, Dienstag wär.« Und so die ganze Woche durch. Das Wärmende an diesem Lied waren die Kniebeugen: bei jeder »Laurenzia« und jedem Wochentag. Unsere Eltern stellten sich unter Oberschulniveau vermutlich etwas anderes vor. Die Tragik des Liedes wird sich derjenigen erschließen, die weiß oder nachfühlend ahnt, dass es in den Kriegsjahren kaum Bezugsscheine für Strümpfe gab. Mittendrin, bei einer der vielen Kniebeugen, ein Schrei: »Huuch, ich hab ne Laufmasche!«

Wir erwarteten wieder Besuch: den *Gauleiter und Reichsstatthalter* Karl Kaufmann, die oberste Nazi-Größe Hamburgs. Der kam dann doch nicht selbst, sondern schickte einen Vertreter, den wir mit *Fahnenappell* und Strammstehen begrüßten. Erst redete er, dann wurde er vom Direktor herumgeführt und zuletzt ließ er uns Bonbons da, von denen wir am Sonntag je einen bekamen. Die große Dose reichte für mehrere Sonntage.

Ich wurde krank, bekam kurz nacheinander zwei heftige, fieberhafte Erkältungen, durch die ich das Krankenzimmer kennenlernte. Eine jüngere Schülerin lag schon drin. Wir wurden aufmerksam versorgt von Fräulein Wenzel und hatten eine gute Zeit miteinander. Einmal fragte sie mich nach Spanisch: »Können Sie nicht oder wollen Sie nicht?« Ich versuchte zu erklären, dass ich überhaupt keine Beziehung, keinen Zugang zu der Sprache bekäme. Das schien sie zu begreifen. Obwohl: mit intensiverem Pauken hätte ich ein bisschen mehr erreichen müssen. Sie gab mir trotzdem später im Abgangszeugnis eine Drei. Aber die hatte mit anderem zu tun:

Am Samstagabend erschien der Herr Direktor im Krankenzimmer, erfuhr von meiner erneuten Erkältung und redete markige Worte: Man sollte mehr aushalten können, sich an unseren Soldaten an der Front ein Beispiel nehmen, die auch nicht bei jedem Schnupfen ins Lazarett gehen, und so das Übliche. Dann ging er. Und ich stand auf, zog mich an und erklärte meiner Mitkranken, dass ich mir Feigheit oder Anstellerei nicht nachsagen lasse. Ging in unseren Conventgarten, wo eine fröhliche Tanzerei stattfand. Kurz darauf kam die Wenzeline und holte mich energisch zurück.

Mein Fieber war um ein paar Teilstriche gestiegen. Nicht schlimm, aber die Ermahnungen von Fräulein Wenzel zeigten ihre Besorgnis. Sie hörte sich meine Begründung an und ließ sich auch erzählen, dass unser werter Herr Direktor die Angewohnheit besaß, in unsere Zimmer zu kommen, ohne vorher anzuklopfen. Einmal war ich mit meiner Morgenwäsche gerade fertig, als er erschien.

Am folgenden Morgen, dem Sonntag, klopfte es heftig an unsere Tür. Auf unser Herein öffnete der Direktor die Tür, fragte nach unserem Befinden und erklärte, es sei nicht sinnvoll, noch im kranken Zustand das Bett zu verlassen. Die Bonbondose hatte er dabei und entschied: »Kranke bekommen zwei!« Damit war sein Auftritt beendet und er verließ die Bühne.

Anderes Theater: Fräulein Strauer meinte, wir könnten *Minna von Barnhelm* spielen, und sie verteilte die Rollen. Mir gab sie die Minna, obwohl wir alle fanden, dafür sei ich zu dick. Ich wäre auch fröhlich mit der Zofe gewesen. Aber die ganze Geschichte kam gar nicht zustande. Dabei hätte ich ein ebenso gescheites wie nahegehendes Wort der Titelheldin – ach was,

Heldin! Will Minna Heldin sein? –, also der Titelfrau besonders eindringlich sagen mögen, meinen Lieblingssatz aus dem Stück: »Es ist so traurig, sich allein zu freuen.«

Wir wurden zum Singen delegiert. Zwar befand sich unsere Musiklehrerin noch im andern Lager, aber es gab tüchtige Klavierspielerinnen bei uns, dazu Noten und Erinnerungen an früher geübte Lieder. Ein Chor wurde zusammengestellt, und wir durften nach Regensburg fahren, wo ein Treffen von *KLV-Lagerleitern* aus Bayern stattfand. Unsere Lieder sollten wir zur Eröffnung der Tagung singen, durften danach durch die fremde Stadt spazieren und abends zurückfahren.

Das wäre schon Spaß genug gewesen. Aber wie staunten Evi und ich, als wir da vorn bei den wichtigen Leuten unseren früheren Schulleiter aus der Burgstraße sahen. Ich musste allerdings ziemlich schlucken, weil unser lieber Herr Früchtenicht eine *SA*-Uniform trug. Das passte doch gar nicht zu ihm und zu allem, was ich von ihm wusste. Welchen Kompromiss war er damit eingegangen? Sein gutes Organisationstalent und seine Erfahrung mit Kindern im Schullandheim prädestinierten ihn natürlich für die Aufgabe, jetzt Schullager in Bayern zu beaufsichtigen.

Wie waren wir freudig aufgeregt! Unsere Mitschülerinnen amüsierten sich und erklärten, wir benähmen uns wie verliebte Backfische. Wir mussten ihn unbedingt sprechen. Fanden auch bald eine Gelegenheit. Er begrüßte uns mit unseren Namen, freute sich erkennbar. Und wir freuten uns auch, weil er sich erinnerte. Und weil diese unerwartete Begegnung uns wieder Kind sein ließ, sich wie Zuhause anfühlte.

Jürgen Früchtenicht war der einzige *SA*-Mann, dem ich je die Hand gab, weil dessen Uniform mir wie Verkleidung erschien. Ich kannte und schätzte den Menschen, der sich dahinter verbarg. – Wenn ich sonst an ihn denke, trägt er keine Uniform.

Überlegen – entscheiden

In der zweiten Januarwoche kam etwas von Kurt, das war ein Brief-Paket. So viele Seiten. Bisher hatte ich nach Straubing und Münchshöfen eher kurze Mitteilungen bekommen, kleine Grüße; manchmal mit dem Hinweis, ein großer Brief sei in Arbeit. Den hielt ich nun in Händen und las tagelang an vierzig Schreibmaschinenseiten, den Anfang geschrieben im Oktober, bevor wir uns in Hamburg trafen. Das meiste danach geschrieben am 4. und 5. Januar 1944, auch mit der Schreibmaschine in Hamburg. Er benutzte einen kleinen Festtagsurlaub, um aus seinem Tagebuch alles abzuschreiben, was er bis dahin für sich und mich notiert hatte. Auch Antworten auf Briefe, die ich vor etlichen Wochen an ihn gerichtet hatte und über deren Inhalt ich kaum noch etwas wusste.

Von den Tagen unserer gemeinsamen Hamburg-Woche war wenig aufgeschrieben. Nur unser Abschied. Diese erschreckenden Gedanken:

> Der Zug rollt. Ade. – Für immer? – Nun, Gottes Wege sind wunderbar. Sollte mir einst, draußen, etwas Menschliches passieren, glaub, es ist bestimmt in Gottes Rat und sicher besser so für mich. Mein Wunsch ist, nie verwundet zu werden, sondern dann gleich ...

Ich konnte lange nicht weiterlesen.

Danach: Drei Seiten lang erfuhr ich etwas über einen Weg durch die Stadt Neiße, die Kurt mir erklärte. Auch die Stadt Glatz durchwanderten wir gemeinsam. Und eine Seite brauchte er, um mir ein schönes serbisches Märchen über Mond und Sterne zu erzählen.

Nur kurz das Ergebnis einer ärztlicher Untersuchung: »GvH bis 10.2.44«. Die Abkürzung besagte »garnisonsverwendungsfähig Heimat«. Wie ich wusste, bedeutete das: Bis dahin haben sie ihn und sein Herz nach der Diphtherie wieder gesund genug gemacht, um ihn an die Front zu schicken. Ich las:

> Vom tiefsten Purpur bis zum feurigsten Rot malt das Morgenrot die Wolken. Da plötzlich ist der ganze Himmel ein Flammenmeer: die Sonne geht auf. »Morgenrot, Morgenrot, leuchtest mir zum frühen Tod?«

My bed is my castle. Ich kroch ganz tief hinein. Begleitet von der Melodie dieses alten Reiterliedes. – Als ich Kraft für die nächsten Seiten fand, überraschten mich neue Sorgen:

> Wie jung sind wir doch! War es eigentlich recht von mir? Bist Du schon weit genug, um aus allem nicht Schaden zu erleiden? Darf ein Mädel in Deinem Alter schon so denken? – Ist mir überhaupt erlaubt, Dich ernst zu nehmen?

Das reizte entschieden zum Widerspruch. Viel älter als ich war er auch nicht. Eben neunzehn geworden. In meiner Antwort stand später: »Es sollte Dir verboten sein, mich nicht ernst zu nehmen!«

Wie facettenreich war dieser Brief, an dem ich lange las. Große Pausen einlegte. Absätze wiederholte. – Dann beglückte mich dies:

> Ein selten klarer Sternenhimmel; der Morgenstern funkelt kalt. Vom Bahnhof her rollt ein Zug durch die Felder. Schrill pfeift er. Ob der denkt, dass ich ihn noch nicht gesehen habe? – Ja, in einem solchen Wagen quer durch den Raum zu Dir fahren zu können. Allerdings müsste er dann viel, viel schneller fahren.

Ich träumte deinen Worten nach. Und nahm ganz wach deine Ängste in mich hinein. Alles Schulmädchendasein blätterte von mir ab.

Du Lieber, wie anders war es im vorigen Winter, als wir gemeinsam die schönen Konzerte besuchten, danach uns in Gespräche verloren, für die ich immer neue Umwege erfand. Wir erfuhren viel voneinander; aber es war nicht genug. Mir fehlte es an Mut und Vertrautheit, um dir zu sagen: »Bleib in Hamburg!« Du hattest den Onkel Ernst mit der Mineralölfirma, der hätte dich in seine Firma nehmen und eine Zurückstellung für dich erwirken können. Das wusstest du. Und nahmst es nicht in Anspruch, weil dich die Nazis mit ihrer Ideologie eingefangen hatten. Du hattest Kant gelesen und mir zitiert: »Tue das, wodurch du würdig wirst, glücklich zu sein.« Wie hättest du entschieden, wenn wir uns schon so nahe gewesen wären, dass ich dich dringend hätte bitten können: »Bleib in Hamburg.«? Wenn wir schon geübt hätten, miteinander zu denken und zu überlegen? Vielleicht wäre das Ergebnis nicht anders geworden. Aber wir hätten es gemeinsam getragen. – Ach, dein Ehrgefühl verlangte dein Soldatsein.

Ich hatte Angst um dich. Das war die große Sorge aller Liebenden in dieser Zeit. Aber die allgemeine Not war keine gemeinsame Not. Jeder, jede trug sie allein. Es galt als Schwäche, sich zu ängstigen um den lieben Nächsten, um den fernen Liebsten. Wer wagt, von Traurigkeit zu sprechen, wenn laut gesungen wird: »Und keiner ist da, der feige verzagt.«

Dein Brief endete mit den Worten: »Wir aber wollen allen Mut zusammennehmen, denn starke Herzen fordert die Stunde.«

Dieser Januar hatte auch helle Tage. Da ging ich durch die Felder. Schneewehen lagen weiß über der aufgebrochenen, fast schwarzen Erde. Der Himmel leuchtete in klarem Blau. Auch hier war es schön, erkannte ich. Und reimte dennoch im Weitergehen: »Sehnsucht hab ich nach der Heimat, ach wie gern möcht ich nach Haus. Täglich seh ich aus dem Fenster, das nach Norden weist hinaus.« Und so ein paar Verse lang.

Das war Heimweh. Ja, ich sehnte mich nach Hause. Aber wo war das? Meinte ich: einfach zurück nach Hamburg? Oder vielmehr: nicht mehr dieses hier? Am meisten wünschte ich mich zu Kurt, in unsere junge Gemeinsamkeit. Sonst wusste ich keinen festen Ort.

Ich musste an vieles denken, an Hamburg, an meine Zukunft. Unsere Zukunft? Wie ging das mit der Schule weiter, mit Sondereinsätzen bis zum Notabitur? Und danach?

Lehrerin wäre schön, aber dafür brauchte ich ein Studium. Zum Studieren brauchte ich Geld, war auf Stipendien angewiesen. Das bekamen würdige *Volksgenossinnen*, *Führerinnen*. Das war ich nicht, wollte ich nie werden. Also kein Geld, kein Studium, keine Lehrerin.

Um Kindergärtnerin zu werden, war kein Abitur notwendig, und die Ausbildung war billiger. Ich wäre doch beinahe schon im Spreewald in einem Kindergarten gelandet. Ich wusste auch, dass ich mit Kindern umgehen könnte und Spaß hätte. – Schule aufgeben?

In Hamburg-Harburg lebte meine kranke, schwangere Mutter, um die ich mich alle Tage ängstigte. Wie lange konnte ich sie noch haben? Ich schrieb ihr einen langen Brief, der zwar nichts über meine Sorgen um sie enthielt, aber sie wissen ließ, dass wir hier in der *KLV* nur wenig lernten, uns sehr eingeschränkt wohlfühlten, dass ich als Kindergärtnerin kein Abitur brauchte, dass elf Schuljahre für den Beruf genug wären und dass ich Heimweh hätte.

Mit geradezu biblischer Feierlichkeit antwortete sie: »Dann sei es!« Sie hatte auch den Herrn Direktor angeschrieben und ihr Einverständnis erklärt. Meine letzte Schulstunde hatte ich bei ihm, und er verabschiedete mich mit den Worten: »Aber Latein können Sie nicht, Hilde David!« Ja, das weiß ich selbst.

1944

Nach Harburg

Als ich meinen Koffer packte, wurde ich von vielen beneidet. Der Abschied von denen, die im vergangenen Vierteljahr den gesamten Lebens- und Erlebnisraum mit mir geteilt hatten, war merkwürdig. Denn unsicher war, ob wir uns je wieder begegnen würden. Mein schwerstes Gepäck waren die vielen Grüße an Hamburg, die schwer getroffene, immer wieder bedrohte Stadt, in der wir unsere Lieben in täglicher und nächtlicher Unsicherheit wussten. Im Krieg.

Wir fuhren zu zweit: eine der *Führerinnen* und ich. Ausgerechnet die, deren Zimmer wir in der Silvesternacht total durcheinandergebracht hatten. Aber sie wusste nicht, dass ich daran beteiligt war. Nein, wir mochten sie nicht. Wir fanden: »Die gibt so an!« Wir wollten uns nicht mehr dem altgewohnten *BDM*-Drill unterwerfen. Die Erlebnisse der letzten Zeit hatten uns erwachsen gemacht.

Jetzt also die gemeinsame Fahrt, viele Stunden lang. Wir bekamen in einem Abteil gerade noch einen Sitzplatz. Auf dem Gang stellten wir unsere beiden Koffer zusammen: Das ergab den zweiten Platz. Wir wechselten uns stundenweise ab, konnten dadurch trotz Lärm, Gedränge und schlechter Luft sogar ein bisschen schlafen. Aber auch ein bisschen erzählen.

Sie war gar nicht so unangenehm. Sie war von einer *BDM-Führung* in unser Schullager geschickt worden, um den *BDM-Dienst*, zu dem wir unter Achtzehnjährigen verpflichtet waren, ordnungsgemäß durchzuführen. Sie hatte sich allein gefühlt, fast bedroht von dem Pulk zusammengehörender

Mädchenklassen, die sich kannten, sich nahe waren, eine Gemeinschaft bildeten. Wenn auch erzwungene Gemeinschaft, entstanden durch die grausame Gegenwart des totalen Krieges.

Sie kam nicht aus Hamburg, wusste nicht, was wir im Sommer erlebt hatten. Sie fand keinen Zugang zu denen, die den Feuersturm überlebt hatten. Wie sollte sie uns verstehen? Ihre Heimat war kriegsfern, vielleicht sogar noch kriegsbegeistert: das alte Ostpreußen. Ihr Zuhause war die Stadt Allenstein. – Ich weiß ihren Namen nicht mehr. Soll ich, mich an sie erinnernd, »Ännchen« denken? Wie das Ännchen aus dem ostpreußischen Tharau, von dem wir früher sangen? Sie fuhr nach Hause. Wie viel stand ihr noch bevor.

Ich kam früh morgens in Harburg an, fragte mich durch zur Juliusstraße. Im ersten Stock eines einfachen Mietshauses öffnete Mutti mir die Tür. Sie lächelte – sah so besonders aus. Fremd und neu war mir ihre rundliche Figur. Und gefiel mir sofort. Schnell merkte ich, wie die kleinste Anstrengung sie belastete. Ja, sie war sehr krank; unsere Sorge um sie war begründet.

In meinem Gepäck lag der Große Brief von Kurt und daneben der Beginn meines Antwortbriefes mit den neuen Informationen:

> Ich habe Dir so viel Neues zu erzählen. Als erstes die Mitteilung, dass ich übermorgen wieder nach Hamburg fahre. Für immer. Ich habe mich nämlich nun endgültig entschlossen, aus der Schule und aufs Fröbelseminar zu gehen. Nicht zuletzt war Muttis schlechter Gesundheitszustand bei meinem Entschluss maßgebend. Es ist ja so, dass man gar nicht weiß, wie und ob wir das Abitur bekommen. Die jetzige Abiturklasse ist nach langer Einsatzzeit nun noch mal 8 Wochen zum Unterricht zusammengefasst worden und muss eine Abiturprüfung machen. Aber mit was für Kenntnissen? Da finde ich es doch besser, die mittlere Reife gut als das Abitur schlecht zu haben.

Erst nach ein paar Tagen in Harburg kam ich dazu weiterzuerzählen und ich berichtete von der Mietwohnung, die eine Kollegin meiner Mutter überlassen hatte.

Der Große Brief hatte eine lange, ausführliche Antwort nach sich gezogen. Die endete etwa mit der Mitteilung, dass ich mich in den nächsten Tagen in Hamburg im Fröbelseminar nach den Lernbedingungen erkundigen wollte.

Das tat ich. Und erschrak: Sie wollten mich noch gar nicht haben. Ich wurde nach Haushaltserfahrungen gefragt: *Pflichtjahr* oder Ähnliches? Nein, bisher nur Schule. Das genügte nicht. Ohne Haushaltsjahr keine Aufnahme. Mich brachte das etwas durcheinander. Vielleicht aber ließ es sich einrichten, dass ich bei Mutti dieses Jahr absolvierte.

Verlorene Zeit – geschenkter Tag

Mit meinen Gedanken aus dem Fröbelseminar laufe ich unkonzentriert an der Alster herum, nicht mehr geneigt zu einem anspruchsvollen Konzertbesuch, den ich mir eigentlich vorgenommen hatte. Jedenfalls hatte ich das zuhause gesagt. Falls ich für etwas Schönes eine Karte bekäme. Aber jetzt: Kino wäre möglich, irgendwas Nettes mit Hannelore Schroth, für die Kurt ja schwärmt. Danach schnell zurück nach Harburg.

»Du schon?«, empfängt mich Mutti: »Und wo ist Kurt?« – »Was?« Ich begreife gar nichts. In wenigen Sätzen erklärt sie: Er war hier, sie hat ihn in die Musikhalle geschickt, wo ich zu finden sein sollte. Aber ich war doch im Kino. Eine Telefonnummer von Nachbarn liegt bereit, da kann ich morgen anrufen. Wild durcheinander meine Empfindungen: Schreck – Traurigkeit – Bitterkeit – – – Hoffnung.

Ich habe also angerufen, und du kommst von Farmsen nach Harburg. Ich erwarte dich am Bahnhof. Durch den feuchten Februartag, durch langweilige Straßen gehen wir Hand in Hand.

Und dann erfahre ich, dass wir nur diesen einen Tag Zeit füreinander haben. Daran ändert auch ein festerer Druck der Hände nichts. Du freust dich, mich endlich gefunden zu haben, ich möchte heulen bei dem Gedanken, dass du die Tage deines Urlaubs verbrauchtest, um mich zu suchen. Denn den Urlaub bekamst du, weil dein Vater Urlaub hatte. Du ließest dir Erlaubnis geben für einen Zwischenurlaub von Hamburg nach Bayern, warst in Münchshöfen. Und ich war nicht mehr da. Dieser weite Weg, diese mühsame Reise! Du hattest keinen Koffer, auf den du dich setzen konntest. Und solange Frauen im Gang des Eisenbahnwagens standen, hattest du bestimmt keinen Sitzplatz. Aber davon willst du nichts hören. Du lächelst, drückst mir die Hand und sagst, ich soll nicht traurig sein.

Was helfen auch meine Kümmernisse. Du hast mich ja gefunden. Wie? Diese Harburger Adresse kanntest du noch nicht. Doch früher hatte ich dir gezeigt, wo Irene arbeitet. Das Haus steht noch, auch mit dem Firmennamen. Und dort erfuhrst du: Harburg, Juliusstraße.

Gestern das Konzert, sagst du, sei schön gewesen. Und morgen? Dein letzter Urlaubstag, an dem du noch die üblichen Laufwege und Aufräumereien zu erledigen hast. Also nur dieser eine Tag. Nur dieser Tag. Nur heute.

Meine Mutter verkrümelt sich in die Küche, damit uns die Stube gehören kann. Zwischendurch bringt sie Kaffee und Brot. Abends macht Peter beim gemeinsamen Essen den Vorschlag: »Sie sollten sich mit Ihrem Hauptmann erzürnen, damit der Sie fristlos entlässt.« – »Ach ja!« Aber obwohl ich das wunderschön finde, gehst du darauf nicht ein. Und wir wissen ja auch, wie unmöglich das ist.

Du hast vermutlich Schwierigkeiten mit den beiden. Eine unverheiratete schwangere Frau: meine Mutter. Und der dazugehörende Mann: noch nicht ihr Ehemann und nicht mein Vater. Sie bleiben in der Küche, und irgendwann später verabschieden sie sich, sind müde, wollen früh schlafen; aber das soll meinen Besucher nicht stören. Und alle guten Wünsche! Gute Wünsche hin und her, Gute Nacht.

Dieser Nachmittag, dieser Abend, diese halbe Nacht: Mit vielen Küssen, in denen sich Freude und Traurigkeit abwechseln. Da sitzen wir auf einem fremden Sofa, vor uns ein fremder Tisch, an der Wand gegenüber ein Schrank mit fremden Büchern. Interessante Bücher, meine ich, davon will ich noch viele lesen. *Die Buddenbrooks* habe ich gerade angefangen. Dein Entsetzen: Warum ausgerechnet das? Nein, Thomas Mann ist kein Jude, meinst du, aber ein Freimaurer und Vaterlandsverräter. Also dann: *Hungerpastor* von Wilhelm Raabe. Ja, das findet dein Einverständnis. Und mir fällt ein, dass wir in der Schule *Die schwarze Galeere* von Raabe gelesen haben. Frau Barghoorn nahm mich bei einer schwierigen Stelle dran, weil ich nicht gleich zu kichern anfing. Es hieß da etwa: »Ach, gib mir einen Kuss, und noch einen – und nun meine Geschichte!« Nachher behaupteten die Mitschülerinnen, ich hätte zwischen »einen Kuss, und noch einen« sehr bedeutungsvolle Pausen eingelegt. Aber das waren nur die Satzzeichen. Du lachst, und wir finden ein bisschen Abstand von den Büchern.

Natürlich bist du schrecklich böse über meinen Weggang von der Schule. »Wie ein Schnellläufer, der kurz vorm Ziel aufgibt«, erklärst du. Und irgendwo sehe ich das auch ein. Aber Mutti ist so krank. Ihr Herz ist sehr schwach, und im Krankenhaus wollten sie ihr sogar das Kind abnehmen. Ich weiß doch nicht, wie lange ich sie noch habe. Um Kindergärtnerin zu werden, brauche ich kein Abitur. »Ich wäre doch beinahe schon Kindergärtnerin geworden, im Spreewald, weil sie in Cottbus keine passende Schule für mich hatten. Dann würde ich jetzt mit kleinen Wenden-Kindern im Kreis spielen.« – »Aber nicht um diese Tageszeit.«

Jetzt erzählst du von dir. Lässt mich deine Wünsche, deine Träume wissen, die du dir in einer späteren Zeit erfüllen möchtest: Wandern, frei von allen Zwängen, frei von jeder Verpflichtung deine Wege gehen, Menschen begegnen, sie wieder verlassen, unabhängig sein.

Ich wusste nichts von Vagabundenleben, konnte also nicht merken, dass du mit solchen Vorstellungen einer Zeit anhingest, die seit zwanzig Jahren vorbei war. Wusste auch nicht, wie stark die vom Sturmwind durchwehten wilden Gesellen zu ihrer Zeit einen Protest gegen bürgerliche Ordnung darstellten. Es musste deiner unruhvollen Lebendigkeit entsprechen: ausbrechen, aufmüpfig sein, nicht das Übliche tun.

Ob ich vielleicht begreifen mag: Du möchtest, für ein Jahr oder so, unterwegs sein, möchtest nur auf dich selbst gestellt sein. Ich sage »Ja« und empfinde deinen Wunsch nach einer solchen Zeit der Bewährung und Begegnungen. Und ich hoffe, du wirst danach einmal den Weg nach Hause finden. »Um wiederzukehren«, heißt es in Rilkes *Cornet*. Ich überlege, wie lange Penelope auf Odysseus wartete: zwanzig Jahre! Aber du hast ja schon gesagt: ein Jahr oder so.

Dann schiebst du plötzlich alles weit weg: Das wird doch nichts. Dafür bleibt keine Zeit. Denn jetzt ist Krieg, und danach müsste endlich eine Ausbildung kommen. Welche Ausbildung aber? Für welchen Beruf? Wie verzagt, wie unsicher du wirst. Nach langem Zögern fragst du: »Musik?« Und antwortest dir selbst mit einem ernsthaften: »Nein. Meine Hände versagen. Vielleicht kann ich doch nichts anderes als wandern.«

Ist das Liebe: Ich nehme deine Hände in meine kleineren und wiederhole mein Ja, obwohl durch deine letzten Worte die beruhigende Zeitbegrenzung wegfällt. Am liebsten nähme ich dich ganz in mein Herz hinein. Da wärest du sicher und müsstest nicht solche Sorgen haben. Doch bei deinem Freiheitsdrang wäre dir das zu eng. Das fühle ich nur und muss es nicht sagen. Dich ansehen, dich manchmal küssen, dir zuhören vor allem ist heute wichtig.

Dir zuhören: Mehr kann ich nicht für dich tun. Dich drängt es, mir deutlich zu machen, wer du bist, wie es in dir aussieht. Anfangs als wir zusammen gingen, hast du dich wichtig gemacht. Wer tut das nicht, um sich ins rechte Licht zu setzen? Dann wurde es dir peinlich, von mir bewundert zu werden. Du versuchtest, mir klarzumachen, wie wenig bewundernswert du bist, dass ich dich total überschätze. Nun endlich kommt die Sache ins Lot. Du gewährst mir Einblick in die »Tiefen, Schluchten und Abgründe« deiner Seele – und staunst darüber, was ich alles längst weiß. Dennoch behauptest du, ich kennte dich zu wenig.

Uns fällt beiden nicht ein zu fragen, ob du mich ausreichend kennst, wer das Mädchen ist, dem du so viel von dir erzählst, das du im Arm hältst, von dem du dich nicht lösen magst. Bin ich so selbstverständlich für dich?

Dann – kurz bevor du dich um die letzte Bahn bemühen musst – noch ein Kuss und dazu deine Worte, deine Bitte: »Halt mich fest, vielleicht vergesse ich dann das Wandern!« In deinem nächsten Brief werde ich lesen:

> Die für den Urlaub gesteckten Ziele sind erreicht. Ja, auch heute habe ich das Gefühl, dass Du mich noch immer zu wenig kennst, wenn ich auch froh bin zu wissen, dass Du mein Wesen erfasst.

Mein Zuhause

Als du im Februar wieder in Neiße warst, fandest du meinen Brief, der dir von meiner Rückkehr nach Hamburg berichtete und dir meine neue Adresse mitteilte – die du inzwischen mühsam selbst erkunden musstest. Du hattest an vielen Seiten lange zu lesen und ließest mich dann wissen: »Bist Du mir so doch noch eine Weile länger recht unmittelbar erhalten.

Ich sehe Dich neben mir sitzen und mir meinen Brief beantworten.« – Ja, das konnte ich mir vorstellen.

Ich dachte an dich. Und schrieb dir: über meine Fortschritte in Haushaltsarbeit, über ein paar Filme, die ich mit Peter gemeinsam angesehen hatte, zitierte entzückt aus Rilkes *Briefen an einen jungen Dichter*, erzählte vom beginnenden Frühling.

Ich hatte dich gebeten, dich zwischendurch zu melden, mich nicht warten zu lassen, bis du ganz viel Schreibezeit hättest. Nun kamen Postkarten und kleine Briefzettel an:

> Liebes Kind! Recht herzlichen Dank für Deinen lieben Brief. – Viel zu tun, wenig Zeit, wenig freundliche Dinge. Herzliche Grüße Dein Kurt

> Liebe Hilde! Stopp alle Post. Bin auf Reisen. Evt. neue Anschrift. Horrido! Kurt. Post geht zurück.

> Liebe Hilde! Keiner kann so verrückt denken, wie es beim Kommis kommen kann. – Also »Ritardando«. Es bleibt bei der alten Anschrift. Der Gaul, den ich kühn zu besteigen dachte, bockt vorzeitig. Also: »Hussa, zurück!« Gruß Kurt

> Liebe Hilde! In Eile herzl. Gruß. Du musst entschuldigen, aber es langt wirklich nur für eine tote Karte. Brief ist im Werden. Kann aber noch dauern. Herzl. Gruß Dein Kurt

> Liebe Hilde! Es geht mir gut. Alles all right. Hoffe dort auch. no time. In den nächsten Tagen ausführlicher. Gruß Kurt

Ich las in deinen alten Briefen, die erheblich länger waren und mich immer wieder freuten. Und ich wusste, spürte, wie sehr du an mich denkst.

Inzwischen konnte ich das »Haushaltsjahr« bei Mutti offiziell festmachen. Das Arbeitsamt war einverstanden. Nur mein Vater nicht. Er hatte sich ärgerlich zu meinem unordentlichen Schulabschluss geäußert. Das verstand ich ja: Nun gab es keine Tochter mehr, von der er erzählen konnte

»Sie wird Studienrätin.« Als mich das Arbeitsamt überraschend noch einmal zu sich zitierte, fragte ich dort, ob wohl mein Vater der Anlass dafür sei. Darauf wühlte der Arbeitsamtsmensch ein bisschen in seinen Papieren, so dass ich auf einem Bogen die Schrift meines Vaters erkennen konnte. Wir waren uns schnell einig: Enttäuschung und Ärger waren die Gründe für sein Schreiben, spielten aber für meinen Arbeitsplatz keine Rolle.

Dann kam – so ein Schreck – eine Aufforderung, mich beim *Reichsarbeitsdienst* zu melden. Aber ich machte ja gerade ein Haushaltsjahr. Und wer lange zur Schule gegangen war, brauchte nur eins: *Pflichtjahr* oder *Arbeitsdienst*. Ausgerüstet mit Unterlagen vom Arbeitsamt, mit einem Attest von Muttis Arzt und einem Arztbescheid über einen »Grippalen Infekt«, den ich noch nicht überstanden hatte, meldete ich mich mit verschnupfter Nase bei der zuständigen Stelle. Und war heilfroh, dass die Leute auf mich verzichteten.

Ich durfte weiterhin ganz zuhause sein, bei Mutti, wie schon seit Jahren nicht. Wegen ihres kranken Herzens war ich besorgt und schrieb an Kurt:

> Ihr geht es mal wieder gar nicht gut. Ich möchte sie am liebsten in Watte einpacken oder unter Glas setzen. Das lässt sie sich aber nicht gefallen. Sie arbeitet und beschäftigt sich immer so lange, bis es gar nicht mehr geht und sie ins Bett gehen muss. Peter und ich haben uns überlegt, dass es das Beste wäre, sie ins Krankenhaus zu bringen. Aber das mögen wir ihr gar nicht sagen, weil sie bestimmt antwortet, dass man bei ihren Kreislaufstörungen auch im Krankenhaus nichts machen kann und sie sich außerdem bei Alarm um uns sorgen würde. – Das habe ich noch keinem erzählt, und ich weiß auch nicht, ob es richtig war, dass ich Dir davon schreibe. Aber es ist allein so schwer. Und wenn ich – allerdings nur in Gedanken – meinen Kopf an Deine Schulter lege und fühle, dass Du da bist, dann wird mir wieder leichter.

Zu den Wichtigkeiten der nächsten Wochen gehörte die Hochzeit. Das lässt sich so nachlesen:

> Zwei Tage lang befand ich mich in einer Wolke Staub und war deshalb für die Außenwelt fast unsichtbar. Mutti und Peter ha-

ben endlich sämtliche Papiere zusammen, so dass sie heiraten können.
Für einen außerordentlich klugen Gedanken halte ich es, Dir eine Probe meiner – bis jetzt noch recht bescheidenen – Backkunst zu geben. Die flachen Plätzchen sind noch nicht so gut geworden, wie sie sollten, aber beim nächsten Mal werden sie sicher besser!
Wenn Du denkst, der Tommy hätte Sinn für Humor, dann irrst Du. Meinst Du, der hätte uns gestern in Ruhe gelassen, als wir Hochzeit feiern wollten? Während die beiden zum Standesamt waren, gab es Luftwarnung und beim Mittagessen sogar richtigen Alarm. Ich habe ja gar nichts gegen einen kleinen Spaß, aber wenn Flugzeuge brummen und die Flak danach schießt, ist es weniger erfreulich. Wir mussten uns mitsamt den Trauzeugen in den Keller begeben. Dabei stand der Pudding lockend auf dem Tisch.

Von Kurt war rechtzeitig zur Hochzeit ein Telegramm gekommen, und einen Brief hatte er außerdem geschrieben:

> Zu Ihrer Vermählung meinen allerherzlichsten Glückwunsch und beste Wünsche für das Weitere. Das heißt, uns allen recht bald ein ruhiges Leben in einer friedvolleren Zeit und Ihnen recht wenig Sorgen.
> Ich möchte bei dieser Gelegenheit nicht versäumen, Ihnen für die schönen Stunden, die ich in meinem Urlaub bei Ihnen verbringen durfte, zu danken.
> Grüßen Sie bitte Hilde von mir (wie immer: no time) und seien Sie selber herzlich gegrüßt.

Ich fand, das hatte er schön gemacht. Mutti sagte: »Das ist ja sehr aufmerksam.« Ich bekam den Auftrag, im Namen des jungen Paares ein herzliches Dankeschön zu sagen.

Manchmal fuhr ich auf die andere Elbseite: nach Hamburg. Ja, auch Harburg gehört zu der großen Stadt Hamburg. Als ich klein war, hatte ich hier gewohnt. Aber ich gehörte immer nach drüben. Da liegt meine Stadt. Da liegt sie in Trümmern.

Die Fahrt mit der Straßenbahn war schrecklich. Durch den langen Heidenkampsweg fuhr sie ohne Haltestellen. Schnell. Vor den Querstraßen türmten sich Steinbarrikaden, über die niemand gehen durfte. Dahinter lag das Reich der Toten. Von Seuchengefahr war die Rede. Darum blieben wir diesseits: mit schauernder Angst im Herzen.

Als sich die Schreckensnächte zum ersten Male jährten, hatten einige von uns Lebenden der Toten gedacht und legten Kränze und Blumen an die Barrikaden aus gestorbenen Steinen für die vielen gestorbenen Menschen dahinter.

Kurt hatte mir geschrieben, als er im Herbst in Hamburg war: »Bergedorf – der Zug rollte – Rothenburgsort – Hamburg – Ob ich auf dieser Fahrt geflennt, geflucht oder verbissen geschwiegen habe – ich weiß es nicht.« Er war in der Bürgerweide gewesen, hatte sich »die Sache mal angesehen«. Mehr mochte er mir darüber nicht sagen. Später las ich in einem nicht an mich gerichteten Brief mehr über seine damaligen Eindrücke:

> Ich hatte Gelegenheit, unmittelbar nach den Angriffen in die brennende Stadt auf Bombenurlaub zu fahren. Der Sorge um meine Mutter, die in den Angriffsnächten in Hamburg war, war ich schon enthoben. Wir hatten uns in Schlesien getroffen. In Berlin überzeugte ich mich, dass Leni gesund und heil war. So fuhr ich mit weniger großen Sorgen nach Hamburg. Galt es doch nur die Sicherstellung von toten Gütern. – Allerdings war das, was dann auf mich einstürmte, gerade genug. Meine Vaterstadt, wie sah sie aus! Die Orte, an denen ich Freude schöpfte, Leid erfuhr und doch letzten Endes immer wieder Freude sammelte, alles tot, grausig verstümmelt. Verzerrtes Gesicht! In öden Fensterhöhlen hockte das Grauen. Ging ich nachts durch die Straßen, blickte der Sternenhimmel trostlos durch Ruinen – Krachend stürzten Mauern zusammen, letzte Güter unter sich begrabend.

Ich fuhr bis Berliner Tor, bog ein in die Bürgerweide, um dort die Reste des Hauses zu suchen, in dem wir lange gewohnt hatten. Die Straße war so weit wieder aufgeräumt, dass Fahrzeuge sie befahren konnten. Die Querstraßen ließen sich erkennen. Ich fand die Trümmer, die zu unserm Haus gehört hatten. Und war überrascht: Das sah sehr schmal aus; hier war das eine und da schon das nächste Haus. Wir hatten doch groß und breit darin gewohnt! Vieles hatte darin Platz gefunden: Bilder, Briefe, Bücher, Omis Pflanzen und die von ihr selbst genähte und gestrickte Kleidung, mein Wintermantel, auf den sie so stolz war, die bunten Decken auf unseren Betten, ach, und mein noch kaum benutztes Teeservice, und ein paar gut benotete Aufsätze, und ...

Ohne klare Reihenfolge: Menschen, die uns besucht hatten, kleine und große Ereignisse, Geliebtes und Unwichtiges, alles stolperte durch meine Gedanken. Erinnerungen überschlugen sich.

Wesentliche Jahre meiner Lebenszeit verstaubten irgendwo hier zwischen großen Steinbrocken.

Mein lieber Teddy ist im Feuer der Julinächte mit verbrannt.
Er war nicht mehr so ein ganz Neuer, wie jeder weiß, der ihn gekannt.

Schon waren seine braunen Haare verblichen von dem Sonnenschein,
der im Verlaufe mancher Jahre ihm brannte in den Pelz hinein.

Die Schnauze war nicht ganz gerade, stand etwas schief ihm im Gesicht.
Ich fand das zwar ein wenig schade, doch störte es mich weiter nicht.

Ihm konnt ich meinen Kummer klagen, er wusste auch, was mich erfreut.
Dem Teddy konnt ich alles sagen. Ich wünsch, ich hätte ihn noch heut!

Mit diesen kleinen Versen im Gepäck kam ich in die Harburger Juliusstraße zurück.

In dieser Zeit erzählten die Hamburger sich einen Witz:

> Fiete bekommt von seinem Freund Hein eine Postkarte aus Amerika: »Lieber Fiete, ich stehe hier in New York auf einem Wolkenkratzer und kann über die ganze Stadt sehen.«
> Die Antwort: »Lieber Hein, dat is gornix. Ich sitz in Rothenburgsort auf'm Ascheimer und kann über ganz Hamburg kucken.«

Maitage

Mein Geburtstag: Ich bin achtzehn Jahre alt. Als wir uns kennenlernten, lieber Kurt, warst du noch nicht so alt wie ich jetzt, kamst mir trotzdem sehr erwachsen vor. Ich bin es inzwischen wohl auch. Vor einem Jahr, da war ich noch viel jünger. Nennst du mich deshalb in deinen Briefen, oder wenn du an mich denkst, manchmal »liebes Kind«? Oder lässt die Anrede ganz andere Gedanken vermuten? Du schiebst mich damit ja nicht ab in ein Kleinsein, nur ein bisschen weg von dir; von deinen Wünschen? Ich bin erwachsen genug, um das zu begreifen. Unser Leben ist Unsicherheit. Unser Überleben? Ich kenne deine Ängste.

Meine Freude über einen ganz dicken Brief, der ein paar Tage nach meinem Geburtstag ankommt. Fast vierzig vollgeschriebene, handgeschriebene Seiten. Du hattest vor, zu meinem Geburtstag zu kommen. Das klappte nicht. Deshalb wurde der Brief erst Anfang Mai abgeschickt. Er schließt mit: »Wir wollen uns auf die Kraft unseres Herzens verlassen!«

Ich brauche Stunden, um alles wenigstens einmal durchzulesen. Und dann viele Tage, um intensiver nachzuvollziehen, was du seit Jahresbeginn an Gedanken und Erlebnissen – wieder tagebuchartig – aufgeschrieben hast. Auch Antworten auf meine Briefe finde ich, mich dabei mühsam erinnernd, was ich dir inzwischen geschrieben hatte.

Über die Funkerausbildung und anderes, was deinen Dienst ausmacht, finde ich wenig. Eher etwas über deine Gesundheit, die durch die Diphtherie einen großen Knacks bekommen hatte. Anfangs steht da: »Beim Arzt. Viel Ärger. Der volle Dienst ist doch noch zu viel für mich.« Da bin ich froh. Weil du noch weiterhin in Neiße bleibst und die uns Flachländern fremde Landschaft erfährst:

> Allerdings, es ist schön hier, was das Äußere anbelangt. Wenn ich morgens meine Berge sehe, wünsche ich mir manchmal Flügel.
> Heute beim Antreten konnte man die Berge selten klar sehen. Tief hinein schweifte der Blick in das Böhmer-Land. Der Schnee lässt die Berge besonders plastisch hervortreten. Was wird wohl Eichendorff bei einem solchen Anblick empfunden haben?

Einmal der Satz: »Im Radio spielten sie Lönslieder; u.a. ›Rose weiß, Rose rot‹ und ›Rosmarienheide‹« – Woran erinnertest du dich? An die schöne Woche, die ich bei euch in Farmsen verbrachte? Als wir an die Lönslieder gerieten – und das Lied *Ich weiß einen Lindenbaum stehen* schnell überschlugen? Du erzählst mir auch:

> Wir haben einen Hornisten bekommen; von nun ab werden wir mit einem Trompetensignal geweckt und abends wird zur Ruhe gelockt, wie es im Buche der Kasernenromantik steht. – Man hat hier einige neue, recht nette Soldatenlieder eingeführt. Doch wozu das alles? Warum können wir nicht schon lange wieder in Frieden leben? – Möge dem doch endlich ein Ende gesetzt sein.

Was ich in Händen halte, ist ein schwerer Brief – vierzig vollgeschriebene Seiten. Aber das macht die Schwere nicht aus. Du bist es, der Schreiber, der es jetzt wagt, mich an seinen Gedanken teilnehmen zu lassen. Am Denken, Sehnen, Hoffen und Verzichten eines Mannes, der Soldat sein muss. Der damals in Dänemark den *Cornet* gelesen hat und mich nun fragt »Sagte das nicht Rilke: ›Und der Mut ist so müde geworden und die Sehnsucht so groß.‹?« Ich lese:

> – Musik? – Ja, Du schriebst davon. – Du stellst es Dir etwas zu leicht vor. Wie sollte ich es wieder anpacken? – Meine Hände versagen. – Es ist so schwer, darüber zu schreiben. Ach, ich kann

> ja selbst nicht einmal darüber sprechen. – Ja, manchmal wollte ich mit Dir darüber sprechen. – Aber lassen wir das. Mag die Zukunft entscheiden. Noch bin ich zu schwach. – Ich bin sehr traurig geworden, als ich Deine Zeilen las. Warum nur? – Warum bin ich so allein?

Mein armer, lieber Freund! Immer wieder lese ich deine Sätze. Bin hilflos. Weil ich dir nicht helfen kann. Bin aber dankbar, dass du an mich denkst, wenn du Hilfe brauchst. Und vielleicht ist es auch schon gut für dich, meine Bereitschaft zu wissen. Mein Glück ist: deine Vertraute sein in deinem Kummer.

Einige Absätze, Tage später ein ganz anderes Erleben:

> Heute beobachtete ich vor der Kaserne Kinder, die im Schnee spielten. Gesund, froh und unbeschwert. Kleine mutige Kerle waren darunter, die die tollsten Hänge nahmen. So wünsche ich mir mal meine ... ach, Blödsinn!

Diesem Wunsch – ohne Blödsinn zu denken – schließe ich mich gern an. Freue mich, dass du mir das schreibst, weil es mich einbezieht in deine Wünsche. Und träume von einem Leben nach diesem Krieg. Aber dann steht da:

> Gestern schrieb mich der Arzt bedingt kv II. Was soll nun eigentlich werden? Auch an Dich denke ich. Komisch, dass ich dann immer sehr ernst werde.

Kv heißt: *kriegsverwendungsfähig. Bedingt* und römisch *II* sind noch Einschränkungen. Uns bleibt ein bisschen Hoffnung.

Seit wir uns kennen ist Krieg, ist unser Handeln von Krieg bestimmt, sind wir von seinen Gesetzen abhängig. Aber wir versuchten, uns an ihm vorbeizumogeln, ihn zu ignorieren. Wir übten ein bisschen Theater, hatten mit der Spielgruppe lange Gespräche über Operetten, verbotene Horoskope, Bücher, viele Vergnüglichkeiten. Wir – du und ich – erlebten einen wunderschönen Konzertwinter, den letzten im Conventgarten, die immer länger werdenden Heimwege durch Schnee und Kälte. Erzählten uns Witze und Wichtigkeiten aus unseren Schultagen, unserem jungen Menschendasein. Wenn wir uns ein bisschen klein machten, an die Seite drückten, zog das Kriegsgeschehen an uns vorbei. Möglich war: lachende, junge Lebendigkeit.

Jetzt hat er uns. Der Krieg. *Bedingt kv II.*

Dieser lange Brief. Da gibt es einige Berichte und Überlegungen, die ich meiner Mutter vorlese:

> 25.2. Funkwache. Die Kameraden machen eine Härteübung. 24 Stunden, keine Verpflegung, Marsch, Biwak im Freien, Übernachten im Schnee, Nachtübung und ähnliche Scherze. Es ist doch heller Wahnsinn, Übungen zur Abhärtung des Mannes zu dieser Jahreszeit zu beginnen. Damit soll ein Anfang gemacht werden, wenn das Wetter die Voraussetzungen zu einer allmählichen Abhärtung gibt, also im Herbst. Ein Beginn derartiger Übungen zu einer solchen Jahreszeit riecht stark nach grünem Tisch. – Erfolg: Erfrierungen 1. und 2. Grades. Etliche leistungsfähige Männer werden dem totalen Krieg entzogen.
> Es ist doch immer wieder so. Morgens drängen sich die Leute beim Rapport, um Kurzurlaub zu bekommen, werden abgelehnt, und nachmittags hat der Herr Hauptwachtmeister ein Hamsterpaket abzuholen und sofort fährt ein Mann außer der Reihe auf Kurzurlaub. Trauriges Zeichen! – Augenblicklich sitzen hier in Neiße ca. 120 Portepeeträger in Untersuchungshaft, weil lastwagenweise Stoffballen gestohlen worden sind.
> Tag der Wehrmacht – Die raffiniertesten Mittel sind gerade recht, um die Geldbörsen des Publikums gefügig zu machen. Das meiste zahlt aber wieder mal der Landser von seinem kläglichen Gehalt. Es wurde Schnaps zu tollen Preisen verkauft. Und wer hat mehr Grund, sich die Nase einmal gründlich zu begießen als der kleine Soldat? Es war traurig, das mitanzusehen. – Ist unsere seelische und moralische Kraft denn schon so erlahmt?
> Heute hat es Schnapsmarken für den Monat gegeben. – Wie sinnlos doch der Landser ist; abends in der Kantine machen sich

> die ersten Betrunkenen groß. Die Dümmsten führen das große Wort. Der gemeine Mensch wird im Rausch doch wirklich zum Tier. Es ist nicht schön, so etwas sehen zu müssen, wenn man vom Kulturstand der deutschen Rasse sprechen soll.

Die kritischen Bemerkungen, über die Käte sich freut, stehen neben Äußerungen, die mich bedrücken. Die ich nicht mehr vorlese, weil ich selbst noch nicht weiß, wie ich damit umgehen soll. Die mir zeigen, wovon deine Gedanken geprägt sind, wie viel von der Propaganda des *NS*-Staates in dir steckt:

> Wenn die Lage zur Zeit auch nicht rosig aussieht, so ist es doch so, dass, im Großen gesehen, wir ruhig und gläubig der Zukunft entgegensehen können.
> Ich bin eigentlich meist gesund. Soll ich mich freiwillig kv schreiben lassen? Alles lässt sich durch Standhaftigkeit und feste Entschlossenheit erreichen.
> Ein Kamerad, mit dem ich zusammen eingezogen wurde, schreibt mir aus dem Osten. Es ist doch unverantwortlich, wie lange ich nun schon hier in der Heimat den grauen Rock trage!

Lieber Kurt, armer Junge, wohin treibt dich die in der Schule und in der *HJ* so einseitig-nationalistisch vermittelte Geschichte? Wenn wir doch endlich einmal richtig Zeit hätten. Viel Zeit, um über alles miteinander reden zu können.

Vielleicht ist es nicht verkehrt, das mit der Vaterlandsliebe? Ich liebe Hamburg, die Stadt, in der ich mich wohlfühlte, nach der ich Heimweh hatte, als ich Kind in Köln war. Nach der, schön und unzerstört, wie sie einmal war, ich auch heute Heimweh habe. Und ich liebe unsere deutsche Sprache, die sich mir immer mehr erschließt. Ich kenne viele Gedichte, Lieder. Zählt das zu »Vaterland«?

In unserem Bekanntenkreis weiß man von Menschen in *Konzentrationslagern.* Von Menschen, die in unseren Städten aufwuchsen und arbeiteten, die durch unsere Wälder und über unsere Heide wanderten, die unsere Lieder sangen. Was ist deren Vaterland? Kein Nazi-Deutschland! Weißt du das?

Einmal schreibst du: »Wir wollen froh sein, dass wir jung sind und Kraft zum Leben haben.« Ja, wenn wir doch gemeinsame Zeit hätten – Friedenszeit –, um mit unserer jungen Kraft neue Erkenntnisse zu finden.

Dann eine Frage – unvermittelt zwischen anderem:

> Wer will den Menschen eigentlich das wiedergeben, was sie im Wehrdienst verloren?

Ich weiß nicht. Ich stehe da mit leeren Armen, die dich an mein Herz drücken möchten. Wenn schon keine Antwort, dann wenigstens Nähe. Aber wir müssen uns darauf beschränken, aneinander zu denken:

> Wachte nachts auf und schrieb einiges. Sicher schläfst Du noch fest und ruhst Dich für einen neuen Tag mit wer weiß wie vielen Hausfrauenarbeiten aus. Nun, ich will Dich nicht stören. – Fort rattert der Große Wagen.
> Fertigte einen Urlauber nach Hamburg ab. Wenn der wüsste, welches Gepäck an Grüßen ich ihm aufbürdete!
> Ja, auch die Telepathie scheint eine ganze Weile hier herunter zu gebrauchen; denn ich wachte erst in der Nacht auf, da Du abends den Mond so schön fandest.
> Ich erwischte eben noch ein halbwegs annehmbares Stück im Radio, um den Tag ausklingen zu lassen: Romanze in Moll – Man müsste sich doch eigentlich die Noten dazu besorgen können.

Romanze in Moll war der Film, der dich vor einigen Monaten sehr erschütterte. Mich wundert, dass dir jetzt die Melodie »halbwegs annehmbar« erscheint. Haben sich da Spannungen gelöst? Morgen werde ich in die Gerhofstraße gehen, wo dein Musikladen hoffentlich noch steht, und nach den Noten fragen.

Ich habe dir einen schnellen Dankbrief geschrieben. Ich habe sogar die Romanze-Noten bekommen. Die blonde Verkäuferin war wieder nicht da. Danach muss dein langer, schwerer Brief beantwortet werden. Immer mal ein Stückchen, damit du nicht lange auf Post warten musst.

Ich backe auch wieder Plätzchen, die ich dir gern schicke, weil du so deutlich übertrieben hast, als du dich für die von der Hochzeit bedanktest:

> Wenn sich zutiefst unten in meinem finsteren Busen noch ein heimlicher Zweifel an Deinem hausfraulichen Können geregt hätte, so ist dieser durch die gesandten Plätzchen in die finsterste Finsternis verscheucht. Sie schmecken einfach superprimarös.

Tu mal nicht so. Ich weiß doch, wie deine Mutter backen kann.

Es ist noch immer Mai. Wieder ein sonniger Sonntag, an dem ich vormittags in Hamburg bin, in einen Fliegeralarm gerate und danach schnell nach Hause fahre. Mutti guckt mich groß an. Das kenne ich schon: Kurt war hier. Mutti hat ihm gesagt, wo ich zu finden sei. Durch den Alarm haben wir uns verfehlt. Er hat nur einen Wochenendurlaub, wird wohl nach Farmsen zurückgefahren sein.

Also mache diesmal ich den weiten Weg mit Zug – Hochbahn – Walddörferbahn: Harburg – Hamburg-Hauptbahnhof – Barmbek – Farmsen. Das geht mir viel zu langsam – langsam – langsam.

Endlich aussteigen. Schnell. Laufschritte bis kurz vors Haus. Einmal Atem holen, klingeln. Dann stehen wir einander gegenüber, lachend, glücklich.

In der Küche bemüht sich Frau Jung, eine Gasmaske wieder vom Kopf zu ziehen. Kurt hilft ihr dabei, nachdem er offensichtlich vorher mit ihr versuchte, das Ding anzuprobieren. Dringende Frage an mich: »Hast du eigentlich eine Gasmaske?« Ich verneine und teile mit: »Die haben wir weggeschmissen. Sie taugen nicht gegen Rauch.«

Frau Jung schickt uns in die Stube und lässt sich viel Zeit mit Kaffeekochen. Ich rieche Bohnenkaffee. Vor einiger Zeit gab es wegen heftiger Alarme wieder ein Viertelpfund pro Person. Aufbewahrt für heute, für ihren jungen Soldaten.

Dieser überraschende Sonntag, erfahre ich, gilt als *Einsatz-Urlaub*. Sonnabend und Montag sind Reisetage. Einsatz? Ist das jetzt *kv*? Jedenfalls weg von Neiße. Irgendwo noch zusätzliche Ausbildung oder Übungen. Es kann sein, dass ich deswegen länger auf Post warten muss. Und dann: Ja.

Der Kaffee schmeckt nicht, denn der ganze Nachmittag schmeckt nicht. Er zieht sich hin. Später braucht die gute Mama Jung wieder viel Zeit, um ein bisschen Abendessen vorzubereiten. Wir sollen nicht helfen. Ich bin dieser Frau sehr dankbar, dass sie von der knapp bemessenen Zeit, die ihrem Sohn zur Verfügung steht, so viel an mich abgibt. Nebeneinandersitzend auf dem Sofa, mein Kopf an deine Schulter gelehnt, dein Arm um mich gelegt, so bleiben wir lange. Das ist zärtlich gewohnte Nähe. Manchmal stille, traurige Küsse. Und durch deine und meine Brillengläser sehen sich unsere Augen an.

Wir sollen tüchtig essen, empfiehlt deine Mutter; denn wir brauchen eine gute Grundlage. Wegen einer Überraschung: Sie bringt aus dem Keller eine Flasche Sekt. Es ist nicht irgendein Sekt, sondern ein roter, und er hat ein französisches Etikett, das wir alle drei nicht lesen können. Vater Jung brachte ein paar Flaschen aus Frankreich mit.

Ich kenne deinen Vater nicht, dies ist die erste Form der Bekanntschaft mit ihm. Eine der typischen Kriegsbekanntschaften. Wie schön wäre es, sagt deine Mama, wenn Papa jetzt auch hier sein könnte. Und Leni aus Berlin. Wir nehmen sie in Gedanken mit an den Tisch. Mich macht es froh, auf diese Weise in die Familie einbezogen zu sein.

Ob französischer roter Sekt allgemein und immer aufheiternd wirkt, weiß ich nicht. Wir fühlen uns alle drei lockerer als am Nachmittag. Die zarte kleine Frau wird richtig vergnügt. Lacht. Ich mag deine Mama. Ein gutes Verhältnis zwischen ihr und mir kann ich mir vorstellen. Später. Und – obwohl das besonders wichtig ist – nicht nur wegen des Sohnes.

Dann wird es für mich notwendig, an den Rückweg zu denken. Du wirst mich zum Bahnhof Trabrennbahn bringen. Das ist selbstverständlich. Aber deine heitere Mutter erklärt: »Da kommt ihr doch gar nicht hin. Wenn ihr erst an der frischen Luft seid, landet ihr im nächsten Straßengraben.« Wir verneinen ernsthaft. Deine Erfahrungen mit Sekt, Wein oder sonstigen Alkoholgenüssen sind erheblich größer als meine wenigen. Ich habe vor langer Zeit zu Silvester erst einmal ein Glas Sekt getrunken und bei seltenen Gelegenheiten unter Aufsicht meiner Oma Agnes ein kleines Glas Likör. Aber »besoffen sein« ist sicher anders. Ich fühle mich sehr klar. Daran hat auch der lockernde rote Sekt deines Vaters nichts geändert. Wir versichern beide, dass wir den Weg gut und unfallfrei schaffen werden.

Trotzdem verlangt deine Mutter eine Probe meiner Nüchternheit. Der Teppich in eurer Stube lässt einen Teil des Holzfußbodens frei. Deshalb wird mir aufgegeben, genau Fuß vor Fuß auf die Ritzen zwischen zwei Bohlen zu treten. Von da bis da. Das mache ich ganz wunderschön, langsam und sicher. Dafür werde ich von ihr gelobt, sie lacht: »Ja, sie kann auf'm Strich gehen!« – »Mama!«, sagt Kurt mit vorwurfsvoll-entsetzter Stimme. Das wäre meinetwegen nicht nötig gewesen. Ich kenne den Ausdruck nicht.

Draußen, in der maiwarmen Nachtluft, fallen wir statt in den nächsten Graben einander in die Arme. Du bist vertraut mit dem dunklen Weg, den wir schon im November gegangen sind, auf dem wir auch heute nur langsam vorankommen. Die *Verdunkelung* – schlimme Forderung des Krieges – ist für junge Liebende ein dankbar angenommener Sichtschutz gegen fremde Blicke.

Am Bahnhof gibt es ein paar blaubemalte Glühbirnen, die uns erkennen lassen, dass dort jemand mit offizieller Mütze steht. Der Bahnhofsvorsteher oder einer mit ähnlicher Funktion. Jedenfalls wichtig. Wir erfahren von ihm, dass der letzte Zug in zehn Minuten fährt. – Wir entschwinden deshalb noch ein bisschen aus seinem Gesichtskreis in die umliegende Schrebergarten-Kolonie.

Zehn Minuten sind nicht ganz so lang, wie wir dachten, wie wir uns wünschten. Laut saust der letzte Zug der Walddörferbahn davon. Was jetzt? Gut, dass du dich auskennst in Farmsen und Umgebung. Wenn wir nach Wandsbek-Ost gehen, nach Tonndorf, da gibt es den Bahnhof der Reichsbahnstrecke Lübeck – Hamburg. Da müsste noch ein Zug zum Hauptbahnhof halten. Vorher singe ich dir das Stück eines Schlagers vor, das ich vor grauen Zeiten von meiner munteren Tante Irene lernte:

> Küss mich, bitte, bitte küss mich,
> eh die letzte Bahn kommt.
> Dann muss ich nach Hause.

Als Gegenleistung summst du ein Lied aus einer Operette. Mir ist, als hättest du es damals im Gemeindehaus der Matthäuskirche gespielt: »Ein Glück, dass man sich so verlieben kann, dass der Puls nicht achtzig, sondern hundert schlägt.« Das gefällt mir. Schön lang ist dieser geschenkte lange Weg.

Hörst du in der Ferne den Zug? Komm gut nach Haus. Komm gut wieder nach Haus. – Bis bald. Bis bald. – Letztes Winken, aus Dunkel in Dunkelheit. – Du. Ich. Allein.

Geburtstag

Erste nasse, kalte Junitage. Mutti kommt in die Stube, wo ich auf der Couch schlafe. Von ihrem Wirken am Ofen werde ich wach. »Wollen wir heute Kinder kriegen?«, fragt sie. Sofort bin ich aus dem Bett, nehme ihr das Feuermachen ab und veranlasse sie, sich hinzusetzen. Das findet sie aber nicht wichtig. Vielmehr verlangt sie, dass ich zu einer Hebamme in der Nähe gehe, um sie zu uns zu holen.

Was soll das? Mutti gehört ins Krankenhaus! Das war besprochen. Aber sie will nicht, hatte erst vor ein paar Stunden bei Peter durchgesetzt, dass sie zuhause entbinden kann. Ich unmündige, unerfahrene Tochter stehe da mit klugen, aber nutzlosen Argumenten. Also nehme ich den Zettel, auf dem für die Hebamme alle möglichen Daten notiert stehen, und mache mich auf den Weg. Durch heftigen Regen. Mit meiner Verzagtheit.

Die Hebamme ist nicht gerade begeistert: Plötzlich, ohne vorherige Information ist sie gefordert. Sie sagt aber ihr rechtzeitiges Kommen zu und schickt mich zurück.

Mutti ist nach wie vor ganz munter. Der Wäschekorb aus der Korbflechterei im Alten Land, den Tante Margot rechtzeitig geschickt hatte, steht gut ausgestattet und erwartungsvoll in der warmen Stube.

Es klingelt. Aber noch nicht die Hebamme kommt, sondern unerwartet Schwester Inge, Muttis Krankenhaus-Kollegin. »Guten Tag, wir kriegen Kinder!«, empfange ich sie. Und fühle mich ungeheuer erleichtert. Inge hatte nur einen gewöhnlichen Besuch machen wollen, um zu fragen, wie weit es ist. Auch sie findet es unverantwortlich, bei Kätes Gesundheitszustand und den vielen Fliegerangriffen im Hause zu entbinden. Erstmalig an diesem Tag fühle ich mich verstanden.

Aber es geht ja nicht um mich. Mutti steht, einen Fuß auf einen Küchenstuhl gestellt, leicht gebückt da und stöhnt ein bisschen. Dann ist sie wieder vergnügt und meint, wir sollten den von Inge mitgebrachten Bohnenkaffee trinken. Die Hebamme erscheint und bekommt auch Kaffee. Und wird über dies und das informiert.

Früher als sonst kommt Peter von seiner Arbeit. Mir fällt ein, dass ich noch einkaufen muss. Ich gehe langsam durch den Regen.

Bei meiner Rückkehr ist ein kleines Mädchen da!

Andächtig stehe ich vor dem Bett, in dem Mutter und Kind ausruhend liegen. Sage meine Glückwünsche. Überreiche ein kleines Heft, in das ich Gedichte geschrieben habe, selbst gemachte: so wie ich mir niedliche Babys vorstelle. Was hätte ich schenken können? Was es an kümmerlicher Babyausstattung auf Bezugsscheine zu kaufen gab, hatten wir längst gemeinsam besorgt. Abgesehen davon, dass ich ohne jede fachliche Hilfe war, fand sich in meiner Umgebung kein Stück Stoff, kein Fädchen Wolle, um etwas Hübsches oder sogar Praktisches herzustellen. Mutti sieht bei meinem Geschenk enttäuscht aus. Was konnte sie erwartet haben? Vielleicht ist sie ja nur müde.

Ich gehe in die Küche, wo Inge und Peter den Rest Bohnenkaffee aufteilen. Dann höre ich Inges Schilderung, wie sie beim Durchtrennen der Nabelschnur von der Hebamme aufgefordert worden war, irgendwo draufzudrücken: »Mein Finger ging immer rauf und runter vor Aufregung!« Sie macht das vor. Wir sind beeindruckt.

Später sitzen Peter und ich ein bisschen an Muttis Bett. Das kleine Mädchen liegt schlafend im Körbchen. Peter gibt seiner Frau den neuen Namen »Mami« und nennt sich selbst »Papi«. Gut. Das will und werde ich gern auch so sagen.

In den Wochen vorher hatte Mutti – also: Mami – mich einmal gefragt, ob ich eifersüchtig sei, weil sie sich künftig auch um ein anderes Kind kümmern müsste. Das konnte ich ehrlichen Herzens verneinen. Das konnte ich begründen: »Ich hatte dich achtzehn Jahre, also schon so viel länger als das Neue.«

In der Stube, wo du, Kurt und ich im Februar so liebevoll beisammensaßen, schreibe ich dir von dem kleinen Mädchen, mit dem ich künftig verbunden bin. Mein Brief wird kurz, denn der Tag war schwer.

Am nächsten Morgen stehe ich vor dem hellen Weidenkorb, sehe das Wunder an, sage leise einen Namen: »Wiebke«. Da sagt Mami zögernd, etwas verlegen: »Sie heißt Marion!« Erklärt mir dann: Der Name war Peters Wunsch als Ausgleich dafür, dass Mami nicht ins Krankenhaus ging. Aber warum hat er das nicht vorher gesagt? Warum haben wir beide, Peter und ich, die wir doch nach Muttis Wunsch gemeinsam einen Namen aussuchen sollten, uns auf Wiebke geeinigt, wenn das gar nicht so gemeint war? Wie kommt er plötzlich auf Marion? Ja, ich werde das Kind so nennen. Ich stehe vor dem hellen Weidenkorb und sehe das Wunder an, das mich mit so vielen neuen Namen überrascht.

Was weiß ich von den folgenden Tagen?

Mein Umgang mit einem Säugling machte unter der fachlichen Aufsicht unserer gemeinsamen Mami gute Fortschritte. Als es aber den ersten Alarm gab, verwünschte ich den Einfall unserer Mutter, nicht ins Krankenhaus gegangen zu sein. Wie sollte ich beide rechtzeitig und heil in den Keller bekommen? – Mami zog sich an und ließ es sich nicht nehmen, mit mir gemeinsam den Korb die Treppe herunterzutragen. Ich zitterte mehr als sie. Später, auf dem Weg zurück in die Wohnung, half eine Nachbarin.

Als wir einen Kinderwagen bekamen, wurde es einfacher: Wir nahmen Marion aus ihrem kuscheligen Korb, trugen sie auf dem Arm in den Keller, wo der Wagen stand. Dort beugten wir uns gemeinsam über sie, hoffend, das kleine Wesen durch uns schützen zu können.

Die Alarme häuften sich. Der Krieg kam näher. Vor wenigen Tagen erst, am 6. Juni, waren Briten, US-Amerikaner und Kanadier in der Normandie gelandet. Die Rundfunkberichte ließen auf schwere Kämpfe und Verluste schließen.

Was wir erst später erfuhren: Die französische Widerstandsbewegung, die Résistance, nutzte die Invasion für neue, verstärkte Aktivitäten. Und als Vergeltung dafür wurden von den Nazis im Dorf Oradour-sur-Glane alle Bewohner hingemordet. Am 10. Juni. An Marions Geburtstag.

Haushalt im Heidedorf

Eine Patientin von Mutti – Ach, ich kann doch schon ganz gut Mami sagen. Also: Eine frühere Patientin von Mami wohnt in Handeloh, zwei Bahnstationen hinter Buchholz. Die beiden hatten sich sehr angefreundet. Jetzt kommt eine Einladung: Es wäre schön, sich mal wieder zu sehen.

Frau Loos, deren Mann Soldat ist, wohnt mit ihren drei Jungen – Klaus, Günter und Baby Peterle – im Haus ihrer Eltern. Da ist es ruhig, die Kinder können ohne störende Alarme aufwachsen. Außerdem kann und mag die Oma sich ein bisschen kümmern.

Wir machen uns alle vier auf den Weg. Marion braucht den meisten Platz, weil für sie so viel Zubehör notwendig ist, der aber – mit ihr zusammen – in ihre eigene Kutsche passt. Die Kutsche heißt »Einheitswagen«, sieht aus wie alle Kinderwagen dieser Zeit. Der fünfjährige Günter hat das Wort gehört, aber etwas falsch verstanden. Er betrachtet das Gefährt von allen Seiten mit kritischen Blicken, runzelt die Stirn. Und fragt schließlich: »Wo kann man den Wagen denn einheizen?«

Für mich ergibt sich Gelegenheit, mich in der Küche nützlich zu machen. Dann gehe ich durch den Garten hinterm Haus und lasse mich von der Sonne bescheinen. Als ich in die Stube zurückkomme, haben sie dort einen Vorschlag ausgebrütet – oder schon einen Plan:

Mami geht es jetzt so gut wie seit langem nicht. Ihr tolles Herz hat alle Anspannungen überstanden, fühlt sich wieder wohl. Deshalb ist es gar nicht notwendig, dass ich die zweite Hälfte meines Haushaltsjahres bei ihr mache. Was ich davon halte, von Juli bis Januar in diesem Heidehaushalt meine Kenntnisse zu erweitern? Hier sind Kinder, es gibt den großen Nutzgarten, dazu Federvieh und zwei Schweine. Alles neu und lehrreich für mich.

Da brauche ich mich nicht lange zu besinnen. Die Heide, die Kurt so lieb ist! Es wird ihn freuen, wenn er sich vorstellen kann, dass ich in dieser schönen Umgebung bin. Ich werde ihm davon schreiben. Und dann wird er wohl Heimweh bekommen. Nach der Heide und nach mir.

Allerdings: Dann sehe ich nicht, wie Marion wächst und ein tüchtiges Baby wird. Dann wird mich auch wieder beunruhigen, dass meine Lieben ständigen Alarmen ausgesetzt sind und ich nicht dabei bin, nicht helfen kann, wenn Mami mit dem Kind und allem Gepäck schnell in den Keller muss.

Erst vor einigen Nächten erlebten wir einen schlimmen Angriff auf Harburg. Es brannte ringsum. Als einige Mitbewohner von einem Erkundigungsblick an der Haustür zurückkamen, quoll dicker Rauch in den Keller. Peter war auch draußen und sah blass aus wie die anderen, sagte aber ziemlich ruhig: »Da raucht wohl jemand schlechten Tabak.« Ein Witz. Aber eine Entspannung – beinahe eine Wohltat!

Wer sich eigentlich entschlossen hat, weiß ich nicht. Fest steht: Ich fahre am Abend mit zurück, um meinen Koffer zu holen. Sämtliche Habseligkeiten, die sich seit der Ausbombung angesammelt haben, passen noch hinein. Obwohl die Briefe mehr geworden sind.

»Der Besitz heißt Hoheneichen«, hörte ich die Großmutter einmal sagen. Da musste sie am Telefon etwas Wichtiges bestellen oder fordern, wofür der Hinweis nützlich schien. Sonst wurde die Bezeichnung nicht gebraucht. Das Haus ist das vorletzte am Ende des Dorfes und liegt etwas zurückgesetzt. Die schönen, alten Eichen stehen direkt an der Straße. Zwischen Haus und Bäumen dehnt sich der gepflasterte Hofplatz, an dessen einer Seite sich Stall und Scheune befinden. Hinterm Haus liegt der Garten. Das Schönste an ihm ist der mit Birken bestandene Seitenweg.

Dieses Hoheneichen war kein großer Hof. Von meiner Mutter erfuhr ich, dass die jetzige Oma es mit in die Ehe brachte. Oder richtiger: Gleich als sie heirateten, kaufte der Ehemann von ihrer Mitgift das Anwesen, gab seine Stelle als höherer Beamter auf und bezieht seither eine gute Pension. Inzwischen ist er ein alter Opa, der wenig vorkommt, viel schläft. Doch er versorgt noch die Tiere und kümmert sich um das Plumpsklo im Anbau.

Das Haus hat irgendwo eine ordentliche Haustür. Aber man geht durch die Küche. Die liegt an der Hofseite und hat das wichtige Fenster zur Straße. Wer auch immer draußen vorbeigeht, wird gesehen und mit kommentierenden Worten bedacht.

Es gibt drei Zimmer im Erdgeschoss. Zwei große, durch eine Flügeltür verbundene gut ausgestattete Wohnräume, in denen gelesen, gestrickt, erzählt wird, in denen auch bald die ersten Schulaufgaben gemacht werden. In einem der Zimmer steht ein Klavier, im anderen ein Spinnrad. Beides wird von Frau Mundt, der tüchtigen Großmutter, häufig benutzt.

Und es gibt den Salon. Da sitzt Frau Mundt an einem kleinen Schreibtisch und schreibt Briefe. Edle Jugendstilmöbel aus Kirschbaumholz, fein gepolstert, sehr vornehm. Ob ich das schön finde, weiß ich gar nicht. Aber es beeindruckt mich. Vielleicht sollte ich mir so was mal später wünschen, anschaffen, und sehr gepflegt darin sitzen und schreiben oder Kaffeebesuch empfangen. Der Raum wird wenig benutzt und ist daher immer schön sauber. Schade, gerade da hätte ich gern öfter reingemacht, sogar mit Entzücken den Staub von den Umbauten am zweisitzigen Sofa weggewischt.

Oben gibt es Schlafräume für Kinder und Großeltern. Erfreulich ist, dass Frau Loos, die jüngere meiner beiden Hausfrauen, ein Eheschlafzimmer bewohnt. Ihr altes Mädchenzimmer ist frei, und das bedeutet: ein Zimmer für mich allein. Mit Bett und Abendsonne. Viel Nutzen habe ich allerdings nicht davon; denn wenn ich Feierabend habe, falle ich gleich müde ins Bett. Und es dauert ein paar Tage, bis ich meine neue – schon wieder eine neue – Adresse an Kurt schreibe.

Was ich gar nicht begreife: Wie kam die Familie hier eigentlich ohne mich zurecht? Ich bin den ganzen Tag beschäftigt mit Saubermachen und Küchenkrams und Ins-Dorf-zum-Griesen-Fahren. Das ist der Krämer. So heißt er nicht, aber so ist er: griesgrämig. Alle im Dorf nennen ihn so. Ich fahre mit dem Rad und habe auf dem Rückweg immer viel Gepäck.

Inzwischen kann ich auch Feuer anmachen. Ich binde über die übliche Küchenschürze eine ziemlich lange Halbschürze aus festem Stoff; stecke die unteren Zipfel des »Platen« oder »Vörbinner« (Vorbinder) genannten Kleidungsstücks nach oben unter den Schürzenbund und habe dadurch eine große Tasche vorm Bauch, viel größer als ein Kängurubeutel. Da hinein passen Sprock und Stroh, was seit dem Herbst im Schuppen aufbewahrt wird. Sprock ist ein anderes Wort für Reisig. Im Küchenherd beginnt es schnell zu knistern. Für große Hitze zum Kochen brauchen wir Eierbriketts, Kohlen oder dicke trockene Holzkloben. Mir wird erzählt, dass Birkenholz nicht unbedingt trocken sein muss; es enthält Teer und brennt daher auch, wenn es erst kürzlich geschlagen wurde. Wenn das Feuer nur gehalten werden soll, genügen Briketts. Hier in der Heide haben sie Torf, und der gibt ein gleichmäßig gemütliches Feuer.

Das Schwierigste beim Feuermachen ist, ein Streichholz zu finden. Streichhölzer sind nicht rationiert, aber es gibt nur selten welche. Wir müssen damit sparsam umgehen. Irgendwo lag doch noch eine Schachtel. Wer hat sie jetzt? Natürlich: der Großvater. Er hat seine Pfeife angezündet und dann die Schachtel in seine Hosentasche gesteckt. Meine Schürze hat auch eine Tasche, und darin befindet sich künftig die angebrochene Schachtel. Herr Mundt kann mich gern fragen, wenn er Streichhölzer braucht. Er gewöhnt sich aber bald an, einen Fidibus zu benutzen. Das kannte ich bisher nur aus *Max und Moritz*: »Bringt ihm, was er haben muss, Tabak, Pfeife, Fidibus.« Nun sehe ich, wie Opa Mundt von der Zeitung eine Seite abreißt, sie zu einem Stab aufwickelt, sich damit Feuer aus dem Herd holt, ihn an seine Pfeife hält und fleißig pafft, bis der Tabak qualmt.

Ich liebe es, wenn beschlossen wird, »Suppe quer durch'n Garten« zu kochen. Dann gehe ich mit dem praktischen Känguru-Vörbinner in den großen Garten und sammele ein: Erbsen, Bohnen, Wurzeln, eine Petersilienwurzel, Kohlrabi, Porree, vielleicht auch eine Sellerieknolle, mindestens aber dunkle Sellerieblätter, was eben der Garten gerade anbietet. Welch ein Duft schon beim Schälen, Schrapen, Palen und Kleinschneiden der Gemüse. Irgendwas an Fleisch oder Knochen kocht bereits im großen Topf; Kartoffeln oder Nährmittel kommen dazu und zuletzt die Gartenköstlichkeiten. Das alles ist unbeschreiblicher Sommer, ja beinah Frieden.

Ja wirklich: beinah Frieden! Hätte es doch geklappt! Hätte die Bombe ihn doch zerrissen!

Sie haben Radio gehört und mir erzählt: Ein Attentat auf den *Führer*. Er ist nur leicht verletzt. Mir scheint, als ob sich auch die Großmutter das anders gewünscht hätte. Sie sagt aber nichts, ist vorsichtig mir gegenüber. Ich muss auch vorsichtig sein. Wir wissen zu wenig voneinander.

Niemand ist da, mit dem ich reden kann. Keinem kann ich sagen, wie groß meine Enttäuschung ist. Warum hat es ihn nicht getroffen? Dann wäre doch ..., ja dann müsste doch bald Frieden sein.

Gegen Abend hält er eine Rede, in der er uns erzählt, dass die *Vorsehung* ihn wieder beschützt hat. Das kennen wir aus früheren Reden: Immer kommt die *Vorsehung* vor, die schützend die Hand über ihn hält. Sein Schutzengel? Oder meint er: Gott? – Was ist das für ein Gott, der diesen Menschen beschützt? Frau Mundt hat einen Sohn im Krieg und zwei Schwiegersöhne. Und ich kenne auch einen, der Soldat sein muss. Denkt die *Vorsehung* auch an unsere Lieben?

Ich bin so jung, und niemand ist da, mit dem ich reden kann.

Und kein Zwanzigster Juli hält den Krieg auf. Am hellen Sommerhimmel sehen wir silbern und ruhig dahinziehend die grauenbringenden Bomber: fliegende Festungen der Amerikaner. Die Engländer machen Nachtangriffe. Ihr Weg nach Berlin geht über die Lüneburger Heide.

Einmal sehen wir weit hinten von einem Feld des Nachbardorfes dicken Rauch aufsteigen. Später erfahren wir: Da ist ein Flugzeug abgestürzt. Der Pilot soll mit einem Fallschirm abgesprungen sein. Und hinter vorgehaltener Hand: Die Leute da sollen ihn erschlagen haben. Warum nicht der Polizei übergeben? Oder doch? Niemand weiß was. Niemand will was wissen.

Plötzlich erscheinen auch Tiefflieger, gezielt Eisenbahnen und Lastzüge angreifend. Als Frau Loos und ich mit anderen Fahrgästen in Buchholz aus dem Zug steigen, können wir gerade noch die Unterführung erreichen, als schon das Tackern von Maschinengewehren beginnt. Die kleinen, wendigen Flugzeuge – zwei oder drei – sausen flach und laut über die Bahnhofsgebäude hinweg, fliegen hoch, kommen wieder, schießen erneut auf Schienen und Waggons, knallen auch ein paar Salven in die Treppenabgänge zu unserer Unterführung, ziehen endlich ab. – Nur ein kurzer Angriff, aber eine lange Angst. Die hört auch nicht auf, als wir nach unserer Rückfahrt in Handeloh den Bahnhof verlassen. Der Lärm – dies Getacker und Gesause – bleibt lange in den Ohren.

In Hamburg lassen die Angriffe nicht nach. Meiner Familie wird angeboten, unter die hohen Eichen nach Handeloh zu kommen. Ich bin ungeheuer beruhigt, als sie mit ihren Siebensachen ankommen. Obwohl ich dafür das schöne Zimmer aufgeben muss und künftig neben Frau Loos im Ehebett schlafe.

Peter muss jetzt täglich eine lange Fahrt zu seinem Arbeitsplatz auf sich nehmen. Nach wenigen Tagen begreifen wir, wie gut dieser Umzug in die Heide war: Peter wollte noch etwas aus der Wohnung in Harburg holen – und fand nichts mehr. Alles kaputt. Wieder ausgebombt.

Da sitzt Mami im hellen Sonnenschein, das kleine Mädchen schlafend auf dem Schoß, und weint leise vor sich hin. Es war ja noch nicht viel wieder angeschafft. Die Wohnung mit allen Möbeln war geliehen. Aber es war doch eine richtige Familienwohnung. Mit eigener Haustür und eigenem Wasserhahn.

Es ist Sommer. Wir erinnern uns, wie wir damals – ganz weit weg im Frühling – eines Abends einen richtigen Gasherd bekamen. Es war bereits Nacht, als er ordnungsgemäß angeschlossen war. Das musste gefeiert werden. Die werdende Mutter legte sich schlafen, Peter und ich fingen an, Haferflockenplätzchen zu backen. Dann zauberte Peter eine winzige Tüte mit Kaffeebohnen aus seiner Tasche. Als der Tisch gedeckt war, zündeten wir alle drei Herdflammen und das Gas im Backofen an, weckten Käte, die sich erfrischt fühlte, standen dann zu dritt andächtig vor dem Wunder: Wir hatten in dieser knappen Zeit auf einen Bezugsschein tatsächlich noch diesen großartigen neuen Gasherd kriegen können. – Jetzt ist er weg. Alles andere auch. Das Geliehene und das Gekaufte, das Eigene.

Diese vielen immer neuen Zerstörungen. Die machten sicher auch Briefkästen kaputt. Vielleicht auch einen, in dem du mir deine neue *Feldpostnummer* mitteiltest. Oder einen, in dem ich dir meine neue Adresse mitteilte. Wenige Tage vor der erneuten Ausbombung gelangte ein Brief für mich an die Harburger Adresse. Ich war froh, ihn in Händen zu halten.

Was war das aber für ein Brief? Fast eine Selbstverständlichkeit damals: nur ein Zettel, nicht mal zwei Postkarten groß. Die halbe Rückseite mit einem Vordruck für die Adresse, die andere Hälfte für den Absender, dazu ein kleiner Aufdruck: »Vor dem Zukleben erst falzen und dann nur eine Hälfte anfeuchten.« Quer am Rand, von der Mitte ausgehend, der Hinweis: »Gummierung hier lösen, mit Bleistift aufrollen«, und ein Pfeil in Richtung zum äußeren Rand. Wir alle hatten längst Routine im Umgang mit diesem unter Nr. »C 0082 ges.gesch.« Kunstwerk. Wir schoben den Bleistift vorsichtig rollend weiter, damit nur kein Buchstabe verloren ging von dem, was uns auf der Innenseite erwartete.

Nach einer »langen, abenteuerlichen Reise per Transporter von Danzig aus hierher zu einer Hafenstadt im Osten, wo wir im Moment ausgeladen werden«, schreibst du. Danach muss ich immer wieder diesen schlimmen Satz lesen, der mich zusammenzucken lässt, der gleichermaßen Herz und Verstand erschreckt, erschüttert:

> Was uns in der nächsten Zeit auch bevorstehen mag, ich bin froh, endlich dort zu stehen, wo ich schon lange hingehöre.

Da trauert nicht nur das Herz, auch der Verstand weint heiße Tränen. Kannst du noch immer annehmen, dorthin zu gehören? Als deutscher Soldat. Oder hat dein Wort eine andere Bedeutung? Andere Gründe? Welche? Als du im Februar 1943 eingezogen wurdest, dachtest du an Mitschüler, Freunde, die längst Soldat waren – und wolltest es nicht besser haben als sie. Zu diesem Gefühl kameradschaftlicher Verbundenheit gehörte, auf gleicher Ebene mit ihnen stehen, genannt werden. Und nach der langen »in der Heimat« verbrachten Soldatenzeit hattest du dich nicht dazu verstanden, dein eigenes Überleben zu berücksichtigen, gar zu planen. – Wie soll ich diesen Satz jemals akzeptieren?

Auf dem kleinen bisschen Papier steht noch:

> Wenn Du es inzwischen nicht verlernt hast, denke von Zeit zu Zeit an
> Deinen Kurt.

Das werde ich nie verlernen: an dich denken.

In diesen nächsten Wochen erlebe ich zwei winzige Kinder. Die noch ganz kleine Marion und den nur ein halbes Jahr älteren Peterle, der aber im Verhältnis zu ihr erheblich dicker und größer erscheint. Ich fühle mich hilflos ihnen gegenüber. Sie können mir nicht sagen, was sie möchten, was sie brauchen, was ihnen nicht gefällt. Sie schreien einfach, oder weinen leise. Mami sagt, man kann an ihren Äußerungen erkennen, worum es geht. Ich lerne allmählich, mich einzuhören in ihre Wünsche. Ich sehe und höre sie lachen. Aber dann habe ich wieder anderes zu tun. Und sie haben ihre Mütter, die sich kümmern.

Klaus ist gerade in die Schule gekommen, lernt mühsam die ersten Buchstaben. Wir sitzen gemeinsam am großen Tisch in der Stube, und ich gucke zu, wie er sich quält. Einmal kommt seine Mutter: »Seht, was ich in der Mehltonne gefunden habe.« Eine heftig zappelnde Maus. Die hält sie am Schwanz fest und lässt sie mir über den nackten Arm laufen. Ein witziges Gefühl, so kribbelnde kleine Füße. Dann geht sie weg mit ihrem Fang. Klaus soll nicht sehen, wie das kleine Tier totgemacht wird. Ich will das auch nicht sehen, fühle noch das Kribbeln auf dem Arm. Wir wenden uns wieder den Wissenschaften zu.

Abends spazierte ich durch den Garten, erfand mühsame Gedichte über Sonnenuntergang, Birken, Sehnsucht. Frau Loos sagte deshalb »Walther von der Vogelweide« zu mir.

Meine Familie ging inzwischen mit dem amtlichen Schreiben aus Harburg, das die erneute Ausbombung bestätigte, zum Bürgermeister in Handeloh und bat um Wohnraum. Der wusste keinen, obwohl sie in dem hübschen Zimmer von Helga Loos leidlich gut untergebracht waren. Das würde eine andere Nutzung finden, sagte er. Wir durften es inzwischen nicht bewohnen, weil jederzeit ... Es kam aber keiner. Ich schlief – unsinnig genug – weiterhin mit Helga Loos im großen Ehebett des einen Zimmers, während der andere Raum leer stand und auf eine Anordnung des Bürgermeisters wartete.

Er schickte Mami und die Ihren in das zwei Kilometer entfernte Nachbardorf, nach Welle. Dort gab es in einem Bauernhaus auf dem Dachboden eine ehemalige Kornkammer. Die wurde ein bisschen hergerichtet, verfügte sogar über einen winzigen Herd. Ein Vorraum reichte zum Abstellen von Eimern für sauberes und schmutziges Wasser. Käte mit der eben überstandenen Herzerkrankung und der vielen Wäsche für die kleine Marion musste nun tagaus tagein viele Eimer Wasser vom Brunnen im Hof nach oben schleppen. Peter half abends, aber es gab nicht so viele Eimer, dass er den Bedarf für den Tag schon hätte hinstellen können.

Dass übrigens früher Korn in diesem Raum gelagert wurde, zeigte sich dadurch, dass hier und da kleine grüne Halme aus dem Fußboden wuchsen. Ein hübsches, helles Grün, war ich geneigt zu denken. Doch verstand ich auch, was es für Käte bedeutete: Statt eines freundlichen Heims für ihre junge Ehe, für die neue Familie, gab es Enge und Beschränktheit.

Beim Bürgermeister haben wir uns gerächt. Auf eine uns nützliche Weise, von der er bis heute nichts erfuhr: Als es Winter wurde, klauten wir drei – Helga Loos, Mami und ich – ihm Rosenkohl für einige köstliche Mahlzeiten. Die Kohlpflanzen standen in seinem Garten nahe der Straße. Wir sahen sie jeden Tag und freuten uns ihres Gedeihens. Dabei hatten wir Geduld, denn eingedenk der Tatsache, dass Rosenkohl erst richtig schmackhaft ist, wenn er Frost bekommen hat, warteten wir ab.

Selten hatte ich so kalte Finger. Wir wechselten: Eine stand Schmiere, konnte die Finger ein bisschen wärmen, während die beiden andern gemeinsam sehr vorsichtig und lautlos die Pflanzen unten abschnitten und in den mitgebrachten Drahtkorb legten. Erst als wir wieder bei uns in der

Küche waren und uns ausreichend aufgewärmt hatten, lösten wir die einzelnen Röschen vom Strunk ab.

Der Bürgermeister war Nazi. Und schritt in *SA*-Uniform angeberisch-wichtig durchs Dorf. Während andere Männer Soldat sein mussten. Sicher wäre es gefährlich geworden, hätte er uns erwischt. Aber alles ist im Krieg gefährlich.

Andere Männer mussten Soldat sein. Unsere Männer. Wir hofften so sehr auf ein Ende des Krieges. Warteten.

Der Mann von Helga Loos schwamm als Marinesoldat mit seinem Schiff auf einem der Sieben Meere. Sie wusste nicht, wo. Sie fand vielleicht eine Form von Nähe, wenn sie sich mit den von der Marine entliehenen Befehlen »Volle Kraft voraus!« – »Alles auf AK!« (auf äußerste Kraft) in ihre Arbeit stürzte.

Ihr Bruder, Sohn der lieben Oma Mundt, befand sich in Jugoslawien, wo die Gruppen von Tito allmählich die Oberhand gewannen. Im Radio sprachen sie von *Partisanen und Flintenweibern.* Manchmal hörten wir von *Frontbegradigung*, das hieß nichts anderes als »Rückzug«. Aber in Jugoslawien war Rückzug unmöglich. Da herrschten Zorn und Vergeltung. Hier hieß es hinter vorgehaltener Hand: »Aus Jugoslawien kommt keiner mehr raus.«

Und die »Hafenstadt im Osten«, wie weit liegt die von zuhause?

An einem Abend tastete ich mich im Dunkeln den Weg entlang. Und stolperte: genau in einen Stacheldraht. Das tat scheußlich weh. Und blutete heftig. Aber das war's gar nicht. Beine heilen wieder, auch wenn noch jahrelang Narben sichtbar bleiben. Schlimmer sind die Strümpfe. Auf meiner Kleiderkarte waren alle Abschnitte für Strümpfe verbraucht. Jetzt hatte ich nur noch ein einziges Paar, das wenig gestopft war. Und das musste halten, mindestens bis Weihnachten, oder bis Kriegsende, oder länger.

Große und kleine Schwierigkeiten, Nöte, Ängste. Klar ist, dass sich bei täglicher Nähe mehr Vertrautheit entwickelte. Wir konnten einander inzwischen sagen: »Der Bürgermeister ist Nazi, das gefällt uns nicht!« Es ließ sich auch der Besuch eines Bäckers und seiner Frau nicht unbedingt vor mir verheimlichen. Vor allem deshalb nicht, weil Helga Loos mich veranlasste, ein Huhn festzuhalten, das sie schlachten musste. Wir waren beide ungeübt. Das machte sonst der Opa. Aber der sollte hier wohl nicht eingeweiht werden. – Ich bekam zum nächsten Einkauf beim Griesen einige zusätzliche Brotmarken mit.

Die Reihenfolge von allem, was ich während meiner Heidehaushaltlehre erfuhr, gerät mir durcheinander. Inhaltlich passt hierher – zu Kriegsangst, Kriegsüberlebenskünsten und all dem –, dass mir eines Tages ganz überraschend ein freier Tag angeboten wurde: »Grüß deine Mutter. Bis heut Abend!« Ich ging fröhlich die zwei Kilometer lange Chaussee nach Welle, fand Marion schon wieder gewachsen, half Mami die Wassereimer tragen, kam abends zurück.

Unter den Hohen Eichen in Handeloh herrschte große Betrübnis: Eines der beiden Schweine war leider gestorben! Völlig unerwartet habe es morgens im Stall gelegen und sei nunmehr auch schon begraben, damit – falls eine ansteckende Krankheit vorlag – nicht auch noch das zweite Schwein infiziert würde. Ach, ich bedauerte pflichtgemäß.

Niemand verlangte, dass ich die Geschichte glaubte. Aber sie hatten sich abgesichert und mich geschont. Ich hätte nichts anderes sagen können als das, was ich gehört hatte. Ich wusste ja auch nichts anderes, musste daher nicht lügen. Und dass ich zum nächsten Besuch bei meiner Mutter einige Gläser frisch eingemachtes Schweinefleisch mitbekam, hatte nichts, rein gar nichts mit dem vorigen zu tun.

Unbeschwert konnte ich mich meinen Verpflichtungen als »Walther von der Vogelweide« zuwenden:

Nun liegt die Welt im Abendschein,
so sanft und ausgeglichen.
Da regt sich nichts in Feld und Hain.
Es schläft die Erde leise ein.
Die Farben sind verblichen.

Ich ahne noch im Mondenlicht,
wie bunt der Tag gewesen.
Doch da die Nacht ins Helle bricht,
erkenn ich Wald und Wege nicht
und atme nur ihr Wesen.

Sergej

Wann und wo blüht hier eigentlich die Heide? Ich sehe ein paar Pflanzen am Straßenrand, meistens aber Gras. Frau Mundt sagt, im Büsenbachtal könnte ich größere Heideflächen finden. Aber ich habe keine Zeit, mich dorthin auf den Weg zu machen. Wenn wir später mal Ferien haben, Kurt und ich: Ja, was meinst du, dann wandern wir durch das schöne Land!

Jetzt reicht meine Zeit nur für ein bisschen Abendstimmung bei den Birken hinterm Haus. Angelehnt an einen der rissig-seidig, weiß-schwarzen Stämme, sehe ich in einen von der Sonne vergoldeten Himmel, fühle weichen Wind auf meiner Haut, genieße friedliche Stille; lerne, was Feierabend ist: Feier am Abend.

Eines Tages kommen kriegsgefangene Russen ins Dorf. Mit *Begleitmannschaft.* Gegenüber im Bauernhof werden sie in der Scheune untergebracht. Sie sollen ein paar Wochen auf den Feldern helfen oder bei Arbeiten, die sonst von den Männern gemacht werden, die jetzt Soldaten sind. Das ist widersinnig: Während deutsche Männer nicht Bauer auf ihrem Acker sein dürfen, sondern weit draußen russisches Land verwüsten, müssen russische Männer hier fremde Ernten für fremde Menschen einbringen. Ihre Frauen hungern.

Wer für schwere Arbeit einen Russen braucht, meldet sich beim Bürgermeister. Bei uns gibt es nicht großartig was zu ernten; aber der alte Herr Mundt hat ein bisschen Hilfe nötig beim Ausmisten des Schweinestalles, beim Reinigen und Tünchen des Hühnerstalles und bei ähnlichen Mühen.

Zu uns kommt Sergej. Er arbeitet geschickt, bald auch selbstständig, sieht, was zu tun ist. Was zuhause seine Arbeit ist, wissen wir nicht. Vielleicht hat Frau Mundt ihn mühsam befragt, welchen Beruf er hat, woher er kommt. Sie spricht nicht darüber. Sergej ist jung, nicht groß, ist blond und blauäugig, mit russisch-rundlichem Gesicht, freundlichem Lächeln. Mir wird – denke ich – auch ein kleines freundliches Lächeln erlaubt sein.

Allen Dorfbewohnern ist größte Zurückhaltung auferlegt. Dazu gehört, dass der kriegsgefangene Fremde zwar von uns verpflegt werden muss, aber nicht mit uns gemeinsam essen darf. Frau Mundt ist laut ungehalten über den Aufwand, der jetzt gefordert ist: Statt für uns bequem in der Küche den Tisch zu decken, wie wir es gewohnt sind, tragen wir alles umständlich in die Stube. Sergej bekommt sein Essen in der Küche. Das gleiche wie wir.

Was wird hier gegessen? Viel Gemüse aus dem Garten. Etwas mehr Fleisch als in der Stadt, denn es wird selbst geschlachtet; doch ein bestimmtes Kontingent darf nicht überschritten werden. Es lässt sich aber machen, mal ein Suppenhuhn gegen Brotmarken zu tauschen. Ich merke jeden Tag, dass hier leichter auszukommen ist als in Stadthaushalten.

Sergej bekommt also sein Essen in Schüsseln gefüllt, einen Teller davor, ein freundliches Kopfnicken. Wir gehen in die Stube. Als wir zurückkommen, ist er schon wieder draußen bei seiner Arbeit.

Ein kleiner Rest Gemüse blieb in der Schüssel. Schmeckte es ihm nicht? Kann er sich in seiner Situation leisten, etwas nicht zu mögen? Frau Mundt ist erstaunt, ja fast ärgerlich. Ich bin richtig froh, dass ich daneben stehe, miterlebe, was da geschieht. Ich weiß ja den Grund. Wie gut, dass ich Sina kenne, die mir einmal erzählte, es sei Brauch in Russland, einen Rest vom Essen nachzulassen, um der Hausfrau deutlich zu machen, dass sie ausreichend gekocht und angeboten hatte.

Frau Mundt begreift sofort, welche Ehrung ihr da zuteil geworden ist: Dieser fremde junge Mann, der für sie arbeiten muss, sieht sie als seine Gastgeberin an und ehrt sie in der Weise seines Landes. Am nächsten Tag gibt sie ihm etwas mehr in seine Schüsseln und sagt dazu: »Er muss ja noch etwas für den Rest übrig haben.« – Die beiden, der junge Sergej und die kluge Großmutter, haben sich gern.

An einem hellen Mittag bin ich mit einer Arbeit beschäftigt, die spritzt. Ich nehme meine Brille ab, um die Spritzer wegzuputzen. Und – knacks! – habe ich zwei Brillenhälften in der Hand. Der Steg ist mitten durchgebrochen. Erst sitze ich wie gelähmt da; dann packt mich Entsetzen: Was soll ich tun? Wie soll ich leben ohne Brille? Die Welt zeigt sich mir wie in einem alten, schlechten Film: streifig, unklar.

Als Sergej die Bescherung sieht, versucht er, uns etwas klarzumachen, das wir uns zunächst nicht deuten können. Aber endlich erschließt sich uns, was er meint: Einer seiner Kameraden arbeitet im Nachbardorf beim Schmied. Dem will er meine Brille mitgeben. Der wird sie heil machen. Ich stelle mir das zarte Stück auf einem Amboss vor, mit Feuer und großem

Schmiedehammer. – Nein! – Aber gibt es eine Alternative? Der nächste Optiker in Buchholz hat keine Brillengestelle mehr. Wir sind im Kriegsjahr 1944. Mit furchtsamem Abschiedswinken lege ich mein wichtigstes Kleidungsstück in Sergejs Hände.

Und bekomme nach zwei Tagen eine Brille zurück, die geradezu einmaligen Charme hat. Der Steg in der Mitte besteht nunmehr aus Messing, wird gehalten durch drei zarte Messingnieten. Beinahe gut aussehend. Stabil. Passt. Ach, ich schwimme in Glück! Und Omi Mundt erscheint mit einem ganzen Brot für Sergej und seinen Schmiede-Freund. Meine Brille bezeichne ich von nun an als »deutsch-russische Wertarbeit«.

Abends schreibe ich an dich, lieber Kurt, angetan mit der guten neuen Brille. Das fällt mir gar nicht leicht. Weiß ich doch, wo du jetzt bist: »in einer Hafenstadt im Osten«. Deinen Brief, in dem das steht, brachte Peter mir zum Glück noch aus Harburg mit. Also kanntest du meine neue Adresse bis dahin nicht. Inzwischen wirst du sie wissen. Und ich kann hier auf Post von dir hoffen.

Wo liegt die Hafenstadt im Osten, die »per Schiff quer über die Ostsee« erreichbar ist? Ihr wurdet »eben ausgeladen«. Das klingt ganz schrecklich nach Güter- oder Viehtransport. Mein Lieber, wo soll ich dich denken? Wohin kann ich meine Gedanken, Wünsche, Hoffnungen senden? In das Land, aus dem Sergej kommt? Dieser freundliche Sergej? Was tust du, was zwingen sie dich zu tun in seinem Land?

Immer wieder gehe ich abends hinters Haus zu den Birken, lehne mich an eine an. Habe seit vielen Tagen ein wunderbares Erlebnis: Russen-Lieder.

Ich wusste nicht, wie schön das sein kann. Männerstimmen, viele, mehrstimmig. Und Lieder – im Wechsel froh klingend und traurig – überraschend, mitreißend, erschütternd. Abendelang der von der Sonne vergoldete Himmel, der leicht-weiche Wind auf meiner Haut, und dieser fremde, beglückende Gesang: Wie soll ich das aushalten? Wie das mit dir verbinden, der du »eben im Osten ausgeladen« wurdest?

Ich möchte dir Sergej vorstellen, den Freundlichen, der seine Gastgeberin mit dem Rest in der Schüssel ehrt, der sogar weiß, wo man eine Brille reparieren lässt, der im Russenchor die verzaubernden Melodien mitsingt.

Ich möchte dich vorstellen: Siehst du, Sergej, das hier ist Kurt, der ganz andere Wünsche hat, als Soldat zu sein, der lieber Klavier spielen möchte, der erst noch ein bisschen durch die Welt wandern will, um dann bei mir auszuruhen.

»Halt mich fest, vielleicht vergess ich dann das Wandern«, hattest du im Februar gesagt. Da hatte ich beschlossen, dich nicht gar zu fest zu halten, keinesfalls dich anzuketten. Du solltest dich nicht eingeengt, gefesselt fühlen. Ich fürchtete, dich dann zu verlieren. Lieber wollte ich dich loslassen, dich wandern lassen. Weil ich daran glaube, nein, weil ich sicher weiß, dass du den Weg zu mir zurück schon finden wirst.

Hörst du sie singen? Ihre Lieder klingen heimwehkrank. Sie suchen das Land, in das du »gerade ausgeladen« wurdest. Dieser schreckliche Widersinn! Lass sie heimkehren – und komm du zu mir zurück.

Ein Sonntag im September

Köstliche Luft, lebhafte Farben, erfrischendes Atmen, genießendes Schauen. Ruhig zwischen Erde und Himmel stehend, spüre ich – kräftigend, wohltuend – herrliche Klarheit. Ich erkenne die volle Schönheit des jungen Herbstes. Ich möchte den ganzen Tag draußen sein. In meinem Brief erzähle ich dir: »Ich weiß abends nicht, ob mich die Freude am beginnenden Herbst so müde macht.«

Aber nicht alle Tage sind gleich. Bald erlebe ich: »Schon fallen erste Blätter, der Herbst zieht in das Land. Und Welken und Vergehen bricht in die Sommerwelt.«

Ein merkwürdiger Tag: Ich mag nicht singen, mag nichts tun, bin voller Unruhe. Wo kann ich mich bergen? Wovor? Was hat sich verändert?

Es ist Freitag, ich kann versuchen, mich auf den Sonntag hin zu retten. Ich möchte nach Hamburg fahren. Meine Lehrerin hat Geburtstag. Den 24. September kenne ich seit dem ersten Schuljahr. Fräulein Leu ist so alt wie das Jahrhundert.

Am Sonntag geht kein passender Zug ab Handeloh. So fahre ich mit dem Rad nach Buchholz, gebe es dort zur Gepäckaufbewahrung und bekomme bald einen Zug nach Hamburg. Dann noch bis Alte Wöhr; das dauert ziemlich lange, weil die S-Bahn zwischen ein paar Stationen nur sehr langsam fährt. Links und rechts stehen Häuserwände, halbzerstört, die bei jeder Erschütterung stürzen können.

Fräulein Leu erwartet keinen Besuch. Sie freut sich über mein Kommen und bietet mir den üblichen Ersatzkaffee an. Ihr Haus ist unbeschadet, aber gegenüber, direkt vor ihrem Fenster, ragt eine Hausfassade. Schillers längst vergangen geglaubte »Glocke« wurde schaurige Gegenwart:

> In den öden Fensterhöhlen
> wohnt das Grauen,
> und des Himmels Wolken schauen
> hoch hinein.

So viele »öde Fensterhöhlen« wie wir hat Schiller nicht gesehen. Es wurde wieder einer der schönen Herbsttage mit leichten Himmelswolken auf klarem Blau. Die Unruhe vom Freitag lässt mich langsam los. Schwere bleibt.

Fräulein Leu erzählt mir von einigen Mitschülerinnen, die sich gemeldet haben. Sie weiß aber auch von fünf Mädchen aus der Klasse, die den Feuersturm vom Juli 43 nicht überlebten: Brigitte Schwanke, Gilda Horsch, Ilse Eisenblätter, Marion Grau, Rita Burow. Und sie erzählt von Fräulein Bode, die gerade pensioniert worden war und sich vorgenommen hatte: »Jetzt will ich hundert Jahre alt werden« – und grausam verbrannte.

Das ist nun schon über ein Jahr her, und der Krieg bringt immer neuen Kummer. Familie Hoffmann macht sich große Sorgen um Nils. Er schrieb aus der Normandie, wo die Invasion begann. In seinem letzten Brief hieß es: »Ich sehe mich schon als Holzfäller in Kanadas Wäldern.« Damit sagte er seinen Eltern, dass er überlaufen will. Sie warten nun auf Nachricht, wahrscheinlich übers Rote Kreuz, dass er in Gefangenschaft ist. Das darf Fräulein Leu mir gar nicht erzählen. Wenn Nils das tut, ist er ein Deserteur. Und wenn seine Eltern und Fräulein Leu das vorher wissen, dann machen sie sich alle mitschuldig. Jetzt weiß ich es auch. Aber Klara Leu weiß, dass ich nicht zu denen gehöre, die das als *Fahnenflucht* verurteilen. Da gibt es ein altes, immer wieder mutiges Vertrauen.

Ach ja, denke ich auf dem langen Rückweg, wenn du, lieber Kurt, doch auch so etwas tun könntest!

In Buchholz nehme ich das Fahrrad von einem Beamten entgegen. Er sieht, dass im Vorderreifen kaum noch Luft ist, pumpt ihn für mich auf, ohne dass ich darum gefragt habe, und wünscht mir gute Fahrt.

Der Weg führt zwischen Bahnstrecke und Wald. Es ist schon dunkler, als ich vermutet hatte, und wegen der Verdunkelungsvorschriften darf niemand Licht machen. Deshalb wurde die unnütze Fahrradlampe schon längst abmontiert.

In meinem nächsten Brief erzähle ich dir:

> Ich konnte gerade die Wege erkennen und dankte der Heide für ihren weißen Sand; denn die Wege leuchteten als helle Streifen vor mir. Das Seltsamste schien mir, dass ich gar keine Furcht hatte, obgleich es durch einsame Heide und Wald ging. Ich habe mir überlegt, dass ich am Tage gewiss nicht so kühn und schnell gefahren wäre, wenn ich gesehen hätte, wo Kuhlen und Baumwurzeln auf dem Weg waren. Aber im Dunkeln, wo ich die Gefahren nicht kannte (ich war erst das zweite Mal per Rad in Buchholz), haben sie mich gar nicht berührt.
> Du, ich möchte mal mit Dir eine Radfahrt machen! Nach dem Krieg kaufe ich mir ein Rad, von selbstverdientem Geld. Darauf will ich dann sehr stolz sein. Überlege Dir schon mal einen schönen Weg, den wir dann machen können.

Es steht auch noch in dem Brief:

> Einmal war mir, als hättest Du mir einen Kuss gegeben. Da habe ich mich gefreut und mochte meine Lippen gar nicht bewegen.

Nach dem Krieg eine Radfahrt mit dir! Mein Wunsch erreichte dich nicht. Dieser Sonntag, der 24. September 1944, wurde dein Todestag. Im Lazarett gestorben, zwei Tage nach einer schweren Verwundung.

Aber

... das wusste ich nicht.

Der Herbst mit seinen wunderschönen Farben ging ruhig vom September in den Oktober über. Wurde langsam dunkler, kühler.

Im Sommer hatten die Gänse viele zauberweiche Federn verloren, die überall auf dem Hof lagen. Vielleicht hing das mit ihren süßen gelben Gösseln zusammen. Ich las die Daunen auf und sammelte sie in einen kleinen Beutel. Ganz leise dabei der Gedanke: Bettfedern für mein erstes Kind.

Jetzt im Herbst verloren die Gänse weniger Federn. Ihre Gössel waren größer geworden. Ich müsste wohl im nächsten Jahr wiederkommen und weiter sammeln, denn: Nicht einmal für ein winzig kleines Kopfkissen hatte ich genug.

Jetzt im Herbst am Rande des Dorfes erschloss sich mir diese Jahreszeit. Ich wusste doch, dass die Bäume ihre Blätter verlieren, nachdem sich ihre Farbe veränderte. Dem Kind in der Stadt hatte es Vergnügen bereitet, durch raschelndes Laub zu gehen, es aufzuwirbeln, bevor die Straßenfeger mit großen Schubkarren kamen und alles wegräumten. Aber nie vorher hatte ich erlebt und genossen, wie die milde Sonne mit ihren schräg stehenden Strahlen alle Farben klarer und schöner hervorhob.

Ich hatte in der Nachbarschaft, wo ich allmorgendlich unsere Milch holte, einen Busch entdeckt, der so aussah wie einer, den du in einem Brief schildertest. Dir war er Hirschkolben genannt worden, hier hieß er Hirschhornbaum. Inzwischen kenne ich ihn unter vielen Namen und auch einigen Variationen: Essigbaum, Goldbaum. Seine lateinische Bezeichnung ist Rhus. Ich schrieb dir von ihm:

> Die Blüten der Hirschkolben welken jetzt; aber ihre Blätter bekommen eine wundervolle rote Färbung und heben sich schön gegen den grauen Oktoberhimmel ab. Manchmal, wenn die Sonne noch nicht da ist, stehen die Zweige wie Silhouetten vor dem dämmerigen Morgenhimmel. Fast exotisch sieht das aus, und ich stehe jeden Morgen einen Augenblick still, um mir dieses schöne Bild für den Tag festzuhalten.

Jetzt im Herbst konnte ich noch immer barfuß in den soliden Holzschuhen gehen, hatte sogar gelernt, damit zu laufen, auch über Gras und den ziemlich holprigen Hof. Nur einmal, da hatte es ein paar Tage lang geregnet, und die Straße vorm Haus war ziemlich aufgeweicht, da war ich zu eilig: Den Holzschuh hielt noch der Weg fest, aber mein Fuß war schneller und machte – patsch – den nächsten Schritt unbeschuht in den dicken Matsch. Zum Glück auch unbestrumpft, so dass ich danach nur die Füße waschen musste.

Jetzt im Herbst – vom September bis weit in den November hinein – ergaben sich für mich ganz neue Arbeiten. Die Reihenfolge habe ich vergessen, aber an Dreck und Muskelkater kann ich mich noch gut erinnern.

Meine Hausfrau und ich gingen zum Moor. Da gab es eine Stelle, die schon ein bisschen ausgegraben war. Frau Loos ging da hinein und stach mit einem Spaten mehr als mauersteingroße Stücke aus dem Grund. Die reichte sie mir nach oben. Ich musste daraus so etwas wie einen runden Turm bauen. Wichtig war, dass die Stücke nicht aneinanderstießen, sondern mit großen Zwischenräumen aufgelegt wurden. Der Wind sollte dazwischenfahren und sie trocknen. Der Turm durfte aber nicht umgeweht werden, musste deshalb nach oben hin verjüngt sein, bekam also in etwa achtzig Zentimeter Höhe seinen logischen Schlussstein. Nasser Torf ist scheußlich schwer. Als er später getrocknet war, holten wir ihn leicht nach Hause. Und als endlich der große Kachelofen in der Stube damit geheizt wurde, genossen wir die wohltuend gleichmäßige und wohlverdiente Wärme.

Der Bauer in der Nachbarschaft begann mit der Kartoffelernte. Sein wichtigster Helfer war Adam, der Pole. Er war Kriegsgefangener oder ein irgendwo eroberter Fremdarbeiter und ersetzte den zum Militär eingezogenen Großknecht. Ich hatte den Eindruck, dass Adam der eigentliche Chef war. Manchmal löste er den Bauern ab und saß dann geradezu königlich auf dem Trecker, der die Kartoffelrodemaschine zog. Diese Maschine hob die Kartoffelpflanzen aus der Erde, so dass die Kartoffeln sichtbar und greifbar an die Oberfläche trudelten und wir sie in den seitlich vor uns gestellten breiten Drahtkorb werfen konnten. Wir, das waren wieder Frau Loos und ich, angetan mit uralten Jacken und Hosen vergangener Männergenerationen des Hauses. Wir rutschten hinter dem Trecker her und sammelten Kartoffeln, bekamen kalte Finger und kalte Nasen. Abends waren wir fast zu müde, um uns zu waschen. Trotzdem schrieb ich Kurt schon am zweiten Tag davon:

> Es war ein schwerer, aber so schöner Tag heute. Frau Loos und ich haben einem Bauern geholfen, Kartoffeln auszukriegen. Außer uns war noch eine Frau aus dem Dorf dabei und auch drei Polen und drei Polenmädchen, die hier arbeiten. – Da spürt man aber abends, dass man was getan hat. Gestern waren wir auch schon da und haben heute gleich mit einem großartigen Muskelkater angefangen. Hast Du sowas schon mal mitgemacht oder dabei zugeguckt? (ich meine jetzt die Kartoffelernte, nicht den Muskelkater). Da muss man sich mächtig beeilen, um hinter der Kartoffelrodemaschine herzukommen. Wenn wir aber mit Volldampf hinterherflitzen und eifrig sammeln, ist sogar manchmal etwas Zeit zum Verpusten. Frau Loos und ich haben unser Stück zusammengelegt und dann gemeinsam gesammelt. Da konnten wir uns unterhalten und außerdem gegenseitig anspornen. Wir beiden waren immer als Erste fertig und konnten dann ausruhen, bis die Maschine zurückkam. So lange haben wir uns einfach auf die Erde gelegt und in den Himmel gesehen. Du, das ist schön, auf dem Felde zu arbeiten und zu sehen, was man getan hat. Bei der Arbeit weht ein erfrischender Wind und jagt große Wolken über den Himmel. Der nahe Wald hebt sich mit seinem Tannengrün vom Grau ringsum ab. Es ist ein Herbsttag wie viele. Und dennoch hat jeder seine eigene Schönheit, an der man sich nicht sattsehen kann.
>
> Ich habe wieder etwas mehr von Dir kennengelernt und verstanden. Ja, es ist wohl schön, Vagabund zu sein. Man wandert in die Welt, und wo es einem gefällt, da bleibt man. Arbeitet, verdient sich so sein Brot, und wenn man satt ist, zieht man weiter. Man hat die Verantwortung für sich selbst und braucht sich um niemanden und nichts zu kümmern. So habe ich heute auf dem Feld gelegen, ohne Rücksicht auf gutes Zeug nehmen zu müssen, habe Vögel und Wolken über mir betrachtet, auch wohl ein leises Lied gesummt, und war müde und zufrieden.

> Wenn ich (wie es seit zehn Minuten öfter geschieht) die Augen schließe, sehe ich nur Kartoffeln. Es wird Zeit, dass ich ins Bett gehe. Vielleicht träume ich dann von Kartoffelmus oder Bratkartoffeln. – Ich wünsche Dir und mir eine gute Nacht!

Für unsere Arbeit gab der Bauer kein Geld. Aber er gab der Familie Kartoffeln für viele Wintertage. Eine große Portion wurde in den nächsten Tagen geschält, gerieben und in eine große Zinkwanne getan. Dann wurde Wasser darüber geschüttet. Und nach ein paar Tagen setzte sich zu meinem Erstaunen am Wannenboden eine weiße Substanz ab: Kartoffelmehl.

Wir halfen auch beim Ziehen von Zuckerrüben, trugen wieder die ältesten auffindbaren Klamotten. Vor uns auf dem Acker lange Reihen, die zunächst nur grün aussahen. Wir konnten mit jeder Hand ein Büschel dicke Blätter fassen, mussten drehen und ziehen, bis die länglichen Rüben herauskamen. Die schlugen wir kräftig gegeneinander, damit die Erde von ihnen abfiel; dann sahen sie fast weiß aus. Wir legten sie wieder auf ihre Reihe und gingen den Schritt zu den nächsten Rüben. Adam kam mit einem Pferdefuhrwerk und sammelte ein, was wir mit mehreren Frauen geerntet hatten.

Was macht man mit Zuckerrüben? Einige kamen ins Schweinefutter. Aber die meisten wurden mühsam geschält, gewaschen, zerkleinert und landeten in dem großen gemauerten Waschkessel. Dieser Kessel, von unten heizbar wie ein richtiger Herd, innen emailliert, mit einem gewölbten Deckel, diente für die große Wäsche. Das kannte ich längst: Die Wäsche wurde im Kessel mit einem riesigen Holzlöffel bewegt. Dabei spritzte das kochende Seifenwasser, und ich musste aufpassen, um nichts davon an die Arme zu bekommen. Und jetzt die Zuckerrüben: Langsam wurden sie zu einer dunkelbraunen Pampe, die musste kräftig gerührt werden, kochte, blubberte im Kessel und spritzte. Abgekühlt landete das dicke Zeugs in mehreren Gefäßen und bekam den Namen Rübensirup.

Und neue Arbeit: Hausputz! Was während der Einmach- und Erntezeit niemand beachtet hatte, wurde endlich gereinigt. Wir verbrauchten Wasser und »Knochenfett«, wirbelten Staub auf, fegten, saugten, feudelten, schrubbten Fußböden, klopften Teppiche, polierten Möbel, putzten

Fenster. Am dritten Tag sagte Helga Loos tief aufatmend: »Hurra, jetzt ist alles klar und sauber!« Das erstaunte mich; denn ich sah viel Staub in der Luft schweben. Aber sie jubelte weiter. Und auch Mama Mundt lobte uns voller Freude.

Wie lange brauchte ich, bis ich auf den Einfall kam, meine Brille zu putzen? Erst dann erkannte ich: Alles glänzte! Da konnte auch ich mit unserem getanen Werk zufrieden sein. Und hatte Zeit zum Schreiben:

> In diesen Tagen ist es gerade ein Jahr her, seit ich bei Euch in Farmsen war. Ich muss sehr viel daran denken. – Wenn ich nur erst mal Post bekäme!

Briefe

Warum lese ich diesen Brief, den ich doch auswendig weiß? Eigentlich: inwendig weiß. Es ist nicht allein das Lesen. Es sind meine Hände, die dieses Stück Papier halten wollen, das du hieltest, das du vielleicht auf deinen Tornister oder auf eine Steinmauer legtest, um eine feste Unterlage zu bekommen. Die Bleistiftbuchstaben mussten für mich lesbar sein. »Nach langer Zeit die ersten Zeilen«, schriebst du mir. Man hatte euch viel hin- und hergeschoben. Wir hatten lange keine Post voneinander bekommen, denn der Brief ging noch an meine Adresse in Harburg.

> Wenn Du es inzwischen nicht verlernt hast, denke zuweilen an Deinen Kurt.

Das hielt ich in Händen, las und wartete. Arbeitete und wartete. Morgens öffnete ich als Erstes das kleine Fenster im Flur. Die Sonne strahlte schon über den Birken. Bis in den Herbst hinein hatte sie mir deine Grüße aus dem Osten zugelächelt. Die Tage vergingen; die Sonne strahlte nicht mehr so hell.

> Neulich sah ich Kraniche über die Heide fliegen. Ein seltsamer, fast trauriger Anblick, wenn die großen Vögel die neblige Landschaft überfliegen. Ich weiß nicht, weshalb es mich traurig be-

rührte. Vielleicht bin ich in diesen Tagen überhaupt recht still und etwas bedrückt.

Ich sitze an diesem Brief, als mir Frau Mundt eine Zeitschrift herüberreicht. »Du magst doch Rilke«, sagt sie, »hier ist etwas von ihm.«

Der Tod ist groß.
Wir sind die Seinen
lachenden Munds.
Wenn wir uns mitten im Leben meinen,
wagt er zu weinen
mitten in uns.

Das trifft mich. Ich schlucke mühsam diesen Text in mich hinein. Muss ihn immer wieder lesen. Da kann ich an dich nicht weiterschreiben. Eine halbfertige Seite liegt vor mir; ein angefangener Satz bleibt ungeendet. Ich schiebe das Blatt in die Schreibmappe und gehe ins Bett. Vorm Einschlafen hängt dieses »wagt er zu weinen mitten in uns«.

Von Frau Jung bekomme ich Anfang November einen traurigen Brief: Ihr Mann ist im Lazarett gestorben. Sie konnte ihn noch besuchen und mit ihm sprechen. Das Lazarett war nicht weit von ihrem derzeitigen Wohnort: Mariaschein in den Sudeten, wohin sie Leni nachreiste, die dort einen Kriegseinsatz leistet. Jetzt bittet Frau Jung mich, nichts über den Tod des Vaters an Kurt zu schreiben, damit es ihn im Einsatz nicht belastet.

Sie macht sich übrigens große Sorgen um ihn, weil einige ihrer Briefe an ihn zurückkamen. Da kann ich sie beruhigen: Meine Briefe kamen nicht zurück. Bei ihr liegt es vielleicht nur an einer fehlenden Verbindung zwischen der »Hafenstadt im Osten« und der Tschechoslowakei.

Als ich Frau Mundt von dem Brief erzähle, macht sie ein sehr ernstes Gesicht, äußert sich aber nicht weiter. Am Nachmittag kommt Mami von Welle herüber. Irgendwann begreife ich, dass Frau Mundt sie angerufen hat. Beide sehen mich traurig an und erklären mir dann, dass auch einige Briefe von mir an Kurt schon zurückgekommen sind. Sie mochten mir nichts sagen: so kurz vor Weihnachten. Sogar die Briefträgerin war ins

Komplott genommen worden: Sie durfte diese Briefe nicht an mich aushändigen. Jetzt bekomme ich die Briefe und lese auf den Umschlägen den Stempel: »An Absender zurück. Neue Anschrift abwarten.«

Meine erste Reaktion – auch von mir unerwartet – ist Wut. Dieser Eingriff in mein Leben, meine Erlebniswelt! Was haben sie sich bloß gedacht? Sind nach Weihnachten Schreck und Sorge etwa geringer? Wem wollten sie ein »frohes Fest« bescheren? Mir oder sich? – Ich kann überhaupt nichts sagen. Nur heulen, weil ich wütend bin: Sie nehmen mich nicht ernst, übersehen meinen lebendigen Anspruch auf eigenen Kummer und notwendige Vorbereitung auf größeren Schmerz.

Sie versuchen zu trösten. Aber weil ich über meine Wut und Enttäuschung nichts sage, finden ihre Worte keinen Weg. Ich höre nur: Man weiß ja noch gar nichts, die Transportwege zwischen Front und Heimat sind öfter gestört, und so weiter.

Langsam verstehe ich, dass sie es gut mit mir meinen, dass viel Liebe in ihrem Wollen lag, ein bisschen Hoffnung wohl noch – und viel Angst vor dem, was zu erwarten ist. Eigentlich sagen sie genau das, was ich Frau Jung schreiben wollte, bevor ich die zurückgeschickten Briefe in meinen müden Händen halte.

Das habe ich damals nicht bedacht: Wie würde Kurt reagieren, wenn er erführe, dass wir ihm den Tod seines Vaters verschwiegen? Genau wie ich würde er wütend sein: Weil es seine eigene Sache sein muss, damit umzugehen. Er wäre empört über die Bevormundung. Und wird uns unser Verhalten lange vorwerfen. Uns vielleicht nie mehr trauen? Aber auch er müsste erkennen, dass wir aus Liebe handeln und müsste letztlich unsere Sorge verstehen, dass er durch den Kummer unvorsichtig sein könnte. Und das geht im Krieg gleich ans Leben.

Ich muss nun seiner Mutter schreiben, finde freundliche, mitleidsvolle Worte zum Tod ihres Mannes, kann ihr aber dann nicht die Mitteilung ersparen, dass auch bei mir Briefe liegen, die ihren Sohn nicht erreichten. Der Sohn wird schon deshalb nichts vom Tod des Vaters erfahren, weil ich ihm nicht schreiben kann. Ich muss seine »neue Anschrift abwarten«, wie mir der Stempelaufdruck befiehlt.

Am 3. Dezember wird es Erster Advent. Da sollen Kinder ein bisschen was Festliches erfahren. Auf alle Fälle wird es einen Kuchen geben. Ich fahre am Freitag vorher zum Krämer, muss wie üblich warten, packe meine Sachen aufs Rad und fahre eilig zurück, denn es ist lausig kalt. Auf dem Rückweg kommt mir die Briefträgerin entgegen. Wir grüßen einander von Rad zu Rad mit freundlichem Kopfnicken. Und ich weiß: Du hast mir heute den Brief gebracht.

Da steht er: angelehnt an die Zuckerdose im Küchenschrank. Ich weiß ja, was drinsteht. Wenn ich ihn gelesen habe, bin ich tot. Also bringe ich vorher alle Einkäufe an die richtige Stelle, räume Korb und Einkaufstasche weg. Der Tisch ist abgewischt, die Küche sieht ordentlich aus. Jetzt kann ich den Brief vom Küchenschrank nehmen.

Ich setze mich, öffne langsam den Umschlag, hole vorsichtig den kleinen, beidseitig beschriebenen Bogen hervor – und meine Faust muss mir ganz schnell den Mund verschließen. Sie drückt wie von selbst dagegen. Während sich der Körper krümmt in tausend Seelenschmerzen, sehen meine Augen, was da steht:

> Nun ist doch das Furchtbare geschehen. Unser Kurt kommt nicht wieder.
> In einem Feldlazarett ist er seiner schweren Verwundung schon am 24. Sept. erlegen.
> Nun kam der Bescheid, dass Kurt nur wenige Stunden, trotz ärztlicher Bemühungen, nach seiner Einlieferung, ohne das Bewusstsein wiedererlangt zu haben, eingeschlafen ist.
> Zu dem Tod meines lieben Mannes nun noch dies Schwerste.

Ich begreife nicht gleich alles, was seine liebe Mama mir schreibt. Sie muss es wohl auch für sich selbst geschrieben haben: von einem Päckchen, einem Kameraden, von der Beisetzung *mit allen Ehren*. Aber »Soldatenfriedhof Riga-Ost« bleibt mir im Sinn. Und zutiefst rührt mich:

> Sie, liebe Hilde, seien Sie tapfer und bewahren Sie unserem Kurt ein treues Gedenken.

Dieser Satz ist ein bisschen enger geschrieben, wie eingeschoben, nachträglich bedacht, zwischen den eigentlich letzten Satz und ihren Gruß.

Das war eine mich freundlich fassende Hand aus dem unendlich tiefen Leid dieser Frau.

In der Stube saßen sie schon mit bangen Gesichtern. Ich setzte mich dazu und sagte endlich: »Jetzt hab ich ihn nicht mehr.« Dann weiß ich nur, dass die liebe Frau Mundt ans Telefon ging und versuchte, Mami in Welle zu erreichen. Die hatte in ihrem kleinen Zimmer natürlich kein Telefon, sondern musste von einer wohlwollenden Bäuerin ein paar Häuser weit geholt werden. Ich erfuhr: Sie wird mir entgegenkommen.

Ob ich nun wirklich tot war, wusste ich nicht. Mit dem Hinweis auf Welle ist automatisch verbunden: Dort wohnt der Schlachter; und also frag ich die junge Frau im Nachbarhof, ob sie was vom Schlachter braucht. Nein, danke, heute nicht. Ich gehe also ohne Auftrag.

Die Straße zwischen Handeloh und Welle ist eine gerade, zwei Kilometer lange Chaussee. Die Felder zu beiden Seiten sind längst abgeerntet; die paar Bäume stehen ohne Blätter da. Ich gehe, gehe automatisch, mechanisch.

Aber da ganz hinten sehe ich eine Frauengestalt, die einen Kinderwagen schiebt. Meine Mutter mit ihrem kleinen Mädchen. Auf dieser eisigen Straße. So verloren, verfroren. Dieses trostlose Bild dringt in mich ein, treibt mich zu Tränen, endlich zum Weinen.

Und dann habe ich wohl lange nicht aufgehört. Meine Mutter umarmt mich mit den Worten »mein armes, liebes Kind!« Die Kleine schläft. Mami hat die Wäsche zur Seite geschoben, mit der sie gerade beschäftigt war. Jetzt möchte sie mir etwas Gutes tun. Sie bewahrte lange ein Glas Stachelbeeren. Das öffnet sie für mich und kocht dazu einen köstlichen Grießbrei.

Inzwischen dreht sich etwas in meinem Kopf, wächst sich aus zu allerschlimmsten Schmerzen. Ich muss mich hinlegen, kann den vielen Worten meiner Mutter nicht mehr zuhören, die doch alle mit Tröstversuchen zu tun haben. Sie hat Tabletten, die aber auch nichts nützen. Wir erkennen, dass sich eine riesengroße Migräne bei mir abspielt.

Wer Schmerzen hat, lebt. Warum? Was will ich noch? – Wie macht Frau Jung das: Überleben? Nach diesen Todesstößen?

Bevor mein Kopf endgültig zerplatzt, findet mein Magen die Lösung: Er drückt alles wieder nach oben. Die kostbaren Stachelbeeren! Die hat Mami mir ganz vergebens geopfert. Aber die Schmerzen lassen langsam nach; völlig erschöpft schlafe ich für eine kleine Stunde ein.

Nachher gehe ich zurück, dahin, wo ein Bett für mich steht. Wo sie in zwei Tagen den Ersten Advent mit Kerzenlicht und Kuchen feiern wollen.

Wir sind die Seinen lachenden Munds.

Gnadenbringende ...?

Advent: Zeit der frohen Erwartung, der Hoffnung auf Kommendes.

Wie aber gehört diese Zeit zu meinem Kummer? Wie passt mein Kummer in diese Zeit? Zeit? Ich kenne nur: Vergangenheit. Ich bin ohne Erwartung. So schlafe ich ein, so wache ich auf. Die erforderlichen Funktionen begeben sich wie von selbst: Feuermachen im Küchenherd, Brei kochen fürs Baby, gleichbleibende Hausarbeit.

Kein Briefeschreiben. Advent? Der Dezember ist dunkel.

Doch trotz der Dunkelheit wache ich jeden Morgen früh auf. Und da sitzt Frau Mundt bereits in der Stube. Der große Kachelofen gibt seine angenehme Torfwärme ab. Weil alle anderen schlafen, können wir lange frühstücken.

Es gibt also auch Gegenwart: Wärmende Gegenwart einer klugen Großmutter, geruhsames Frühstück am warmen Ofen. Gute Stunde eines Dezembermorgens.

Sie lässt mich weinen. Sie hört mir zu. Manchmal fragt sie, manchmal klärt sie. Und manchmal erzählt sie aus eigenem Erleben.

Da sind meine Erinnerungen an den Konzertwinter, an Musik in Fülle und an lange Heimwege; die Wege, die immer länger wurden, weil wir uns viel erzählen mochten. Erinnerungen aus der Woche, die ich in Farmsen war, in der wir die *Iphigenie* im Schauspielhaus erlebten, in der er Klavier spielte und ich dazu sang: *Willst du dein Herz mir schenken.* Und die klugen Gedanken aus seinen Briefen.

Einmal überlegt Frau Mundt, ob Kurt und ich wohl auf Dauer zusammengepasst hätten. »Er war doch viel zu ernst für dich; du bist ein so fröhliches Mädchen.« Das muss ich ihr sofort ausreden. Wir konnten ja gemeinsam lachen. Und ich wollte mir nie ein nur leichtfertig-lustiges Leben vorstellen. Es sollte Tiefe und Ernst enthalten. Aber doch nicht so!

Sie sagt: Es gibt für alle Menschen ein Himmelsweh, das schon in den Sternen steht. Ein Wortspiel: das Sternbild Kassiopeia, das wie ein W aussieht, eben das Große Himmels-W. Ich weiß, ich habe es gesehen: gegenüber vom Großen Wagen, der immer unsere Grüße trug.

Das weiß ich ja auch: Die Welt ist schön! Wenn sie nur ein paar andere Voraussetzungen hätte. Wenn doch nicht ...

Aber trotzdem: Wie es auch läuft, bald ist Weihnachten. Was machen wir für die Kinder? Eine Krippe?

Wir basteln einen offenen Stall aus Pappe. Gedeckt wird er mit dunklen Blättern vom Rhododendron. Ein kleiner Eisenring liegt herum, zu nichts gehörend. Wir legen ihn als Brunnen neben den Stall, drapieren zwei Äste kunstvoll daran und können uns vorstellen: Das ist eine Zisterne. Ein bisschen Moos gegen das Haus und auf den Boden. Ein idyllisches Bild. Jetzt noch Figuren? Dafür – meinen wir – sind wir nicht geschickt genug. Vielleicht fällt den Kindern etwas ein.

Aber die Kinder sehen sich am Weihnachtsabend unsere stilvolle Bastelei nur gelangweilt an. Da lässt sich nichts bewegen, damit lässt sich nicht spielen. Sie finden bessere Sachen.

Wundervoll ist ein hölzerner Dackel. Man kennt diese lang gezogenen Hunde mit zwei Scharnieren und auf Rädern. Klaus und Günter ziehen ihn geschickt an allen Stuhlbeinen vorbei durch die Stube. Eigentlich gehört der Dackel dem kleinen Peter. Aber der ist zum Glück noch zu sehr Baby, und deswegen kann er nichts mit dem Holzhund anfangen.

Stellt euch vor: Der Hund ist ein Geschenk von Sergej! Vor ein paar Tagen kam er plötzlich, hatte nur so viel Zeit, diesen selbst gemachten Wackeldackel für Peterle abzugeben, musste sofort weiter. Mit den anderen. Wer weiß wohin? Wir dankten ihm. Wir wünschten ihm eine gute, baldige Heimkehr. Ob er unsere Worte alle verstand? Unser herzliches Wünschen hat er verstanden. Er lächelte, winkte.

Das Lächeln eines jungen, blonden, freundlichen Russen.

Wie kostbar dieses hölzerne Tier ist: Wer kann das ermessen? Was hätten wir wissen müssen?

Ja, das war sein letzter Gruß an uns. Vielleicht letzter Gruß vor der Rückkehr der russischen Gefangenen nach Hause? Alle wussten doch: Lange konnte der Krieg sich nicht mehr hinziehen. Überall auf der Welt lebte die eine große Hoffnung: Bald kommen die Gefangenen zurück. Und hoffentlich viele von denen, die jetzt noch Soldat sein müssen.

Bald! Die einzig verbleibende, verbliebene Hoffnung am Weihnachtsabend 1944.

Ich bin noch in Welle angesagt. Omi Mundt hat mich mit ein bisschen Fleisch und Dosen mit Gemüse versorgt und mit schönen Grüßen an meine Familie.

Ich habe zwei Kilometer Weg für mich allein und kann so traurig sein, wie ich will. Es ist kalt. Zu meinen Füßen liegt weißer Schnee. Über mir der schwarzbestirnte Himmel. Die sieben Sterne des Großen Wagens, die immer unsere Grüße trugen, erscheinen mir tiefdunkel in meiner Traurigkeit.

Aber plötzlich ein Licht. Ein Licht zwischen diesen sieben Sternen, zwischen den vier Wagensternen, die immer unsere Grüße trugen. Keine Sternschnuppe, die wäre schnell über den Himmel gezogen. Auch kein Flugzeug, das im Krieg doch nicht beleuchtet sein darf. Sondern: sekundenlang still zwischen den vier Sternen ein helles Licht. Ganz still.

Kommt das von dir? Ein Licht, mir geschenkt durch alle Nacht und Kälte dieser Zeit: dein Gruß an mich aus deiner unendlichen Ferne?

Stehen bleibend blicke ich zum Himmel, von dem einen Sternbild zum andern. Von den lichten lieben Grüßen aus dem Großen Wagen zum großen Weh der Kassiopeia.

Beides gehört in unser Leben. Davon hat die liebe, kluge Frau Mundt gesprochen. Sie hat mir geholfen. Anhörend, begleitend hat sie mich zurückgeführt.

Fast getröstet gehe ich hin zu denen, die mich erwarten.

Winterstille

Ein paar Winterwochen noch bei den Hohen Eichen, deren Zweige harte braune Blätter halten, die im Wind rascheln, bis weit ins Jahr hinein.

Mich hält kein Baum. Ich kann mich lösen. Auf kalte Erde fallen. Vergehen.

Sie beschäftigten mich, mit Arbeit, auch wohl mit Gesprächen. Ich reagierte mechanisch, automatisch. Gewohntes Tun als Wiederholung. So am Abend: Baby Peterle schlief besonders gut ein, wenn ich neben seinem Bettchen wachte.

Und da geschah mir einmal: Was eigentlich? – Ich kniete, die Arme leicht auf das Bett gelehnt; um mich tiefes Dunkel, tiefe Stille. Fast ein Gefühl von Fallen. Nein, das war es nicht. Fallen fordert Raum, von Wo nach Wohin. Ich fiel nicht. Ich war nur, es gab mich, mich allein. Und gab kein anderes.

Sekundenlang klar gespürt – doch unbeschreibbar. Nenne ich es »Leere«, so ist doch eine Begrenzung denkbar. »Leere« gehört irgendwo hin, füllt einen Raum. Sogar »endlose Leere«: Sie endet im Endlosen, wo ja viel geschieht, wo sich zum Beispiel Parallelen treffen. Da ist also was. Wie soll ich denn sagen? »Sternenweit« ist Begrenzung, »um mich her« ist Einengung dessen, was sich mir vermittelte.

Ich erlebte: das Nichts. Und wusste, was es war. Dass es »Nichts« war.

Danach: Ich tauchte nicht auf – denn ich kam nirgends her. Und erwachte nicht – denn ich hatte nicht geschlafen. Mir blieb als Wissen: Es schmerzt nicht, es ängstigt nicht, es zieht nicht hinab, es hebt nicht hinauf, es bedrängt nicht, es lindert nicht, es beglückt nicht. Aber: Es lässt sein.

Ich konnte ein bisschen Ruhe aus diesem Nichts-Erleben schöpfen. Konnte versuchen, mich mit dem großen Kummer, dem größten meines jungen Lebens, vertraut zu machen, mit ihm umzugehen. Nein, nicht wegschieben. Er war da: als neue, ungewohnte Schwere meines Herzens, meines Seins.

Mein Kummer, erkannte ich, beruhte auf zwei Traurigkeiten: auf deiner und auf meiner Un-Zukunft.

Dein frühes Sterben konnte ich nur beweinen. Deine Heimkehr, auf die wir uns alle gefreut hatten, dein weiteres Erwachsenwerden, das ich hinein in unsere endgültige Gemeinsamkeit mit eigenem Reifen so gern begleitet hätte, gab es nicht mehr, alles war unmöglich geworden, rettungslos zerstört, kaputt. Alle Hoffnung, die einen von dir gewünschten Beruf betraf, deine geliebte Musik vor allem, waren zerschmettert, unwiederbringlich. Ach, so völlig verloren.

Und mein Wunsch, mich vorzubereiten auf eine gute Ehe mit dir, auf Kinder mit dir, blieb mein einsamer Traum. Machte mich traurig um meinetwillen. Machte mich unsagbar verlassen.

Damals, als ich mir vornahm, Kindergärtnerin zu werden, wollte ich es auch als Aufgabe. Vielleicht mit dem Nebengedanken, dass mir ein solcher Beruf für eigene Kinder nützlich sei. Aber jetzt? Plötzlich ohne diesen Nebengedanken an eigene Kinder? Ohne Hoffnung auf eigene Kinder?

Immer nur anderer Leute Kinder hüten? Das war eine neue Frage für mich. Und ließ mich antworten: Das schaffe ich nicht. Ich wäre nicht eifersüchtig. Aber ich wäre so hoffnungslos traurig, dass ich kein guter Umgang für Kinder wäre. Die doch fröhlich sein sollen!

Eingesponnen war ich in meine Traurigkeit:

Meine Augen suchen die deinen.
Und finden sie nicht.
Mein Mund sucht deine Lippen:
er dürstet nach dir.
Meine Hände möchten deine Hände halten,
doch fassen sie trauernd ein Nichts.

Daneben bäuerlicher Winteralltag, mir fremd: Im Schuppen hingen seit dem Sommer mit all ihrem Buschwerk ausgereifte Große Bohnen und Erbsen auf der Leine. Nachdem jetzt alles getrocknet war, wurde das Drumherum weggenommen, dass nur Bohnen- und Erbsenschoten blieben. Die wurden gepalt. So blieb die helle getrocknete Frucht, die ich als »Hülsenfrucht« kannte.

Winterlich neu war für mich: Teppiche kann man in den Schnee legen, mit der richtigen Seite nach unten. Dann klopfen. Wieder hochnehmen. Im Schnee bleibt viel Dreck, aber die Farben, die Muster sind wie neu erblüht.

In diese Zeit gehörte auch die schon erzählte Sache mit Bürgermeisters Rosenkohl.

Ich machte das alles mit. Warum, wusste ich nicht. Ich weiß nur: Ich brachte mich nicht um. Trotz aller Traurigkeit, die nie vergehen konnte. Es gab einen Satz von dir, der mich beeinflusste, den du mir damals in deinem ersten Urlaub sagtest: »Ich möchte dich immer fröhlich wissen!«

Damals genoss ich »überlebensgroße Freude«. Die der überlebensgroßen Traurigkeit wich. Und du, mein Lieber, wolltest, dass ich fröhlich bin? – Eine maßlose Verpflichtung!

Ich gab mir ja Mühe. Aber bis zum Kindergarten? Nein, das reichte nicht. Das ließ sich nicht schaffen. Ich ging allein auf verschneiten abendlichen Wegen, beweinte meine Traurigkeiten, wusste nicht weiter.

Mein Haushaltsjahr lief ab. Was aber dann? Doch wieder Schule bis zum Abitur? Das ging ja nicht in Hamburg. Privatschule? Wer sollte das plötzlich für mich bezahlen? Und wozu? Sie würden mich auf der Uni vielleicht nehmen, aber ich bekäme kein Stipendium, ohne *BDM-Führerin* zu sein.

Der Krieg? Er musste bald zu Ende gehen. Von *Frontverkürzungen* und *heldenhaften Kämpfen* erzählten sie im Radio. Das bedeutete Aufgabe des Brückenkopfes oder des Gebietes, von dem gerade die Rede war. Wo waren die U-Boote geblieben, die fremde Schiffe versenkten? Sondermeldungen wurden selten.

Dass dieser Krieg für Deutschland verloren sei, ließ sich längst erkennen. Aber die Zeit danach war für mich und wohl alle meines Alters völlig nebulös. Dass es einmal verschiedene Parteien gegeben hatte, dass es sie vielleicht wieder geben könnte, entzog sich unserer Vorstellung. Wir kannten, seit Beginn unserer Schulzeit, nur den *Führer* und seine Nazis. Und mit denen zusammen müssten wir nun den Krieg verlieren.

Verlieren? Ich empfand die Beendigung des Krieges nicht als Verlust. Wie auch immer das Ende aussehen mochte. Ich hatte nur gewünscht, gehofft – und war bei diesen passiven Vokabeln geblieben –, dass es vorher gekommen wäre. Vor deinem Tod. Vor dem Tod noch so vieler.

Nun ist dein Tod geschehen, und ich lebe meine überlebensgroße Traurigkeit – und weiß nicht weiter.

In meine Verzagtheit, meine Unsicherheit bringt meine Mutter, die ja eine »Schwester Käte« ist, die Frage: »Wie wäre es denn mit Arbeit im Krankenhaus?«

Krankenschwester? – Das ist es. Warum hatte ich nicht selbst daran gedacht? Hatte ich tatsächlich keine ernsthaften Überlegungen angestellt, die meine nächsten Jahre betrafen? War ich zu sehr eingefangen in das Nein meiner alten Wünsche? Hier gab es die Lösung.

Schneller als ich selbst es für möglich hielt, stimmte ich mich in den Gedanken ein. Da musste meine Mutter mich warnen: Der Beruf ist nicht einfach. Da ist viel Blut, Urin, Schmierkram, Bettpfannen reinigen, verschmutzte Betten neu beziehen, und was ihr alles einfiel. Naiv sei die Vorstellung: »kühle Hand auf fieberheiße Stirn des Patienten«.

Und mich ängstigte das nicht. Ich meldete mich an im Allgemeinen Krankenhaus St. Georg in Hamburg, wo im April 1945 der nächste Schwesternlehrgang beginnen sollte.

St. Georg

1945 – 1946

Zwischenzeit

Im dritten Stock eines Hauses in der Milchstraße, nahe der Alster, hatten Oma Agnes und Irene ein Zimmer mit zwei Fenstern zur Straße und zwei kleine Bodenräume mit je einer Fensterklappe zum Dach mieten können. Das war möglich, weil eine Nichte, die vorher diese Räume bewohnte, zu ihren Eltern nach Meiendorf zog, also ein bisschen nach außerhalb, wo weniger Bomben fielen. Einige ihrer Möbel hatte sie stehen lassen, so dass die ausgebombten Verwandten sie nutzen konnten. Das Zimmer mit den Bodenräumen gehörte zu einer größeren Wohnung, in der ein Ehepaar wohnte, das sich hauptsächlich in der eigentlich gemeinsamen Küche aufhielt. Die Toilette lag sehr ungünstig, und es hatte sich als zweckmäßig erwiesen, in den hinteren der beiden Bodenräume zwei Eimer zu stellen: für sauberes und gebrauchtes Wasser. Hier wurde auch Wäsche gewaschen. Ein Bett und ein Gasherd standen im vorderen Bodenraum, direkt vor dem Wohn/Schlafzimmer.

Diese Teilwohnung hatte Irenes Verlobter Hermann mitbewohnt, bevor er als unheilbar krank in ein Tuberkuloseheim bei Geesthacht gebracht worden war. Dort besuchte Irene ihn sonntags unter großen Schwierigkeiten; die Verkehrsverbindung war miserabel, Winterkälte kam dazu.

Und im Haus, in der Milchstraße, kümmerte sich Oma Agnes um ein kleines Mädchen, das im kalten Dezember geboren war: Thyra, die Tochter von Irene und Hermann. Musste das sein? In dieser Kriegszeit? Agnes hatte es schon schlimm gefunden, als ihre Tochter Käte schwanger wurde:

»Ausgerechnet im Krieg, für die Nazis.« Käte hatte großartig geantwortet: »Nicht dafür, sondern dagegen.« Nun war es für Irene und Agnes wichtig, dass das Kleine vor den Tuberkelbazillen geschützt blieb. Und vor den Bomben.

Es gab nächtliche Alarme. Dann liefen die beiden Frauen mit ihrem kostbaren Bündelchen und Koffer und Tasche in den Erdbunker vor der Johanniskirche. Der Weg war nicht weit, aber manchmal begann schon die *Flak* zu schießen; und diese Keller, nur unter Gras und Erde, wirkten kaum vertrauenerweckend. Man hatte von Kindern gehört, die übrig geblieben waren, noch zu klein, um ihren Namen zu wissen. Agnes hatte deshalb für Thyra einen Gürtel, eine Art Leibbinde genäht und mit rotem Garn Namen und Geburtstag der Enkeltochter darauf gestickt. Makaber – aber klug.

Für mich waren Alarme durch das halbe Jahr auf dem Land ungewohnt geworden. Ja, es gab in Handeloh auch Alarme mit fernem Sirenengeheul, und dann trugen wir die Kinder nach unten ins Wohnzimmer, zogen sie an, legten sie aufs Sofa, wo sie gemütlich weiterschliefen. Oft hörten wir das Brummen der vielen Bombenflugzeuge, die hoch über den Wolken auf dem Weg nach Berlin waren. Die nach Hamburg wollten, flogen nördlich von uns.

Im Februar, als meine Arbeit in Handeloh beendet war, meldete ich mich in der Gesundheitsbehörde für den nächsten Schwesternlehrgang an, der im April im Krankenhaus St. Georg beginnen sollte. Ich könnte sofort anfangen, hieß es. Aber ich meinte, eine kleine Pause verdient zu haben, und vereinbarte Anfang März als Arbeitsbeginn. Bis dahin konnte ich vorübergehend bei Agnes und Irene wohnen. Für Agnes war das selbstverständlich, sie kannte mich als Mitbewohnerin, akzeptierte mich als zugelaufene, zugedachte jüngste Tochter.

Alte Vertrautheit stellte sich ein, machte die Enge bewohnbar, führte zu neuen Gesprächen. Agnes litt mit mir um meinen lieben Verlorenen, den sie gern als Schwiegerenkel gedacht hatte. Damals, im Dezember las sie seine Todesanzeige, schnitt sie aus, ging damit zu Irene ins Krankenhaus, die gerade ihr Kind geboren hatte, und fragte: »Ob Hilde das weiß?« Ja, ich wusste. Und durfte nun die kleine Anzeige behalten.

Paul Jung, Oberltn., Inh. d. EK 2 u. and. Ausz., geb. 4.3.1898, gest. 4.11.1944 in ein. Kriegslaz. im Osten
Kurt Jung, Kanonier, geb. 9.12.1924, gest. 24.9.1944 nach schw. Verw. im Osten
Hermine Jung geb. Neumann u. Leni, z.Z. Mariaschein 347, Sudetengau

Es gab so viele Kriegstote; die Zeitungen druckten schon lange keine einzelnen, schwarz-gerahmten Anzeigen mehr, sondern fassten alle unter einer Überschrift zusammen: *Gefallen für Führer, Volk und Reich.* Die Wendung aus den ersten Kriegsjahren *Gefallen für Großdeutschland* war verschwunden. Diese Größe war nicht mehr wahr.

Agnes und ich verfolgten die ständigen *Frontverkürzungen* im Radio, was nichts anderes hieß als: Die während der vorigen Jahre durch deutsches Militär eroberten Gebiete wurden aufgegeben. Das war nicht mehr zu verheimlichen. Ein genaues Bild der Ereignisse bekamen wir nicht. Zur Ergänzung hätten wir zu gern mal wieder »den Engländer«, die deutschsprachige Radiosendung der BBC, gehört. Das konnten wir aber nicht wagen. Die Nachbarn waren zu nahe. Uns blieb nichts als warten.

Das wurde ein langes Ende mit Schrecken. An allen Fronten. Wir wussten seit Stalingrad: Wenn im *Wehrmachtsbericht heldenhafte Kämpfe* erwähnt wurden, war das benannte Gebiet schon verloren. In dieser letzten Zeit fanden diese *heldenhaften Kämpfe* an allen Fronten statt. Neue Formulierung: *Um jede Handbreit Boden wird gekämpft.*

Seit der Invasion in der Normandie durch Briten und Amerikaner näherte sich die Front im Westen unaufhaltsam dem deutschen Staatsgebiet. Zunächst hatte es geheißen, auch nach Wochen seien die *Angloamerikaner an der Invasionsfront* noch nicht *über die Wirkung ihrer Schiffsgeschütze* hinausgekommen. Aber längst war klar geworden, dass die *Siegfriedlinie*, der als unüberwindlich angesehene Westwall, durchaus überwindlich war. Die Invasoren erfanden mit Linie und Leine ein kleines Wortspiel und sangen: »We are hanging our washing on the Siegfried-Line«.

Da, wo mein Kurt begraben lag, im Baltikum, gab es keine deutschen Einheiten mehr, da stand wieder *der Iwan.*

Und was geschah auf dem Balkan? Aus Jugoslawien, hieß es, kommt keiner mehr raus. Was *Die Deutsche Wochenschau* mit der Bezeichnung *Heckenschützen* und *Flintenweiber* jahrelang diffamiert hatte, wurde eine starke Partisanenbewegung und rächte die Untaten der schlimmen Besatzungszeit.

Im März zeigte eine *Wochenschau* etwas über die Ausbildung an Panzerfäusten. Auch Frauen mussten daran teilnehmen. Vor einiger Zeit hatte Himmler, der oberste *SS-Führer*, noch gefordert, ausländische Frauen und Kinder zu Schanzarbeiten heranzuziehen. Er hatte erklärt, wer diese Gruppen schonen wolle, sei ein Mörder seines eigenen Volkes. Nun war sein eigenes Volk an der Reihe, bis zum Letzten ausgenutzt zu werden.

Breslau wurde zur Festung erklärt. Dresden erfuhr einen mörderischen Bombenangriff. Aus Ostpreußen und Schlesien, aus dem gesamten Osten flohen Menschen in das verbliebene Stück Deutschland, suchten Unterkunft dort, wo schon die eingesessene Bevölkerung eng in Trümmern hauste.

Die Schrift auf den Eisenbahnwaggons *Räder müssen rollen für den Sieg* wich der neuen Losung: *Wir kapitulieren nie*. An einigen noch gebrauchsfähigen Anschlagsäulen las ich neue Plakate: *Ein Hundsfott, wer jetzt den Führer verlässt*. Ich kannte den Ausdruck nicht.

Wenn zwei sich verabschiedeten, taten sie es mit dem Wunsch: »Bleib übrig!«

Krankenhaus St. Georg

Das Allgemeine Krankenhaus St. Georg (AKStG) liegt in der Lohmühlenstraße nahe der Alster, das älteste staatliche Krankenhaus Hamburgs.

Bereits im Mittelalter hatte es ein vor den Toren der Stadt gelegenes Seuchenhaus gegeben, das Sykenhuus. Als sich die Stadt vergrößerte, wurde 1823 auf diesem Gelände ein Krankenhaus als »zusammenhängender Block- und Korridorbau in Hufeisenform« erbaut. Da lag zwar das Kirchspiel St. Georg mit der alten Lohmühle noch außerhalb der Stadt, wurde aber bald eingemeindet. Etwa dreißig Jahre später wurde das Krankenhaus vergrößert und bot dann Platz für 1800 Krankenbetten.

In einer Festschrift (ich greife vor auf das Jahr 1948) steht:

> In der Cholerazeit im Herbst des Jahres 1892 hatte sich das Krankenhaus St. Georg ... besonders bewährt. So wurde beschlossen, das »Lohmühlenkrankenhaus«, wie es im Volksmunde hieß, [...] auszubauen. Bei dieser Neugestaltung des Krankenhauses wurden vor allen Dingen die großen zweistöckigen Pavillonbauten errichtet, die noch heute dem Krankenhaus sein charakteristisches Gepräge geben.

In den vielen Pavillons, für deren Benennung fast das gesamte Alphabet benötigt wurde, gab es große Räume, darin viele Betten standen. Ein paar kleine Zimmer gab es für die Schwerstkranken. Aber fast nur im Haus R gab es Einzelzimmer; denn diese Station war speziell für Patienten einer besseren Versichertenklasse und Privatpatienten vorgesehen. So groß waren aber die Unterschiede nicht. Überall wurden Patienten gut versorgt – soweit es beschränkte medizinische Hilfsmittel zuließen.

Ich gehörte zu den ersten Schwesternschülerinnen, die den neuen Kursus belegten. Im Laufe des Monats März zogen zehn junge Frauen – »junge Mädchen« sagte man damals – in ein großes Zimmer in Haus A oben links ein. Es gab noch zwei weitere Räume etwa gleicher Größe. Wir lebten unter der Obhut von Oberschwester Traut, die für unseren und die nachfolgenden Kurse verantwortlich war. Unser Status als Schülerinnen – meistens unter 21 Jahre alt, zu der Zeit noch nicht mündig – forderte Aufsicht und Obhut. Deshalb bewohnte Trautchen ein kleines Zimmer auf demselben Flur wie wir. Sie nahm ihre Sache sehr ernst.

Zunächst erhielten wir von ihr unsere Dienstkleidung mit genauer Anweisung:

> Zwei ziemlich lange, weite, langärmlige, weiß-blau gestreifte Kleider.
> Drei aufknöpfbare weiße Kragen.
> Drei weiße Schürzen, beidseitig tragbar, mit je einer Tasche pro Seite.
> Und als wichtigste Utensilien zwei Hauben und eine Brosche.

Die Länge des Kleides ließ sich ändern, wenn man Nähgarn hatte; aber nur so, dass Trautchen sich nicht aufregte. Die Weite wurde gebannt durch die vorgebundene Schürze.

Wir lernten, die Haube richtig zu falten und sie mit Haarspangen auf dem Kopf zu befestigen. Die Schülerinnenhaube sah aus – jaa, ein Patient erinnerte sich dabei an einen eingewickelten Zigarrenkasten. Daraus sprach zu der Zeit viel Sehnsucht; aber ein bisschen Ähnlichkeit kann es gegeben haben. Die Schwestern trugen hübschere Hauben mit einem Bogen überm Haar. Für Oberschwestern und Oberin war der Bogen größer, und auch an der emaillierten Brosche, mit der wir das Kleid unter dem Kragen schlossen, ließ sich erkennen, wen man vor sich hatte. Hamburger Wappen auf weißem Grund, drum herum für Schülerinnen nichts, für Schwestern ein einfacher Silberstreifen, für Oberschwestern ein silberner Kranz, für die Frau Oberin ein goldener Kranz. Ob der Landesoberin, die in der Gesundheitsbehörde saß und die gesamte Hamburger Schwesternschaft verwaltete, ein noch größerer Bogen und mehr Gold um die Brosche zustand, weiß ich nicht.

Nun mussten wir überlegen, wie wir die Haare gut verstauten. Viele von uns, ich auch, hatten ihr Haar wachsen lassen und trugen einen Knoten im Nacken. Dieser Knoten wurde jetzt praktisch oben auf den Kopf verlegt, die Haube lag gut darüber. Und die Haare wuselten nicht irgendwie herum, kamen in keine Wunden, fielen den Patienten nicht in die Suppe. Denn das war der eigentliche Sinn einer Schwesternhaube, die sich im Laufe von ein paar Jahrhunderten zu einem Statussymbol gemausert hatte. Es galt mindestens als frivol, diesen gestärkten Gegenstand auf unserem Kopf als Gewerbedeckel zu bezeichnen.

Die Dienstkleidung wurde regelmäßig gewaschen. Auch unsere Zimmer wurden gesäubert, wir machten nur unsere Betten selbst. Zusätzlich bekamen wir ein halbjährlich steigendes kleines Taschengeld. Und wir waren in Vollverpflegung. Alles wichtig, wenn Eltern nicht mal mehr ein Bett für die große Tochter haben.

Für uns gab es ein eigenes Bett mit dem üblichen Krankenhaus-Nachttisch davor, auch einen Stuhl, auf den wir unsere Sachen hängten, sogar ein Stück vom Kleiderschrank. Die paar Waschbecken im Zimmer mussten wir zehn Mädchen umschichtig benutzen. Wer zuerst aufstand, kam zuerst dran, wurde bald von den nächsten bedrängt oder zumindest um Beeilung gebeten. Wir richteten uns irgendwie ein, hatten ja auch unsere Erfahrungen aus den verschiedensten Gruppen- und Lageraufenthalten der letzten Jahre: »My bed is my castle.«

Mein erster Arbeitsplatz wurde Haus S am anderen Ende des Krankenhausgeländes. Das Haus war in den ersten Kriegsjahren zerbombt und dann moderner wieder aufgebaut worden. Es gab pro Etage nur einen großen Saal mit zehn Betten, einige kleinere Räume und ganz extravagant einen Fahrstuhl. Im Erdgeschoss befand sich die medizinische Männerstation, im ersten Stock die der Frauen.

Am 1. März 1945, gleich nach dem Guten-Tag-Sagen bei Frau Oberin Keferstein und den Einkleidehilfen durch Trautchen, meldete ich mich im Haus S bei Oberschwester Marcelle, wurde freundlich begrüßt und mit alten und jungen Schwestern, mit Patienten und Räumen bekannt gemacht. Schwester Gerti, eine von den jüngeren, nahm mich an die Hand, um mir ihre Arbeit zu zeigen. Ich lief mit, durfte hier und da ein bisschen halten, stützen, hin- und hertragen. Und bekam nach ein paar Stunden durch die ungewohnte Kopfbedeckung schreckliche Kopfschmerzen. Die ließen sich mit einer Tablette bekämpfen, so dass ich weiter halten, stützen, hin- und hertragen konnte. Ich gewöhnte mich bald an die unerlässliche Haube.

Frühstück und Abendessen bekamen wir auf der Station. Dazu saßen wir miteinander im Schwesternzimmer. Das war keine Freizeit. Unterbrechungen waren üblich. Dann liefen wir Jüngeren für die jeweils notwendige Hilfe in die Patientenzimmer. Während die älteren Schwestern Dienstpläne besprachen, Aufgaben verteilten – aber auch über Patienten oder Privates schwatzten. Sie kannten einander gut.

Das Mittagessen gab es im Schwesternhaus in zwei Abteilungen. Zur ersten Gruppe thronte Frau Oberin an der Schmalseite der langen Tafel. Wenn es sich einrichten ließ, ging ich zur zweiten Gruppe. Danach freute uns die Mittagspause, die ich schlafend, mindestens ruhend verbrachte.

Während der Mittagszeit, wenn die Patienten schliefen, hütete wechselweise nur eine Schwester die Station. Sie machte Vier-Uhr-Dienst und bekam den Rest des Tages frei. Das hört sich gut an; nur sollte bedacht werden, dass die Arbeit um sieben Uhr begonnen hatte. Um 16 Uhr kamen die anderen zurück zum weiteren Dienst, der bis 20 Uhr ging. Vorausgesetzt, die Patienten waren so weit versorgt, dass die Nachtschwester mit ihren Aufgaben beginnen konnte. Ich meldete mich bei meiner Oberschwester ab, machte dazu den üblichen Knicks und war dann schnell zuhause in Haus A.

Die meisten Schwestern waren unverheiratet – aus einer langen Tradition heraus, auf die pflegenden Nonnen und Diakonissen zurückgehend – und wohnten im Schwesternhaus, die Oberschwestern sogar auf ihren Stationen. Sie sollten jederzeit ansprechbar sein. Sogenannte externe Schwestern, die ihre Wohnung draußen in der Stadt hatten, bildeten die Ausnahme. Für sie war der lange Arbeitstag besonders anstrengend, weil noch Fahrzeit und Haushalt folgten, womit interne Schwestern nicht belastet waren.

Als ich im März in das AK St. Georg einzog, häuften sich die Alarme. Der Krieg hörte noch immer nicht auf, Tod und Trümmer über Hamburg auszuschütten. Die Zeit zwischen dem ersten Sirenenton und dem ersten *Flak*schießen wurde kürzer, weil sich durch die nahe Front auch die Anflugzeit der Bomber merklich verkürzte. Wir mussten uns beeilen, um vom warmen Bett nicht nur in die Kleider, sondern auch auf die Station zu kommen. Da wurden wir dringend gebraucht, denn die Nachtwachen schafften es nicht allein, den Patienten auf dem Weg in die Keller zu helfen und wichtige Medikamente und Wertsachen, wie Thermometer und Essbestecke, nach unten zu tragen. So lernte ich zunächst, Kranke in den Keller zu schaffen, bevor ich ihnen beim Gesundwerden behilflich sein durfte. Da war es vernünftig, sich nicht ganz auszuziehen, auch unter der weiten Schwesterntracht ein eignes Kleid zu tragen, um nicht noch einmal alles zu verlieren.

Mitte April, tief in der Nacht, knallte uns gewaltiges Krachen wach. Fensterscheiben barsten, die Verdunkelung zerriss. Gleichzeitig Sirenen und Flak und Gesplitter. Wir konnten nur noch laufen: auf den Flur, über die Treppen, fanden uns irgendwo unten wieder, halb angezogen alle. Begriffen aber, dass unser Haus nicht getroffen wurde.

Da lief ich schnell wieder nach oben, suchte auf dem Nachttisch nach meiner Brille. Durch kaputte Fenster und verrutschte, zerstörte Verdunkelungsrollos leuchtete heller Feuerschein. Und ich fand sie – vom Luftdruck auf den Fußboden geweht – und, ach wie gut: nicht zerbrochen.

In dieser Nacht war auf die Berufsschule gegenüber, von uns nur durch einen breiten hübschen Grünstreifen getrennt, eine Luftmine gefallen. Von der Schule war nichts mehr zu erkennen. Und unser Zimmer, starrend von Glasscherben, war nicht mehr bewohnbar. Wir wanderten also mit unseren persönlichen Siebensachen auf die Station, die unser Arbeitsplatz war. Kamen da irgendwie unter. Für mich fand sich in Haus S ein Bett im Keller.

Wer von den Kranken ständig liegen musste, wurde bei Alarm mit dem Bett per Fahrstuhl nach unten gefahren. Dazwischen drängten sich Aufstehpatienten. Wir jüngeren Schwestern schleppten die Wertsachen aus beiden Etagen über die Treppe nach unten. Schnell.

In kleineren Kellerräumen lagen einige Dauerpatienten, benommen durch die Schwere ihrer Krankheit, auch durch Medikamente. Es wurde vermutet, dass ihnen die Unruhe ringsum nicht auffiel. Sie blieben ständig im Keller, lagen da und waren benommen.

Und dann ging es wieder los: Die *Tommies* schmissen Bombenteppiche. Der Keller bebte, schaukelte, bebte. Patienten schrien. Oberschwester verteilte Baldriantropfen auf kleine Gläser, mit denen Schwester Gesche und ich losliefen und sie an Kranke verteilten. Danach saß ich auf irgendeinem Bett, hielt die Hände möglichst vieler kranker Frauen und versuchte, Ruhe zu vermitteln.

Warum konnte ich das? Weil ich beschäftigt war, eine Aufgabe hatte, nicht an mich denken musste. Keine Zeit.

Schwester Elisabeth, die Stationsschwester von der Männerstation, saß neben ihrem kleinen Radioapparat und hörte Drahtfunk. Wenn sie die Kapuze ihres grauen Lodenmantels über den Kopf zog, wussten wir, dass weitere Bomberverbände zu erwarten waren.

Unser Krankenhaus liegt mitten in der Stadt, nahe der Alster und nahe auch dem Hauptbahnhof. Vor einigen Jahren hatte man die Alster mit einer Tarnung verändert. Die ganze Binnenalster war überzogen mit einem bemalten Gittergeflecht, das von oben aussehen musste, als ständen dort Häuser. Dafür war ein Teil der Außenalster auf gleiche Weise derart verändert, als wäre dort zunächst die Binnenalster und dann käme die Lombardsbrücke. Damit sollte der Hauptbahnhof geschützt werden. Gut für den Hauptbahnhof, aber eine Bedrohung für unser Krankenhaus, das jetzt genau in der Verlängerung der nachgemachten Lombardsbrücke lag – statt des Hauptbahnhofs. Wir bekamen ab, was den Schienen und Zügen zugedacht war.

So viele Bomben. Bombenteppiche. Der Boden schwankte. – Und die *Flak*? Kaum noch zu hören: keine Munition oder kaputte Kanonen. Warum noch? Warum immer noch?

Den ganzen März und April hindurch: Hilfe und Hoffnung suchende Hände von kranken Frauen in meinen armen, hilflosen Mädchenhänden.

Mai 1945

Ob ich an meinem Geburtstag arbeiten muss, fragt meine Mutter. Nein, ich bekomme frei. Ich muss mich nur für den Ersten Mai bei der Schwester abmelden, die für uns Schülerinnen als *BDM-Führerin* fungiert. An ihren offiziellen Heimabenden sah sie mich selten, weil ich auf der Station war oder Unterricht hatte. Ein- oder zweimal nahm ich teil. Das langte gerade für ein Lied, das wir unbedingt lernen mussten:

> Ich habe Lust im weiten Feld zu streiten mit dem Feind,
> wohl als ein tapfrer Kriegesheld, der's treu und ehrlich meint.
> Auf, auf, die Fahne weht. Wohl dem, der zu ihr steht.
> Die Trommeln schallen weit und breit: Frisch auf, frisch auf zum Streit!

Wir lernten dieses Lied im März oder April 1945, und die *Schwesternführerin* schien die Absicht zu haben, es noch bei irgendeiner nächsten offiziellen NS-Feier von einem Chor junger Mädchen singen zu lassen. Wir in Schwesterntracht, versteht sich, leuchtenden Auges und mit frisch-fröhlichen Stimmen. – Genug der Klischees! Bei ihr also musste ich mich abmelden.

Oberschwester Marcelle, die an meinem Arbeitsplatz für mich zuständig war, sagte mir den Dienstag als freien Nachmittag und den Mittwoch als freien Tag zu. Oberschwester Traut, die auf der Schülerinnen-Etage auf uns aufpasste, hatte bestätigt, dass ich vom Dienstag auf den Mittwoch zuhause schlafen durfte. Jede Schülerin, sofern ihre Eltern in

Hamburg oder in erreichbarer Nähe wohnten, hatte die Erlaubnis, einmal monatlich eine Nacht außerhalb des sie beschützenden Krankenhauses zu schlafen. Mein Kontingent wurde also gleich zum Monatsanfang erschöpft.

Und dann die *Führerin*: Gereizt, empört, mit viel Stimmaufwand äußerte sie ihre Verachtung gegenüber meinen Wünschen. In dieser Zeit! Wo es auf jeden ankommt! Gerade für den Ersten Mai hatte sie einen besonderen Heimabend geplant: Ernst, dem *Tag der nationalen Arbeit* angemessen. Und dem Ernst der Stunde. Und da komme ich mit meinen privaten Ansprüchen. Ich wartete ihren Text ab, mit dem ja zu rechnen war. Erwähnte dann meine ziemlich kranke Mutter und ihr sehr kleines Kind. Na ja, sie bestand nicht länger auf meiner Anwesenheit. Und mir reichte das.

Ich sah sie nie wieder. Sie soll nach Bergen-Belsen geschickt worden sein, um dort bei der Pflege ehemaliger Häftlinge zu helfen. Mir sind später Schwestern begegnet, aus einem anderen politischen Umfeld, die sich damals freiwillig zur Hilfe meldeten. Ob die Kranken dort, die armen Geschundenen, Unterschiede in der Pflege spürten?

Am Dienstag fuhr ich nachmittags dahin, wo meine Mutter mit ihrer kleinen Familie wohnte: im Norden Hamburgs ein leidlich großes Zimmer in einer Parterrewohnung, darin einige zusammengeschenkte und einige mitgemietete Möbel. Auch ein einfacher elektrischer Kocher, daneben auf einer niedrigen Bank die üblichen zwei Eimer: einer für sauberes und einer für schmutziges Wasser. Ja, sie hatten Küchenbenutzung. Aber in allen Zimmern wohnten Menschen, und so gab es in der kleinen Küche zu bestimmten Stunden großes Gedränge um den Herd.

Die Küche war auch Kommunikationszentrum. Eine Bewohnerin besaß ein Radio, einen *Volksempfänger*, und verkündete die neuesten Nachrichten.

Und deswegen wurde mein Erwachen am Geburtstagsmorgen, dem 2. Mai, zu einem unvergesslichen Erlebnis. Mami kam, das Kind auf dem Arm, aus der Küche an meinen Schlafplatz, sah, dass ich die Augen öffnete, und sagte: »Herzlichen Glückwunsch! Hitler ist tot!«

Im Laufe des Tages wurde über Drahtfunk mehrfach mitgeteilt, dass eine Rede des wichtigsten Hamburgers, *Gauleiter* und *Reichsstatthalter* Karl Kaufmann, zu erwarten sei. Die Zimmernachbarin trug ihr Radio in die

Küche, und wer nicht zur Arbeit weg war, kam und horchte, ob es schon so weit wäre.

Um 18 Uhr geht's los, hieß es schließlich. Mami saß mit Papier und Bleistift am Tisch, um für ihren Peter zu notieren, was gesagt wird. Aber der erschien, noch ehe die Ansprache begann. Auf dem Küchentisch nur der *Volksempfänger*. Die Leute drum herum waren nicht meine Geburtstagsgäste, sondern Wartende, Hoffende: Jetzt muss das doch zu Ende sein!

Dann sprach nicht Kaufmann selbst. »Der hat sich wohl schon abgesetzt«, wurde schnell geflüstert. Die gewohnte Drahtfunkstimme teilte mit: Hamburg wird übergeben, nicht verteidigt. »Das Schicksal des Krieges kann nicht mehr gewendet werden; der Kampf aber in der Stadt bedeutet ihre sinnlose restlose Vernichtung«, ließ Herr Kaufmann endlich vorlesen und wusste weiter: »Dieser Krieg ist eine nationale Katastrophe für uns und ein Unglück für Europa.« Zum Abschluss noch: »Gott schütze unser Volk und unser Reich!« – Am nächsten Tag war das alles auf einer Zeitungsseite zu lesen.

Mein Weg zurück ins Krankenhaus: Ich ging wie auf Wolken. An diesem Tag, an meinem Geburtstag, wurde unsere ständige Angst beendet. Ich war neunzehn. Fast ein Drittel meiner Lebenszeit hatte der Krieg verbraucht. Und Kriegsjahre zählen doppelt, sagt Oma Agnes. War ich vielleicht schon fünfundzwanzig? Hatte der Krieg mich die Hälfte meines Lebens gekostet? Musste ich rechnen? Jetzt? Der Krieg ist vorbei!

Am 3. Mai war Ausgangssperre für die Hamburger. Im Laufe des Tages sahen wir fremde Uniformen auf dem Krankenhausgelände. Ein britischer Soldat klingelte an der Tür. Unsere Oberschwester schickte uns ein bisschen weg und öffnete. Wir beobachteten, wie sie mit ihm sprach – es klang nach einem mühsamen Englisch –, dann ließ er sich den Keller zeigen, war schnell wieder draußen, verabschiedete sich höflich. Sie hieß Marcelle; sie kam aus dem Elsaß. Wahrscheinlich war es nicht der erste fremde Soldat, dem sie begegnete. Ihre Ruhe übertrug sich auf uns. Sie sagte, die müssen natürlich nachsehen, ob sich noch deutsche Soldaten irgendwo versteckt halten.

Wir hatten viel zu tun an diesem Tag. Endlich Erfreuliches zu tun. Denn die Schwerkranken brauchten nicht mehr im fensterlosen Keller zu liegen. Ein Bett nach dem anderen schwebte per Fahrstuhl aufwärts, wurde in eines der kleinen Zimmer gefahren. Unsere Patienten genossen die helle Umgebung. Sie empfanden, dass sie hier bessere Chancen hatten, gesund zu werden. Manche waren vorher vielleicht nur gestorben, weil der Kellerraum sie bedrückte. – Aber wie hätten wir sie bei den vielen Alarmen schnell nach unten befördern können? Es war schwer genug, die Gehfähigen rechtzeitig in Sicherheit zu bringen.

Ich hatte einen Tag zum Vorschlafen und begann mit meiner ersten Nachtwache. Im Erdgeschoss auf der Männerstation wachte eine examinierte Schwester, die ich notfalls ansprechen konnte. Ich war oben bei den Frauen. Erwachsene Frauen, Hausfrauen, die kritisch beobachten, wie junge Schwestern den Fußboden wischen. Heute, so hoffte ich, kann ich ihnen eine Freude bereiten.

Ich knipste im Saal alle Lichter an: die Deckenbeleuchtung, die Lampen über den Waschbecken und ein, zwei kleine Lampen auf den Arbeitstischen. Und das Besondere? Die verdunkelnden Vorhänge wurden nicht heruntergezogen. Wir hatten Licht im Raum und guckten trotzdem nach draußen. Das genossen sie, gingen an die Fenster und sagten: Drüben in Haus R ist ebenfalls nicht verdunkelt. Zwei Frauen musste ich stützen, damit sie vom Bett aus alles sehen konnten.

»Licht aus!«, rief plötzlich unten einer. Wir erschraken. Uns wurde klar: Hamburg ist zwar übergeben, doch der Krieg ist noch nicht überall vorbei. Also verdunkelten wir die Fenster wieder, wie wir es seit Jahren gewohnt waren. Aber nur noch für wenige Nächte.

Unser Lichterfest dauerte nur einen Augenblick. Aber wie intensiv war dieser Blick, den die Augen so lange entbehren mussten.

Diese Frauen, die ihren Mann wer weiß wie lange nicht gesehen hatten, die ihn vielleicht nie wiedersehen würden, die sich um ihre Kinder sorgten – denn wer konnte ausreichend auf Kinder achten, auf die eigenen kaum, und gar auf fremde? Diese Frauen, die Haus und Haushalt nur verlassen hatten, weil sie wirklich schwer krank waren und sich nicht selbst kurieren konnten. Diese Frauen, die schon während des ganzen Krieges erwachsen gewesen waren, die sechs Jahre lang allein alle Verantwortung für die Familie getragen hatten – und dazu waren sie nicht erzogen worden. Diese Frauen, die ungeheure Lasten des Krieges auf sich genommen hatten, widerspruchslos duldend – denn dazu waren sie erzogen worden. Diese Frauen ...

Sie waren nicht alle gleich. Nein, von Haus aus nicht, und sie nahmen auch diesen neu geschenkten Augenblick unterschiedlich an: liefen von Fenster zu Fenster, redeten, oder lachten, oder lächelten, oder waren bis ins Innerste still. Gemeinsam war ihnen die Freude, die große Steine von der Seele schwemmte. Ich hätte über diese Steine stolpern müssen während der Nacht, doch ich ging wie auf Wolken.

Nie mehr in all meinen Jahren empfand ich so deutlich wie an diesem Abend: dass es Frieden gibt. Dass es einen Zustand gibt, wirklich gibt, wenn auch nur ein paar Wimpernschläge lang, der so frei ist von Angst, von Sorge und Traurigkeit, dass er den Namen »Frieden« tragen darf.

Seit ich einiges von Bert Brecht gelesen habe, kann ich zur damaligen Situation zitieren: »Die Mühen der Gebirge liegen hinter uns. Vor uns liegen die Mühen der Ebene.«

Genau da, zwischen der einen und der anderen Mühe, erlebten wir unser Lichterfest wie aufgehobene Schwere, wie Schwerelosigkeit, spürten einmal diesen beglückenden Leichtsinn: Frieden.

Maikäfer flieg

Was wusste ich vom Dreißigjährigen Krieg? Schillers Wallenstein lasen wir in der Schule, in Münchshöfen, wohin unser sechsjähriger Krieg uns verschlagen hatte. Vom Simplicissimus hatte ich gehört, der vom grausamen Leben bäuerlicher Menschen in jener Zeit berichtete. Aber während meiner Schuljahre war der Dreißigjährige Krieg in keiner Geschichtsstunde vorgekommen. Jede Lehrerin begann ihren Unterricht mit einer anderen Epoche, die frühere Geschichtsschreiber festgesetzt und mit Namen bezeichnet hatten. Uns zeigte sich keine Entwicklung. Geschichte blieb ohne Verbindungen.

Aber: Wir kennen ein kleines Lied, von dem es heißt, es sei das älteste überlieferte deutsche Kinderlied und stamme aus dem Dreißigjährigen Krieg. Hatten sie damals besondere Lieder für Kinder? Es war eher ein Volkslied, von allen gesungen. So alt, immer noch gültig:

Maikäfer, flieg,
dein Vater ist im Krieg,
deine Mutter ist in Pommerland.
Pommerland ist abgebrannt.
Maikäfer, flieg ...

Da liegt eine kleine Verbindung. Zwar durch tausenderlei unterschiedliche Lebensformen nicht vergleichbar. Vielleicht aber vergleichbar im Erleben und Erleiden von tausenderlei Grausamkeiten, die jeden Krieg ausmachen, die das Wesen aller Kriege sind.

»Pommerland ist abgebrannt«. Land ist abgebrannt, verbrannt, in allen Kontinenten. Meine schöne Stadt Hamburg auch. Niemand sagt mehr »Weidenröschen«. Alle sagen »Trümmerblumen«, wenn sie die staubigen lila-rot blühenden Stauden meinen, die sich über Häuserschutt, über Berge von zerborstenen Steinen ausbreiten.

In unserem Pommerland Hamburg leben meine Mutter und Großmutter in Wohnungen, deren Zimmer auf mehrere Familien verteilt sind. Agnes wohnt in einem Raum mit ihrer Tochter Irene und einem Baby; Käte wohnt in einem Raum mit ihrem Mann und einem Baby. Ihre Sehnsucht gilt in den nächsten Jahren einem »eigenen Wasserhahn«.

»Dein Vater ist im Krieg.« – Nein, mein Vater war *u.k.* gestellt, das hieß: *unabkömmlich.* Er hatte in Wilhelmshaven in der *Kriegsmarinewerft* gearbeitet; aber nicht, um Nieten in Kriegsschiffe zu kloppen, sondern er hatte ein Büro als hauptamtlich Angestellter der *DAF*, der *Deutschen Arbeitsfront.* Er war Nazi. Sie ließen ihn nach den Kriegsjahren zusammen mit anderen den Schutt der Stadt Wilhelmshaven aufräumen. Aber nicht lange. Kurzzeitig war er arbeitslos, doch dann konnten sie seine Kenntnisse im Sozialversicherungs- und Verwaltungsbereich wieder gut gebrauchen und stellten ihn beim Arbeitsamt ein. Und Tausend Jahre verschwanden aus seinem Gedächtnis.

Dieser Krieg, der am 1. September 1939 mit Schüssen auf die Westerplatte bei Danzig und mit dem Überrollen Polens begonnen wurde, endete am 8. Mai 1945 mit der vollständigen Kapitulation der deutschen *Wehrmacht.* Mit der Kapitulation Deutschlands in seiner Gesamtheit. Für uns Hamburger hatte der Krieg schon am 2. Mai aufgehört und hatte bis dahin 2070 Tage gedauert. Nie vorher hatte ich einen so wichtigen Geburtstag erlebt.

»Maikätzchen« sagten sie früher manchmal zu mir, auch »Maikind« oder eben »Maikäfer«. Es ist schön, im Mai Geburtstag zu haben, wenn die Welt zu blühen beginnt, wenn die Erde aufatmet, wenn das Licht heller wird, wenn neue Frühlingslieder durch die Tage klingen. Nun soll ich wohl fliegen – mit halbverbrannten Flügeln.

Als ich mich im März bei unserer Oberin vorstellte, hatte sie geäußert, dass achtzehn oder neunzehn Jahre ziemlich jung für den Schwesternberuf sind. Ich antwortete ihr mit der Erfahrung meiner Großmutter und mit verhaltener Dramatik in der Stimme: »Kriegsjahre zählen doppelt.«

Die Frau Oberin sah bald, dass die anderen Schwesternschülerinnen im gleichen Alter wie ich waren. Einige hatten die Schule mit Mittlerer Reife abgeschlossen und danach ein Hauhaltsjahr absolviert. Andere hatten nach dem Abitur den *Arbeitsdienst* hinter sich gebracht. Es gab einige in unserem Kursus, die lieber eine Universität besucht hätten. Aber schon während der letzten Kriegszeit war den Mädchen ein Studium verwehrt, weil heimgekehrte, verwundete, nicht mehr kriegstaugliche Soldaten die Studienplätze belegten. Abiturientinnen machten *Kriegseinsätze* in Fabriken. Manche meiner Mitschwestern sahen ihre Arbeit im Krankenhaus als Notlösung an. Sie gingen wieder, wenn die Eltern eine Unterkunft fanden mit Platz für große Töchter. Oder wenn der Vater nach den Nazi-Zeiten rehabilitiert wurde und einen neuen Beruf fand. Man sprach von erschreckend hoher Fluktuation in dieser ersten Nachkriegszeit. Das berührte mich alles nicht. Ich war in St. Georg auf dem Weg zu einem schönen Beruf.

Die nahe Alster verführte zu kleinen Spaziergängen in der Mittagszeit, falls das Ausruhen nicht notwendiger war. Oder ich ging an meinem Vier-Uhr-Tag nach der Arbeit, wenn ich keine Familienbesuche machte. Ich dachte an einen Sommerabend, an dem ich hier am Wasser nicht allein war. Als wir Hand in Hand gingen.

Meine große Liebe mit dem schlimmen Ende des geliebten jungen Menschen machte mein Herz schwer. Wie sollte ich mit diesem schweren Herzen auffliegen können in die blühende Frühlingswelt? Immerhin war mein Herz stark genug, um der Fühllosigkeit zu widerstehen. Es pochte weiter, blieb beteiligt am Leben. Denn der eine, der verlorene Liebste wünschte sich doch damals, als wir Hand in Hand gingen: Ich möchte dich immer fröhlich wissen!

Wie soll ich diesen Wunsch erfüllen? Mit den halbverbrannten Flügeln? – Kleiner Maikäfer, du wirst es weiter versuchen.

In unserem schönen Zimmer

Ein herzliches Dankeschön an Oberschwester Traut, unsere Aufpasserin. Als unsere Schülerinnen-Etage nach dem Bombenschaden wieder ganz bewohnbar war, kam ich in ein Zimmer mit nur fünf Betten. Vielleicht weil ich zu den Ersten gehörte, die schon im März anfingen? Margret war auch so früh hier. Was war mit den andern? Wir haben nie begriffen, welche Kriterien Trautchen veranlassten, uns dieses Zimmer zu geben: Margret, Hannelore, Susi, Gertrud und mir. Wir passten zueinander.

Der Raum war kleiner als die anderen Räume auf dem Flur, die mit zehn bis zwölf Betten bestückt waren. Er lag neben dem noch kleineren Zimmer von Trautchen. Wir hatten zwei zur Straße gehende hohe Fenster mit breiten Fensterbänken, auf denen sich gut sitzen ließ. Die Einrichtung bestand aus fünf Krankenhausbetten mit Nachtschränken, einem Tisch, einigen Stühlen und zwei Spinden. Dazu kamen zwei Waschbecken. Eine von uns brachte eine elektrische Kochplatte von zuhause mit, so dass wir Wasser heiß machen konnten. Wenn nicht gerade der Strom abgestellt war.

Wir verteilten Aufgaben: Gertrud sollte die Lebensmittel beaufsichtigen, Margret sollte kochen, ich abwaschen, Susi sollte sich um die Finanzen kümmern, und Hannelore als unsere Älteste bekam die Oberaufsicht. Zunächst gab es nichts zum Kochen. Aber das fand sich bald.

Neben den üblichen Lebensmittelmarken, die das Krankenhaus für unsere Verpflegung direkt erhielt und verbrauchte, hatten wir Anspruch auf eine Schwerstarbeiterzulage, die das Krankenhaus nicht verwenden durfte, sondern uns in Naturalien geben musste. Die holten wir uns in bestimmten Abständen aus dem Küchenhaus. Ach, das war nicht viel, kaum mehr als ein kleiner Zipfel Wurst und ein Klecks Butter. Wer danach einen freien Tag hatte und die Familie besuchte, nahm die zusätzliche Verpflegung mit nach Hause. Die anderen legten die erhaltenen Zipfel und Kleckse an eine bestimmte Stelle im Spind. Die eine oder andere brachte auch etwas von zuhause mit. Meine Mutter hatte Beziehungen zu einem Schrebergarten, so dass ich manchmal Obst mitbringen konnte. Bei Äpfeln war es wichtig, fünf Stück zu bekommen, um abends auf jeden Nachttisch einen Apfel legen zu können. Dann saßen wir nach dem späten Feierabend beisammen und verzehrten unsere Köstlichkeiten.

Einmal monatlich erhielten wir Marmelade. Dazu erschienen wir in unserer Mittagszeit mit einem Glas, und der Vertreter des Ökonomen füllte es aus einem großen Vierfrucht-Marmeladen-Eimer. Danach setzten wir uns aufs Bett, baumelten mit den Beinen und löffelten, bis uns schlecht wurde: etwa, wenn das Glas halbleer war. Woraus diese Marmelade bestand, wurde nie ganz klar. Auf alle Fälle war sie rot und süß.

Was die Ämterverteilung betraf, so verhielten wir uns dabei nicht kleinlich. Manchmal kochte Susi. Für mich wurde auch mal abgewaschen, als Geschenk. Viele Freundlichkeiten entstehen, wo keine materiellen Gaben möglich sind.

Uns war aber nicht nur das Essen wichtig. Nach der anstrengenden Arbeit auf der Station und dem für uns zunächst ungewohnten Umgang mit kranken Menschen brauchte die Seele Erholung. Margret spielte Blockflöte. Susi auch; sie hatte noch eine andere, größere, wunderschön klingende Flöte. Hannelore brachte ihre Geige mit. Und wir sangen miteinander.

Das hatte so begonnen: An einem köstlich warmen Frühlingstag hatten Margret und ich Vier-Uhr-Dienst. Wir öffneten die Fenster, setzten uns auf die breite Fensterbank, ließen uns wärmende Sonne direkt ins Gesicht scheinen, die Sanftheit dieses Tages genießend. Wir begannen zu summen, erst jede für sich, dann achtend auf die andere, Melodien erkennend. Sehr bald das erste gemeinsame Lied, zu dem ich eine Zweitstimme kannte. Wir lächelten einander zu, versuchten das nächste Lied; es gab ein drittes, ein viertes. Gleichzeitige Hamburger Schuljahre vermitteln gleiche Kenntnisse aus dem Schulliederbuch *Der Hamburger Musikant*. Als ich keine zweite Stimme wusste und daher die erste mitsang, hielt Margret mir zwei Finger entgegen, lachte mich an und sagte: »Denk dir eine aus.« Konnte sie das nicht auch? Ihr Stimmvolumen reichte dafür gerade so gut wie meines. Mir fiel aber die Frage gar nicht ein. Denn Margret sah mich an mit ihren hellen blauen Augen, wunderbar klar und selbstverständlich. Ihr Lächeln war wie ein Geschenk. Diese Versuche, ungewohnt, doch bald schon mit größerer Sicherheit, gaben mir Mut, die einfache Form des Terzensingens zu überwinden, den Schusterbass zu verlassen und zu einer bekannten Melodie neue Harmonien zu finden. Die Zweitstimme bekam Eigenleben, gewann Selbstständigkeit.

Am Mittag nach einem unserer Musikabende kam ich über den Flur, wo Trautchen gerade eine Information an die Schiefertafel schrieb. Ich machte den üblichen Knicks mit »Guten Tag, Oberschwester!« Da zupfte sie an meinem Schürzenband und sagte: »Sie haben ja gestern Abend so schön gesungen. Ich habe mich ganz leise hingesetzt und zugehört.« Wir hatten angenommen, sie sei gar nicht da. Wir hatten sogar die Nachtschränke zur Seite geschoben, weil wir Platz zum Tanzen brauchten. Wir tanzten auf Strümpfen. Für einen Walzer passte besonders gut das Lied »Du, du, du liegst mir im Herzen« mit vielen Versen. Jetzt wussten wir: Trautchen gefiel das.

Manchmal haben wir sie betrogen. Wegen Gertrud. Ihr Vater war sehr krank. Die Mutter rief auf Gertruds Station an und bat um ihr Kommen zur Nacht. Einmal monatlich durften wir ja im elterlichen Hause übernachten. Aber damit kam sie doch nicht aus. Also brachten wir ihr Bett so weit in Unordnung, dass es von der Tür her aussah, als läge Gertrud schon schlafend darin. Wir vier anderen gingen zeitig in unsere Betten, löschten das Licht und waren sehr, sehr still. Wie üblich guckte Trautchen spät noch ins Zimmer. Sie sagte dann wie zu sich selbst: »Hier schläft ja schon alles«, und schloss leise die Tür. Danach konnten wir wieder flüstern.

Gertruds Vater starb bald, und obwohl wir ihn nicht gekannt hatten, gingen wir mit zur Beerdigung. Unsere erschöpfte Mitschwester empfand das als tröstlich.

Mensch, werde wesentlich, denn wann die Welt vergeht,
so fällt der Zufall weg, das Wesen, das besteht.

So schrieb Angelus Silesius, der Barockdichter, in seinem *Cherubinischen Wandersmann*. Wir besprachen gemeinsam viele seiner Verse.

Dann hörten wir Hannelore zu, die uns Gedanken von Christian Morgenstern nahebrachte:

Aus der ach so karg gefüllten Schale unsres Herzens
Lasst uns Liebe schöpfen, wo nur immer einer Seele
Schale leer steht und nach Liebe dürstet.
Nicht versiegen drum wird unsre Schale,
steigen wird die so geschöpfte Flut, nicht fallen,
Fülle wird das Los des so verschwenderischen Herzens.

Jede von uns Fünfen fand Gehör bei den anderen, durfte Lieblingsdichter aufsagen und erklären. Wir lernten Lieder, eine von der anderen. So kamen wir alle an Neues heran.

Ein bisschen am Rande pflegten wir Zukunftsgedanken: Wenn wir uns um zusätzliche Ausbildung kümmern, vielleicht einen Hebammenlehrgang machen und Kurse für Krankengymnastik und Massagen; ob man uns danach als Schiffsschwestern anstellen würde? Große Passagierdampfer auf fernen Meeren geisterten durch unsere Träume in einer Zeit, als das besiegte Deutschland nur ein paar Küstenmotorschiffe haben durfte.

Dann wieder Altbekanntes, gemeinsames Singen, Essen, Tanzen, tiefsinnige Gespräche und Stationsklatsch.

Gertrud arbeitete auf einer medizinischen Männerstation, guckte in den Medizinschrank und lernte fleißig neue Wörter, Hexamethylentetramin. Susi und Hannelore kamen auf chirurgische Stationen.

Und Margret, unsere Jüngste, wurde von der Frau Oberin als Erstes auf eine Station für Haut- und Geschlechtskrankheiten geschickt. Intern gebrauchte Abkürzung: Haut und Liebe. Das war eine schlimme Zumutung. Entweder hatte die Oberin keine Ahnung mehr von jungen Menschen oder sie ging absichtlich mit diesem behütet aufgewachsenen Mädchen so brutal um. Geschlechtskrankheiten sind nicht gut als Einstieg in die allgemeine Krankenpflege. Margret erzählte kaum von ihrer Arbeit. Dort fanden zwischen den Patientinnen sicher nicht nur fromme Gespräche statt. Wahrscheinlich verstand die junge Lernschwester nur wenig davon. Die Oberschwester dort galt zwar als ruppig, muss aber für Margret so etwas wie ein Schutzschild gewesen sein.

Für uns vier Zimmergenossinnen war Margrets Station durchaus bekömmlich. Dort musste viel Zellstoff verwendet werden, der im allgemeinen Krankenhausbereich knapp war. Also brachte Margret von dort mit, was möglich war, um uns für »die Tage« zu versorgen. Es gab keine Binden zu kaufen. Zellstoff als lose Einlage war geradezu komfortabel. Da bestand nur die Gefahr, dass was verrutschte. Später wurde Susi auf diese Station versetzt und konnte die Belieferung unseres Zimmers fortsetzen.

Susi fand ich erstaunlich. Sie hatte erzählt, dass sie in der Schule Mathematik mochte. Das konnte ich noch nachvollziehen. Aber für Susi ergab sich daraus die schöne Möglichkeit, nicht nur geschickt Skat zu spielen, sondern sogar: mit sich allein Skat zu spielen. Ich sah sie vor ihrem Bett hocken, auf dem drei Häufchen verdeckte Karten lagen. Sie nahm jeweils ein Häufchen auf, sah es sich genau an und legte dann eine der Karten in die Mitte, hob das nächste auf, und immer so weiter. Mich hätte solches Spiel verwirrt, weil ich doch wüsste, welche Karten wo lagen. Wahrscheinlich hätte ich mich für ein Häufchen entschieden und das siegen lassen. Aber Susi erklärte, dass es durchaus möglich sei, sich auf das jeweils in der Hand befindliche Blatt zu konzentrieren. Ich habe sie dafür sehr bewundert. Nachher fiel mir ein, dass ich gesehen hatte, wie Nils mit sich selbst Schach spielte. Damals war er noch Kind.

Das alles lag weit weg. Inzwischen wurden wir erwachsen: junge Erwachsene, die der Krieg auf Wege führte, die nicht geplant waren. Hannelore hatten sie vom Medizinstudium weg in eine Munitionsfabrik im Hafen geholt, wo sie schlimmste Fliegerangriffe erlebte. Die anderen hatten noch kein Studium begonnen, sondern sie landeten gleich nach der Schule in allen möglichen Einsätzen. Da hatte ich es gut gehabt bei meiner Arbeit in der Heide. Verluste an lieben Menschen und Verluste an Hab und Gut kannten wir alle fünf.

In meinem zweiten Arbeitsjahr besuchte ich Fräulein Leu. Ich brachte ein paar Teeblätter mit, und wir genossen gemeinsam das gute, seltene Getränk. Sie sah meine Hände an und meinte, die seien breiter geworden. »Arbeitshände« sagte sie und lächelte ihr liebes Lächeln. Mit guten Gedanken ging ich von ihr zurück in unser schönes Fünferzimmer.

Auf der Station

Die meisten Schwestern in Haus S hatten ihren festen Arbeitsplatz, entweder oben bei den Frauen oder im Erdgeschoss bei den Männern. Stationsschwester bei den Frauen war Anni, unten herrschte Elisabeth, die dort auch ein Zimmer bewohnte. Beide unterstanden der Oberschwester Marcelle, die ebenfalls im Hause wohnte. Dazwischen liefen Schwestern mit weniger offiziellem Status. Ich war in der ersten Zeit einzige Schülerin und lernte Betten machen, Töpfe leeren, Fußböden reinigen, Essen austeilen. Wir hatten eine Stationsfrau, die sich hauptsächlich in der Küche aufhielt, und ein Hausmädchen, das alle Räume reinigte, in denen keine Patienten vorkamen. Und dann hatten wir noch eine junge Ärztin. Da ich aber immer viel zu tun und zu laufen hatte, bekam ich wenig mit von den anderen Berufen.

Schwesternaufgaben wurden mir nach und nach beigebracht. Bald schon ließ mich Schwester Zenzi zweimal wöchentlich bei Urinproben zugucken. Und dann durfte ich selbst die Reagenzgläser mit verschiedenen Flüssigkeiten versetzen, überm Bunsenbrenner erhitzen und erstaunt beobachten, wie sich der Urin in neue Farben verwandelte, woraus sich einiges über die Krankheit erkennen ließ. Die Ergebnisse wurden auf den Fieberkurven der Patienten vermerkt.

Einmal entzückte mich die Probe eines Diabetes-Patienten, die zu viel Aceton enthielt. Ich holte einige Schwestern zusammen, mit denen ich dies seltene Ergebnis bewunderte: Die Probe war mehrfarbig mit einem zartlila Rand. Für den Patienten war das gar nicht schön. Seine Insulinwerte mussten danach neu eingestellt werden. Es war auch nicht schön für ihn, dass er vor allen Mahlzeiten eine Spritze bekam. Er hatte zuhause längst gelernt, sich selbst zu spritzen, aber im Krankenhaus durfte er das nicht. Ich durfte. Freundlich erschien er vorm Essen und fragte: »Haben Sie wieder etwas für Ihren Zuckerjungen?«

Wegen der Arbeit mit dem Bunsenbrenner hatte ich immer eine Schachtel der knappen Streichhölzer in meiner Schürzentasche. Das wussten alle rauchenden Patienten. Und im Notfall baten sie um ein Streichholz. Selbstverständlich war das Rauchen auf den Stationen verboten. Aber im Klo? Eine lässliche Sünde. Ich reichte also die Schachtel hin mit dem Satz:

»Freuen Sie sich, dass ich nicht weiß, wofür Sie die brauchen.« Und immer bekam ich den Rest mit Dank zurück. Oberschwester wusste das wohl auch; sie sah aber nicht hin.

In den letzten Apriltagen liefen zwei fröhliche junge Männer auf der Station herum, halfen hier und da, störten auch mal mit Albernheiten; sie machten nicht mehr den Eindruck von Kranken. Gleich Anfang Mai wurden sie entlassen. Beim Nachdenken darüber begriff ich, dass Oberschwester und unsere Ärztin, die viel miteinander beredeten, für diesen langen Krankenhausaufenthalt gesorgt hatten, damit beide nicht in den letzten Kriegstagen noch Soldat werden mussten. Vielleicht haben sie ihnen das Leben gerettet.

Böse Zungen behaupten: »Die Schwestern pflegen die Fußböden, Oberschwestern die Fieberkurven, und die Patienten pflegen sich selbst.« Aber nein. Wir hatten viel direkt mit den Patienten zu tun: Arbeit am Krankenbett. Da wurden noch feucht-warme Umschläge gemacht und auf Magen oder Galle gelegt mit einer Wärmflasche darüber, um die Wirkung zu verlängern. Und Einläufe machten wir. Andere Patienten, die lange gelegen hatten, bekamen kalte Güsse, die sie erschreckten und zu heftigen Atemzügen veranlassen sollten, womit die Lunge aktiviert und gegen eine Entzündung fit gemacht wurde.

Das Krankenhaus war arm geworden; Bestände waren aufgebraucht. Seit über fünf Jahren gab es keinen Nachschub an Spritzen, Thermometern, Bettwäsche. Die Stationen mussten sich einfallsreich, irgendwie behelfen. Wir Schülerinnen lernten, mit diesen besonderen Mängeln umzugehen, Instrumente reinigen, sterilisieren, Mullbinden waschen und aufwickeln, immer wieder verwenden.

Für einige Untersuchungen von Magen und Galle war ein fraktioniertes Probefrühstück notwendig. Dazu mussten die Patienten einen dünnen Gummischlauch schlucken. Der hatte vorn ein kleines, schmales Metallstück, um den Schlauch zu beschweren und offen zu halten. War das in die Speiseröhre gerutscht, ging der Rest eigentlich unkompliziert. Ich saß auf dem Bett einer Patientin, umarmte sie ein bisschen, holte mit ihr gemeinsam tief Luft, redete irgendetwas Beruhigendes und schob den Schlauch vorsichtig ein kleines Stück weiter in sie hinein. War das Organ erreicht, wurden in zeitlichen Abständen Proben von Magen- oder Gallensaft gezogen. Erst nach Abschluss dieser Prozedur gab es das richtige Frühstück. Für die Auswertung brachten wir die Reihe von Reagenzröhrchen ins Labor und fanden am folgenden Tag im Postfach unserer Station einen vorgedruckten Zettel mit dem Ergebnis, woraus unsere Ärztin und der Oberarzt ihre Schlüsse für die weitere Behandlung zogen.

Manchmal gab es Bluttransfusionen, bei denen Spender und Empfänger in zwei Betten nebeneinander lagen. Dem Spender wurde das Blut entnommen und vor dem Übertragen in die Vene des Patienten mit einem Medikament versetzt, womit das Gerinnen vermieden wurde. Ich habe längst Einzelheiten vergessen, erinnere mich aber noch, wie unsere Kranken nach dieser Übertragung kurzzeitig eine frischere Gesichtsfarbe bekamen. Einige jüngere, ganz schön freche Patienten hatten vorher gewarnt: »Fallen Sie bloß nicht um, Schwester Hilde, wenn Sie so viel Blut sehen.« Da hatte ich freundlich geantwortet: »Warum? Ich habe beim Schweineschlachten schon Blut gerührt.« Das mochten sie nicht hören.

Krankenhausaufenthalte dauerten oft wochenlang. Wir hatten noch nicht diese schnellen Medikamente, die eine Krankheit wegdrücken – und manchmal sogar heilen. Penicillin kam erst spät nach Deutschland. Es war viel Pflege notwendig bis zur Gesundung. Da lernten wir unsere Patienten kennen und sie uns.

Die kranken Frauen hofften auf die Heimkehr ihrer Männer und Söhne. Oder fanden hier, in der Ruhe des weißen Bettes, endlich Zeit, um sie zu trauern. Ein Teil ihrer Gespräche drehte sich um die Versorgung der Familie. Wann würden sie wieder kräftig genug sein, um in den langen Schlangen vor Lebensmittelläden warten zu können? Wie ging es den Kindern jetzt bei Nachbarn oder Verwandten? Die Kleinen wuchsen aus Kleidung und Schuhen heraus; gab es Nachschub? Das waren drängende Fragen, die auch von keiner Bettnachbarin gelöst werden konnten. Immerhin, und das brachte die allen gemeinsame Erleichterung in dieser Zeit: Es fielen keine Bomben mehr.

Beim täglichen Saubermachen der Krankenräume ging es oben und unten unterschiedlich zu. Bei den Frauen gab es sowohl kritische Blicke als auch Anerkennung. Sie genossen es, dass um sie herum eine Arbeit getan wurde, die allgemein als Frauenarbeit galt und von der sie für die Dauer ihres Krankseins entlastet waren.

Auf der Männerstation bekam ich oft Hilfe. Mindestens machten die Aufstehpatienten ihre Betten, wischten Nachtschränke ab, reinigten Waschbecken. Mir blieb nur der Fußboden. Wenn ich in das Fünf-Bett-Zimmer kam, hieß es meistens: »Hier ist alles fertig.« Dazu zählte auch der Boden, und mir blieb nur, mich zu bedanken. – Einmal erzählte ich dort, dass ich am nächsten Tag frei hätte. »Wer kommt dann?«, fragten sie. Ich sagte den Namen und hörte: »Dann haben wir auch frei.« Wie sollte ich das verstehen? Antwort: »Die mögen wir nicht. Die kann ihren Kram allein machen.« Das war mir peinlich, aber ich habe mich auch gefreut.

Für die Kranken kam die Verpflegung aus der Küche auf die einzelnen Stationen. Das war nahezu ausreichend, weil nicht alle die ihnen zustehende Menge essen konnten. Unsere Oberschwester teilte so umsichtig aus, dass abends für ein paar hungrige Männer noch etwas vom Mittagessen aufgewärmt werden konnte. Aber gerade dann war oft das Gas abgeschaltet. Die Patienten halfen: Kaputte Mauersteine lagen überall herum und ließen sich hinterm Haus zu einem kleinen Ofen aufstellen. Beim Spazieren über das Krankenhausgelände hatte einer eine Metallplatte gefunden, die auf die Steine gelegt wurde. Zwischen dem Schutt von zerstörten Pavillons fanden sich Äste, Zweige, andere Holzreste. Die sammelte ich auf, wenn ich nach der Mittagspause auf die Station zurückkam. Damit ließ sich Feuer machen. Streichhölzer hatte ich in der Schürzentasche und hütete sie wie im Jahr zuvor in Handeloh. Oberschwester überließ mir die Arbeit hier draußen und freute sich, dass sie noch eine warme Suppe oder heiß gemachtes Mittagessen verteilen konnte.

Während ihrer Zeit bei uns in St. Georg bekamen die Patienten nicht nur Nachthemden, sondern auch besondere Kleidung für Spazierwege auf dem Krankenhausgelände. Eigenes Zeug wurde den Angehörigen mitgegeben, konnte zuhause gereinigt und zur Entlassung wieder zurückgebracht werden. Für die Frauen gab es weite Kleider mit Bindegürtel, für die Männer Jacken und Hosen. Wenn wir ihnen begegneten, erkannten wir: blau-weiß gestreift von den medizinischen, rot-weiß gestreift von den chirurgischen Stationen.

Eine Begründung hierfür kenne ich nicht. Ich vermute, das könnte aus früheren Zeiten stammen, als sich die besseren Leute im Hause pflegen und versorgen ließen und nur die Armen in die Allgemeinen Krankenhäuser kamen. Hier gab es für jeden ein sauberes Bett. Hier sahen sie alle gleich ordentlich aus. Hier konnten sie auf begrünten Wegen zwischen Pavillons spazieren.

Im Gegensatz zu dem heutigen Durcheinanderlaufen von Beschäftigten, Besuchenden und Kranken gab es feste Besuchszeiten: sonntags und mittwochs von 14.30 bis 16.00 Uhr. Das hatte Vor- und Nachteile: Ruhe für die Pflege und zur allmählichen Gesundung unserer Patienten; Unruhe wegen der Erwartung und Aufregung durch den Besuch. Wir merkten das beim Fiebermessen danach; es gab ein paar Teilstriche mehr auf dem Thermometer, und der Puls ging schneller. – Übrigens: Durch das Pulszählen von Hand erkannten wir nicht nur das Tempo, sondern auch die Heftigkeit oder Weichheit, mit der das Blut durch die Adern floss.

Den ersten Toten sah ich wenige Tage nach meinem Arbeitsbeginn in Haus S. Ich stand etwas erstaunt vor seinem Bett, hatte noch keine Empfindung oder Einstellung zu diesem Neuen gefunden. Neben mir stand eine sehr junge Hilfsschwester, zunächst so ratlos wie ich. Aber sie fand eine Frage: »Ob der jetzt schon im Himmel ist?«

Zu uns kamen nach Kriegsende auch Patienten mit schlesischem oder ostpreußischem Dialekt: Flüchtlinge, vor den nach Deutschland eindringenden russischen Heeren immer weiter nach Westen gefahren, gewandert, gelaufen. Ihr Gepäck wurde weniger auf dem Weg, ihre Kräfte verließen sie, Hunger und Durst quälten. Als sie hier ankamen, litten sie unter Durchfällen aller Art, die auch mit so feinen Namen wie Gastritis und Enteritis nicht appetitlicher wurden. Manche starben. Das letzte mühsame Stück Wegs in vermeintliche Sicherheit hatten sie mit einem verbliebenen winzigen Quäntchen Hoffnung geschafft. Aber wozu: Ankunft – Ziel – Tod?

Anderen konnte geholfen werden. Weil sie sehr ausgedörrt waren, musste ihnen möglichst schnell viel Flüssigkeit zugeführt werden. Als probates Mittel bot sich eine Infusion mit physiologischer Kochsalzlösung an, die direkt in die Oberschenkel gespritzt wurde. Zwar langsam, aber dennoch so, dass sich die Haut über der Einstichstelle wölbte. Das muss sehr schmerzhaft gewesen sein, jedoch erreichten wir mit feuchten Umschlägen eine bessere Verteilung der Flüssigkeit. Die Patienten bekamen in den Folgetagen weitere Infusionen, die sich tropfenweise über ein paar

Stunden hinzogen und keine besonderen Schmerzen mehr verursachten. Sie erholten sich allmählich. Das machte uns froh.

Nachtwachen

Nachtwachen dauerten vier Wochen mit einigen freien Tagen dazwischen. Dafür kam eine Vertretung, die »Dauerwache«. Das war meistens eine externe Schwester, die auf verschiedenen Stationen eingesetzt wurde und ausschließlich nachts arbeitete. Bei uns in Haus S gab es zwei Nachtwachen: eine oben, eine unten. Ganz gleich, wo ich eingesetzt war, auf der anderen Etage wachte eine examinierte Schwester, die ich notfalls fragen konnte. Ich wachte gern. Neben vielerlei Arbeit und mit unterschiedlichen Patienten gab es auch manchmal freie Zeiten zum Lesen oder Schreiben. Es war nur wichtig, inmitten der herrschenden Ruhe nicht einzuschlafen. Rechtzeitig ein leiser Gang durch alle Räume hielt munter. Auch gegen Morgen, wenn es besonders kalt wurde, war Bewegung sinnvoll.

Jeden Abend, wenn ich meinen Dienst begann, ging Oberschwester oder ihre Vertretung mit mir durch die Station und sagte, auf wen und was ich besonders achten sollte. Ich konnte bei Bedarf Schmerztabletten reichen oder Hustensaft ausgeben und auch die eine oder andere Spritze geben. Über Schwerkranke äußerte sie sich erst, wenn wir wieder vor der Tür standen. Danach brauchte ich ein bis zwei Stunden, um alle Patienten für die Nacht zu versorgen.

Nachts musste der breite Flur gereinigt werden. Ich war sehr leise dabei, um niemanden zu stören. Das führte dazu, dass Schwester Elisabeth, die unten auf der Station wohnte, mich fragte, ob ich überhaupt sauber gemacht hätte: »Ich höre Sie gar nicht.« Sie hätte es aber sehen können. – Ach, ihre Wahrnehmung ging seltsame Wege. Mir fällt dazu ein, dass sie einmal ein bisschen Bohnenkaffee bekommen und sich zum Frühstück aufgebrüht hatte. Sie bot auch Oberschwester davon an, die dankend ablehnte. Dazu Elisabeth: »Es ist zwar schon der fünfte Aufguss, aber er schmeckt immer noch durch.«

Wie die über Tag gebrauchten Spritzen gereinigt wurden, weiß ich nicht mehr genau. Sie kamen alle ins Wasser, wurden gespült und abgetrocknet, die Kanülen noch mit einem Gummibällchen durchgepustet, um restliche

Wassertropfen zu entfernen. Bei den Kanülen war darauf zu achten, dass die Spitzen nicht schartig waren. Sie ließen sich gut auf der unglasierten Rückseite eines Bechers oder Tellerrandes wieder schärfen. Dann wurde alles auf kleinen Tabletts in den Sterilisator geschoben. Die für ein fraktioniertes Probefrühstück gebrauchten Schläuche wurden ebenfalls nach gründlicher Reinigung sterilisiert.

Während einer Nacht fand ich Zeit, etwas auszuprobieren: Ich schluckte einen Schlauch. Das ging besser, als ich dachte. Ich schob ihn immer weiter. Und als ich ihn schließlich wieder herauszog, stellte ich fest, dass er durchaus so weit in mir drin gewesen war, wie üblicherweise bei meinen Patienten. Fröhlich reinigte und sterilisierte ich ihn wie die anderen. Und konnte bei nächster Gelegenheit sagen: »Das ist nicht so schlimm. Ich kenne das.«

Ein paar helle Sommernächte ließen mir Zeit zum Schreiben. Da schrieb ich an meinen so früh gestorbenen Freund. Ich war erst neunzehn Jahre alt und sehr, sehr traurig. Das wurden »Briefe an einen Gefallenen«, aus denen nur weniges noch lesbar ist. Das meiste klingt zu verweint.

Und wieder Sorgen um die Patienten. An einen erinnere ich mich, von dem anzunehmen war, dass er sich bereits auf dem Wege der Besserung befand. Aber plötzlich bekam er einen Schüttelfrost. So was hatte ich noch nie gesehen. Und nicht gehört: Das gesamte Bett wackelte und klapperte, und die in einem Metallrahmen steckende Fieberkurve schepperte am Gestänge. Ich nahm sofort dieses laute Blech ab, legte ein oder zwei im Zimmer befindliche Wolldecken über den Patienten. Trotzdem klapperte er mit den Zähnen, ja mit dem ganzen Körper, und sah mich todesängstlich an. – Gern hätte ich todesängstlich zurückgeblickt, aber ich musste etwas Gescheiteres tun. Ich fragte schnell oben bei Schwester Zenzi an, die mir einen Lichtbogen empfahl. Das ist ein hölzernes Gestell, fast wie eine Bahnhofshalle aussehend, mit vielen Glühlampen drin, die eine erhebliche Wärme ausstrahlen. Das stellte ich aufs Bett über den Patienten, damit er von der Brust bis zu den Oberschenkeln gewärmt wurde; dazu kamen die Wolldecken. Zenzi hatte noch heißen Tee vorgeschlagen; aber den konnte er vor lauter Zittern gar nicht trinken.

Ich blieb neben ihm; die Schüttelei hörte allmählich auf. Anfangs hatte ich versucht, Fieber zu messen, und hatte eine sehr niedrige Temperatur ermittelt. Dann stieg das Fieber auf etwa vierzig Grad. Der Schweiß auf seiner Stirn fühlte sich kalt und klebrig an. Ach, wenn ich doch nicht gerade im Kursus gelernt hätte, wie gefährlich das alles ist. Aber er wurde ruhig, schlief sogar ein bisschen und machte morgens einen guten Eindruck.

Am nächsten Abend war nach den üblichen Arbeiten etwas Zeit, mich noch an sein Bett zu setzen. Er fürchtete eine Wiederholung. Ich auch. Aber er ließ sich erklären, dass so ein Schüttelfrost nichts Besonderes sei. Das ist wie im Sommer: Wenn nach sehr heißen Tagen ein kühlerer Tag kommt, friert man, obwohl die Wärme ausreichend und normal ist. Und wem es lange heiß vom Fieber war, der friert eben, wenn sich der Körper wieder auf die gewohnte Temperatur einstellt. Das sah er ein, und mir gefiel die Erklärung auch. Und ich weiß nicht, woher ich sie nahm. Seinen mitten in der Nacht folgenden zweiten Schüttelfrost nahmen wir beide mit größerer Gelassenheit hin. Jetzt kannten wir uns ja aus. Mein Patient erholte sich bald. Als er sich Tage später verabschiedete, behauptete er, ich hätte ihm das Leben gerettet. Mit dieser kleinen Sommergeschichte?

Aber so gut geht das nicht immer. Da war eine Polin, etwa fünfzig Jahre alt. Sie gehörte zu denen, die von der britischen Besatzungsmacht *Displaced Persons* genannt wurden. Die Nazis hatten in allen besetzten Ländern Menschen zusammengerafft und nach Deutschland gebracht. Hier mussten sie arbeiten. Jetzt nach dem Krieg wollte niemand mehr mit ihnen zu tun haben. Niemand wollte einen *Fremdarbeiter* gebraucht und ausgenutzt haben: »Geht nach Hause!« Bis zu einer vielleicht möglichen Rückführung landeten die bedauernswerten *DPs* in Lagern.

Unsere Polin lag mit einer von diesen im Lager grassierenden Krankheiten – Ruhr, Typhus, Darmgeschichten – bei uns. Sie war sehr zart, sah mich mit großen dunklen Augen an. Ihr Puls ging schnell und unregelmäßig, war kaum noch zu fühlen. Ich musste stündlich Sympathol oder andere den Kreislauf stabilisierende Mittel spritzen. Mir fiel ein, ihr ein feuchtes kaltes Tuch aufs Herz zu legen, um es zu entlasten. Da lächelte sie. Und das war ihr letztes Lächeln, fast nur noch mit den Augen. Sie starb früh am nächsten Morgen.

Auch ein junger Russe starb während meiner Nachtwache. Er war kaum bei Besinnung. Ich verstand das Wort »Woter« und nahm an, dass er vielleicht bei einem Bauern gearbeitet und ein bisschen von unserer plattdeutschen Sprache gelernt hatte. Erst einige Jahre später, als ich das Wort Wodka für Wässerchen kennenlernte, begriff ich, dass er auf Russisch nach Wasser gefragt hatte: Woda, oder so ähnlich. Er trank in großen Schlucken. Aber das hohe Fieber war nicht mehr zu löschen.

Oft herrschte während der ganzen Nacht Unruhe. Auf unserer Station landeten mittlerweile viele Menschen mit Infektionserkrankungen. Vor allem die Typhusfälle häuften sich. Uns wurde mitgeteilt, dass bei Typhus die Infektion durch Körperkontakt geschieht und dass die Bazillen auch in der Desinfektionslösung etliche Stunden überleben. Vor den Typhuszimmern hingen Kittel, die wir beim Eintritt überzogen. Das reicht bei ruhigen Patienten. Aber der Typhus macht Kranke manchmal widerspenstig, laut, sogar bösartig. Das ist speziell bei dieser Krankheit eine schlimme Phase. Ein junges Mädchen – ganz umgänglich, wie wir später feststellten – tobte in seinem Bett herum, entwickelte starke Kräfte bei dem immer wieder neuen Versuch aufzustehen. Ich hielt sie mühsam zurück. Zum Glück wurde sie müde, bevor sie ganz aus dem Bett kam.

Einen Riesenschreck bekam ich eines Nachts: Ein Typhuskranker klingelte, ich kam ins Zimmer. Da warf er seine Urinflasche nach mir. Nein, er traf mich nicht, aber die Flasche fiel auf den Boden und ging kaputt. Mir blieb das Feudeln überlassen. Erst mal kippte ich sehr viel Desinfektionslösung auf den Boden. Dann machte ich einen unserer letzten Aufwischlappen wohl ganz unbrauchbar bei dem Versuch, alles vorsichtig und kaum auswringend in einen Eimer mit weiterer Desinfektionslösung zu bringen. Die Pfütze wimmelte ja von Scherben und Bazillen. Den Eimer machte ich mit einem großen Hinweiszettel kenntlich und schrieb einen Bericht ins Nachtwachenbuch. Am nächsten Abend fand ich nichts mehr. Oberschwester hatte die Desinfektionsabteilung betraut.

Margret erzählte von einer Nachtwache auf ihrer neuen Station: Neurologie, Männer. Auf dem Flur kam ihr einer im Nachthemd entgegen, der nicht zu ihren Patienten gehörte. Er erklärte, er sei zur Hochzeit eingeladen. Ihr war klar, dass er in die obere Etage mit den schwereren Fällen gehörte. Sie fragte höflich: »Wen darf ich melden?«, und bat ihn, Platz zu nehmen. Dann lief sie zum Telefon und informierte oben die Pfleger. Der Hochzeitsgast wurde sofort abgeholt. »Aber ich wäre fast gestorben vor Angst«, berichtete Margret. Wir konnten es ihr nachfühlen und wir bewunderten ihre Geistesgegenwart.

Bleibender Schmerz

Im August des Jahres 1945 fand der Zweite Weltkrieg sein endgültiges Ende. Von amerikanischen Flugzeugen wurden auf japanische Städte – Hiroshima und Nagasaki – zwei Atombomben geworfen. Diese alle bisherigen Maße sprengende Realität ließ auch Japan kapitulieren. Ich hörte damals nur sehr am Rande davon während einer Nachtwache.

An freien Tagen erlebte ich Nachkriegssorgen der Menschen in meiner Stadt. Für meine Mutter stellte ich mich in die lange Schlange derer, die Milch für ihr Kleinkind kaufen wollten. Für meine Großmutter stand ich wegen Kartoffeln an. Für mich suchte ich nach Stopfgarn für Strümpfe. Überall Mangel und Enge – und Erinnerungen.

Ich fuhr nach Farmsen, zu Frau Jung, die mit Leni aus den Sudeten nach Hause gekommen war. Auf ihrem langen, mühsamen Weg zurück hatten sie Dresden brennen gesehen. Ihre Wohnung hier war heil geblieben, sie war aber nicht mehr so wie früher, als auch Paul und Kurt darin wohnten. Jetzt nur noch Hermine und Leni: fühlbare Leere in der Stube.

Einen Raum mussten sie an Flüchtlinge abgeben. Die Namen aller Bewohner und das Geburtsdatum – so wollte es die Militärregierung – standen auf einem Zettel an der Wohnungstür. Frau Jung hatte auch die Namen und Geburtstage ihrer nicht heimgekehrten Lieben aufgeschrieben.

Handgeschrieben, also kein Druckfehler: Ich las, dass Paul Jung fast vierzehn Jahre jünger als seine Frau gewesen war. Leni bestätigte das. Die Kinder hatten immer die Geburtstage der Eltern mitgefeiert, ohne dass sie über deren Alter informiert wurden. Ich rechnete: Hermine hatte ihre Kinder geboren, als sie 37 und 40 Jahre alt war. »Spätgebärende« hätte meine Mutter als Hebamme das genannt. Ich erinnerte mich, wie Kurt mir erzählte, seine Mutter sei schon einmal verheiratet gewesen und im Ersten Weltkrieg Witwe geworden. Das hatte er kurz vor seiner Einberufung erfahren. Den Altersunterschied mochte er nicht erwähnen.

Mit dem Sterben waren der Sohn und der junge Ehemann ihr vorangegangen. Es blieb diese Frau, die mir in der Stube gegenübersaß: erkennbar leidend, doch aufrecht und bereit, ihr Schicksal zu tragen. Sie nahm mich an. Ich fühlte mich geborgen bei ihr.

Sie zeigte mir Fotos aus den frühen Jahren ihres Sohnes. Auf die letzte Seite des Albums hatte sie einen Zettel geklebt, den ich kannte. »Gute Nacht« stand darauf. Den hatte ich geschrieben, damals, in den Tagen, als wir Bett und Sofa gewechselt hatten.

In diesem Sommer nach dem Krieg fragte Frau Jung, ob ich freinehmen könnte an dem Tag, an dem ihre Silberhochzeit zu feiern gewesen wäre. Es sollte für sie auch weiterhin ein besonderer Tag bleiben. Leni musste arbeiten, weil es ein Wochentag war. Aber meine Oberschwester trug das Datum für mich in den Stationsplan ein.

Das wurde ein freundlicher Tag mit warmer Sonne und leichtem Wind an der Elbe. Wir fuhren nach Blankenese und wanderten bis Rissen, gingen lange am Wasser entlang, oft durch den Sand, dann auch oben auf dem Geestrücken, wo erste Heide blühte. Kurt hatte die Heide geliebt.

Sprachen wir viel, oder schwiegen wir mehr? Alle Einzelheiten vergaß ich. Aber ich weiß deutlich, wie ich mich geehrt fühlte, weil ich diesen wichtigen Tag mit dieser lieben Frau verbringen durfte. Damit, spürte ich, war ich aufgenommen in die Familie. Im Herzen blieb mir das gute Miteinander, die Vertrautheit mit meiner nie gewordenen Schwiegermutter.

Im Herbst begann langsam aufatmend neues kulturelles Leben in Hamburg. Die erste Saison, die erste mutige Spielzeit nach dem Krieg. In der halbkaputten Staatsoper hatten sie die riesige Bühne so aufgeteilt, dass ein Teil davon Zuschauerraum wurde, der Rest genügte zum Spielen und Singen. Das Schauspielhaus stand den britischen Soldaten zur Verfügung. Das Thalia Theater war halbwegs bespielbar. Einige neue Bühnen entstanden in der einen und anderen Schulaula. Den geliebten Conventgarten gab es nicht mehr. Unter all seinen Trümmern lag auch unser Konzertwinter begraben. Musik konnte nur noch in der Musikhalle gehört werden. Wegen meiner unregelmäßigen Arbeitszeit, die meistens erst um acht Uhr abends beendet war, und weil ich um die Zeit auch müde wurde, mochte ich mich kaum um all die neuen Anregungen kümmern.

Aber einmal ging ich zu Beethoven. Es gab seine Siebte Sinfonie. Ich hatte einen Sitzplatz im zweiten Rang, stand aber an eine Säule gelehnt, um das Orchester und den Dirigenten beobachten zu können. Wer da spielte? Hab ich vergessen. Erst nur leicht angelehnt, brauchte ich die Säule immer dringender. Nach all der schlimmen Zeit diese Musik. Schön und klar, aufwühlend, unabwendbar und erschütternd. Aufregend der zweite Satz, in dem ich unser Sehnen, unser Suchen nacheinander wiederfand. Hier, in diesem Allegretto: dein großer Ernst. Mein Versuch, ihn zu durchbrechen. Dein Wunsch, mir zu entsprechen und unbefangen froh zu sein. Aber: unser beider Wissen, unsere Angst. Und wieder unser Hoffen. Ich horchte, spürte Vereinigung, gemeinsamen Sieg durch Harmonie, reine Schönheit. Und Glück nach all der schlimmen Zeit.

Wenige Tage nach diesem Erleben las ich in den alten Briefen. Und stolperte über eine Stelle: »7. Sinfonie – 2. Satz!« Da war ich froh. Kurt zitierte für mich aus seinem Tagebuch. Er hatte die Sinfonie im Radio gehört.

Die Briefe wurden mir immer wichtiger. Ich las oft darin, lernte den jungen Menschen, der mir seine Gedanken mitteilte, immer besser kennen. Ich hatte ihn altersmäßig eingeholt. Einmal steht da: »Wir wollen froh sein, dass wir jung sind und Kraft zum Leben haben.« Wie hatte ich mich damals gefreut, als ich das las.

Ein Gedankensplitter aus einer mir unbekannten Überlegung, vielleicht einem Gespräch:

> Man hätte es ja so bequem, sich eines seelischen Konfliktes dadurch zu entziehen, dass man einfach nicht weiterdenkt. Aber ist das Problem dadurch für mich gelöst? – Es wäre doch Selbstbetrug.

Dann gibt es die Abschrift eines Briefes an Leni, seine ältere Schwester, die sich mit Heiratsgedanken trug. »Eine Verlobung mag auch im Krieg ganz nett sein, ein gewagtes Unternehmen ist es aber trotzdem«, lese ich und erfahre weiter, dass einer Ehe ohne Existenzgrundlage der »Wille zur Ordnung« fehlt. »Noch kann man nicht im Freien von Luft und Liebe leben.« Den Kampf um die »Lebensmöglichkeit, die Zukunft« will er vor der Ehe wissen; denn die Ehe selbst »gibt neue Ziele«.

Ich wusste ja gleich, warum ich diese Abschrift bekam. Nicht wegen Leni. Kurts Brief enthielt den Kernsatz »Nicht: Man muss auch warten können, sondern: Man will auch warten können, wenn man muss!« – Und dazu war ich bereit.

Aber ich wartete nicht mehr. Ich war nur noch traurig.

Feste feiern

Margret war etwa so dick wie ich und sie trug auch eine Brille. Deswegen wurden wir manchmal für Geschwister gehalten. Das hätte nicht gepasst, denn sie war nur ein halbes Jahr jünger als ich, außerdem ein bisschen größer. Wunderschön war ihr Haar: rotgold-blond, glatt und seidig. Ihre Haut war wie die der Rotblonden, und so war auch ihre Seele: empfindsam. Eine praktische Seite hatte sie aber auch.

Einmal hatten wir uns Gäste eingeladen. Da sollte es einen schönen Schokoladenpudding geben. Margret erschien mit einem Ei, das sie dem Ökonomen abgeschwatzt hatte. Wir anderen hatten lange keine Eier gesehen, hätten auch nie eins aus der Küche bekommen. Margret lachte uns an, legte das Ei vorsichtig zur Seite, kochte den Pudding, stellte ihn aufs kühle Fensterbrett und ging zum Dienst. Hatte sie vergessen, das Ei in den Pudding zu rühren? Susi und ich blieben ratlos zurück. Unsere Überlegungen führten endlich dazu, dass ein Ei in einen kochenden Puddingbrei einzurühren sei. Das taten wir. Aber das war verkehrt. Margret war tieftraurig, weil sie vorhatte, das steifgeschlagene Eiweiß erst in den kalten Pudding zu heben und ihn dadurch besonders locker zu machen. Nun blieb er leider nur mittelprächtig, schmeckte aber unseren Gästen trotzdem vorzüglich.

Wir hatten mit Singen und Lesen auch ein bisschen Kultur vorbereitet. Unseren Gästen schien das zu gefallen. Oberschwester Traut bat uns sogar, für unsere Mitschwestern so etwas zu gestalten. Das taten wir gern. Denn etwa monatlich fand ein gemeinsamer Abend für Schülerinnen statt. Es ist nicht sicher, dass sich alle darüber freuten, nach einem langen Arbeitstag noch einen langen Abend zuhörend zu verbringen. Wir boten Mozart, Beethoven, Weber, gesungen und gespielt, lasen und zitierten Texte von Morgenstern, Goethe, Eichendorff, Mörike, alles zum Thema Nacht. Mitten im sonnigen Monat August. Aber es gefiel auch. Trautchen ließ das Programm vor Oberschwestern wiederholen, die uns viele anerkennende Worte sagten.

In der Adventszeit hieß unser Thema Marienbild. Wie kamen wir darauf? Keine von uns fünfen war katholisch. Aber *Meerstern, ich dich grüße* und *Maria durch ein'n Dornwald ging* sind klingende Melodien und wunderschön mehrstimmig zu singen. Weil ich eine Oberstimme zum *Meerstern* kannte, sang ich die natürlich. Bis Margret einmal eine zweite Stimme sang, die ich ungleich schöner fand. Sie geizte aber damit und ließ mich meine Stimme singen. Die anderen drei ließen das geschehen.

Unser Programm blieb kurz, weil es nur als Einleitung zur Schülerinnen-Weihnachtsfeier gedacht war. Danach sollte das übliche Julklapp-Vergnügen kommen. Dafür hatte Trautchen zimmerweise die Lose verteilt. Wo zehn und elf Mädchen in einem Raum wohnten, ließ sich eine Geheimhaltung aufrechterhalten. Aber bei uns Fünfen? Als ich von der Station kam, fragten mich vier Stimmen: »Wen hast du?« Da war bereits beschlossen, die Sache gemeinsam zu gestalten. Wir überlegten, für wen was passen könnte. Ich bekam den Auftrag, zu jedem Geschenk ein Gedicht zu machen, und ich bemühte mich sogar, die Verse unterschiedlich zu gestalten. Wir hatten nachher bei der Feier einen heimlichen Spaß, als wir unsere Julklapp-Geschenke auspackten und erstaunt und erfreut Gedicht und Gabe den anderen zeigten.

Klar, dass im Januar ein »Jahreskreis« geboten wurde, beginnend mit dem Neujahrsgedicht von Mörike *Wie heimlicherweise ein Engelein leise mit rosigen Füßen die Erde betritt, so nahte der Morgen*, danach Rilkes *Vorfrühling*, Goethes *Osterspaziergang*, das schöne Sommerlied *Geh aus, mein Herz, und suche Freud'*, später Rilkes Herbstgedichte, und so fort bis zu Beethovens Wunsch an die Nacht *O gieße du Himmelsfrieden in dies Herz*.

Das weiß ich nur so genau, weil Susi alles aufgeschrieben hatte und es Hannelore in einem späteren Jahr zum Geburtstag schenkte: »Zur Erinnerung an die schönsten Stunden im Krankenhaus St. Georg«. Zu meinem siebzigsten Geburtstag ließ Hannelore mir eine Kopie davon binden. Darüber bin ich sehr froh.

Damals, als wir uns mühsam zusammengesuchte Kostbarkeiten vorlasen und vorsangen, lagen Städte in Trümmern, hungerten Menschen, froren und litten. Eine schlimme Zeit. »Ihr lebt ja hinter Klostermauern«, fand Käte, meine Mutter, wenn ich ihr von unseren schönen Abenden erzählte. Sie sah ihren Alltag: Mit Mann und Kind ein Zimmer in einer von vielen Personen bewohnten Wohnung, kein eigenes Klo, nicht mal ein eigener Wasserhahn, Sorge um das tägliche Brot. So hatte sie sich diese Ehe nicht vorgestellt. Sie war tief enttäuscht.

Mich belastete ihr Vorwurf. »Hinter Klostermauern« klang nach Ruhe und Frieden und zeigte den Gegensatz zur Bedrückung derer, die jeden einzelnen Tag mühsam überstehen mussten. Wir hatten unser Bett, unsere fast ausreichende Verpflegung und sogar zwei Badewannen für nur etwa sechzig junge Mädchen. Aber Alltagsleben kannten wir doch auch, bestimmt an sechzig Arbeitsstunden in der Woche. Da wurde vor unseren Augen gelitten und gestorben, da hatten unsere jungen Hände nicht genug Mittel zum Helfen. Und alle Kraft unserer jungen Herzen wurde gebraucht. Die von Susi so bezeichneten »Schönsten Stunden« waren unsere Erholung von den Tagesmühen, und wir hatten sie uns selbst geschaffen.

Für den Februar 1946 dachte Trautchen an ein kleines Kostümfest. Als Thema schlug sie vor, Städte darzustellen. Unsere Nachbarinnen gingen unter dem Stichwort Hamburg als Hummel, Zitronenjette, Fleetenkieker und fragten bei mir an, ob ich nicht ... Na ja, sie bekamen jede ihren kleinen Text.

Wir überlegten noch. Mir fiel München ein, das bei den Nazis als *Stadt der Bewegung* bezeichnet worden war. Dort hatte in den zwanziger Jahren ihre Partei, die sie *Bewegung* nannten, begonnen. Zu Nazis Zeiten hätten wir daraus ein Rätsel machen können: umhergehen und dazu mit den Armen schlenkern oder sonst wie herumhampeln. Das ging jetzt natürlich nicht mehr. Zum Glück. Aber München ist machbar, meinten die andern.

Das wurde eine großartige Sache. Wir erfanden Gestalten für Wissenschaft, Kunst, bürgerlichen Reichtum und Königtum. Am muntersten war Hannelore, unsere Kleinste, mit dem Text: »I bin's Münchner Kindl, aller Welt bekannt, und i trag mei Krügl fröhlich in der Hand.« Diese Sprache ließ man mir als Bayrisch durchgehen. Wir hatten keine Fachleute dabei.

Susis Büchlein enthält Ende März 1946 ein Programm zum Thema Frühling: *Nun will der Lenz uns grüßen.* Darin neben Gedichten von Mörike, Uhland, Eichendorff und anderen natürlich auch Goethe, gesungen: *Wie herrlich leuchtet mir die Natur.* Erwähnt wird von Haydn eine Arietta für zwei Blockflöten, vermutlich von Gertrud und Susi gespielt. Und viele Frühlingslieder, die wir aller Not entgegensangen: *Nun, Winter, heißt's ade.*

Damit endet Susis Niederschrift.

An einen Abend im frühen Sommer erinnere ich mich noch. Dafür hatten wir nicht viel zu tun. Es war wohl allgemeines fröhliches Singen geplant. Ein paar ältere Schwestern waren zu erwarten, auch die Frau Oberin. Wollen wir die mal ärgern? Bei Hermann Löns gab es nicht nur Heide-Lieder und sehnsuchtsvolle Worte an die eine oder andere Dame, sondern auch freche Texte, wie wir fanden: Solche mit heimlichen Übernachtungen in jungfräulichen Stuben, wenn die Mutter »wüsst, wie mein Liebster küsst«. Wir lernten fleißig alle Verse.

Aber: Als wir vorsichtig begannen, sangen sie alle textsicher mit, die alten Schwestern und besonders vergnügt die Frau Oberin. Sie waren jung gewesen in den Jahren nach dem Ersten Weltkrieg. Nun erinnerten sie sich fröhlich an den Aufbruch, den sie in den zwanziger Jahren miterlebt hatten. Die Melodien des damals jungen Fritz Jöde, diese munteren Löns-Lieder *Aus dem kleinen Rosengarten*, machten unsere alten Schwestern ganz unvermutet ausgelassen. Da mochten auch wir mit ihnen lachen.

Typhus mit Auswirkungen

Eines Morgens wachte ich mit Fieber und Kopfschmerzen auf. Trautchen wurde geholt und äußerte beruhigt: »Sie lächelt ja noch«, holte dennoch einen Arzt, der vermutete, es könne sich um Typhus handeln.

Mir war die Sache peinlich, weil wir gelernt hatten: Typhus gilt als Schmutzinfektion, sie wird durch Berührung übertragen, muss also eigentlich nicht sein. Ich hatte mich ja auch vorgesehen. Die Patienten nicht: Sie kamen überall an, vor allem da, wo kein übergezogener Kittel saß. Mein eifriges Händewaschen in der Desinfektionslösung hatte nicht ausgereicht. Oder war etwa die Typhus-Impfung nicht in Ordnung gewesen? Hannelore erklärte, die Impfung sei viel zu spät erfolgt, als wir in Haus S schon mit den Kranken zu tun hatten. Doch war im Herbst 1945 niemand daran interessiert, sich intensiv mit solchen Fragen zu befassen. Ich auch nicht. Ich fühlte mich nur krank und elend.

Und knurrig wurde ich. Manchmal wohl unausstehlich, wie eben Typhuskranke sein können. Ich erinnere mich, dass ich eine Kollegin richtig anschnauzte, weil sie mit dem Schrubber an mein Bett gestoßen hatte. Das tat mir bis tief in den Kopf hinein weh. Aber es half mir auch, weil ich erfuhr, wie sich Patienten fühlen. Ich würde künftig sorgfältig um Bettpfosten herumfeudeln.

Auf der Station A unten rechts lag ich nahe unserem Fünferzimmer. Meine lieben Zimmergenossinnen besuchten mich oft. Sie durften aber nur bis an die Tür kommen. Einmal brachte Margret mir Rosen, hellrosa. Im langsamen Welken veränderten sie ihre Farbe, wurden altrosa, immer blasser. Vom Krankenbett aus, ohne Brille, erkannte ich keine Einzelheiten, nur ihr Älterwerden. Mir blieben Farbeindrücke.

Meine Mutter brachte mir Grießbrei, mit Vollmilch gekocht, die meiner kleinen Schwester Marion zustand. Ich erklärte, für dieses Opfer kämen beide eines Tages in den Himmel, und ließ mir die Zusatzmahlzeit schmecken. Unsere Mami sah erschöpft aus. Oma Agnes konnte mich nicht besuchen. Sie pflegte eine eigene Typhuspatientin, ihre jüngste Enkelin Thyra. Ein so Kleines mit dieser Krankheit mochte ich gar nicht denken. Zum Glück wurde sie bald wieder gesund, erfreulich schneller als ich.

Außer mir lagen noch zwei junge Schwestern im Zimmer. In unseren ersten Krankentagen kümmerten wir uns kaum umeinander. Jede hatte mit sich zu tun, mochte am liebsten dösen oder schlafen. Dann ging es uns langsam besser, Bazillen verließen uns, wir standen auf und gingen auf wackligen Beinen durch den Raum. Wir hatten ständig Hunger. Und mit großem Erschrecken merkten wir, wie viele Haare uns beim Kämmen in der Hand blieben, viel mehr als normal. Aber die erfahrene Oberschwester versprach uns: »Es wachsen neue.«

Oberschwester Paula war alt und ging demnächst in Rente. Sie wusste nicht so recht, ob sie darüber froh sein sollte. Sie hatte ihr ganzes Berufsleben in St. Georg verbracht und hier gewohnt. Irgendwo auswärts gab es nun ein Zimmerchen für sie und ihre Zukunft. Mit der Erklärung, dass in der neuen Unterkunft wenig Platz sei, schenkte sie uns drei Genesenden je ein Buch aus ihren Beständen. Ich freute mich über Rilkes *Marienleben*. Sie hatte mir schon über unseren Abend zum Thema Nacht gesagt, dass sie ihn schön, aber zu ernst gefunden hätte. Ihre Worte klangen lange in mir nach: »Das ist hoffentlich nicht eure Grundhaltung. Dafür seid ihr zu jung.«

Aus der Krankenstube kommend, blieb ich bis kurz vor Weihnachten krankgeschrieben, fühlte mich entsprechend und mochte viel ausruhen. Manchmal fuhr ich zu meiner Mutter oder zu meiner Großmutter. Früher war bei der einen und bei der anderen »mein Zuhause« gewesen. Wo sie inzwischen untergekommen waren und zu wohnen versuchten, stand für mich kein Bett mehr. Dorthin machte ich Besuche. Und kam abends wieder »nach Hause« in unser geliebtes Zimmer.

Gertrud, Hannelore, Margret und Susi versorgten mich ausreichend mit Lektüre für meine Ausruhzeiten. Sie fanden es außerdem nützlich, dass ich für Basteleien und Verse zum Julklapp verfügbar war. Wir sangen alle Adventswochen hindurch unsere schönen alten Weihnachtslieder. Und obwohl ich mit den *Leiden des jungen Werther* (»Den musst du aber gelesen haben!«) nicht viel anfangen konnte, wurde alles zusammen eine gute Zeit für meine Rekonvaleszenz.

Auf ein erstes Bad nach der Krankheit freute ich mich besonders; und als ich mich schon wohlfühlte, als gerade ein Bad von den beiden auf unserer Etage frei war und sogar warmes Wasser lief, stieg ich in die Fluten. Ach, war das schön. Aber es war auch viel. Zu viel. Ich fühlte mich plötzlich schwächer werden. Mir fehlte die Kraft zum Aussteigen. Ich lag still und wartete, dass mir neue Kräfte wüchsen. Ich wartete lange. Vergebens. Ich durfte nicht einschlafen; dann wäre ich ertrunken. Scheußlicher Gedanke: Absaufen in der Badewanne. Ich war so müde. Endlich ein wacher Einfall: Meine Füße angelten nach der Kette mit dem Stöpsel, zogen ihn heraus. Dann lag ich wohl noch eine halbe Stunde im Trocknen, fror auch, fand mich endlich stark genug, um mich aus der Wanne zu hangeln. Gesäubert und gerettet fiel ich in mein Bett und schlief lange.

Wir fünf erlebten einen festlichen Heiligabend miteinander. Nach dem späten Feierabend fanden wir ein winzig kleines Tannenbäumchen, das Hannelore mit gebastelten Papierrosen geschmückt hatte. Auch hingen in dem dunklen Tannengrün zwölf Sternzeichen, aus Holz und vergoldet. Wir anderen kannten die Zeichen nicht; Hannelore erklärte sie. Die Nazis hatten doch alles Astrologische streng verboten. Ich erinnerte mich aber, dass Kurt einmal so etwas in unsere Spielgruppe mitgebracht hatte.

Wir mussten damals versprechen, nichts dazu und darüber zu sagen. Jetzt konnte ich den Pfeil betrachten, der sein Sternzeichen Schütze charakterisierte.

Es gab sogar Geschenke. Meine Schrift war nie besonders. Ob meine gereimten Texte besser waren, will ich hier nicht behaupten. Ich versuchte dennoch einige weihnachtliche Reime und schrieb sie mit ganz einfachgebundenen Buchstaben auf. Aber meine vier Mitschwestern konnten sehr schön schreiben. Und also schrieben sie Gedichte und andere Texte ab. So kam ich zur anthroposophischen Übersetzung eines Korintherbriefes, zu zwei Balladen von Börries von Münchhausen und zu einem langen Rilke-Text, der mir gefehlt hatte. Kleine Schriften auf dünnem Papier, zusammengehalten mit ein bisschen buntem Garn. Ich bekam auch in folgenden Zeiten Ähnliches dazu. Das alles hüte ich mit Dankbarkeit.

Mein Arbeitsleben ging wieder an. Diesmal auf einer anderen Station, in Haus K unten. Dort gab es zwei große Säle, in einem standen dreißig Betten, im anderen etwa zwanzig. Alle gefüllt mit Männern, deren einzig Gemeinsames chirurgische Eingriffe waren. Wunden, Blut, Verbände komplizierten das Bettenmachen und Bettbeziehen, solange die Patienten selbst unbeweglich waren. Die frisch Operierten litten unter der ständigen Unruhe. Wer sich schon besser fühlte, trug bei zu der ständigen Unruhe.

Grete, meine neue Oberschwester, war aufmerksam, praktisch und unkompliziert. Ich habe Lust, sie »diesseitig« zu nennen. Einmal kam sie vom Rapport, zu dem sich fast täglich alle Oberschwestern bei der Frau Oberin einfanden, und fragte mich nahezu vergnügt: »Was haben Sie denn ausgefressen?« Oberschwester Anna, die Stellvertretende Oberin, hatte sich über mich beschwert, weil ich mich am Telefon »unmöglich!« benommen hätte. Ich erklärte, dass am Telefon eine Frauenstimme gleich wer weiß welche Wichtigkeiten gesprochen hätte, ohne sich zu melden. Darum hatte ich gefragt: »Wer ist da eigentlich?« Da hatte sie geschimpft. Grete konnte sich das gut vorstellen. Sie lachte und empfahl mir: »Gehen Sie hin sich entschuldigen. Wer recht hat, ist egal.« Ich ging nicht gern, fühlte mich aber von meiner Grete verstanden. Und es war auch nicht schlimm. Die Stellvertretende, bekannt unter dem Namen Kalte Anna, zeigte sich huldvoll und verabschiedete mich nahezu freundlich.

Einmal traf ich mitten auf der Krankenhausstraße eine Kollegin meiner Mutter. Margret, die mit mir ging, sagte mit dem üblichen Knicks »Guten Tag, Oberschwester«. Ich grüßte familiär: Inge hatte doch bei der Geburt meiner kleinen Schwester gute Hilfestellung gegeben. Sie war in Eile, meinte aber »Wir sehen uns noch« und eilte weiter. Später am Tag schickte meine Oberschwester Grete mich zu einer Versammlung ins Schwesternhaus: »Hören Sie einfach zu.« Da stand Inge am Rednerpult, sprach über die Mühen unseres Berufs und erzählte etwas über Gewerkschaften. In meiner Familie war früher manchmal dieses Wort gefallen. Von Agnes klang mir der Name Gewerkschaftshaus im Ohr. Ach, ich verstand nicht viel. Ich war wirklich noch Schülerin. Nur der Gesamteindruck dieser Versammlung, in der gefragt und geantwortet wurde, wirkte positiv auf mich. Und als Grete mir ein paar Tage später einen Aufnahmeschein für den Bund freier Schwestern im Gesamtverband gab, füllte ich ihn gern aus.

An meinem nächsten freien Tag konnte ich Mami von ihrer früheren Kollegin grüßen und sagen: »Ich bin in die Gewerkschaft eingetreten. Ist das richtig?« Mami lobte »goldrichtig« und erklärte dazu etwa: Schwestern im Krankenhaus haben gute Arbeitsbedingungen, eine ordentliche Unterkunft und feste Arbeitszeiten. Aber wenn eine Schwester Privatpflege macht, wird sie oft sehr ausgenutzt. Es steht gar nicht immer ein Bett für sie zur Verfügung, sie muss dann in der Badewanne schlafen, brachte Käte als Beispiel an. Ich weiß nicht, was sie sonst noch an Schrecklichkeiten aufzählte. Es wurde jedenfalls klar, dass eine allein sich nicht wehren kann. Da muss es feste Verträge geben, die von vielen für viele Gleichgesinnte abgeschlossen werden. So weit Kätes Schnellkursus in Solidarität. Dass auch bei den in Krankenhäusern beschäftigten Schwestern Verbesserungen möglich wären, lernte ich später.

Bald danach stand auf der Schiefertafel im Flur: »Verbandsbücher abholen«. Was ist ein Verbandsbuch? In unserem Schwesternkurs waren zwar Verbände geübt worden, die hatten Namen wie Kornährenverband oder Schildkrötenverband, doch von einem dazu passenden Buch war nie die Rede. Ich ging hin und bekam mein neues Gewerkschaftsbuch, in das ich künftig Beitragsmarken einklebte. Verband bedeutete hier: verbunden sein mit anderen. Das Wort wurde von denen gebraucht, die schon vor den Tausend Jahren diese Bindung gekannt und erfahren hatten.

Bei Oberschwester Grete und den vielen Männern war ich nicht lange. Eine Herzschwäche führte dazu, dass ich wieder krankgeschrieben wurde. Ich erfuhr, dass sich solche Schwäche nach einem Typhus durchaus fünf oder zehn Jahre lang bemerkbar machen kann. Der Arzt bestätigte eine gewisse Labilität des Gesundheitszustands.

Ich wurde wieder arbeitsfähig. Wurde wieder krank. Kämmte mir weiterhin viele Haare aus. Hatte Ödeme in den Beinen. Wenn ich darauf drückte, blieb eine Delle, die nur langsam wieder verschwand. Ich lag erneut in einem Krankenbett der mir inzwischen gut bekannten Station A unten rechts. Durch das offene Fenster klangen laute Musik, Lärm, Gesang: Ein Jahr nach Beendigung des Krieges ein Umzug zum Ersten Mai. Weil ich in der Gewerkschaft war, müsste ich auch dazugehören. Nach zwölf Jahren des Befehlens jetzt ein gemeinsamer freiwilliger Weg. Der Gedanke gefiel mir.

Wenn ich nur wieder richtig arbeiten könnte. Ständige Ausfälle, häufige Unterbrechungen des Unterrichts machten mich verzagt und traurig. Der Familienrat tagte, das heißt, Käte, Agnes, Irene und ich saßen bei einem sogenannten Kaffee in der Milchstraße und berieten. Die beiden kleinen Enkelinnen von Agnes – Marion und Thyra – schliefen gemeinsam in einem geräumigen Kinderbett. Agnes bekam oft beide Kinder zur Aufbewahrung, wenn Käte zum Hamstern fuhr. Muntere Kinder, erschöpfte Erwachsene. Eine erwachsene Person mehr war wünschenswert, ließ sich sogar einrichten. Geld war kaum notwendig, weil wenig verbraucht werden konnte. Irenes Bett war breit und reichte für zwei.

Übergangslösung: Ich kehre – jetzt als Hausangestellte – zurück in die Häuslichkeit meiner Großmutter.

Nachkriegszeit

1946 – 1947

Bei Agnes und den Kindern

Bei Agnes, Irene und der kleinen Thyra fand ich für unbestimmt lange Zeit mein Quartier. War jedenfalls untergebracht. Dass es überhaupt Platz für mich gab, lag daran, dass Hermann nicht zurückkam. Seine Lebenszeit reichte gerade noch aus, um am Krankenbett Irene zu heiraten und Thyra als seine eheliche Tochter zu bestätigen.

Während der Nazi-Zeit hatten die beiden nicht heiraten dürfen. Das Verbot hing mit einem einjährigen Aufenthalt Hermanns im *KZ* Fuhlsbüttel zusammen, wo er sich offensichtlich seine Tuberkulose zugezogen hatte. Unklar blieb, ob Gefangenschaft oder Krankheit für das Heiratsverbot ausschlaggebend wurden. Nach Kriegsende galten derartige Hindernisse nicht mehr. Irene überwand mit erstaunlicher Energie neu entstandene Schwierigkeiten, die sich durch komplizierte Bahnfahrten, wichtig gewordene Provinzgrenzen und mühsame Beschaffung von Papieren ergaben, und holte noch rechtzeitig einen zuständigen Standesbeamten an Hermanns Krankenbett. Im Juni 1945 bekam alles den richtigen Stempel. Eine Woche später starb Hermann.

Ein Jahr später schliefen Irene und ich zusammen in dem breiten Bett, das zwar tagsüber mit einer ordentlichen Decke versehen wurde, aber groß und störend im Wohnraum stand. In diesem Zimmer gab es ein rotes Plüschsofa, einen Tisch davor und ein paar passende Stühle. Gegenüber an der Fensterwand stand eine geräumige Kommode, lang und breit, praktisch für alles, was seit der Ausbombung vor gerade drei Jahren wieder in den Haushalt geraten war, und dazu sämtliche Kleinkindersachen. Der etwa einen Meter breite Kleiderschrank nahm mühelos alle Garderobe von uns drei Erwachsenen auf. Zwischen diesen Möbeln blieb kaum Platz für die hier lebenden Menschen.

Manchmal, wenn genügend Wasser gewärmt werden konnte, stellten wir in den engen Raum zwischen Tisch und Kommode eine Zinkwanne, um darin zwei Mädchen zu baden: Thyra und Marion. Denn meine kleine Schwester kam als häufiger Gast dazu, wenn Mami Käte zum Hamstern fuhr. Vergnügt beobachteten wir das Lachen und Spritzen unserer beiden Jüngsten. Mussten aufpassen, dass nicht die ganze Wanne umkippte. Freuten uns über den Eifer, mit dem sie um gründliche Reinigung bemüht waren:

Erst wäscht man den eignen Bauch
und dann den der andern auch.

Mit so kleinen, erst zweijährigen Kindern umzugehen war mir ungewohnt. Es machte aber Spaß. Mir fielen Lieder und Fingerspiele ein, die sich aus Kindergartentagen erhalten hatten. Dazu das fröhliche »Guten Morgen, ihr Beinchen, wie heißt ihr denn?« Vier zappelnde Kinderbeine wurden mir entgegengestreckt, ließen sich Strümpfe und Schuhe anziehen. Und dann gingen wir spazieren. Aber das war schwierig, weil sich die Interessen der beiden als durchaus unterschiedlich erwiesen. Ganz selten nur wollten sie in eine gemeinsame Richtung. Am besten nahm ich eins der Mädchen auf oder unter den Arm und lief dem andern nach. Natürlich abwechselnd, wegen der Gerechtigkeit. Ergebnis: Wenn wir wieder oben bei Omi ankamen, waren die Lütten knallvergnügt und munter, nur ich war erschöpft und brauchte eine Pause.

Der überstandene Typhus steckte mir in den Knochen. Herz und Kreislauf machten sich weiterhin bemerkbar. Die Ödeme in den Beinen blieben lange. Immerhin gingen mir nicht mehr so viele Haare aus, und langsam wuchsen sogar neue. Und ich wuchs in die neue Funktion als Helfende im Haushalt meiner Großmutter. Als meine Krankschreibung nicht mehr möglich war, ich wegen des Bezugs von Lebensmittelkarten aber eine Arbeitsstelle nachweisen musste, stellte Irene mich formell als Hausgehilfin ein. Agnes brauchte für ihren Haushalt mit Kindern diese Unterstützung. Die Verpflegung für mich war billig, weil es sowieso kaum etwas zu kaufen gab. Mein bisschen Taschengeld teilten Käte und Irene sich. Das Arbeitsamt war zufrieden und trug den Beruf in mein Arbeitsbuch ein.

Agnes konnte wieder intensiver ihrer Arbeit nachgehen, die inzwischen hauptsächlich aus der Änderung gebrauchter Kleidungsstücke bestand. Jemand hatte für sie eine alte Nähmaschine ohne Fuß aufgetrieben. Agnes musste ständig mit der rechten Hand das Schwungrad in Gang halten und mit der linken den Stoff führen. Bis ein Untergestell aufgetrieben wurde, worauf die schwere Steppmaschine eines Schusters gehört hatte. Es kostete erheblichen Kraftaufwand, um das entsprechend große Trittbrett zu bedienen. Dennoch war unsere Omi erfreut und dankbar.

Sie freute sich auch, weil ich wieder die Einkäufe übernahm. Während der Spaziergänge mit den Kindern las ich, womit die Läden Reklame machten: Ob sie morgen Kartoffeln erwarteten, ob das Brot alle war oder ob es mal Fisch gab. Wo eine Schlange von Menschen stand, lohnte näheres Hinsehen. Dann schnell die Kinder nach oben bringen, Korb, Marken und Geld nehmen und loslaufen. Vielleicht für ein bisschen Gemüse oder die paar Gramm Fett, die uns zustanden.

Kinder und schwangere Frauen hatten Anspruch auf Vollmilch, für uns andere gab es eine kleine Menge Magermilch. Immerhin lohnte sich das Anstehen. Der Milchmann war allein in seinem Laden. Er füllte die Milch mit einer Messkelle aus der großen Kanne in unsere mitgebrachten Gefäße, wog die uns zustehende Butter genau ab, schnitt die erforderliche Menge an Marken von der entsprechenden Lebensmittelkarte, gab das Wechselgeld heraus. Hatte er ein paar Leute bedient, wandte er sich einer Schlange zu, die sich daneben bildete. Dort warteten »werdende und stillende Mütter«, die Anspruch auf bevorzugte Bedienung hatten. Drei Kundinnen von der einen Seite, eine von der anderen. Sie standen weniger lange als wir, kamen schneller dran. Aber sie sahen hungrig, müde und erschöpft aus. Selten froh.

Einmal wartete vor mir ein Mann, der über diese besondere Reihe unentwegt schimpfte. Er hörte nicht auf, sich zu empören und so das einigermaßen friedliche Miteinander zu stören. Da hörte ich mich plötzlich leise sagen: »Wenn Sie nicht gleich still sind, hau ich Ihnen eine runter.« Er drehte sich herum, fand mich viel zu jung, um ihm Vorschriften machen zu dürfen, und äußerte sich entsprechend laut und wortreich. Dann wurde er still – und blieb es. Als ich meine Milchkanne zuhause ablieferte, war sie ein bisschen voller als sonst. Und noch nach einigen Jahren erinnerte sich unser Milchmann an meine kurze Rede. Über die ich damals selbst ganz erschrocken war.

Mit meinen Einkäufen zurückgekehrt, guckte ich meiner Großmutter beim Kochen zu. Falls sie überhaupt kochen konnte. Falls nicht gerade Strom und Gas abgeschaltet waren. Wir hatten ja Glück, weil bei uns in der Gegend alle Versorgungsleitungen funktionierten. Die Besatzungsbehörde hatte Wert darauf gelegt, dass die Grundlagen Hamburger Weiterlebens intakt blieben oder einigermaßen wiederhergestellt wurden. Aber: Es gab zu wenig von allem. Darum stundenlange Stromsperren. Und wenn das Gas abgeschaltet wurde, musste man schnell den Hahn zudrehen, damit nicht später unkontrolliert Gas entwich.

Agnes hatte immer nach dem Motto gekocht: Essen, was die Jahreszeit bietet. Die Nachkriegsjahreszeiten schienen aber gar nichts mehr zu bieten. Es gab »Dörrgemüse«, das aus mancherlei getrocknetem Gemüse bestand, welches erst stundenlang eingeweicht und dann stundenlang gekocht werden musste. Was da noch an Vitaminen blieb, weiß ich nicht. Aber wer gut kaute, schmeckte Gemüse heraus. Es wurde in viel Wasser gekocht und mit Mehl angedickt. Manchmal konnte ein Knochen mitgekocht werden. Von irgendwoher bekamen wir Tütensuppen. Ungeübte Anfänge dessen, was es heute überall zu kaufen gibt. Damals sah es grau aus und schmeckte bitter. Es soll sich um alte *Wehrmachtsbestände* gehandelt haben.

Meine ständige Frage beim Zugucken: »Und was kommt dran, wenn man alles hat?« Antwortend träumte Omi von vergangenen Leckereien. Mit Butter.

Wir machten Brotaufstrich nach allgemein üblichem Rezept: eine winzige Menge Fett in die Pfanne, dazu ein paar Zwiebeln, leicht anbräunen, Mehl, Salz und Wasser dazu, nicht klumpen lassen, ständig rühren, aufkochen, in eine Schüssel füllen. Es schmeckte sogar, doch die Bezeichnung »Zwiebelschmalz« war stark übertrieben.

Mit dem Namen »Marmelade« strichen wir etwas aufs Brot, das sehr einfach herzustellen war. Es gab nämlich Trinkbares zu kaufen, überall und ohne Marken: giftrot, flüssig und, na, sagen wir mal: scharf-süß. Künstlich. Es hieß »Heißgetränk«, war aber auch kalt zu trinken. Diese Sache mit Wasser verdünnt und mit Mehl angedickt brauchte nur eben aufgekocht und abgekühlt zu werden.

Was unserem üblichen Hunger in dieser Zeit keineswegs half, was aber unsere Geschmacksnerven beschäftigte, war etwas ganz Neues: Aromen. Diese bunt-durchsichtigen Flüssigkeiten in kleinsten Glasröhrchen gab es ohne Marken zu kaufen. Sie ließen sich überall hineinkippen. Hierzu war bald von allen Seiten nach einer bekannten Melodie ein munterer Text zu hören:

Muh, muh,
so muht die Kuh von Barcelona.
Sie gibt keine Milch mehr,
nur Butteraroma.

Es waren Anfänge. Vielleicht wurde damals an uns ausprobiert, was alles an synthetischem Zeugs ein menschlicher Körper als Nahrungsmittel verkraftet.

Genau genommen waren wir eine glückliche Familie. Uns erreichte nämlich von Zeit zu Zeit ein Paket von Omis sorgender Schwester aus Schweden. Das musste ich vom Zoll abholen, es dort öffnen und durchstöbern lassen, bevor ich es der glücklichen Agnes geben konnte. Wir fanden darin Roggenmehl, Butter oder eine Art Butterschmalz, immer ein Glas Honig und die erlaubte Menge Bohnenkaffee. Agnes und ich verteilten alles möglichst gerecht auf fünf Erwachsene und zwei kleine Mädchen.

Tante Käte sammelte im Bekanntenkreis auch gebrauchte Kleidungsstücke, die entweder jemandem von uns passten oder von Agnes geändert wurden. Mein spezielles Glück war, dass es unter diesen schwedischen Spenderinnen eine Frau mit kleinen Füßen gab; die verschenkte ein hübsches, mir passendes Paar Sommerschuhe. Ich wandelte auf Wolken.

Zur weiteren Ergänzung unserer Verpflegung trug Mami bei, Marions und meine Mutter Käte. Sie hatte ein besonderes Geschick zum Hamstern. Etwa einmal wöchentlich fuhr sie morgens früh mit einem der vollen Züge ins Hamburger Umland und ging von Hof zu Hof, um nach

Essbarem zu fragen. Sie war immer klein und zart, sah jetzt erschöpft, erbarmungswürdig aus, und so wurde ihr hier und da etwas gegeben. Zu tauschen hatte sie nichts, weil wir ja »erfolgreich ausgebombt« waren. Mir hätte man nichts gegeben, weil ich nach wie vor dick war, obwohl es für mich auch nicht mehr zu essen gab als für die andern. Ich sei »schon immer ein guter Futterverwerter« gewesen, wurde mir berichtet. So blieb unserer Mutter die Aufgabe des Hamsterns mit all der Mühe des Schleppens und des Stehens auf der abendlich anstrengenden Rückfahrt in Bummelzügen.

Einmal machte sie so eine mühsame Bahnfahrt »richtig zum Vergnügen«, wie sie sagte. Sie hatte Eimer in ihre Einkaufstaschen gestellt und Blaubeeren gepflückt. Den ganzen Tag war sie allein im Wald gewesen mit nur zwei Scheiben trockenem Brot und einer Flasche Wasser, hatte die Ruhe um sich her genossen, auch kleine Pausen eingelegt und kam glücklich mit der Ernte zurück. Am Abend durfte ich ihr den Rücken massieren.

Mittags schliefen unsere Kleinen. Dann hatten Agnes und ich auch eine Ausruhpause, in der wir Kreuzworträtsel aus der Zeitung lösten. Dabei lernte ich von meiner belesenen Großmutter fast den gesamten griechischen und römischen Götterhimmel, viele Helden und heldisches Drumherum. Agnes kannte sie alle. Ich wusste aus meinen Schuljahren eher die nördlichen Götter, aber die waren nicht mehr gefragt. Unsere Großmutter kannte sich auch in biblischer Geschichte aus. Sie hatte ein erstaunlich gutes Gedächtnis und nannte oft anerkennend »Lehrer Asmussen« aus ihrer alten Dorfschule. Später nutzte sie Lektüre aus dem Bücherschrank ihrer Herrschaft. Sie hatte immer Bildungsmöglichkeiten gefunden, war auch eine frühe Leserin bei den Hamburger Öffentlichen Bücherhallen. Jetzt schickte sie mich wieder mit Fragen und Vorschlägen in eine der nicht zerstörten Bücherhallen. Die dort Beschäftigten waren nach den Nazi-Jahren noch intensiv dabei, ihre Bestände zu entsorgen und neu zu sortieren.

Früher hatte Agnes sich vor Theater- und Opernbesuchen durch Reclam-Hefte informiert. Aber war sie während der Nazi-Jahre jemals ins Theater gegangen? Ich erinnere mich, dass sie einmal in der Oper war. Sonst nur ein paarmal im Kino. Jetzt aber fand sie Angebote. Von ihrer Zeitung aufsehend sagte sie froh beglückt einen Namen: Albert

Bassermann. Sie schätzte ihn aus alten Zeiten. Er war aus der Emigration zurückgekommen und spielte im Thalia Theater in Ibsens *Gespenstern*. Ich durfte für Agnes und mich Karten besorgen. Das wurde ein schöner Abend für uns beide.

Es muss zu der Zeit viele Leute gegeben haben, die wieder Lust hatten, Theater zu spielen und zu sehen. Manche Bühne war zerstört, aber in einigen Schulen gab es eine geeignete Aula. Da war der bespielbare Raum nur klein; aber es gab ja auch kaum etwas an Kulissen, um ein Bühnenbild zu gestalten. Ein, zwei hingestellte Stühle, und du weißt: das ist ein Innenraum. Etwas Gestrüpp im Blumenkübel bedeutet: außen. Die Aufmerksamkeit galt dem Wort: dem neuen, noch ungekannten Wort oder dem lange verfemten, verbotenen.

Mit wachem Interesse nahmen wir auf, was abends durch unsere Kopfhörer geriet. Das wichtigste Stück der Nachkriegszeit blieb uns versagt, weil gerade Stromsperre herrschte: Unser Bezirk blieb *Draußen vor der Tür*. So lernte ich Wolfgang Borchert zunächst durch eine kleine Geschichte kennen, die mir in der Jugendzeitschrift *Pinguin* begegnete: *Das Brot*, ausdrucksstark, mit hämmernden Wiederholungen, neu in ihrer Intensität. – Wolfgang Borchert, der nur wenige Jahre älter war als ich, wurde mir, je mehr ich später von ihm las, zum Künder unserer Generation. Und wenn er schrieb: »Hamburg, das ist mehr als ein Haufen Steine«, dann fühlte ich mich ihm verwandt in dem Kummer um unsere verwundete Stadt.

Aber ein gnädiger Wind wehte Sand und Erde und Samen über all die zerborstenen Steine, und auf den kleinen Hügeln wuchsen – anspruchslos, rosalila blühend – Weidenröschen. Wir Altgewordenen nannten sie lange noch Trümmerblumen, dankbar, zärtlich.

Morgen weht ein grünes Blatt
über einer grauen Stadt.

Unsere Kleinen wuchsen auf in dieser Nachkriegswelt.

Jungsein erfahren

Oma Agnes las das *Hamburger Echo*, eine SPD-Zeitung, die es schon vor 1933 gegeben hatte. Ich guckte manchmal hinein, verstand wenig. Da gab es etliches, das mit der neuen Politik zusammenhing. Für Agnes war das verständlich. Sie war in den früheren Jahren ihres Erwachsenenlebens damit umgegangen. Uns hatte man mit den Worten und Wichtigkeiten der Nazi-Jahre vollgestopft. Wer vor 1933 schon erwachsen war, wusste schnell wieder Bescheid, konnte mit den Begriffen umgehen, die uns *HJ*-Geschädigten noch gar nichts sagten.

Mich machte all das Neue hilflos. Ich fühlte mich allein zwischen denen, die schon alles wussten und jetzt fortsetzten. Mittlerweile war ich zwanzig Jahre alt. Mehr als ein Jahr nach dem Krieg war vergangen, in dem ich ausschließlich in die intensive Arbeit im Krankenhaus eingebunden und mit dem Überstehen meines großen Kummers befasst war. Kein verlorenes Jahr, nein. Aber es fehlte mir zum Verstehen der Gegenwart, die inzwischen überall stattfand.

Ein Begegnen, Besprechen und Bedenken mit Gleichaltrigen wäre sinnvoll. Agnes empfahl, von ihrer Zeitung aufsehend, die Sozialistische Jugend Die Falken. Aber die waren schon festgelegt. Mich störte die starke Bindung an die SPD. Ich wollte mich erst einmal umsehen und einen Schwerpunkt für mich finden. Ich las und hörte: Freie Deutsche Jugend, und das Wort »frei« freute mich, kam mir entgegen. Vielleicht war auch ein kleiner Protest gegen Agnes dabei, die sehr viel Raum von meiner Zeit einnahm.

Nicht weit von uns, in der Grindelallee, hatte die FDJ ihre Bezirksleitung. Ich ging hin, sagte meinen Namen und: »Ich möchte bei euch mitmachen.« Darüber freuten sie sich, überreichten mir ihre Satzung und erklärten, wann und wo die zu meinem Stadtteil gehörende Gruppe zusammenkam. Die Gruppe umfasste etwa zwanzig Jugendliche, aber meistens kamen nur acht bis zwölf zu den Gruppenabenden. Ich wurde gut aufgenommen und passte wohl auch in das Gemisch aus unterschiedlichen Elternhäusern und Vergangenheiten. Mädchen und Jungen, mehrere davon bereits über zwanzig Jahre alt. Zwei von ihnen hießen Kurt. Aber für den Gruppenleiter wurden die Anfänge von Vor- und Familiennamen zu der Neuerung »Kugo« zusammengefasst.

Er war von der Gruppe gewählt worden, nicht von einer höheren Instanz uns vor die Nase gesetzt, wie das bei den Nazis und deren Organisationen üblich gewesen war. Er sollte ja auch nicht *Führer* sein, sondern Leiter. Ich fand, das machte er gut. Während der Prüfungszeit für seinen künftigen Beruf gab er seine Funktion an seine gewählte Vertretung ab. Und als die nächste Wahl kam, wählte ich ihn mit.

Kugo war *Halbjude* und hatte mit Mutter und Schwester eine schlimme Zeit in Theresienstadt überlebt. Jetzt bewohnten sie eine Kellerwohnung, die sie nach der Leidenszeit immerhin beanspruchen konnten. Seine Freundin Sonja galt in der Gruppe als »einzige Kommunistin«. Sie war Schneiderin, wirkte angenehm mütterlich und fühlte sich erkennbar verantwortlich für ein gutes Miteinander in der Gruppe. Der andere Kurt holte beide manchmal ab und berichtete: »Zuhause geben sie sich noch einen Kuss, und dann gehen sie in Opposition.«

Kugo und Kurt besuchten das *Sozipä*, das Sozialpädagogische Institut für eine Ausbildung zum Jugendpfleger. Das hätte auch Hans gern gemacht, aber der musste erst mal Steine klopfen. Hans war der Älteste bei uns, fiel deshalb unter ein Gesetz, nach dem ehemalige *HJ-Führer* mit einer solchen Strafe belegt wurden. Er war lange Soldat gewesen, in Norwegen, wo man seine Einheit fast vergessen hatte.

Es steckte noch viel Krieg in diesen Jungen. Es fiel ihnen erkennbar schwer, wieder aus ihrer Soldatensprache herauszufinden. Ich erinnere mich an *Frage: Uhrzeit*. Wir Mädchen mochten das nicht mehr hören. Sie sollten endlich zuhause ankommen. Deshalb bemühten wir uns, sie auf ihre kriegsbedingten Wortrelikte aufmerksam zu machen, bis sie kapierten und in ihren Sprachgebrauch wieder aufnahmen: »Wie spät ist es?«

Als ich in die Gruppe kam, waren sie dabei, etwas über ihre Berufe oder Berufswünsche zu berichten. Die mir gleichaltrige Henny fand ihre Büroarbeit nicht sonderlich erwähnenswert. »So was kennt man doch.« Ja, wir hatten alle schon in Büros und Amtsstuben geguckt. Sie erzählte, dass sie lieber Lehrerin geworden wäre und eine *Lehrerbildungsanstalt* besucht hatte. Diese Ausbildungsstätte war geschlossen worden mit der Begründung, das sei eine Nazi-Einrichtung gewesen. Jetzt machte Henny die ungeliebte Büroarbeit. Als ich dran war, konnte ich von meiner Schwesternzeit erzählen.

Von Liselotte erfuhren wir etwas über die Aufgaben einer Apothekenhelferin. Wir fanden allerdings, sie hätte hauptsächlich vom Reinemachen gesprochen. Deshalb fügte sie schnell hinzu, dass sie auch Flaschen und Töpfe etikettieren müsse, alles genau und richtig abmessen, aufschreiben und Ähnliches zu tun habe, und dass ihre Ausbildung längst nicht abgeschlossen sei. Wir akzeptierten.

Schwierig wurde es für uns, als Günther von seinem Beruf berichtete. Er war gelernter Konditor und erklärte, für Konditoren sei es beleidigend, sie als Bäcker zu bezeichnen. Das hatten wir auch nicht vor. Aber er zeigte uns ein Buch mit Fotos von Sahnestückchen und Buttercremetorten. Alles in Farbe. Da erblühten lange vernachlässigte Geschmacksknöspchen in uns und hofften auf milde Frühlingssonne. Stattdessen: So was Schönes kriegen wir in diesem Leben nicht wieder. Wir haben Günther nicht gelyncht; nur manchmal haben wir ihn »Bäcker!« genannt.

Unsere Verpflegung, das Sattwerden, nahm einen breiten Raum in unseren Gedanken ein. Wir hatten alle nicht viel und so leckere Sachen schon gar nicht. Wir sangen Mozarts Kanon *dona nobis pacem*: Gib uns Frieden. Na ja, so was wie Frieden hatten wir inzwischen, uns fehlte jetzt anderes. Deswegen erfand Hans die Textänderung »Dona nobis panem«: »Gib uns Brot!« Das sangen wir begeistert mit.

Schön waren Fahrten an sommerlichen Wochenenden. Nie habe ich begriffen, woher Harry manchmal den vollgetankten!! kleinen Lastwagen besorgte, auf dessen offener Ladefläche wir saßen und sangen, während wir über fast leere Landstraßen schaukelten. Sprit war rationiert, darum gab es kaum etwas anderes als Nutzfahrzeuge.

Einmal fuhren wir bis zur Ostsee, an die Lübecker Bucht. Da bot sich uns ein Bild: zwei große Ozeandampfer, mitten im Wasser liegend. Zu keiner Ausfahrt mehr bereit, sondern auf die Seite gekippt, fast versunken. Wie riesengroße verendete Walfische lagen sic da, die Thielbek und die Cap Arcona. Es war verboten, dorthin zu schwimmen. Es war auch weit weg. Wir blieben in Ufernähe.

Jahre später erfuhr ich: Gefangene aus dem *KZ* Neuengamme und einigen Nebenlagern hatte man kurz vor Kriegsende an die Ostsee getrieben und an Bord gejagt, um sie wer weiß wohin zu verschiffen. Britische Bomber warfen ahnungslos ihre Ladung darüber ab. Nur wenige der

Eingesperrten hatten sich befreien und ans Ufer schwimmen können, von dem niemand wusste, ob es für ihn ein »rettendes Ufer« wurde.

Die Schiffsleiber glänzten in der Sonne.

Der wunderbare Lastwagen stand nur selten zur Verfügung. Deshalb suchten wir uns nähere Reiseziele, die wir in vollen Bahnen erreichten. In Holm-Seppensen gab es ein altes Ferienhaus, das zwar noch anderweitig bewohnt war, aber irgendwann der FDJ gehören sollte. Auf dem Dachboden lagen Strohsäcke aufgereiht. Es gab auch eine alte *Gulaschkanone*. Friedlicher gesagt: einen fahrbaren Kochkessel mit Feuerloch darunter.

Wie das Holzsammeln und Feuermachen gehörte auch das Zeltaufstellen zu den Aufgaben unserer Jungen. Wir Mädchen, nach alter Vormütter Sitte, waren für Verpflegung zuständig. Wir legten eine große Zeltplane auf die Erde, und alle packten alles darauf, was sie an Essbarem mitgebracht hatten. – Hier möchte ich meiner Oma ein Loblied singen. Sie fand, ich könne selbst zusammenkramen, was für das Wochenende mitzunehmen war, was mir zustand. Ich überließ das aber lieber ihr. Da lag das Brot auf dem Tisch, Agnes setzte das Messer an, überlegte, schob es dann etwas weiter zugunsten der Wochenendfreunde und sagte: »Ihr habt ja auch hungrige Jungens dabei.« Ich fand, dafür müsste sie eines Tages in den Himmel kommen. Sie lachte. – Wir Mädchen also betrachteten, was alles auf der Zeltplane lag, und sortierten. Trockengemüse wurde sofort eingeweicht, damit es zum nächsten Tag vollständig aufquellen konnte. Menge und Art der mitgebrachten Teigwaren wurden ausschlaggebend dafür, ob wir für einen Teller Suppe am Abend genug hatten oder ob alles im Eintopf des nächsten Tages landete. Ein paarmal konnten freundliche Bauersleute etwas Milch für uns abzweigen, und wir genossen abendliche Milchsuppe. – Fleisch? Ach, kein Gedanke an so was.

Früher, zu Nazis Zeiten, hatte es oft Geländespiele gegeben. Unsere Spiele unterschieden sich von ihnen. Wir fühlten uns nicht verpflichtet zu großartigen Siegen. Niemand musste besser sein als der oder die andere, um dem Ehrgeiz irgendeines *Führers* oder einer *Führerin* zu genügen. Alter Siegeswille war – jedenfalls für ein paar Jahre – abgenutzt. Wir spielten und lachten. Und ja, wer grad nicht mitmachen wollte, blieb an den Zelten oder ging allein durch die Felder, zwanglos.

Wenn wir unterwegs waren, marschierten wir nicht mehr links, zwei, drei, vier – links, zwei ..., sondern wir bewegten uns unterschiedlich, den eigenen Bedürfnissen folgend. Und machten eine köstliche Erfahrung: Wir kommen ohne Gleichschritt weiter.

Und unsere Gedanken und Gespräche durften spazieren, wohin sie wollten, und durften alle geäußert und besprochen werden.

Überhaupt: Wir durften jetzt alle unsere Meinung sagen. Aber hatte ich eine? Zu welchen Themen? Ich musste doch erst überlegen, sichten, beraten. Ich fing ja erst an.

Was hätte ich eigentlich Kurt erzählen wollen, wenn er wiedergekommen wäre? Ich hatte doch ausgedacht, ihn nach dem Krieg aufzuklären, zu belehren. Ja, dass die Nazis den Krieg angefangen und ihre Gegner auf brutalste Weise vernichtet hatten, das hörten und lasen jetzt alle Leute. In meiner Familie wussten sie einiges davon schon während des Krieges und noch früher. Ich auch. Und wir waren dagegen. Das hätte ich ihm sagen können und damit meine moralische Haltung gezeigt. Aber Wissen und Handeln? Das forderte mehr.

Unsere total gemischte Gruppe fand Zusammenhalt durch den Wunsch, sich mit den neuen politischen, wirtschaftlichen, kulturellen Gegebenheiten zu befassen, mit dieser blühenden Vielfalt von Meinungen und den Diskussionen darüber. Ich hätte Denkpausen gebraucht, Zeit zum Nachdenken und dann Mitreden. Ich hörte zu und konnte erst auf dem Nachhauseweg Einzelheiten überlegen. Ich nahm mir vor, beim nächsten Gespräch zum gleichen Thema meine frisch gefundenen Gedanken zu äußern. Aber dazu kam es nie, weil ständig Neues besprochen wurde. Das ging alles so schnell: Vergangenheit aufarbeiten, Gegenwart erfassen, Zukunft vorbereiten. Wer schafft das alles auf einmal?

Wir besuchten Versammlungen der verschiedensten Parteien und sprachen darüber, oft ohne ein Ergebnis zu finden. Ich stellte fest, dass ich am besten mit dem zurechtkam, was in den sogenannten Arbeiterparteien gesagt wurde. Da fand ich wieder, womit ich aufgewachsen war. Das entsprach meinem vertrauten Umfeld. Dem mochte ich zustimmen. Obwohl: Sie schimpften heftig gegeneinander, statt Gemeinsamkeiten herauszuarbeiten.

Anlässlich einer Urnenüberführung vom ehemaligen *KZ* Oranienburg nach Ohlsdorf, unserem großen Hamburger Friedhof, nahmen wir gemeinsam mit den Falken an einer Feierstunde teil. Die Jungen trugen die Urnen, wir Mädchen hielten Blumensträuße und Kränze. Vor dem Krematorium wurden Reden gehalten von wichtigen Leuten aus den verschiedenen, neu oder wieder zugelassenen Parteien. Auch hier viel lautes Gegeneinander. Als Ehrengäste auf bereitgestellten Stühlen saßen *KZ*-Überlebende. Noch heute erinnere ich mich an Gesichter: Sehr ernst im Gedenken an die Toten, auch müde, fast selbst erschlagen. Aber manche mit unverbrauchter Hoffnung in den Augen.

Dann erlebten wir etwas ganz anderes: ein Kabarett, *Die Hinterbliebenen.* Da standen ein paar Leute auf der Bühne, redeten mutig und witzig über die gegenwärtigen Verhältnisse und machten sich über die Besatzungsmacht und alle darunter agierenden deutschen Politiker lustig. Das war für uns völlig neu, so mit der Obrigkeit umzugehen. Das machte uns Spaß, diese pfiffig-freche Art, in der sie unsere Gegenwart durch den Kakao zogen, auch wenn uns das Lachen dabei im Halse stecken blieb.

Ja, und Theater. Zu Nazis Zeiten hatte es neben unvermeidlichen Nazi-Stücken viel Klassik gegeben, immer brav angepasste Aufführungen. Progressives wie in den zwanziger Jahren hatten wir nicht kennengelernt. Jetzt vermittelte der *Kulturring der Jugend* mit günstigen Karten neue Erfahrungen. Wir sahen, was unerlaubt gewesen war, aber auch Klassisches in neuer Aufmachung. Schillers *Räuber* trugen Uniformen von Panzersoldaten, lösten heftige Diskussionen und Leserbriefe in den Zeitungen aus. Im Theater am Besenbinderhof, dem für das Schauspielhaus genutzten großen Saal des Gewerkschaftshauses, gab es *Des Teufels General* von Carl Zuckmayer. Das führte uns zu der Frage, ob und wieweit und aus welchen Gründen Sabotage moralisch vertretbar ist, führte aber zu keiner abschließenden Antwort.

Wir wollten endlich einen Namen für unsere Gruppe finden. Andere hatten sich längst entschieden, vielleicht durch Rückgriff auf Namen aus der früheren Bündischen Jugend, oder sie wählten den Namen ihres Stadtteils »Horner Marsch« oder das fröhlich gesungene Lied »Lustig ist das Zigeunerleben« für den Namen »Zigeuner«. Am schönsten fand ich »Sünnros«, das an den Volkstanz erinnerte, den ich besonders liebte.

Es muss Gerd gewesen sein, der »*Geusen*« vorschlug. Damit konnte ich was anfangen: Wir hatten in der Schule *Die schwarze Galeere* von Wilhelm

Raabe gelesen und über die *Geusen* erfahren, dass sie aus der verarmten holländischen Bevölkerung hervorgegangen waren und sich gegen die Macht der Spanier wehrten. Wir waren auch verarmt, und von daher passte die Übersetzung des Wortes *Geusen* mit »Bettler«. Aber – und da stockte ich – ließ sich *der Engländer* mit Herzog Albas Leuten und der Inquisition vergleichen?

Bevor meine Überlegungen fertig waren, wussten andere aus unserer Gruppe, dass der Name *Geusen* längst von rechten Gruppierungen vereinnahmt worden war. Schon bald nach 1918 gehörten *Geusen* zum völkischen Flügel der Jugendbewegung und hatten sich zu radikalen Nationalisten entwickelt. Dann kam der Name nicht infrage. Er wurde nach dieser Information auch von fast allen abgelehnt. Wer nicht abgelehnt hatte, wurde der nicht nach dem Grund seiner Zustimmung gefragt? Ich erinnere mich an keine weitere Diskussion. Mir blieb ein ungeklärter, etwas schaler Geschmack.

Wir einigten uns schließlich – wenig originell – auf den Namen »Hanseaten«. Damit waren alle irgendwie einverstanden. Sonja nähte uns einen hübschen Wimpel und stickte den Namen kunstvoll hinein. Bei allen folgenden Ausflügen wurde er ein munter flatternder Begleiter.

Trainingscamp

Ein Schulungszeltlager Anfang Oktober 1946 am Großensee bei Hamburg, gedacht für »Hamburger Jugendgruppenleiter und -leiterinnen«. Das traf für die älteren, erwachsenen Teilnehmenden zu, die den *Kinderfreunden* angehörten, einer vor 1933 schon bekannten SPD-Institution. Die anderen waren von Schulen und Jugendverbänden geschickt und genauso gefragt worden wie ich: »Hast du Zeit und Lust?« Aus der FDJ war außer mir nur noch einer da, der wurde das Enfant terrible dieser Woche und machte allen Spaß. Veranstalter waren das britische Rote Kreuz und die *Education Control Hamburg*, der für Erziehungsfragen zuständige Bereich der britischen Besatzungsbehörde. Das Rote Kreuz zeigte sich in Person der allseits beliebten Miss Kernick, ihr unterstand die Verpflegung. Wir gewöhnten uns schnell an Porridge zum Frühstück. Ich erlebte eine schöne Woche.

Außer zwei kleinen Zelten für die Lagerleitung gab es vier große Zelte für je sieben bis acht Bewohner. Zeltweise wurden die allgemeinen Lagerarbeiten verteilt: Küchendienst, Wasserholen, Holzsammeln und Abendunterhaltung am Lagerfeuer. Das Innere der Zelte wurde jeden Vormittag inspiziert und sah unterschiedlich gut aus. Mr. Horsnell, der Leiter des Camps, kam von den Pfadfindern, den britischen *Boy Scouts*. Er trug eine Uniform, die ich nicht zuordnen konnte. Er setzte persönliche Disziplin voraus, die wir fast als militärisch ansahen und übertrieben fanden. Wir hatten keine offizielle Lagerordnung, aber ein Vormittagsprogramm mit unterschiedlichen Themen und Übungen und eine streng einzuhaltende Mittagsruhe. Danach hatten wir bis zum Five o'clock Tea frei, konnten bei Sonnenschein im oktoberkalten See baden und bei Regen im Zelt sitzen, singen, lesen, klönen. Wir sollten in diesen Tagen zwei Bilder malen, eine Schnitzarbeit fertigen und eine Geschichte ausdenken. Ich erinnere mich dunkel an ein löffelartiges Gebilde, das ich schnitzte und das im folgenden Winter mit verheizt wurde. Hatte ich mir eine Geschichte ausgedacht? Auf alle Fälle beteiligte ich mich, so als Ausgleich, intensiv an vielen Versen für ein Abschiedslied.

Die britische Militärregierung, *British Government*, hatte für die deutsche Jugend diese *re-education*, Umerziehung, vorgesehen. Das war für beide Seiten neu und eine ungewohnte Übung; ein Reiben aneinander, ein Zugehen aufeinander. Auch eine gewisse Neugier. Ein Sammeln von Erfahrungen.

In diesem Neuen, diesem ersten Versuch, steckte ich mittendrin und erinnere mich an: immer gut ausreichendes Porridge-Frühstück. Bademöglichkeit im Großensee, der in diesem Herbst fast angenehm warm war. Und was sie uns üben ließen: Zelte aufstellen, tagsüber Leinen nachziehen, abends wieder lockern, richtige Knoten machen; Lagerfeuer aufschichten, entzünden und bewachen. Und was alles ich nie mehr brauchte und wieder vergaß.

In unserem Mädchenzelt fanden wir immer etwas zum Singen, Lachen und Reden. Wir benahmen uns aber durchaus nicht albern, so dass für unsere Behausung die Bezeichnung Gänsezelt keineswegs gerechtfertigt war. Das sagten aber alle. Dagegen half nur ein abendlicher Spaß: Zeltweise sollten wir ja einen Abend am Lagerfeuer gestalten. Als alle anderen erwartungsvoll um das Feuer saßen, kamen wir hockend und hüpfend in den Kreis, schlugen mit übergeworfenen Wolldecken wie mit Flügeln und sangen den Gänsekanon: *Drei Gäns' im Haberstroh saßen da und waren froh.* Es folgte allgemeines Gelächter und große Anerkennung. Für den Rest der Woche waren wir »das Mädchenzelt«.

Da die meisten von uns keine Jugendgruppe leiteten, sondern eher zufällig in dieses Camp geraten waren, entsprachen wir nicht ganz den Vorstellungen, die Mr. Horsnell sich gemacht hatte. Wir lernten ja erst, mit Freiheiten umzugehen, und spürten daher kein Interesse, uns wieder in enge Grenzen einbinden zu lassen, wie wir diese *Boy-Scout*-Bewegung empfanden.

Von der Hamburger Jugendbehörde nahm Hans Hennings teil, ein junger Jugendpfleger, der vielleicht eine gewisse Kontrollfunktion für die Behörde hatte und sich anschließend der Mühe unterzog, einen zusammenfassenden Bericht zu erstellen. Für Berichte über einzelne Tage hatten sich mehrere Teilnehmer gemeldet, aber nicht alle gaben später ihren Beitrag ab. Dadurch fehlen der Erinnerung ein paar Tage, und es zeigt sich, dass die Schulungswoche nicht bei allen zum gewünschten Ziel führte: freiwillige Übernahme und Ausführung von Aufgaben.

Der Jugendpfleger Hans schrieb darüber:

> Es wurde vollkommen außer acht gelassen, dass die Wandlung des jungen Deutschen nicht über Nacht geschehen kann, nachdem er zwölf Jahre lang nur zum »Befehle-Entgegennehmen« und zum »Gehorchen« erzogen wurde. Die Tage haben uns deutlich gezeigt, dass wir alle noch viel lernen müssen und es wirklich noch ein weiter, beschwerlicher Weg bis zur echten demokratischen Gemeinschaft aller Deutschen ist.

Winterkälte

Die Kälte kam früh. Um Weihnachten war die Alster fast zugefroren. Bald würde sie begehbar sein. Agnes strickte aus bunten Wollresten Strümpfe und Fausthandschuhe für die kleinen Mädchen; ich häkelte ihnen Mützen. Sie konnten leidlich warm ausstaffiert werden. Wenn sie nur richtige Schuhe gehabt hätten. Was sie an den Füßen trugen, war geschenktes Schuhzeug, das anderen Kindern zu klein geworden war, ausgelatscht.

Weihnachten? Rechtzeitig hatte Tante Käte aus Malmö ein Paket geschickt. Es enthielt zusätzlich solide weiße Haushaltskerzen, die uns bei Stromsperren nützlich waren. Diesmal lagen sogar rote hölzerne Kerzenhalter dabei, die nahezu Feierstimmung bewirkten.

Unsere kleinen Mädchen vermissten keinen Weihnachtsbaum und keine Kringel. Sie hatten das alles noch gar nicht kennengelernt. Agnes und ich hatten während der Adventszeit aber viele Weihnachtslieder gesungen und vielleicht damit ein bisschen winterliche Festzeit vermittelt. Außerdem fand sich in Omis Tageszeitung ein Vorschlag über Herstellung von Stoffpuppen. Wir sammelten Stoffreste zusammen; ich schnitt und nähte und stopfte und stickte und brachte tatsächlich zwei Püppchen zustande. Die Lütten freuten sich über das Spielzeug und nahmen es mit ins gemeinsame Kinderbett. Als sie endlich schliefen, fanden wir, zu Tränen gerührt, sie sähen wie richtige kleine Weihnachtsengel aus.

Ich hatte noch eine Freude vor mir: Beethovens Neunte. Erstmalig hatte ich sie an meinem siebzehnten Geburtstag gehört, im Mai 1943 im Conventgarten, dem schönen Konzerthaus, das wenige Wochen später zerbombt war. – Am Silvesterabend 1946 ging ich, möglichst warm verpackt wie alle anderen, in die unbeheizte Hamburger Musikhalle. Eine Mitschwester aus St. Georg begegnete mir: »Weißt du schon? Margret ist tot.« Bevor sie sich im Gewühl anderen zuwandte, erfuhr ich noch: »Sie hat sich das Leben genommen. Im Sachsenwald.«

Da saß ich. Eben noch voller Vorfreude, voller Erwartung. Dann dieser Schlag. Wie ein gewaltiger Paukenschlag. Der schlecht zu den ersten, leisen Klängen der Sinfonie passte.

Aber bald fügte sich eins ins andere. Nicht von Gedanken abgelenkt, sondern eingebunden in die Musik dachte ich »Margret«, ihr Lächeln, ihre Augen.

Unsere letzte Begegnung kurz vor Weihnachten war auf besondere Weise schön. Die vier verbliebenen Lieben aus unserem Fünferzimmer hatten mich zu einem kleinen Fest eingeladen, wozu Omi eine schwedische Haushaltskerze spendierte. Wir sangen, lachten, erzählten und waren einander herzlich nah. Als wir das Lied vom Meerstern sangen, sah

Margret mich an mit ihrem schönsten Lächeln und sang ihre zweite Stimme, die ich so liebte.

Diese unvergleichliche Art, Geschenke zu machen: Margrets Melodie und ihr letztes Lächeln für mich, aus einer Zeit, als vieles eine so besondere Schwere bekam. Damals die Geschenke – die mit dem Herzen gewogenen – sind von bleibendem Wert.

Wenige Tage später erhielt ich Besuch. Rotgefroren, winddurchweht kamen sie von der anderen Seite quer über die Alster: Hannelore, Susi und Gertrud. Ich wusste ja schon, was sie erzählen mussten. Möglicherweise gab es eine Begründung. Die Schmerzen, die von einer noch nicht zu beherrschenden Nierenerkrankung herrührten. Margret hatte darunter gelitten. Es hieß, die Beschwerden würden mit der Zeit erheblich schlimmer. Oder gab es einen Kummer, den wir nicht kannten? Den sie vielleicht nicht einmal selbst erkannte und hätte erklären können?

Warum war sie in den Sachsenwald gefahren? Wahrscheinlich, weil sie annahm, dass sie dort bei der Kälte nicht gestört würde. Was blieb uns zu tun? Es war ihre Entscheidung. Da durfte von uns kein Nein kommen. Margret hatte Texte der Karoline von Günderrode geliebt und vorgelesen. Auf dem Grabstein jener Frau, die 1806 den Freitod gewählt hatte, ist zu lesen: »und ich gehe zur anderen Welt«. So wurde Margrets Weg. Aus den unterschiedlichen Bereichen unseres Glaubens und Wissens entstand gemeinsames Wünschen und Wollen: nicht nur trauern, sondern Margret begleiten mit liebendem Gedenken.

Auf ihrem Rückweg über die Außenalster, von Harvestehude nach St. Georg, begleitete ich Gertrud, Hannelore und Susi. Ging allein zurück, vom kalten Winterwind getrieben.

Was ist von diesem Winter noch zu sagen? Er war der härteste seit vielen Jahren. Besonders schrecklich dadurch, dass unsere Öfen kalt blieben; dass wir alle erbärmlich froren. Und hungerten.

Zu Nazis Zeiten, als Hermann Göring seine Vierjahrespläne aufstellte, die bewirken sollten, dass es allen Deutschen wirtschaftlich gut ginge, hatte er helle, luftige Wohnungen versprochen. Die waren uns durch Bomben beschert worden, erheblich zu luftig. Und er hatte getönt: »Keiner soll hungern und frieren.« Daraus ergab sich nun: »Keiner soll hungern, ohne zu frieren.« Und den neuen Wohnstil nannten wir »Barack«.

Mami Käte und ihr Peter gingen Kohlenklauen. Sie kannten Stellen, wo die Kohlenzüge aus dem Ruhrgebiet langsam fahren oder sogar halten mussten. Diese Stellen waren allgemein bekannt. Auch die Polizei wusste Bescheid und veranstaltete Razzien. Dann mussten alle mit zur Polizeiwache und die Säcke, Taschen und Rucksäcke mit geklautem Inhalt dortlassen. Die Wache war natürlich schön warm, so dass den Festgenommenen immerhin ein kleiner Nutzen vom Diebesgut blieb. Nach ein paar Stunden, wenn alle aufgewärmt und polizeiamtlich notiert waren, konnten sie wieder gehen. Aber die Behälter bekamen sie nicht zurück. Und es blieb ein Problem, neue Taschen und Säcke für das nächste Kohlenklauen aufzutreiben.

Ich bot mich an, auch mitzugehen, damit der Gesamtertrag für unsere beiden Haushalte größer sein könnte. Aber sie fanden, ich sei zu ungeschickt oder zu dämlich für so was. Mir blieb der musische Teil des Unternehmens. Ich sang die sanfte Melodie dieses furchtbaren Winters. Die Engländer hatten uns *Sentimental Journey* mitgebracht: »Komm, wir machen eine kleine Reise.« Das hieß in der neuen Version:

Komm, wir schleichen über die Geleise,
komm, wir wollen Kohlen klaun ...

In diesem schlimmen, nicht enden wollenden Winter verschwanden die Bäume aus Hamburgs Straßen und Parks. Es blieben nur kurze Stümpfe. Bäume absägen war ja verboten. Aber die Nächte waren lang und dunkel. Manche Leute zersägten Möbel und fütterten damit ihren Ofen nach dem Motto: »Schluss mit der Wohnkultur, jetzt wird geheizt!«

Trotz all dieser illegalen und letzte Werte mindernden Heizversuche blieb es lausig kalt in den Behausungen der Hamburger. Die Kalorien, die einen Körper nähren und seinen Kreislauf in Gang halten sollen, waren so knapp bemessen, dass sie nicht ausreichten. In diesem Winter 1946/47 meldeten die Zeitungen viele Tote in unserer Stadt: verhungert und erfroren.

Meine Mutter bewohnte mit Mann und Kind ein Zimmer in einem noch im Krieg wieder aufgebauten Backsteinhaus. Darin war es so kalt, dass das Kondenswasser die Wände herunterfloss und gefror. Marion, meine kleine Schwester, blieb deshalb den Winter über in der Milchstraße, wo es trocken war. Ich spürte bald, dass Marion mich außerordentlich ernst nahm und dass sich dadurch mein Verantwortungsgefühl für sie auf besonders innige Weise entwickelte. Das ging gut. Omi hatte eine intensivere Beziehung zu Thyra, die sie von Anfang an behütet hatte. Und die beiden Kleinen vertrugen sich gut, so dass das Kinderbett für die kleinen Mädchen weiterhin ausreichte.

In diesem Winter waren Irene und ich ganz froh, dass wir uns ein Bett teilen konnten. Das wärmte ein bisschen. Agnes schlief im kleinen Raum nebenan. Unter ihrem Bett stand der Pappkarton, in dem sich meine Habseligkeiten befanden: ein paar nach der Ausbombung angeschaffte Bücher und kostbare Briefe. – War abends Stromsperre, ließ Omi die Lampe eingeschaltet. Sie wachte auf, wenn das Licht nachts anging. Dann schaltete sie eine elektrische Kochplatte an und ließ die für den nächsten Tag vorbereitete Suppe darauf köcheln. Es gab ja dieses Trockengemüse, das so viel Zeit zum Einweichen und Garwerden brauchte.

Gas wurde auch oft gesperrt. Da musste man aufpassen und gleich abschalten. Es war recht unbestimmt, wann das Gas wieder anging, um die Suppe fertig zu kochen. Erfreulich also, dass wir zusätzlich zum Gasherd die Kochplatte besaßen. Ein primitives Ding: aus grobem Keramikmaterial, rund, gerillt; in die Rillen eingelassener dünner, spiralig gewickelter Draht, durch den der Strom floss; alles offen. Der Draht schmorte oft durch und musste geflickt werden. Dann zog man ihn, drückte ein paar Spiralen übereinander, und schon zeigte er sich wieder einsatzbereit in schön glühendem Rot. Vor solchen Reparaturen wurde ständig gewarnt. Aber patente Frauenfinger mit einiger Praxis kriegen das hin. Ich konnte auch Sicherungen flicken – und wusste später lange nicht, wo man neue kauft.

Der Winter war nicht nur kalt, sondern auch dunkel. Darum überlegte meine Großmutter, die sich mir gegenüber auch weiterhin erziehungsverpflichtet fühlte, ob sie mir überhaupt erlauben könne, dass ich nach meinen schönen Gruppenabenden spät allein nach Hause ging. Ich sah da kein Problem. Bei der Kälte gab es bestimmt niemanden, der sich an eine windige Ecke stellte, um bösartig räuberisch auf zufällig vorbeikommende Leute ohne Gepäck zu warten. Agnes sah das anders und erklärte: »Du darfst nur hin, wenn dich einer von den Jungs nach Hause bringt.«

In der Gruppe waren sie erstaunlich verständnisvoll. Sie erklärten, das sei machbar, sie könnten sich abwechseln. Mein Weg war lang, und damit ergaben sich mancherlei zusätzliche Gespräche, oft mit Hans, auch mal mit Fred, aber meistens mit Wotan.

Er hieß Karlheinz. Sie hatten ihn »Wotan« genannt mit der Begründung, er hätte was von den alten Wikingern. Struppig-rötliches Haar, kräftige Figur. Von Beruf war er Kesselschmied und schien zu lieben, was man ihm dabei an Kräften abverlangte. Er hatte Kriegserfahrung. Ihm fehlte ein Finger, weggeschossen. Aber das störte ihn nicht.

Er erwähnte oft den Spaß und das kameradschaftliche Miteinander in seinem Trupp und fand kriegerisches Leben durchaus spannend und unterhaltsam. Ich schimpfte dagegen an, brachte die Sonnenseiten friedlichen Miteinanders vor und bemühte mich unentwegt um sein demokratisches Seelenheil. Meine Rede klang ihm nach grauer Theorie. Aber trotz unseres permanenten Streits ging er mit mir durch den Winter, im Grunde gutmütig und in alter Germanentreue. – Ich weiß nicht, ob ihm jemals jemand etwas vom Germanengott Wotan erzählt hatte. Er trug den Namen, den ihm die Gruppe gab; er wusste sich angenommen und fühlte sich wohl.

Meine Begleiter ließ ich nicht den ganzen langen Weg mit mir machen. Ich bedankte mich irgendwo unterwegs und ging den Rest allein. Sie froren ja auch und wollten nach Hause. Wenn Agnes, die immer noch wach lag, fragte, wer mich nach Hause gebracht hatte, sagte ich den Namen, und wenn sie mich fragte »wie weit?«, sagte ich: bis zur Ecke. Welche Ecke hat sie nie erfragt. Das war mir recht.

Agnes ließ mir Zeit, etwas für meine Weiterbildung zu tun: Ich machte einen Kursus für Stenografie und Schreibmaschine. Für bessere Steno-Fertigkeiten diktierte Irene mir ein paar Texte, die sie aber nicht kontrollieren konnte, weil es die von mir zu lernende Deutsche Einheitskurzschrift zu ihrer Lehrzeit noch nicht gegeben hatte. Ihre Schrift sah etwas anders aus. Wir kannten niemanden, der eine Schreibmaschine besaß; deshalb bestand für mich gar keine Übungsmöglichkeit. Ich glitschte und schlitterte mühsam durch den Unterricht und über kalte Wege. Schließlich aber lernten meine Finger doch, wo auf der Tastatur sich welche Buchstaben befinden.

Im Chor

Ein schöner Vorschlag von Agnes an mich: Du solltest Chorsingen. Sie hatte gelesen, dass es wieder, wie schon vor 1933, einen *Altonaer Volkschor* geben sollte. Auch der Name des Chorleiters, Heinz Hamm, war ihr aus früheren Jahren bekannt. Da sie mich annahmen, sang ich fröhlich mit.

Aber fast gleichzeitig entstand im Rahmen der FDJ ein Jugendchor. Nur sagte der für diesen Chor bestellte Leiter ab. Was nun? Ein glücklicher Zufall fügte, dass sich in unserer Gruppe einer fand, der sich mit Musik auskannte: Fred, vom Oberlauf der Elbe hierher verschlagen, vorübergehend bei der britischen Besatzungsbehörde beschäftigt, früher mal Musikstudent. Er übernahm den jungen FDJ-Chor mit gutem Erfolg.

Natürlich meinten meine Gruppenfreunde, dass ich in den Jugendchor gehöre. Das fand ich auch. Aber wie erkläre ich das meiner Frau Großmutter? Leider kamen nämlich beide Chöre dienstags zusammen. Die Altonaer sangen in einem längst etablierten Chor, sie waren viele und auf mich nicht angewiesen. Während Fred mich ausdrücklich gefragt hatte. Agnes hätte mich ja gern in großem Rahmen gesehen, so beim Mitsingen der »Neunten« in der Musikhalle. Sie erkannte aber das Argument an, dass neues Jugendsingen zu unterstützen sei. Später fand sie Freude an unseren Musikveranstaltungen. Außerdem gefiel ihr Fred, der manchmal kam, um Arbeit für mich zu bringen.

Diese Arbeit bestand im Stricheziehen. Nämlich so: Fred hatte auf viele kleine Bogen Papier (woher hatte er das?) in bestimmten Abständen feine Punkte gesetzt, die verband ich mit Lineal und einem gleichmäßig zu drehenden Bleistift zu gleichmäßig dicken Linien. Fred setzte Noten darauf, unterschiedlich für Sopran und Alt, für Tenor und Bass. Und Henny schrieb die Texte darunter. Von den heutigen Vervielfältigungsmethoden ahnten wir nicht das mindeste. Bei uns gab es zu jedem neuen Lied für jedes Chormitglied, wir waren fast dreißig Jugendliche, einen Zettel, der nach dem Singen wieder eingesammelt wurde, um nicht verloren zu gehen.

Es steckte viel Freude in den Dienstagabenden. Wir lernten neue Lieder und wir lernten, bekannte Lieder vierstimmig zu singen. Es waren überwiegend alte deutsche Volkslieder, wie unsere Eltern und frühere

Generationen sie gesungen hatten. Einer von den Jungen nannte sie Mädchenlieder, weil er sich ans *HJ*-Singen erinnerte.

Ich sang im Sopran, was der ersten, oft schon bekannten Melodie entsprach. Viel lieber hätte ich daneben noch eine zweite Stimme gelernt und meldete mich daher immer, wenn Fred fragte, wer freiwillig zum Alt ginge. Aber das ließ er nicht zu, sondern erklärte: »Ich brauch dich im Sopran.« Das zeigte sich darin, dass ich manchmal mit allen Sopranmädchen in einen Nebenraum geschickt wurde, um dort mit denen zu üben, denen das neu zu lernende Lied noch ungeläufig war. Das machte ja auch Spaß.

Unsere beiden Übungsräume, einer sogar mit Klavier, befanden sich ganz oben im Museum für Kunst und Gewerbe, dessen gesamte oberste Etage tagsüber der Bauschule zur Verfügung stand. Dienstagabends gehörte sie uns. Aus den Flurfenstern in den Innenhof blickend, sahen wir da unten mehrere Hamburger Denkmäler, die wahrscheinlich während des Krieges eingepackt und geschützt waren und jetzt unordentlich herumstanden. Vielleicht hatte unsere Besatzungsmacht kontrolliert, was aufzubewahren war. Lessing war dabei, allerdings samt Sessel umgekippt, was mir leidtat. Später bekam das Denkmal seinen alten Platz auf dem Gänsemarkt wieder.

Unsere zwei Singstunden waren schön. Wir mochten gar nicht aufhören, und unten vor dem Seitenausgang des Museums bildeten wir gern noch einen Kreis, um ein Abschlusslied zu singen: manchmal ein neu gelerntes, oft ein altes, liebgewonnenes Lied. Nachdem wir Mozarts Bundeslied *Brüder, reicht die Hand zum Bunde* gelernt hatten, vierstimmig wohlklingend, wurde dies besonders oft vorgeschlagen. Es hieß bei uns schlicht »das Band«, weil jemandem eingefallen war, ein paar Anfangsbuchstaben zu vertauschen: »reicht das Band zum Hunde«.

Danach verteilten wir uns auf die öffentlichen Verkehrsmittel, die uns nach Othmarschen oder Richtung Harvestehude oder auf die Veddel brachten; denn wir kamen für unseren Chor aus verschiedenen Hamburger FDJ-Gruppen. In den vollen Bahnen sangen wir weiter, mehrstimmig, bis nacheinander die eine oder andere Stimme die Sangesgruppe verließ und nur zwei oder drei Singende zu entfernten Stationen fuhren. Uns wurde manchmal Freundliches gesagt, oder es kam ein zustimmendes Lächeln. Nur ein einziges Mal, und wir sangen doch jeden Dienstag, empörte sich ein Mann: Die Zeiten sind zu ernst für Lieder. Die Zeiten waren auch zu ernst für uns, die wir endlich jung und froh sein wollten. Mit unserem Singen erkämpften wir uns ein Stück Lebensfreude.

Wir wagten uns bald mit Liederabenden in die Öffentlichkeit. Ich weiß nicht, wer dafür Reklame machte, den Saal besorgte und für die Finanzierung verantwortlich war. Vielleicht die Hamburger Bezirksleitung der FDJ oder Fred mit seinem Charme und seinem britischen Arbeitgeber. Als Zuhörende kamen ein paar Leute aus der Umgebung, Verwandte und Freundschaften von uns Singenden. Die Räume waren immer voll.

Fred beauftragte mich, zum Auftakt ein Gedicht zu machen und vorzutragen. Ich schrieb ein paar Zeilen, die damaligen Vorstellungen entsprachen, erntete das immer bereite Lob meiner Oma Agnes, las es auch erfolgreich im Chor vor. Und hier ist es:

Gelöbnis

Wir sind die Jugend, die Zukunft der Völker,
geformt und gewachsen inmitten des Kriegs,
haben die Schlachten durchlebt und durchlitten
und tragen für immer das Grauen in uns:
Rauchende Städte, verwüstete Felder,
verlassene Kinder und Mütter und Fraun,
das ist das Ende des furchtbaren Kampfes.
Wir wollen's verbannen für ewige Zeit.
Früchte soll tragen die herrliche Erde.
Es sollen die Kinder nichts wissen von Krieg,
Mütter, ihr sollt um die Söhne nicht bangen.
Denn Friede soll werden in jeglichem Land!

Ich hätte es nicht Gelöbnis nennen sollen. Das konnten wir nicht schaffen. Als Zustandsbericht und mit viel Hoffnung mag es glaubwürdig bleiben.

Die FDJ hatte 1946 in Leipzig für anderthalb Reichsmark ein *Liederbuch der Deutschen Jugend* herausgegeben. Wie bei allen Druckerzeugnissen graues, schlechtes Papier, einfacher Pappeinband, aber im Vorwort das Versprechen: »Die Neuauflage im nächsten Jahr wird mehrstimmig und mit

Gitarrensatz herausgebracht, ebenfalls soll die Auswahl der Lieder größer werden.« Dieses Buch beginnt mit einem *Lied der neuen Jugend*, getextet von Walter Dehmel. Einen Bezug zu Richard und Paula Dehmel, die in den zwanziger Jahren dichteten, fand ich nicht. Die Melodie ist von einem Walter Rohde und fordert immerhin zwei Oktaven von den Singenden. Wir sangen es gern:

Wir sind die Jungen, die Unruhvollen,
denen die Zukunft verlockend winkt.
Wir sind die Jungen, die aufbauen wollen,
was uns in Trümmern zerfallen umringt.

Wir sind entschlossen, das Schwerste zu wagen
und unverdrossen Brücken zu schlagen
zu allen Völkern in Brüderlichkeit.
Wir sind die Jugend der neuen Zeit.

Wir sind die Jungen, die darum wissen,
dass unser Leben Verpflichtung heißt
und wir uns alle erfüllen müssen
mit neuem Fühlen und neuem Geist.

Wir sind entschlossen ...

Wir sind die Jungen, die suchend drängen
auf neuen Wegen zu neuem Ziel.
Wir schreiten vorwärts mit frohen Gesängen,
und keine Mühe wird uns zu viel.

Wir sind entschlossen ...

Das Wichtigste war bei diesem Lied das in jedem Vers sich wiederholende Versprechen, »Brücken zu schlagen zu allen Völkern in Brüderlichkeit«. Das Gegenteil dessen, was die Nazis mit ihrem *Herrenvolk*-Anspruch gesagt und gesungen hatten. Diese brutale Ausgrenzung wollten wir nicht mehr zulassen. Wir ließen uns von keinem ehrgeizigen *Führer* mehr zu solchen Unsinnigkeiten zwingen. Mir gefiel und gefällt noch dieser Brückenschlag, der neue gute Text, der alle Völker, alle Menschen unserer Erde einbeziehen wollte. Dieses neue Lied enthielt unsere Hoffnung und Forderung. Das ging uns an.

Jetzt war zu hoffen, dass sie uns, die sie als Aggressoren kennengelernt hatten, auch annahmen. Ich war bereit, die Ärmel aufzukrempeln und mitzuarbeiten für ein friedliches Miteinander.

Bruchstücke

Hamburg: Nachkriegsstadt. Provisorische Lebendigkeit.

Klapprige, ständig überfüllte Straßenbahnen. Mühsam zusammengeflickte Fahrräder. Autos, die in ihrem früheren Leben Privatwagen waren und jetzt durch abenteuerliche Umbauten zu Nutzfahrzeugen aufgewertet wurden. Autos trugen für die Britische Zone Hamburg das Kennzeichen BH. Eine andere Erklärung war unbekannt; wir sagten noch ordentlich »Büstenhalter«.

Fußgänger. Vorsorglich Taschen oder sonstige Behälter mit sich tragend, oft leer, aber man weiß ja nie: Vielleicht gibt es an der nächsten Ecke irgendwas zu kaufen, aufzusammeln. In ausgelatschten Schuhen, mit schlecht gefärbten und auch für Frauen und Kinder umgearbeiteten Militärklamotten. Oder in zu weit gewordener Vorkriegsgarderobe. Traurige Mütter in allmählich zerschlissenen schwarzen Kleidern.

All das bewegte sich zwischen unsortierten Trümmern, zerbröselnden Steinen, verkohlten Balken, ging mühsam über Schuttberge.

Aufräumarbeiten. Während des Krieges mussten Kriegsgefangene und andere Verhaftete diese Drecksarbeit machen. Käte sah in einem Winter kniende Frauen bei unsinnigem Fußweg-Schrubben. Ein dabeistehender *SS*-Mann ranzte Vorübergehende heftig an: Schnell weitergehen! – Für das Bergen von Toten aus den zerbombten Kellern hatten sie *KZ*-Häftlinge benutzt und verbraucht.

Jetzt mussten wir ran. Aber ohne die furchtbaren Aufpasser und ohne Angst vor deren Grausamkeiten. Wir hätten sogar singen können, wenn der Staub nicht gehindert hätte.

Manche Städte hatten ihren Trümmerberg. In Berlin nannten sie ihn Monte Klamotto, in Stuttgart Monte Scherbellino. In Hamburg gab es keinen. Bei uns wurden mit dem gröbsten Schutt einige Fleete völlig zugeschüttet, so dass später darüber neue Straßen entstanden. Auch für den Wallgraben reichte es noch, ihn trockenzulegen und nach etlichen Jahren ein hübsches Spaziergelände darüber zu gestalten.

Es gab aber noch genügend Steine, die für neue Bauten vorbereitet werden konnten. Da war nur der Putz abzuschlagen, so dass der Mauerstein seine alte glatte Form bekam, um neu vermauert zu werden. Betriebe wurden verpflichtet, wochenweise Leute zum Steineklopfen abzustellen. Auch an Jugendorganisationen ging die Aufforderung. Und wir verbrachten einige freiwillige Sonntage damit, uns mit lautem Geklopfe in grauen Mörtelstaub zu hüllen.

Wenn nur das Waschen hinterher nicht so schwierig gewesen wäre. Schlimm war die Seife. Es gab pro Person pro Monat nur ein kleines Stück. Es gab zwei Sorten: entweder dunkelgraugrün, sandig, schwer, kaum schäumend oder heller, leicht, aber nach zwei Wochen verbraucht, weggeschwemmt. Wie haben wir das bloß hingekriegt, ohne dass sich Ungeziefer einnistete? Warmes Wasser war doch auch keine Selbstverständlichkeit.

Für Käte waren saubere Füße wichtig. Sie erzählte, dass Frauen ins Krankenhaus eingeliefert wurden, mit Pelzmantel, aber: dreckigen Füßen. »Das hab ich selbst gesehen!« Als Peter ihr in dieser Zeit von wer weiß woher ein Stück gute, wohlriechende Seife mitbrachte, wusch sie sich damit speziell sonntags ihre Füße. Diesen Luxus genießend.

Einmal, an einem ganz gewöhnlichen schäbigen Alltag, kam Käte in die Milchstraße und hatte aus besonderem Anlass die sonntägliche Fußwasch-Seife benutzt: »Um wie auf Flügeln zu euch zu eilen!« Agnes konnte gerade noch die griechische und römische Bezeichnung des geflügelten Götterboten benennen, Hermes und Merkur, dann lag der Brief auf dem Tisch: aus Amerika. Mit der Anschrift »Schwester Käte David, Krankenhaus Barmbeck«. Davon stimmte nichts mehr; Käte arbeitete und wohnte nicht mehr im angegebenen Krankenhaus, den Namen David hatte sie vor ein paar Jahren eingetauscht. Aber in Barmbek erinnerte sich jemand an sie, wusste eine Verbindung zu Schwester Inge, die inzwischen sehr bekannt war; irgendwie fand also der Brief aus dem fernen Amerika die richtige Adressatin.

Unser guter Doktor hatte zunächst versucht, in der Bürgerweide Irene und Agnes zu erreichen. In dem zertrümmerten Haus wohnte niemand, um einen Brief entgegenzunehmen. Später fiel ihm ein, den Weg über Käte im Krankenhaus zu versuchen. Irene, die als Privatsekretärin für alle Familienkorrespondenz fungierte, schrieb lang und ausführlich zurück. Agnes assistierte mit Tipps und Hinweisen.

Der Doktor lebte mit seinen erwachsenen Kindern und deren früherem Kindermädchen, das er inzwischen geheiratet hatte, im Staate Illinois, hatte einen guten Klinikjob, hatte seinen Namen ein bisschen verenglischt, freute sich im nächsten Brief, dass es uns noch gab, und fragte: Was braucht ihr?

Ich weiß nicht, was da für Wünsche geäußert wurden. Auf alle Fälle kamen Kinderschuhe. Vorher ausgemessen und aufgemalt. Unsere Kleinen waren inzwischen gut drei Jahre alt. Und nun: erste eigene neue Schuhe. Und sie passten so gut, dass beide Mädchen sie beglückt mit ins Bett nahmen.

Ein paarmal konnte ich auch ein vom Doktor bestelltes *CARE-Paket* vom Zoll abholen. Das brauchte dort nicht geöffnet und durchgesehen zu werden, weil der Inhalt von der *Cooperative for American Remittances to Europe* genormt und hier also bekannt war. Diese Festlegung auf bestimmte und bei uns mit Freuden aufgenommene Inhalte erleichterte es den Amerikanern, europäische Freunde zu beschenken. Mein altes Lexikon weiß dazu: »1946-54 erhielt Dtld. allein 6,7 Mio. C-Pakete.« Viele dieser Pakete wurden direkt an deutsche demokratische Organisationen geschickt und von denen an ihre Mitglieder verteilt.

Unserem jüdischen Arzt war also der Weg aus dem *Dritten Reich* der Nazis in seine Freiheit gelungen. Das durften wir auch von Cäsar, dem ehemaligen Untermieter, und seiner Braut annehmen. Südamerika war entfernt genug. Vielleicht hatten auch sie versucht, in die Bürgerweide zu schreiben, und erhielten den Brief als unzustellbar zurück. – Von den Frauen Rosenstirn aus Köln hörte Käte nie mehr.

Wir Mädchen aus Klasse Leu erinnerten uns an Yvonne, unsere kleine kluge Mitschülerin. Sie und ihre Mutter hatten einen zu kurzen Weg genommen, um den Nazis zu entgehen. Straßburg, das Elsaß, boten keine Sicherheit. Wenn es Yvonne noch gäbe: Sie könnte doch schreiben. Fräulein Leu war nicht ausgebombt; alle aus der Klasse kannten ihre Adresse. Und die Schule stand an der alten Stelle in der Burgstraße hinter dem großen Schulhof. Yvonne müsste wissen, dass wir auf Nachricht von ihr warteten. Sie hatte es gut gehabt in unserer Klasse, in unserer Schule. Sie war sogar mit in Schönberg gewesen, als es längst für sie verboten war. Könntest du doch noch schreiben! – Liebe kleine Yvonne.

Kontakt fand ich wieder mit Frau Sandera. Wir freuten uns beide, denn der Sprechunterricht ließ sich erneut aufnehmen und sogar mit ein bisschen Singen ergänzen. Meine Stimme und ich waren erwachsener geworden. Frau Sandera sprach von einer Verbindung zu jemandem beim Rundfunk. Und wenn wir mehr geübte Texte hätten, wollte sie mich dort vorstellen. Das gefiel mir gut. Das war fast wie Theater und hatte den Vorteil, dass meine Figur nicht stören würde. Eben vorher hatte der Sender Hamburg neue Leute gesucht; da kam ich als »zu jung« nicht infrage. Vielleicht mit etwas Protektion? Ich sah mich bereits in der Position einer Märchentante mit Aufstiegsmöglichkeiten.

Aber Frau Sandera verließ uns »plötzlich und unerwartet«, und mir blieb die feine, stille Trauerfeier für sie, mit der ich zugleich meine Hoffnung auf eine Radio-Zukunft begrub.

An der Kleinen Alster, am Ehrenmal für die im Ersten Weltkrieg gefallenen Soldaten, fiel mir das Relief auf: Trauernde Mutter mit Kind. Das hatte ich schon gesehen, als ich noch klein war, als mein Vater mir von den im Krieg Gefallenen erzählte. Wenn ich später – etwa zehnjährig und danach – dort vorbeiging, fand ich das Mutter-und-Kind-Bild nicht. Stattdessen prangte an dieser Stelle ein auffliegender stolzer deutscher Adler. Von den Erwachsenen, die ich fragte, erinnerte sich niemand an anderes. Doch nur wenige Jahre nach dem Faschismus war genau dieses frühere Bild wieder da. Und plötzlich kannten sie ihn alle: Ernst Barlach, einen der verboten gewesenen Künstler. Dieses von ihm gestaltete Relief hatte irgendwer wieder aufgefunden und an den alten Platz gebracht.

Die Darstellung gefiel mir eigentlich nicht. Ich fand sie nicht »schön«, dem Auge nicht gefällig. Was hatten die Nazis uns angetan mit ihrer Einseitigkeit, mit ihrer Normierung auf deutlich und vordergründig Erkennbares. Ich brauchte einige Jahre, bis ich in der bildenden Kunst Formen und Farben zuließ, die mehr als den abgebildeten Gegenstand erklärten. Jetzt erkenne ich die Aussage in dem Barlach-Relief. Es rührt mich an, es bewegt mich. Ich sehe, wie stark es dem Kummer aller Kriege nahekommt.

Zuhause hatten wir andere Kümmernisse und Freuden mit Bildern. Unsere Fotografien aus früheren Jahren waren weg. Aber aus dem kleinen Kreis von nicht ausgebombten Verwandten und Freundschaften erhielten wir ein paar alte Fotos. Uns machte froh, wie unser Erinnern durch diese Bilder unterstützt wurde: Agnes als junges Mädchen, ihre Töchter als Kinder, wir alle fröhlich im Schrebergarten.

Im Krieg hatten wir zwar unseren Luftschutzkoffer vernünftig für ein paar kommende Wochen gepackt, ideelle Werte dabei aber nicht bedacht. »Nun wissen wir es fürs nächste Mal«, äußerte ich leichtfertig. Und hörte von Agnes: »Das mache ich nicht mit. Wenn es noch mal Krieg gibt, drehe ich den Gashahn auf. Ihr könnt alle herkommen.«

Nein. Ich wollte mithelfen, die Menschheit wieder auf einen grünen Zweig zu bringen. Ich wollte ja die Ärmel aufkrempeln und mitmachen. Mit allen gemeinsam. Ich konnte mir nur nicht vorstellen, wie das zu machen sei. Und suchte: Gebrauchsanweisungen, Rezepte?

Ich wünschte nach dem furchtbaren Krieg nicht nur den offiziellen Frieden, sondern ganz allgemein ein friedliches Zusammenleben. Musste nicht das Erlebnis Krieg dazu geführt haben, dass alle Menschen geduldiger und freundlicher miteinander umgingen? Ich brauchte lange, bis ich begriff, wie unterschiedlich die Interessen einzelner Leute und Gruppen sind. Warum sie sich gegenseitig nicht mögen.

Die Nazis hatten von *Volksgemeinschaft* geredet. Aber wenn für den großen Teil der Bevölkerung auch alles klappte, beruhte das oft nur auf guter Organisation, auf reibungslosen Abläufen. Genau genommen wurde die ständig zitierte *Volksgemeinschaft* schon brüchig, wenn einer mehr bekam als ein anderer: »Hier gibt es was. Ich muss drängeln, um was abzubekommen.« Genau genommen blieb nur die immerhin allen gemeinsame Notwendigkeit: »Ich muss mich und meine Familie durchbringen.«

Beschworen hatten die Nazis den zusammenhaltenden Glauben an *Volksgemeinschaft* durch erschreckende Hinweise auf Menschen, die nicht dem gängigen Typ des Deutschen entsprachen. Wer »deutsch« war, konnten wir zwölf lange Jahre lang im *Völkischen Beobachter* und in allen, allen in Deutschland erscheinenden Zeitungen lesen. Andere Zeitungen kannten wir nicht. Wir Jüngeren erfuhren auch nichts anderes durch Schulbücher und die *Hitlerjugend*-Heimabende.

Die *Volksgemeinschaft* der Nazis: Endlich wurde überall bekannt, dass sie Millionen von Menschen ausgegrenzt und auf brutalste Art seelisch und körperlich kaputtgemacht hatten. Ausgrenzung ist das Gegenteil von Gemeinschaft. Der Eindruck von Einheitlichkeit und Einheit entstand nur dadurch, dass keine anderen Möglichkeiten aufgezeigt und erkennbar wurden. Aber jetzt gab es dieses alle Informationen verkleisternde Göbbels'sche *Ministerium für Volksaufklärung und Propaganda* nicht mehr. Aufklärung wurde möglich.

Demokratie: Wenn es jetzt »Herrschaft des Volkes« hieß, dachte ich, dann herrschte nicht ein Einzelner; dann waren alle gemeint und zu gemeinsamer Arbeit und Anstrengung aufgerufen. Alle sollten dieses Staatswesen mit Leben, mit Inhalten füllen. In der neuen Freiheit könnte mit vereinten Kräften ein Neues gebaut werden. Diese Chance: selbst mitmachen, mitdenken, mithelfen!

Oder war das Illusion? Viele Mitmenschen, Mitdeutsche wollten gar nichts über politische Zusammenhänge wissen. Sie waren nach den zwölf Jahren dieser so unterschiedlich erlebten Hitler-Diktatur geschockt, enttäuscht, erschrocken, entsetzt. So entstand die vorsichtige Überlegung: »Im vierten Reich so leben, dass man im fünften auch noch existieren kann.«

Demokratie: Herrschaft des Volkes. Ich stieß mir die Nase an dem Begriff »Herrschaft«. Wer sind dann die Beherrschten? Gegen wen oder über was herrscht das Volk? Gegen oder über sich selbst? Erstaunt sah ich: Sie wollten ja alle so unterschiedliche Sachen. Viele Leute wollten nur was für sich. Und viele Leute brauchten auch erst mal nur was für sich.

Zum Beispiel wohnen. Vier eigene Wände und ein eigener Wasserhahn war der seit langem gehegte, sehnliche Wunsch aller Ausgebombten. Eine Wohnmöglichkeit in unserer Stadt erhofften sich die nach Bombardierungen ins Umland verbrachten »Butenhamburger«. Flüchtlinge, später auch Vertriebene aus deutschen und ehemals deutschen Ostgebieten wollten versorgt sein. Welche Stadt, welches Land konnte das nach all der Zerstörung für alle leisten? Diese Enge, schon an den Wohnungstüren lesbar: Meier 1 x klingeln – Müller 2 x klingeln – Schmidt 3 x klingeln – Schulze 4 x klingeln. Mehrere Familien, aber nur eine Wohnung, eine Klingel, ein Küchenherd.

Erschreckende Enge überall. Schimpfen und Empörtsein. Ein Gegeneinander, das über Jahrzehnte unversöhnlich bestehen blieb, das wegen der vorhandenen schwierigen Verhältnisse nicht geändert oder gar verbessert werden konnte und das in den Köpfen von Millionen Betroffenen nie aufgearbeitet wurde.

Frauen. Jahrelang angesungen als »tapfere kleine Soldatenfrau« mit dem Versprechen: »Warte nur, bald kehren wir zurück.« Das hatte sich auf Glück gereimt. Frauen: jahrelang als die Kleinen Heldinnen des Alltags bezeichnet, konfrontiert mit den Kleinen Sorgen der Heimat. »Klein« war gegenüber den großen Leistungen, die ihnen abverlangt wurden, fast ein Witz, eher noch eine Beleidigung. Aber Frauen sind gewohnt, nicht angemessen bezahlt zu werden. Und wenn ihnen ein zärtliches Wort, ein »liebes Kleinchen« angehängt wird, genügt ihnen ihre innere Größe. Jedenfalls verhielten sich die meisten so: wie immer arbeitend, verzichtend.

Entlastet von den Sorgen des Krieges erfuhren sie jetzt die Schwierigkeiten des neuen Friedens. Viele warteten jahrelang auf die Heimkehr ihres Helden. Viele bekamen einen innerlich oder äußerlich versehrten oder ganz kaputten Mann zurück. Viele warteten vergebens. Viele hatten genug gewartet. Kann nach sechs Kriegsjahren wieder Alltagsleben stattfinden? Etwa wie vorher? Ich kenne Einzelne, Paare, Familien, die es versuchten.

So die Frau eines Kollegen, die ihn am Arbeitsplatz anrief und fragte: »Soll ich schon die Zwiebeln pflanzen?« Ihr Mann war all die Jahre Soldat gewesen, sie hatte in der Zeit zwei Söhne erzogen und hatte auch ihr Gemüse selbstständig gepflanzt, gegossen und geerntet. Jetzt fragte sie ausgerechnet den, dem diese Erfahrung während der Kriegszeit abhandengekommen war. Wünschte sie sich das Rollenklischee zurück: anlehnungsbedürftig, ohne Verantwortung zu sein? Oder wollte sie endlich dem Mann vor die Füße werfen, was sie an Lasten für ihn getragen hatte, was sie an seiner Stelle lange Zeit hatte tun müssen? Ich weiß, er fühlte sich wohl damit. Der ehemalige Obergefreite, der gedemütigte Kriegsgefangene: Jetzt war er wieder wer. Er wurde gefragt.

Ich lernte eine Kriegerwitwe mit zwei Kindern kennen. Die wagte eine homosexuelle Beziehung. Wir andern meinten, das sei eine Notlösung. Das war eben eine Lösung, und das war auch in Ordnung. Und das kam dann auch häufiger vor. Es gab nach diesem mörderischen Krieg eben viel mehr Frauen als Männer (125 : 100 hieß es). Wir andern hatten keine Ahnung. Unsere Mütter sagten, wenn überhaupt, das sei »krankhaft«. Bei den Nazis war das alles sowieso sehr verboten. Gesetzeszwänge ließen sich zwar jetzt auch nicht einfach lösen, aber doch ein bisschen lockern oder umgehen. Um aber diese Lebens- und Erlebensform zu erkennen, anzuerkennen, muss in vielen Köpfen weiterhin aufgeräumt und aufgeweckt werden.

Wie ging es anderen Kriegerwitwen? Beispiel aus unserer Nachbarschaft, aus vielen Nachbarschaften: eine junge Frau, zu jung für lebenslanges Schwarz. Sie hatte ausgetrauert. Ihr begegnete einer, den sie mochte, den sie mitnahm in ihre vier Wände, dem sie die noch nicht gegen Lebensmittel eingetauschten Hemden ihres Gefallenen gab. Heiraten? Warum? Wenn dann die Witwenrente wegfällt? Also: Die Kinder sagten den Vornamen des Neuen und davor die unspezifische Bezeichnung »Onkel«. Wenn die Nachbarn den Familiennamen des Neuen nicht kannten, benutzten sie den Namen, der an der Tür stand, um ihm Guten Tag zu sagen. Man wusste Bescheid. Allgemein hieß diese als Kriegsfolge verbreitete Lebensform »Onkelehe«.

Hier und da also neue Formen des Miteinanders. Und manches, das sich als Wiederaufbau bezeichnen ließ. Versuche und Verwerfungen, Durcheinander und Erkennen von Strukturen. Wer in Friedenszeiten schon zu leben gelernt hatte, richtete sich wieder ein. Wer schon erwachsen gewesen war vorm Krieg, erinnerte sich, fand mehr oder weniger geschickt alte Anknüpfungen. Wie man so sagt: Das Leben ging weiter.

Aber wie ging es den Kindern? Wie geht es ihnen heute? Wie geht es den Enkeln? Die Verlorenen, schmerzlich Gesuchten: in unendlich vielen Karteikästen gesammelt und Tag für Tag, jahrelang, zu festen Zeiten im Radio vorgelesen: Namen, Namen, Namen.

Wir kannten das Wort *Kriegstrauma* nicht. Und ahnten auch nicht, dass es sich dabei um ein Phänomen handelte, das von Psychologen zu behandeln wäre. Wir lernten inzwischen das Wort *Kollateralschäden*. Es klingt zynisch, dieses Wort im Zusammenhang mit den Seelen von Kindern zu benutzen. Aber auch wenn wir das Wort vermeiden: Es stimmt die schlimme Tatsache, dass alle Kriegskinderseelen nur so als »am Rande beschädigt« eingestuft werden.

Wie lange werden Ärzte, Lehrer, Eltern, ja alle, sich noch mit Beschädigungen befassen müssen, die auf Kriege zurückgehen? Wann werden Trümmer und Bruchstücke aufgeräumt sein? Hören wir die kriegsgewohnten, noch zu keinem Frieden geübten Kinderseelen SOS funken: »Save our souls!«

Neue Arbeit

Mami kam eines Sommertages mit der Frage, ob ich mir vorstellen könnte, in der Gewerkschaft zu arbeiten. Schwester Ingeborg Tönnesen, ihre frühere Kollegin, hätte nach mir gefragt. »Geh doch mal hin und sprich mit ihr.«

Ich ging also und traf Inge in ihrem Büro. Ein Weg in die Gesundheitsbehörde und zum Betriebsrat eines der großen Allgemeinen Krankenhäuser Hamburgs folgte. Ich bekam einen Arbeitsplatz als ungelernte Krankenschwester bei der Freien und Hansestadt Hamburg, zur Verfügung gestellt dem Bund freier Schwestern in der Gewerkschaft Gesamtverband der Gemeinde- und Staatsarbeiter, zu dem das Gesundheitswesen gehörte. Genau besehen war das eine Unmöglichkeit. Aber im Juli 1947 funktionierte viel Unmögliches. Die Landesoberin, mit Sitz in der Hamburgischen Gesundheitsbehörde und verantwortlich für die in den Krankenhäusern der Stadt beschäftigten Krankenschwestern, war nach dem Krieg neu in ihr Amt gekommen und probierte noch ihre Kompetenzen aus. Sie fühlte sich den Gewerkschaften verbunden und schätzte den Kontakt mit ihnen. Daher erschien ihr meine Einstellung durchaus in Ordnung. Inge und ich wussten auch nichts anderes.

Mir wurde in Inges Zimmer ein Schreibmaschinentisch gestellt und ein Stuhl davor. Eine Schreibmaschine bekam ich auch. Die musste ich jeden Morgen aus einem abschließbaren Schrank vom Flur holen und abends wieder dort ins gleiche Bord stellen. Die Kollegin aus der Kasse stand mit einem wichtigen Schlüsselbund dabei, bis alle Schreibkolleginnen ihre Maschinen abgestellt hatten. Schreibmaschinen waren kostbarstes Gut, Geschenke von ausländischen Gewerkschaften, aussortiert und uns gegeben. Auch Briefumschläge und Durchschlagpapier waren Spenden von dort. Unser grobes, graues Schreibpapier stammte aus einem von den Engländern bestimmten Kontingent und war mit unserem Gewerkschaftsnamen bedruckt. Mit all dem mussten wir sparsam umgehen. Aber das hatten wir ja gelernt.

Ungewohnt war für mich, dass ich immer um 17 Uhr Feierabend hatte. Bisher, bei Agnes und früher in Handeloh, war irgendwann nichts mehr für mich zu tun, so dass ich eigenen Wünschen nachgehen konnte. Auf den Stationen im Krankenhaus sagte die Oberschwester, wenn sie alles erfragt oder inspiziert hatte: »Sie können dann gehen, Schwester Hilde.« Ich knickste und ging. Aber im Büro sollte ich ohne weitere Aufforderung meine Schreibmaschine abgeben und war damit für den Tag verabschiedet.

Wenn es nach meinem Magen gegangen wäre, hätte ich viel eher Feierabend haben müssen. Mein Brot war bis etwa 11 Uhr schon aufgegessen. Agnes gab sowieso – ohne Butter und ohne jeden anderen Belag – nur ein paar Scheiben Maisbrot mit. Die lagen erst brav in meiner Tasche. Dann verlockten sie mich, eine nähere Beziehung mit ihnen einzugehen: Ich legte sie in eine Schieblade des Tisches, an dem ich saß. Ob sie dufteten, weiß ich nicht. Aber sie reizten. Darum brach ich in Abständen, die immer kürzer wurden, kleine Stücke davon ab und schob sie mir genüsslich in den Mund.

Im Gegensatz zu vielen meiner Mithungrigen mochte ich das Maisbrot. Der Mais soll wegen eines Missverständnisses aus Amerika geliefert worden sein. Sie hatten uns mit Getreide zum Brotbacken helfen wollen und angefragt, was wir denn so brauchten. Da hatten sie hier keine Getreidesorten genannt, sondern einfach »Korn« gesagt. Aber »Korn« sagt man in Amerika speziell zu Mais. Darum also landete das gelbe, ziemlich krümelige Maisbrot auf unseren Tischen – und bis vormittags 11 Uhr in meiner Schreibtischschieblade.

Es gab gar nicht so viel zu schreiben für mich. Wir korrespondierten zwar mit Gewerkschaftsbüros in anderen Städten, aber dann fuhr Inge selbst hin und sprach in Schwesternversammlungen über die Notwendigkeit, Mitglied der Gewerkschaft zu werden. So hatte sie es auch im Krankenhaus St. Georg getan und mich dadurch zum Eintritt veranlasst. So wiederholte sie mehrere Versammlungen in den Hamburger Krankenhäusern.

Wenn Schwestern zu uns ins Büro kamen und sich nach Arbeitsbedingungen erkundigten, sollte ich erst mal zuhören, damit ich bald auch Auskünfte geben konnte, wenn Inge unterwegs war. Es machte sich bemerkbar, dass ich mich mit dem Leben und Arbeiten im Krankenhaus auskannte und wusste, wie mit Schwestern umzugehen war. Mir war etwas bange davor, aber es ging besser als befürchtet.

Wichtig wurde für mich, dass es hier im Büro eine Sammlung alter Gewerkschaftszeitungen für den Bereich des Gesundheitswesens gab. Das war *Die Sanitätswarte* aus den zwanziger und dem Anfang der dreißiger Jahre. Inge riet mir, darin zu lesen. Das tat ich interessiert und lernte dadurch viel über allgemeine Entwicklung im Krankenhausbereich sowie über frühere Arten und Aufgaben in der Pflege. Besonders spannend, ja erschreckend fand ich die Bedingungen, unter denen das Pflegepersonal arbeiten und welche Kämpfe es austragen musste, bis es aus der Gesindeordnung herausgehoben und als eigener Berufsstand anerkannt und bezahlt wurde.

Unsere Nachkriegsgewerkschaften entwickelten sich unter Aufsicht und Bestimmungen der Besatzungsbehörden. Erste Treffen früherer Gewerkschaftsmitglieder fanden gleich nach Kriegsende statt. Sie durften aber über den örtlichen Bereich zunächst nicht hinausgehen. Erst im April des Jahres 1947 fand die Gründung des Deutschen Gewerkschaftsbundes auf Zonenbasis statt. Dem waren Gespräche und Beratungen zwischen Einzelnen und Gruppen in Städten und Kreisen vorausgegangen. So war auch Inge in der britischen Besatzungszone für den Bund freier Schwestern unterwegs gewesen und hatte in Versammlungen interessierte, engagierte Schwestern gefunden, die von den Anwesenden als Delegierte für eine erste Schwestern-Konferenz gewählt wurden.

Diese Konferenz fand 1947 im frühen Herbst in Hamburg statt. Schwestern aus Hamburg, Schleswig-Holstein, Niedersachsen und Nordrhein-Westfalen nahmen daran teil. Alle Vorbereitungen funktionierten über das Vorzimmer unseres Hamburger Vorsitzenden Adolph Kummernuss. Ich war so neu in Organisationsfragen, dass ich damit nicht betraut wurde. Ich sollte nur schon versuchen, ein Protokoll zu schreiben. Zur Sicherheit setzten sie eine geübte Kollegin dazu.

Über mein Protokoll sagte Kummernuss mir, es sei gut geworden und ich hätte auch wesentliche Inhalte gut festgehalten. Aber: Es sei notwendig, bei der Begrüßung einzeln zu erwähnen, welche wichtigen Leute – damalige Honoratioren – dabei gewesen seien. Immerhin hatten die gewerkschaftlichen Krankenschwestern die Ehre gehabt, im Rathaus vom Gesundheitssenator begrüßt zu werden. Das war damals Fiete Dettmann, ein Kommunist, der nach der nächsten Wahl nicht mehr vorkam. Ich merkte mir den Hinweis. Aber Inhalte blieben mir immer wichtiger.

Die ganze Schwestern-Konferenz erschien mir wie ein großes Fest. Ich sah in angeregte Gesichter, hörte eifrigen Gesprächen zu, und die Sommersonne schien. Dabei war viel Ernstes zu erleben. Die beiden Konferenztage forderten meine volle Aufmerksamkeit, weil ich einmal lernen musste, wie so etwas technisch verläuft mit Grundsatzreferat, Diskussionsbeiträgen, Anträgen und Abstimmungen, und was die Schwestern aus ihren Arbeitsbereichen alles an Schwierigkeiten berichteten, was sie an Verbesserungen forderten und was in späteren Jahren immer wieder gefordert werden musste.

Zum Programm gehörte in Ochsenzoll, im Norden Hamburgs, die Besichtigung von Pavillonstationen der *Heil- und Pflegeanstalt.* (Hieß das so? Ich bin unsicher. Der Vorläufer in Friedrichsberg hatte *Irrenanstalt* geheißen.) Die Zeitungen hatten zu der Zeit erst in Ansätzen über das furchtbare Euthanasie-Programm der Nazis berichtet. War es Absicht oder Zufall, gerade so ein Krankenhaus zu besuchen? Wir erfuhren nicht, ob oder wie viele Krankentransporte von hier aus in Vernichtungslager geschickt worden waren. Jetzt befanden sich in der gesamten großen Anlage überall Patienten.

Wir gingen durch unterschiedliche Frauenstationen. Da lagen im Saal Frauen in ordentlichen Betten. Hände gingen tastend über weiße Decken, als suchten sie etwas; irrende Augen fanden nichts. Blicke blieben starr ins Weite gerichtet. In einigen Einzelzimmern nur eine Matratze; darauf oder daneben eine kaum oder gar nicht bekleidete Frau, schreiend, wild gestikulierend; manche nur leise wimmernd; aber alle voller Unruhe, die zu uns durch Türen und Fenster drang. Man hatte vorsorglich weggenommen, was sie hätten zerreißen oder zerstören können. Auch sich selbst konnten sie mit nichts mehr verletzen. So fand ihre Angst, ihre Wut, ihre Klage, ihre totale innere Zerrissenheit kein Gegenüber, keinen Ausweg. Mir fiel auf, dass sehr junge Frauen unter den Patientinnen waren: nie gezählte Kriegsschäden.

Auf dem großen Krankenhausgelände gab es Männer, die mit Gartenarbeiten beschäftigt waren und erkennbar zu den Patienten gehörten, die vermutlich auch schon lange hier lebten. Sie grüßten freundlich, und wir grüßten zurück.

Völlig unerwartet lernten wir noch etwas über Seidenraupenzucht: Ein großer Raum, fast ein Tropenhaus, darin Maulbeerbäume. Irgendwo auch Seidenraupen, aber an deren Zustand, fressend, verpuppt oder fliegend, erinnere ich mich ungenau. Ich weiß nur, mit welchem Eifer uns eine alte Schwester viel über die Schmetterlinge und ihr Gespinst erzählte. Sie war mit allem um sie her innig vertraut, auch mit Patientinnen und Patienten, die ihre Schützlinge waren und die ihr aufmerksam zuhörten. Das Haus und die Arbeit darin gibt es nicht mehr. Es muss damals, als man Kranke noch nicht mit beruhigenden, ruhigstellenden Medikamenten behandelte, hilfreich gewesen sein. Denn eine schöne Gelassenheit, beinahe ein Zauber ging von allen darin Wirkenden aus.

Zu unserer Gewerkschaft gehörten Seeleute und Hafenarbeiter. Das waren Tausende, als es noch keine Container gab und der Stückgutverkehr den Hafenalltag beherrschte. Um alle erreichen zu können, besaß die Hamburger Bezirksverwaltung eine eigene Barkasse. Darin saßen zum Abschluss ihrer Konferenz unsere Schwestern, teilweise in Tracht, also mit weißen Hauben. Das sah von weitem aus, als hätten Möwen die Barkasse besetzt. Die meisten von ihnen waren beeindruckt von der Größe unseres Hafens, auch von ein paar Hafenfähren, die uns begegneten.

Aber wer die Lebendigkeit des Hafens aus der Vorkriegszeit kannte, sah mit Entsetzen die furchtbare Veränderung: Zerstörte Kräne ragten aus dem Wasser, Schuppen waren verbrannt; zerbombte Schiffe, große und kleine Wracks, lagen mitten in den Hafenbecken. Das Wasser platschte unendlich müde an kaputte Kaimauern, die kilometerlang leer und zerborsten nutzlos lagen. Nicht mal Petroleum schwamm auf der Oberfläche. Ich war wohl nicht die Einzige, die das alles durch Tränen sah.

Auf der Konferenz war Inge zur Vorsitzenden des Bundes freier Schwestern für die britische Zone gewählt worden, weshalb sie für den weiteren Aufbau dieses Bereichs der Fachabteilung Gesundheitswesen oft unterwegs war und gute Erfolge aufweisen konnte: Die Schwestern organisierten sich. Ich saß in Inges Büro, sprach mit fragenden Kolleginnen, beantwortete Briefe.

Bis ein erschrockener Anruf der Landesoberin kam: Der Rechnungshof hatte festgestellt, dass ich als Beschäftigte der Freien und Hansestadt meine Arbeitskraft nicht dem Hamburger Staat, sondern einem völlig anderen Organ zur Verfügung stellte. Was natürlich nicht von Hamburg bezahlt werden durfte. Daher sei mir unverzüglich zu kündigen, zum Ende Januar 1948. Ich bekam ein paar Urlaubstage und damit verließ ich Inge und ihr Büro.

Was mache ich jetzt? Irene wusste was: Durch ihre langjährige Arbeit in einem Büro für Verkauf und Reparaturen von Melkmaschinen kannte sie einen Rechtsanwalt, der durch irgendein Amt mit der Verteilung und Reparatur von landwirtschaftlichen Maschinen betraut worden war. Ein wichtiger Job bei der herrschenden Knappheit solcher Güter. Der Rechtsanwalt machte Besuche bei den Bauern und entschied – nach welchen Kriterien? – die Verteilung der äußerst knapp bemessenen Ressourcen.

Da saß ich also, schrieb brav, was er diktierte, nahm Anrufe entgegen und schrieb auf, was mir unzufriedene Leute durchs Telefon erklärt hatten. Wenn ich Zeit hatte, und das kam immer mal vor, guckte ich aus dem Fenster und beobachtete das Leben vorm Hauptbahnhof.

In dieser Zeit machte ich Gedichte, die ich lange Zeit für einigermaßen gut hielt. Sie hingen mit Krieg zusammen, waren entsprechend ernst und traurig, manchmal böse. Sie passen nirgends mehr hin. Alte Vorstellungen und Erfahrungen von Kriegen.

Konsequenzen

Vom Jahreswechsel ist noch zu erzählen, von 1947 auf 48. Als wir uns mit Mädchen und Jungen aus den FDJ-Gruppen in Holm-Seppensen trafen, mit allen, die Lust hatten, einen kalten Jahreswechsel gemeinsam zu erleben. Wir hatten die übliche karge Verpflegung beieinander, sogar ein paar

Kerzen und alles, was es an wärmender Bekleidung anzuziehen oder zu umwickeln gab.

Einen zehn Minuten entfernten günstigen Platz bestimmten wir für ein Feuer, das uns zum neuen Jahr aufleuchten sollte. Wir trugen Äste und Zweige zusammen, schichteten auf, gingen ins Haus zurück und erwarteten mit fröhlichem Klönen und Singen die Mitternacht. Es hatte zwar am Tag zuvor etwas geschneit, und das gesammelte Holz war noch feucht. Aber nur ein bisschen. Der Himmel war wieder klar.

Die Jungen, die das Feuer entzünden wollten, gingen früh los. Alle anderen warteten. Schließlich schickten sie von draußen eine Abordnung: »Ihr könnt kommen, es brennt.« Auf unserem Weg dahin kam uns einer entgegen und erklärte, das Feuer sei wieder ausgegangen, sie wollten es aber weiter versuchen. Wir machten uns unzufrieden auf den Rückweg, wartend. Dann kam einer der Geübten und teilte betrübt mit: »Es hat keinen Zweck mehr.« Das Holz brennt nicht, es muss nur gehütet werden, bis alles ganz aus ist. Drei Aufpasser blieben vorsorglich beim Holzstoß. Wir andern pellten uns aus den wärmsten Sachen und bereiteten uns auf einen Jahreswechsel innerhalb des Hauses vor.

Später, wohl so kurz vor Mitternacht, kam einer angelaufen, kurzatmig: »Jetzt brennt es doch noch. Kommt!« Da liefen wir los. Stellten uns, an den Händen gefasst, rings um das Feuer und sangen. Flammen und Lieder stiegen hoch in den kalten Winterhimmel.

Irgendwo auf dem Weg zu unserem müden Holzstapel hatte uns das neue Jahr schon eingeholt. Den genauen Zeitpunkt verpassten wir. Aber vielleicht war das nicht wichtig.

Oder war es diese Verspätung? In unserer Gruppe ergaben sich mehr und mehr Einzelinteressen durch Berufsbeanspruchung, familiäre Verpflichtungen und Pärchenbildung. Wir unternahmen weniger Gemeinsames. Genau genommen waren wir eine alte Gruppe, was das Alter der meisten von uns betraf. Wir rutschten erkennbar in das Erwachsensein. Das Leben einer Jugendgruppe findet üblicherweise so ihr Ende.

Ich fand auch inhaltlich ein Ende, eine Abkehr.

Ich lese eine alte, mühsam kopierte Schrift: die »Jubiläumsausgabe November 1985 zum 40. Gründungsjahr der FDJ Hamburg«. Da finde ich im Grußwort einiges über ihre selten erwähnten Anfänge: Gerd Moss erzählt, wie sich schon während des Krieges junge deutsche Emigranten in England »über alle weltanschaulichen und religiösen Schranken hinweg« zusammenschlossen, um »gemeinsam den Kampf in der weltweiten Anti-Hitler-Koalition« aufzunehmen. In London nannten sie ihre Verbindung Freie Deutsche Jugend, und als einer ihrer Vertreter kam Gerd nach Kriegsende von England nach Hamburg, um hier Entsprechendes aufzubauen. Bereits Ende November 1945 wurde diese Jugendgruppe »von der Militärregierung Hamburg und dem Landesjugendamt Hamburg genehmigt und ihre Tätigkeit nach den vorgelegten Satzungen zugelassen«. Deutsch und englisch bestätigt. In so breiter Koalition festigte ich meine Mitarbeit, mein Mitwirken, meine Mitfreude.

Im Frühjahr 1948 fand eine Landesbezirkskonferenz statt. Dafür wählten wir in den einzelnen FDJ-Gruppen unsere Delegierten. Ich war Gastdelegierte.

Als Redner kam Erich Honecker aus Berlin. Er befasste sich hauptsächlich mit wirtschaftlichen Fragen, die in Ost und West völlig unterschiedlich behandelt wurden. Hier unter dem Einfluss westlicher Länder fand Altgewohntes auf alte Weise statt und bedurfte keiner besonderen Beachtung. In der sowjetischen Zone lernten die Menschen, dass es ihre ureigenste Aufgabe sei, sich um wirtschaftliche Zusammenhänge zu kümmern.

Die Diskussion befasste sich ausführlich mit dem Marshall-Plan, womit der amerikanische Außenminister namens Marshall durch langfristige Kredite den Wiederaufbau Europas unterstützen und damit der amerikanischen Wirtschaft einen neuen Markt erschließen wollte. Das aber würde verstärkt dazu führen, die drei Westzonen dem amerikanischen Einfluss zu unterstellen. Bei uns im Nachkriegsdeutschland könnte sich keine selbstständige (etwa sozialistische?) Wirtschaft mehr entwickeln. Einer der Jüngeren meinte, wir hier im Westen sollten die von den USA angebotenen Mittel doch erst mal annehmen, ohne uns gleich zu verkaufen. Vielleicht reichte ein Dankeschön?

Honecker verteidigte die Skepsis gegenüber den amerikanischen Geschenken. Leider brachte er schrecklich viele Schlagworte, statt alles ordentlich zu erklären. Ich verstand seine Argumente nicht; sie setzten zu viel theoretisches Wissen voraus, das nicht bei allen vorhanden war. Dieses vermutlich sehr westliche Unverständnis teilte ich mit anderen. In manchen Jugendgruppen war wohl darüber diskutiert worden. Aber es hatte nie Pläne oder Vorgaben für die Inhalte unserer Gruppenabende gegeben. An uns *Hanseaten* waren derartige Themen vorübergegangen.

Die Landesbezirkskonferenz führte dazu, dass ich Angst vor der Einseitigkeit bekam, die sich mir darstellte: Gedanken und Konsequenzen, die auf dieser Konferenz gar nicht mehr erarbeitet, sondern bereits als gegeben angesehen wurden, sollten nun als Konsens von allen getragen werden. Das ließ ich mir nicht überstülpen.

Zwei Jahre zuvor hatte ich die Falken wegen ihrer engen Bindung an die SPD abgelehnt. Jetzt sollte ich eine neue Bindung akzeptieren. Das widersprach doch der Satzung, die Unabhängigkeit von Parteien vorsah. Ich wollte nicht die wunderbare Freiheit aufgeben, die ich während meines Suchens immer noch dringend gebrauchte. Darum ging ich. Und war nicht die Einzige, die sich damals von der FDJ löste.

Ich habe ihnen einen schönen Brief geschrieben und mich für eine gute Zeit, ein gutes Miteinander bedankt. Ich hatte ja mein Jungsein wiedergefunden. Und weil Fred erklärte, mich unbedingt im Chor zu brauchen, ging ich weiter jeden Dienstag zum Singen.

Übrigens steht in der Jubiläumsausgabe, aus der ich zitiert habe, immerhin nach vierzig Jahren, mein »Gelöbnis« abgedruckt.

Im Gesamtverband

April. Ein neuer Frühling überblühte unser armes Land. In mein langweiliges Landmaschinenverteilungsbüro gelangte ein Anruf von Schwester Inge: »Was machst du eigentlich? Hättest du Lust, direkt bei uns in der Gewerkschaft zu arbeiten? Adolph Kummernuss hat nach dir gefragt.«

So schnell es ging, war ich im Gewerkschaftshaus. Schnell waren wir uns einig. Ich sollte künftig als Schreibkraft, später gab es die Bezeichnung Verwaltungsangestellte, für das gesamte Gesundheitswesen zur Verfügung stehen. Das ließ sich auch gut machen, weil inzwischen Schwester Frieda Wieking für den Bund freier Schwestern in Hamburg eingestellt worden war. Inge in ihrer Funktion als Vertreterin der organisierten Krankenschwestern bereiste die gesamte britische Zone und klärte in vielen Krankenhäusern die Schwestern darüber auf, wie sinnvoll die Mitgliedschaft in einer Gewerkschaft ist. Es ging um Ansprüche auf tarifliche Bezahlung, um Arbeits- und Urlaubszeiten, ja, um Selbstverständlichkeiten, die aber noch nicht überall selbstverständlich gewährt wurden.

Frieda Wieking war ein lebendes Beispiel für manches, was ich in der *Sanitätswarte* gelesen hatte. Sie war gelernte Köchin, hatte sich aber in den zwanziger Jahren für die Krankenpflege entschieden, als dieser Beruf ordentlich anerkannt wurde. Nach Kriegsende wurde sie Oberschwester. Das hätte ihr auch vorher schon zugestanden; nur passte sie den Nazis nicht. In den zwölf vergangenen Jahren hielt sie vorsichtig und geschickt Kontakt mit einigen Hamburger SPD-Größen, die sie mehrfach in Dänemark aufsuchte. Jetzt also war sie bei ihrer Gewerkschaft eingestellt, damit sie sich um die in Hamburg arbeitenden Freien Schwestern kümmern sollte.

Der Begriff *Freie Schwester* oder freiberuflich tätige Schwester musste erklärt werden: Jahrhundertelang war die Krankenpflege von Nonnen ausgeübt worden, die pflegebedürftige Menschen aufsuchten oder in ihren Klöstern versorgten. In evangelischen Gegenden gab es Diakonissen, die in Krankenhäuser vermittelt wurden. Die Bezahlung ging vom Träger des Krankenhauses direkt an ein Mutterhaus, das die vertraglich notwendigen Pflegekräfte stellen musste. Die Diakonissen selbst bekamen für ihre Arbeit außer Unterkunft und Verpflegung lediglich ein Taschengeld; dafür blieben sie aber lebenslang in ihrem Mutterhaus versorgt.

Der Schwesternberuf veränderte sich mit der Zeit. In den Beruf drängten Frauen, die sich nicht den Zwängen von Kloster und Mutterhaus unterwarfen. Sie waren auf eigenes Einkommen angewiesen, brauchten Gehalt statt Taschengeld, und es wurde wichtig, dass sie mit ihrem Arbeitgeber (Krankenhaus, Klinik) ein eigenes ordentliches Arbeitsverhältnis abschlossen. Diese Selbstständigkeit war ihre Freiheit, machte sie zu *Freien Schwestern*. Jahrelang hielt sich dennoch die Auffassung, dass durch eine tarifliche Bezahlung von Krankenschwestern ihre speziell dienende Funktion konterkariert würde. Der an sie gerichtete ethische Anspruch verhinderte die Einsicht, dass sie nicht nur dienen, sondern auch verdienen dürften. – Dabei half ihnen ihre Gewerkschaft. Die Gemeinschaft von Einzelnen bildet die Kraft, durch die sich Notwendiges erstreiten lässt.

Unsere Gewerkschaft hatte sich kurz nach der Schwestern-Konferenz noch im Herbst des Jahres 1947 über viele Konferenzen im Gebiet der britischen Zone zusammengeschlossen und sich einen neuen Namen gegeben: Gewerkschaft Öffentliche Dienste, Transport und Verkehr. Ein langer Name, aber deutlich aussagend, was darin enthalten war. Diese Gewerkschaft ÖTV organisierte und vertrat außer den Beschäftigten im Bereich der Verwaltungen, eben der städtischen und staatlichen Betriebe, noch die im gesamten Speditionsverkehr Arbeitenden. Dazu zählten auch Häfen, Binnen- und Seeschifffahrt.

Ganz allgemein gilt für Berufstätige: Alle Arbeitsbedingungen, Löhne und Gehälter richten sich nach Tarifverträgen, die zwischen Gewerkschaft und Arbeitgebern ausgehandelt werden. Das war zwölf Jahre lang anders. Die Nazis hatten es eilig gehabt, den arbeitenden Menschen ihre Interessenvertretungen zu zerschlagen. Anfang Mai 1933 hatten sie Gewerkschaftshäuser besetzt und sich der Mitgliederlisten und Mitgliedsgelder bemächtigt. Viele von denen, die eine gewerkschaftliche Funktion ausübten, wurden verhaftet, eingesperrt. Viele überlebten die Lager nicht; viele kamen zerschunden zurück. Aber viele blieben voll Hoffnung.

Jetzt, in dieser veränderten Zeit, bemühten sie sich um einen Neuaufbau. Die Nazis hatten alles von oben bestimmt. Da hatte es keine Verhandlungen mehr gegeben und keine Verträge. Nur *Tarif-Ordnungen*. Jetzt wurde notwendig, die bewährte Tarifautonomie wiederherzustellen: Verhandlungen zwischen Arbeitgebern und Arbeitnehmern in eigener Regie und Verantwortung.

Einer unserer älteren Kollegen, der frühere Erfahrungen mitbrachte, gehörte zu denen, die Vorschläge zum großen Tarifwerk für den öffentlichen Dienst machten. Ich sollte mich bei ihm im Angestelltensekretariat melden, wenn meine Abteilung Gesundheitswesen mich gerade nicht brauchte. Das fand ich sehr spannend. Dem Kollegen lagen die Nazi-*Tarif-Ordnung* und ein alter Tarifvertrag vor, und im Kopf hatte er die neuen Verhältnisse, die zu berücksichtigen waren. Erst verstand ich gar nichts und fand alles sehr schwierig. Aber ich durfte fragen, und er erklärte bereitwillig und sogar verständlich. Dabei konnte ich viel lernen; das machte Spaß.

Wir hatten auch Kollegen, die es mühsam fanden, uns Jüngeren etwas von ihrem alten Wissen zu vermitteln. Da hörten wir nur ein entsetztes: »Was, das wisst ihr nicht?« Aber damit war uns nicht geholfen.

Wir Jüngeren, das waren wir jungen Mädchen, jungen Frauen, die für Büroarbeiten eingestellt worden waren. Die Funktionsträger, Leiter der einzelnen Abteilungen, waren Männer. Ausnahmen: eine Schwester und eine Frauensekretärin. Dass Kolleginnen auch in anderen Bereichen eine leitende Funktion ausüben konnten, gelangte erst einige Jahre später ins Bewusstsein des Gewerkschaftsapparates. Immerhin hatte man sich in den Anfängen gewerkschaftlichen Bürobetriebes darum bemüht, Schreibkräfte einzustellen, deren Eltern als gewerkschaftlich interessiert und aktiv bekannt waren.

Einige von uns machten bei der Gewerkschaftsjugend mit, wo manchmal ältere Kollegen eingeladen wurden, um von früher zu erzählen. Sie berichteten aber auch von gegenwärtigen Schwierigkeiten und Erfolgen. Auf einem dieser Gruppenabende wurde mir besonders deutlich, wie sehr die sowjetische Zone Deutschlands inzwischen von den drei anderen abgegrenzt war: Ein Kollege aus dem Hafen erwähnte, dass der früher so umfangreiche Umschlagverkehr mit dem Hinterland völlig abgeschnitten war. Die Elbe hörte für uns im Osten bei Lauenburg auf. Dadurch ging ein wesentlicher Teil der Binnenschifffahrt verloren, und das wirkte sich stark auf das Hamburger Wirtschaftsleben aus.

Trotzdem: Unsere Abteilung Hafen forderte uns einmal auf, am nächsten Tag ein Gefäß mitzubringen. Es gab Heringe: silbrig schimmernd, wunderbar frisch. Ein Festessen. Agnes briet eine ganze Pfanne voll und gestaltete außerdem einen köstlichen Heringssalat.

Agnes kannte übrigens unsere Frauensekretärin Lieschen Bösch. Nein, nicht persönlich. Aber dem Namen nach, aus ihrer frühen Zeit, als sie Dienstmädchen war. Sie freute sich, wieder etwas über sie zu hören. Und sie freute sich auch, dass ich mit dieser patenten, wenn auch alt gewordenen Frau in Kontakt kam. Lieschen hieß richtig Elise; aber wen interessierte das?

Interessant fand ich es, als wir zu dritt – Lieschen, Frieda und ich – von der Frauenklinik Finkenau eine Geburtenstatistik aus den Kriegsjahren ansahen. Die Anzahl der Geburten in den einzelnen Monaten zeigte kaum

Unterschiede, blieb einigermaßen gleich. Aber im Spätherbst, gegen Ende des Jahres 1943, fand sich ein erheblicher Einschnitt. Ich rechnete zurück und fand: Es hatte in den ersten Monaten des Jahres wegen der furchtbaren Kämpfe um Stalingrad eine längere Urlaubssperre für Soldaten gegeben. Da waren die Frauen allein geblieben, betrogen um den Urlaub ihres Liebsten. Verlassen durch seinen Tod.

Fand der Einfluss dieses Krieges denn nie ein Ende? Wir hätten ihn »Frieden« nennen können. Es wurde nicht mehr geschossen und nicht mehr gebombt; es gab auch keine Gefallenen mehr. Aber es gab die noch nicht heimgekehrten Gefangenen und es gab diese langen Listen von Menschen, die nach ihren Familienangehörigen fragten, und es gab alle, die nicht nach Haus konnten und mit dem Begriff *displaced persons (DPs)* zusammengefasst und irgendwo vorübergehend untergebracht waren.

Wir hatten auch immer noch Hunger. Die Frage, wann der Krieg zu Ende sei, wurde beantwortet mit: Wenn der Schlachter fragt »Darf's ein bisschen mehr sein?« – Der Text aus einem Zarah-Leander-Film

Es geht alles vorüber, es geht alles vorbei,
auf jeden Dezember folgt wieder ein Mai,

wurde in der zweiten Zeile verändert zu

bald gibt's wieder Kaffee und zum Frühstück ein Ei.

Von Kaffee und Frühstücksei träumten wir vergebens. Aber zu uns Mädchen ins Gewerkschaftsbüro gelangte ein Butterkuchen, mitgebracht von einem Kollegen, der zu Tarifverhandlungen über Löhne und Gehälter im Öffentlichen Dienst in eine offensichtlich gute Gegend gereist war. Es hatte dort nicht nur Gespräche gegeben, sondern auch Verpflegung, und es war sogar etwas übrig geblieben. Inzwischen war der Kuchen, eingepackt und transportiert, zwei bis drei Tage alt, aber das beeinträchtigte unser Vergnügen daran nicht. Wir freuten uns über den Kuchen und darüber, dass der Kollege an uns gedacht hatte.

Ich fühlte mich wohl an meinem Arbeitsplatz, fand mich da auch nützlich. Krieg und Nazi-Herrschaft waren gerade drei Jahre vorbei. Drei Jahre, in denen so unwahrscheinlich vieles neu war und aufgearbeitet werden musste. Diese Zeit war für mich immer noch Anfang, Aufbruch. Wahrscheinlich übersah ich dabei manche Schwierigkeiten und Ungereimtheiten, die in jeglichem Miteinander auftreten. Ich war froh, dass ich dabei sein durfte, mitarbeiten konnte. Ich war gerade 22 Jahre alt geworden. Ich fühlte mich wohl und endlich zu meiner Zeit gehörend.

Neues Geld

Wer im Krieg lebt, findet sich damit ab, dass es Hunger und Kälte gibt. Und eigentlich müsste auch zu verstehen sein, dass danach nicht alles wie mit Zauberhand gleich wieder heil, warm und satt sein kann. Diese Einsicht aber war schwierig. Vielleicht liegt hier der Grund dafür, dass im späteren Erinnern die ersten Nachkriegsjahre allgemein die *Schlechte Zeit* genannt wurden.

Dann sei das Wirtschaftswunder gekommen, heißt es. Aber nicht für alle. Hauptsächlich profitierten diejenigen, die schon vor der so lange erwarteten Währungsreform ausreichend Rücklagen besaßen. Das war erkennbar: Am Sonntag, dem 20. Juni 1948, hatten wir vierzig Reichsmark in erste vierzig Deutsche Mark umgetauscht, die restlichen zwanzig wechselten wir einige Sonntage später. Da konnten wir montags schon nicht mehr alles kaufen, was die Läden plötzlich anboten. In den Schaufenstern prangte gute Ware, die zu Einkäufen verführte.

Es gehörte Überlegung dazu, das neue Geld nicht für etwas auszugeben, was auch später noch gekauft werden konnte. Vielleicht würde es billiger, wenn man abwartete? Aber ein neues Paar Strümpfe statt der ständig gestopften? Wenn der Mangel vorher nicht so groß gewesen wäre, wären die Einkünfte derer, die ihm abhelfen konnten, wohl nicht so erheblich geworden. Aber die Preise stiegen. Das war sofort deutlich sichtbar. War auch ausreichend für Ärger und Zorn. Aber nicht genug für kraftvolle Empörung.

Was weit oberhalb unserer gewöhnlichen Ladenstraßen geschah, da wo die eigentliche Wirtschaft stattfindet, geriet weniger ins Bewusstsein. Wer früher in seiner Villa gewohnt hatte, lebte wohl auch jetzt nicht in Behelfsheim oder Nissenhütte. Da gab es Landbesitz, Fabriken und Maschinen.

Da blieben große Kapitalbestände erhalten. Die Abwertung 1:10 führte zu unterschiedlichen Endbeträgen.

Ich konnte mir ja ausrechnen: Wenn ich das versprochene Sparbuch von Frau Hjort hätte, wäre mein Kapital von 100 Reichsmark auf 10 Deutsche Mark geschrumpft. Hätte ich zehn solcher Sparbücher, könnte ich für 100 DM Strümpfe kaufen.

Die immer mal wieder geäußerte Behauptung »Nun sind wir alle gleich, nun haben wir alle gleich viel« war ein Schlafmittel, genau genommen eine riesengroße Unverschämtheit.

Schweden

Winter 1948/49

Hoffnung

Kurt Stichling, unser Jugendsekretär: »Hilde, hast du Lust, nach Schweden zu fahren?«

Ich: »Du bist verrückt. Natürlich hab ich.« Frage und Antwort behielt ich wörtlich in Erinnerung. Aus einer Zeit, in der kaum etwas unmöglicher war als eine Auslandsreise.

Ich sollte einen Lebenslauf und einen Aufsatz über »Meine schönsten Stunden nach Feierabend« schreiben. Das ging über Kurt an die DGB-Jugend und dann weiter an eine Institution, die mir später bekannt wurde als *Schwedisches Komitee für demokratische Aufbauarbeit*.

Schönste Stunden? Da wusste ich gleich, dass ich über das Jugendsingen mit Fritz Jöde erzählen musste. In seinen jungen Jahren hatte Jöde Texte des Heidedichters Hermann Löns vertont. Früher sangen wir zuhause diese Lieder aus dem *Kleinen Rosengarten* mit Kätes Gitarrenbegleitung. Und in Farmsen sang ich sie mit Klavierbegleitung.

Bald nach dem Krieg war Fritz Jöde in der Schulbehörde Leiter des Amtes für Schul- und Jugendmusik geworden und hatte einen Jugendchor gegründet, mit dem er einmal monatlich ein Offenes Singen veranstaltete. Das war so schön. So froh! Meistens fand dieses Singen in der Aula der Heinrich-Hertz-Schule statt. Aber im frühen Sommer lud der Chor sangesfrohe Jugendliche in den Stadtpark ein.

Davon erzählte ich in meinem Aufsatz. Wie schon der Weg zur Freilichtbühne, an duftenden ersten Rosen vorbei, fröhlich und neugierig machte. Wir lernten doch jedes Mal ein neues Lied oder ein altes auf neue Weise. Ich erinnere mich an die Aufforderung Jödes: »Alle, die über vierzehn sind, sollen mal still sein.« Und dann hörten »wir Alten« die vielen Kinderstimmen mit dem schönen Lied *Geh aus, mein Herz, und suche Freud.* Wir haben uns erstaunt und glücklich angesehen.

Mein Aufsatz enthielt auch einiges über Arbeit und Erlebnisse im Rahmen der Gewerkschaftsjugend. Da habe ich aber alle Einzelheiten vergessen. Und dann musste ich abwarten.

Und als ich mit gar nichts mehr rechnete, bekam ich eine Einladung in die Heimvolkshochschule Jagdschloss Göhrde für zwei Wochen im August 1948. Da sollte ich etwas über Schweden lernen und mit etwa fünfzig anderen Jugendlichen aus den drei westdeutschen Besatzungszonen um zwanzig Plätze auf schwedischen Heimvolkshochschulen konkurrieren.

Vor mir liegt – schlechtes Papier, nur mühsam lesbar – die »Abschlusszeitung des Lehrgangs Schweden heute«. Nein, so schlimm war es gar nicht, wie das hier klingt:

Wir wachen auf: Unterricht!
Wir essen Suppe: Unterricht!!
Mittagessen: Wieder Unterricht!!!
Eine Schnitte zum Nachmittag: Unterricht!!!!
Wir essen Abendsuppe: Gott sei Dank, kein Unterricht,
– zum Ausgleich: Vortrag.

Ich empfand die Zeit eher als aufmerksames, neugieriges Kennenlernen. Verwirrend viele deutsche Dialekte. In Kriegs- und Nachkriegszeiten war kaum Gelegenheit gewesen, uns zwischen Nord und Süd zu begegnen. Es war mühsam, einander zu verstehen, wie eine Anzeige in unserer Abschlusszeitung zeigt: »Deutsch-schwäbisches Wörterbuch gesucht. Die Nordgermanen.« Hoffnung auf künftige Verständigung bot die Erkenntnis: »Ein Glück, dass wir Schwedisch lernen.«

Wir erlebten wunderschöne vergnügliche Tage, in denen wir lernten, lachten und musizierten. Und tanzten. Nämlich schwedische Volkstänze, bei denen alle mitmachen und durcheinandergeraten können.

Wer machte sich eigentlich diese Mühe mit uns? Wer glaubte daran, dass wir Kinder der Nazi-Jahre zu demokratischem Leben tauglich sein könnten? Wer gab das viele Geld für so ein Experiment?

Schweden. Dieses räumlich große, aber von nur sechs (inzwischen über zehn) Millionen Menschen bewohnte Land im Norden Europas. Dessen Bevölkerung lange in Armut gelebt und große Auswanderungszeiten nach Nordamerika mitgemacht hatte. Dieses Land, das – wie wir erfuhren – seit 1805 keinen Krieg mehr hatte. Das sich aber erst seit den zwanziger Jahren des zwanzigsten Jahrhunderts politisch so entwickeln konnte, dass ein soziales Miteinander für alle Teile der Bevölkerung möglich wurde.

Da gab es Vereine, Verbände und vielerlei Institutionen, die sich veranlasst fühlten, den arm gewordenen Menschen des vom Krieg zerschundenen Europa zu helfen. Und da schlossen sie sogar uns in Deutschland nicht aus, die wir das alles doch angerichtet hatten. Vom schwedischen Roten Kreuz bekamen die Kinder eine tägliche Mahlzeit in der Schule. Für die Kleineren holten wir in entsprechenden Gefäßen bei den überall bestehenden Ausgabestellen eine Schwedensuppe ab. Es gab erstaunlich viel Hilfe.

Dieses *Komitee für demokratische Aufbauarbeit* in Stockholm lud über Gewerkschaften und Studentenverbände junge Deutsche zu einem halbjährigen Aufenthalt an einer schwedischen Heimvolkshochschule ein. Im vorigen Jahr war die Einladung an Lehrkräfte hiesiger Volkshochschulen gegangen. Einige von denen arbeiteten jetzt in kleinen Gruppen mit uns. Sie erzählten uns vom Wesen der skandinavischen Volkshochschulen, die es erreicht hatten, Schulentlassenen und Lehrlingen mehr Allgemeinwissen und damit größere Lebenssicherheit zu vermitteln. Die meisten Kurse dauerten ein halbes Jahr. Weil Wohnorte weit auseinanderliegen, war Heimunterbringung sinnvoll. Das förderte auch das Gemeinschaftserleben.

Unsere jungen Lehrkräfte bereiteten uns gut vor. Sie erzählten uns etwas über Land und Leute, von schwedischer Geschichte, und wir lernten schon mal ein Lied. Sie übten auch fleißig Schwedisch mit uns. Aber den eigentlichen Schwedisch-Unterricht gab uns der Hamburger Uni-Dozent für nordische Sprachen, Dr. Hirtschulz, bei dem ganz schnell und bleibend Wesentliches gelernt wurde. Er würzte »die schwedische Grammatik mit Aphorismen aus der Lebensweisheit«, sagt unsere Abschlusszeitung und erwähnt sein »weises, gütiges Lächeln« sowie seine Mitteilung: »Wenn meine liebe Frau wüsste, dass ich hier von Wirtschaft spreche, würden ihr die Haare zu Berge stehen.« Er war zum Gernhaben.

Schwieriger vielleicht der Umgang mit dem Psychologen, den wir Jumbo nannten und der überall auftauchte. Dazu die Frage: Wird es gelingen, die gefährliche Nase am Psychologen-Eck glatt zu umrunden?

Ich kann nicht gut: konkurrieren. In unserer Zeitung hieß es zwar »Man ölt die Pedale.« Aber ich wollte und erkannte kein erbittertes Gegeneinander. Und vielleicht haben die Kursleiter viel mehr darauf gesehen, ob und wie wir miteinander diskutierten, wie wir uns achteten, ob wir gemeinschaftsfähig waren. Und lernbereit. Nein, Konkurrenz muss man nicht immer im Kopf haben.

Noch bevor wir Abschied feierten, wollten wir wissen, wer für Schweden ausgesucht war. Das erstaunte Sven Söderquist, den dicken Direktor einer Heimvolkshochschule in Südschweden, der mit ungeheurem Schwung schwedische Volkstänze tanzte, uns erklärte, dass in Schweden Demokratie nicht gelehrt, sondern »mit Muttermilch eingesauft« wird, und der die Leitung des Ganzen hatte.

Als wir alle Bescheid wussten, konnten wir mit einem schönen Fest die zwei klärenden, belehrenden Wochen abschließen.

Wir Mädchen hatten es gut. Wer von uns – so wie ich – für den halbjährigen Winterkurs nicht ausgesucht worden war, sollte eine Einladung für einen speziellen Sommerkurs bekommen, in dem neben allgemeiner Hauswirtschaft zusätzlich Weben und Nähen unterrichtet wurden. Damit war ich zufrieden. Damit hatte es sich gelohnt, meinen vierzehntägigen Jahresurlaub für diese Göhrde-Zeit zu verbrauchen. Der nächste Sommer versprach viel.

Aber: Ich war längst wieder an Schreibmaschine und Gewerkschaftsjugend gewöhnt, da kam eine Einladung für den Winterkurs in Schweden. Es hatte einer abgesagt.

Die vielen, mühsamen Vorbereitungen. Agnes nähte aus einem geschenkten dünnen Sommermantel ein Winterkleid für mich; das abgetragene Braun besetzte sie mit Kragen und Manschetten aus buntem, aber eigentlich auch nicht gerade passendem Stoff. Sie strickte noch ein Paar Fausthandschuhe. Was ich außerdem besaß, musste für einen Winter reichen. Alles passte in den einfachen Koffer, der uns jahrelang in *Luftschutzkeller* und Eisenbahnzüge begleitet hatte.

Gleichzeitig folgten umständliche Laufwege und Behördengänge. Ich bekam einen »vorläufigen Reiseausweis an Stelle eines Passes«, der nur ein Jahr gültig und in englischer und französischer Sprache abgefasst war. Von der britischen Militärregierung beantragte und bekam ich eine Erlaubnis für die Ausreise. Das dänische Konsulat gewährte mir ein Durchreisevisum für Hin- und Rückfahrt, nachdem ich vom schwedischen Konsulat ein Aufenthaltsvisum zunächst für ein Vierteljahr bekommen hatte. Weil aber die Einladung der Schule in Schweden vorlag und damit die Gewähr gegeben war, dass ich dem schwedischen Staat nicht zur Last fallen würde, wurde der Aufenthalt später in Schweden ohne Schwierigkeit verlängert, zweimal für jeweils einen Monat, und entsprechend das Durchreisevisum für Dänemark.

Zu meinem Abschiedsbesuch in Farmsen nahm ich alle Briefe mit, die ich von Kurt bekommen hatte. Mama Jung sollte sie während meiner fünf Reisemonate aufbewahren. Und lesen. Sie freute sich, dass dadurch eine Lücke gefüllt wurde, die sie im Wissen um ihren Sohn hatte. Als ich alles später wieder abholte, legte sie die von mir an ihn geschriebenen Briefe dazu. Sie meinte, das gehöre doch zusammen. Die Briefe existierten, weil Kurt alle an ihn gerichtete Post von Zeit zu Zeit nach Haus geschickt hatte, wo sie auf seinem Schreibtisch auf seine Rückkehr warten sollten.

Wenige Tage vor meiner Abreise war wirklich alles in Ordnung gebracht, und ich verabschiedete mich mit einem fröhlichen Windbeutel-Essen von meinen Bürokolleginnen. Sie hatten ein Abschiedsgeschenk für mich: Heinrich Heines *Buch der Lieder*.

Anreise

Ich fuhr früh von Hamburg ab durch ganz Schleswig-Holstein und war gegen Mittag an der dänischen Grenze. Die Zollkontrolle war nicht scharf. Was hätte ich auch so kurz nach unserer Währungsreform schon nach Dänemark einschmuggeln können? Im dänischen Zug, den ich in Padborg bestieg, gab man mir Lebensmittelkarten für einen Tag. Die nützten mir aber gar nichts, weil ich bei uns weder dänisches noch schwedisches Geld hatte eintauschen dürfen, um im Speisewagen zu essen. Agnes hatte mich mit Verpflegung versorgt.

Die Fahrt durch Dänemark war lang und schön. Ich sah stundenlang aus dem Zugfenster. Mir schien, als sei hier das Gras grüner und die noch auf den Wiesen weidenden Kühe seien dicker als bei uns. Ich war glücklich.

Zwischendurch versuchte ich, meine Schwedischkenntnisse anzubringen. Wir wussten, dass die Skandinavier sich untereinander gut verständigen können, weil ihre Sprachen ähnlich klingen. Also fragte ich den Zugschaffner mutig, ob ich in Kopenhagen umsteigen müsse. Die Frage hatte ich in einem kleinen schwedischen Lehrbuch gefunden und freute mich, dass sie sich anwenden ließ. Er verstand sofort und gab eine Antwort. Aber die hatte nicht im Lehrbuch gestanden. Ich machte also ein dummes Gesicht. Er wiederholte noch zweimal, aber ohne dass es mir half. Dann fragte er (vermutlich auf Dänisch) nach meiner Sprache. Die Frage kam bei mir an. Ich sagte ziemlich leise »tysk«, deutsch. Und bekam ausführlich, genau und sehr freundlich in deutscher Sprache die gewünschte Information.

Auf diese Freundlichkeit war ich nicht vorbereitet. Ich fuhr durch Dänemark, ein Land, das deutsche Truppen lange besetzt gehalten hatten. Ein Land, das aus Kriegstagen schlimme Erinnerungen an uns bewahrte. Die Dänen hatten keinen Anlass, besonders nett mit uns zu sein.

In all den Kriegsjahren wollte ich nicht dazugehören. Ich versuchte, mich mit meinem Denken und Tun abzusetzen von dem, was durch Deutschland getan wurde. Mit meinen kleinen Kräften und viel zu kleinem Mut. Aber ich gehörte dazu. Ich bin ein Mädchen aus diesem Deutschland. Darum komme ich nicht umhin, »wir« zu sagen und: »Erinnerungen an uns«, »nett mit uns«. – Können die Menschen im anderen Land wissen, wer dazugehörte? Müssen sie nicht annehmen, dass wir alle mit allem einverstanden waren? So laut hatte doch immer das *Heil!* geklungen.

Der Weg durch Dänemark: Ich erinnerte mich, dass meine erste Schwedenreise – damals, vorm Krieg – von Deutschland direkt nach Schweden ging: über Stralsund und die große Insel Rügen, dann einige Fährstunden lang über die Ostsee bis Trelleborg. Der deutsche Teil des damaligen Weges gehörte inzwischen zur sowjetischen Zone. Mein Pass (und ich weiß nicht, was sonst noch an Bestimmungen) erlaubte mir aber nur den Weg durch die britische Zone. Damit ergab sich die Fahrt über Dänemark.

Nach Jütlands vielen Wiesen und seltenen kleinen Dörfern mit hübschen weißgekalkten Kirchen kam eine riesenlange Brücke über den Kleinen Belt auf die Insel Fünen, die quer durchfahren wurde, und wo auf der anderen Seite, am Großen Belt, die Hafenstadt Korsör liegt. Einige Eisenbahnwagen wurden auf eine Fähre verladen. Ich beeilte mich auszusteigen, um vom Deck aus die Abfahrt zu beobachten. Ich sah, wie silbrig schimmernde Öltanks am Hafen von Korsör mit der rotglühend untergehenden Sonne verschwanden. – Bei völliger Dunkelheit erreichte die Fähre Nyborg. Und dann dauerte es nicht mehr lange, bis der Zug in Kopenhagen einfuhr. Seit Hamburg war ich fast zwölf Stunden unterwegs. Hier hatte ich Zeit, traute mich aber kaum aus dem großen Bahnhof, ging nur mit meinem schäbigen Koffer auf dem Vorplatz einmal hin und her, wartete dann still und müde einen Regionalzug zum Hafen ab, genau wie der Schaffner es mir erklärt hatte. Und dann stand ich auf der Fähre, die mich in anderthalb Stunden nach Malmö bringen sollte.

Aber das tat sie nicht. Sie brauchte mehrere Stunden, um den eigentlich kurzen Weg zu schaffen. Ich stand an der Reling und sah in den dunklen Novemberhimmel und in den ebenso dunklen Öresund. Und wunderte mich, dass ich dazwischen immer noch keine Lichter von Malmö sehen konnte.

Ein junges Ehepaar sprach mich an. Auf Schwedisch und vielleicht nur so, für ein bisschen Smalltalk. Als ihnen aber klar wurde, dass ich dafür keineswegs geeignet war, sondern aus dem fernen Ausland Deutschland kam, fanden sie mich interessant. Und wir fanden gemeinsam mit einem Gemisch aus Deutsch und Englisch so etwas wie ein Gespräch über vergangene und künftige Zeiten. Der junge Mann informierte sich zwischendurch über die Ursache unserer Verspätung und erfuhr: Auf der Fährroute hatte man ein losgerissenes Seeminenfeld geortet, das nun alle Schiffe weiträumig umfahren mussten, um nicht plötzlich in die Luft zu fliegen. Drei Jahre nach dem Krieg. Ein scheußliches Gefühl.

Briefe hatten vorher ausführlich geklärt, dass ich vor meiner Weiterfahrt in die Schule drei Tage bei Tante Käte sein könnte. Aber erst nach Mitternacht landeten wir in Malmö, und da stand keine Tante Käte zu meinem Empfang, wie das vorgesehen war. Meine freundliche Reisebegleitung komplimentierte mich in ihr Taxi, nahm den Weg über die Jakob-Nils-Gatan und fuhr erst weiter, als sie sahen, dass mir die richtige Tür geöffnet wurde. Sie ließen mir kaum Zeit, mich mit einem der wichtigsten schwedischen Worte zu bedanken: »Tack så mycket!«

Bei Tante Käte

Fanny und ich gingen durch Malmö, und ich sah: nur heile Häuser. Ich blieb stehen und sah Autos und Straßenbahnen nach, die geradezu adrett wirkten. Da gab es kein klapperndes Provisorium. Und alle Leute waren von Schuh bis Kopfbedeckung ordentlich, warm und vollständig bekleidet.

Bei uns war ja seit der Währungsreform vor ein paar Monaten auch einiges verändert und schon verbessert worden. Aber sehr deutlich blieben doch erhebliche Mängel zu erkennen, mit denen jeder Einzelne zu kämpfen hatte, und an allen Ecken starrten uns weiterhin die enormen Kriegsschäden an.

Tante Käte hatte inzwischen meinen Koffer inspiziert und festgestellt, dass er nicht gerade gut bestückt war. Auf alle Fälle brauchte ich etwas Feines für Fest- und Feiertage, erklärte sie, und ein Kostüm sowieso. Das Kostüm hatte ihr gehört und passte mir wie angegossen. Zwei Blusen aus richtig gutem Wollstoff legte sie dazu. Von Fanny kam etwas Schwungvolles in Schwarz mit kleinem Spitzenkragen und zum Schluss noch ein Nachthemd. Ich brauchte und bekam eine Tasche extra, um alles unterzubringen.

Wie sollte ich mich bedanken? Tante Käte ließ Umarmungen kaum zu. Sie tat, als sei das alles selbstverständlich. Das war es für mich gar nicht. Ich kam mir vor wie Goldmarie: wie mit Gold, mit reichen Geschenken überhäuft. Dabei hatte ich gar nichts dafür getan; kein Brot aus dem Ofen geholt, keinen Apfelbaum und keine Federbetten geschüttelt.

Viele Jahre später verstand und bewunderte ich sie. Da wohnte sie in einer praktisch-hübschen Einzimmerwohnung in einem Neubaugebiet Malmös, machte noch Hilfsarbeiten in einem Krankenhaus, um Kontakt mit Kolleginnen zu erhalten. Sie hatte viele Arbeitsjahre als Pflegerin hinter sich. Schon vor ihrer Ehe, noch in Hamburg, war sie Pflegerin in St. Georg gewesen, und sie bedauerte, dass ich aus meinen Jahren dort keine Schwester kannte, mit der sie in ihren Jahren gemeinsam gearbeitet hatte.

Ihren Mann hatte sie als Patienten kennengelernt und war ihm nach Schweden gefolgt. Da war sie dann sehr allein. Er hatte keine große Lust zur Arbeit. Er saß meistens am Radio, wo er Fußballspiele aus diversen Nationen verfolgte. Er ließ Käte arbeiten und das Kind Fanny von seinen beiden nicht berufstätigen Schwestern versorgen und verwöhnen.

Hjalmar besaß ein schönes Segelboot, und im Sommer machten er und Käte weite Fahrten auf der Ostsee. Wenn sie davon erzählte, war sie ganz fröhlich, als ob sie wieder Sonne und Wind auf ihrer Haut und die salzige Luft auf den Lippen spürte. Aber das Ende war immer, dass sie allein klar Schiff machen musste: das Boot schrubben, alle Abschlussarbeiten.

»Und warum hast du dir das alles gefallen lassen?«, wollte ich wissen. »Ja, hätte ich zurückkommen und sagen sollen: Ich hab das nicht geschafft?« Käte Holmström, geborene Tensfeldt, war eine starke Frau. Sie biss sich durch. Sie zeigte der Verwandtschaft in Deutschland, dass auch das jüngste der fünf Kinder von der früh verstorbenen Catrin-Marie dem Leben gewachsen war. Sie bewies das besonders gegenüber Agnes, ihrer ältesten Schwester, die sie wegen der mutigen Scheidung und damit gewonnenen Selbstständigkeit wohl bewunderte und die sie nun wissen ließ: Auch ich bin tüchtig, und ich kann noch davon abgeben.

Von diesem Abgeben profitierte ich. Nur weil ich zufällig da war. Und ich konnte mich nicht so ausführlich und herzlich bedanken, wie ich es wollte.

In den siebziger Jahren, als ich Tante Käte manchmal besuchte, hätte ich mich gern auf Schwedisch mit ihr unterhalten. Aber sie freute sich so, wenn sie Deutsch sprechen konnte. Sie lieh sich aus der Stadtbücherei in Malmö schwedische und deutsche Bücher und wusste in neuerer Literatur gut Bescheid. Wenn sie Deutsch sprach, geriet ihr schon mal ein kleiner Fehler in den Satz. Das fiel ihr aber sofort auf. Ihr Entsetzen: »Nej, Hilde, wenn das mein Vater gehört hätte! Der müsste sich ja im Graabe umdrehen!« (das A ein bisschen Richtung O klingend, wie bei den Schweden üblich). Der Vater, das weiß ich auch von Agnes, galt als große Autorität in Sachen Sprache.

Ihre klare politische Einstellung ergab sich aus ihrem Leben in Schweden, als in den zwanziger Jahren mit der Sozialdemokratie der Aufbruch in dieses gute Miteinander begann. Sie erlebte diese Entwicklung so intensiv, dass sie sich gar nichts anderes vorstellen konnte als eine sozialdemokratische Regierung. In dem Jahr, als die abgewählt wurde, starb sie.

Henrik, ihr älterer Enkel, den sie besonders schätzte, nahm nach ihrem Tod ihren Mädchennamen an und festigte damit die Bindung, die zwischen beiden bestand.

Bis zuletzt ging sie sehr gerade. Nicht übertrieben oder verkrampft, sondern ganz einfach: ungebeugt. Eine tüchtige Frau, eine gute Haltung, der aufrechte Gang. Ich habe sie geliebt.

Angekommen

In einem bequemen schnellen Zug kam ich von Malmö nach Göteborg, wo ich umsteigen musste, um noch ein Stück weiter gen Norden zu fahren, bis zu einem Schiffchen, mit dem ich auf die Insel Tjörn gelangen und dort nur noch einen Bus nach Tyft nehmen sollte, wo die Schule lag. Die mir zugesandte Fahrkarte hörte aber direkt vor der Insel auf. Das hatte ich rechtzeitig noch in Hamburg begriffen und mich fragend an die Schule gewandt. Niemand hatte sich vorstellen können, dass wir aus Deutschland überhaupt kein Geld – weder unser neues eigenes noch Devisen – mitnehmen durften. In holperigem Deutsch bekam ich vom Rektor die Antwort, ich würde in Göteborg erwartet.

Ein älteres Ehepaar, das mich an meinem unsicheren Umhersehen oder dem schäbigen Koffer erkannt hatte, stellte sich als Eltern der Rektorsgattin vor. Ich bekam ein paar Kronen für den Rest meiner Reise in die Hand gedrückt, dann hatten wir zu dritt noch Zeit für einen Kaffee und leckeren Kuchen. Unsere Unterhaltung fand in so etwas wie deutscher Sprache statt. Der redefreudige Vater war Holländer. Mit seiner Mehrsprachigkeit bekam ich einige Schwierigkeiten. Er fragte nach kulturellen Angeboten in Deutschland, in Hamburg. Er fragte nach »Kunschert«, und ich übersetzte fast fließend »Konzert« und konnte antworten. Dann ein freundlicher Abschied.

Auf meine einsilbige Frage: »Tyft?« bekam ich umfangreiche Antworten. Da sie mit Fingerzeigen und Kopfnicken verbunden wurden, konnte ich mich gar nicht mehr verfahren, dankte mit »Tack så mycket« und stand schließlich auf dem weiten, von drei Häusern umgebenen Platz der *Billströmska Folkhögskolan*. Billström hieß der verstorbene Gründer.

Abendessen in der Küche bei den bereits anwesenden norwegischen Küchenmädchen. Bett in einem Dreierzimmer, die Mitbewohnerinnen kamen am nächsten Tag. Ein bisschen auspacken, waschen – und erstaunlich schnell einschlafen.

Nun weiß ich keine Reihenfolge mehr. In die beiden sich gegenüberliegenden Häuser zogen etwa siebzig Jugendliche ein, trafen sich in einem gemeinsamen großen Speisesaal, fanden sich wieder in zwei Klassenräumen des mittleren Gebäudes: Erster und Zweiter Jahrgangskursus. In der oberen Etage bekamen einige Schiffsjungen theoretischen Unterricht von einem richtigen Kapitän, und andere Jungen beschäftigten sich unter fachkompetenter Leitung mit Holz- und Metallarbeiten. Auch wir aus den beiden Kursen bekamen einmal wöchentlich Gelegenheit, praktische Fähigkeiten auszuprobieren. Das kann ich ja hier erwähnen: Ich schnitzte in fünf Monaten für Brot oder Brötchen ein Birkenholzkörbchen, das ich manchmal noch benutze. Und aus Messing entstand eine Bleistiftschale mit Brieföffner.

Zuerst verstand ich so gut wie gar nichts, wurde aber von Britt und Inger, meinen Zimmergenossinnen, mitgenommen und geleitet, fand mich also in den Tagesablauf und in die dazu passenden Räume hinein, sah und hörte mich um.

Britt, achtzehn Jahre alt, kam von einem nahen Dorf auf der Insel, war schon im vorigen Jahr hier in der Schule gewesen, machte jetzt den zweiten Kursus mit, kannte sich also überall gut aus. Britt war ruhig und gemütlich und kochte Kaffee. Mit der Besonderheit ihrer Zimmernachbarinnen fand sie sich problemlos ab: beides Ausländerinnen.

Denn die neunzehnjährige Inger kam aus Norwegen, aus der Nähe von Trondheim. Sie war so, wie ich mir ein Mädchen von dort vorstellte: groß, sehr blond und kühl, aber nicht abweisend. Natürlich war Skepsis mir gegenüber erkennbar, eine abwartende Haltung.

Ein Zimmer weiter wohnten zwei in Österreich geborene Mädchen. Lilli war schon vor dem Krieg mit den Eltern nach Schweden emigriert.

Sie sprach so gut Schwedisch wie Deutsch, gehörte also längst hierher. Besondere Mühe gab sie sich mit Erna aus Wien, die ihre Einladung ebenso wie ich über das *Komitee für demokratische Aufbauarbeit* erhalten hatte. Erna erzählte, wie sie auf der Herfahrt im Zug den Mitfahrenden deutlich gemacht hatte: »Jag icke tysk, jag Österrike.« (Ich nicht deutsch, ich Österreich). Sie nahm an, dadurch weniger Schwierigkeiten zu bekommen. Ich erwähnte den freundlichen Schaffner im dänischen Zug und das nette Ehepaar auf dem Schiff.

Und dann gab es ein finnisches Mädchen, von der Westküste Finnlands, wo auch Schwedisch gesprochen wird. Von uns Ausländerinnen war Margit die Jüngste, knapp achtzehn Jahre alt, sehr intelligent, quirlig und vergnügt. Liebenswert.

Die anderen, die hier zur Schule gingen, waren Schwedinnen und Schweden. Die meisten kamen aus der näheren Umgebung, entweder direkt von der Insel oder aus kleineren Orten der Provinz Bohuslän; einige aus Göteborg. Ich war neugierig auf alle und hoffte, möglichst bald Schwedisch zu verstehen, um zuhören und mitreden zu können.

Zunächst lernte ich ein paar Choräle, weil der Morgen mit einer gemeinsamen kurzen Andacht verbunden war. Das war zweckmäßig für mich, da sich hier Wiederholungen ergaben, die zum Erfassen von einzelnen Wörtern beitrugen. Außerdem gab es eine Singstunde pro Woche und einmal wöchentlich Chorsingen für alle, die mochten. Natürlich mochte ich und kam zu schönen neuen Liedern, freute mich aber ebenso an altbekannten, deren mir geläufiger deutscher Text sich vergleichen und teilweise bequem übersetzen ließ. Für das Singen war Fru Blomqwist zuständig, die Rektorsgattin. Sie sang hübsch und begleitete sich und uns am Klavier.

Schulstunden

Das war mir schnell klar: Hier wurde formal und inhaltlich unterrichtet wie in einer Schule. Die Teilnehmenden bekamen dieses zusätzliche Schuljahr zu einer Zeit, als ihnen die eigene, wenn auch erst kurze Berufstätigkeit schon anderes als schulisches Leben vermittelt hatte. Sie kannten noch ihre alten Schulgewohnheiten und fanden sich wieder hinein.

Mir ging es nicht anders, aber ich versuchte, mich von dem vorgegebenen Schema zu lösen. Was sollte ich mit Wiederholungen bei Bruch- oder Prozentrechnen? Es erschien mir sinnvoller, den Stundenplan von beiden Kursen daraufhin anzusehen, wie ich am besten in die Sprache kam und was sich über Schweden erfahren ließ. Ich fand Geschichte, Literatur, Gemeinschaftskunde, schrieb Diktate mit, verstand aber nicht alles, was ich schreiben sollte, und leistete mir daher verrückte Fehler. Nach zehn, zwölf Wochen versuchte ich mich an ersten Aufsätzen und konnte Ausdrücke anwenden, die mir bald geläufig waren.

Mir fiel auf, wie sich schulisches Sprachelernen von praktischem Dabeisein unterschied. Das Mittendrinsein und Erleben der Leute, die diese Sprache sprechen. Die hingenuschelten Halbsätze, für die ein Lehrbuch sich zu fein fühlt. Dieses Bemühen, mir etwas dadurch klarzumachen, dass der von mir nicht verstandene Satz um einiges lauter wiederholt wurde. Als ich sagen konnte: »Bitte, sprich etwas langsamer«, hatte ich viel gewonnen.

Nützlich waren in beiden Kursen die Englischstunden. Hier wurde zwischen einer mir noch leidlich geläufigen Sprache und Schwedisch übersetzt. Das brachte Vokabeln sowie Einblicke in Satzbau und Besonderheiten. Außerdem erfreulich: Es gibt bei den Schweden viele Wörter, die Ähnlichkeiten mit englischen haben und andere, die wir im Plattdeutschen ähnlich aussprechen und benutzen.

Im zweiten Kursus gab Magister Humble Deutschunterricht, wobei mir das Übersetzen hin und her ganz gut gelang. Sofern ich mich nicht mit den Vokalen verhedderte! Ich sollte vom Deutschen ins Schwedische übersetzen: »Der Schornsteinfeger fegt den Ruß aus dem Schornstein.« Und erntete eine Lachsalve. Nein, sie wollten sich durchaus nicht über mich lustig machen, und darum dauerte es sehr lange, bis sie sich trauten, mir meinen Fehler zu sagen. Aber schließlich erfuhr ich, dass ich von meinem Schornsteinfeger behauptet hatte: Er »säuft« den Ruß. Da konnte ich mitlachen. Was sie beruhigte.

Magister Humble, ein rundlich-sanfter mittelalter Mensch, unterrichtete alles, was mit Sprache zu tun hatte. Er tat es mit erkennbarer Liebe zu schöner Literatur, zu Gedichten. Er beschränkte sich dabei nicht auf schwedische Texte, sondern zitierte auch ausländische Dichter, zitierte

Heinrich Heine, diesen deutschen Dichter, den die Nazis verboten hatten. Ich baute gerade eine Beziehung zu ihm auf. Das *Buch der Lieder*, mir von meinen Kolleginnen mitgegeben, wurde mir lieb und vertraut und bot einen guten Einstieg für alles, was ich später bei Heine fand.

Der Rektor befasste sich speziell mit den Sprachen der beiden Nachbarländer Dänemark und Norwegen. Die klingen ähnlich und haben viele gemeinsame Wörter. Wir hatten dafür wöchentlich eine Stunde; im ersten Quartal Dänisch, im zweiten Norwegisch. Dabei lernten wir gleich die jeweilige Nationalhymne mit. Die finnische lernten wir in schwedischer Übersetzung. Aber Margit sang sie uns im kleinen Kreis in ihrer Sprache vor.

Große Mühe hatten Erna und ich mit Magister Särnqvist, der irgendwo aus dem hohen Norden Schwedens kam, weshalb wir ihn leider kaum verstanden. Wenn wir Magister Särnqvist verstehen, können wir Schwedisch, trösteten wir uns und ließen uns ein bisschen Zeit. Aber bedauerlich war es schon, denn er unterrichtete in Geografie, wobei er seine Kenntnisse über Bodenschätze und Industrie ausbreitete. Davon hätte ich gern mehr verstanden. Immerhin bot die ausgerollte Landkarte erste Hilfe.

Mehr Spaß hatte ich bei dem jungen Magister Forsman, dessen Buchführung und Maschineschreiben ich nicht mitmachte. Er bot abends in seiner Stube für Interessierte einen »Studienzirkel Musik« an. Dabei lernten wir seine muntere Frau Malin kennen, die ihn bei der Auswahl von Schallplatten unterstützte. Beide waren stolz auf ihren neuen Plattenspieler. Sie spielten vor, was sie gekauft hatten. Nach der Klassik gerieten wir in allgemeine Unterhaltungen, und es wurden vergnügte Abende.

Einmal erzählte mir Magister Forsman, dass er während des Krieges im Kino Bilder von deutschen *Hitlerjungen* gesehen habe. Da war Åke selbst fast noch ein Kind, und ihm hatte das flotte Marschieren gut gefallen. Das ging vielen so, erfuhr ich. Aber die deutschen Kinder marschierten direkt in den Krieg. Das hatte der junge Lehrer auch erkannt und war durch neue Einsichten bald von dem Wunsch nach solchem scheinbar unbeschwerten Mitmachen geheilt.

Magister Forsman unterrichtete auch in »samhällslära«, Gemeinschaftskunde. Da konnte ich Grundbegriffe eines demokratisch aufgebauten Staatswesens kennenlernen. Uns jungen deutschen Menschen war ja nach dem Krieg die ganze Demokratie so schnell übergestülpt worden; da blieb kaum Zeit, um alles zu sortieren. Hier kam das ruhig und nacheinander auf mich zu. Es ließ sich mit dem vergleichen, was bei uns stattfand.

Samhällslära, wie sie uns Rektor Blomqwist vermittelte, setzte Grundbegriffe voraus und beschäftigte sich mit praktischen und aktuellen Fragen. An jedem Montagmorgen wurden wir durch ihn über die wesentlichsten weltpolitischen Ereignisse informiert. Dabei wurde auch über Deutschland gesprochen; aber aus dem Blickwinkel dessen, der von außen zuguckt. Es war die Zeit, als amerikanische Transportflugzeuge ständig über die sowjetische Zone flogen, um Lebensmittel und andere wichtige Dinge in das eingeschlossene Berlin zu schaffen. Der Rektor benutzte die gerade in Deutschland üblich gewordenen Wörter *Berlin-Blockade*, *Luftbrücke* und *Rosinenbomber*, übersetzte sie und musste seinen jungen Landsleuten viel erklären.

Mir wurde erkennbar, wie sehr westlich sich die schwedische Neutralität verhielt. Und wie groß die Angst vor einem neuen Krieg war. Die Nähe Russlands wirkte bedrohlich. Der Kalte Krieg streckte seine Krallen aus. Wie werden die Großmächte, USA und UdSSR, mit der Atomkraft umgehen? Lässt sie sich friedlich nutzen oder mündet sie in erdumfassenden, totalen Bombenkrieg? Und wie könnten die wenigen Schweden ihr weites Land verteidigen?

Aus dem gerade vergangenen Weltkrieg hatten sie sich heraushalten können, blieben aber nicht ungeschoren. Ich hörte staunend, dass es viele Einschränkungen gegeben hatte und dass einige Lebensmittel immer noch rationiert waren, zum Beispiel Zucker. Und Reis, wie ich um Weihnachten herum erfuhr, als eine Extraration zugebilligt wurde, damit die notwendige Julgröt, Weihnachtsgrütze, zubereitet werden konnte. Keine Regierung hätte allerdings wagen können, auf Kaffee-Einfuhr zu verzichten. Die friedlichen Schweden brauchen ihren Kaffee – und hätten ohne ihn vielleicht sogar eine Revolution gemacht?

Wir lernten diskutieren und korrekt Versammlungsleitung und Referate halten. Einmal ging es um die Frage, ob die Schweden höflich sind, wozu ein Schüler sich äußern sollte. Und ich wurde ausersehen, das Gegenreferat zu halten. Wir machten, wie es üblich war: Er schrieb seinen Text vor, gab ihn mir rechtzeitig, so dass ich entsprechend reagieren und meinen Part aufschreiben konnte. Natürlich fand er nicht, dass die Schweden höflich sind, und brachte Beispiele. Ich fand selbstverständlich Gegenbeispiele, konnte mich vor allem darauf berufen, dass sie sehr oft und herzlich »tack så mycket«, »dankeschön«, sagen. Besonders gefällt mir ja, dass sie sich nach jedem Essen bei der Hausfrau bedanken.

Wir hatten eine Versammlungsleiterin und zusätzlich den Rektor und sein wohlwollendes Beobachten, bekamen das also ganz gut hin. Ich kannte das aus meiner gewerkschaftlichen Arbeit. So konnte ich mich darauf konzentrieren, möglichst wenig Sprachfehler zu machen. Abschließend bekamen wir sogar Applaus.

Schwedenkronen

Erna und ich hatten überhaupt kein Geld. Aber man braucht etwas, mindestens für Briefmarken. Da kam aber schon nach ein paar Tagen ein Brief vom Samarbetskommitté aus Stockholm, in dem uns mitgeteilt wurde, dass uns über Postgiro ein Betrag von fünfzig Kronen zugehen würde. Später kamen noch hundert Kronen dazu. Also insgesamt dreißig Kronen pro Monat. Damit ließ sich damals das Notwendigste, sagen wir mal: das Allernotwendigste, besorgen.

Glücklich waren wir, als der Rektor uns anbot, die beiden Klassenräume jeden Morgen zu reinigen. Dafür bekäme jede von uns monatlich dreißig Kronen extra. Das verdoppelte unser Budget. Wir mussten dafür zwar morgens etwa eine Stunde früher aufstehen, aber das schafften wir gut und waren meistens auch vergnügt bei unserer Arbeit.

Dann konnten wir ans Ausgeben denken. Die einzige Möglichkeit dafür bot der kleine Ort Skärhamn, der ein gutes Stück entfernt lag. Zu Fuß? Das war in der Mittagszeit nicht zu schaffen. Bus? Unnütze Geldausgabe. Britt empfahl uns, Fahrräder zu leihen. Sie fand auch gleich einige Mädchen, die bereit waren, uns ihre Räder für diesen Weg zu überlassen. Britt begleitete uns.

Ungewohnt war der Linksverkehr. Aber die wohlgepflegte Landstraße war nur wenig befahren; hauptsächlich von landwirtschaftlichen Fahrzeugen und ein paar Bussen. Wir hatten ausreichend Gelegenheit, uns umzusehen.

Was mir auffiel: An den Haltestellen, oft an Wegeinfahrten zu ein paar Gehöften im Hintergrund, standen stabile, teils überdachte Holzgestelle, auf denen Milchkannen warteten. Niemand war dabei und passte auf. Mehr als einmal erlebte ich, dass ein Busfahrer hielt, ausstieg und ein schutzlos daliegendes Päckchen mitnahm. Ein paar Haltestellen weiter legte er das Päckchen wieder ab. Wer gerade ausstieg, las die Anschrift und nahm es mit zum Adressaten.

Der Ort Skärhamn beginnt mit einzelnen, fast villenartigen Häusern mit kleinen Vorgärten. Dann verlässt die Straße die ländliche Ebene, und der felsige Boden der Insel Tjörn tritt erkennbar zutage. Die hier gebauten Häuser stehen in unterschiedlicher Höhe nebeneinander, so wie der Grund es zulässt. Sie haben wohl keine Keller, nur einen kaum meterhohen Steinsockel und bestehen aus hell gestrichenem Holz. Den in Schweden üblichen rostroten Anstrich finde ich an den Hafenschuppen. Hier liegen ein paar Fischerboote zu Ausfahrten bereit.

Das Hafenbecken wird unterbrochen und begrenzt durch aus dem Wasser ragende Felsen in unterschiedlicher Größe. Das Rad über die nächste Höhe schiebend bekomme ich vielleicht einen Blick auf freies, weites Meer.

Aber wieder kleine Felsen, kleine Inseln. Das also sind Schären, nach denen der Ort heißt: Schärenhafen, Hafen zwischen den Schären. In ungeordneter Menge bändigen sie das Meer und schützen das Festland vor wilden Wellen und den Nordwest-Stürmen aus dem Skagerrak. Hier heißt es wohl noch Kattegat. Ich betrachte es als zur Ostsee gehörend und begrüße das, was ich davon zu sehen bekomme, mit alter Vertrautheit.

Also einkaufen. Es gab in Skärhamn wahrscheinlich nur den einen großen Laden, der alle Bedürfnisse befriedigte. Davor ausreichend Fahrradständer. Wir stellten unsere Räder hinein. Britt ging sofort auf die Ladentür zu. Erna und ich zögerten, weil wir die Räder nicht anschließen konnten. Mit unseren wenigen Vokabeln war das nicht zu erklären. Doch auch mit ausführlicherem Text hätte Britt uns nicht verstanden. Was wollten wir denn noch? Man stellt die Fahrräder ab und nimmt sie nach dem Einkauf wieder zurück. An keinem der abgestellten Räder befand sich ein Schloss. Das konnte uns ein bisschen beruhigen.

Wir gingen hinter Britt her und beguckten das reichhaltige Angebot. Und ich guckte nach draußen, wo die Räder standen. Unangeschlossen. Für alles, was wir brauchten, hatten wir die notwendigen Wörter geübt, und viele wusste ich noch, so dass wir mit unseren Einkäufen ganz gut zurechtkamen. Bezahlen konnten wir auch. Ein geliehenes Rad, wenn es weg gewesen wäre, hätte ich nicht bezahlen können. Aber wer klaute schon Fahrräder? Damals, in Schweden.

Von meinem ersten Geld kaufte ich Wolle. Schöne, weiche Friedenswolle in Weinrot. Ich hatte genug bei Agnes zugeguckt, um mir in eigener Regie einen Pullover zu stricken. Außerdem strickten die Mädchen in der Schule alle, und ich hätte fragen können. Ich strickte sogar noch einen zweiten Pullover in Türkisblau mit selbst ausgedachtem Lochmuster. Und ließ ihn später von meiner verblüfften Großmutter bestaunen.

Sonst brauchte ich so gut wie nichts, kam daher mit den monatlichen sechzig Kronen aus. Wem kann man das heute noch glaubwürdig erzählen?

Draußen

Nahe bei der Schule liegt der Hartippen, höchster Berg der Insel, neunzig Meter hoch. Den Namen Hasenschnauze bekam er, weil er einem liegenden Hasen ähnlich sehen soll. Im Göteborger Kunstmuseum fand ich den Hartippen wieder, gemalt von Karl Nordström, der von Tjörn stammt. Es gab mehr Bilder von ihm, Landschaft und Menschen von der Insel zeigend. In unserem Schulraum hing ein Nordström-Gemälde, das ein altes Haus in den Schären zeigt.

Zum Gipfel des Hartippen gibt es keine Wege. Dennoch lässt er sich gut ersteigen. Vielfarbig-grau sind die Granitsteine, die sich nach den Eiszeiten aus dem Meer erhoben, von Wellen und Wind in Jahrtausenden rund geschliffen. Nur wenige Abbrüche mit harten, manchmal sandfarbenen Kanten. Aus den Spalten guckt Moos in Grün- und Grautönen, hier und da auch Heidekraut. Überall dazwischen Wacholderbüsche mit überreifen Beeren, die wir im Vorübergehen pflücken und lange kauen. Schmecken ganz gut.

Zwischendurch kleine dunkle Wassertümpel. Daneben helle Birken, die ihre rötlich schimmernden Zweige dem Wind überlassen. Eine Wildente fliegt aus dem Gestrüpp auf gerade durch den Himmel. Der ist bald blau, bald grau, je nachdem, wie die Wolken darüber hin wandern. Manchmal kommt die Sonne durch, und dann ist es, als ob ein altes Bild restauriert würde: Alle Farben sind klar und scheinen zu leuchten.

Die Besteigung des Hartippen war nur in der Mittagszeit oder sonntags möglich. Abends war es schon zu dunkel. Obwohl die Dunkelheit sich nur allmählich über nördliches Land breitet. Die langen Dämmerungen sind schön. Der Tag klingt in ihnen leise nach, wandelt sich langsam in tiefen Abend, gibt uns Zeit zum Atemholen, zum Besinnen, und entlässt uns behutsam in eine neue Nacht.

Es war ja Winter. Im Norden dieses Landes fegte längst Schnee über Wald und Seen und kahle Felder. Aber hier an der Westküste herrscht mildes, typisches Seeklima. Da gefiel es uns, auch spät noch nach draußen zu gehen, mehr als nur um die Schulgebäude herum, Sterne begucken. Und dann zurück in unsere kuschelig warmen Stuben.

Die Milchstraße heißt hier Winterstraße. Das erzählte ich später einem Astronomen in unserer Hamburger Sternwarte. Warum? fragte er. Sie ist doch im Sommer viel großartiger mit ihren wunderschönen Sternbildern und dürfte eher Sommerstraße heißen. Ja, hier bei uns. Aber weiter im Norden sind die Sommernächte zu hell, um den Sternenhimmel überhaupt in all seiner Pracht sehen zu können. Darum also Wintergatan.

So auf Weihnachten hin und danach wurde es kälter und es schneite richtig. Schnee legte sich auf Haus und Baum, auf alles. Gehen wurde mühsames Stapfen. Ein paar Jungens bauten einen großen Schneemann, der sich lange hielt, bis es Mode wurde, ihn mit Schneebällen zu bewerfen. Da wurde er unansehnlich und machte die Rektorskinder traurig. Darum stand bald wieder ein neuer Schneemann da, nicht so groß und gut gelungen wie der erste, aber immerhin etwas zum Freuen.

In diesem neuen Jahr blieb der Schnee nur bis etwa Mitte Februar. Danach gab es viel Regen. Selbst die Schweden fanden, das sei zu wenig. Als ob die Rationierung einiger Lebensmittel sich auch auf den Winter beziehen würde, schrieb eine Zeitung: Jetzt wird sogar eine ganze Jahreszeit eingespart.

Da genossen wir das Drinnensein, die Besuche von Stube zu Stube.

Inger, Britt und Margit

Das konnte kein Zufall sein, das hatte einer so gewollt: Eine Norwegerin und ich aus Deutschland in einem Zimmer. So kurze Zeit nach dem Krieg, in dem unsere Heimatländer gegeneinander gestanden hatten. – Norwegische junge Menschen kamen im Nachbarland Schweden öfter vor; sie waren dort nicht fremd. Inger war Inger aus der Nähe von Trondheim.

Aber ich war hier nicht Hilde aus Hamburg, sondern »das deutsche Mädchen«, von dem vielleicht ein allgemeines Bild deutscher Jugendlicher abgeleitet wurde. Oder hatten sie schon eine bestimmte Vorstellung, nach der ich mich verhalten müsste? – Ich konnte nur so sein, wie ich immer war. Zunächst zurückhaltend, freundlich und hier aufgeschlossen zum Lernen. Mal abwarten, was kommt.

Inger hatte ihre wunderschöne Trondheimer Tracht mitgebracht: eine weiße Bluse, dazu in Himmelblau und mit feinen Blumen bestickt einen langen Rock, Mieder und Haube. Inger trug die Tracht zu Festen und Feiern. Dann erschien sie zehn Zentimeter größer als sonst und bewegte sich wie eine Königin. Ich sagte ihr, wie besonders schön sie in dieser festlichen Tracht aussah. Sie lächelte, und einmal sagte sie mir ein paar Worte von dem Dichter Bjørnstjerne Bjørnson, die so zu übersetzen sind: »Shakespeares Dramen und Beethovens mächtige Sinfonien sind groß und herrlich; aber sie sind nichts gegen Norwegens Fjäll.« Inger sagte es tief überzeugt. Manchmal hatte sie wohl Heimweh.

Bis Weihnachten war es nicht weit. In den ersten Adventstagen summte Inger ein Weihnachtslied, das ich kannte und leise mitsummte. Beim nächsten Lied sang sie ihren norwegischen Text dazu. Ich sang meinen deutschen. Das war wie eine Brücke. Die trug. Wir lächelten einander zu und fanden weitere gemeinsame Melodien.

Plötzlich sang sie ein norwegisches Lied mit der Melodie des Deutschland-Liedes. Ich machte sie darauf aufmerksam. Das wusste sie und erzählte, dass man diesem Lied in Norwegen inzwischen eine andere Melodie gegeben hätte. Sie fand aber wohl diese schön und wiederholte sie später.

Und dann ging es sehr schnell. Wir erzählten, erst von Weihnachten zuhause. Dann vom Krieg. Da waren wir nichts als zwei junge Frauen, die von Leid und Schmerzen eines Krieges wussten. Dieses ganze, verfluchte Elend.

Sie erzählte von einem Freund, der sich im Februar 1945 in ihrem Hause versteckt gehalten hatte, aber von deutschen Soldaten gefunden, mitgeschleppt und zehn Minuten weiter erschossen wurde.

Ich erzählte von meinem Kummer. Und ich wusste wohl auch ein bisschen über illegales Leben in Deutschland, sprach vor allem von der Unmöglichkeit, während der Nazi-Jahre eine andere Meinung zu äußern. Das interessierte sie.

Wie gut wir einander zuhören konnten. Eine lernte die andere kennen. Inger fragte nach meiner Familie in Deutschland im Krieg und danach. Da war ich sehr froh, weil sie mir auch glaubte, dass wir nicht zu den Nazis gehört hatten. Inger verstand das alles, obwohl mein Schwedisch kaum fünf Wochen alt war. Oder war es gerade mein mühsames Suchen nach Wort und Klärung, das sie vertrauen ließ?

Einige Wochen später, eben vor Weihnachten, sagte sie mir, sie habe es anfangs für eine Zumutung angesehen, mit einem deutschen Mädchen in ein Zimmer gesteckt zu werden. Aber jetzt möchte sie mich Freundin nennen. Ich fühlte mich sehr glücklich. – Und ich ging zum Rektor, um mich zu bedanken, weil er uns diese Möglichkeit eröffnet hatte. Er grinste vergnügt und nickte. Gesagt hat er nichts, deutlich war aber, was er dachte: Experiment gelungen! Wir hätten uns ja auch die Köpfe einschlagen können.

Mit Britt gab es keine Schwierigkeiten. Sie hatte uns angenommen und eingewiesen, blieb umsichtig und gemütlich. Manchmal besuchte sie Mädchen in den Nebenzimmern, denn sie hatte Freundschaften aus ihrer Wohngegend und vom vorjährigen Kursus. Ihre Tracht, von Britt im Sommer hier in der Schule genäht, war einfacher als Ingers festliche norwegische. Die Mädchen der Provinz Bohuslän trugen helle Blusen und rostrote Röcke, dazu dunkelblaue Schürzen und Mieder.

An den Wochenenden fuhr Britt meistens nach Hause. An einem Sonntag lud sie Inger und mich zum Mitkommen ein. Da kochte ihre Mutter Kaffee, und ihr Vater versuchte ein Gespräch über ländliche Verhältnisse im Ausland. Mit Inger konnte er natürlich mehr anfangen als mit mir.

Ich staunte über die moderne, helle Einrichtung ihres Wohnzimmers, die ich in diesem bäuerlichen Rahmen nicht erwartet hatte. Skandinavischer Stil, der später auch in deutschen Schaufenstern auftauchte. Dazu die bunten Teppiche, die unser Hausarzt »Kleiderfriedhöfe« genannt hatte. Gewebt wirkten sie leichter und gefälliger als die von Agnes mit der großen Häkelnadel gearbeiteten Stücke. – Wir fühlten uns wohl bei Britt zuhause.

In unserm Schul-Zuhause besuchte uns Margit, die junge Finnin: nicht groß, dunkler Wuschelkopf, herrlich frische Gesichtsfarbe, braune Augen und darin ein immer strahlendes Lachen. Auch Margit hatte ihre Tracht mitgebracht. Ich erinnere mich ungenau an eine weiße Bluse und ein schwarzes Mieder. Aber den Rock weiß ich noch gut, weil Margit ihn mir erklärte: längsgestreift in sieben wiederkehrenden Farben, von denen ich zwar die Reihenfolge vergaß, aber die Bedeutung behielt: Dunkelgrün für die Wälder ihres Landes, Hellgrün für die Wiesen, Blau für die vielen Seen, Schwarz für die Erde, Weiß für den Schnee, Gelb für die Sonne, die über allem lacht, und Rot für die kleinen Häuser der Menschen.

Margit erzählte von ihrem bäuerlichen Leben. Auch vom Schlachten. Ach, da wusste ich ja großartig Bescheid, weil ich schon einmal zugeguckt hatte. Ich teilte auch mit, dass ich nicht mit ansehen mochte, wie das Kälbchen drankam. Das tat mir ja besonders leid. Aber da spukte wohl ein niedlich-kitschiges Bild in meinem Kopf herum – ein typisches Stadtkindbild –, das Margit zurechtrückte: »Nein«, sagte sie, »ein Kalb, das geht, das ist nicht so schlimm. Aber wenn eine Kuh geschlachtet wird, die du jahrelang kanntest ...«

Auf unserem Tisch hatten wir ein Glas mit grün benadelten Zweigen stehen. Es sah hübsch aus. Jedenfalls bis Margit uns besuchte. Sie zupfte eine einzelne Nadel aus und kaute darauf herum. Die nächste und übernächste. Warum? Genau da, wo die Nadel am Zweig geklebt hatte, stecken ihre Vitamine, sind essbar, genießbar. Wir probierten. Und wenn wir auch nicht viel Geschmack erkannten, so war es doch lustig und auf alle Fälle auch gesund. Wir mussten am nächsten Tag neue Zweige besorgen.

Als im neuen Jahr die Birken gerade erkennbar junge Blätter bekamen und wir das an einem ins Zimmer geholten Birkenzweig beobachteten, kam Margit, pflückte ein Blatt ab und verzehrte es. Wir guckten, staunten, machten es ihr nach. Es ging dabei wie mit den Nadeln: kaum Geschmack, aber lustig und natürlich gesund. Als Margit an diesem Abend Gute Nacht sagte, war der Zweig ganz kahl. Wir mussten uns neue Zweige besorgen und wiederholten die Vitaminkur noch mehrmals.

Das wurde mir klar: Wo es kalt ist und wenig Gemüse wächst und wo frisches Gemüse entsprechend teuer ist, da helfen sich die Menschen mit allem, was ringsherum wächst. Hier oben im Norden wächst viel in den großen Wäldern. Wie gut lernte ich Preiselbeeren kennen, die zu wohlschmeckend herber Marmelade verkocht sich auf jedem Mittagstisch fanden. Armeleute-Essen? Kluger Leute Essen!

Lucia

Der 13. Dezember, Ehrentag für die Lichtbringerin Lucia und Vorbote für Weihnachten, wurde ein munterer Festtag. Wir hatten ein paar Tage vorher Birgit als unsere Lucia gewählt und sechs weitere Mädchen als »Tärnor«, ihre Freundinnen. Die weckten uns früh am 13.12. mit dem Lucia-Lied und brachten Lehrkräften, Küchenmädchen und Schülern einen Extra-Morgenimbiss mit Kaffee und Keksen ans Bett. Danach gab es den üblichen Unterricht, aber nur bis zum Nachmittag, weil der Abend vorzubereiten war. Die Tagesräume wurden geschmückt, und viele Kerzen warteten darauf, Lucia zu Ehren angezündet zu werden. Eltern und Geschwister und auch Leute aus dem nahen Dorf waren zur Feier eingeladen. Viele Schülerinnen trugen ihre Bohuslän-Tracht, die sie in früheren Sommerkursen genäht hatten.

Um sieben Uhr begann das Fest mit einem gemeinsamen Lied und der Begrüßung durch den Rektor. Danach sang der Schulchor Beethovens *Die Himmel rühmen des Ewigen Ehre*, das Schubert'sche *Wiegenlied* und ein fröhliches Tanzliedchen. Es gab noch einen Vortrag mit Lichtbildern von fröhlichen Göteborger Kindern. Mich verwirrte die Zusammensetzung. Und dann folgte die Lucia-Krönung.

Auf der kleinen Bühne standen die Tärnor und Lucia mit Kerzen in den Händen. Jede sagte einen kleinen Vers. Lucia sprach von ihrer Sehnsucht nach Wärme und Licht. Dann krönte eine Tärna sie mit einem Kerzenkranz und entzündete die Lichter. Mit dem Lucia-Lied ging die Gruppe durch den ganzen Saal. Ich musste daran denken, wie wohl jetzt überall im Lande dieses Lied im Schein des Lichterkranzes gesungen wurde. Denn diese Krönungsfeiern sind Tradition in Schweden. Worte und Weisen sind festgelegt. Alle Zeitungen waren in den letzten Tagen voll von Berichten über die Lucia-Wahlen. Die sieben weiß gekleideten Mädchen schritten inzwischen wieder zur Bühne, stellen sich auf und sangen ein zweites Lied, zu dem die Frau des Rektors sie am Klavier begleitet. Mit dem dritten Lied gingen sie langsam hinaus und ließen tiefe Stille zurück.

Doch die verging schnell; denn jetzt wurden auf den Tischen die Kerzen angezündet, und das Kaffeetrinken begann. Die Tärnor gingen mit ihren Kannen wesentlich schneller als vorher mit den Lichtern. Lucia hatte ihren Lichterkranz abgenommen und durfte sich zu ihrer Mutter setzen. In einer kleinen Pause nach dem Kaffee hatten sich die Mädchen umgezogen, und unsere Lucia war wieder Birgit.

Mit einem kleinen »Himmelsspiel«, das der Rektor und einige Schüler vortrugen, ging es weiter. Wir hörten noch einige Schubert-Lieder, ein paar Klavierstücke von Chopin, und der Literaturlehrer sprach drei Gedichte von Lucia und vom Winter. Den Abschluss des Abends bildete eine vom Pastor gehaltene kleine Andacht.

Übrigens: Die Tannen- und Wacholderzweige, die zum Schmücken dieses Festes dienten, hatte der Hausmeister gebracht, Herr Johansson. Er blieb im Schulalltag nahezu unsichtbar, und seine Arbeit fiel nicht auf, weil sie gut war. Heizung und alle anfallenden Reparaturen bedurften keiner besonderen Aufmerksamkeit. Alles funktionierte.

In diesen adventlichen Tagen sahen wir ihn allerdings manchmal auf Bäume steigen, vorsichtig auf einer Leiter. Dann trug er Garben voll Korn nach oben und befestigte sie in den Zweigen. Eine schöne Sitte: Auch die Vögel sollen erfahren, dass Weihnachten nahe ist.

Weihnachtsferien

Soweit ich mich erinnere, hatte ich keine einzige Minute Heimweh. Obwohl ich so weit weg von zuhause war. Hier war Neues zu erleben und für später zu bewahren. Vieles weiß ich trotzdem nicht mehr.

Es war schön, dass ich rechtzeitig für die beiden kleinen Mädchen in Hamburg je ein Paar Gummistiefel gekauft hatte. Wenn Oma Agnes dicke Socken dazu strickte, könnten sie mit trockenen und sogar warmen Füßen durch den Winter kommen. Aber: Nur getragene Kleidung durfte verschickt werden. – Wie war ich gerührt über das ausführliche Interesse von Mädchen und Jungen, die mir gute Tipps gaben: Du musst die Sohlen durch den Matsch ziehen, dann bleibt was in den Rillen hängen. Und wenn du auf den Spitzen Kreide verreibst, sieht es wie schon getragen und abgestoßen aus. – Aus Hamburg hatten sie mir das Paket inzwischen bestätigt und auch mitgeteilt, dass die Schuhe passten, zum Fest wieder gut gereinigt und abgewaschen waren und alle sich freuten.

Hier wurden die Häuser fast leer, als Schülerinnen und Schüler ihre Sachen packten und für die Feiertage nach Hause fuhren: auf die Inseldörfer, nach Uddevalla oder Göteborg. Unsere liebe Finnin Margit folgte der Einladung einer Zimmergenossin in deren Familie. Zurück blieben Inger, Erna und ich und Britta und Berit, die Mädchen aus der Küche, beide auch Norwegerinnen.

Die Husmor, Fröken Signe Persson, fuhr in Urlaub zu ihren Eltern nach Skåne, dem südlichsten Zipfel Schwedens. Diese noch recht junge Frau wurde von allen nur mit »Hausmutter« angesprochen. Sie war Köchin und Verwalterin von Haus und Küche, zuständig für alles, was im Hause nicht zum Schulbetrieb gehörte. Das war viel, und sie nahm die Verantwortung erfreulich ernst. Für die Ferienzeit übergab sie dennoch die Schlüssel für Küche und Speisekammer den beiden ihr vertrauten norwegischen Mädchen. Denn unsere fünf Mägen mussten in dieser Zeit versorgt werden.

Für die warmen Mahlzeiten blieben Britta und Berit zuständig. Wir halfen aber bei Vor- und Nacharbeiten. Alle übrige Arbeit teilten wir. Besonders schön war es morgens, wenn abwechselnd eine von uns aufstand, Kaffee kochte und den anderen Frühstück ans Bett brachte. So kuschelig, so gemütlich. Und dann in Ruhe den Tag beginnen.

Die im Schulhaus wohnende Rektorsfamilie hatte uns zum Heiligabend und zum späten Mittagessen am ersten Feiertag eingeladen. Der Rektorsfrau war bei den vielen Vorbereitungen unsere Hilfe sehr willkommen. Übrigens: Sie war die einzige im ganzen Schulbetrieb, die keinen Titel trug, mit dem sie angesprochen wurde. Sie hieß einfach Fru Blomqwist. Mit den Kindern Torsten und Eva hatte ich mich schon mehrfach unterhalten, und Eva fand, ich spräche wie ihr mütterlicher Großvater, der Holländer, den ich ja aus Göteborg kannte, der vor wenigen Wochen so ein mühsam-freundliches Gespräch mit mir versucht hatte.

Also Hilfe. Wir haben wohl zunächst einiges geputzt und poliert, was eben anfiel und mit zehn Händen bald getan war. Fru Blomqwist bat mich einmal, mit ihr etwas aus dem Keller zu holen. Unten begründete sie die Bitte damit, dass sie gerade nicht viel tragen könne: »Ich habe ein Baby mit mir.« Das klang angenehm in ihrer Sprache. Und sie sah besonders schön aus, als sie das sagte. Ich wünschte ihr herzlich Glück dazu, bedankte mich für ihr Vertrauen und spürte, wie wunderschöne Wärme den kalten Keller durchzog.

Dann die Köstlichkeiten in der Küche: backen, braten, kochen. Leckerste Düfte wehten durchs Haus. Erna und ich, noch kaum den Nachkriegsnöten entwöhnt, fühlten uns überwältigt von der Fülle zauberischer Ahnungen, anmutigster Gerüche.

Als die Eltern des Rektors und sein jüngerer Bruder eintrafen, begann das Fest. Noch in der Küche mit Julgröt, der Weihnachtsgrütze. Hierzu hatte die schwedische Regierung extra in den Devisentopf gegriffen und – auf Marken – jeder Familie den notwendigen Reis spendiert. Ohne Reis kein Weihnachten. Aber auch ohne Mandeln keine richtige Julgröt. Bis auf eine waren alle Mandeln zerkleinert. Ach, und ausgerechnet im Reis auf meinem Teller befand sich diese ganze Mandel, verbunden mit der Aufgabe, ein paar Zeilen zu reimen. Ja, mach das mal so schnell. In fremder Sprache. Gut, ich kriegte das hin. Damit es sich reimte, musste ich nur einen grammatischen Fehler einbauen, den man mir als Ausländerin wohl nachsehen konnte. Es gab auch den erwarteten Applaus. Der Rektor grinste. Wahrscheinlich ahnte er, dass mein Fehler beabsichtigt war.

Um es gleich zu sagen: Ich weiß nicht mehr, was es an diesen Tagen und wann es das alles zu essen gab. Es war viel und wohlschmeckend. Dem köstlichen Weihnachtsschinken sei eine Träne der Erinnerung nachgeweint.

Mitten in der großen Stube stand der Weihnachtsbaum und erstaunte mich: Neben dem auch bei uns üblichen Schmuck war er mit vielen blaugelben Papierfähnchen bestückt. Den Schweden gefällt ihre Fahne, die sie besingen: »... und in der Fahne die besten Farben: das Gold der Sonne auf dem Blau des Himmels.« So gehört sie ihnen schon lange.

Für einen kurzen, schlimmen Augenblick erinnerte ich mich an die Fahnen, die bei uns zwölf Jahre lang überall von großen und kleinen Masten wehten, auch auf der Straße vorbeigetragen wurden und mit erhobenem Arm gegrüßt werden mussten. – Aus.

Fru Blomqwist setzte sich ans Klavier, spielte fröhliche Weihnachtslieder, und wir anderen, Große und Kleine, Alte und Junge, sangen und tanzten um den Baum herum. Bis jemandem auffiel: Die schwarze Katze ist verschwunden. Sonst sitzt sie immer in der Stube. Hoffentlich war sie nicht draußen in den Schnee gelaufen. Der Onkel, der junge Rektorsbruder, erklärte sich sofort bereit, nach ihr zu suchen.

Und wer hätte das gedacht? Ausgerechnet jetzt klopfte ein Tomte an die Tür und brachte einen großen Wäschekorb voller Päckchen und Pakete mit. Tomten sind Wichtelmännchen, die im Stall leben, auf das Vieh achtgeben, aber auch dafür sorgen, dass den Menschen nichts Böses geschieht. Man sieht sie nur selten. Hauptsächlich zu Weihnachten, und dann sind sie ein bisschen größer. Sie tragen meistens ein rotes Cape und eine rote Zipfelmütze, sind lustig, und wenn sie ihre guten Gaben abgegeben haben, verschwinden sie wieder.

Der Onkel kam mit der vermissten Katze zurück, als die Geschenke verteilt wurden. Die hatten wir alle für alle vor dem Fest in den Korb gelegt. Von Erna und mir waren ein paar Buntstifte und Bälle für die Rektorskinder dabei.

Ich freute mich über ein Büchlein mit schönen Bildern von Göteborg. Der Rektor hatte einen feinen Vers dazu gemacht. Etwa so: »Lies und lerne von unserem kleinen Land und hilf uns, ein neues Band zu knüpfen zwischen Völkern und Staaten. So gehen wir auf eine neue Zeit zu und hoffen in diesen friedlichen Tagen gemeinsam auf einen guten Frieden.« – Damit bin ich glücklich eingeschlafen.

Am Ersten Feiertag standen wir zeitig auf, weil wir schön frühstücken und dann um acht Uhr morgens zum Jul-Åtta, dem Weihnachtsgottesdienst, in der Kirche sein wollten.

Ein kurzer Weg durch klare kalte Luft. Vor uns die weiße Steinkirche, halbhoch an einen Hügel gekuschelt. In Schweden nennt man Kerzen lebende Lichter. Pyramidenförmig in alle Fenster der Kirche gestellt, leuchteten sie feierlich und verzauberten uns an diesem noch dunklen Morgen. Mir war, als ginge ich durch ein Märchenbuch.

Ich erinnere mich, dass die Weihnachtsgeschichte vorgelesen wurde, mit ältlichen Worten, die gut klangen in dieser Unwirklichkeit. Wir sangen weihnachtliche Lieder, Choräle. Gingen durch den heller gewordenen Tag zurück zu unserem guten Kaffeekessel.

Aber die besondere Stimmung dieses Morgens verlangte anderes von mir. Mein Weg zum Wald war nicht weit. Niemand hatte dort den Schnee zertreten, noch nicht einmal berührt. Wo ich ging, war überall Stille. Tief atmen. Mich öffnen der oft ersehnten menschenleeren einsamen Stille.

Jahrelang hatte ich mir gewünscht: »... in grenzenlose Stille schrein«. Hier habe ich sie. Und was tut sie, die Stille, hier mit mir?

Sie ist größer. Ich kann sie nicht kaputtmachen, sie zerschneiden oder zerschreien mit meinem Leid und Kummer. Ich muss sie annehmen, einatmen. Und nicht schreien. Nicht mehr schreien wollen.

Leise weinen, mit vielen Tränen. Gehen und weinen. Das ist mehr als meine Traurigkeit um den einen Verlorenen. Mir ist, als weinten sich alle Tränen der Welt aus mir heraus. Als lösten sich Schmerzen von Jahrhunderten.

In den Schnee geweinte Tränen: Die schmelzen mit dem Schnee, fließen mit dem Rinnsal, dem Bach, dem Strom, bis ins große Meer. Vereinen sich mit den Wassern der Welt, verändern wohl ihre Form. Aber bleiben: erlebtes Leben. Und grüßen vielleicht eines fernen Tages als freundlichhelle Wolke vom Himmel.

Mein Ausflug durch schwedischen Wald endete mit nassen Füßen und einem heftigen Schnupfen. Das Erleben dieser Zeit zwischen den Jahren aber behielt seine Leuchtkraft.

Briefe aus Hamburg

Ich schrieb und erhielt Post. Die deutschen Briefmarken wurde ich schnell los. Mit den Inhalten war ich meistens allein. Schon im November schrieben mir Kolleginnen von einem eintägigen Generalstreik, den ich gern miterlebt hätte. Darüber konnte ich dann ein paar mühsame Sätze in Rektors aktueller Montagsstunde sagen. Anlass für diesen Streik waren heftig gestiegene Preise für alle Artikel des täglichen Bedarfs gewesen. Ich erfuhr von einem »großen Erfolg«, weil sich unwahrscheinlich viele Berufstätige daran beteiligt hatten. Da erschraken die Preise sehr und machten sich ein bisschen dünn. Aber nur kurzfristig, und das war wohl vorauszusehen.

Irene schrieb mir: Du kannst anfangen zu rauchen, Zigaretten sind jetzt für zehn Pfennig pro Stück zu haben. Vor der Währung kostete eine einzelne Ami (Kurzform für amerikanische Zigarette) sechs bis sieben Reichsmark. Nicht im Zigarrenladen, sondern schwarz. Mit welcher Andacht musste die geraucht werden.

Peter erklärte mir, was da neuerdings als so eine Art Glücksspiel stattfand, jede Woche wieder: Toto. Welcher Fußballverein wird gegen welchen siegen oder verlieren oder unentschieden spielen? Sachkenntnis und Glück hielten sich dabei die Waage. Ich bekam eine ausführliche Zeichnung dazu. Von einem Gewinn las ich nichts.

Und Adolph Kummernuss schrieb mir zwei Briefe, die mich freuten und durch die ich mich geehrt fühlte. Er war zweiter Vorsitzender unserer Gewerkschaft ÖTV für die britische Zone, außerdem Vorsitzender der ÖTV-Bezirksverwaltung Hamburg und dazu noch Vorsitzender des DGB in Hamburg. Also eine wichtige Persönlichkeit. Seinen ersten Brief bekam ich schon im November, als ich gerade dabei war, mich in Schweden einzugewöhnen. Da machte er mir einen Vorschlag für die Zeit danach: Ob ich Lust hätte, in Stuttgart zu arbeiten. Dort würde voraussichtlich die Hauptverwaltung der ÖTV etabliert, wenn sich im kommenden Jahr unsere Gewerkschaft über die drei Westzonen zusammenschließt. Er, Kummernuss, würde, was abzusehen war, als einer der beiden Vorsitzenden seinen Platz dort haben. In seinem Brief steht:

> Und damit sitze ich zunächst einmal allein im schönen Süden. Sie wissen, dass so ein Heini, der Vorsitzender ist, so etwas wie eine Sekretärin braucht. Da möchte ich dann Sie haben. Ich möchte Sie fragen, ob Sie evtl. Lust hätten, mit mir zusammenzuarbeiten.
>
> Ich will Sie nicht dazu drängen, Sie sollen Ihre Arbeit dort suchen, wo Sie sie finden möchten. Es ist also ein klein wenig Egoismus dabei, wenn ich Ihnen sage, ich möchte nicht gern in

> fremde Hände fallen, sondern mit einem Menschen zusammenarbeiten, zu dem einmal ein persönliches Vertrauensverhältnis besteht, und zum andern, dass ich die Gewissheit habe, dass ich nach kurzer Zeit nicht wiederum zu wechseln brauche.

Damit saß ich allein im schönen Norden und dachte nach. Ich zitterte vor allem vor Diktaten, weil ich nie Gelegenheit bekommen hatte, schnell Stenografie zu üben. Inge hatte manchmal vorgeschrieben oder sich auf kurze Inhaltsangaben beschränkt, und ich war nicht besonders gut in Maschineschreiben. Was ich konnte, war eigene Briefe aufsetzen. Ich hatte überhaupt keine Vorstellung davon, welche Aufgaben eine Sekretärin in einem so wichtigen Vorzimmer erfüllen muss. Wäre ich wendig genug dafür? Ich hatte Angst. Und sagte ab. Das zwar mit freundlichen Worten und Entschuldigungen, aber es war eine Absage.

Kummernuss antwortete mit einem langen Brief und erklärte sein Verständnis für meine Entscheidung. Er hatte sich inzwischen weiter umgesehen und eine »Mitarbeiterin gefunden, die allen Ansprüchen genügt«. Da fühlte ich mich sehr entlastet. Er ging auf meine Schweden-Berichte ein, bestätigte sogar, was ich ihm an Eindrücken über die Menschen hier erzählt hatte. Über ihre nahezu kindliche, naive Freude, mit der sie feiern können, meinte er:

> Wir haben uns doch innerlich sehr von diesen Menschen entfernt, wobei ich ehrlich genug bin einzugestehen, dass mir diese kindliche Art von Freude doch viel besser gefällt, als wir sie heute im Jahre 1949 in Deutschland betreiben. Die Art der Freude dort halte ich für natürlich, während ich sie bei uns als überreizt, überspitzt und unnatürlich ansehe.

Als ich wieder in Hamburg war, erhielt ich zum Geburtstag aus Stuttgart einen sogar handgeschriebenen Glückwunsch-Brief.

In diesen Schweden-Winter kam ein Brief von Hannelore aus dem Fünferzimmer. Der wog schwer. Er enthielt die mich tief erschütternde Nachricht, dass Susi uns verlassen hatte und Margret gefolgt war. Hannelore erzählte mit achtsam, liebevoll verstehenden Worten.

Ich machte einen langen Spaziergang, ging den Kirchenhügel hinauf, dem Hartippen gegenüber. Die wunderschöne Stille und die klare Luft halfen mir, das Geschehene zu bedenken. Wie genau hatte Susi geplant, damit Hannelore sie fand: nicht vorzeitig, aber vor irgendwelchen anderen. Das entsprach der klugen Susi.

Meine Gedanken und Tränen kreuzten und vermischten sich. Fragen blieben. Was hatte Margrets Tod bei Susi bewirkt? War sie nie wieder froh geworden? Konnte sie für sich nicht mehr weiterleben? Welche Freundschaft drängte so zum Tode? – Wir meinten, wir hätten begriffen, dass Krankheit und rasende Schmerzen zu Margrets Entscheidung beitrugen. Oder war es das gar nicht? Lag schon vor zwei Jahren ein Kummer dahinter, der uns anderen neu und fremd blieb? Dem jetzt auch Susi nicht mehr hatte widerstehen können? Wir wussten wenig, auch so wenig vom Leben und den tausend Möglichkeiten des Lebens.

Aber auch da, wo der Verstand, das allgemeine Tagesdenken, nicht hinreicht, ist inneres Verstehen möglich, eine Geneigtheit gegenüber dem ernsthaften Tun des anderen Menschen, der Freundin.

Hannelore hatte wohl gezögert, mir davon zu schreiben. Sie wusste ja, dass ich hier im Lande mit niemandem über Susi sprechen konnte. Wer hätte das verstehen sollen? Aber mich in Unkenntnis darüber lassen war schon gar nicht möglich. Es war gut, dass wir mit den vielen gemeinsamen Erinnerungen auch gemeinsam die Traurigkeit trugen.

Liebe Susi, sagte ich leise auf dem Heimweg, ich denke an dich mit großer Herzlichkeit und wünsche euch beiden, dass ihr euch findet, wiederfindet. Wir haben euch lieb und vertrauen der Kraft eurer Seelen. Ruhig, sehr ernsthaft erinnerte ich mich dabei an das vertraute Miteinander unserer guten alten Zimmergemeinschaft.

Noch ein bisschen Schulisches

Im Ersten Kursus saß ich zwischen Inger und Erna. Am meisten beschäftigt wurde ich von Erna mit ihrer ständigen Frage: »Was hat er gesagt?« In der ersten Zeit flüsterte ich ihr bereitwillig zu, was ich selbst schon verstanden hatte. Dann fand ich, sie sollte sich doch auch bemühen. Sie war Studentin, hatte sich schon mit mehr als einer Sprache beschäftigt. Mir fiel dann aber ein, wie ich mich früher mit Spanisch gequält hatte, einer Sprache, zu der ich nie Beziehung bekam. Erna lebte in einer Gegend, wo der Weg zum Süden Europas näher war als der nach Skandinavien. Das kann ja Sprachvorlieben und -schwierigkeiten ausmachen. Ich half also weiter.

Bis sie mir einmal fröhlich mitteilte: »Warum soll ich mir große Mühe geben? In dieses Land komme ich nie wieder.« Da hatte ich keine Lust mehr. Ich fand, sie hätte sich wenigstens als Dank für die schöne Einladung nach Schweden intensiver bemühen sollen. Durch das Zusammenwohnen mit Lilli blieb Erna aber durchaus nicht im Sprachgestrüpp hängen, sondern sie fand ausreichend Gesprächsmöglichkeiten.

Einmal bekam Erna Krach mit Inger. Im Unterricht, als wir beim Rektor ein bisschen Norwegisch lernten. Die Frage nach norwegischen Dichtern führte sofort zu Henrik Ibsen, zu Sigrid Undset und vielleicht noch zu Bjørnstjerne Bjørnson. Da meldete sich Erna. Ich ahnte etwas, konnte sie aber nicht mehr bremsen. Erna wusste Knut Hamsun. Und Inger ging in die Luft: Dieser Nazi! Hatte sich mit Hitler verbündet! Dürfte nie mehr genannt werden!

Der Name Knut Hamsun hatte im jugendbewegten, fortschrittlichen deutschen Sprachbereich der zwanziger Jahre einen guten Klang gehabt. Den musste man kennen. Seine Freundschaft mit Hitler, sein Umschwenken auf die Nazi-Ideologie fiel natürlich nur dort unangenehm auf, wo man gegen die Nazis war. In Hitler-Deutschland, also auch einschließlich Österreich, blieb er wichtig.

Inger und Erna kriegten das nicht miteinander geklärt.

Inzwischen versuchte ich, Aufsätze mitzuschreiben. Immer wurden mehrere Themen angeboten, unter denen ich etwas für mich fand. Da konnte ich einmal etwas über meine Arbeit in Hamburg erzählen. In den nächsten Aufsatz passte meine Freude am Singen und Musikhören. Besonders ausführlich schrieb ich über eine Theateraufführung, die mich beeindruckt hatte: *Unsere kleine Stadt* von Thornton Wilder. Für uns in Deutschland waren Schriftsteller und Theaterschreiber aus Amerika ja neu und ungewohnt. Ich erzählte auch, wie sparsam die Ausstattung unserer Bühnen war – sein musste, weil es an Dekorationsstücken mangelte. Aber wie dadurch die Hinwendung an das Wort betont wurde.

Natürlich machte ich viele Fehler. Die wurden aber von Magister Humble nicht einfach angestrichen, sondern er berichtigte sie und kommentierte. Das war mir hilfreich, denn so erfuhr ich, wie ein Wort richtig geschrieben wurde und wohin im Satz es gehörte – mit zartem Rotstift und schönen Bogen. Magister Humble gab sich rührend Mühe dabei. Vielleicht freute ihn ja auch meine Mühe. Das Rot zwischen der blauen Tinte wurde von Mal zu Mal weniger.

Einmal habe ich ihm viel zugemutet. Unter den mehreren Überschriften, die er als Aufsatzthemen an die Tafel schrieb, befand sich »Eine Feuersbrunst«. Da hatte er vielleicht gedacht, dass jemandem mal eine Scheune abgebrannt war oder wie sie durch mutige Hilfe gerettet wurde. Ich bot ein größeres Feuer, aus dem Kriegsjahr 1942, noch ein Sommer vor unserem Ausbombungsjahr. Erinnerte mich daran, wie wir vom Dach unseres Hauses aus unsere schöne Stadt brennen sahen. Schilderte auch, wie die nahe Kirche brannte, wie das Kreuz vom Kirchturm schräg hing und dann langsam herabsank. Magister Humble gab mir das Heft mit betont ernstem Schweigen zurück. Da tat er mir leid. Ich fand, ich hätte seine sanfte Seele nicht so brutal überfordern sollen.

Mit Magister Humble machten wir einen schönen Tagesausflug nach Göteborg mit Besichtigung eines Mühlenbetriebes und einer windigen Hafenrundfahrt. Die Stadt mit ihren breiten Straßen und vielen Kanälen gefiel mir. Von teuren Mieten hörte ich, begründet durch den mühsam zu sprengenden felsigen Grund, auf dem gebaut werden musste. Als Ausgleich bauten sie ihre alten und neuen Häuser ziemlich hoch; acht Etagen waren schon zu der Zeit keine Seltenheit.

Abends gingen wir ins Theater, ein modernes amerikanisches Stück. Ich hätte lieber Musik gehört, weil ich den wunderschönen Saal im Konzerthaus gesehen hatte. Wände und Decken: alles aus hellem Holz, weiche Übergänge. Schon beim Ansehen klingend.

Zurück auf unsere Insel: Ab Göteborg die lange Küstenstraße, dann vom Festland aus über eine Brücke zur nördlicher gelegenen Nachbarinsel Orust und wieder südlich über eine weitere Brücke nach Tjörn. Ein ermüdender Umweg und wegen der Dunkelheit auch ein bisschen langweilig. (Dieser Umweg ist inzwischen durch die eigene große Tjörn-Brücke überflüssig.)

Besonders schön fand ich »Samkväm« – ein Zusammenkommen, gemütliches Beisammensein. Zu diesen Abenden wurden oft Leute eingeladen, die in der Nachbarschaft wohnten oder aus früheren Kursen kamen und Kontakt hielten, dazu auch wichtige Personen, die für das Bestehen und die Finanzierung der Schule verantwortlich zeichneten. Sie wurden bei der Begrüßung vom Rektor einzeln benannt, und ich habe sie alle vergessen.

Für den technischen Ablauf des Abends waren immer andere Gruppen von Schülerinnen und Schülern verantwortlich, die auch ein bisschen zum Inhalt beitragen sollten mit Liedern, Gedichten, mit Scherzrätseln oder einer kleinen vorgelesenen Geschichte. Dieses nette Drumherum musste nichts zu tun haben mit dem Inhalt dessen, wofür besondere Referenten kamen. Da gab es unterschiedliche Themen.

Erna und ich verstanden viel, als an einem der ersten Abende ein schon vorm Krieg emigrierter Deutscher kam und über Nachkriegsverhältnisse bei uns sprach. Da kannten wir uns aus, und außerdem fand sich noch heimischer Klang in seinem Schwedisch und half uns weiter. Wir konnten uns später beim Kaffee mit ihm unterhalten und seine von außen kommende Sichtweise auf Deutschland kennenlernen.

Nach einem anderen Vortrag saßen Inger, Margit und ich erschrocken da. Uns war ein Film über Heimatverteidigung geboten worden: leise durch den Wald schleichen, Wäscheleinen quer über Waldwege spannen, worüber dann ein feindlicher Motorradfahrer stürzte. So kurz nach unserem eigenen Kriegserleben hatten wir noch nicht viel von dem zu sehen bekommen, wie woanders Kriege geführt wurden: mit der Bevölkerung, mit Partisanen. Wir drei kannten den lauten Kanonen- und Bombenkrieg. Uns erinnerten die hier gezeigten Bilder an Indianerspiele, und wir nahmen sie deshalb nicht ernst.

Unser Krieg – Inger in Norwegen, Margit in Finnland und ich in Deutschland – brachte uns in eine verblüffende Gemeinschaft. Wir fühlten uns reifer, erfahrener, erwachsener als unsere Mitlernenden, eigentlich auch als unsere Lehrer. Und aus den Schmerzen unserer Erfahrung wünschten wir den freundlichen Schweden, dass sie niemals das kennenlernen müssten, was wir erlebt hatten!

Volkstänze beendeten diese Abende. Das waren Kreisspiele, wie ich sie aus Kindertagen kannte: ein Jungenkreis, ein entgegengehender Mädchenkreis, Hände fassen, ein, zwei paarweise Umdrehungen, weitergehen der nächsten Partnerschaft zu. Kleine Abwechslungen, andere Melodien, leicht erlernbar, alle können mitmachen: Alle können mittanzen, mitsingen. Alle sind unbefangen vergnügt.

Zum guten Ende des Beisammenseins die Nationalhymne: Du gamla, du fria ... Du alter, freier, bergiger Norden – Ich grüße dich, freundlichstes Land der Erde, deine Sonne, deinen Himmel, deine grünen Wiesen.

Stockholm

Fünf Monate. Da ist die Zeit schon vorbei. Unsere schwedischen Mitlernenden hatten – beneidenswert – noch ein paar gemeinsame Wochen vor sich. Aber wir aus Deutschland und Österreich mussten uns verabschieden. Allerdings – und dafür wurden wir von den Schweden beneidet – hatten wir eine Einladung und eine Fahrkarte nach Stockholm in der Tasche: für eine ganze Woche.

Wie schmerzlich der Abschied wurde, kann ich kaum erzählen. Wir mussten mit einem »Nie-Wieder« rechnen. Denn an schnelle Besuche war nicht zu denken: Mal eben ein Kurztrip von Land zu Land? Alle Fahrten dauerten lange. Flüge kamen noch nicht infrage. An Grenzen wurden Pässe, Durchreise- und Einreisevisa verlangt. Die Länder der Welt lagen zu der Zeit sehr viel weiter auseinander als heute. Und überhaupt: Geld für einen Auslandsbesuch hatten wir alle noch nicht verdient.

Besonders bei Inger und Britt, meinen lieben Zimmergenossinnen, fiel mir das Adjösagen schwer, und bei Margit, der fröhlichen Freundschaft aus Finnland. Da flossen Tränen, und wir mochten einander nur schwer loslassen.

Traurig wurde der Abschied von der Familie Blomqwist, aufgemuntert aber durch ein paar vergnügte Kinderzeichnungen. Besonderer Dank dem Rektor für seinen klugen Mut, die mutige Klugheit, womit er besonders uns Ausländerinnen geleitet hatte.

Herzlich gute Wünsche von Magister Humble, mit dem mich fast eine kleine literarische Beziehung verband; mein großer Dank an ihn für seine Hilfe. Und dann als kostbare Überraschung schenkte seine Frau, die ich nie gesehen hatte, mir einen Linoldruck von den Schulgebäuden.

Schon Erinnerung: Der letzte Weg zur Inselstadt Skärhamn, zu Fischerbooten und Seegeruch. Streichelnd letzte Blicke zum Hartippen mit den bemoosten grauen Steinen unter grauem Himmel. Jetzt empfand ich es als passend, dass alle das Lied dieser Provinz, dieses kargen Landes, so sentimental sangen: Wohin ich auch komme oder gehe, sehne ich mich nach Bohuslän. – »Till Bohuslän jag traktar ...«

Wir fuhren lange Stunden durch schwedische Nacht, weich und kuschelig in die Polster der schwedischen Staatsbahn gelehnt. Wahrscheinlich schien der Mond; wie könnte ich mich sonst an die unendlich vielen Birken erinnern, die mit ihren kahlen, aber weichen Zweigen draußen winkten.

Entweder waren wir so müde, oder der Polizist vorm Bahnhof sprach ein ganz spezielles Schwedisch, das wir erst nach mehrfacher Wiederholung halbwegs verstanden. Immerhin ahnten wir jetzt den Weg, setzten uns mutig in eine Bahn und kamen tatsächlich in dem schönen Stadtteil Lidingö an, wo eine feine Villa, ein Schulungszentrum, auf uns wartete. Da begrüßte uns Direktor Söderqvist, den wir aus der Göhrde kannten. Bei ihm war Torgil Ringmar, ein Lehrer aus einer Volkshochschule in Falun. Die beiden sollten erkunden, was wir von unserem Aufenthalt in ihrem schönen Land mit nach Deutschland bringen würden und ob sich die Einladung des Ausschusses für demokratische Aufbauarbeit gelohnt hatte.

Unsere Berichte fielen unterschiedlich aus. Denn einmal hatten die Schulen verschiedene Schwerpunkte, und zum andern erwiesen sich unsere Fähigkeiten, darüber etwas auszusagen, auch nicht als einheitlich. Erna überließ mir unseren Bericht, hatte keine Einwände und nickte zufrieden. Schön war, dass die meisten Berichte auf Schwedisch gegeben wurden, anzusehen als Anerkennung und Dank für die großartige Einladung, von der wir ja alle lange würden zehren können.

Was nahmen wir denn mit in unser Heimatland? Zunächst ungewohnte Eindrücke und Bräuche, neue Informationen, Volkstänze und Lieder, etwas von der naiven Frömmigkeit, von der unbefangenen Fröhlichkeit und vor allem von dem guten, vernünftigen Miteinander, das ein gegenseitiges Akzeptieren und Geltenlassen ist, kein Ausgrenzen. Insgesamt Grundlagen für demokratisches Verhalten.

Ja, wer aber von uns gerade noch an gemütliche Volkstanzatmosphäre gewöhnt war, wurde hier gleich auf die Probe gestellt: Wir besuchten einen Jugendclub, in dem zu wilden amerikanischen Rhythmen geschwoft wurde. Ein verrauchtes, lautes Durcheinander. Da gingen wir bald wieder und übten draußen: akzeptieren und geltenlassen.

In einer Fabrik, die wir besichtigten und die was-weiß-ich herstellte, empfing uns ein Arbeiter, der vermutlich Radioverbindungen über Ländergrenzen pflegte und uns mit der Kenntnis über den neuesten deutschen Karnevalsschlager überraschte. »Trizonien« lachte er, und der rheinische Teil unserer Gruppe sang den neuen Karnevalsschlager: *Wir sind die Eingeborenen von Trizonesien.*

Wir besichtigten Stockholm, eine der schönsten Städte, die ich kenne. Für mich besonders eindrucksvoll das Stadthaus, Backstein, etwa 1920 gebaut. Sein Turm ragt weit sichtbar übers Wasser. Wir waren auch drinnen und bewunderten einzelne Räume. Besondere Aufmerksamkeit forderte eine riesengroße, schwere Tür, die auf Kugellagern rollte. Die Rollen sind aus schwedischem Erz hergestellt, das besonders gut und haltbar ist. Das wurde sofort von Ernst bestätigt, der uns erzählte, dass er in Kanada Holz gefällt hatte. Normale Äxte gingen ganz schnell kaputt. Wer aber eine Axt aus schwedischem Stahl bekam, konnte sich lange daran freuen. Ich horchte auf: Ernst hatte das also geschafft! Er war in der Normandie in Kriegsgefangenschaft geraten und über den Ozean verschifft worden. Ich kannte den hoffnungsvollen Satz aus dem letzten Brief von Nils: »Ich sehe mich schon als Holzfäller in Kanadas Wäldern.«

Wir durchwanderten Gamla Stan, die Altstadt, die auf einer der vielen kleinen Inseln viel Raum einnimmt und zu abendlichen Spaziergängen verlockt. Überall Wasser und Schiffe und Schifflein, die zum Mälarsee oder Richtung Ostsee unterwegs sind. Und große hohe, reich gebaute Häuser um die Buchten herum. Dabei auch Dramaten, das Theater.

Walter schlug vor, ein Stück von Jean Giraudoux anzusehen. Es fanden sich mehrere Interessierte, Walter besorgte die Karten, und wir hatten einen schönen spannenden, vergnüglichen Theaterabend. Kritisierten auch hier und da an der Aufführung herum. Da ergaben sich gemeinsame Interessen. Walter machte mich auf den Schriftsteller Hjalmar Bergman aufmerksam, von dem er gerade etwas las. Sein Vorschlag: Er würde mir daraus vorlesen. Er kann aber keine Koffer packen, aber ich, so als Gegenleistung ... Also, warum nicht? Ich packte ihm am letzten Tag seinen Koffer, und wir fanden am Bergman-Text viel zu lachen. Ich konnte mir das Buch noch besorgen.

Unser letzter Abend. Wir hatten Torgil Ringmar während des Tages kaum gesehen, weil er mit seinem Jugendchor aus Falun im schwedischen Rundfunk gesungen hatte. Diesen Chor mit all seinen Liedern brachte er uns zum Abschied mit. Einige Lieder sangen wir gemeinsam. Die Vielstimmigkeit aber nahmen wir als Abschiedsgeschenk dankbar entgegen. Das war so schön, so wunder-wunderschön! Zum Heulen schön! Unser euphorischer Applaus überraschte die jungen Schweden. Den waren sie nicht gewohnt. Sie revanchierten sich mit noch einem und noch einem Lied. Wahrscheinlich waren wir uns gegenseitig dankbar. Und mochten kein Ende finden. Und weil wir alle so traurig waren, tropften uns die Töne, die Klänge direkt ins Herz.

Abschied

Nach einer Tagesreise durch schwedische Landschaft kamen wir in Malmö auf die Fähre rüber nach Dänemark.

Wir standen am Heck. Zwischen Wind und Wellen nur die Eintönigkeit der Schiffsmotoren. Und dann die ruhige Stimme von Ernst: »Hej på dej, gamla Sverige!« – Ein Gruß dir, altes Schweden!

Danach sprach lange niemand. Wir sahen einander nicht an. Sahen auf das im Dämmern entschwindende Land. Dankten ihm mit dem Herzen.

1949

Hamburg und weiter

Aus dem Bahnhof kommend: wieder Rechtsverkehr. Und gleich so viel! Aber die Gewöhnung ging schnell. Nach ein paar Arbeitstagen wusste ich auch im Gewerkschaftsbüro wieder Bescheid. Meine Kolleginnen ließen sich erzählen, soviel die Arbeitszeit zuließ. Das Jugendsekretariat leitete inzwischen ein anderer Kollege, der mich – wie vermutet – für einige Jugendgruppenabende verplante, wo ich ausführlich berichtete.

Schwester Frieda freute sich über meine Rückkehr. Sie erzählte auch mir etwas: Von ihrer Teilnahme am Zusammenschluss des DGB auf Basis der drei Westzonen. Diese Veranstaltung hatte in München stattgefunden, wo es im Deutschen Museum ausreichend Platz gab. Den Teilnehmenden wurde schnell die Bezeichnung »Museumsdelegierte« angehängt. Nicht nur wegen der Tagungsräume, sondern vor allem wegen ihres hohen Durchschnittsalters. Oberflächlich als kleiner Spaß gedacht, der aber deutlich machte, dass zwölf junge Jahrgänge fehlten: Nazi-Jahrgänge, in denen es keine Gewerkschaften gegeben hatte, in denen engagierte Kolleginnen und Kollegen mit all ihren gewerkschaftlichen Überlegungen und Erfahrungen systematisch kaputt gemacht wurden. Kein Weitergeben an die Jugend.

Wenn sie ausreichend Nachwuchs gehabt hätten: Wären sie dann auf mich gekommen? Hätte Kummernuss dann ausgerechnet mich gefragt: Was willst du machen? Jugend? Frauen? Sie begannen bei diesen beiden Abteilungen schon mal, Frauen in eine Sekretär-Funktion zu bringen. In allen Bezirken wurden Leute gesucht. Ich entschied mich für Gewerkschaftliche Frauenarbeit. Mein jugendlichstes Dasein hatte ich wohl mit dem schönen Schwedenwinter abgeschlossen. Nun fühlte ich mich reif für erwachsenere Aufgaben. Außerdem hatte ich vorher in Hamburg schon mit berufstätigen Frauen zu tun gehabt und bei Lieschen einiges abgeguckt. Da gab es sicher viele Möglichkeiten. – Mein oberster Chef war einverstanden und versprach, sich umzusehen; dann fuhr er wieder nach Stuttgart in seinen neuen ÖTV-Hauptvorstand.

Die Schreibmaschine und ich gewöhnten uns schnell wieder aneinander. In den Pausen fanden eine junge Kollegin und ich in einer DGB-Zeitung interessante Informationen, die unser künftiges Leben betrafen. Die drei Westmächte (USA, Großbritannien, Frankreich), die uns bisher beherrscht hatten, wollten gut vier Jahre nach dem Krieg die Regierung wieder in deutsche Hände geben. Dazu hatte ein Parlamentarischer Rat in intensiven Vorbereitungen durch die Schaffung eines Grundgesetzes eine demokratische Grundlage erstellt. Einzelne Artikel lasen wir mit frischem Sachverstand.

»Niemand darf zum Kampf mit der Waffe gezwungen werden.« Das war ein Satz, der uns freute. – Aber danach folgte der zweite: »Näheres regelt ein Bundesgesetz.« Wir sahen uns erschrocken an: Gilt der erste Satz dann doch nicht? Bleibt alles offen?

Was der Gleichberechtigungsartikel versprach, gefiel uns natürlich sehr. Wir ahnten nicht, wie schwierig sich seine Durchsetzung im Laufe der nächsten und übernächsten Jahre gestaltete. Diesem Artikel entgegenstehende Gesetze sollten bereits in den fünfziger Jahren alle angeglichen sein. Merke: fünfziger Jahre des zwanzigsten Jahrhunderts. Nicht erst des Einundzwanzigsten.

Im Juli bekam ich einen Brief mitten aus dem Ruhrgebiet, aus Bochum: Wir brauchen in unserem ÖTV-Bezirk eine Frauensekretärin. Stell dich mal bei uns vor. Zum ÖTV-Bezirk NRW II gehörten die Städte des Ruhrgebiets, dazu auch der Teutoburger Wald, das schöne Sauerland und das Siegerland, also der ganze östliche Teil Nordrhein-Westfalens. Da müsste ich mich um Frauen kümmern, die im öffentlichen Dienst arbeiteten oder bei der Straßenbahn oder in Krankenhäusern.

Also ein Treffen mit dem Bezirksleiter; wendiger und jünger als unser neuer in Hamburg. Ich weiß nicht warum, aber er war einverstanden mit mir. Mitte August könnte ich anfangen. Dann schickte er mich mit einem Kollegen in ein nahes Lokal zum Essen. Übernachtungsmöglichkeit hatten sie für mich besorgt, obwohl das in der kaputten Stadt schwierig war. Wegen meiner Reisekosten müsse ich mich an den Kassierer wenden, der morgen noch vor meiner Rückfahrt erreichbar sei.

Kurt Ferber, der Kassierer, kannte meine Unterschrift schon. Im Januar 1949, beim DGB-Zusammenschluss, war von den Angestellten der Gewerkschaften etwas zu unterschreiben. Weil ich aber noch in Schweden war, wurde mein Vertrag nachgereicht, und beim Einsortieren fiel ihm meine Unterschrift auf.

Im Zug nach Hamburg bedachte ich alles Neue, das mich künftig umgeben würde. Ich sollte meinen Schreibtisch im selben Raum haben wie Paul, der Jugendsekretär. Da saß auch Kurt, der mich noch morgens mit Reisegeld versorgt hatte. Darüber freute ich mich besonders. Der gefiel mir vom ersten Augenblick an. Ich sah vor mir seinen schönen, klugen Kopf, die freundlichen Augen, hörte seine angenehm lebhafte Stimme.

Am 14. August 1949 wählten wir unseren ganz neuen, den ersten deutschen Bundestag. Am Tag darauf kaufte ich mir am Bahnhof eine Zeitung, um die Hamburger Wahlergebnisse zu lesen. Alle Bezirke hatten sozialdemokratische Abgeordnete gewählt, alles Männer. Der von mir Gewählte kam über die Landesliste in den Bundestag. Das alles las ich auf dem langen Weg nach Bochum.

Meine weiße Jacke, die Agnes mir aus einem passablen Bettbezug genäht hatte, blieb in Hamburg zurück. Ich hatte sie bei meinem ersten Besuch ins Ruhrgebiet getragen, und da war sie schon nach einem Tag dreckig. Man trug kein Weiß im Kohlenpott. Es lag zu viel Kohlenstaub in der Luft. Den blauen Himmel sahen wir selten. Überall Fördertürme mit sich drehenden Rädern. Abends im Dunkel flackernde Feuer bei den Zechen. Eine Landschaft, in der Arbeit sichtbar wurde.

Das war ein junges Land, das erst vor etwa zwei, drei Generationen durch Kohleförderung und Stahlindustrie wichtig geworden war. Um Arbeit zu finden, waren sie von überallher gekommen, was an den unterschiedlichsten Familiennamen erkennbar blieb. Da brachten sie aus ihrem Heimatland, aus ihrer Gegend ihre Gewohnheit und Sprache mit. Nach anfänglichem Gerangel begriffen sie: Hier kann Konkurrenz tödlich sein, hier ist das Miteinander gefragt. Wir im Pütt müssen uns aufeinander verlassen können!

In diesem schönen, jungen Land sollte ich arbeiten. Hier fand ich bald Kontakt zu den Menschen. Die wurden mir lieb.

Frauenarbeit also: Da bin ich nicht mehr »das Mädchen«.

Da beginnt meine Gegenwart. Mit Kurt und unserer Tochter Dörte.

Nachwort und Dank

Wir wissen: Scheinwerfer von Wochenschauen und Geschichte leuchten dahin, wo Besonderes geschieht. Wohin sie nicht leuchten: Geschieht da nichts? Was tut sich da, wo sich die Große Zeit nicht abspielt? – Hilde David

»Schreib das doch mal auf.« – Das war meine Bitte an meine Mutter Hilde David. Sie hatte ein so gutes Gedächtnis, aber ich vergesse Geschichten so schnell und würde sie doch gern bewahren – und ich wusste, sie konnte gut schreiben.

Hilde begann ihre Aufzeichnungen mit einem Zettelkasten für einzelne Erinnerungen, Themen und Aspekte. Die Sammlung wuchs.

Dann begab sie sich ans Schreiben. Hilde war schon lange von der Schreibmaschine auf den Computer umgestiegen. Sie schrieb in der Stube, in der ihr Laptop war. Nicht unbedingt chronologisch, manchmal angeregt durch Jahrestage oder äußere Anlässe, manchmal mit praktischen Auswirkungen. So fuhr Hilde 1994 zum fünfzigsten Todestag ihres ersten Freundes mit dessen Schwester nach Riga, wo er begraben ist. Als 1999 gegen Jugoslawien erstmals wieder ein Krieg von deutschem Boden ausging, fragte sich Hilde, wie es damals genau gewesen war, als sechzig Jahre vorher der Zweite Weltkrieg begonnen hatte. Die Erinnerungen, die sie dabei wachrief, schrieb sie auf und trug sie am Antikriegstag im Museum der Arbeit vor. Und als sie sich später mit ihrer Schule und ihrer jüdischen Mitschülerin Yvonne befasste, fragte sie bei offiziellen Stellen nach Informationen über deren Verbleib – niemand wusste etwas.

Hildes Aktivitäten im Museum der Arbeit waren weniger geworden, das Schreiben der eigenen Geschichte wurde mehr. In langen Phasen durchlebte, durcharbeitete sie ihre verschiedenen Lebensabschnitte. Das war intensiv, anstrengend, aber auch anregend für sie. In Gesprächen wurden wir, vor allem meine Freundin Christel und ich, in die Erinnerungen mitgenommen, Fragen ergaben sich, erste Kostproben las sie vor. Über ihre Arbeit sagte Hilde: »Erinnerungsarbeit ist Arbeit. Aber selbstbestimmte, nicht entfremdete.« Und: »Später merkten wir, wie sehr mich meine Auseinandersetzung mit meinem Leben am Leben hielt. Also weiter schreiben.«

Das Schreiben ihrer Erinnerungen dauerte gut zwanzig Jahre – so lange wie der beschriebene Zeitraum selbst.

Und nun, was tun mit dem, was da auf den vielen Seiten stand? Veröffentlichen?

Wir fanden: Ja. Auch wenn es die persönliche Geschichte von Hilde und ihrer Familie ist – so sind diese Erinnerungen doch viel mehr. Ihr gutes Gedächtnis, ihre Fähigkeit, sich in die alten Zeiten zurückzuversetzen, ihr umsichtiger dokumentarischer Blick, ihre einfühlsame Sicht auf Menschen und ihre Haltung zeigen, wie sich auch in den vermeintlich kleinen Dingen die gesellschaftlichen Verhältnisse widerspiegeln. Das hatte Hilde u.a. von Bertolt Brechts Fragen eines lesenden Arbeiters und im Museum der Arbeit gelernt, und sie notierte: »Alltagsgeschichte ist wichtig, Alltagsgegenstände müssen bewahrt bleiben. Aktuelle Formulierungen damals: ›Barfußhistoriker‹, ›Geschichte von unten‹.« Hilde beschrieb den Alltag genau, dachte über ihn nach. Er ist selten spektakulär – und doch vielfältig.

Unser Freund Berthold Lotz fand sich bereit, mit Hilde und mir den gesamten Text durchzugehen. Wir begannen unsere Leserunden im Mai 2015. Drei Jahre, in denen wir uns etwa einmal im Monat abends trafen und den bis dahin gelesenen Text besprachen, Geschildertes bestaunten, Fragen klärten, für kleine Korrekturen sorgten, die eigenen bei der Lektüre hervorgerufenen Erinnerungen einbrachten, über Literatur und Weltgeschichte sowie das aktuelle Weltgeschehen diskutierten, mal ganz vom Thema abkamen – und viel lachten.

Ja, es sollte ein Buch werden.

Freundinnen lasen das Manuskript. Großer Dank an Christel, Karin und Gisela. Ihr Interesse an dem Text und ihre ausführliche und fundierte Kritik bestärkten uns in dem Wunsch, ein Buch daraus zu machen. In einem zweiten Durchgang des gesamten Textes nahmen wir ihre Kritik auf.

Statt der Leserunden begannen 2018 nun Korrekturrunden. Hildes Kräfte wurden weniger. Sie war froh, ihren Text, dieses große Projekt, vollständig und abschließend geschrieben zu haben. Und sie freute sich, manchmal etwas erstaunt, über die Frage von FreundInnen »Was macht Hildes Buch?«. Berthold und ich bereiteten jetzt die Änderungsvorschläge vor, dann gingen wir oder nur ich zu Hilde. Noch bis in ihre letzten Wochen ging es um die Endredaktion, mit Laptop und zweitem Bildschirm, zuerst in der Wohnstube, dann vom Bett aus. Was körperlich anstrengend war, vermochte sie geistig noch ganz zu leisten. War Hilde erst wieder in die Textarbeit hineingekommen, bewegte sie sich darin so sicher wie eh und je. Eine wahre Freude. »Mein Dürten, jetzt weißt du etwa, wie ich deine Änderungsvorschläge umsetze.« – Den Rest mussten wir ohne Hilde machen.

So kümmerten wir uns darum, aus dem Text ein Buch werden zu lassen. Nach ersten erfolglosen Anfragen dachten wir an eine Veröffentlichung im Selbstverlag und hatten für den Satz bereits Unterstützung von einem Kollegen aus dem Museum der Arbeit. Dann ermunterte uns unsere Buchhändlerin, den Kontakt zum Junius Verlag aufzunehmen – mit Erfolg. Wir danken dem Verlag sehr für das Interesse und die Bereitschaft, das Buch zu verlegen – und die gute Zusammenarbeit. Und wir danken allen FreundInnen, die das Projekt finanziell unterstützt haben.

Dörte David, Mai 2021

Lange Gegenwart – ein Überblick

Im August 1949, einen Tag nach der ersten Bundestagswahl, wurde Hilde David Frauen-Sekretärin im ÖTV-Bezirk NRW II in Bochum.

Da beginnt ihre Gegenwart. Mit Kurt und mir, ihrer Tochter Dörte.

Hilde und Kurt gingen eine Beziehung ein, obwohl er schon Familie hatte. Es wurde eine Fernbeziehung – und dennoch ganz nah. Eine nicht enden wollende Liebe begann. Eine ganz eigene Geschichte ...

Gewerkschaftsarbeit und Kind

Sie lernte viel: die Arbeit für und mit Frauen, erste gewerkschaftliche Bildungsarbeit, überhaupt das Führen von gewerkschaftlichen Auseinandersetzungen und die Unterstützung von Streiks.

Dann zog Hilde im Rahmen ihrer Arbeit 1951 als Frauen-Sekretärin nach Bremen und 1952 als Sachbearbeiterin beim Hauptvorstand (Frauen- und Angestellten-Sekretariat) nach Stuttgart. Dort setzte sie sich u.a. für die Bildung des ersten Betriebsrates innerhalb der Gewerkschaft ÖTV ein. 1954 kam sie wieder an ihren alten Arbeitsplatz zur ÖTV-Hamburg. Auch wenn es nur zurück an die Schreibmaschine ging, so wusste sie doch, dass es nur in Hamburg mit den hier vorhandenen Kindergärten möglich wäre, sich ihren großen Wunsch nach einem Kind zu erfüllen.

1955 wurde ich geboren. Eine bewusste Entscheidung der Eltern zum Kind, zu mir. Hilde hat sich nie als Alleinerziehende bezeichnet, denn sie tauschte sich immer mit ihrem Kurt aus und wurde von ihm gestützt.

Arbeit und Kind, mehr war lange für sie nicht möglich. Die wöchentliche Arbeitszeit ging nur langsam von 48 auf 40 Stunden herunter. An den Wochenenden war sie oft erschöpft. Doch die wenigen gemeinsamen Stunden verbrachten sie und ich intensiv miteinander. Wir erzählten uns vom Tag, soweit wir mochten. Hilde las schon immer gern vor, jetzt ihrem Kind. Wir spielten und bauten mit Legosteinen, die mein Vater empfohlen hatte und die über viele Jahre ein willkommenes Geburtstagsgeschenk wurden, bastelten für uns und für die Nachbarn, hörten auch viel Radio, Hörspiele und später Kabarett.

Hilde blieb bis zu ihrer vorzeitigen Rente 1982 bei der ÖTV-Hamburg beschäftigt.

Sie arbeitete in verschiedenen Abteilungen: Frauen-Sekretariat, Mitglieder-Abteilung, Gesundheitswesen, Jugend, Verwaltung, Aufbau des ÖTV-Archivs Hamburg. Sie schrieb nicht nur, was ihr diktiert wurde, sondern machte vorgesetzten, aber ungeübten Gewerkschaftssekretären Vorschläge für andere Formulierungen – manche Kollegen haben sie angenommen. Die Arbeit im Jugend- und Bildungssekretariat in den 1970er Jahren gab ihr neuen Schwung. Es war nicht immer einfach, in der Gewerkschaft zu arbeiten, denn oft widersprachen sich gewerkschaftliche Grundsätze und Sozialpartnerschaft. Erst zum Ende ihrer Berufstätigkeit erhielt Hilde wieder anspruchsvollere Arbeit: Ein ÖTV-Archiv Hamburg sollte aufgebaut werden. Eine Archivarin erarbeitete den formalen Aufbau, und Hilde steuerte das Inhaltliche aus ihrer Erfahrung dazu bei.

Über ihre Tätigkeit bei der ÖTV sagte sie einmal: »Ich habe manche geärgert, wurde von manchen geschätzt und hatte immer Rückhalt bei den Ehrenamtlichen.«

2016 auf einer Veranstaltung zur Ehrung langjähriger Mitglieder – Hilde war zu der Zeit siebzig Jahre lang Gewerkschaftsmitglied gewesen – hob sie noch einmal hervor, was ihr das Wichtigste bei der Gewerkschaft war: die Solidarität.

Diese Solidarität lebte sie: am 1. Mai und bei den vielfältigen Unterstützungen von KollegInnen in deren betrieblichen und gesellschaftlichen Auseinandersetzungen, von den Erwitterinnen* bis zum britischen Bergarbeiterstreik.** In der Gruppe Arbeiterpolitik*** fand sie ihre politische Heimat.

Ein Schwerpunkt ihrer gewerkschaftlichen Aktivitäten blieb weiterhin die Frauenarbeit.

Reisen und Freundschaften

Und sie verreiste gern. Zunächst innerhalb Deutschlands, später in die Sowjetunion und vor allem nach Skandinavien. Der Aufenthalt auf der Insel Tjörn bei Göteborg im Winter 1948/49, den sie im Rahmen des Projektes zur Förderung von Toleranz und Demokratie für europäische Jugendliche verbracht hatte, war prägend. Hilde lernte Schwedisch und sie lernte dieses Land lieben, bereiste es oft. Nach Schweden sehnte sie sich immer – nach Frieden und Demokratie auch.

Die erste Zeit zurück in Hamburg wohnte Hilde unter sehr beengten Wohnverhältnissen in einer Teilwohnung in wechselnder familiärer Besetzung. Zusammen mit ihrer geliebten Oma Agnes, die mich 1955 in ihren letzten und meinen ersten Monaten erfreulicherweise noch kennenlernen konnte. Um 1960 zogen wir nach Barmbek in eine eigene Wohnung. Nachdem ich Mitte der 1970er Jahre ausgezogen war, zog sie 1977 ein letztes Mal um und lebte in dieser neuen Wohnung fast 43 Jahre, immer noch im »richtigen Barmbek« und immer gern.

Bereitschaft für Neues, aber auch Beständigkeit und Wiederanknüpfen an Vergangenes zeichneten Hilde aus.

---

* 1975: Beschäftigte des Zementwerkes in Erwitte besetzten ihren Betrieb. Eine Frauengruppe bildete sich; sie bestand mehrere Jahre.

** 1984/85: Ein Jahr lang streikten die britischen Bergarbeiter gegen die Schließungen ihrer Kohlegruben.

*** Seit Jahrzehnten gibt die Gruppe Arbeiterpolitik ihre Informationsbriefe heraus und ist nun auch im Internet vertreten https://arbeiterpolitik.de/ueber-uns.

So blieb die Verbundenheit zu ihrer Schule, vor allem zu ihrer Lehrerin »Fräulein Leu« und den Mitschülerinnen. Über Jahrzehnte traf sich die Klasse, zu Anfang noch mit der Lehrerin; später fuhren die altgewordenen Schülerinnen auch manchmal gemeinsam an die Ostsee Richtung Schullandheim Schönberg.

Aus Hildes Zeit als Lernschwester im AK St. Georg blieb die Freundschaft zu Hannelore aus ihrem schönen Fünferzimmer – ein Leben lang.

Der Kontakt zu Leni, der Schwester ihres ersten Freundes, intensivierte sich über die Jahrzehnte. Diese Freundschaft schloss später auch deren Tochter Karin ein, der sie noch das ganze Manuskript dieser Erinnerungen vorlas.

Und ihre eigene Familie? Zu ihrem Vater und dessen neuer Familie hielt sie freundlichen Kontakt. Enger und tiefer war die Verbindung zu Mutter Käte und Schwester Marion mit deren Kindern, den Tanten Irene und Else mit Thyra und Marita und deren Familien.

Ihr Interesse an Literatur und Musik pflegte Hilde und erweiterte es. Sie las bis ins hohe Alter viel, entdeckte SchriftstellerInnen wie z.B. Bertolt Brecht und Christa Wolf für sich, ging in klassische Konzerte und lernte, vor allem durch ihren Kurt, auch neue Malerei wie z.B. Picasso kennen, besuchte zudem Museen, wo immer sie hinreiste.

Museum der Arbeit

Hilde musste ihr Arbeitsleben vorzeitig aus gesundheitlichen Gründen beenden. Als es ihr besser ging, befasste sie sich wieder mit Arbeit, vor allem mit Frauenarbeit. Sie engagierte sich in der Geschichtswerkstatt Barmbek und arbeitete jahrelang im Museum der Arbeit mit, ebenfalls in Barmbek.

Das Museum der Arbeit war in den 1980er Jahren im Aufbau, getragen von der Aufbruchstimmung der Beteiligten. Das Arbeits- und Alltagsleben der Menschen stand im Mittelpunkt, und so gab es zu Beginn sogar eine ganze Frauenetage. Einige wichtige Ausstellungen und Projekte des Museums prägte Hilde wesentlich mit: konzipierend, schreibend, vortragend, durch- und vorführend.

»Große Wäsche« – aus Großmutters Zeiten, vorgeführt ohne Wasser und doch realistisch. Diese Arbeit hatte Hilde gemeinsam mit Inge, die etwas älter war, erarbeitet. Beide hatten sich sofort gut verstanden, auch sie war auf einer Reformschule in Hamburg gewesen.

»Frauenwandbild« – Hamburgs erstes Frauenwandbild wurde 1989 anlässlich des 800. Hafengeburtstages auf Initiative des Arbeitskreises Frauen im Museum der Arbeit an einer Speicherwand in der Nähe des Hamburger Fischmarktes installiert. Das Bild entstand in Zusammenarbeit mit drei Künstlerinnen. Später wurde der Speicher umgebaut, und damit verschwand leider auch das Wandbild. Aus den vorausgegangenen Recherchen und vielen Interviews entstand das Lesebuch zum Wandbild unter dem Titel »... nicht nur Galionsfigur«. Hilde gehörte der siebenköpfigen Redaktion an.

»Fräulein Mutter« – dieses Projekt hatte Hilde angestoßen, denn es war ihr ein besonderes Anliegen. Sie selbst hatte die Schwierigkeiten einer unverheirateten Mutter erlebt und kannte diese aus ihrer eigenen Familie. Gemeinsam mit Claudia, einer Juristin, erarbeitete sie eine hamburgische Familienchronik der anderen Art. In diesem Album mit Texten und Fotos über drei Generationen unverheirateter Mütter (Großmutter, Tante und Hilde mit mir) zeigten sie, wie sich über die Zeit die rechtlichen Bedingungen für diese Frauen zwar besserten, wie Schwierigkeiten dennoch blieben, aber auch welche Stärken Frauen gewinnen können, wenn sie ihren eigenen Weg gehen.

»Als unser Kindsein zerbrach ...« – So hatte Hilde ihre Erinnerungen über den Kriegsbeginn 1939 und das Kriegsende 1945 genannt. Von deutschem Boden war erstmalig wieder ein Krieg ausgegangen, 1999 gegen Jugoslawien, sechzig Jahre nach dem Beginn des Zweiten Weltkrieges. Das hatte sie sehr aufgewühlt. Sie schrieb diese Erinnerungen auf und trug sie am 1. September, dem Antikriegstag, desselben Jahres im Museum der Arbeit vor. Mit dem entstandenen eindringlichen Tondokument sammelte sie Spenden für eine Rot-Kreuz-Station im Kriegsgebiet Jugoslawiens über die Gruppe »Gewerkschafterinnen und Gewerkschafter gegen den Krieg – Dialog von unten statt Bomben von oben«. Der Text floss in diese Memoiren ein.

Für den Freundeskreis des Museums schrieb sie unter anderem auch plattdeutsche Artikel.

Freundschaften entwickelten sich.

Hilde brachte sich ein mit ihrer Haltung, ihrer Erfahrung, ihrem Wissen, nahm auf und gab weiter, was sie im Museum lernen konnte. Sie war froh um die Arbeit, die sie im Museum der Arbeit leisten konnte, und die Anerkennung, die sie dort erfuhr. Das hat sie immer wieder betont. Dafür war sie von Herzen dankbar.

Die späten Jahre im kleineren Kreis

Hilde wurde alt, einige ihrer FreundInnen und GenossInnen starben. Sie schrieb nun auch für sie, Briefe an die Angehörigen und manche Trauerreden.

In den letzten Jahren zog Hilde sich weiter zurück, ging weniger in die Welt hinaus. Die Welt kam zu ihr – ihre alte Welt, wenn sie ihre Erinnerungen aufschrieb und sie mit uns teilte, und die Welt der Gegenwart, wenn wir sie besuchten und diese mit ihr teilten. Wir, die Familie und FreundInnen, die kleine Frauengruppe und die kleine Leserunde ihrer Erinnerungen. Hilde genoss die anregenden Gespräche. Dankbar nahm sie unser Kümmern und unsere Freundschaft und Liebe an.

Hilde starb am 30. März 2020.

Ihr Grab ist im Garten der Frauen auf dem Ohlsdorfer Friedhof in Hamburg.*

---

* Ein kurzer Lebenslauf befindet sich beim Garten der Frauen http://www.garten-der-frauen.de/mitglieder.html#david. Einen ausführlicheren Lebenslauf enthält die Datenbank Hamburger Frauenbiografien https://www.hamburg.de/frauenbiografien.

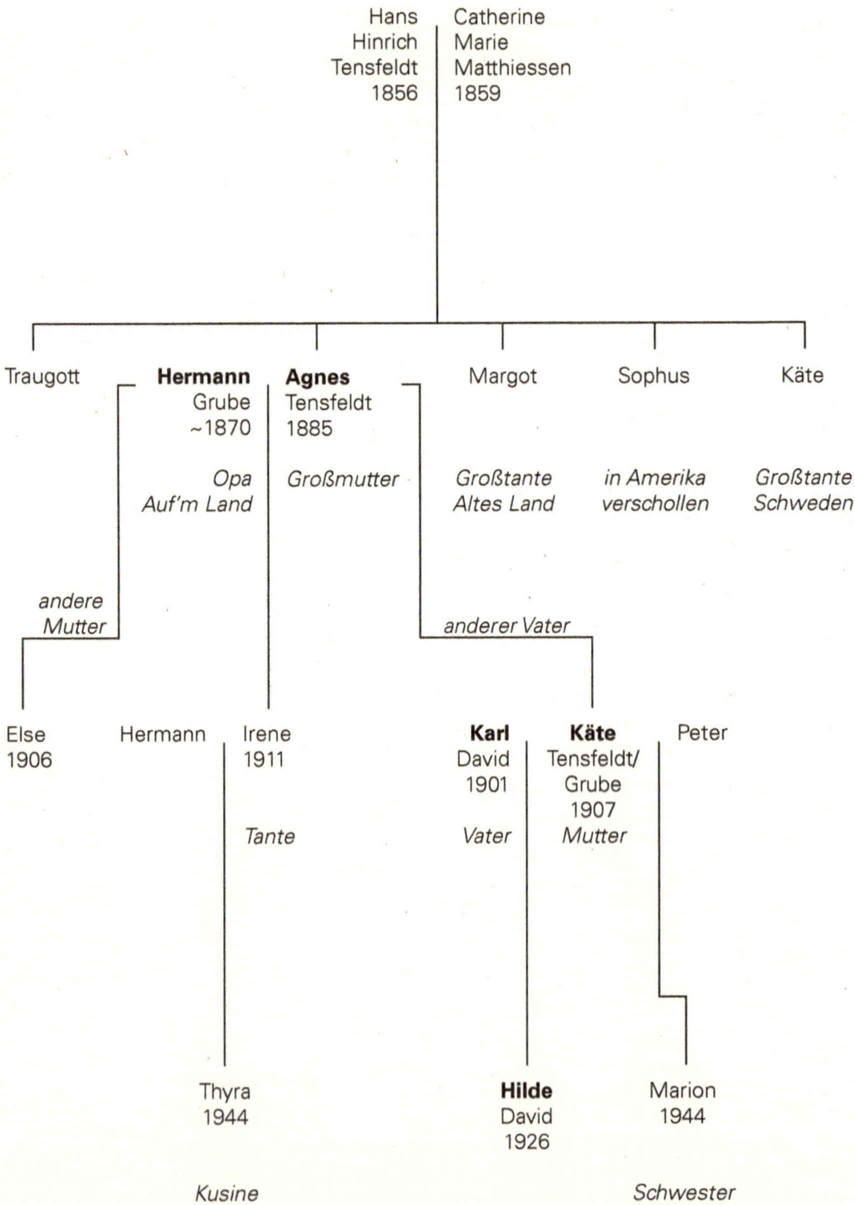
Hans
Hinrich
Tensfeldt
1856
Catherine
Marie
Matthiessen
1859
Traugott
Hermann
Grube
~1870
Opa
Auf'm Land
Agnes
Tensfeldt
1885
Großmutter
Margot
Großtante
Altes Land
Sophus
in Amerika
verschollen
Käte
Großtante
Schweden
andere
Mutter
anderer Vater
Else
1906
Hermann
Irene
1911
Tante
Karl
David
1901
Vater
Käte
Tensfeldt/
Grube
1907
Mutter
Peter
Thyra
1944
Kusine
Hilde
David
1926
Marion
1944
Schwester

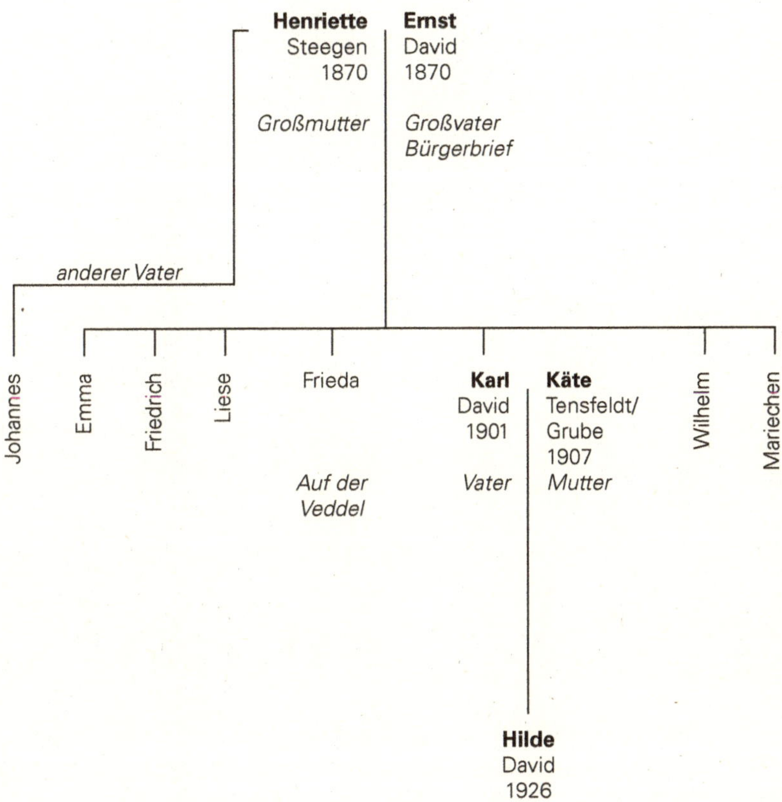
Henriette
Steegen
1870
Großmutter
Ernst
David
1870
Großvater
Bürgerbrief
anderer Vater
Johannes
Emma
Friedrich
Liese
Frieda
Auf der
Veddel
Karl
David
1901
Vater
Käte
Tensfeldt/
Grube
1907
Mutter
Wilhelm
Mariechen
Hilde
David
1926

1926	Barmbek	Heitmannstraße	im ersten Lebensjahr, Baby »auf Zimmer«
1929	Harburg	Brahmsstraße	Beginn der Erinnerungen
1930	Veddel		bei Tante Frieda
1930–1931	Hamm	Grevenweg	mit den Eltern (Käte und Karl), am Kanal
1932–1933	Borgfelde	Bürgerweide 20	mit Eltern, Großeltern (Agnes und Hermann), Tante (Irene)
			von hier Schulanfang 1933
1934	Hamm	Mettlerkampsweg 14	mit den Eltern
1934	Köln	Blumenthalstraße 19	mit den Eltern, nahe der Agneskirche
1936	Borgfelde	Bürgerweide 20	zurück mit Eltern zu Großmutter und Tante, mit UntermieterInnen
1937			mit Mutter, Großmutter, Tante
1938–1943	Borgfelde	Bürgerweide 24	mit Großmutter und Tante, wieder mit UntermieterInnen
			ohne Mutter, sie wurde Krankenschwester
			bis zur Ausbombung Juli 1943
1943 ab Juli	Schulau		drei Nächte bei Tante Lisbeth, Schwägerin der Großmutter
	Altes Land	Twielenfleth	etwa zwei Wochen bei Tante Margot, Schwester der Großmutter
	Wolfenbüttel		etwa zwei Wochen bei Eltern ehemaliger Nachbarn
	Fallersleben		eine Woche bei den ehemaligen Nachbarn
	Cottbus	Karlstraße 80	einige Wochen bei Schreibbekanntschaft der Tante, Pastorenfamilie
1943 ab Nov.	Bayern		*Kinderlandverschickung* mit der Schule
	Straubing		einige Wochen, Oberschulklassen, noch kein Platz im Kloster
	Münchshöfen		im dortigen Kloster, freigemacht für 5. bis 7. Oberschulklassen
1944 ab Feb.	Harburg	Juliusstraße	mit Mutter und deren Ehemann Peter
			1. Hälfte Haushaltsjahr bei der Mutter
			1944 Marion
1944 ab Juli	Handeloh		2. Hälfte Haushaltsjahr im Heidehaushalt
1945 ab März	St. Georg	AK St. Georg	Krankenhaus, bis Abbruch der Schwesternausbildung
1946 ab Juli	Rotherbaum	Milchstraße 24	mit Großmutter und Tante
1948 ab Nov.	Schweden	Insel Tjörn	Heimvolkshochschule, fünf Monate
1949 ab Apr.	Rotherbaum	Milchstraße 24	mit Großmutter und Tante
1949 ab Aug.	Bochum	… … …	